Aux mêmes éditions

Histoire de France
sous la direction de Jean Carpentier et François Lebrun
en collaboration avec Élisabeth Carpentier,
Jean-Marie Mayeur et Alain Tranoy
Préface de Jacques Le Goff
1987
et « Points Histoire », 1989

Histoire de la Méditerranée,
sous la direction de Jean Carpentier et François Lebrun
en collaboration avec Bartolomé Bennassar,
Dominique Borne, Élisabeth Carpentier,
Claude Liauzu et Alain Tranoy
1998
et « Points Histoire », 2001

Histoire des peuples arabes
Albert Hourani
« Points Histoire », 1993

sous la direction de
J. Carpentier et F. Lebrun
en collaboration avec
J.-P. Arrignon, J.-J. Becker, D. Borne,
É. Carpentier, J.-P. Pautreau et A. Tranoy

Histoire de l'Europe

PRÉFACE
DE RENÉ RÉMOND

Édition mise à jour en 2002-2003

Éditions du Seuil

JEAN CARPENTIER	Inspecteur général de l'Éducation nationale
FRANÇOIS LEBRUN	Professeur émérite d'histoire moderne à l'université de Haute-Bretagne-Rennes II
JEAN-PIERRE ARRIGNON	Professeur d'histoire du Moyen Age à l'université de Poitiers
JEAN-JACQUES BECKER	Professeur d'histoire contemporaine à l'université de Paris X-Nanterre
DOMINIQUE BORNE	Inspecteur général de l'Éducation nationale
ÉLISABETH CARPENTIER	Professeur d'histoire du Moyen Age à l'université de Poitiers
JEAN-PIERRE PATUREAU	Chargé de recherches au CNRS. Université de Rennes I
ALAIN TRANOY	Professeur d'histoire ancienne à l'université de Poitiers

Jean Carpentier a rédigé l'introduction. Jean-Pierre Pautreau a rédigé les chapitres 1 et 2, Alain Tranoy les chapitres 3 à 6, Élisabeth Carpentier et Jean-Pierre Arrignon les chapitres 7 à 12, François Lebrun les chapitres 13 à 17 avec la collaboration de Jean-Pierre Arrignon, Dominique Borne les chapitres 18 à 23 et Jean-Jacques Becker les chapitres 24 à 29.

ISBN 978-2-02-014607-4
(ISBN 2-02-012494-7, 1re publication)

Préface

Voici un livre qui assurément vient à son heure : quelle conjoncture historique concevoir plus propice à la publication d'une *Histoire de l'Europe* que celle où se rapprochent ses deux moitiés, longtemps disjointes ? Il apporte des réponses aux questions que l'actualité pose aux Européens sur leur identité et l'avenir de leur continent. Arrivant à point nommé, ce livre obéit aussi à une nécessité indépendante des circonstances : il nous explique notre temps. Parce que le passé pèse encore sur notre présent, nous ne sommes réellement contemporains de notre temps que si nous savons reconnaître dans les événements d'aujourd'hui les effets à long terme d'une histoire souvent très ancienne. C'est presque à chaque page du livre que sont découvertes des continuités oubliées et rappelés des faits, si éloignés de notre actualité qu'on les croyait sans postérité, qui éclairent soudain d'un jour neuf notre propre temps et le rendent intelligible. Tel le partage entre les deux mouvances, grecque et latine, de l'empire de Rome, qui est la matrice de l'histoire de l'Europe et qui explique aujourd'hui encore telle différence.

Qui sait si les évolutions divergentes, au sortir de l'emprisonnement par le communisme, de la Pologne, de la Hongrie et de la Tchécoslovaquie d'une part, de la Bulgarie et de la Roumanie d'autre part, ne trouvent pas leur explication dernière dans la division millénaire entre les pays de la tradition latine qui ont échappé à la domination turque et ceux qui, après s'être séparés de l'Occident, ont été pendant des siècles incorporés à l'empire ottoman ? Comprendrait-on l'impuissance de la Grande-Bretagne à régler la question irlandaise, qui est comme une plaie au flanc de la communauté européenne, si l'on ignore la guerre de religion qui oppose depuis quatre cents ans « l'Ile des saints » à l'Angleterre protestante ? Pour rester dans l'archipel britannique et même si sa présomption méconnaît le caractère résolument novateur de la déclaration française des droits de l'homme et du citoyen, Mme Thatcher n'a pas tout à fait tort de revendiquer pour son pays un certain droit d'aînesse : dès 1215, la *Magna Carta* arrachée à Jean sans Terre par les barons énonçait des garanties pour les personnes, et cette antériorité explique que la Grande-Bretagne ait été la mère du parlementarisme. Autre exemple : la défiance séculaire des Tchèques pour la latinité remonte au supplice de Jean Hus et a été confirmée par la défaite de la noblesse de Bohême à la Montagne-Blanche : l'identité de la patrie tchèque s'est constituée contre l'Autriche et la Contre-Réforme catholique.

C'était une gageure de faire tenir en quelque cinq cents pages toute l'histoire de ce continent : l'Europe n'est-elle pas habitée par l'homme depuis deux millions d'années ; quatre mille ans avant l'ère chrétienne, la quasi-totalité du continent était déjà gagnée à l'agriculture et vivait au rythme des travaux des champs. L'usage ancien de l'écriture nous permet de remonter loin dans cette histoire, à la différence des continents réduits à une tradition orale qui ne saurait être aussi ancienne. De surcroît, cette histoire est éclatée entre vingt empires et cent peuples. Pari tenu : ce livre est une merveille de synthèse qui ne sacrifie jamais l'exactitude ni la nuance à la clarté et à la fermeté du dessein. J'ai particulièrement admiré que, pour une fois, cette histoire ne cède point à la facilité habituelle de se raconter du point de vue de la partie occidentale de l'Europe : l'histoire, moins connue, de sa partie orientale, de Byzance à la Russie d'aujourd'hui, se voit restituer sa place qui est grande tant pour la civilisation que pour les rapports de force. J'ai apprécié également que l'ouvrage fasse la part belle aux progrès de nos connaissances sur notre passé le plus ancien : le lecteur qui a fait ses études avant 1950 découvrira avec surprise l'étendue de ces progrès ; pour la préhistoire et plus encore la proto-histoire : des peuples dont le nom même était inconnu, des civilisations disparues ont été exhumés.

A relire à grandes enjambées cette histoire tourmentée, quelques réflexions s'imposent. S'il est un continent dont le peuple n'est ni autochtone ni homogène, c'est bien l'Europe : quelle incroyable diversité de races et de peuples ! Les envahisseurs se succèdent par vagues qui déferlent de l'Asie généralement, se bousculent les uns les autres et parcourent l'Europe entière avant de se fixer : les déplacements forcés, qui ont suivi la dernière guerre mondiale, de 10 ou 15 millions d'hommes n'ont fait que renouer avec les grandes migrations qui ont peuplé notre continent, en attendant peut-être d'autres grands mouvements en provenance de l'autre rive de la Méditerranée.

Ce récit, parce que attentif à la diversité des situations historiques, fait justice des interprétations téléologiques comme de toute tentative pour découvrir une signification cachée aux événements qui ont jalonné la suite des siècles. Loin de se dérouler de façon linéaire, cette histoire fait alterner les périodes constructives et celles auxquelles conviendrait fort l'appellation qui désigne un chapitre de l'histoire russe : *le temps des troubles*. Cette histoire est autant celle des crises récurrentes que des réussites accomplies. Plus d'une fois se sont produites des cassures dont on pouvait se demander si l'Europe s'en relèverait : après la dislocation de l'empire romain, qui entraîne la disparition de l'État et interrompt la transmission régulière de l'héritage culturel de l'Antiquité, après la peste noire au 14ᵉ siècle et la cassure de la Chrétienté au 16ᵉ, l'épreuve de la Seconde Guerre mondiale dont l'Europe sort épuisée.

Mais l'Europe a-t-elle jamais existé ? Ses limites ont constamment varié : elle s'est tantôt dilatée et tantôt rétractée. Ainsi, la Russie a été longtemps écartelée entre l'appel de l'Asie et l'attirance vers l'Europe. Aujourd'hui, l'Europe comme entité coïncide approximativement avec l'Europe géographique : la référence de Gorbatchev à la « maison commune » n'exprime-t-elle pas la volonté de la Russie de faire partie intégrante de l'unité européenne ?

S'il est une évidence qui s'impose au terme de ce survol de quelques millénaires, c'est bien qu'il n'y eut jamais une seule Europe : il y eut de tout temps et il y a encore plusieurs Europes. Les lignes de partage entre elles ont beaucoup varié. Tantôt séparant le Nord du Midi : les peuples celtes et germains du monde latin, ou, beaucoup plus tard, l'Europe de la Réforme de celle demeurée dans l'obédience de Rome. Tantôt divisant le continent suivant une frontière courant du nord au sud : dissociant un Orient héritier de la culture grecque, et marqué par la slavisation, d'un Occident influencé par la rencontre entre la culture latine et l'apport germanique. Et tout récemment le rideau de fer séparant hermétiquement l'Europe des démocraties pluralistes de l'Europe communiste. Mais la division fut plus souvent tripartite que binaire : ainsi, dans le premier millénaire de notre ère, Latins, Germains et Slaves ; depuis le 16e siècle, une Europe catholique, une Europe de la Réforme et une Europe orthodoxe ; et, dans l'entre-deux-guerres, une Europe de la révolution sociale autour de Moscou, une Europe de la contre-révolution fascite et une Europe des démocraties parlementaires.

A l'intérieur de cet espace, les centres de gravité ont été en constant déplacement : il n'est guère de peuples qui n'aient, un temps, exercé leur *imperium* sur un territoire excédant largement leurs propres limites naturelles et historiques ; tour à tour l'Espagne, la France, l'Autriche, l'Angleterre, l'Allemagne, mais aussi le Danemark, la Suède, la Russie, d'autres encore, ont disposé de la prépondérance. Dans cette division du continent entre plusieurs ensembles séparés, opposés, inégalement développés, la primauté n'a pas toujours été détenue par la même partie de l'Europe : contrairement à ce qu'une vision trop courte de l'histoire ferait croire, il n'y a pas eu, de tout temps, une Europe promise à la prospérité et une autre condamnée à la pauvreté : au premier millénaire de notre ère, c'est l'Europe orientale qui est l'héritière du passé prestigieux de Rome, la plus cultivée et la plus développée ; alors que l'Europe de l'Ouest, où l'histoire des derniers siècles nous induit à situer le siège des économies les plus avancées, des États les plus puissants et des civilisations les plus rayonnantes, s'attardait dans une barbarie rustique. Ensuite le rapport s'inversera.

L'histoire de ce continent, le plus petit de tous, intéresse aussi l'histoire la plus universelle. Car c'est lui qui a eu l'impact le plus déterminant sur les autres continents, soit qu'il ait essaimé en suscitant de nouvelles Europes, soit qu'il ait imposé aux autres peuples, avec sa domination, ses cadres de pensée et ses modes d'organisation politique et économique. On bute à ce point sur une des questions les plus essentielles et aussi les plus troublantes de l'histoire de l'homme sur la terre : d'où vient que ce soient les Européens qui ont conquis le monde ? Pourquoi cette antériorité de l'Europe ? Bref, d'où ont-ils tiré cette supériorité ? Judicieusement, les auteurs de cette *Histoire* ont écarté la tentation de chercher la réponse dans un déterminisme des lieux ou des climats. L'aptitude à inventer est un élément de solution : cette capacité, l'Europe la tenait de la science grecque et aussi du christianisme qui, en désenchantant l'univers, frayait la voie à la recherche d'explications rationnelles. Ainsi, l'Europe n'a pas eu le monopole des inventions : la Chine, avant elle, avait inventé la boussole, le papier, la poudre. Reste que, depuis le 16ᵉ siècle, l'Europe a pris une avance décisive qui n'a cessé de s'accentuer jusqu'à notre siècle. C'est, du reste, une des leçons de cette histoire que les écarts se creusent plus souvent qu'ils ne se comblent, avec d'éclatantes exceptions qui montrent que rien n'est jamais définitivement joué, ni dans un sens ni dans l'autre ; ainsi l'Espagne ou la Corée du Sud.

Un facteur s'impose à l'attention par la fréquence des références : le nombre des hommes. C'est une condition sans laquelle rien n'est concevable. La poussée démographique a été la clé de l'essor de l'Europe occidentale entre le 10ᵉ et le 13ᵉ siècle. A l'inverse, les périodes de repli ou d'effacement correspondent à des phases de régression démographique. Quel thème de méditation ! Quel sujet d'inquiétude ! L'Europe est aujourd'hui un monde creux entouré de mondes pleins, comme elle fut elle-même jadis un monde surabondant dominant des mondes vides. L'interrogation sur l'avenir de notre continent n'est pas séparable d'une interrogation sur sa démographie.

Par comparaison, se dégage la singularité profonde de l'entreprise unificatrice dans laquelle est engagée aujourd'hui l'Europe de l'Ouest : toutes les tentatives antérieures avaient été conduites par une nation qui aspirait à l'hégémonie et imposait par la contrainte une unité arbitraire. L'absolue nouveauté de la construction contemporaine est de se faire empiriquement, graduellement, à partir de la diversité des nations, par la libre négociation entre États, sur la base de l'égalité entre tous les partenaires, avec l'approbation des parlements et l'adhésion des opinions publiques par le suffrage de tous. Ce dernier chapitre d'une histoire plurimillénaire n'est ni le moins étonnant ni le moins gros de conséquences.

René Rémond

Avant-propos

Paraissant trois ans après l'*Histoire de France,* réalisée sous la même direction et avec une équipe partiellement semblable, cette *Histoire de l'Europe* se situe dans la même optique et s'est donné les mêmes objectifs : offrir non seulement aux enseignants d'histoire, mais à tous les « honnêtes gens » soucieux de culture générale, un récit simple et clair de l'histoire de l'Europe, des origines à nos jours. Conçu et commencé en 1987, ce livre ne doit donc rien aux événements récents qui ont vu, en Europe de l'Est, l'effondrement des régimes communistes et, en Europe de l'Ouest, l'accélération de l'évolution vers l'unité politique. Bien que soucieux de « coller », dans ses dernières pages, à une actualité européenne en plein mouvement, ce livre est avant tout regards sur le passé afin d'en faciliter la compréhension. Tant mieux si, de surcroît, il aide à éclairer le présent le plus immédiat.

De même que notre *Histoire de France* ne s'était voulue en rien une histoire de la formation de l'unité française conçue comme une entité prédéterminée, de même cette *Histoire de l'Europe* est, très simplement et sans présupposés, l'histoire d'un espace géographique assez tôt défini comme se situant entre l'Atlantique et l'Oural. A l'intérieur de cet espace, se sont déroulés, depuis les origines de l'humanité, de multiples événements au cours desquels s'est forgée peu à peu une certaine identité européenne. L'héritage gréco-romain, le christianisme, l'apport des peuples dits « barbares », l'expansion au-delà des mers à partir du 15ᵉ siècle, la lente mise en place d'États souverains, l'échec des tentatives d'hégémonie de l'un de ces États, de Charles Quint à Louis XIV, de Napoléon à Hitler, l'émergence d'une unité européenne réalisée non par la force, mais par consentement mutuel : tels sont certains des points forts de cette histoire.

Conter une telle histoire en quelque six cents pages relevait sans doute de la gageure, dans la mesure surtout où, loin de se limiter à la seule histoire politique, les auteurs ont voulu accorder la place qu'elle mérite à la civilisation européenne sous ses divers aspects. Dans ces conditions, il a fallu s'en tenir à l'essentiel et faire des sacrifices que certains lecteurs regretteront peut-être. Le récit a été scindé en chapitres nombreux et relativement brefs, regroupés en cinq grandes parties et eux-mêmes distribués en plusieurs paragraphes, pour en faciliter la lecture. Chacun de ces chapitres se termine sur un, deux ou trois textes ou documents brièvement présentés. En fin de volume, un glossaire définit les mots marqués par un astérisque ; une chronologie et une série de cartes fournissent les repères indispensables dans le temps et dans l'espace ; la présentation de quelques dynasties européennes met en évidence le réseau des relations entre les puissances du continent à différentes époques ; une série de statistiques, limitées le plus souvent aux 19ᵉ et 20ᵉ siècles, vise surtout à situer la présence européenne dans l'ensemble mondial ; une bibliographie enfin donne les pistes permettant d'aller plus loin. Si les auteurs, s'adressant en priorité à des lecteurs français, se sont interdit, dans le récit, de privilégier la France, en revanche, c'est délibérément qu'ils ont, par souci d'efficacité, limité ces pistes bibliographiques à des ouvrages presque exclusivement en français. Enfin, deux index des noms propres et une table des matières détaillée ont pour but de faciliter l'utilisation du livre.

Celui-ci remplira le but que lui ont assigné ses auteurs s'il fournit aux lecteurs, citoyens européens de cette dernière décennie du 20ᵉ siècle, un manuel commode leur permettant de mieux appréhender le passé de notre Vieux Continent.

Jean CARPENTIER François LEBRUN

Introduction

L'Europe, le mot et l'espace

« Quant à l'Europe, il ne paraît pas que l'on sache ni d'où elle a tiré son nom ni qui le lui a donné. » Cinq siècles avant Jésus-Christ, Hérodote avoue une incertitude qui durera. Pas plus qu'avant, nous ne savons d'où vient le mot, ni ce qu'il a représenté dans l'esprit de ceux qui l'employaient, ni les limites spatiales dans lesquelles ils l'inscrivaient... Et pourtant l'Europe existe.

L'Europe, le mot, l'histoire et la légende

Il était une fois à Tyr une princesse qui s'appelait Europe. Une nuit, alors qu'elle était sur sa couche dans le palais du roi Agénor son père, elle fit un rêve : deux terres, qui avaient l'aspect de deux femmes, se querellaient à son sujet, la « terre d'Asie » et la « terre d'en face ». La première voulait la protéger et la garder, la deuxième voulait, sur la volonté de Zeus, l'emporter sur les flots. La princesse se réveilla intriguée puis reprit ses activités et ses jeux. Avec d'autres princesses, ses amies, elle alla donc cueillir des fleurs au bord de la mer. Et c'est là qu'un taureau, magnifique et doux, survint et la convainquit de monter sur son dos, ce que, non sans hésitation, elle se décida à faire. Le taureau alors se releva, s'enfuit vers la mer et, tout en franchissant les flots, lui dévoila qu'il était Zeus et que, saisi d'un grand amour pour elle, il avait pris cette forme animale pour l'enlever. Europe se rendit ainsi en Crète, s'unit au taureau et devint alors « mère de nobles fils ». Or, pendant ce temps, Agénor s'inquiétait de l'absence de sa fille ; il envoya ses fils la chercher. L'un d'eux, Cadmus, prit conseil de la Pythie de Delphes et, sur son avis, abandonna la recherche mais poursuivit une vache qui devait, au lieu où elle tomberait d'épuisement, lui indiquer par là le site d'une ville à bâtir : cette ville fut la ville de Thèbes avec sa forteresse, la Cadmée.

Voilà donc, brièvement résumé, le principal faisceau des légendes grecques regroupées autour du mot Europe. Elles montrent à la fois la constitution d'un espace qui s'individualise par rapport à l'Asie et l'ambition de celui-ci de se construire en un monde nouveau. On pourrait s'en tenir là et ne retenir que le nom d'Hésiode, premier auteur citant le nom d'Europe, ou celui de Moschos, auteur alexandrin de l'aimable idylle qu'on vient pour une part de rappeler. Mais la postérité de la légende est trop grande pour ne pas être retenue. Rome l'a diffusée dans tout l'Occident. Ovide, dans ses *Métamorphoses,* la reprend. Les scènes du rapt d'Europe ou de la traversée de la mer décorent les murs de Pompéi (dix-sept exemplaires retrouvés !) et ceux des maisons d'Italie, de Gaule, de Bretagne et de Germanie. Le Moyen Age et les Temps modernes, par l'image surtout, ont poursuivi la tradition. Des manuscrits médiévaux d'Ovide sont illustrés par les aventures d'Europe. Le Pérugin, Véronèse, Jordaens et plus encore Boucher, dans l'Europe des Lumières, y puisent leur inspiration.

Cette permanence prouve évidemment la continuité d'un goût pour l'Antiquité. Mais elle aide aussi à donner corps à l'entité européenne. Boccace et Christine de Pisan notent que la princesse Europe a donné son nom à notre continent, et, à la fin du 16e siècle, Caesare Ripa dit clairement qu'Europe est fille d'Agénor mais représente aussi le continent sous la forme d'une merveilleuse dame.

Ainsi l'Europe serait princesse et continent. Mais d'autres traditions existent, qui font d'Europe une des Océanides, filles d'Océan et de Téthys, ou alors celle qui s'unit à Poséidon et mit au monde Euphénios, un des Argonautes, compagnons de Jason lorsque celui-ci cherchait la Toison d'or. Incertitude par conséquent, et incertitude que ne lève pas l'étymologie, puisque c'est sans assurance que l'on donne au mot une origine indo-européenne, pour certains sans doute égéenne préhellénique, et qu'on oppose un *hirib,* Europe, signifiant « couchant », à *açou,* Asie, signifiant « Orient ».

Et puis il y a une autre lignée, chrétienne celle-là et plus tardive, qui part du même souci de distinguer le continent européen mais remet en cause le nom d'Europe lui-même. Au 4e siècle en effet, saint Jérôme et saint Ambroise reprennent, dans les chapitres 9 et 10 de la Genèse, l'histoire de Noé et affectent à chacun de ses fils un territoire : Cham, le fils irrespectueux, reçut l'Afrique, Sem, l'Asie et Japhet, l'Europe. Une confusion entre Japhet fils de Noé et Japet, un des Titans père de Prométhée, permettra de rejoindre le passé gréco-romain et autorisera Guillaume Postel à dire, au 16e siècle, que l'Europe aurait dû s'appeler Japhétie, et Bossuet à dire, un siècle plus tard, que « Japhet a peuplé la plus grande partie de l'Occident [et] y est demeuré célèbre sous le nom fameux de Japet ».

L'interrogation d'Hérodote subsiste donc. Mais les mythes ainsi reliés sont porteurs d'enseignement car ils aident à comprendre comment se sont peu à peu déterminées les limites de l'Europe. C'est d'abord, dans les temps grecs, la Méditerranée orientale qui est le lieu de confrontation des trois terres que séparent l'isthme de Suez et le Bosphore, et c'est là que naît le souci de distinguer la Libye ou Afrique, l'Asie et l'Europe. En ces lieux, les topographies sont connues et les bornes visibles. Mais ailleurs il n'en est rien et il faudra des siècles pour qu'on comprenne que l'Afrique a bien ses limites propres, l'Asie les siennes mais que l'Europe en a beaucoup moins qu'on ne le croit. Au temps des Romains, Strabon, Pline l'Ancien décrivent la frange méditerranéenne et, à l'extrémité, les colonnes d'Hercule, les bordures atlantiques de la péninsule ibérique, de la Gaule et du Sud des Iles Britanniques. Mais à l'intérieur des terres, dans le Nord, au-delà du Rhin, des Alpes et de l'Ister (Danube), là où habitent les Germains, les Gètes et ces Sarmates qui longent le Tanaïs (Don), tout est incertain. Ptolémée, au milieu du 2e siècle ap. J.-C., continue de croire que la Scandinavie est une île dans l'océan

Sarmatique. Il en est ainsi pendant des siècles, comme le prouve cette allégorie du 16e siècle qui montre l'Europe sous les traits d'une Vierge couronnée dont la tête est l'Espagne, le cœur la France, le ventre la Germanie, les bras l'Italie et l'Angleterre mais la vaste robe aux plis incertains l'horizon confus des plaines russes. Lorsque, au 18e siècle encore, Montesquieu fait dessiner une carte de l'Europe, il la fait arrêter à la Volga et Voltaire de son côté propose qu'on définisse un « continent arctique » qui irait de la Baltique à la Chine. Or, pendant ce temps, le cosaque Yermak avait depuis longtemps entamé la conquête de la Sibérie en franchissant l'Oural. Progressivement, on conviendra d'affecter à cette ligne de relief la fonction de limite qu'authentifie aujourd'hui au kilomètre 1777 du Transsibérien l'obélisque qui marque de deux inscriptions fléchées, à l'est la direction de l'Asie, à l'ouest celle de l'Europe.

Enfin, il est superflu de dire que l'idée d'un pouvoir politique assurant la gestion d'un espace aussi confusément perçu ne pouvait naître que tardivement et par le détour, dans un premier temps, des visionnaires et des rêveurs. Au milieu du 17e siècle, Sully, retiré des affaires, imaginait dans ses *Sages et Royales Économies* un Conseil de l'Europe tenant en main onze monarchies et quatre républiques mais excluant la Russie. Saint-Simon, en 1814, voulait « réorganiser la société européenne » et Victor Hugo, en 1851, parlait des États-Unis d'Europe. Mais c'est seulement dans notre siècle que le prince Coudenhove-Kalergi a pu tenter une action qu'il voulait concrète pour réaliser sa « Paneuropa », et dans ces dernières décennies que des institutions ont pris le qualificatif d'européen pour des réalités d'ailleurs qui ne l'étaient qu'incomplètement.

L'Europe et son espace

Quoi qu'il en soit de la confusion des mots, des représentations et des réalités qu'ils recouvraient au long des siècles, il y a maintenant une Europe. Celle-ci existe et un consensus est établi qui permet de dire ce qu'elle est et quels sont ses principaux caractères.

Il faut d'abord définir cet espace européen. Portion du bloc asiatique, compris entre l'Atlantique et l'Oural, l'océan Glacial arctique et la Méditerranée, le détail de ses limites soulève peu de problèmes. A l'Est, c'est la ligne de crêtes de l'Oural et l'axe qui, dans le prolongement de celui-ci, rejoint la mer Caspienne. Au Sud, c'est le Caucase – mais faut-il affecter à l'Europe ou à l'Asie ce mont Elbrouz dont les 5 633 mètres détrônent les 4 807 mètres du mont Blanc ? –, la mer Noire et la Méditerranée avec toutes ses îles. A l'Ouest, c'est l'océan Atlantique avec plusieurs îles, l'Islande mais non le Groenland, les Iles Britanniques et, à 1 000 et 1 400 kilomètres du continent, Madère et les Açores. Au Nord enfin, la part d'océan Glacial arctique qu'occupent l'archipel du Svalbard avec le Spitzberg, la mer de Barents, l'île de la Nouvelle-Zemble et la bordure ouest de la mer de Kara.

Un continent petit, ouvert, bien situé. Cet ensemble a, par sa taille, sa forme et sa position sur le globe, des caractères spécifiques. D'abord il est petit. Avec ses 10 millions de kilomètres carrés, l'Europe n'occupe que 7 % des terres émergées quand l'Asie en occupe 30, l'Amérique 28 et l'Afrique 20. 4 000 kilomètres séparent le cap Nord de la Crète, 4 300 ce même cap Nord de l'extrême Sud-Ouest du Portugal et 5 000 Lisbonne de l'Oural. Or, sur les autres continents, les distances maximales sont de l'ordre du double : 9 000 kilomètres d'Ankara à Tokyo, 8 000 d'Alger au Cap, 8 500 de New York à Buenos Aires.

Ensuite, il est ouvert et largement pénétré par les mers. Plutôt qu'entourée par les eaux, la péninsule européenne est bien pénétrée par elles. Entre les trois avancées de terres qu'on a respectivement comparées à un pavé, une botte et un gant, au milieu des îles, grandes et peu nombreuses à l'Ouest, innombrables et petites à l'Est, la Méditerranée fait passer les ramifications tyrrhénienne, adriatique et égéenne et, par la mer de Marmara, rejoint la mer Noire et la mer d'Azov, qui elles-mêmes communiquaient il y a quelques milliers d'années avec les mers Caspienne et d'Aral. A l'Ouest, l'océan Atlantique s'enfonce entre la chaîne Cantabrique et la Bretagne jusqu'au fond du golfe de Gascogne, mais surtout, s'insinuant dans les îles et les presqu'îles, la Manche, la mer du Nord, la Baltique avec ses deux appendices, les golfes de Botnie et de Finlande, pénètrent jusqu'au cœur du continent. Au Nord enfin, et de la même façon, la mer de Barents s'enfonce dans le sol russe par l'appendice de la mer Blanche. Pénétration par les mers donc, mais aussi par les fjords et les estuaires : en Norvège le Sognefjord fait une percée de 150 kilomètres dans les terres, dans les Iles Britanniques les indentations côtières de l'Est et de l'Ouest réduisent parfois les terres à de simples isthmes et, en France, la Gironde pénètre les terres aquitaines à une profondeur de 75 kilomètres. Cette quasi-omniprésence maritime peut d'ailleurs se dire autrement : aucun point de l'Europe n'est à plus de 700 kilomètres de la mer, URSS exclue, ou 1 600, URSS incluse, alors qu'en Asie cette distance s'élève à 2 500 kilomètres. Elle peut enfin s'exprimer par les 400 kilomètres seulement qui séparent l'Atlantique de la Méditerranée à l'endroit des Pyrénées, ou bien la mer Blanche du golfe de Finlande au sud de la presqu'île de Kola ; par les 900 kilomètres qui séparent le Sud du Danemark du fond de l'Adriatique ; et les 1 150 qui séparent – ou rapprochent – la Baltique et la mer Noire.

Par rapport à l'ensemble du globe, enfin, le continent européen a une position doublement caractéristique. Situé entre le 35° de latitude Nord et le 71°, et à l'ouest du bloc eurasiatique, il évite complètement les zones tropicales, n'empiète que peu sur les zones polaires – de 6 à 7 % de la superficie –, et peut s'ouvrir aux influences adoucissantes des grands vents d'Ouest. Situé au cœur de l'« hémisphère des terres » – c'est en effet en prenant la région nantaise pour pôle qu'on oppose le plus exactement l'hémisphère regroupant le maximum de terres émergées et un « hémisphère des mers » où ne subsistent que l'Antarctique, l'Australie, l'Indonésie et la partie effilée de l'Amérique du Sud –, il bénéficie, au moins théoriquement, d'une particulière capacité de relations avec les autres terres du globe. Et ce sont bien ces interactions qu'en 1873 déjà Vidal de La Blache soulignait lorsque, inaugurant son enseignement à la faculté des lettres de Nancy, il donnait à sa leçon d'ouverture consacrée à l'Europe ce titre révélateur : « La péninsule européenne, l'Océan et la Méditerranée. »

Un continent divers, contrasté, rarement hostile à l'implantation humaine. C'est d'un satellite, ou d'un observatoire imaginaire situé au-dessus de l'Oural, qu'on pourrait le mieux voir se dessiner les grands ensembles qui font le continent européen. Au premier plan, la grande plaine triangulaire qui prolonge, par-delà le bourrelet de l'Oural, celle de Sibérie occidentale, large de plusieurs milliers de kilomètres en URSS, de 600 en Pologne, de 200 en Allemagne et dont la pointe s'achève dans la Flandre française. Au loin, au nord-ouest, une bordure montagneuse la limite, qui va des Iles Britanniques au cap Nord. Dans toute la partie sud, l'énorme barrière alpine, flanquée des massifs anciens qu'elle a rehaussés, des plaines qu'elle a effondrées et qui s'étend de la chaîne Cantabrique aux Alpes, aux Carpates et au Caucase.

C'est une longue histoire géologique et climatique qui explique cette répartition, et on peut l'évoquer en deux phases de fort inégale longueur. L'une couvre les périodes antéprimaire, primaire, secondaire et tertiaire et voit les grands ensembles européens se constituer. L'autre, bien plus courte, dessine la vie de l'homme à l'époque quaternaire. Au départ donc, on a les boucliers antéprimaires de la plaine russe et de l'espace qu'occupe aujourd'hui la mer Baltique. Ils sont entourés de fosses de sédiments et ceux-ci, à l'ère primaire, se soulèvent en deux plissements ; l'un, le calédonien, couvre les actuelles Angleterre, Écosse, Norvège, et l'autre, l'hercynien, s'étend de l'ensemble Espagne-France-Irlande du Sud jusqu'à la Bohême. Pendant l'ère secondaire, ces plissements vont s'éroder tandis qu'au sud l'océan – la Téthys – qui sépare l'Afrique de l'Eurasie se comble de sédiments. Et, à l'ère tertiaire, c'est cette partie qui est remise en mouvement par le déplacement vers le nord de l'énorme plaque africaine. Celle-ci bute sur la plaque eurasiatique, contraint les sédiments à se plisser et construit l'immense chaîne qui va de l'Atlas marocain à l'Himalaya, englobant les bassins effondrés de la Méditerranée, incluant des bras de mer qui se combleront d'alluvions (plaine pannonienne, plaine du Pô), et incorporant des portions de socles et de roches anciennes qui tantôt se brisent, s'effondrent ou se soulèvent, tantôt résistent et servent de butées autour desquelles se moulent les plissements (*meseta* espagnole).

L'autre histoire est plus brève. Mieux connue, vécue pour une part au moins par l'homme, elle est celle des grandes glaciations et interglaciations de l'ère quaternaire, qui s'étend sur les quatre derniers millions d'années. L'instabilité climatique la caractérise, avec la diversité des faunes et des flores qui en découle. A quatre reprises, dans le dernier million d'années, grands refroidissements et grands réchauffements se sont succédé. Les glaciers polaires sont descendus jusqu'à Londres, l'Allemagne centrale et le cours moyen du Don ; des Alpes, les glaciers ont atteint la région lyonnaise et la vallée du Danube tandis que la rétention de l'eau par les glaces faisait baisser le niveau des mers. A l'inverse, les climats chauds ont régné et la forêt tropicale a poussé sur le sol européen ; la limite nord de la forêt est montée jusqu'à la mer de Barents, 500 kilomètres au nord de la limite actuelle. On a pu calculer qu'il y a seulement vingt mille ans, avant la dernière phase glaciaire, Baltique, mer Blanche et mer de Barents d'un côté, Caspienne et mer Noire de l'autre communiquaient entre elles tandis que la Scandinavie bénéficiait de températures d'hiver supérieures de 10° aux actuelles. Mais vint la dernière phase glaciaire (dite « Wurm » à l'Ouest et « Valdaï » à l'Est) et les glaces flottèrent dans l'Atlantique à la hauteur de Gibraltar, tandis que l'hiver scandinave subissait des températures inférieures de quelque 15° à celles d'aujourd'hui. Et l'interglaciaire que nous connaissons, et qui commença par être beaucoup plus chaud et humide que de nos jours, n'aura lui aussi qu'un temps, que l'homme peut-être – et c'est un fait nouveau – se chargera d'allonger ou de raccourcir.

Ces changements de climats, ces mouvements des glaciers ont achevé de dessiner le détail de la physionomie de l'Europe. Les glaciers ont creusé les fjords mais leur fonte a permis ce relèvement des roches calédoniennes anciennes qui crée l'illusion des « Alpes norvégiennes » ; ils ont laissé sur un sol moutonné l'infinité des lacs de Finlande et de Russie ; ils ont déposé des « débris de gélivation » souvent infertiles sur l'Europe centrale, mais aussi, quand le vent permettait l'accumulation de grains plus fins, les riches sols qu'on retrouve des plaines d'Ukraine aux *lowlands* d'Angleterre. Ils ont usé les massifs et élargi les vallées qui, comme l'Inn au cœur des Alpes, rendent pénétrables les chaînes de montagnes.

Diversité de paysages donc, et aussi diversité des climats ou plutôt instabilité. Sa latitude place l'essentiel de l'Europe au contact des masses d'air polaire froid et tropical chaud, et en fait le lieu de leur affrontement. Sur la partie occidentale, les influences doublement adoucissantes, par les vents et par les courants marins, de l'océan prolongé par les mers intérieures se surajoutent et accroissent l'instabilité. Mais, à la seule exception près des territoires approximativement situés au nord du 65° de latitude Nord, ces mouvements introduisent un climat tempéré partout supportable par l'homme. Les rigueurs n'en sont certes pas absentes, la chaleur sèche de l'été méditerranéen porte atteinte au cycle végétatif, l'incertitude des précipitations océaniques fait sans cesse redouter l'excès ou l'insuffisance d'eau pour les récoltes dans les régions occidentales, et le froid de l'énorme anticyclone sibérien, pendant l'hiver russe, emprisonne le pays sous la glace et la neige, tandis que le réchauffement printanier l'emprisonne à nouveau sous la boue et les eaux de fonte. Mais nulle part, hors des zones polaires et de la haute montagne, n'existent de domaines aussi inhospitaliers que le Sahara, l'Himalaya ou l'Amazonie en Afrique, Asie ou Amérique.

Tous ces éléments concourent donc à rendre le continent ouvert aux communications. Faute d'être faciles, elles n'en sont pas moins toujours possibles. D'une part, il y a les accès périphériques. Accès périphériques par les mers, les estuaires, les grands fleuves que peu à peu on aménagera par le réseau des canaux, mais accès terrestre aussi par l'important seuil de Tourgaï, entre l'Oural et la Caspienne, qu'emprunteront tous les envahisseurs partis d'Asie et engagés dans la nasse européenne, réceptacle nécessaire de tous les mouvements de population de l'est vers l'ouest. Mais les liaisons internes sont possibles aussi, même s'il convient d'apporter des nuances. Certes, les espaces plats du Nord posent peu de problèmes, et aussi les reliefs périphériques de l'ensemble alpin. Au cours des siècles et à des degrés divers, les grands fleuves qui les parcourent, Seine, Rhin, Elbe, Volga ou Danube, pour ne citer qu'eux, ont été des voies de communication et de civilisation. Certes aussi, les montagnes ne sont nullement infranchissables : Basques et Catalans, à chaque extrémité des Pyrénées, sont là pour dire que la montagne unit plus qu'elle ne sépare ; Bolzano et Mittenwald par rapport au Brenner, Gemona et Villach par rapport au Tarvis sont là pour dire que des villes alpines ont pu prospérer grâce au trafic des marchandises de part et d'autre de la montagne. Seulement, il convient de dire aussi la fonction de refuge, de protection et d'isolement que remplirent les montagnes balkaniques au long des siècles, et également – preuve *a contrario* des difficultés rencontrées auparavant – l'amélioration qu'ont apportée l'aménagement des cols et le percement des tunnels. Tout est donc franchissable peut-être, mais avec le labeur de l'homme.

Et par là nous sommes amenés au pas qu'il ne faut pas franchir. On ne peut nier que l'Europe soit au cœur des terres émergées, sous un climat tempéré, qu'elle possède des sols fertiles et qu'elle occupe un territoire facilement pénétrable où la circulation est possible. Mais faut-il en déduire une quelconque nécessité de ce continent à jouer un rôle particulier dans l'histoire du monde ? On peut toujours s'en convaincre. Mais, obnubilés par l'aventure d'Alexandre ou les temps de l'expansion coloniale, nous devrions expliquer alors les phases de régression, quand les Arabes, les Mongols, les Turcs ou les Américains campaient au cœur du continent. Il faudrait aussi expliquer pourquoi les Égyptiens et les Mayas ont développé leur civilisation en région non tempérée et prouver que le temps est clément dans le Chan-si et le Chen-si, berceaux de la civilisation chinoise, alors qu'il ne l'est pas. Il faudrait dire que le Rhin et la Seine ont bien été des axes importants de la vie européenne mais expliquer pourquoi la Volga ne l'a pas été autant, et, regardant ailleurs, voir si les Américains dans leur marche vers l'ouest ont tenu compte du réseau apparemment si favorable d'un ensemble Missouri-Mississippi qui, lui, est orienté Nord-Sud. L'Égypte était un don du Nil, disait-on. Sans doute, mais un don du Nil et des Égyptiens. Transférons le propos... L'Europe tout simplement est ce qu'en ont fait les Européens.

PREMIÈRE PARTIE

Émergence de l'Europe

1. L'Europe préhistorique :
des prédateurs aux paysans

*Entre l'*homo erectus, *vieux de quelque deux millions d'années, et le producteur, éleveur et cultivateur, qui vit vers 4000 av. J.-C., s'est faite une évolution qui a été marquée par la maîtrise du feu vers – 350000, le remplacement progressif de l'homme de Néanderthal par l'*homo sapiens sapiens *qui peuple l'Europe vers – 35000 et l'éclosion de l'art au Paléolithique supérieur. Sur des espaces qui vont des Balkans, lieu de la plus ancienne trace d'économie de production, aux bordures atlantiques, une colonisation du sol européen s'opère et, avec elle, une relative homogénéisation des genres de vie.*

Le passé de l'Europe, pendant des centaines de milliers d'années, ne nous est connu que par des traces ténues résistant à l'usure du temps. Pour les périodes les plus reculées, quelques outils de pierre et d'os, de rares traces d'habitat et reliefs de repas, parfois des œuvres d'art, exceptionnellement des restes humains permettent de saisir cette lente évolution. Nous découvrons la mainmise de groupes de chasseurs-cueilleurs sur les terres libres de glaces, les progrès de leurs techniques, les modifications de leur spiritualité, puis le passage, vers 8000 av. J.-C., à une économie de production. Pour les époques protohistoriques, des documents plus abondants, parfois des textes, constituent des témoignages privilégiés éclairant des aspects jusque-là mal perçus de la vie des premiers Européens – essor de nouvelles classes sociales (artisans, guerriers), organisation politique du territoire, mise en place de l'urbanisation... – et permettent une approche déjà quasi historique des événements.

Les premiers habitants de l'Europe

Il y a 10 millions d'années, on rencontre des hominidés en Europe (Grèce) et en Afrique. On ne connaît pas l'évolution de la lignée européenne. C'est dans la famille africaine des hominidés qu'émergent, il y a 4 millions d'années, les *australopithèques. Deux millions d'années après, plus évolués, apparaissent les hommes. Les deux groupes, dont la cohabitation est attestée, posséderaient un ancêtre commun : l'australopithèque *afarensis* (le/la célèbre Lucy). Parmi les hommes, si le genre *homo habilis* (les premiers à concevoir et réaliser un outil comme à aménager un habitat) se cantonne à l'Afrique, un autre, *homo erectus,* se répand il y a 2 millions d'années sur l'Ancien Monde ; il en constitue le premier peuplement connu du genre *homo.*

Il y a deux millions d'années, " homo erectus " à la conquête du territoire européen. *Homo erectus* va évoluer en Europe de façon originale. Des sites du Massif central comme Soleilhac et La Rochelambert, le Vallonet sur la Côte d'Azur, mais aussi en Italie, en Allemagne, en Istrie et en Bohême, attestent une présence humaine antérieure à – 700000. On taille alors galets et os, mais on ne connaît pas le feu.

Le plus ancien fossile humain du continent, trouvé près de Heidelberg, date d'environ – 650000 ; à partir de cette époque, les gisements d'anténéanderthaliens deviennent plus nombreux dans l'Europe libre des glaces, de l'Espagne à l'Azerbaïdjan en passant par le Roussillon (Tautavel) et l'Allemagne. L'outillage évolue ; l'Acheuléen (tirant son nom de la localité de Saint-Acheul, dans la Somme), qui s'éteint avant – 200000, utilise de nombreux bifaces. Les gisements montrent des activités de chasse devenant spécialisée (prédilection pour les éléphants à Torralba, en Espagne), de cueillette, de récolte de coquillages. Les outils conservent les traces de dépeçage, de

* Les mots précédés d'un astérisque figurent au glossaire, p. 569 à 590.

découpe mais aussi celles du travail de la peau et de l'os. Les huttes correspondent à des haltes temporaires de chasse (Terra Amata, près de Nice). La maîtrise du feu, vers – 350000, voit l'organisation de la vie autour des foyers (Vertesszöllös, Bohême) et l'aménagement interne des habitats (grotte du Lazaret, Nice). Les vestiges postérieurs à – 200000 se retrouvent dans une bonne part de l'Europe ; la majorité correspond à un nouvel outillage de pierre qui connaîtra son apogée, entre – 100000 et – 30000, avec l'homme de * Néanderthal.

L'Europe du Nord sous les glaces et, de la Crimée à l'Atlantique, l'homme de Néanderthal (de – 80000 à – 35000). Les habitants de l'Europe, au début de la dernière période glaciaire, appartiennent à un rameau éteint de l'évolution humaine. Les gisements et restes fossiles mis au jour de Gibraltar à la Belgique et des Charentes à la Crimée permettent une bonne connaissance de ces hommes et de leurs activités. Les Néanderthaliens, trapus et de taille moyenne, vivent en groupes de quelques dizaines d'individus parcourant la forêt des régions méditerranéennes et surtout les toundras arbustives et giboyeuses qui s'étendent de la Bretagne à l'Oural. On les rencontre également dans la forêt boréale bordant la mer du Nord et la Baltique.

Selon les variations climatiques et les régions, ils occupent des huttes en plein air ou aménagent des grottes. Campements de chasse, ateliers de taille, lieux de dépeçage montrent bien le rôle joué par les activités prédatrices. Leur gibier préféré reste les animaux de taille moyenne (chevaux, cervidés, sangliers...). Si la pêche demeure une activité mineure, la cueillette semble pratiquée partout. Les techniques de taille élaborées, apparues vers – 200000, livrent un outillage en pierre varié : racloirs, couteaux, pointes, * bifaces... L'ensemble des types d'outils et les différentes techniques de débitage amènent à distinguer des « faciès » au sein du * complexe moustérien ; il s'agit probablement de traditions régionales (France, Allemagne, Europe de l'Est) liées à des activités spécifiques. Quelques objets annoncent ceux du Paléolithique supérieur. Cet outillage moustérien n'est pas d'ailleurs l'apanage des Néanderthaliens ;

utilisé auparavant, il sera aussi fabriqué par des *homo sapiens sapiens* au Proche-Orient.

Plusieurs traits du comportement des Européens d'alors indiquent une certaine spiritualité : fosses, offrandes, ossements d'animaux déposés sur les morts montrent un réel souci de pratique funéraire (La Ferassie en France, Kiik Koba en Crimée). Quelques objets de parure (Tata, Hongrie) sont le signe d'une pensée symbolique. La possession d'un langage par ces hommes apparaît fort probable.

Plusieurs éléments, dont la découverte à Saint-Césaire (Charente) d'un Néanderthalien associé à une industrie du début du Paléolithique supérieur, montrent bien que Néanderthaliens et *sapiens sapiens* furent contemporains et que l'extinction des Néanderthaliens a été un processus lent, des métissages entre les deux types humains n'étant pas à exclure.

L'apogée des chasseurs-collecteurs (de – 35000 à – 8000). L'homme moderne, *homo sapiens sapiens*, apparaît tôt, peut-être dès – 100000, au Proche-Orient ; c'est vers – 35000 probablement, par une migration d'est en ouest, qu'il peuple l'Europe. Avec le changement climatique marquant la fin de la dernière glaciation, il s'installe sur les terres libérées des glaces au gré des oscillations du climat (le Danemark pourra être occupé vers – 15000 ; le Sud de la Scandinavie, seulement vers – 8000), dans des paysages de steppes froides. Les groupes régionaux affirment bien des diversités. Ce n'est pas l'élément le plus représentatif mais le plus résistant à l'usure du temps, l'outillage lithique, qui servit à définir les cadres culturels. Ceux-ci, établis souvent à partir de sites du Sud-Ouest français, ont été adaptés avec plus ou moins de bonheur dans le reste de l'Europe.

Durant les phases anciennes, les traditions du Paléolithique moyen se maintiennent en Europe occidentale (Châtelperronien), en Hongrie et Tchécoslovaquie comme sur les rives du Don. Plus tard, le complexe aurignacien développe, de la Belgique à l'Espagne mais aussi dans la vallée du Don, l'usage des lamelles et * lames étranglées et la * retouche en écaille. Le Gravettien concerne l'Europe du Sud-Ouest ; les régions méditerranéennes restent à l'écart des cultures solutréennes, qui utilisent la * retouche envahissante. Dans les plaines du Danube, l'Ukraine et la vallée du Don, l'évolution est quelque peu différente. Entre – 13000 et – 8000, si la séquence magdalénienne reste surtout connue dans la zone atlantique, la tendance à la miniaturisation de l'industrie, la prédilection pour les * lamelles retouchées ou à bord abattu se retrouvent dans la majeure partie de l'Europe. Les faciès de la vallée du Don, du bassin de la Diesna ou du Nord de l'Allemagne montrent des particularismes. Mieux que l'évolution de l'outillage en pierre, les structures d'habitat, les rites funéraires, l'abondance et la qualité des œuvres d'art affirment la richesse et la variété des cultures régionales.

L'habitat témoigne bien de la dépendance du milieu et de l'adaptation aux activités de chasse. Les tentes légères à armature de perches du Bassin parisien correspondent à des campements saisonniers. Les huttes plus volumineuses munies de lourds poteaux des terrasses du Rhin (région de Coblence), l'aménagement de l'entrée des grottes (Sud de la France) constituent des habitations plus durables. Dans les régions orientales (Ukraine), par manque de bois, on a utilisé des ossements de mammouths pour édifier charpentes et parois. Dans les habitations, groupées par trois ou quatre, on distingue des espaces spécialisés : repos, aires de travail de la pierre ou des matières osseuses, foyers autour desquels se préparent les repas.

Un nombre relativement important de restes humains parvenus jusqu'à nous permet une approche correcte des rites funéraires. Les corps apparaissent le plus souvent déposés à proximité des habitats dans des fosses, recouverts d'ocre et accompagnés de quelques parures et objets. C'est la variété du traitement selon les régions, l'âge et le sexe qui demeure toutefois la plus sensible : on ligote et dépose en flexion forcée sur le côté gauche (France), en position allongée (Ligurie), sur le côté droit (Moravie) ; les sépultures féminines individuelles comme celles des enfants en bas âge apparaissent rares. Les inhumations des femmes contiennent un mobilier moins abondant que celles des hommes. Les riches sépultures de Sungir, au nord de Moscou, où les défunts portent perles, colliers et fastueux vêtements de fourrure, restent une exception. Ces manifestations sont probablement à mettre en relation avec toute une mythologie, qui transparaît également à travers les représentations artistiques.

L'éclosion de l'art demeure sans conteste le trait dominant du Paléolithique supérieur. Les différents styles soulignent une variété d'expressions régionales. Leur interprétation (magie ? dualité sexuelle du monde ? sentiment esthétique ? marque de groupes sociaux ?...) n'est certainement pas unique pour toute la durée de la période : il s'est écoulé le même laps de temps entre les premières œuvres aurignaciennes et Lascaux qu'entre Lascaux et nous ! L'art pariétal, par la sculpture, la gravure et surtout la peinture, associe des scènes franchement réalistes, où dominent les figurations animalières souvent par couples (chevaux, bisons...), des représentations humaines schématiques et des motifs abstraits bien énigmatiques. Il se cantonne surtout au domaine franco-cantabrique, même si l'on connaît quelques grottes peintes en Italie, en Roumanie ou au sud de l'Oural.

Les objets mobiliers décorés abondent tant dans les cavités des régions atlantiques que dans les sites de plein air orientaux. La gravure comme la sculpture sur os et ivoire transforment les objets du quotidien (spatules, * propulseurs, éléments de vêtement, parures...) en véritables œuvres d'art. On retrouve les thèmes animaliers (rennes...) et les motifs géométriques. Les figurations humaines, peut-être à vocation religieuse, montrent une image prédominante de la femme. Toutes ces réalisations, bien qu'elles diffèrent quelque peu en France et Espagne, dans la zone rhénane, en Moravie ou en Russie centrale, affirment les dons artistiques indéniables de l'homme moderne tout en soulignant sa maîtrise des symboles.

L'éveil de l'Europe rurale

Les derniers chasseurs-cueilleurs. Au début du Xe millénaire, le recul du froid s'amorce en Europe, même si ampleur et rythme varient selon les régions. Le milieu et les conditions de vie sont affectés : la forêt s'étend ; la faune froide s'éteint ou remonte vers le nord. Les Européens d'alors vont s'adapter : chasse et pêche ne cessent pas à la fin des temps glaciaires. Leur équipement évolue ; la recherche du petit outillage en silex, déjà amorcée, s'amplifie. Dans les phases évoluées, la fabrication toujours plus abondante de pièces géométriques peut correspondre à des méthodes nouvelles (extension de l'usage de l'arc...).

De la Crimée à l'Océan, des groupes humains maintiennent une partie des techniques et traditions des prédateurs du Paléolithique supérieur. C'est le cas, au début de la période, de l'Azilien du Sud de la France ou de la culture d'Ahrensburg en Allemagne. De nouvelles zones de peuplement apparaissent : Irlande, Angleterre (c'est à ce moment que la montée des eaux la sépare du continent), Allemagne du Nord, Scandinavie, Pologne, Russie. Certains groupes, bien adaptés à leur milieu et à l'écart des zones dynamiques, se maintiennent jusqu'au Ve et parfois même IVe millénaire, même s'ils subissent alors quelques influences de leur environnement néolithique. En Russie méridionale, sur les rivages de la Baltique, au Danemark, sur le littoral atlantique du Portugal à la Bretagne comme dans l'intérieur des terres, on a retrouvé les campements, parfois les sépultures, de ces petits groupes vivant de la collecte de coquillages, de la pêche et de la chasse.

Les chasseurs-cueilleurs de l'Europe méditerranéenne, dans leurs grottes ou leurs huttes, possèdent un mode de vie, des techniques et une alimentation similaires. Leur environnement écologique et géographique rend ces groupes * mésolithiques réceptifs aux changements alors en gestation au Proche-Orient. Aux VIIIe et VIIe millénaires, en Argolide, on consomme des vesces et des petits pois, ce sont les prémices de l'agriculture. Sur les rivages de la Méditerranée occidentale apparaît le mouton, son arrivée témoigne des débuts de l'élevage et de la navigation (attestation du cabotage). Dans la région des Portes de fer, on construit des maisons fort élaborées, au sol en mortier de calcaire coloré... Même si les scènes de vie quotidienne, illustrées par les peintures du Levant espagnol, montrent toute l'importance économique de la chasse, c'est dans ces régions que s'amorce le passage à de nouvelles techniques d'acquisition des denrées.

Naissance de l'économie de production au contact du Levant et de la vallée de l'Euphrate. Des changements, en gestation dès le IXᵉ millénaire au Proche et Moyen-Orient, se développent au cours des VIIIᵉ et VIIᵉ millénaires. L'élevage du mouton et de la chèvre remplace la chasse du mouflon et du bouquetin ; la culture du blé et de l'orge se substitue à la récolte de graminées sauvages. Des phénomènes similaires s'observent sur les rives de l'Égée. Avec ces acquis alimentaires, apparaissent, plus ou moins simultanément et de façon autonome, la sédentarisation, le stockage et l'utilisation de la céramique.

L'évolution du continent européen vers le stade techno-économique néolithique varie selon les régions. La rapidité et l'ampleur du changement dépendent des données géographiques comme de la maturité des peuples mésolithiques indigènes dans la maîtrise de l'environnement végétal et animal.

Les plus anciennes traces européennes d'une économie de production se trouvent dans les Balkans. Les conditions écologiques (remplacement précoce de la steppe par la forêt à feuilles caduques), moins favorables, mais voisines de celles du Proche-Orient, peuvent expliquer cette avance. Dès la fin du VIIᵉ millénaire, une économie fondée sur l'élevage (mouton puis chèvre mais aussi porc et bœuf) et pratiquant la culture du blé, de l'orge et des lentilles est attestée en Crète, à Chypre comme en Thessalie, Argolide, Macédoine et Monténégro. L'usage de la céramique se propage rapidement. Dans la seconde moitié du Vᵉ millénaire, et particulièrement en Thessalie, se développe la civilisation de Sesklo, fortement marquée par l'Anatolie voisine (poteries peintes, idoles anthropomorphes en argile).

Plus au nord, la Hongrie méridionale, le Sud de l'Ukraine, la Roumanie, la Bulgarie et une partie de la Yougoslavie connaissent, jusqu'à la fin du Vᵉ millénaire, une culture – dite de Starcevo-Körös – qui se démarque des influences anatoliennes. L'élevage mais aussi la chasse et la pêche jouent un rôle économique important. Les habitats permanents ou semi-nomades s'installent dans les vallées (culture du blé et du millet) ; on édifie des maisons en bois revêtu d'argile. Les affinités avec les groupes du Nord de la Grèce apparaissent dans les décors spiralés des vases et l'usage de figurines schématiques en argile (femmes obèses). C'est à la périphérie septentrionale de cette vaste région que naissent, au début du Ve millénaire, les courants de colonisation danubiens.

Le passage à une économie de production, sensible au contact des Balkans, dès – 5600 sur les rivages adriatiques du Sud de l'Italie, puis vers – 5300 dans la frange tyrrhénienne, semble bien engagé aux environs de – 5200 sur les côtes franco-ibériques de la Méditerranée. Le phénomène est attesté peu après sur le littoral atlantique, de l'Algarve à la Loire. L'utilisation d'une coquille de cardium pour orner la céramique se généralise du Monténégro au seuil du Poitou, et confère une apparence d'unité à l'ensemble de la Méditerranée occidentale et de ses marges. Cependant le « phénomène » cardial, impression produite par une similitude de techniques décoratives, ne doit masquer ni les différences chronologiques ni les caractères propres de chaque entité régionale. L'originalité des cultures indigènes provient du cloisonnement marqué des rivages, qui fait de toute plaine côtière et de toute île un terroir bien individualisé. Chaque ensemble connaît sa propre évolution (la céramique peinte apparaît vers – 5000 dans les Pouilles au moment où le décor de * céramique impressionnée se met en place sur les rivages français et ibériques). Presque partout, dans une phase primaire, le décor à la coquille prédomine, mais la forme des récipients comme la disposition du décor diffèrent en Italie, Sardaigne, Sicile, France ou Espagne. Plus tard, l'usage de la coquille se raréfie et disparaît même parfois. La transmission rapide et lointaine de certaines techniques témoigne des véritables débuts de la navigation en Méditerranée. La diffusion par cabotage d'une culture unique semble toutefois peu probable, même si la mer joue un rôle déterminant dans les contacts entre ces groupes au mode de vie très proche.

La sédentarisation absolue n'est pas établie pour toutes ces populations montrant encore leur prédilection pour l'habitat en grotte. La notion de « village » reste inconnue, même s'il existe des ensembles fortifiés en Italie du Sud et, dans une phase évoluée, des maisons quadrangulaires à mur de torchis en Calabre. Partout, meules, graines carbonisées et traces polliniques de défrichement attestent la présence de culture (blé tendre et dur, orge et quelques légumineuses). L'élevage du petit bœuf, puis plus tard du porc, complète celui du mouton introduit précocement en milieu mésolithique. L'outillage en pierre, proche de celui du substrat indigène, montre la vivacité de l'économie de chasse-cueillette. La chasse (grand bœuf, cerf, sanglier...) et surtout la pêche restent prédominantes ; le petit bétail ne constitue qu'un complément à l'alimentation carnée.

L'intervention de l'homme sur la nature pour produire sa nourriture, aboutissement de toute une évolution écologique (paysages et climats favorables) et culturelle (maturité des techniques), a pu par endroits accompagner, ou même précéder, le phénomène cardial. La présence de céramiques (Dalmatie, Provence, Espagne), l'usage de faucilles (Aquitaine), la pratique de l'élevage (Bretagne) dans certains groupes indigènes semblent indépendants d'apports extérieurs.

Il a fallu près de deux mille ans pour que les changements apparus sur les côtes égéennes atteignent celles de l'Océan. Cette diffusion d'idées et de techniques au sein des sociétés indigènes par impulsions successives grâce à la Méditerranée a donné naissance à des cultures originales, qui se développeront jusqu'au IVᵉ millénaire.

Au nord du Danube et dans le Sud de la Moravie, à la périphérie de la culture de Starcevo-Körös, des déplacements de population, sensibles vers – 4750, constituent l'amorce d'un vaste mouvement qui va diffuser assez rapidement les techniques agricoles. La culture dite « * rubanée » va se répandre par les vallées de la Vistule et de l'Oder et surtout par celles de l'Elbe et du Danube. Dès – 4500, la haute vallée du Danube et l'Allemagne centrale sont concernées. Peu après, l'agriculture atteint la Belgique, le Sud-Est de la Hollande et l'Alsace. Dans le dernier quart du Vᵉ millénaire, les « colons » rubanés s'installent dans le Bassin parisien et atteignent l'Océan. Cette expansion à travers les vastes plaines d'Europe centrale s'explique en grande partie par leur fertilité (couverture lœssique et pluies régulières). Le boisement de ces terres légères n'est pas un handicap et on assiste alors à une vague de défrichements, de la Tchécoslovaquie à l'Alsace. Le peuplement rubané se fera même dans des contrées moins favorables : montagnes allemandes, marais polonais, karsts slovaque et hongrois.

Ce mouvement d'expansion sur presque un millénaire a connu, bien sûr, des modifications au cours du temps et montre quelques différenciations régionales, mais c'est avant tout son aspect particulièrement homogène qui le caractérise. C'est un ensemble d'us et coutumes qui s'est transmis avec l'avancée du peuplement ; on a parlé de « colonisation ». Les modes de vie et patrimoine culturel apparaissent en rupture avec ceux des groupes mésolithiques en place qui se maintiennent sur les rives de la Baltique ou les zones forestières des montagnes. Des échanges interactifs ont lieu avec ces chasseurs-cueilleurs comme avec les groupes qui ont découvert l'agriculture au contact des peuples méditerranéens. La pratique d'une agriculture semi-nomade, avec brûlis, par rotation sur un territoire limité, semble générale. Toutes les productions (blé surtout, mais aussi orge, pois, lentilles) et la totalité du cheptel (bovidés et à un degré moindre moutons, chèvres et porcs) du Néolithique européen sont connues ; la chasse et la pêche demeurent peu pratiquées. L'outillage en pierre (faucilles, meules, haches-marteaux...) est adapté au modèle économique. Les villages comportent une dizaine de maisons quadrangulaires allongées au plan stéréotypé : même orientation avec porte à l'opposé des vents dominants ; même architecture avec des rangées transversales de cinq poteaux. Branchages et torchis composent les parois ; chaume et roseaux, les toits à double pente. Les habitations mesurent de près de 10 mètres à plus de 30. Certains grands édifices pouvaient posséder une fonction collective religieuse ou civile. Les cimetières, implantés à proximité du hameau, rassemblent souvent plusieurs dizaines de sépultures : inhumations en position fléchie sur le côté gauche, plus rarement incinérations. Seuls les restes des enfants sont déposés près des maisons.

Vers – 4000, il reste encore des terres à conquérir et à défricher, mais la quasi-totalité du continent vit désormais au rythme des travaux agricoles. Le temps de l'adaptation et de l'identification au terroir est arrivé. La diffusion du métal va apporter des changements radicaux à la société rurale.

DOCUMENT 1

Grotte de La Marche à Lussac-les-Châteaux (France)
Figuration humaine gravée sur dalle calcaire

relevé : Jean Airvaux

Parmi les manifestations artistiques du Paléolithique supérieur, les gravures sur plaquettes de pierre tiennent une place importante, de la Russie à la zone franco-cantabrique. Elles restent souvent difficilement déchiffrables en raison de la superposition de plusieurs figurations. Les animaux sont toujours représentés de façon très réaliste. Les figurations humaines, plus rares, apparaissent souvent caricaturales. La grotte de La Marche, en Poitou, a livré des centaines de plaquettes gravées ; parmi celles-ci, quelques-unes des plus belles têtes humaines que nous ont laissées les Magdaléniens.

DOCUMENT 2

Habitation en os de mammouth de Mezhirich (URSS)

Les habitations en os de mammouth constituent une particularité des régions orientales. En Ukraine, la maison de Mezhirich, au Paléolithique supérieur, possède un diamètre d'environ 5 mètres. Rien que pour le soubassement on a utilisé 25 crânes, 10 os longs et 20 bassins enfoncés à 40 centimètres de profondeur. La partie médiane est constituée par d'autres crânes, os longs et vertèbres. La couverture est faite de 35 défenses et de 2 pelvis de mammouth. Le revêtement extérieur comporte des mandibules emboîtées. Ces huttes sont le plus souvent associées par groupes de trois à quatre ensembles avec foyers et ateliers de taille.

DOCUMENT 3

Cortège d'archers du Levant (Espagne)

Les peintures rupestres du Levant espagnol, œuvre des derniers groupes de chasseurs (entre – 10000 et – 5000), rassemblent des scènes figuratives particulièrement vivantes. La chasse tient une place prépondérante dans les figurations, où l'on remarque l'usage fréquent de l'arc et des flèches. Plusieurs scènes montrent des troupeaux de bovidés qui correspondent sans doute aux débuts de la domestication.

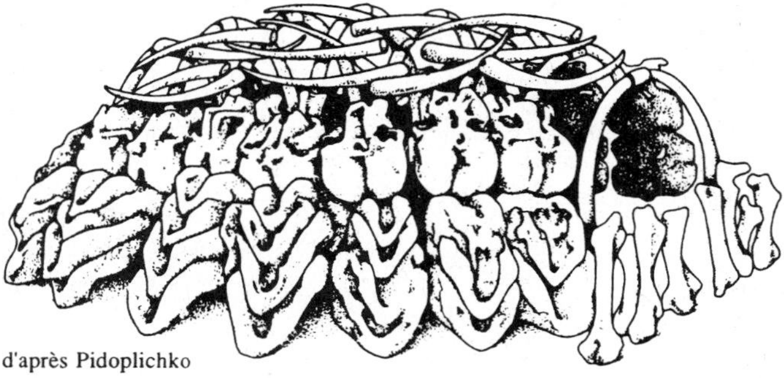

d'après Pidoplichko

d'après Maringer-Bandi

2. L'Europe protohistorique :
artisans, commerçants, bientôt citadins

L'époque protohistorique voit coexister les peuples qui commencent à connaître l'écriture et ceux qui ne la connaissent pas encore. C'est alors, aux IVe et IIIe millénaires, que s'affirment progressivement des civilisations européennes paysannes. Mais, avec l'apparition de la métallurgie, celles-ci voient leurs anciennes structures se bouleverser. Aux IIe et Ier millénaires, en effet, paraissent les prémices de l'urbanisation : au Sud, les cités-États des Minoens, des Mycéniens et des Étrusques, en Europe centrale, après la civilisation agro-pastorale d'Unetice, les communautés des princes celtes, qui s'imposent dans le centre du continent, isolent sur les marges ouest, nord et est, des civilisations originales. C'est face à ce monde que désormais vont se dresser les puissances grecque et romaine.

L'affirmation des cultures européennes aux IVe et IIIe millénaires

La mise en place d'une société paysanne pendant le IVe millénaire. Connue surtout par ses diverses formes d'habitat et par ses productions artistiques et culturelles, cette société marque quelques différences d'une extrémité à l'autre du continent.

Dans les Balkans et la Méditerranée orientale, le IVe millénaire voit un essor démographique et l'apport de populations venues des rives de l'Égée et d'Anatolie. Des îles comme Chypre sont de véritables carrefours culturels entre Proche-

Orient et Égée. Bien sûr, le cloisonnement des terroirs écarte des changements quelques isolats, tels les modestes villages de pêcheurs des Cyclades. Toutefois, se développent des agglomérations fortement peuplées aux maisons complexes, souvent fortifiées, et accompagnées de véritables nécropoles. Un bon exemple de cette évolution est fourni par la culture de Vinça, du nom d'une localité voisine de Belgrade, célèbre par ses idoles plates de déesse-mère et ses céramiques noires, dont le rayonnement dépasse la Macédoine et la Serbie. A la fin du IVe millénaire, dans les Balkans mais aussi sur les marges hongroises ou dalmates, on travaille le cuivre.

Le bassin occidental est réceptif aux influences de tous horizons. L'Italie méridionale comme la Sicile et Malte voient au gré des contacts orientaux les villages s'entourer de fossés et la peinture remplacer le décor impressionné sur les céramiques. Le Nord de la péninsule est en liaison avec l'Europe centrale et balkanique. Durant la seconde moitié du millénaire, les cultures à céramique lisse supplantent les poteries impressionnées. Ce sont les groupes de Diana (Italie du Sud), Alméria (Espagne) et Chassey (Côte-d'Or, en France) qui s'installent volontiers sur les hauteurs et dont la mythologie paraît marquée par le goût des idoles féminines. Ces cultures se propagent sur une bonne part de l'Europe occidentale.

En Europe centrale, les civilisations rubanées évoluent sur place au IVe millénaire. La population augmente et de nouvelles migrations se produisent à partir de la Hongrie, mais le patrimoine antérieur est conservé. On assiste simplement à une accentuation des différences régionales et à des changements limités : le décor poinçonné remplace le décor linéaire sur les poteries, le plan des maisons devient trapézoïdal... La culture de Roessen, en Allemagne centrale et en Alsace, montre sa prédilection pour les sites de hauteur et son goût pour l'élevage. La civilisation de Michelsberg, dans les pays rhénans, assimile le patrimoine culturel des derniers chasseurs. Dans les régions alpines, on construit alors des villages au bord des lacs ; les civilisations de Cortaillod en Suisse et de Lagozza en Italie correspondent à l'essor des groupes méditerranéens à poterie lisse. Des mouvements de population s'observent en Hongrie : au contact des Balkans, la culture de Lengyel avec ses poteries peintes en spirale influence l'Autriche, la Moravie et leurs marges. La fin du millénaire voit l'apparition de la métallurgie du cuivre dans les régions danubiennes et l'Ukraine.

Au cours du IVe millénaire, les rivages de la mer du Nord et de la Baltique, jusque-là à l'écart, connaissent à leur tour une rupture dans leur mode de vie. Leur colonisation par des groupes de tradition danubienne entraîne la mise en place d'une économie agricole diversifiée. Les « gobelets en entonnoirs » (nommés ainsi en raison de la forme de certains de leurs récipients) influenceront le Nord-Ouest de la France et les Iles Britanniques. Le courant épi-danubien atteint au même moment les côtes de la Manche, le Val de Loire et la Bretagne. Il rencontre des populations agricoles d'essence méditerranéenne. Des cultures hybrides apparaissent.

Dès la fin du Ve millénaire, sur le littoral atlantique et peu après dans les régions nordiques, se développe le monumentalisme funéraire : au Portugal et dans la France de l'Ouest, on bâtit les premiers mégalithes ; de la Pologne au Jutland on édifie de longs tertres trapézoïdaux, et, dans le Bassin parisien, ce sont des monuments en faisceaux atteignant parfois 300 mètres. Le rôle joué par le bois reste fondamental dans les sépultures de culture épi-danubienne. Ces monuments perdent vite leur caractère individuel. Quand les groupes d'origine méditerranéenne à * céramique lisse se manifestent vers – 3700 sur les côtes atlantiques (faciès chasséens en France, Windmill Hill en Angleterre), les sépultures deviennent collectives, ce qui n'exclut pas leur caractère aristocratique pour autant. A ce moment, on occupe volontiers les hauteurs.

Les premiers métallurgistes. L'apparition de la métallurgie est l'amorce de changements profonds dans les mentalités et les sociétés néolithiques. Elle correspond à l'essor, progressif il est vrai, d'artisans spécialistes ne participant plus directement aux activités de subsistance. Le cuivre natif est façonné au VIIe millénaire en Anatolie. C'est seulement à la fin du Ve millénaire, grâce à l'avance technique des fours de céramistes des régions danubiennes, que la fonte est utilisée. La civilisation de Varna, sur les bords de la mer Noire, associe les premiers cuivres à une riche orfèvrerie. On observe pendant les siècles suivants une multitude de centres indigènes fondeurs de cuivre ; la plupart conservent leurs traditions néolithiques.

La Yougoslavie compte parmi les plus anciens producteurs. Dans la culture de Vinça, les idoles féminines et les inhumations en position contractée se maintiennent après l'apparition des instruments en cuivre. La Hongrie, en exportant des herminettes en cuivre vers l'ouest, propage la nouvelle technologie. Chypre, aux richesses convoitées, puis les Cyclades, furent très tôt prospectées par les Syriens, Libanais, Égyptiens ou Anatoliens qui ont diffusé leurs productions à toute l'Égée et, de là, au bas Danube, à la Thrace et à l'Ukraine. L'exploitation des mines du Caucase ne modifie pas la vie misérable des éleveurs de moutons du Kouban mais elle assoit la puissance de leurs princes dont les sépultures, les « kourganes », renferment parures, vaisselle d'or... et serviteurs sacrifiés.

En Méditerranée occidentale, la rareté du minerai en Italie du Sud et dans les îles permet un passage insensible au métal ; les temples et tombeaux-hypogées de Malte et leurs idoles féminines maintiennent la tradition néolithique. L'exploitation précoce des mines du Languedoc et d'Aléria, en Corse, ne change pas le comportement des pasteurs indigènes. Il n'en est pas de même, vers – 3000, dans la région d'Alméria, à Los Millares, où l'essor des objets en cuivre est lié à une modification sensible des cultures en place : élévation de fortifications et de * *tholos*, fabrication d'idoles à la mode égéenne.

Dans le Nord-Ouest de l'Europe, un véritable Néolithique final se maintient, tant dans le mode de vie que dans les coutumes funéraires (sépultures collectives mégalithiques, déesses de fertilité...). Ce sont les cultures de Michelsberg et de Horgen en Suisse et en Allemagne, la culture de Windmill Hill en Angleterre et celles de Seine-Oise-Marne et d'Artenac (Charente) en France. Seuls de menus objets en cuivre, exogènes, se rencontrent exceptionnellement dans les phases les plus tardives.

Ces exploitations et utilisations indigènes du cuivre

apportent peu de changements. Elles ouvrent cependant la porte aux véritables civilisations du métal ; celles-ci, tout en modifiant l'outillage quotidien, vont bouleverser les structures sociales et religieuses des ethnies néolithiques.

Vers – 3000, des phénomènes culturels paneuropéens. A la fin du IIIe millénaire et au début du IIe, l'Europe occidentale connaît des évolutions culturelles complexes, entraînant une vulgarisation de la métallurgie du cuivre.

L'expansion de la civilisation des Kourganes affecte l'Europe centrale et par contrecoup les Balkans, les Carpathes et les régions danubiennes. Ces mouvements de population, probablement des pasteurs nomades en quête de nouveaux pâturages, amènent la création d'un ensemble homogène, des régions rhénanes à la Pologne orientale. Un groupe très proche occupe Hollande, Danemark et Sud de la Scandinavie. Malgré quelques particularismes locaux, partout on inhume individuellement en position contractée dans des coffres tumulaires, on décore les céramiques par impression de cordelette et on fabrique des haches de combat en pierre, copies conformes des haches en cuivre hongroises car le métal est rare. Ces cultures des « * cordés » et des « haches de combat » influencent le Nord-Ouest atlantique ; leur rencontre avec les utilisateurs de vases campaniformes génère des groupes hybrides.

La civilisation du « vase campaniforme » connaît une large diffusion, de la péninsule ibérique à la Hollande et de la Bohême aux Iles Britanniques. Sous une uniformité apparente – utilisation de gobelets en forme de cloche renversée (d'où son nom), petits objets en or, boutons en os, javelines en cuivre, sépultures individuelles –, on remarque des différences au sein de chaque entité régionale. Des relations difficiles à définir (il ne s'agit sûrement pas de déplacements de populations) ont existé entre chaque communauté d'un bout à l'autre de l'Europe. Le métissage avec les cordés effectué dans les régions rhénanes se répercute jusqu'à l'Espagne. En apportant la nouvelle technologie dans tout l'Occident européen, les Campaniformes jouent un rôle déterminant dans la genèse des civilisations du Bronze ; l'alliage cuivre-étain, plus facile à couler, remplace le cuivre vers – 1800.

Urbanisation et apparition de nouvelles classes sociales (IIe-Ier millénaire)

Minoens, Mycéniens et Étrusques, l'émergence des cités-États au Sud. La Méditerranée orientale connaît aux débuts du IIe millénaire les prémices de l'urbanisation. A Chypre, dans les Cyclades, en Grèce, des villages sont fortifiés. En Crète, on construit les premiers palais mais aussi-de véritables agglomérations (Gournia...). En Grèce, sur les acropoles, des bourgades s'élèvent autour des résidences aristocratiques (Tyrinthe...). Le mouvement vers la cité est amorcé.

En Crète, la monarchie minoenne, par sa marine, étend son emprise commerciale et culturelle au-delà du bassin oriental, établissant de fortes relations avec l'Égypte, ayant des contacts avec la Sicile et l'Italie du Sud. Épisodiques d'abord, les rapports avec le continent, où émerge la civilisation mycénienne, deviennent réguliers. A partir de – 1600, on peut parler d'interinfluence, presque de communauté de culture. Après – 1450, peut-être en liaison avec des catastrophes naturelles, la prédominance revient à Mycènes. Sur les tablettes des scribes de Cnossos, le linéaire B, transcription du grec mycénien, a remplacé le linéaire A.

La civilisation mycénienne, célèbre par la richesse de ses tombes aristocratiques (où l'on trouve l'ambre de la Baltique, les lapis-lazuli du Pamir, les œufs d'autruche et l'ivoire), s'affirme comme le carrefour de l'Occident et de l'Orient. Précocement, elle rayonne jusqu'à la Sicile et aux îles Éoliennes. Plus tard, on retrouve des fabrications mycéniennes depuis la sépulture de Thoutmosis, en Égypte, jusqu'aux marges germaniques. Les principaux objets de commerce restent la céramique avec thèmes floraux ou marins et autres * bucranes, les épées et les poignards. L'organisation politique de la communauté mycénienne demeure mal connue, et il ne semble pas qu'une de ces cités connaissant une ébauche de centralisation ait eu prédominance sur les autres. Il s'agit plus d'une unité autour de l'écriture, de la religion et de l'art que d'un empire véritable. L'économie se partage entre agriculture, artisanat et commerce, où la recherche de l'étain se révèle primordiale. Au 12ᵉ siècle, la désagrégation rapide de la civilisation mycénienne semble le fait de facteurs internes plus que d'invasions de Doriens ou autres Achéens. Bien des acquis subsisteront. Les relations avec l'Europe centrale et la péninsule italique prennent toutefois le pas sur le bassin oriental, où les énigmatiques « * Peuples de la Mer » perturbent les routes maritimes. C'est à ce moment (vers – 1050) que le fer est introduit en Grèce, mais la sidérurgie ne s'affirmera pleinement qu'à la fin du 9ᵉ siècle. La vie quotidienne n'est pas bouleversée, l'incinération pas plus que le fer ne se généralisent rapidement. La disparition des palais provoque seulement une baisse de l'artisanat de luxe.

A la fin du 8ᵉ siècle, le monde grec est partagé en nombreuses unités politiques, *poleis,* petites villes ou groupement de villages dirigés par une aristocratie. A ce moment-là, on assiste à une reprise du grand commerce, en liaison peut-être avec une crise politique et une forte démographie. La monnaie se vulgarise alors. Les apports de l'Orient (Syrie, Lydie, Égypte...) entraînent un renouvellement sensible dans l'art et la religion (construction des premiers temples en brique). Les cités se lancent dans un mouvement de colonisation sur le pourtour méditerranéen. Avec le renouveau de l'écriture et la littérature orale, nous disposons désormais de sources historiques *(voir chapitre 3).*

A l'extrémité du bassin occidental, une forte empreinte des civilisations chalcolithiques, la proximité des gisements de cuivre, étain et argent expliquent l'importance de la péninsule ibérique. A l'aube du IIᵉ millénaire, l'Andalousie, ouverte aux influences du Levant méditerranéen, connaît, avec la civilisation d'El Argar, un brillant artisanat du bronze et des bouleversements dans l'organisation sociale. Les mœurs funéraires et religieuses changent, l'inhumation individuelle sous tumulus ou dans des jarres (coutume orientale) remplace les tholos collectives ; les déesses-mères disparaissent. Les villages fortifiés, dont les bijoux d'argent marquent la prospérité, commercent aussi bien avec l'Égypte et l'Égée qu'avec le littoral nord-atlantique. Ces richesses ne doivent pas masquer les disparités : les groupes voisins de Valence ou du bassin du Tage semblent plus modestes ; en Catalogne, on occupe encore les grottes. El Argar subit, vers – 1300-1200, une phase de stagnation liée peut-être aux bouleversements affectant le bassin oriental.

Au début du Ier millénaire, l'absence d'unité culturelle est flagrante dans la péninsule : les côtes occidentales, jusqu'à la Huelva, connaissent les cultures atlantiques ; les influences centre-européennes atteignent la Catalogne alors que des cultures ibériques originales s'éveillent dans le Centre et le Sud. La sidérurgie ne s'affirme guère avant le 7e siècle. Deux entités spécifiques symbolisent les réponses proposées par les populations autochtones aux apports étrangers. Les pasteurs de la vallée de l'Èbre mettent en place, dans le Nord-Ouest, un système de villages fortifiés, les * *castros,* qui perdurera jusqu'à la romanisation. De l'embouchure du Tage jusqu'à l'Andalousie, dès le 7e siècle, les présences phénicienne puis grecque agissent comme un ferment sur les sociétés indigènes. La culture * tartessienne nous offre un bon exemple d'acculturation : maisons rectangulaires annonçant un embryon d'urbanisme, adoption d'une écriture semi-syllabique et d'un système de poids et mesures... De cette expansion naîtra la culture ibérique.

En Italie du Sud comme dans les îles, la métallurgie du * bronze met du temps pour s'affirmer. Un environnement naturel proche de celui du monde grec facilite les implantations précoces de véritables comptoirs : les premières armes en bronze de Sicile seront des épées égéennes ou mycéniennes. La construction de palais, de riches sépultures taillées dans le roc, l'installation des populations sur les hauteurs au milieu du 13e siècle sont autant de parallèles avec le bassin oriental. Selon les premiers textes, les peuples en place en Sicile au début de la colonisation grecque puisent leurs origines en Asie Mineure, chez les Ibères et dans la péninsule. L'Italie méridionale entre dans l'histoire et devient la Grande-Grèce.

Les îles importantes, Sardaigne, Corse et Baléares, véritables carrefours entre Occident et Méditerranée, développent pourtant des cultures originales. A partir de – 1300 et jusqu'à l'âge du * Fer, on y élève des monuments cyclopéens, à la fois sanctuaires et tours de défense. Dans ces îles, l'art des bronziers sera particulièrement florissant (figurations animalières des Baléares, archers et divinités sardes).

Au milieu du IIe millénaire, les villages sur pilotis des lacs alpestres comme les * terramares de la plaine du Pô montrent une organisation sociale complexe avec un artisanat du bronze développé réceptif aux modèles nord-alpins. A partir du 9e siècle, l'usage de la crémation puis, plus tard, le fer se répandent au pied des Alpes, dans les cultures de Golasecca, Este et Villanova. De cette dernière naîtra la civilisation étrusque ; les colonies phéniciennes et grecques du littoral ne sont pas étrangères aux influences orientales, sensibles dès – 700. L'exploitation des mines, le contrôle du commerce en Méditerranée occidentale font la richesse de l'Étrurie. Les villes fortifiées marquent un sens développé de l'urbanisme. Dans les nécropoles, le mobilier des chambres funéraires témoigne du rayonnement de la civilisation étrusque (vases grecs, faïences égyptiennes, argenterie du Moyen-Orient) comme de la qualité des artisans indigènes. L'habileté des céramistes, peintres, sculpteurs et orfèvres a produit un art original, puissant et raffiné. Les Étrusques, influencés au 6e siècle par les Grecs, étendront leur hégémonie à tout le Nord de la péninsule, mettant en place de véritables cités-États d'où sortira Rome.

En Europe centrale, d'Unetice aux princes celtes. A partir d'une forte implantation campaniforme et de quelques ferments venus d'Asie Mineure, vers – 2000, se met en place, en Bohême, une civilisation originale, celle d'Unetice, qui va jouer un rôle majeur dans la protohistoire européenne. Elle rayonne vite sur une bonne partie de l'Europe centrale, des groupes satellites évoluant de la Hongrie aux rives du Rhin. Unetice exploite ou contrôle les gisements de cuivre alpins et balkaniens comme les gîtes d'étain de Bohême ; elle surveille les voies commerciales de l'ambre balte. Elle développe des contacts avec Chypre, l'Égypte puis Mycènes ; ses créations métallurgiques sont imitées de la plaine du Pô à l'Allemagne du Nord. Comme dans le monde méditerranéen, les idées changent ; la déesse-mère disparaît, les structures sociales deviennent plus individualistes mais la société semble peu hiérarchisée ; seuls quelques tumulus aristocratiques sont connus en Allemagne. Bien que l'on trouve des agglomérations de hauteur fortifiées, la richesse apportée par le métal ne bouleverse pas l'économie avant tout agro-pastorale.

A partir de – 1500, malgré l'expansion colonisatrice de quelques communautés, l'Europe centrale montre une certaine stabilité, les entités géographiques se consolidant et s'individualisant. Au-delà de quelques particularismes régionaux, du Rhin à la Vistule et des Alpes à la Baltique se développe la mode de l'ensevelissement sous des tertres. Dans cet ensemble culturel, on retrouve en abondance des armes et aussi des villages fortifiés, indices d'une militarisation de la société. On assiste, peu à peu, à une modification des concepts religieux ; l'inhumation est remplacée par l'incinération, le culte solaire et ses symboles, rouelles, oiseaux, s'imposent dans une bonne part du territoire européen. A la fin du 13ᵉ siècle, des changements apparus dans les régions danubiennes sont particulièrement sensibles au nord des Alpes et se répandent vers le nord et l'ouest. Le trait le plus visible est le nouveau rite funéraire ; les défunts, incinérés, sont déposés dans des urnes, souvent regroupées en cimetières. L'abondance du matériel métallique et des céramiques au style original (on peut parler de communauté d'inspiration culturelle) correspond à un accroissement de population et à une réorganisation des structures sociales ; les cimetières rassemblent les restes des riches et des pauvres, des femmes et des enfants. Ces évolutions, rarement brutales, ont peut-être un lien avec les bouleversements, déjà évoqués, du monde méditerranéen.

Les modifications culturelles de la fin du 10ᵉ siècle sont plus profondes et indiquent une rupture des modes de vie. On occupe les sites de hauteur, l'incinération disparaît et la mode des tumulus reprend alors que se généralise la sidérurgie. Il semble bien que, comme sur les rives méditerranéennes, l'essor démographique soit supérieur aux possibilités de production. La crise favorise l'émergence des chefs, protecteurs et organisateurs des activités économiques. Les échanges sud-nord tendent à supplanter le traditionnel commerce est-ouest. Au 6ᵉ siècle, les princes celtes des petites communautés nord-alpines deviennent les intermédiaires obligés entre la Méditerranée et les régions septentrionales, contrôlant de leurs citadelles les routes de l'étain et de l'ambre. Le faste des sépultures celtiques révèle la richesse et le goût du luxe de ces potentats mais aussi leur ouverture culturelle ; leurs rites de funérailles copient le symposion (banquet funéraire) gréco-étrusque.

Au 5ᵉ siècle, les citadelles princières connaissent un abandon progressif ; les tombes aristocratiques sont dans de vastes cimetières au milieu de celles du peuple et recèlent moins d'objets méditerranéens qu'auparavant. Le déclin des grands aristocrates est lié à la mise en place d'unités politiques plus petites. L'art s'enrichit de nouveaux motifs : palmettes, lotus... Les régions périphériques – Champagne, Rhénanie, Bohême – ont alors la suprématie, commerçant avec les Étrusques. A la fin du siècle, certaines populations partent à la conquête de l'Europe moyenne puis méditerranéenne ; ils se heurteront à Rome, détruiront Delphes et s'installeront en Anatolie. Au 3ᵉ siècle, l'Europe centrale est entièrement celtisée autour du grand axe danubien, qui diffuse les objets manufacturés de la Hongrie à la France. La société gauloise, composée essentiellement de petits groupes ruraux, est dirigée par une aristocratie, possesseur juridique et économique de la terre. A partir du 1ᵉʳ siècle, alors que les productions romaines circulent abondamment, les artisans et commerçants s'installent sur les sites fortifiés de nature préurbaine : les *oppida*.

Dans les marges européennes, des cultures originales. Les rivages océaniques, dès l'aube du IIᵉ millénaire, forment une communauté économique dont la Manche, véritable mer intérieure, semble le cœur. Les cultures du Bronze ancien, du Portugal à la Hollande, plongent leurs racines dans le vieux fonds campaniforme. Des deux côtés de la Manche, le Wessex et la Bretagne, au centre du commerce du cuivre, de l'étain et aussi de l'or et de l'ambre, montrent, bien avant l'épanouissement de

Mycènes, une richesse sans précédent. Les tumulus princiers renferment des armes de bronze rehaussées d'or et de la vaisselle en métal précieux. L'Irlande, riche de son cuivre et de son or, diffuse ses parures jusqu'au continent. L'achèvement des derniers grands temples mégalithiques (Stonehenge) participe de cette prospérité. Cette aisance s'estompe vers – 1500 alors que l'étain, abondant de la Galice aux Iles Britanniques, amène l'éclosion d'ateliers régionaux de fonderie, de l'embouchure du Tage au delta du Rhin. La société et les mœurs changent. La mode funéraire des urnes, née en Grande-Bretagne, se répand sur le continent, continuant la tradition locale des enclos circulaires. La mythologie s'enrichit : le feu, le char, le soleil viennent s'associer aux rites anciens de fertilité. Au 8e siècle, alors que l'on s'installe sur les hauteurs, la diffusion précoce du fer s'accompagne d'une production de bronze étonnante par sa quantité et sa variété sur l'ensemble du littoral. Plus qu'une frange occidentale de la Celtique et voisine de la Méditerranée, la communauté atlantique affirme une entité bien autonome, unie par ses côtes. Pendant tout l'âge du Fer, gardant leurs particularismes, des castros de Galice aux souterrains bretons, les contrées océanes apparaissent réceptives aux mutations économiques, sociales, culturelles et religieuses nées dans les régions orientales et méditerranéennes. On adaptera et adoptera tout ou partie des nouveautés. Les syncrétismes seront permanents. Les riches propriétaires de l'Europe atlantique apprécient les objets luxueux venus de Grande-Grèce puis d'Étrurie ; leurs sépultures n'ont rien à envier à celles de leurs homologues de la Celtique.

L'Europe septentrionale ne possède pratiquement pas de minerais de cuivre ou d'étain. Des rivages polonais à la Scandinavie, on pallie cette carence par une utilisation prolongée de la pierre puis par des importations d'Unetice ou des Balkans. Vers – 1400, peut-être favorisé par le commerce de l'ambre, un véritable âge du Bronze se développe dans ces régions, berceau de la civilisation germanique, le *Nordische Kreis* des Allemands. Ce bronze nordique, dont la richesse nous est connue grâce à l'étonnante conservation des matières organiques, s'éternisera jusque vers – 500. Les grandes sépultures tumulaires de la 1re période sont remplacées, avec les cultes solaires, par des incinérations. Des urnes à visage humain et en forme de maison témoignent bien des contacts avec l'âge du Fer italique ; les sépultures en forme de navire de l'île de Gotland sont plus originales. Les vaisselles d'or comme l'artisanat des bronziers montrent une iconographie particulière avec spirales, cygnes et barques. L'âge du Fer ne prend véritablement fin dans ces régions qu'avec l'époque augustéenne.

Sur les marges orientales, le caractère expansionniste des peuples des steppes reste le fait marquant des deux millénaires avant notre ère en Europe de l'Est. Vers – 1800, le vaste territoire à l'est du Don est occupé par des agriculteurs connaissant le cuivre puis le bronze. Leur rite funéraire, une inhumation dans une maison sous tumulus, les caractérise. La civilisation des « tombes à charpente » se diffuse vite en direction de l'Europe centrale. Vers – 1100, la migration atteint les vallées du Dniepr puis du Dniestr ; en – 800, le Nord de la Roumanie et les steppes ukrainiennes sont touchés.

La civilisation scythe éclôt dans le cours inférieur du Dniepr et en Crimée ; comme ses satelllites des steppes de la partie européenne de l'URSS, elle puise ses racines dans la culture des « tombes à charpente ». Prolongeant leur expansion, elle va diffuser la sidérurgie. Ces mouvements s'accompagnent de modifications sociales ; les petits groupes d'agriculteurs sont remplacés par des pasteurs nomades dont les chefs étendent leur pouvoir sur des espaces immenses. Le Caucase et la Mésopotamie sont atteints. Au 6e siècle, les Scythes sont en Pologne et dans les régions danubiennes ; là, au contact des influences grecques, naîtra la culture thrace. D'autres groupes occupent les rives de la Volga ou les steppes entre le Don et l'Oural ; c'est ici que les Sarmates, installés depuis le 6e siècle, se développent à leur tour pour atteindre la mer Noire au 2e siècle. C'est une des rares cultures européennes pour laquelle on a évoqué le matriarcat.

A la fin de l'âge du Fer, alors que des sociétés hiérarchisées, bien structurées, sont en place dans presque tout le continent, l'essor de l'Empire romain, puis l'affirmation du monde germanique et des peuples des steppes annoncent bien des bouleversements. Ces nouveaux chapitres du long passé européen appartiennent au domaine de l'histoire.

DOCUMENT 1

Figurations rupestres du Bohuslän (Suède)

Dans l'art rupestre nordique de l'âge du Bronze, le bateau reste un thème privilégié, mais on rencontre aussi bien des représentations anthropomorphes, dieux au bateau, guerriers, laboureurs souvent ithyphalliques, que des figurations animales – bœufs, cerfs et chevaux – et aussi des motifs symboliques à base de roues et cercles solaires. Certains sites comme celui de Torsbo, en Suède, comportent plus de soixante-dix compositions pouvant chacune atteindre 2 mètres de haut et 5 de large. L'ensemble de ces tableaux semble répondre à un souci religieux.

DOCUMENT 2

Reconstitution de la sépulture princière de Hochdorf (Allemagne)

La tombe centrale en bois du tertre de Hochdorf découverte inviolée en 1978, près de Stuttgart, montre l'extraordinaire richesse des princes celtes au 5e siècle av. J.-C. Le sol et les parois étaient couverts de tentures magnifiquement tissées. Le mort était allongé avec ses effets personnels, parures et offrandes, sur une banquette en bronze rembourrée de tissus et fourrures. Plusieurs éléments décoratifs en or semblent façonnés spécialement pour l'inhumation : fibules, brassard, appliques sur le poignard, la ceinture, les chaussures. Sur la caisse du char était entreposée de la vaisselle en bronze. Le service à boisson comprend des cornes à boire décorées de feuilles d'or, un chaudron en bronze orné de lions et une coupe en or. Le chaudron avait contenu de l'hydromel.

d'après Briard

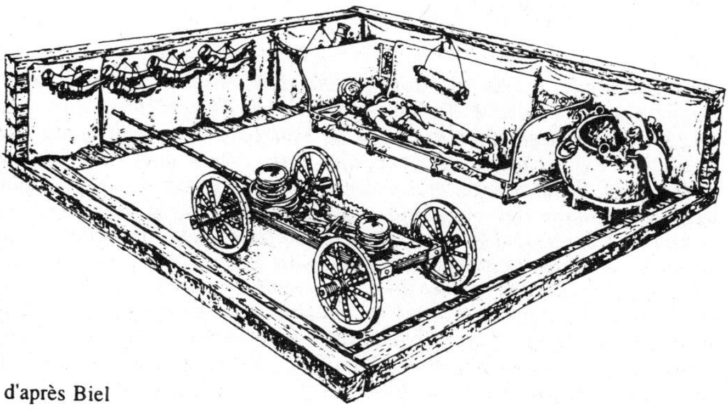

d'après Biel

DOCUMENT 3

Archer, cerf et bouquetin ornant une ceinture en bronze du Caucase (URSS)

Le bestiaire des religions de l'âge du Bronze, avec la prédominance du cheval, du cerf et des oiseaux, tranche avec les figurations animales des périodes antérieures. Le cerf est représenté dans toute l'Europe, sur les broches à rôtir de l'Atlantique (Challans, en France), les roches gravées des Alpes (Val Camonica, en Italie) et les ceintures en bronze du Caucase (Akthala, en URSS). Les ceintures de bronze à décor gravé du début du Ier millénaire av. J.-C. de Transcaucasie, cousues sur une lanière de cuir ou une bande de feutre, constituaient de véritables cuirasses, longues de près de 1 mètre et larges d'environ 20 centimètres. Leur décor gravé montre des animaux représentés de façon réaliste, au contraire des hommes stylisés avec une tête animale ou fantastique. Les scènes de vie quotidienne laissent transparaître les croyances religieuses ou magiques des populations.

DOCUMENT 4

Temple de Stonehenge (Angleterre)

Au Néolithique, les astres interviennent dans le rituel religieux d'une bonne part de l'Europe. Le plus bel exemple de temple solaire a été érigé à Stonehenge, dans la plaine de Salisbury. Au Néolithique (vers 3000 av. J.-C.), on a délimité une aire sacrée avec un fossé de 100 mètres de diamètre et un cercle de pieux en bois. Vers 2000 av. J.-C. (époque des populations campaniformes), le monument est complété par un double cercle de pierres bleues dont l'entrée était alignée sur le lever du soleil au solstice. Au Bronze ancien (de 1800 à 1500 av. J.-C.), on construit un grand cercle de trente montants hauts de 4 mètres supportant des linteaux et cinq trilithes en grès disposés en fer à cheval. L'ensemble mégalithique joue peut-être alors le rôle de temple astronomique. Vers 1000 av. J.-C., le monument, toujours utilisé, connaît encore des transformations.

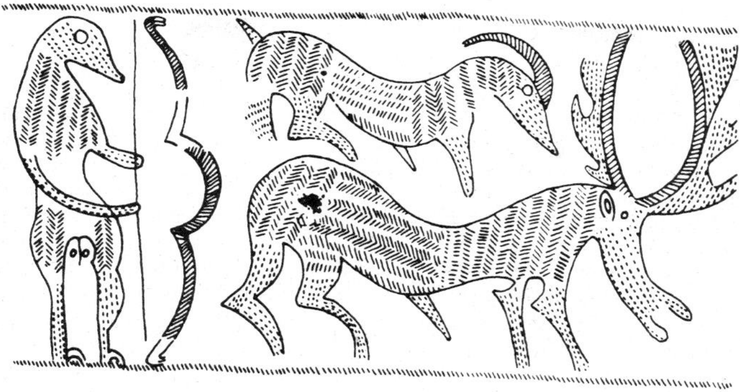

d'après Briard

3. L'affirmation de la cité

Avec l'élaboration d'un système politique original, celui de la cité, la partie méditerranéenne de l'Europe connaît, au cours du dernier millénaire (8ᵉ-3ᵉ siècle), une évolution particulière. Celle-ci va permettre à Athènes de devenir le plus fécond des foyers culturels et à Rome d'accéder à un rôle de premier plan dans le bassin méditerranéen.

L'Europe pré- et protohistorique a vu la mise en place de plusieurs foyers culturels, où l'on peut discerner des spécificités régionales et des courants d'influences qui témoignent de la circulation des idées et de l'importance des échanges entre les différents secteurs géographiques. A partir du 7ᵉ siècle av. J.-C., les régions méditerranéennes de l'Europe connaissent une évolution particulière avec la formation de systèmes politiques organisés autour de la notion de cité, *polis* en grec.

LA NAISSANCE DE LA *POLIS*

Le temps des expériences

Les premiers indices. Le monde grec avait été jusqu'alors dominé par des petits États dirigés par des rois dont l'existence nous est connue à travers les récits d'Homère dans *L'Iliade* et *L'Odyssée*, avec l'affrontement des Grecs autour de la ville de Troie et le retour de l'un des chefs de l'expédition, Ulysse, dans l'île d'Ithaque. Déjà, dans ce récit, se dessinent les premières formes d'une nouvelle expression politique où le peuple, *demos*, intervient et tient des assemblées. D'autre part, les activités économiques se transforment et la place du paysan-cultivateur s'affirme dans les poèmes d'Hésiode (fin 8ᵉ siècle-début 7ᵉ siècle av. J.-C.). Une classe de petits propriétaires cultivateurs se développe, tandis que l'artisanat connaît un essor remarquable avec la production de *céramique à Corinthe, à Athènes et à Rhodes. Ces transformations économiques entraînent une intensification des contacts commerciaux où, en échange de céramique, de vin et d'huile, les Grecs importent des produits alimentaires comme les céréales provenant d'Égypte, des rives de la mer Noire ou d'Occident, et des métaux pour les besoins de l'artisanat et de l'armée. Dans ce domaine, Athènes bénéficie de la mise en exploitation des mines d'argent du Laurion sur le territoire même de l'Attique. L'apparition à la fin du 8ᵉ siècle et l'extension du système monétaire à l'ensemble des cités favorisent les échanges. Cependant, la vie politique reste encore contrôlée par les grandes familles aristocratiques.

L'hoplite. Une nouvelle façon de combattre accélère le processus de l'évolution politique. En effet, la mise au point d'une nouvelle stratégie fondée sur le combat en ligne, *phalange, où le bouclier, *hoplon*, du soldat protège à la fois celui qui le porte et une partie du corps de son voisin, aboutit à renforcer la cohésion du groupe de ces soldats ou hoplites. L'affrontement collectif tend alors à remplacer le combat héroïque individuel. La participation de tous les citoyens aux batailles développe le désir légitime de participer aussi plus largement à la vie de la cité et à son organisation politique. Un climat de crise s'instaure dans de nombreuses cités de la Grèce.

Législateurs et tyrans. Pour résoudre les tensions politiques suscitées par cette évolution, plusieurs réponses sont données.

Ce sont tout d'abord les efforts faits pour codifier les relations entre les personnes et mettre à la disposition de tous les principes et les règles de ces relations. Ainsi se constitue un droit écrit dont les premiers auteurs sont souvent des personnages mal connus ou mythiques, comme Lycurgue, qui aurait établi la loi fondamentale de Sparte, la *Rhêtra,* ou Dracon, à Athènes, qui rédige les premières lois contre les meurtres. Le plus connu de ces législateurs est Solon, au début du 6ᵉ siècle av. J.-C. ; il fixe la répartition des citoyens athéniens non plus selon leur rang familial, mais en fonction de leur fortune, qui devient aussi le critère pour la participation aux instances politiques, en particulier à l'assemblée ou *ecclésia.* Il crée en même temps un tribunal populaire, l'*héliée,* accessible à tous les citoyens. Ces réformes marquent une première étape vers la démocratie. Parallèlement se dessine une autre solution, plus brutale, fondée sur la prise du pouvoir d'un aristocrate par la force et avec l'appui du peuple. Ce pouvoir, exercé sans contrôle, donne naissance à la tyrannie. De nombreuses cités grecques connaissent ainsi des tyrans dont la politique est assez voisine d'une cité à l'autre : lutte contre les grandes familles, distribution de terres, grands travaux, politique de prestige. Ainsi, après Solon, dans la deuxième moitié du 6ᵉ siècle av. J.-C., Athènes est dirigée par le tyran Pisistrate et ses fils, qui entreprennent les premiers grands travaux sur l'Acropole. Les régimes tyranniques s'achèvent par une révolte avec mort ou exil du tyran. Mais, comme pour les législateurs, leur œuvre facilite l'évolution politique des cités. Dans la même période, les nouvelles cités diffusent leur modèle dans le monde méditerranéen.

Le mouvement colonial

Les circonstances. Parallèlement à la naissance et au développement des cités dans le bassin oriental méditerranéen, se dessine un mouvement d'émigration dont les causes sont multiples. Elles peuvent être d'ordre économique avec la recherche de nouvelles terres de peuplement pour répondre à un problème démographique, ou la volonté d'ouvrir de nouveaux marchés commerciaux en créant des relais sur les principaux axes de circulation ; mais elles sont aussi d'origine politique, liées aux conflits internes dans les cités et aux exils politiques. Dans tous les cas, ces causes aboutissent au départ d'un groupe guidé par un fondateur, l'*oikiste,* qui transplante et installe cette population dans un territoire extérieur, créant une colonie qui garde des relations avec sa métropole, mais évolue de façon autonome.

Les fondations coloniales. Elles correspondent à deux phases chronologiques : une première vague se déroule du 8ᵉ siècle au milieu du 7ᵉ siècle av. J.-C. ; le phénomène se généralise ensuite dans une seconde période qui couvre le 6ᵉ siècle et déborde sur le 5ᵉ siècle. Dans ce vaste mouvement, plusieurs cités jouent un rôle prépondérant : Chalcis en Eubée, Mégare, Corinthe, Sparte, relayées par les îles de la mer Égée, Rhodes et les cités grecques d'Asie Mineure comme Milet et Phocée. C'est dans ce contexte que se constitue un vaste domaine grec dans la Méditerranée occidentale avec les fondations, en Sicile, de Syracuse, Mégara Hyblaea, Catane, Gela, Agrigente, Sélinonte, Himère, Zancle..., et en Italie du Sud, où sont établies les cités de Tarente, Métaponte, Crotone, Locres, Rhégion, Cumes, Naples... L'ensemble de ces créations est désormais désigné sous le nom de Grande-Grèce. Le mouvement gagne aussi les côtes corses (Alalia), gauloises, où les Phocéens fondent Marseille, en 600, qui développe à son tour ses propres comptoirs (Antibes, Nice, Agde), et enfin les côtes ibériques (Ampurias).

La partie orientale de l'Europe est aussi concernée par cette expansion de l'hellénisme dans les îles de la mer Égée, comme Thasos, et sur la côte thrace (Abdère, Maronée). L'importance stratégique et économique du Bosphore est marquée par la fondation de Byzance vers 660, prolongée en mer Noire par la colonie d'Olbia et, au fond du golfe de Crimée, par la création de Tanais.

Les conséquences. La présence de cités grecques réparties sur l'ensemble du bassin méditerranéen donne un élan nouveau aux échanges économiques et culturels. L'hellénisme pénètre les marges méditerranéennes et atteint les régions d'Europe occidentale et centrale, comme l'attestent les nombreuses découvertes archéologiques d'objets de provenance grecque dans les plaines de la Russie méridionale, dans les Balkans et dans l'Europe celtique. La découverte du grand vase grec de Vix, en Bourgogne, ou celle de céramique grecque dans les sites ukrainiens en sont des illustrations. Les milieux indigènes en contact avec les cités grecques développent des formes de vie artistique et culturelle où se mêlent les influences grecques et les traditions locales, particulièrement sensibles par exemple dans l'art des Scythes de la Russie méridionale. C'est aussi à travers ces échanges que Rome est, dès son premier développement, en contact avec l'hellénisme qui inspire le récit légendaire de sa fondation, rattachant la naissance de la ville au cycle de Troie. Ainsi s'amorce, autour de la Méditerranée, une communauté culturelle dont Athènes constitue un des pôles les plus importants, face à sa rivale plus conservatrice, la cité de Sparte.

Sparte et le modèle archaïque

Une cité aristocratique. Dans cette évolution générale, Sparte fait un peu figure d'exception. Formée à partir de la réunion de quatre villages dans la plaine de Laconie, Sparte (ou Lacédémone) contrôle aussi le territoire voisin de la Messénie et cherche à asseoir son pouvoir sur tout le Péloponnèse. La cité se caractérise par la structure de sa société dominée par les citoyens, les *homoioi* ou égaux, hommes de plus de trente ans qui disposent chacun d'un lot de terres, le *kléros ;* leur activité essentielle est la guerre et leur vie repose sur une organisation collective stricte, illustrée par le repas en commun, *syssitia,* au sein d'un groupe, le *syssition.* A un deuxième niveau, les périèques correspondent aux habitants des cités autour de Sparte, qui ont conservé leurs institutions propres, mais qui dépendent totalement de Sparte pour la politique extérieure et l'armée. Enfin, en bas de l'échelle sociale, les hilotes forment la main-d'œuvre du *kléros,* sans droits reconnus, paysans dépendants asservis à la cité de Sparte.

Un régime aristocratique. Fondée sur une constitution, la *Rhêtra,* la cité de Sparte est dirigée par deux rois de deux familles différentes, les Agides et les Eurypontides, au rôle essentiellement religieux et militaire. Ils font partie du Conseil des anciens, la *Gérousia,* avec vingt-huit Spartiates, élus à vie par l'assemblée et âgés d'au moins soixante ans. Cette *Gérousia* détient l'essentiel des pouvoirs. Ce gouvernement d'un petit nombre se définit comme une structure « oligarchique ». L'ensemble des citoyens peut s'exprimer au sein de l'assemblée, *Apella,* qui vote par acclamation et n'a pas de rôle délibératif. Elle désigne tous les ans cinq magistrats, les éphores, qui sont les gardiens du respect de la tradition et des lois et qui ont une place prépondérante dans la vie de la cité.

Un système éducatif. La cohésion de la cité est assurée par une éducation particulière, l'*agôgè.* A partir de sept ans, les jeunes garçons sont pris en main par la cité qui, par groupes d'âge, leur donne une formation sportive et militaire, sous le contrôle de garçons plus âgés et d'adultes. Cette éducation est marquée par une série de rites d'initiation dont le plus célèbre est la « cryptie », où le garçon, réduit à une sorte d'état sauvage, doit subvenir à ses besoins en vivant hors de la cité et en se cachant. L'éducation des filles suit une démarche identique avec formation musicale et sportive pour en faire plus tard de bonnes mères de guerriers. Cependant, notre connaissance précise de Sparte reste encore difficile, en partie à cause de l'image et du mythe que cette cité représente très tôt dans l'histoire de la Grèce et d'une certaine fascination qu'elle put exercer par son système politique et éducatif jusqu'à des époques très récentes.

ATHÈNES ET LA GRÈCE (5e-4e siècle)

Une cité démocratique

Naissance de la démocratie athénienne. A l'inverse de Sparte, Athènes poursuit son évolution vers un régime démocratique. L'initiative en revient à Clisthène qui, après la chute des tyrans, établit à la fin du 6e siècle av. J.-C. une nouvelle organisation de la cité. Il définit un espace politique fondé sur les dèmes, sortes de cantons de résidence des citoyens, répartis dans dix tribus où sont représentées les différentes régions de l'Attique, la côte, l'intérieur et la ville. Par tirage au sort, cinquante citoyens par tribu constituent le Conseil ou *Boulè* de cinq cents membres, dont la permanence est assurée à tour de rôle par une tribu. L'année politique est aussi divisée en dix périodes ou prytanies, une par tribu. Toujours par tirage au sort, est désigné chaque jour un président des prytanes. Ainsi, dans ce système démocratique, un citoyen peut, pour une journée, être à la tête du Conseil qui prépare les lois votées par l'assemblée du peuple, l'*ecclésia.* Un collège de dix magistrats, les archontes, gère la cité tandis que dix stratèges assurent le commandement militaire. Pour empêcher toute dérive politique, l'assemblée du peuple peut décider l'exil pour dix ans d'un citoyen, en votant l'« ostracisme ». D'autre part, pour permettre aux moins fortunés de participer au Conseil, la cité leur verse une indemnité de présence ou « mistophorie ». La démocratie athénienne repose donc sur la volonté d'une égalité de tous ou « isonomie ». Mais il ne faut pas oublier qu'en sont exclus les non-citoyens comme les esclaves mais aussi les femmes des Athéniens. Dans ce système, les plus fortunés ont aussi des obligations, comme la participation à la construction des bateaux, les trières, et le financement des chœurs pour les représentations théâtrales.

L'expansion athénienne. La démocratie athénienne est confrontée dès sa naissance à de graves périls extérieurs. La révolte des cités grecques d'Asie Mineure entraîne l'intervention des armées perses en Grèce. La première « guerre médique » voit la célèbre victoire de Marathon, à 42 kilomètres au nord d'Athènes, en 490. Dix ans après, Athènes remporte une seconde victoire contre le roi perse Xerxès qui, après avoir battu les Spartiates aux Thermopyles, se heurte à la flotte d'Athènes à Salamine en 480. Après de nouveaux échecs, il renonce à l'invasion de la Grèce. Cette série de victoires donne la prépondérance à Athènes, qui en profite pour contrôler une grande partie des cités de la mer Égée. Elle accroît sa puissance commerciale et le port du Pirée, réaménagé, devient le grand centre des activités économiques.

Le « siècle de Périclès »

Athènes « école de la Grèce ». Sous l'impulsion de Périclès, à partir des années 450-430 av. J.-C., Athènes devient le foyer intellectuel et artistique de la Grèce. Sur l'Acropole, le Parthénon, sanctuaire d'Athéna, témoigne de la puissance de la cité, dont la cohésion est illustrée par la grande frise de la procession des Panathénées qui décore le temple et à laquelle collabore le sculpteur Phidias. Eschyle, Sophocle et Euripide participent à la naissance du théâtre tragique tandis qu'Aristophane, à la fin du 5e siècle, met en scène dans ses comédies la société athénienne. La peinture grecque trouve son plein épanouissement dans les décors de la céramique à figure rouge. Les philosophes y créent des écoles avec les sophistes Gorgias et Protagoras. Dans la même période, se développent les grands sanctuaires de Zeus à Olympie ou d'Apollon à Delphes ; la tenue régulière de concours et de jeux en fait des centres de l'hellénisme pour l'ensemble du monde grec.

La guerre du Péloponnèse et la crise de la cité. La volonté d'hégémonie d'Athènes se heurte à l'opposition de Sparte, et, de 431 à 404 av. J.-C., éclate une guerre qui met en cause l'ensemble des cités grecques. Vaincue en 404, Athènes connaît une grave crise au cours de laquelle est prononcée la condamnation à mort de Socrate, accusé de corrompre la jeunesse. Ce procès peut être considéré comme la fin d'une époque riche en créations. Cependant, le 4e siècle grec est aussi celui des grandes écoles philosophiques, avec Platon et Aristote, tandis que Praxitèle et Lysippe prolongent l'œuvre des grands sculpteurs du siècle précédent. Mais la guerre entre les cités épuise la Grèce. Après les échecs de domination de Sparte et de Thèbes, Athènes tente de retrouver sa place, mais il est trop tard.

De la cité aux royaumes

Au cours du 4e siècle, une nouvelle puissance se développe au nord de la Grèce, dans les Balkans, le royaume de Macédoine. L'avènement de Philippe II de Macédoine en 359 ouvre une période d'expansion de ce pays qui, malgré l'opposition de l'orateur athénien Démosthène, s'empare progressivement de la Grèce. La défaite des Grecs à Chéronée, en 338, marque la fin de l'indépendance des cités grecques, même si elles gardent encore une autonomie apparente.

Les conquêtes du fils de Philippe, Alexandre le Grand, à partir de 336 av. J.-C., offrent de nouvelles perspectives au monde grec, dont le centre de gravité se déplace vers l'Orient. La création des royaumes hellénistiques, à la mort d'Alexandre, en Macédoine et en Épire permet une diffusion plus large de l'hellénisme vers le centre de l'Europe, mais relègue les anciennes cités de la Grèce à un rôle secondaire avant que Rome ne prenne à son tour le relais dans ces régions.

L'URBS ET LE POUVOIR ROMAIN

A l'époque où Athènes domine la Grèce, une nouvelle cité commence à affirmer son pouvoir en Italie, Rome.

Naissance de Rome

Légende et archéologie. La tradition légendaire romaine fait remonter l'histoire de Rome à l'arrivée d'Énée fuyant Troie et cherchant refuge dans le Latium, en Italie. Dans un premier temps, ce serait la ville d'Albe qui aurait dominé cette région. La dynastie des rois d'Albe s'achève par une crise politique au cours de laquelle le roi Numitor est écarté par son frère et sa fille Rhea Sylvia condamnée à la virginité comme vestale. L'intervention du dieu Mars change le cours des événements et la prêtresse accouche des deux jumeaux, Rémus et Romulus. Cachés dans un berceau et confiés au Tibre, les jumeaux sont élevés sur le site de Rome par une louve et par un couple de bergers. Adultes, ils décident de fonder une ville ; une dispute entre eux provoque la mort de Rémus : Romulus est donc le premier roi de Rome. Traditionnellement fixée en 753 av. J.-C., la date est en partie confirmée par l'archéologie : des traces de cabanes ont été retrouvées sur le Palatin, prouvant la présence d'un village de bergers au 8ᵉ siècle av. J.-C. Cependant, il faut encore attendre deux siècles pour que le site de Rome commence à prendre l'allure d'une ville.

La royauté à Rome. Du 8ᵉ au 6ᵉ siècle av. J.-C., Rome est dirigée par des rois et les premiers temps de son histoire relèvent en partie de récits légendaires, avec l'enlèvement des *Sabines, les conflits contre Albe et le duel des *Horaces et des Curiaces. En réalité, Rome n'est qu'une petite bourgade au sein d'une confédération des peuples du Latium, la ligue latine. C'est l'installation des *Étrusques qui permet l'émergence des premières formes urbaines. Ce sont en effet les rois étrusques, Tarquin l'Ancien, Servius Tullius et Tarquin le Superbe qui entreprennent l'aménagement du forum au pied du Palatin, la construction d'un temple sur le Capitole et la mise en place d'une enceinte. En même temps est amorcée une restructuration de la cité. La société romaine est alors répartie entre les anciennes familles, qui constituent le patriciat, et le reste de la population libre, la plèbe, mais le pouvoir politique est aux mains du patriciat, seul présent dans l'assemblée des *comices curiates regroupant la population des trente curies et seul admis parmi les cent personnes qui forment le Sénat. Pour briser cette organisation, le roi Servius Tullius crée de nouvelles tribus dont le critère est, comme à Athènes, le lieu de résidence, et il répartit la population libre de Rome en classes selon la fortune. Cette répartition est destinée à servir de base pour le recrutement de l'armée et forme les *comices centuriates.

509 et la naissance de la République romaine. L'histoire de Rome situe le passage de la royauté à un régime républicain en 509 av. J.-C., en parallèle avec ce qui se passe à Athènes. En réalité, cette « révolution » est surtout caractérisée par la réaction du patriciat qui tente de récupérer son pouvoir en s'opposant aux rois étrusques. Les premières décennies du 5ᵉ siècle sont marquées par un double affrontement : la plèbe contre le patriciat et les conflits contre les Étrusques, dont la présence dans le Latium subsiste jusque dans les années 470. Pendant ces luttes, apparaissent les premières magistratures détenues par le patriciat. En même temps, la plèbe se dote de ses propres institutions, avec les tribuns de la plèbe et les édiles de la plèbe. C'est au cours des conquêtes en Italie que se fait la fusion entre les deux éléments de la population, favorisée par l'autorisation des mariages mixtes depuis 445.

L'Italie romaine

Rome et le Latium. Membre de la ligue latine, au même titre que les autres cités du Latium comme Tusculum, Rome doit faire face aux menaces de ses voisins immédiats, surtout des populations de l'Apennin. Les rapports entre Rome et les cités latines évoluent vers une prépondérance de plus en plus grande de Rome, consacrée en 338 av. J.-C. par la dissolution de la ligue latine. Le *droit romain supplante désormais le *droit latin des autres cités.

Rome et les Étrusques. Rome profite des difficultés et du déclin de la puissance étrusque. Entre 406 et 396, elle assiège Véies et s'en empare. Elle amorce ensuite la conquête des régions au nord du Tibre. La prise de Volsinies en 265 en marque l'aboutissement.

Rome et les Gaulois. La pénétration celtique dans la plaine du Pô pouvait constituer une menace à l'occasion de raids gaulois, comme celui des années 390 où Rome est prise et doit payer le départ des Gaulois. A plusieurs reprises, au cours du 4e siècle, Rome doit faire face à des incursions, mais à son tour elle commence une progression vers le nord de l'Italie, qui s'affirme surtout au cours du 3e siècle avec la fondation de colonies dans la plaine du Pô.

Rome et l'Italie du Sud. Poussée à l'intervention en Campanie par la menace que font peser les populations samnites de l'Apennin, Rome en profite pour s'assurer le contrôle de Capoue, et, après une guerre victorieuse contre le souverain hellénistique Pyrrhus d'Épire, venu secourir Tarente, elle finit par prendre la cité de Tarente en 272 av. J.-C. A cette date, on peut considérer que l'Italie est en grande partie sous la tutelle de Rome.

La " res publica "

Le passage d'une bourgade du Latium à une cité dominante en Italie s'est accompagné d'une mise en place des institutions. Une série de lois a établi le partage des magistratures entre la plèbe et le patriciat et a donné naissance à la *nobilitas,* groupe social qui englobe les familles dont un membre a été magistrat, qu'il soit patricien ou plébéien.

Les assemblées. Les anciens comices curiates subsistent, mais ont un rôle restreint. Les citoyens romains sont surtout répartis dans deux principales assemblées : les comices centuriates où ils sont classés en centuries selon cinq catégories en fonction de la fortune, et les comices tributes où le classement en 35 tribus est fait selon les critères de résidence. Le système de vote favorise dans tous les cas les plus fortunés. Ces assemblées se partagent les élections des magistrats et le pouvoir législatif.

Les magistrats. Deux grandes catégories de magistrats assurent la gestion des affaires. Les magistrats supérieurs sont élus par les comices centuriates : prêteurs, consuls et censeurs ; ces derniers font le recensement des citoyens tous les cinq ans et les classent selon leur fortune. Les comices tributes désignent les magistrats inférieurs : questeur, édiles ; la plèbe a conservé l'élection de ses propres représentants – tribuns de la plèbe et édiles de la plèbe – avec le concile de la plèbe groupant les plébéiens des comices tributes.

Le Sénat. Le Sénat est désormais composé de trois cents membres, recrutés par le censeur parmi les anciens magistrats supérieurs. Il est essentiellement le gardien de la tradition, mais exerce aussi le contrôle financier et gère les problèmes de politique extérieure.

La cité est donc devenue le cadre d'une expression politique dont les formes ont pu varier selon les régimes, mais dont les principes correspondaient à un horizon assez limité. Malgré sa progression en Italie, Rome a aussi conservé un système conforme à la gestion d'une cité. Mais est-il adapté à une extension plus importante ? C'est tout le problème posé par la nouvelle ampleur que prennent les conquêtes romaines à partir du 3e siècle av. J.-C.

DOCUMENT 1

Deux conceptions de la démocratie

1. Athènes « école de la Grèce » : discours de Périclès :

« Notre constitution politique n'a rien à envier aux lois qui régissent nos voisins ; loin d'imiter les autres, nous donnons l'exemple à suivre. Du fait que l'État, chez nous, est administré dans l'intérêt de la masse et non d'une minorité, notre régime a pris le nom de démocratie. En ce qui concerne les différends particuliers, l'égalité est assurée à tous par les lois ; mais en ce qui concerne la participation à la vie publique, chacun obtient la considération en raison de son mérite, et la classe à laquelle il appartient importe moins que sa valeur personnelle [...] La liberté est notre règle dans le gouvernement de la république [...].

« Nous savons concilier le goût du beau avec la simplicité et le goût des études avec l'énergie. Nous usons de la richesse pour l'action et non pour une vaine parade en paroles. Chez nous, il n'est pas honteux d'avouer sa pauvreté ; il l'est bien davantage de ne pas chercher à l'éviter. Les mêmes hommes peuvent s'adonner à leurs affaires et à celles de l'État ; les simples artisans peuvent entendre suffisamment les questions de politique. Seuls nous considérons l'homme qui n'y participe pas comme un inutile et non comme un oisif [...].

« En un mot, je l'affirme, notre cité dans son ensemble est l'école de la Grèce [...] Athènes est la seule cité qui, à l'expérience, se montre supérieure à sa réputation. »

Thucydide, *Histoire de la guerre du Péloponnèse,* II, XXXVII, XL, XLI (trad. J. Volquin, Paris, Garnier-Flammarion, 1966).

2. La république romaine :

« Les trois sources de l'autorité politique dont j'ai parlé plus haut avaient leur place dans la constitution romaine. Toutes les activités de l'État, dans chacun des domaines où elles s'exerçaient, étaient organisées et réglées sous la direction de ces trois pouvoirs de façon si équitable et si judicieuse que personne, pas même un citoyen romain, n'aurait pu dire avec certitude si cette constitution était, à tout prendre, aristocratique, démocratique ou monarchique. Et l'on avait quelque raison d'être perplexe. A qui, en effet, portait toute son attention sur les pouvoirs des consuls, elle apparaissait comme un régime entièrement monarchique, avec toutes les caractéristiques d'une royauté. A qui considérait le Sénat, elle apparaissait comme une aristocratie. Et si l'on observait les pouvoirs dont disposait le peuple, il apparaissait à l'évidence qu'il s'agissait d'une démocratie [...].

« Les consuls, quand ils se trouvent à Rome, avant d'emmener les troupes en campagne, ont la haute main sur toutes les affaires publiques. [...] Aussi, quand on considère sous cet aspect le fonctionnement du gouvernement, aurait-on quelque raison de dire qu'il s'agit d'un régime purement autocratique ou monarchique [...] Quant au Sénat, il a autorité tout d'abord sur le trésor public [...] Et pour les affaires extérieures, [...] c'est le Sénat, toujours, qui prend les dispositions nécessaires. Quant au peuple, il n'a rien à voir à tout cela. C'est pourquoi à celui qui séjournerait à Rome en l'absence des consuls, la constitution de cette cité apparaîtrait comme entièrement aristocratique [...] Cependant le peuple aussi a bien sa part et une part des plus importantes. Seul en effet il a autorité pour conférer des honneurs ou infliger des châtiments [...] C'est encore le peuple qui désigne pour exercer les magistratures les citoyens qui en sont dignes, désignation qui, dans un État, constitue la plus belle récompense qu'on puisse décerner au mérite. Il se prononce souverainement sur les projets de loi et, plus important que tout, délibère sur la paix et la guerre [...] Tout cela donnerait maintenant à penser que c'est le peuple qui a la plus grande part dans le gouvernement de Rome et que la constitution de cette cité est démocratique. »

Polybe, *Histoire*, V, 11, 12, 13, 14
(trad. D. Roussel, Paris, Gallimard, « Bibliothèque de la Pléiade », 1970).

Ces documents nous permettent de saisir deux conceptions du rôle du citoyen dans des villes qui firent l'expérience de régimes politiques repris largement par la suite. Périclès insiste sur la place faite à chacun dans l'exercice du pouvoir politique à Athènes, tandis qu'à Rome, malgré l'essai de conciliation entre les différentes formes de gouvernement, le pouvoir est en réalité aux mains d'une minorité fortunée dans un système où la démocratie n'est qu'apparente. Thucydide vécut au 5e siècle av. J.-C. et Polybe au 2e siècle av. J.-C.

DOCUMENT 2

L'Acropole d'Athènes

Haut lieu de la Grèce antique, l'Acropole fut occupée au moins dès l'époque mycénienne. Détruite en 480 av. J.-C. par les Perses, elle fut réaménagée au cours de la seconde moitié du 5e siècle. C'est à l'initiative de Périclès que l'on doit la construction d'un nouveau temple d'Athéna, le Parthénon, édifié de 447 à 433 par les architectes Callicratès et Ictinos. A l'intérieur du temple, se dressait la grande statue d'Athéna Parthénos, de douze mètres de haut, œuvre de Phidias qui participa aussi à la décoration des métopes et de la frise qui reproduisait la grande procession des Panathénées. Cette procession accédait à

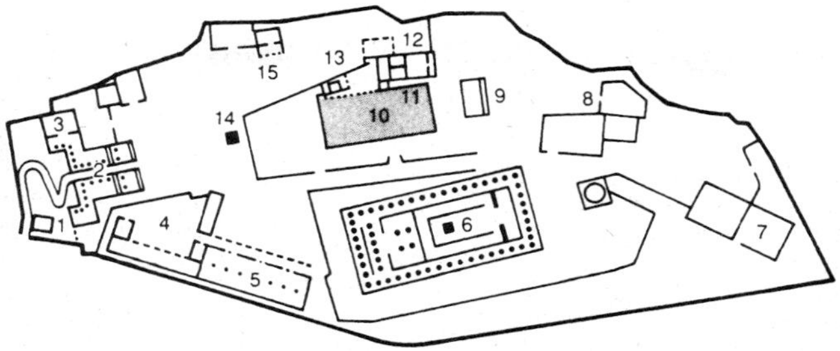

1 Temple d'Athéna Niké
2 Propylées
3 Pinacothèque
4 Téménos d'Artémis Brauronia
5 Chalcothèque
6 Statue d'Athéna Chryséléphantine par Phidias
7 Hérôon de Pandion
8 Téménos de Zeus Polieus
9 Autel d'Athéna
10 Ancien temple d'Athéna
11 Portique des Caryatides
12 Erechtéion
13 Pandroseion
14 Statue d'Athéna Promachos par Phidias
15 Maison des Arrhéphores

d'après M.-C. Amouretti et F. Ruzé,
Le Monde grec antique,
Paris, Hachette-Université, 1978.

l'Acropole par la Voie sacrée et par la porte monumentale des Propylées, passait devant la statue d'Athéna Promachos, œuvre aussi de Phidias, pour gagner le côté oriental du Parthénon où se trouvait l'autel de Zeus et d'Athéna. Cette procession avait pour but d'apporter le nouveau vêtement, peplos, *dont devait être parée l'ancienne statue en bois d'Athéna, conservée dans l'autre grand sanctuaire de l'Acropole, l'Erechthéion, célèbre par son portique où les colonnes avaient été remplacées par des statues de jeunes filles, des* Corai. *Ainsi, l'Acropole illustre bien la cohésion et la gloire d'Athènes.*

4. De la cité à l'Empire

Au cours du demi-millénaire qui encadre la naissance de l'ère chrétienne, l'Europe se divise en deux ensembles nettement séparés : au Nord, le monde plus ou moins stable des peuples celtes et germains et, au Sud, la puissance romaine qui, partie de l'Italie, conquiert et organise l'ensemble du bassin méditerranéen.

A partir du 4ᵉ siècle av. J.-C., l'histoire de l'Europe connaît une double évolution. Après une période d'installation des peuples celtiques, l'Europe occidentale entre dans la sphère d'influence méditerranéenne sous le contrôle de Rome ; en revanche, l'Europe centrale et orientale reste affectée par l'instabilité des peuples germaniques, qui continuent leur occupation progressive des régions au nord du Danube et à l'est de la Vistule vers la plaine ukrainienne.

CELTES ET GERMAINS À LA VEILLE DES CONQUÊTES ROMAINES

L'Europe celtique

Le peuplement. A partir de 800 av. J.-C., et en deux grandes phases chronologiques, le premier et le second âge du Fer, dont les noms correspondent aussi à deux sites archéologiques caractéristiques de ces périodes, Hallstatt en Autriche et La Tène en Suisse, les Celtes ont occupé la majorité des régions du Centre et de l'Ouest de l'Europe *(voir chapitre 2).* Des groupes de Boïens, Noriques, Vindéliciens et Helvètes se sont installés dans les secteurs alpestres, de la Hongrie à la Suisse. La Gaule est désormais majoritairement peuplée par les Celtes, dont une partie a dû arriver dès la première phase des migrations et former l'ensemble des peuples aquitains entre la Garonne et les Pyrénées. Le cœur de la Celtique gauloise est constitué par les peuples installés entre la Garonne et la Seine avec les Arvernes du Massif central, les Éduens de Bourgogne ou encore les Pictons, les Vénètes et les Osismes des régions atlantiques et armoricaines, ainsi que les Parisiens et les Senons de la vallée de la Seine. Le secteur du Rhône et des Alpes occidentales regroupe des confédérations importantes avec les Allobroges de Savoie, les Voconces entre Isère et Durance ou les Volques de la région de Nîmes et du Languedoc. Les derniers arrivants sont les Belges que l'on trouve entre la Seine et le Rhin, Bellovaques de Beauvais, Suessions de Soissons, Rèmes et Trévires à l'est, vers Reims et Trèves. Ce sont aussi des groupes belges qui se sont installés dans les Iles Britanniques, l'antique *Britannia,* le bassin de Londres constituant le cœur de cette occupation celtique avec les Catuvellauniens et leurs voisins. La chaîne Pennine est le domaine des Brigantes, tandis que les régions septentrionales sont habitées par les Calédoniens. Les péninsules méditerranéennes n'ont pas échappé à ces mouvements de population. La plaine du Pô a un fort peuplement celtique avec les Boïens, les Insubres, les Senons, tandis que les plateaux du Centre de la péninsule Ibérique sont occupés par les groupes celtiques des Vaccéens du Duero, des Vettons de Salamanque et des peuples celtibères en contact avec les Ibères des régions orientales de la péninsule.

Évolution. Cette importante occupation celtique de l'Europe correspond à une transformation des paysages et des structures. La conquête romaine ne fit souvent qu'accentuer une évolution déjà largement amorcée. Si le fait majeur est le développement des sites fortifiés, qui couvrent toute l'Europe celtique avec les *oppida* comme ceux de Maiden Castle en Angleterre, de Bibracte en Gaule ou de Numance en Espagne, il faut aussi tenir compte des efforts de mise en valeur des richesses naturelles avec un recul de la forêt, une exploitation des salines et des richesses du sous-sol pour le travail des métaux. L'art du métal permet aux populations celtiques, non seulement une fabrication d'armes et de bijoux, mais aussi une amélioration des méthodes de cultures et de labours. La pratique de l'amendement des sols est connue ainsi que la division en parcelles des champs cultivés ; des traces en subsistent dans des parcellaires fossiles de Grande-Bretagne.

Dans le domaine religieux, la richesse du panthéon celtique, révélée par des documents d'époque romaine, n'est que l'héritage d'une vie cultuelle intense avant la conquête ; le décor à thèmes religieux du chaudron danois de Gundestrup en est une illustration. De même, l'archéologie permet de connaître l'existence de sanctuaires préromains organisés autour d'un bâtiment circulaire ou rectangulaire, préfigurant les temples romano-celtiques (Heathrow, en Angleterre, ou Gournay-sur-Aronde, près de Beauvais). Cette communauté culturelle est renforcée par le clergé des druides, dont le rôle est essentiel au moins en Grande-Bretagne et en Gaule.

Il n'en est pas moins vrai que l'Europe celtique reste divisée sur le plan politique. Chaque peuple possède son territoire et sa propre organisation, dont l'évolution varie selon les régions. La Grande-Bretagne est encore dominée par un système monarchique alors que l'Europe continentale voit ce type de pouvoir contesté au profit d'une aristocratie. Ces divisions sont sources de nombreux conflits entre les peuples.

Les Germains

L'expansion germanique. Provoquée vers 500 av. J.-C. par des modifications climatiques dans les régions de la Baltique, la migration des peuples germaniques apporte de profonds bouieversements en Europe centrale et orientale, et est en partie responsable des mouvements celtiques qui peuplent les régions occidentales. Les premiers contacts avec la Méditerranée ont lieu à l'occasion de l'invasion des Cimbres et des Teutons, qui, depuis le Danube, atteignent la Gaule du Sud et l'Italie à la fin du 2e siècle av. J.-C., où ils sont battus par les Romains. En réalité, l'ampleur de ces mouvements est considérable et la migration se fait selon deux grands ensembles, les Germains occidentaux et les Germains orientaux.

La Germanie occidentale. Elle reste la mieux connue à travers les contacts qu'elle put avoir avec le monde romain dès le début de l'Empire. Elle se répartit en trois ensembles principaux. Le premier est formé des peuples germaniques de la mer du Nord comme les Chauques, les Frisons, les Bataves. Ils sont suivis dans la région du Rhin moyen jusqu'à l'Elbe par un deuxième groupe dont font partie les Ubiens, les Sicambres, les Chamaves, les Chérusques, les Chattes. Enfin le troisième élément est formé des peuples de l'Allemagne centrale et méridionale comme les Hermundures, les Marcomans et les Quades vers les régions danubiennes. Ces peuples peuvent se regrouper en confédération, comme les Suèves ou les Alamans. Cette partie de la Germanie commence à se stabiliser vers la fin du 1er siècle ap. J.-C., mais exerce une forte pression sur le secteur rhéno-danubien.

La Germanie orientale. Celle-ci est beaucoup plus instable et le peuplement est sans cesse renouvelé par la progression de nouveaux peuples depuis les côtes de l'Allemagne du Nord et de la Pologne, le long des vallées de l'Oder et de la Vistule. La première migration attestée est celle des Bastarnes jusqu'aux bouches du Danube. Elle est suivie par d'autres groupes importants comme les Gots et les Vandales, dont l'expansion est continue pendant la durée de l'Empire romain. Ces peuples germaniques rentrent en contact avec les peuples des steppes, en particulier les Sarmates qui ont pris le relais des Scythes et occupent les régions au nord du bas Danube. Ils durent aussi être en relation avec les peuples préslaves entre la Vistule et le

Dniepr, dans la région de Kiev où se développe la culture de Tcherniakhovo, préfiguration du monde slave du début du Moyen Age.

L'URBS CONQUÉRANTE

Rome et l'Occident

Les îles et la péninsule Ibérique. La conquête de l'Italie met face à face deux puissances pour la suprématie en Méditerranée occidentale, la ville de Carthage en Afrique du Nord (près de Tunis), qui possède des bases commerciales en Sicile et dans le Sud de l'Espagne ainsi qu'aux Baléares et en Sardaigne, et la ville de Rome. Après un premier affrontement entre 264 et 241 av. J.-C., Rome peut récupérer la Sicile, la Sardaigne et la Corse qu'elle transforme en provinces : ce sont les premiers jalons de son empire méditerranéen. Pour préparer sa revanche, Carthage développe ses activités dans la péninsule Ibérique et y fonde Carthagène. C'est de cette péninsule qu'Hannibal lance la guerre contre Rome, en 218, en traversant la Gaule du Sud et les Alpes. Mise en difficulté par la défaite de Cannes, en 216, dans le Sud de l'Italie, Rome réagit et porte la guerre en territoire hispanique où est fondée *Italica,* près de Séville, en 206. Après une série de victoires, elle conclut la guerre en Afrique du Nord à Zama, où Hannibal est vaincu en 202. Cette victoire scelle le sort des pays méditerranéens occidentaux. Au cours du 2ᵉ siècle, Rome entame la conquête de la péninsule Ibérique, transformée elle aussi en deux provinces, récupère les Baléares et exploite à son profit les richesses minières et agricoles de ce pays, malgré les résistances des populations indigènes, Lusitaniens et Celtibères : la prise de Numance et le suicide collectif de ses habitants, en 133 av. J.-C., donnent une idée de cette opposition à la tutelle romaine.

Rome et la Gaule du Sud. Rome entretient des relations régulières avec la cité grecque de Marseille, relais commercial indispensable pour la Gaule. Mais cette cité est menacée par les populations indigènes et fait appel à Rome. L'intervention de l'armée romaine aboutit à une installation permanente, dont la première étape est la fondation d'*Aquae Sextiae* (Aix-en-Provence) en 122 av. J.-C. Pour développer sa présence dans le territoire gaulois, Rome crée en 118 la *colonie de Narbonne, destinée à être la capitale de la province de Gaule transalpine.

Rome et la Gaule chevelue. A partir de son territoire de Gaule méridionale, Rome accentue ses relations avec le monde celtique indépendant et y exporte vin, huile et céramique. Mais la Gaule celtique reste une menace aux yeux du pouvoir romain, qui confie à César, en 58 av. J.-C., le soin d'intervenir et de tirer profit de l'appel d'une tribu gauloise, les Éduens, menacés par la migration d'un autre peuple, les Helvètes. Malgré la résistance de l'Arverne Vercingétorix, César réussit à conquérir la Gaule, vaincue définitivement à Alésia en 52 av. J.-C. à la suite d'un siège mémorable. La majeure partie de l'Europe occidentale est désormais sous le contrôle de Rome.

Rome et le monde grec

La situation en Grèce et dans les Balkans. Depuis la mort d'Alexandre le Grand, le monde grec est divisé en royaumes dont deux se partagent le territoire de la Grèce d'Europe, la Macédoine et l'Épire. Les anciennes cités n'ont qu'une autonomie apparente et sont sous la surveillance des rois de Macédoine, qui leur font payer un tribut et peuvent leur imposer une garnison comme à Athènes ou à Corinthe. Au nord-ouest de la Macédoine, les tribus illyriennes maintiennent un climat d'insécurité en effectuant des raids vers la Macédoine et des opérations de piraterie sur les côtes adriatiques. Au nord-est, les Thraces restent difficilement contrôlables. Rome a déjà dû lutter dès 228 av. J.-C. contre les pirates illyriens et s'est heurtée au roi Philippe V de Macédoine lors du conflit contre Carthage.

L'intervention romaine. Elle se fait en plusieurs étapes. Dans un premier temps, Rome est amenée à jouer un rôle en Grèce en fonction des alliances qu'elle a conclues avec des cités ou des ligues. Un nouvel affrontement avec Philippe V aboutit à la proclamation de la liberté des Grecs par le Romain Flamininus en 196 av. J.-C., à Corinthe. Vingt ans plus tard, une autre guerre se termine par la suppression de la monarchie macédonienne en 168. De nouveaux troubles incitent Rome à transformer la Macédoine en province, en 146. La même année, la ville de Corinthe se révolte : elle est rasée.

Ainsi, en deux siècles, Rome s'est assuré la mainmise de la Méditerranée européenne tout en faisant par ailleurs la conquête de l'Asie Mineure et de l'Afrique du Nord carthaginoise.

La crise de la cité au Ier siècle av. J.-C.

Les conséquences de la conquête. L'expansion territoriale de Rome a de profondes répercussions sur la société et l'économie de l'Italie. Le transfert des richesses des pays conquis et l'apport du butin ou des impositions modifient les conditions de vie. Mais cet enrichissement profite surtout aux milieux dirigeants, représentés par les sénateurs et par les plus riches citoyens, les *chevaliers, dont les activités financières et commerciales bénéficient de cette nouvelle situation. De grands domaines fonciers, les *latifundia,* se constituent, favorisés par le développement de l'esclavage. En même temps, l'Italie est gagnée par les influences orientales avec l'introduction de nouveaux cultes comme celui de la déesse Cybèle, de Dionysos ou de la divinité égyptienne Isis. L'urbanisme n'échappe pas à cette évolution, et c'est ainsi que sont construites, au 2e siècle av. J.-C., les premières basiliques à vocation judiciaire. De même, le cadre de la vie privée se transforme et la maison traditionnelle avec vestibule *(atrium)* se prolonge par un jardin entouré d'un *péristyle à colonnes. Cependant, subsiste un problème majeur lié à l'accroissement de la population urbaine et à l'appauvrissement des milieux ruraux, en partie ruinés par les guerres. Un premier projet de partage des terres proposé par les Gracques, Tibérius et Caius, se solde par l'assassinat des deux frères. Le pouvoir sénatorial ne semble pas capable de résoudre la crise. La voie est désormais ouverte aux tentatives de prise de pouvoir personnel.

La crise politique. Les réformes tentées par les Gracques ont fait naître un nouveau courant politique qui regroupe les partisans d'une transformation des structures en faveur du peuple, les *populares,* opposés au milieu conservateur des *optimates.* D'autre part, l'armée, composée jusqu'alors de citoyens recrutés par conscription, devient de plus en plus une armée de métier avec des volontaires, ce qui renforce les liens entre les soldats et leurs chefs. Aussi assiste-t-on à Rome, à partir de la fin du 2e siècle av. J.-C., à une série d'affrontements pour le contrôle de la cité, enjeu des guerres civiles. Le poids des armées devient déterminant et c'est avec ses soldats que Sylla s'empare de Rome en 88 et en 82, fondant son pouvoir sur la dictature, ancienne magistrature temporaire qui se transforme en institution permanente et qui permet à Sylla d'éliminer ses adversaires par de sanglantes proscriptions. De même, un autre général, Pompée, après avoir cru contrôler la politique romaine, se heurte à l'opposition de César qui, auréolé de ses victoires gauloises, franchit le Rubicon, limite de sa province, et s'empare de Rome en 49 av. J.-C.

Naissance de l'Empire, de César à Auguste. L'évolution intérieure de Rome annonce les transformations de la fin du 1er siècle av. J.-C. La conception d'un pouvoir confié à une seule personne capable de ramener la concorde et la paix est au centre de la réflexion politique menée par Cicéron, à la fois orateur et membre du *Sénat. Dans la brève période de son gouvernement, entre 49 et 44 av. J.-C., César entreprend une série de réformes qui tendent à renforcer son pouvoir personnel, concrétisé par sa désignation comme dictateur à vie.

Son assassinat, le 15 mars 44, ne fait que repousser l'échéance. Après une nouvelle guerre civile entre les héritiers de César, son lieutenant Marc-Antoine et son fils adoptif, Octave, le triomphe d'Octave à Actium, sur la côte occidentale de la Grèce, en 31 av. J.-C., en fait le maître unique du monde romain et le Sénat lui accorde, en 27 av. J.-C., le titre d'« auguste ».

L'ESPACE IMPÉRIAL EUROPÉEN

L'achèvement des conquêtes

En 31 av. J.-C., le monde romain n'a pas encore atteint ses limites et une partie importante de l'œuvre du premier empereur, Auguste (31 av. J.-C.-14 ap. J.-C.), est de donner à l'espace romain des frontières cohérentes.

En Europe occidentale. Les provinces gauloises et hispaniques conquises à l'époque républicaine ne sont pas encore entièrement intégrées à l'Empire. Aussi Auguste en achève-t-il la conquête en lançant des campagnes militaires dans le Nord-Ouest de la péninsule Ibérique et dans les régions alpestres. Les trophées édifiés à Saint-Bertrand-de-Comminges dans les Pyrénées et à la Turbie, au-dessus de Monaco, consacrent ces succès, accompagnés de la création des provinces alpines de Norique et de Rhétie. En revanche, il rencontre plus de difficultés pour réaliser son programme en Germanie, dont il espère l'annexion des régions comprises entre le Rhin et l'Elbe. Malgré les nombreuses campagnes menées depuis le Rhin et le Danube, Rome ne peut briser l'opposition des tribus germaniques et subit même un désastre, en 9 ap. J.-C., lorsque trois légions sont anéanties par le Chérusque Arminius qui coordonne la résistance germanique. Auguste doit donc renoncer à son projet et revenir à la conception d'une frontière appuyée sur le Rhin et le Danube. Cette situation est concrétisée à la fin du Ier siècle ap. J.-C., sous le règne de Domitien, par la création des deux provinces de Germanie inférieure et de Germanie supérieure.

Entre-temps, l'empereur Claude avait décidé la conquête de la Bretagne, reprenant les tentatives sans lendemain de César lors de la guerre des Gaules. Le débarquement romain en Bretagne a lieu en 43 ap. J.-C. et la prise de la capitale des Catuvellauniens, *Camulodunum* (Colchester), marque le début de l'emprise romaine sur l'île de Bretagne, nouvelle province ajoutée à l'espace impérial occidental.

L'Europe orientale. L'Europe orientale offre les mêmes difficultés que le secteur rhénan. A l'est du Norique, les régions de la Pannonie (Hongrie) et de l'Illyrie (Yougoslavie) forment un obstacle pour les communications entre l'Occident et la partie orientale de l'Empire. Elles peuvent même constituer une menace pour l'Italie ; la révolte des peuples d'Illyrie, entre 6 et 9 ap. J.-C., oblige Rome à intervenir pour établir deux provinces au cœur de l'Europe, la Dalmatie et la Pannonie. L'occupation des régions danubiennes est achevée au Ier siècle ap. J.-C. avec la création de la province de Mésie, en 15 ap. J.-C., et l'annexion du royaume de Thrace, réduit en province en 46 ap. J.-C. Cependant, subsiste encore une importante menace au nord du Danube, en plus des peuples germaniques : le royaume dace de Transylvanie et des Carpates. Originaires de Thrace, les Daces s'étaient organisés en royaume et, dès l'époque de César, leur roi, Burebista, inquiétait Rome. A la fin du Ier siècle ap. J.-C., le roi Décébal n'hésite pas, depuis sa capitale, Sarmizegetusa, à lancer des incursions au sud du Danube, en terre romaine. Pour assurer la sécurité des frontières, mais aussi pour s'emparer des importantes richesses aurifères des Daces, l'empereur Trajan entreprend, entre 101 et 106, deux campagnes à l'issue desquelles la Dacie devient, elle aussi, une province romaine. La colonne trajane à Rome, décorée de bas-reliefs évoquant les guerres en Dacie, commémore ces événements. Cette dernière campagne clôture la mise en place de l'espace impérial qui ne subit, à la fin du Ier et au cours du 2e siècle, que des modifications de détail avec le partage en deux des provinces de Pannonie, Mésie et Dacie.

La défense de l'Empire

L'armée. Le pouvoir impérial et la sécurité dans l'Empire reposent fondamentalement sur l'armée. La protection des territoires européens est donc assurée par un dispositif militaire comprenant des légions composées de citoyens romains et des troupes d'auxiliaires, ailes de cavalerie et cohortes d'infanterie, recrutées parmi les populations indigènes de l'Empire. La marine stationne en Italie, dans les ports de Misène et de Ravenne, pour le contrôle de la Méditerranée, tandis que des flottilles protègent les régions périphériques de la Bretagne, du Rhin et du Danube. La répartition des forces est inégale et dépend de l'importance stratégique des secteurs ainsi que de la variation géographique des périls extérieurs. Si une seule légion se maintient en péninsule Ibérique, à León, la Grande-Bretagne est défendue par quatre, puis trois légions établies à Caerleon, York et Chester. Le gros des troupes est concentré sur le Rhin et le Danube : de huit à quatre légions sur le Rhin avec les camps de Nimègue, Xanten, Neuss, Mayence, Strasbourg..., et entre dix-huit à vingt légions sur le Danube, soit environ 200 000 hommes avec les auxiliaires, répartis dans les camps de Vienne en Autriche, Altenberg en Hongrie, Belgrade en Yougoslavie ou encore dans les bouches du Danube à Iglita, en Roumanie.

Le système défensif. Généralement désigné sous le terme latin de *limes* et fondé sur des routes et des fortifications, ce système est mis en place en Germanie supérieure pour protéger les régions entre les cours inférieurs du Rhin et du Danube, les « Champs décumates ». Fossés, palissades ou murs, fortins séparent ainsi le monde romain de la Germanie indépendante, depuis Coblence jusqu'à la province de Rhétie. Ce type de défense se retrouve en Dacie et en Mésie. Pour la Bretagne, c'est un véritable mur qui est construit sous Hadrien, vers 122 ap. J.-C., depuis l'estuaire de la Tyne jusqu'au Solway Firth, sur 128 kilomètres, avec fossés, tours et camps. Antonin complète le système par un mur plus au nord entre le Firth of Clyde et le Firth of Forth, mais, moins solide (terre et bois) et plus exposé, il est abandonné à la fin du 2ᵉ siècle ap. J.-C.

Ainsi, au 2ᵉ siècle ap. J.-C., l'Europe se divise nettement en deux ensembles : une Europe méditerranéenne des cités autour de Rome et une Europe des peuples où prédominent les mouvements de migration des Germains.

DOCUMENT

Des régions de l'Europe, vues par les auteurs anciens

1. La péninsule Ibérique et sa bordure septentrionale :

« Comme nous l'avons dit, la première région de l'Europe est, à l'occident, l'Ibérie. La plus grande partie de son territoire est inhospitalière : à l'habitat s'offrent surtout des montagnes, des forêts et des plaines recouvertes d'un sol mince sur lequel, du reste, l'eau ne répand pas également ses bienfaits. Le Nord ajoute à ces inconvénients celui d'être à l'écart de la circulation des hommes et des relations commerciales avec le reste du pays, non seulement en raison de son terrain rocailleux, mais encore parce qu'il y règne un froid rigoureux et qu'il borde l'Océan. Aussi le séjour y est-il pénible à l'excès. Telles sont les conditions de cette partie de l'Ibérie. Le Sud, en revanche, est presque entièrement fertile [...] L'Ibérie ressemble à une peau de bœuf déployée [...] dont le mont Pyréné constitue le bord oriental, chaîne continue qui se développe du sud au nord, massif qui sépare la Celtique de l'Ibérie [...] Les montagnards sont tous sobres. Ils ne boivent que de l'eau et couchent à même le sol. Ils laissent descendre très bas leurs cheveux, comme les femmes, mais les relèvent sur le front par un bandeau pour le combat. Ils se nourrissent surtout de chair de bouc [...] Les populations montagnardes vivent pendant les deux tiers de l'année de glands de chêne. On les sèche et les concasse, puis on les réduit en farine pour en faire un pain qui se conserve longtemps [...]

« Tel est le genre de vie des populations montagnardes, j'entends par là celles qui jalonnent le côté nord de l'Ibérie, les Callaïques, les Astures et les Cantabres jusqu'au pays des Vascons et au mont

Pyréné. Tous, en effet, vivent de la même manière. Je ne me risque pas à multiplier leurs noms devant la corvée que représente leur transcription [...] Aujourd'hui, toutefois, grâce à la paix et aux fréquentes visites des Romains, la situation est meilleure, encore que ceux qui bénéficient moins de ces avantages soient aussi d'un abord plus difficile et d'une nature plus animale. »

Strabon, *Géographie*, III, 1, 2-3 ; 3, 7-8
(d'après F. Lasserre, Paris, Les Belles Lettres, 1966).

Strabon, auteur grec du début de l'Empire, décrit ces peuples en insistant sur leur manque de civilisation : absence de blé, pas de consommation de vin, cheveux longs... En fait, c'est l'occasion pour lui de mettre en avant les bienfaits de la conquête romaine.
Il faut aussi noter la vision géographique déformée de Strabon qui place les Pyrénées à l'est de l'Hispanie et orientées nord-sud, ce qui entraîne une perception fausse de l'espace gaulois.

2. La Germanie selon Tacite :

« La Germanie dans son ensemble est séparée des Gaulois, des Rhètes et des Pannoniens par deux fleuves, le Rhin et le Danube, des Sarmates et des Daces par une crainte mutuelle ou des montagnes ; le reste est entouré par l'Océan qui presse de vastes péninsules et les îles d'une immense étendue ; on y a reconnu, ces temps-ci, des nations et des rois que la guerre a découverts [...] Quant aux Germains eux-mêmes, je les croirais indigènes, et qu'en aucune sorte ni l'établissement d'autres peuples, ni les relations d'hospitalité n'ont produit chez eux de mélanges, car jadis ce n'était pas par terre mais en bateaux que se transportaient ceux qui cherchaient à changer de demeures et l'immense Océan de là-bas, situé pour ainsi dire de l'autre côté de l'univers, est rarement visité par des navires venus de notre monde. Et qui donc, sans parler des périls d'une mer âpre et inconnue, quittant l'Asie, l'Afrique ou l'Italie, ferait voile vers la Germanie, vers ses pays sans forme, son ciel rude, triste à habiter comme à voir, à moins qu'elle ne soit la patrie ? [...] Pour moi, je me range à l'opinion de ceux qui pensent que les peuples de Germanie, pour n'avoir jamais été souillés par d'autres unions avec d'autres tribus, constituent une nation particulière, pure de tout mélange et qui ne ressemble qu'à elle-même. De là vient que l'apparence, elle aussi, pour autant que la chose est possible en un si grand nombre d'hommes, est la même chez tous : yeux farouches et bleus, cheveux d'un blond ardent, grands corps et qui n'ont de vigueur que pour un premier effort ; leur endurance n'est pas la même à la peine et au travail ; ils ne supportent pas du tout la soif et la chaleur, mais le froid et la faim, ainsi accoutumés par leur ciel ou leur sol. »

Tacite, *La Germanie*, I-II, IV
(d'après J. Perret, Paris, Les Belles Lettres, 1967).

Tacite écrit son ouvrage au début du 2e siècle ap. J.-C., à un moment où la frontière rhéno-danubienne est stabilisée. Il témoigne de la conception géographique de son temps avec un océan qui entoure toutes les régions du Nord de l'Europe et il insiste sur la spécificité des peuples germaniques, originaires des régions de la Baltique.

5. L'Europe romaine

Dans les 1er et 2e siècles ap. J.-C., Rome répand sur la moitié sud de l'Europe une organisation politique, un genre de vie, une culture – aux fondements grecs surtout – qui apportent un puissant élément d'unification. Celui-ci pourtant n'étouffe pas les identités régionales ni ne rejette les forces d'innovation.

Pendant quatre siècles, au sein d'un empire unifié, l'Europe connaît une période unique dans son histoire, où les formes de la civilisation gréco-romaine pénètrent largement toutes les provinces sans toutefois effacer les caractères propres des composantes régionales.

L'UNITÉ POLITIQUE

Le pouvoir impérial

L'empereur. L'avènement de l'Empire n'a pas entraîné la suppression des institutions républicaines, mais la nouvelle répartition des compétences provoque, de fait, un déclin progressif du rôle des assemblées populaires. L'empereur a en effet récupéré la majeure partie des attributions de ces assemblées. Le titre d'*imperator* est l'expression de ce pouvoir qui couvre aussi bien le commandement des armées, fonction essentielle de l'*imperator*, que le pouvoir judiciaire et législatif. Dans le domaine religieux, il a le titre de « grand pontife », ce qui lui donne la mainmise et le contrôle de la religion romaine et des grands collèges religieux. C'est en fonction de ce titre qu'il peut autoriser ou interdire la pratique de cultes nouveaux dans l'Empire. En outre, une partie importante du pouvoir impérial est aussi fondée sur les liens privilégiés de l'empereur et de son peuple, dont il est le protecteur en tant que « père de la Patrie ». Cette protection s'exerce par les gratifications offertes au peuple de Rome – jeux, distributions de blé, constructions – et par son action auprès des provinciaux et de l'armée dont il renforce la fidélité par des dons en argent *(donativum)*. Les développements de ces liens ont leur prolongement dans les manifestations du culte impérial.

Le culte impérial. Dès le règne d'Auguste, on honore à Rome son génie, *genius*, et son culte est associé à d'autres divinités comme les lares. D'autre part, le prestige personnel de l'empereur est accru dès l'origine par le rappel de sa filiation avec César qui, après sa mort, fut divinisé. A la mort des empereurs, la cérémonie de l'apothéose, décidée par le Sénat, consacre cette accession des empereurs à la divinisation. En province, se met en place un culte à Rome et à Auguste appelé à un grand développement au Haut-Empire. Ce culte renforce l'image dynastique qui tend progressivement à s'imposer, même si en théorie la désignation de l'empereur et l'attribution de ses pouvoirs restent du domaine du Sénat et du peuple romain.

L'administration centrale. La réorganisation du pouvoir central s'impose à Auguste pour faire face aux besoins de l'Empire. Le Sénat et l'ordre sénatorial conservent leur place, mais le recrutement est élargi aux provinciaux : sous Trajan, empereur d'origine hispanique, la péninsule Ibérique fournit plusieurs sénateurs. Les sénateurs sont largement utilisés dans l'administration, où ils côtoient les chevaliers, désormais constitués en ordre équestre dévoué à l'administration impériale. C'est dans ce corps que l'empereur recrute les préfets qui dirigent les grands services du ravitaillement de Rome (préfet de l'Annone), de la sécurité de la Ville (préfet des Vigiles), ou encore de la garde impériale (préfet du Prétoire) et de la marine (préfet de la Flotte). Les services financiers sont désormais gérés par un chevalier procurateur *« a rationibus »* qui fait office de ministre des Finances.

L'administration provinciale

Principes généraux. Si l'Italie reste un territoire privilégié, dispensé de l'impôt, le *tributum*, supprimé depuis la conquête de la Macédoine en 146 av. J.-C., les autres régions de l'Europe romaine sont soumises au système provincial. Leur sol relève donc de l'imposition, qui est la marque de la conquête, et leur gouvernement est confié à un représentant du pouvoir central. Ce dernier est choisi en fonction d'une répartition des provinces établie en 27 av. J.-C. entre l'empereur et le Sénat. La règle générale est que le Sénat envoie pour un an directement un gouverneur avec le titre de « proconsul » dans les provinces sans armée, tandis que l'empereur choisit parmi les sénateurs le « *légat » impérial, qu'il nomme pour une durée moyenne de trois ans à la tête des autres provinces. Pour les provinces jugées secondaires, l'empereur peut désigner comme gouverneur un chevalier avec le titre de « procurateur-gouverneur ».

Les provinces européennes. En fonction de ces critères, les provinces européennes se répartissent en trois grands groupes au Ier siècle ap. J.-C. Les provinces sénatoriales sont, en général, des provinces anciennes ou des régions éloignées des frontières : Gaule narbonnaise, Bétique, Sicile, Macédoine et Achaïe. L'empereur a la haute main sur le reste des provinces, soit la majorité du territoire de l'Europe romaine. Les statuts de ces provinces ont pu varier selon les circonstances. Les régions gérées par des procurateurs-chevaliers sont : les provinces alpestres, la Sardaigne-Corse, l'Épire, la Thrace, la Rhétie et le Norique. Le troisième groupe est formé des provinces d'Espagne citérieure, de Lusitanie, d'Aquitaine, de Lyonnaise, de Belgique, de Bretagne, de Dalmatie et des Germanies, Pannonies et Mésies qui sont administrées par les légats.

L'Empire, une fédération de cités

Un orateur grec définit l'Empire comme une « fédération de cités ». En Europe, dans le cadre général des provinces, la ville et son territoire constituent en effet la base de l'organisation politique et de la vie sociale et religieuse des habitants.

Traditions et créations. Un phénomène de proto-urbanisation avait déjà pu être observé dans les populations indigènes avant la conquête romaine. Avec la naissance de l'Empire, ce mouvement se généralise et l'Europe se couvre d'un réseau de cités, résultat d'abord d'une colonisation imposée par Rome comme les colonies de Saragosse, Mérida ou Barcelone en Espagne ou encore, dans la Gaule, Narbonne, Béziers, Lyon... Cette colonisation s'étend à toutes les provinces européennes, souvent en relation avec des camps militaires qui attirent les populations installées dans le voisinage des camps, dans les *canabae* : Colchester, Lincoln, Gloucester, York en Grande-Bretagne, Xanten, Cologne, Mayence, Strasbourg sur le Rhin *Poetovio* (Ptuj), *Aquincum* (Belgrade) en Pannonie, etc. En même temps, se développent un peu partout des cités indigènes dont les institutions se calquent sur le modèle des villes italiennes. Dans une certaine mesure, ce mouvement gagne aussi les zones rurales où naissent des agglomérations secondaires ou *vici*.

Les structures municipales et la promotion juridique. Les villes sont administrées par des magistrats, questeurs, édiles et duumvirs, mais, en dehors des colonies romaines où les habitants bénéficient du droit romain, les autres cités ont un statut juridique restreint. Elles peuvent cependant obtenir dans un premier temps une promotion avec la concession d'un droit inférieur, le droit latin, qui est une étape vers la citoyenneté romaine ; il ouvre en effet cette citoyenneté aux magistrats de la cité à leur sortie de charge. Les exemples les mieux connus sont dans la péninsule Ibérique pour les cités de *Salpensa*, Malaga ou *Irni*. En plusieurs générations, la citoyenneté romaine progresse dans les provinces de l'Europe et cette évolution est consacrée par l'édit de Caracalla, en 212 ap. J.-C., qui reconnaît à tous les habitants libres de l'Empire le statut de citoyen romain : c'est le premier exemple d'une citoyenneté unique sur le territoire européen !

L'UNITÉ CULTURELLE

Les conditions générales

La " pax romana ". A l'abri des frontières défendues par l'armée et le *limes*, les provinces d'Europe peuvent se développer dans un climat de paix relative. Les échanges économiques s'intensifient ainsi que la mise en valeur du sol provincial. L'exploitation des mines de la péninsule Ibérique (or du Nord-Ouest, fer d'Aljustrel au Portugal, etc.), de Dacie, de Dalmatie, du Norique ou de Grande-Bretagne fournit les minerais nécessaires à l'Empire (or, argent, fer, plomb, étain). Les besoins en huile sont couverts par l'exportation de l'huile espagnole de Bétique, qui est expédiée vers Rome et vers les régions militaires. Les ateliers de céramique se multiplient en péninsule Ibérique et en Gaule, ce dernier pays favorisé par la proximité d'une clientèle militaire sur le Rhin et le Danube. Cependant, ce climat de sécurité est fragile et, à plusieurs reprises, les empereurs doivent intervenir pour contenir des menaces germaniques sur le Rhin et surtout sur le Danube, dans le secteur pannonien, où les Quades et les Marcomans, renforcés par les tribus iraniennes des Sarmates, représentent un danger permanent et sont souvent difficiles à repousser. A partir du règne de Marc-Aurèle (161-180), la situation s'aggrave nettement et le *limes* est même rompu : il faut toute l'énergie de l'empereur pour rétablir la paix par une série de campagnes évoquées sur la colonne de Marc-Aurèle à Rome.

Unité linguistique et juridique. A partir d'Auguste, le monde romain est dominé par le bilinguisme gréco-latin. La langue latine devient la langue officielle des régions d'Europe occidentale, même si des idiomes locaux peuvent encore se maintenir, comme en témoigne le calendrier gaulois de Coligny (Ain). Le grec reste la langue dominante en Europe orientale à partir des provinces de Macédoine et de Thrace. Dans l'ensemble des provinces, se diffuse un modèle de culture grécolatine dont les enfants font l'apprentissage à travers les œuvres d'Homère ou de Virgile, auprès des maîtres d'école, *didaskolos* en pays grec et *magister* en pays latin. Rome, Athènes, mais aussi Autun en Gaule, possèdent des écoles réputées. Les pratiques juridiques s'unifient et le droit romain s'impose dans toute l'Europe pour les relations entre les particuliers. L'effort de législation des empereurs accentue cette évolution, surtout à partir du règne d'Antonin (138-161) avec les grands juristes, Salvien et Gaius. De plus en plus le droit romain devient prépondérant sur les droits locaux.

Les communications. Les communications entre les différentes régions européennes ont été largement améliorées pendant l'Empire. La Méditerranée reste un axe privilégié et les routes maritimes font converger vers les grands ports méditerranéens de l'Europe les productions de l'Empire. Ostie assure le ravitaillement de Rome et de l'Italie, tandis que le port d'Aquilée fait le transit des produits entre les régions de l'Europe centrale et l'Italie. Sur le forum de Rome, une borne milliaire en or rappelle le rôle fondamental des routes dont le réseau s'est considérablement développé en Italie et dans toutes les provinces. Il suffit d'évoquer la *via Appia,* de Rome vers l'Italie du Sud, ou les grands axes européens comme ceux de Cadix à Rome, de la vallée du Rhône à Boulogne ou à Mayence en passant par Lyon, de Londres au mur d'Adrien, ou encore le réseau routier du *limes* et les grandes routes alpestres, la route de l'Adriatique à Byzance par la Macédoine et la Thrace. En réalité, l'importance croissante des régions frontalières dans la vie de l'Empire tend à déplacer les grands courants de circulation, à l'origine centrés sur la Méditerranée, vers les régions septentrionales de l'Empire, dans le secteur rhéno-danubien.

L'intégration religieuse

Le syncrétisme. Le syncrétisme est la forme caractéristique de cette intégration dans laquelle le panthéon romain ne rencontre pas d'obstacle et fusionne avec les dieux locaux. Les grands dieux romains comme Jupiter, Mars, Mercure ou Minerve sont attestés dans toutes les régions européennes, mais ils perdent souvent leurs caractères proprement romains pour accueillir des éléments indigènes : Jupiter représenté avec une roue rappelle le dieu celtique Taranis, et la diffusion du culte jupitérien dans des zones rurales ou montagneuses est le fruit d'une assimilation avec des dieux indigènes. Les sociétés provinciales acceptent sans difficulté ces cultes qui sont très proches dans leurs formes de leurs propres traditions religieuses. En même temps, Rome introduit ses représentations iconographiques et monumentales avec l'édification de temples ou d'autels votifs, adoptées par les provinces.

Le développement du culte impérial. Il s'inscrit dans cette volonté de donner une cohésion religieuse aux provinces européennes. L'attachement à l'empereur peut se manifester dans le cadre de la province autour du temple provincial, à Tarragone, Colchester, ou de l'autel des Trois Gaules à Lyon, mais aussi dans les cités qui consacrent des monuments à la famille impériale : temple à *Conimbriga* (Condeixa-a-Velha, Coimbra), temple de la « Maison carrée » et autel du jardin des Fontaines à Nîmes, ou encore temple de Rome et d'Auguste sur l'Acropole d'Athènes en face du Parthénon. Ce sont de véritables complexes architecturaux qui sont aménagés dans les villes pour honorer la dynastie impériale, comme le sanctuaire du Cigognier à Avenches (Suisse) qui comprend temple, portique et théâtre. Ainsi, ce culte s'inscrit profondément dans le paysage monumental provincial.

Les modes de vie

Une civilisation du vin. L'introduction du vin dans les pratiques alimentaires de l'Europe est en effet l'une des grandes transformations qui affectent ces régions. La partie orientale de l'Europe romaine connaissait déjà l'usage du vin depuis l'époque grecque, où la vigne et le vin étaient les symboles du dieu Dionysos. Introduit par les Grecs en Occident, le vin n'a une réelle diffusion qu'avec la conquête romaine. D'abord exporté depuis les côtes italiennes (région de la Campanie), le vin devient très vite l'une des grandes productions des provinces ibériques et gauloises, au détriment des vins italiens qui continuent cependant à approvisionner le marché romain. Aussi voit-on se dessiner au cours de l'Empire une nouvelle géographie viticole de l'Europe où prédominent les régions de Catalogne, du Bordelais, de la Bourgogne, de la vallée de la Moselle, du Rhin, etc. La production, transportée par amphores ou tonneaux, est en grande partie destinée aux armées des régions frontalières.

L'apparition d'une production de consommation. La consommation du vin n'est qu'un élément d'un mouvement plus général d'une certaine uniformisation des genres de vie. Le développement et la multiplication des centres urbains accroissent les besoins. Les fouilles archéologiques mettent en évidence la diffusion de produits qui, avec des variétés régionales, se retrouvent un peu partout. La plaine du Pô, Aquilée, le secteur du Rhin sont des centres de production d'une verrerie abondamment répandue sur les marchés européens ainsi que des objets en céramique, vases, vaisselle, statuettes, provenant des nombreux ateliers locaux ou régionaux. Les notables indigènes affirment aussi leur adhésion à la civilisation romaine en adoptant les coutumes et les modes de vie des conquérants jusque dans le port de la toge qui consacre leur intégration à la culture romaine, même si on continue à porter des vêtements mieux adaptés aux conditions climatiques, *cucullus* (manteau à capuchon) ou *bragae* (braies).

L'habitat. L'habitat suit cette évolution et en est même un des aspects essentiels. Dans les campagnes européennes, les contructions indigènes font place à des villas aménagées selon le modèle méditerranéen ; des *péristyles à colonnes, des pièces ornées de mosaïques et de peintures murales et des jardins agrémentés de bassins décorent aussi bien les villas des provinces méridionales de Gaule et de la péninsule Ibérique que les villas de Germanie ou de Rhétie. Les villes s'organisent autour de grands ensembles urbanistiques avec forum, basilique, temple, monuments à spectacle (théâtre, amphithéâtre, cirque), et la construction de thermes représente une pénétration caractéristique des habitudes méditerranéennes. Ainsi, un voyageur parcourant l'Europe retrouve dans les villes les principaux monuments, symboles de leur participation à une même culture.

IDENTITÉS RÉGIONALES ET FORCES NOUVELLES

Le poids des traditions

Le monde indigène. Les transformations qui affectent l'Europe ne font pas disparaître pour autant les particularités locales. Dans de nombreux domaines, les formes traditionnelles du milieu indigène perdurent et même se renforcent : épanouissement sous l'impulsion des conditions nouvelles ou résistance à la pénétration des influences romaines, la réponse est délicate. Il est certain en tout cas que les cultes indigènes connaissent un développement remarquable dans toutes les régions. Les dédicaces votives se multiplient, adressées à des divinités locales purement indigènes : *Endovellicus* en Lusitanie, *Epona* ou *Borvo* en Gaule, *Nehalennia* dans le delta du Rhin, *Brigantia* en Bretagne, ou encore le culte voué aux *Matres* (Mères), particulièrement répandu dans les régions du Rhin et du Danube. Ces divinités sont souvent associées à des dieux romains, *Mars Ocelus* et *Apollon Anextlomarus* en Bretagne, *Hercule Magusanus* en Germanie, *Mars Vesontius*, protecteur de Besançon, ou encore *Apollon Grannus* en Gaule et dans le Norique. Largement répandus en zone rurale, ces cultes sont aussi présents dans les villes : temple de *Sulis Minerva* à Bath, en Bretagne, ou de *Vesunna* à Périgueux. Dans bien des cas, les sanctuaires indigènes à plan centré, dit romano-celtique, ne sont que la continuation des sanctuaires indigènes préromains.

L'étude de ces cultes révèle aussi que, si les structures sociales indigènes ont évolué pendant l'Empire, elles ont aussi gardé leur originalité. Les tribus des hautes vallées de Macédoine, de Thrace ou des régions alpestres conservent en grande partie leur propre organisation et le même phénomène s'observe dans l'Europe occidentale, où l'étude des noms (onomastique) et des rapports de parenté est un précieux témoignage de la force des traditions. D'autre part, les habitants restent très attachés à leur lieu d'origine : on touche ici les limites d'une romanisation qui, si importante qu'elle ait pu être, n'a pas effacé les spécificités régionales. Elle a même permis, dans une certaine mesure, la prise de conscience plus forte d'appartenir à une communauté dont le dynamisme peut s'affirmer au sein du système provincial.

L'hellénisme. A un autre niveau, l'hellénisme est aussi une composante essentielle de la tradition culturelle de l'Empire romain. Si le poids politique du monde grec est désormais secondaire, en revanche, la culture hellénique conserve tout son prestige et bénéficie même d'un regain d'intérêt qui permet de parler d'une renaissance grecque au 2e siècle ap. J.-C., en particulier sous les règnes d'Hadrien et de Marc-Aurèle. Athènes reste toujours une capitale intellectuelle où les jeunes Romains vont s'initier aux doctrines philosophiques de l'école *platonicienne, ou *aristotélicienne, à l'*épicurisme ou surtout au *stoïcisme ; Marc-Aurèle y crée même une chaire de rhétorique et de philosophie. La pratique grecque de l'évergétisme, principe selon lequel un individu fait des dons à sa cité dans l'espoir que sa mémoire en sera préservée auprès de ses concitoyens, se répand dans toutes les provinces européennes et contribue aux décors architecturaux des villes (Odéon d'Athènes, offert par Hérode Atticus au 2e siècle). C'est aussi de Grèce et d'Orient que se diffusent les nouveaux courants religieux.

Les forces religieuses nouvelles

Les cultes orientaux. Proposant une liturgie fondée sur des rites initiatiques célébrés lors de « mystères » et offrant des perspectives de salut, les religions orientales, déjà bien intégrées au monde grec, gagnent l'ensemble des régions européennes. L'Italie avait déjà reçu sur son sol la déesse phrygienne Cybèle, associée à Attis. A la fin de la république, la divinité égyptienne Isis, attestée en Grèce et dans les îles de l'Égée fréquentées par les négociants italiens comme l'île de Délos, atteint la Campanie et Rome. Au 1er siècle ap. J.-C., c'est à son tour le dieu iranien Mithra qui pénètre la péninsule italienne avec un type de sanctuaire souterrain, le *mithraeum* : on en trouve en Campanie, à Ostie, à Rome. Ces cultes se répandent dans les provinces avec une intensité variable selon les pays. La péninsule Ibérique, depuis longtemps ouverte sur l'Orient, est un terrain propice aux cultes orientaux qui touchent non seulement les ports, mais aussi les populations de l'intérieur. Isis est honorée à Tarragone et Valence, mais aussi à Valladolid et à Guadix près de Grenade ; Mithra a un *mithraeum* à Mérida. La Gaule est surtout favorable à Cybèle, comme en témoignent la collection d'autels de Lectoure ou l'important centre cultuel que constitue Lyon. Mais les religions orientales sont surtout très en faveur dans les régions militaires. Ainsi, Mithra remporte un grand succès auprès des soldats, en Bretagne sur le mur d'Hadrien, sur les frontières germaniques et dans les pays danubiens où ce culte connaît un grand développement dans les provinces de Norique, Pannonies et Mésies.

Naissance et développement du christianisme. Né en Palestine, le christianisme est attesté en Europe lors des missions de l'apôtre Paul dans les années 50, avec des communautés chrétiennes à Thessalonique et à Corinthe où séjourne l'apôtre. A la même époque, l'empereur Claude expulse des chrétiens de Rome, et dès 64 est déclenchée la première persécution par l'empereur Néron : elle met en évidence le développement de cette communauté romaine visitée par les apôtres Pierre et Paul, qui meurent à Rome. Au début du 2e siècle, le tombe de Pierre est déjà un lieu de vénération au *Campus Vaticanus*. Mais la situation des chrétiens reste difficile ; leur refus du culte impérial et l'affirmation d'une religion monothéiste se heurtent au pouvoir impérial et à l'opposition des populations. La diffusion du christianisme en Europe reste très lente. Vers 200, trois évêchés sont connus en Italie : Rome, Milan et Ravenne. Le premier témoignage de la présence de chrétiens en Gaule est le martyre que subit la communauté chrétienne de Lyon en 177. A cette occasion, sont exécutés l'évêque Pothin et Blandine. Il faut attendre le 3e siècle pour voir se créer des évêchés à Arles, Marseille, Narbonne, Vienne, Paris, Reims et Trèves. De même, c'est aussi au 3e siècle que l'on commence à connaître des évêchés dans la péninsule Ibérique, à Mérida, Saragosse et León-Astorga. En revanche, la Bretagne et les régions rhéno-danubiennes ne sont pas encore touchées par ce courant religieux, surtout fortement implanté en Orient.

En deux siècles, s'est mise en place une organisation de l'Europe romaine, unifiée au sein d'une même culture gréco-latine fondée sur la cité, mais confrontée à une autre Europe, celle des peuples germaniques, ces « barbares » aux yeux de Rome qui, par la pression continue exercée sur les frontières, menacent ce fragile équilibre des forces.

DOCUMENT 1

Deux bilans de la présence romaine en Bretagne

1. « L'hiver suivant [78-79 ap. J.-C.] fut employé tout entier aux mesures les plus salutaires : pour habituer par les jouissances à la paix et à la tranquillité des hommes disséminés, sauvages et par là même disposés à guerroyer, il [Agricola] exhortait les particuliers, il aidait les collectivités à édifier temples, forums, maisons, louant les gens empressés, gourmandant les nonchalants : ainsi l'émulation dans la recherche de la considération remplaçait la contrainte. De plus, il faisait instruire dans les arts libéraux les fils des chefs [...] On en vint même à priser notre costume et souvent à porter la toge ; peu à peu, on se laissa séduire par nos vices, par le goût des portiques, des bains, des festins raffinés. »

2. *(Discours d'un résistant breton, Calgacus, à ses troupes :)*

« Brigands du monde, depuis que, dévastant tout, ils [les Romains] n'ont plus de terres à ravager, ils fouillent la mer ; avides de posséder, si l'ennemi est riche, de tyranniser, s'il est pauvre ; ni l'Orient, ni l'Occident ne les a rassasiés ; seuls entre tous, ils convoitent avec la même ardeur l'opulence et l'indigence. Voler, massacrer, ravir, voilà ce que leur vocabulaire mensonger appelle autorité, et faire le vide, pacification.

« Chacun n'a rien de plus cher que ses enfants et ses proches : la nature l'a voulu. Les nôtres sont pris par des levées pour subir ailleurs l'esclavage ; si nos femmes et nos sœurs échappent à la brutalité ennemie, elles sont souillées, au nom de l'amitié et de l'hospitalité. Biens et revenus pour l'impôt, terre et récolte pour les prestations frumentaires, que dis-je ? corps et bras pour l'aménagement des forêts et des marais sous les coups et les injures, tout est épuisé. »

Tacite, *Vie d'Agricola*, XXI et XXX-XXXI
(trad. E. de Saint-Denis, Paris, Les Belles Lettres, 1972).

Agricola, gouverneur de la Bretagne sous les Flaviens, œuvre pour l'intégration des peuples à la civilisation romaine, essentiellement urbaine. Mais la conquête est aussi marquée par l'exploitation des pays vaincus, idée dominante du discours de Calgacus, qui résiste à la progression romaine en Écosse. La force et la modernité du discours que lui prête Tacite sont remarquables.

DOCUMENT 2

Une ville romaine en Suisse : Avenches (Aventicum)

*La ville d'*Aventicum, *chez les Helvètes, a reçu le statut de colonie sous le règne de Vespasien et elle prit alors le nom de* Colonia Pia Flavia Constans Emerita Helvetiorum Foederata. *Cette promotion fut accompagnée de l'aménagement d'un important sanctuaire du culte impérial, à l'écart du premier quadrillage de l'époque d'Auguste et en relation étroite avec un théâtre. Ce sanctuaire du Cigognier illustre la place du culte impérial dans une cité.*

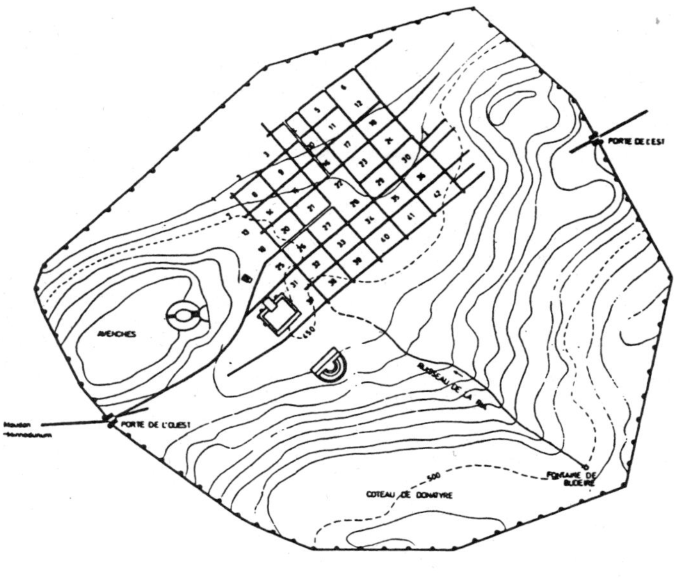

— Aventicum. Plan schématique.

0 100 200 300m

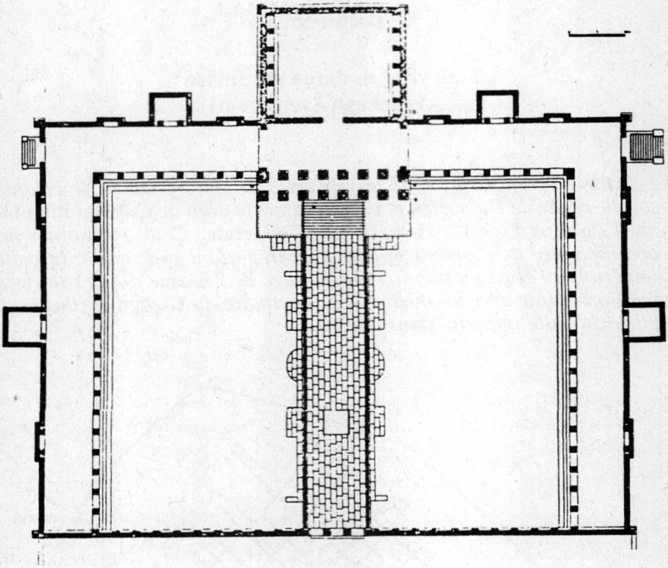

(d'après R. Étienne, « Un complexe monumental de culte impérial à Avenches » *Bull. de l'association Pro Aventico*, 29, 1985, p. 5-26).

6. De l'unité à la division

Du 3ᵉ au 5ᵉ siècle, l'Europe clairement délimitée des siècles précédents voit les pouvoirs se redistribuer. L'Empire romain, toujours puissant, ne cesse de se réorganiser, de se transformer – en particulier en adoptant le christianisme –, mais il doit transférer sa capitale dans les régions orientales et, face aux mouvements des populations germaniques, reconnaître leur pouvoir dans la partie occidentale : une nouvelle Europe se dessine.

La situation commence à se dégrader dès la seconde moitié du 2ᵉ siècle ap. J.-C. La population européenne est touchée par l'épidémie de peste ramenée d'Orient par les armées de Marc-Aurèle. La guerre civile qui éclate à la mort de l'empereur Commode (192) divise l'Empire, et les légions s'affrontent aussi bien en Europe orientale, où le futur empereur Septime Sévère doit assiéger Byzance, qu'en Occident autour de Lyon, en 197. La reprise des invasions germaniques au 3ᵉ siècle compromet le redressement opéré par la dynastie des Sévères.

L'EUROPE « BARBARE » ET LA CRISE DE L'EMPIRE

Les invasions

Le monde germanique au début du 3ᵉ siècle. L'expansion des peuples germaniques se poursuit pendant tout l'Empire sous le poids de la pression démographique interne et avec l'arrivée d'éléments nouveaux. Des ligues s'organisent, regroupant plusieurs peuples : en Germanie occidentale et sur le Rhin inférieur, les Chamaves, Bructères, Chattes, etc., constituent la ligue franque, tandis que les Alamans et les Juthunges englobent les peuples de l'Allemagne du Sud, de la Bohême et de la Moravie. Mais les mouvements les plus importants affectent surtout la Germanie orientale où l'arrivé de nouveaux peuples gotiques, les Gépides, provoque la reprise des migrations des Gots, en deux groupes, les Visigots et les Ostrogots, qui entraînent les Vandales. Tandis que les Vandales s'installent à proximité des frontières romaines du Danube, les Gots poursuivent leur mouvement vers l'est et occupent la Russie méridionale, où ils entrent en contact avec les Sarmates ainsi qu'avec les Alains, derniers venus des peuples iraniens.

Les rapports avec Rome. Ces rapports ne sont pas uniquement belliqueux et des échanges commerciaux se sont établis entre les Romains et les Germains. De l'argenterie romaine a été découverte dans les tombes germaniques de Poméranie ou du Danemark, où les tourbières ont livré aussi des armes romaines qui peuvent être d'ailleurs aussi bien un élément d'un butin que le résultat d'un commerce. En fait, les exportations romaines consistent surtout en objets métalliques (bronze, argent, armes), en verrerie et en céramique ; en échange, Rome importe des fourrures, de l'ambre et des esclaves. Dans ce commerce, le rôle des villes d'Europe orientale et des bords de la mer Noire tend à s'accroître et à concurrencer les routes commerciales du Rhin et de Danube central. Or, c'est dans le secteur oriental européen que se produisent les premières invasions.

Les invasions. La prise d'Olbia sur la côte de la mer Noire, en 238, ouvre la période des invasions du 3e siècle. Les Gots ravagent les provinces d'Europe orientale malgré l'opposition des armées impériales : pour la première fois, un empereur, Dèce, est battu et tué au combat, en 251. Sur le Danube, les Vandales menacent la province de Dacie. En Occident, la poussée des ligues germaniques des Francs et des Alamans aboutit à l'invasion partielle de la Gaule et de la péninsule Ibérique. Le littoral océanique gaulois et les côtes de la Bretagne sont régulièrement attaqués par des raids de piraterie des Francs.

La crise du 3e siècle

Les dévastations. L'une des premières conséquences des invasions est la ruine et les ravages provoqués par le passage des armées germaniques. De nombreuses villes sont pillées et détruites en Gaule du Nord et de l'Est, sur les rivages de la mer Noire, dans les régions danubiennes et en Grèce, où Athènes est incendiée en 267. Le même sort est réservé aux villas en zone rurale. Le climat d'insécurité générale entraîne un phénomène de thésaurisation où, pour sauver une partie du patrimoine, les propriétaires enfouissent leur réserve monétaire dans des caches. L'étude de ces trésors permet de mesurer l'ampleur de l'impact de ces invasions.

Les usurpations. L'affaiblissement du pouvoir impérial et la nécessité de faire face au péril immédiat amènent des armées à se choisir de nouveaux empereurs. Ainsi, la Gaule se détache de Rome et se transforme en Empire gaulois avec l'avènement de l'empereur Postume en 260, à Cologne. D'autres usurpations se produisent en même temps sur le Danube, mettant en cause l'unité impériale. Maîtrisé sur le Danube, ce phénomène se prolonge une dizaine d'années en Gaule jusqu'au règne de l'empereur romain Aurélien, qui rétablit l'unité de l'Empire en 270.

Les répercussions. Pour la première fois, Rome doit accepter une diminution de son espace provincial européen. Déjà, à la fin du 2e siècle, il avait fallu renoncer à défendre le mur d'Antonin au Nord de la Bretagne et se replier sur celui d'Hadrien. Moins d'un siècle plus tard, devant la pression barbare, Aurélien décide l'évacuation de la Dacie en 276 tandis qu'en Occident on laisse aux Alamans le contrôle des Champs décumates, à l'est du Rhin. Ce repli territorial s'accompagne d'une grave crise économique et monétaire. Les échanges commerciaux sont ralentis ; ainsi, l'huile d'Espagne n'arrive plus sur le marché romain. La production artisanale diminue et la population rurale cherche refuge dans les villes qui doivent compléter leurs défenses, comme à Cologne ou à Mayence, ou construire de nouvelles enceintes : mur d'Aurélien à Rome, enceintes des villes de Gaule, de péninsule Ibérique ou de Bretagne. D'autre part, le système monétaire s'effondre, les monnaies perdant du poids et du titre avec de moins en moins de métal précieux dans leur composition. Cette dévaluation monétaire accentue les écarts de fortune. Enfin, cette crise entretient un sentiment d'angoisse et de perte de confiance, favorable au développement de courants religieux comme le christianisme qui connaît une période d'expansion remarquable, malgré les persécutions subies au 3e siècle.

LA RESTRUCTURATION DE L'EMPIRE

Dioclétien et la remise en ordre

Le pouvoir impérial. Le pouvoir impérial a été fortement ébranlé au cours du 3e siècle par les usurpations. Déjà, les empereurs Gallien, Claude II et surtout Aurélien se sont efforcés de redonner tout son prestige à la fonction impériale, renforçant son caractère absolu et son poids religieux en l'associant étroitement au culte solaire comme le fit Aurélien. Cependant le poids de l'armée reste prépondérant dans la désignation des empereurs, et ce sont les soldats qui donnent à Dioclétien le pouvoir en 284. Pour faire face aux multiples problèmes de l'Empire, Dioclétien met progressivement au point une nouvelle organisation du pouvoir, en associant à sa fonction un deuxième empereur et en prévoyant la succession des deux empereurs par la désignation de deux césars, destinés à assurer la relève. Pour renforcer la cohésion, il inscrit ce système « tétrarchique » (à quatre personnes) dans une théologie du pouvoir où il est lui-même le représentant de Jupiter, son associé étant celui d'Hercule. Le groupe dit des Tétrarques de la basilique Saint-Marc de Venise donne une bonne illustration de cette conception du pouvoir impérial dont la sacralisation est ainsi accentuée.

La reprise en main des provinces. Il est d'abord indispensable de rétablir la paix aux frontières et à l'intérieur des provinces. Les empereurs réussissent à contenir les poussées germaniques, dont l'intensité diminue ; un calme relatif s'instaure dans les provinces rhéno-danubiennes, mais cette situation est très précaire. A l'intérieur, les bandes errantes des « bagaudes » de Gaule, recrutées parmi les paysans ruinés, les déserteurs et les esclaves, sont écrasées. En revanche, il est plus difficile de contenir la piraterie sur les côtes océaniques de l'Europe. Mais l'œuvre principale de Dioclétien est la réorganisation du système provincial. L'Europe est en effet partagée en plusieurs nouvelles provinces, plus réduites pour mieux assurer la défense et la perception des impôts. Ainsi, la Bretagne, déjà divisée en deux par Septime Sévère, comprend désormais quatre provinces. La péninsule Ibérique passe de trois à cinq ; en Gaule, la Belgique est partagée en deux, la Lyonnaise en trois comme la Narbonnaise, les Germanies et l'Aquitaine (ramenée à deux vers 350). De même la Rhétie comprend deux provinces, comme le Norique. En Europe orientale, Aurélien avait déjà procédé à une nouvelle répartition en recréant deux provinces de Dacie, cette fois au sud du Danube, sur des territoires récupérés en Thrace et en Mésie. Avec Dioclétien, toutes ces régions subissent un nouveau découpage. D'autre part, l'Italie perd son statut privilégié et est elle aussi divisée en provinces. Pour pallier ce morcellement provincial, une structure intermédiaire est créée, regroupant plusieurs provinces : le diocèse, administré par un vicaire. A titre d'exemple, le diocèse des Pannonies inclut non seulement le secteur pannonien, mais aussi le Norique et la Dalmatie ; de son côté, l'Italie forme avec la Rhétie les deux diocèses d'Italie annonaire au nord de Rome et suburbicaire au sud. Cette réforme s'accompagne d'une réorganisation de l'armée avec un dédoublement des légions et un renforcement du *limes*. De même, pour assurer le financement de ces transformations, le système fiscal est renforcé par la création d'un impôt dont le fonctionnement est très complexe, la *capitatio-jugatio*.

Les persécutions. Depuis le milieu du 3e siècle, le christianisme a pu progresser sans obstacle. Les communautés chrétiennes se sont structurées autour des évêques et des membres du clergé ; la liturgie se met progressivement en place, et la formation des futurs chrétiens est assurée dans le cadre du catéchuménat qui prépare à la cérémonie du baptême, la nuit de Pâques. A Rome, les chrétiens disposent de nécropoles et un art chrétien se développe dans les catacombes, qui se couvrent de fresques. Toutes les catégories sociales sont touchées par ce courant religieux. Cette évolution est à l'opposé de la volonté d'unité affirmée par Dioclétien : une série d'édits impériaux, de 303-304, déclenche la dernière grande persécution contre les chrétiens. Les provinces européennes sont diversement touchées ; la persécution est forte en Europe orientale, en Italie où sont martyrisés saint Sébastien et sainte Agnès, en Espagne avec sainte Eulalie, mais elle est plus modérée en Gaule et en Bretagne. En réalité, elle se solde par un échec dont la conversion de l'empereur Constantin est l'aboutissement.

Constantin et le christianisme

Constantin, empereur chrétien. Le système établi par Dioclétien s'effondre devant les rivalités de succession. Parmi les compétiteurs, Constantin, le fils de Constance Chlore qui fut l'un des césars de Dioclétien, affronte son rival, Maxence, lui-même fils de l'empereur Maximien, associé de Dioclétien ; la bataille a lieu au pont Milvius près de Rome en 312. C'est à l'occasion de cette bataille que Constantin aurait eu la vision de sa victoire annoncée par le symbole chrétien du « chrisme », qui représente les deux premières lettres grecques du nom du Christ. Quels que soient les motifs de cette conversion, l'empereur romain est désormais favorable à l'Église chrétienne. Mais, dans la conception du pouvoir impérial, il n'y a pas de coupure véritable : utilisant maintenant le contexte chrétien, l'empereur accentue encore le caractère sacré de sa fonction en se présentant comme l'« évêque du dehors », l'égal des apôtres, *isapostolos.* Ainsi, s'élabore une théologie chrétienne du pouvoir impérial dont les éléments fondamentaux se retrouvent aussi bien dans la conception de l'empereur byzantin que dans la notion d'empereur dans l'Occident médiéval.

L'unité religieuse et le concile de Nicée. Le poids de l'empereur dans les affaires religieuses se constate très vite lors des querelles de dogme ou de discipline. Constantin intervient dès le premier *concile du Latran, en 313, qui a à traiter d'un *schisme africain. Mécontent de la solution, c'est encore Constantin qui convoque un nouveau concile à Arles en 314, et, devant l'inefficacité de ces conciles, il prend directement les décisions qu'il estime nécessaires pour le maintien de l'ordre au sein de l'Empire. Aussi est-ce dans le même esprit que Constantin s'intéresse à la plus importante hérésie de son époque, l'arianisme, qui remet en question les relations entre Dieu et le Christ dans la doctrine trinitaire en plaçant le Christ en position d'infériorité. Pour régler ce problème, Constantin convoque, sur les conseils de l'évêque espagnol Ossius de Cordoue, le premier concile *œcuménique à Nicée, près de Nicomédie, en Asie Mineure, en 325. En réalité, il n'y a que quatre évêques d'Occident à ce concile, le reste étant composé d'évêques orientaux. Ce concile condamne l'*hérésie et définit la nature du Christ comme *consubstantielle au Père. Dans le même esprit d'unité, sont aussi fixées les règles pour l'établissement de la date de Pâques. Cette volonté de cohésion religieuse ne peut que satisfaire l'empereur, mais la querelle est loin d'être apaisée.

Une redéfinition de l'espace européen

La progression du monde « barbare ». Les grands mouvements de migration responsables de la rupture des frontières au 3e siècle se continuent au siècle suivant. En Germanie occidentale, les Saxons et les Angles quittent le Jutland pour avancer vers les régions rhénanes ; les Burgondes gagnent l'Allemagne méridionale tandis que les Lombards occupent la région de l'Oder. En Germanie orientale, Vandales et Visigots s'installent dans les pays danubiens, et, en 332, Constantin passe un accord avec les Visigots qui, en échange de la reconnaissance de leur territoire, fournissent des soldats à l'empereur. D'autre part, ils sont évangélisés par un prêtre d'origine gotique, Ulfila, mais de croyance arienne : le peuple des Visigots adopte ainsi l'hérésie arienne. En fait, depuis le 3e siècle, le pouvoir romain admet de plus en plus l'installation de Germains sur son sol comme colons et surtout les recrute comme soldats pour l'armée romaine. Cette évolution est lourde de conséquence pour la défense de l'Empire.

Un nouveau système provincial. Pour assurer une plus grande efficacité militaire, Constantin confie la défense de l'Empire à une armée de campagne qui complète le dispositif des frontières. Cette armée est commandée par des maîtres de cavalerie et d'infanterie, mais très vite les cadres de cette armée sont recrutés parmi les Germains. D'autre part, l'empereur continue les réformes entreprises par Dioclétien. Après la suppression des *cohortes prétoriennes de la garde impériale, les préfets du prétoire deviennent les responsables de grandes circonscriptions régionales. Administrativement, l'Europe est divisée en trois préfectures régionales : la partie occidentale avec la Gaule, les Germanies, la Bretagne et la péninsule Ibérique, forme la préfecture des Gaules ; l'Europe centrale et orientale constitue la préfecture d'Italie-Illyrie, à laquelle est adjointe l'Afrique ; enfin, le secteur du bas Danube et la Thrace sont rattachés à la préfecture d'Orient.

Le déplacement vers l'Orient. Le déplacement vers l'Orient est un des aspects majeurs de cette évolution. En 324, Constantin décide de fonder une nouvelle capitale, mieux adaptée aux besoins de l'Empire et à la stratégie ; il choisit Byzance. Le 11 mai 330, est célébrée la dédicace de cette nouvelle ville, Constantinople. Elle est organisée sur le modèle de Rome avec un Sénat et un cadre monumental avec hippodrome, forum, amphithéâtre, etc. Mais elle affirme aussi dès l'origine sa vocation de ville chrétienne avec la construction des basiliques de Sainte-Sophie et des Saints-Apôtres. Cette création est bien le signe du déplacement des centres d'intérêt de l'Empire et du poids croissant des régions orientales au détriment du rôle de Rome. Les événements de la fin du 4e et du 5e siècle en apportent la confirmation.

L'EUROPE DIVISÉE

Les forces de division

La reprise des invasions. A partir de 352, les Germains occidentaux reprennent leurs offensives contre le territoire romain. Alamans et Francs envahissent les régions rhénanes et danubiennes, malgré les efforts déployés par les empereurs comme Julien ou Valentinien. Ils peuvent s'installer entre le Rhin et la Moselle. Sur le Danube, les Quades et les Sarmates pillent régulièrement les provinces, mais sont repoussés au nord du fleuve. En revanche, la situation s'aggrave en Europe orientale où commencent à se faire sentir les contrecoups de l'arrivée des Huns dans les plaines de la Russie occidentale. Refoulant devant eux les Alains et les Gots, cette nouvelle intrusion de peuples asiatiques a des effets catastrophiques pour l'Empire. Les Visigots pénètrent en territoire impérial, ravagent la Thrace et écrasent l'armée romaine à Andrinople, en 378. Pour faire face à cette grave menace, l'empereur Théodose doit conclure un traité en 382 et accepter l'installation des Visigots au sud du Danube.

Les usurpations. Cette seconde moitié du 4e siècle est aussi marquée par la multiplication des tentatives d'usurpation à l'occasion des difficultés créées par les invasions. L'une des plus graves est d'ailleurs provoquée par un officier de l'armée romaine d'origine franque, Magnence, qui est porté au pouvoir par l'armée des Gaules. L'empereur Constance affronte Magnence en Pannonie, à Mursa, en 351 ; les deux protagonistes avaient fait appel à des renforts germaniques, ce qui est révélateur de la place croissante des Barbares dans la politique romaine. La victoire de Constance n'est acquise qu'au prix de très lourdes pertes et il faut encore deux ans pour venir à bout de l'usurpateur. A une époque où les invasions sont généralisées, ces guerres internes ne peuvent qu'affaiblir le pouvoir impérial.

Les querelles religieuses. Les querelles religieuses sont une autre source importante de division. L'arianisme s'est propagé dans toutes les provinces d'Europe malgré les décisions du concile de Nicée. Les évêques s'opposent au cours de nombreux conciles qui tentent de trouver une solution, mais qui mettent en évidence la coupure progressive entre l'Orient et l'Occident. L'intervention des empereurs accentue les tensions : l'évêque de Poitiers, saint Hilaire, est exilé en Orient tandis que son collègue d'Alexandrie, Athanase, est envoyé à Trèves. Ces déplacements ont en partie pour conséquence d'introduire le *monachisme, d'origine orientale, en Europe : vers 360, saint Martin fonde le monastère de Ligugé (Poitiers) et, en Italie, l'évêque de Verceil, Eusèbe, après un séjour forcé en Orient, développe les principes monastiques dans son clergé. L'arianisme est définitivement condamné lors du concile de Constantinople, en 381, mais reste vivant dans la population germanique des Visigots.

Les mutations de la société

Bien qu'elles constituent une menace permanente, les invasions n'ont pas empêché le développement intérieur de l'Europe romaine. Toutes les régions n'ont pas subi les mêmes dévastations. Dans bien des cas, on assiste à un renouveau des activités, surtout dans la première partie du 4ᵉ siècle. Cependant les conditions ont changé. Les aristocraties urbaines à Rome, à Constantinople et dans les principales villes européennes ont renforcé leur pouvoir. De grandes villas se développent sur d'importants domaines ruraux : villa de Piazza-Armerina en Sicile ou de Montmaurin en Gaule. En revanche, le statut des artisans et des paysans s'est durci ; depuis Constantin, les colons ne peuvent plus quitter le domaine où ils sont établis, et cet attachement à la condition se retrouve pour les métiers urbains comme les boulangers de Rome. L'opposition entre riches et pauvres s'accroît, aboutissant à deux groupes différenciés, les *honestiores* et les *humiliores,* ces derniers cherchant la protection des plus puissants.

Le paysage urbain se modifie et la plupart des villes s'entourent de murailles. A partir de Théodose, à la fin du 4ᵉ siècle, après la condamnation officielle du paganisme, les édifices chrétiens se multiplient, prenant la place des monuments païens. Ainsi, s'amorce progressivement l'évolution qui, sans rupture véritable, conduit de la ville antique à la ville médiévale, des temps païens aux temps chrétiens.

Le partage de l'Europe

Un empire en deux parties. En 395, à la mort de l'empereur Théodose, l'Empire est divisé en deux grands ensembles, l'empire d'Orient avec Constantinople, dirigé par Arcadius, et l'empire d'Occident avec Milan ou Ravenne, dirigé par Honorius. Cette division est accentuée par l'évolution du problème germanique entre 395 et 410. Les Gots relancent leur offensive en Orient, menaçant même Constantinople. Repoussés, les Visigots, commandés par Alaric, se dirigent vers l'Occident tandis que des Ostrogots envahissent les provinces danubiennes. Cette double attaque touche l'Italie entre 402 et 406, mais les Germains sont battus. Cependant, une nouvelle invasion bouleverse les régions occidentales : en décembre 406, Alains, Vandales et Suèves franchissent le Rhin et se répandent en Europe occidentale jusqu'à la péninsule Ibérique, qu'ils atteignent en 409 et dont ils se partagent les territoires. L'Occident tombe en grande partie au pouvoir des chefs barbares, la Bretagne étant elle-même soumise à des incursions de plus en plus fréquentes des Scots, des Pictes et des Saxons.

La prise de Rome en 410. Les Visigots d'Alaric relancent leurs assauts en Italie, et cette fois ils réussissent à s'emparer de Rome, qui est mise à sac en août 410 ; de là, les Visigots gagnent l'Italie du Sud puis se dirigent vers la Gaule. S'il ne marque pas l'effondrement de l'Empire romain en Occident, cet événement a cependant de profondes répercussions et surtout met en évidence la faiblesse de cet empire, désormais en survie sous la tutelle des populations germaniques qui ne trouvent plus d'obstacle réel à leur pénétration dans les provinces occidentales.

A une Europe romaine unifiée, face à un monde germanique en pleine mutation, fait place une organisation de l'espace européen beaucoup plus complexe. Le contraste entre les régions méditerranéennes et l'Europe centrale subsiste, mais est contrebalancé par l'opposition entre une Europe orientale où les structures romaines se maintiennent et se prolongent dans le cadre de l'Empire byzantin, et une Europe occidentale dont l'évolution dépend de la répartition de forces entre les royaumes barbares et des contacts entre les deux formes de culture, romaine et germanique : l'histoire de l'Europe entre alors dans une nouvelle phase.

DOCUMENT

Les grandes invasions du début du 5ᵉ siècle ap. J.-C.

1. L'invasion de 406-407 en Gaule :

« Je vais passer en revue quelques-uns de nos malheurs présents. Si jusqu'ici nous sommes un petit nombre à jouir du calme, ce n'est pas dû à nos mérites, mais à la miséricorde du Seigneur. Des nations innombrables et très féroces ont occupé l'ensemble des Gaules. Tout l'espace qui s'étend entre les Alpes et les Pyrénées, qui est limité par l'Océan et le Rhin, le Quade, le Vandale, le Sarmate, les Alains, les Gépides, les Hérules, les Saxons, les Burgondes, les Alamans et – ô malheureux État – les Pannoniens eux-mêmes devenus ennemis l'ont ravagé [...] Mayence, jadis illustre cité, a été prise et détruite ; dans son église des milliers d'hommes ont été massacrés ; Worms a été réduite par un long siège ; la ville si puissante de Reims, Amiens, Arras, les Morins (qui sont les hommes les plus éloignés), Tournai, Spire, Strasbourg ont été transférés en Germanie. Les provinces de l'Aquitaine, des Neuf Peuples, de la Lyonnaise et de la Narbonnaise, sauf quelques villes, sont complètement ravagées, et ces villes mêmes, le glaive au-dehors, à l'intérieur la famine les dépeuplent. Je ne puis, sans retenir mes larmes, faire mention de Toulouse, qui se doit d'avoir échappé jusqu'ici à la ruine aux mérites de son saint évêque Exupère. Les Espagnes, elles-mêmes, qui voient venir à leur tour la mort, tremblent tous les jours, se souvenant de l'invasion des Cimbres, et ce que d'autres ont souffert en une fois, elles souffrent continuellement à le redouter [...] Quel récit pourrait exprimer dans le langage qui convient que Rome, de son propre sein, ne lutte pas pour la gloire, mais pour son salut, que dis-je ? ne lutte même pas, mais, au prix de son or et de toute sa vaisselle, rachète sa vie même. »

Saint Jérôme, *Lettre* 123, 16-17
(d'après A. Chastagnol, *La Fin du monde antique*,
Paris, Nouvelles Éditions latines, 1976, p. 141-142).

Saint Jérôme écrit cette lettre depuis Bethléem et l'on peut ainsi constater le retentissement que les invasions du 31 décembre 406 ont eu dans l'Empire romain. Mais ce fut surtout le territoire gaulois qui fut ravagé par des Barbares dont le désir est désormais de s'installer définitivement en Gaule.

2. La péninsule Ibérique aux mains des Barbares :

« Les Alains, les Vandales et les Suèves pénètrent dans les Espagnes, l'an 447 de l'ère [ère espagnole : 409 ap. J.-C.]. Pour les uns, la date serait le 4 des calendes, pour les autres le 3 des ides d'octobre, la troisième férie, sous le huitième consulat d'Honorius et le troisième de Théodose, fils d'Arcadius [...]

« Les Barbares, qui avaient pénétré dans les Espagnes, pillent et massacrent sans pitié. Pour sa part, la peste ne fait pas moins de ravages. Tandis que les Espagnes sont livrées aux excès des Barbares et que le mal de peste ne fait pas moins rage, les richesses et les approvisionnements stockés dans les villes sont extorqués par le tyrannique collecteur d'impôts et épuisés par le soldat. Voici l'attaque de l'effrayante famine : les humains dévorent la chair humaine sous la pression de la faim ; les mères elles aussi se nourrissent du corps de leurs enfants qu'elles ont tués ou fait cuire. Les bêtes féroces, habituées aux cadavres des victimes de l'épée, de la faim ou de la peste, tuent aussi les hommes les plus forts et, repues de leur chair, se déchaînent partout pour l'anéantissement du genre humain. C'est ainsi que, par les quatre fléaux du fer, de la faim, de la peste et des bêtes féroces, qui sévissaient partout dans le monde entier, s'accomplit ce qu'avait annoncé le Seigneur par ses prophètes.

« Les provinces d'Espagne, ruinées par l'attaque de ces fléaux, les Barbares, convertis à l'idée d'établir la paix par la miséricorde du Seigneur, tirent au sort les territoires des provinces pour s'y installer. Les Vandales occupent la Galice et les Suèves la région située à l'extrémité occidentale, au bord de l'Océan. Les Alains tirent au sort la Lusitanie et la Carthaginoise tandis que les Vandales, surnommés Silings, ont la Bétique. Les Espagnols des cités et des villages fortifiés qui avaient survécu aux fléaux des Barbares maîtres des provinces se résignent à la servitude. »

Hydace, *Chronique* 42, 46-49
(d'après A. Tranoy, *Chronique d'Hydace*,
Paris, Cerf, 1974, p. 115-119).

A partir de 409-410, la péninsule Ibérique est en grande partie aux mains des Barbares. Hydace, évêque de Chaves (Portugal), décrit ces événements dans une chronique qui se termine en 469. Son œuvre permet de suivre le processus de l'installation des royaumes barbares ainsi que l'arrivée des Visigots dans la péninsule.

DEUXIÈME PARTIE

L'Europe de la Chrétienté *5e-15e siècle*

7. Les grandes migrations

Des années 500 à l'an Mil, l'Europe subit de vastes migrations de populations qui, malgré la double tentative de Justinien et de Charlemagne pour reconstituer l'Empire méditerranéen ou pour fonder un empire d'Occident, mènent à la séparation d'un Occident émietté, marqué par la germanisation et la culture latine, et d'un Orient restructuré, marqué par la slavisation et la culture grecque.

Les cinq siècles qui vont de la disparition de l'Empire romain en Occident (476) jusqu'aux abords de l'an Mil sont décisifs pour la formation de l'Europe. C'est alors que se fixent les peuples qui vont donner naissance aux différents États européens. C'est alors qu'à l'opposition traditionnelle entre une Europe du Sud – méditerranéenne et de civilisation gréco-romaine – et une Europe du Nord, livrée aux « barbares », se substitue lentement l'opposition entre une Europe occidentale de culture latine et à forte présence germanique et une Europe orientale de culture grecque et à forte présence slave. Ces deux phénomènes essentiels se sont opérés au cours de bouleversements qu'on a coutume d'appeler les « grandes invasions ».

Trois grandes poussées

Si les historiens sont tous d'accord pour reconnaître le rôle capital des invasions dans la formation de l'Europe, bien des problèmes subsistent tant en ce qui concerne les causes que la nature et l'évaluation des conséquences de ces mouvements de peuples qui combinent les migrations internes à l'Europe et les invasions venues de l'extérieur.

Le problème des causes. Un phénomène aussi complexe, étalé sur plus de cinq siècles et à l'échelle d'un continent, n'a pas de cause unique. La recherche est rendue très difficile par l'absence de sources écrites émanées de peuples qui ne découvrent l'écrit qu'au contact de la civilisation gréco-romaine : les principaux témoignages sont ceux des envahis et très rarement ceux des envahisseurs ; et cette carence n'est que très partiellement compensée par les trouvailles archéologiques. En l'état actuel des choses, deux types de causes sont généralement invoqués.

On a pendant longtemps mis l'accent sur les causes dites externes : les peuples se mettent en marche à la suite d'un appel né de l'existence de grandes richesses faiblement ou mal défendues (les richesses de l'Empire romain attirent les Germains et les Huns, celles de l'Empire carolingien font venir les Vikings) ou de l'existence de terres vacantes. Ou encore ces peuples sont bousculés par des poussées venues des profondeurs de l'Asie qui déterminent, entre autres, les irruptions chroniques des peuples de la steppe : Huns, Avars, Bulgares... Ou encore des modifications climatiques peuvent avoir déclenché telle migration des peuples nordiques.

Mais il est bien évident que les causes principales sont internes aux peuples mêmes qui se déplacent : poussée démographique ? transformations des genres de vie ? mutations des structures sociales ? C'est là que les sources font cruellement défaut. Chaque cas est très probablement un cas d'espèce et aucune explication d'ensemble ne rendra compte à la fois des arrivées successives des Germains semi-nomades, des raids brutaux des cavaliers des steppes, de la lente marée des paysans slaves, de la piraterie maritime des Saxons et des Scandinaves ou encore de la conquête islamique. Sans compter, en dehors de ces « invasions » répertoriées, les innombrables déplacements d'individus, de familles ou de petits groupes isolés.

Invasions et migrations. Si l'on s'en tient aux principaux mouvements de peuples, trois grands cycles peuvent être distingués dans le temps : celui des Germains, celui des Slaves et des Arabes, celui des Vikings et des Hongrois.

Aux 5e et 6e siècles, se prolonge la poussée germanique commencée depuis l'Antiquité. Les principaux épisodes, après l'entrée des Germains de l'Est – Visigots puis Ostrogots – détournés par Constantinople vers l'Occident méridional et après le grand déferlement des Suèves, Vandales et Alains qui franchissent le Rhin au début du 5e siècle, sont : la lente poussée vers l'ouest et le sud sur le territoire de la Gaule des Burgondes et de peuples moins sensibles à la civilisation antique – Francs et Alamans – ; la traversée de la mer du Nord par les Jutes, les Angles et les Saxons qui submergent les Celtes de Grande-Bretagne ; et l'ultime conquête germanique sur l'ancien territoire de l'Empire, qui est celle des Lombards en Italie dans la deuxième moitié du 6e siècle. Dans les terres ainsi libérées à l'est du Rhin, se fixent durablement Saxons, Frisons, Thuringiens, Bavarois, tandis que, sur les ruines de l'empire des Huns d'Attila, dans le bassin du Danube, s'édifie celui des Avars.

Le 7e siècle a vu deux grandes lames de fond. En Europe même, c'est la massive progression des Slaves, à partir d'une base de départ que l'historien byzantin Jordanès situe, au milieu du 6e siècle, entre l'embouchure du Danube, le Dniestr et la Vistule. De là, les Slaves s'étendent dans trois directions : au nord-est, à travers la taïga, vers le bassin de la Volga et le lac Ladoga ; à l'ouest, dans la grande plaine du nord, en direction de la Baltique et de l'Elbe, mais aussi vers les monts de Bohême et les Alpes orientales : le 9e siècle marquera dans ces régions l'extension maximale des peuples slaves ; et enfin vers le sud, dans les Balkans, où ils constituent des groupes que les Byzantins appellent Sklavinies. Cette progression slave n'empêche pas le déferlement de nouveaux peuples venus des steppes : les Bulgares, qui se fixent au sud du Danube inférieur en 681 ; les Khazars, qui fondent à la fin du 7e siècle entre la Volga et l'Oural un empire qui restera stable pendant trois siècles. Dans le même temps, l'Europe subit les derniers assauts de la conquête des musulmans – c'est la deuxième lame de fond – qui, après avoir amputé l'Empire byzantin de ses plus belles provinces orientales, échouent au début du 8e siècle en Asie Mineure et devant Constantinople. Mais ils réussissent à l'ouest, à partir de l'Afrique du Nord, à s'emparer en 711 de l'Espagne visigotique, avant d'être arrêtés en Gaule à Poitiers en 732.

Les 9e et 10e siècles se caractérisent par des raids d'un genre nouveau. Les expéditions des musulmans, ou Sarrasins, se poursuivent sur les côtes de Gaule et d'Italie (la Sicile est conquise au 9e siècle). Mais surtout la plus grande partie de l'Europe se voit confrontée aux entreprises multiformes des Scandinaves – les Vikings – qui pratiquent, de la Volga à l'Atlantique, à la fois la piraterie et le pillage, le grand commerce maritime et terrestre, le mercenariat à la solde des princes et la colonisation – ainsi en Angleterre et en Normandie – en vue d'un établissement durable. Ce dernier ébranlement, dont il ne faut pas voir que les aspects négatifs, car il met en évidence les nouvelles forces qui émergent en Europe du Nord, s'accompagne, au 10e siècle, de l'installation du dernier peuple qui ait réussi à atteindre le cœur de l'Europe : les Hongrois, qui prennent alors possession de la plaine pannonienne laissée vacante par l'écroulement de l'empire des Avars à la fin du 8e siècle. Désormais, seule l'Europe orientale subira encore des assauts extérieurs.

Mais ce tourbillon d'invasions a laissé des traces durables d'un bout à l'autre de l'Europe.

L'Occident émietté

Les royaumes germaniques. Les conséquences les plus immédiatement visibles des grandes invasions sont d'abord d'ordre politique. L'effacement de l'Empire en Occident laisse le champ libre à de nouvelles entités politiques dont l'esprit est totalement étranger à celui de l'État romain : le peuple ou la tribu germanique, c'est-à-dire un ensemble de guerriers libres et en armes, groupés autour d'une famille dont le chef incarne les valeurs nationales. Ces groupements se décomposent et se recomposent en formations mouvantes dans le temps et dans l'espace. L'heure est au morcellement, chaque région se définissant à la fois par son attachement plus ou moins grand à la romanité et par la présence plus ou moins forte d'un peuple germanique dominant.

De cette diversité émergent pourtant quelques temps forts. Vers 500, la prééminence appartient encore aux royaumes que les Gots et les Burgondes, chrétiens ariens, ont implantés dans les régions les plus romanisées au Sud de l'Empire : après le royaume visigotique de Toulouse, le principal est celui qu'a édifié l'Ostrogot Théodoric (493-526) autour de l'Italie et de sa capitale, Ravenne. Un siècle plus tard, la configuration politique de l'Occident est très différente. Au Nord, les Anglo-Saxons sont devenus maîtres de l'Angleterre. Sur le continent, deux nouveaux peuples jouent alors les premiers rôles : les Francs et les Lombards. Le 6e siècle est celui de l'expansion des Francs, depuis les succès militaires de leur roi Clovis (481-511) et sa conversion au christianisme romain : battus à Vouillé en 507, les Visigots sont expulsés de Gaule et isolés en Espagne, où Tolède devient le cœur d'une brillante civilisation ; le royaume burgonde disparaît au temps des fils de Clovis et l'hégémonie des Francs s'étend sur les peuples germaniques situés en deçà et – phénomène capital – au-delà du Rhin. Cette dilatation de l'espace franc du 6e au 8e siècle ne va pas sans divisions familiales – les fameux partages mérovingiens – et sans la poussée de particularismes régionaux – de l'Aquitaine à la Bavière –, mais son aspect essentiel est de faire basculer le centre politique de l'Occident vers le nord, entre Seine et Rhin. De la même façon, après l'éphémère reconquête de l'Italie par les troupes de l'empereur Justinien, l'arrivée dans la plaine du Pô, à partir de 568, des Lombards païens et violemment antiromains marque pour l'Italie, dans la deuxième moitié du 6e siècle, la véritable rupture avec l'Antiquité.

L'Empire carolingien et les transformations de l'Occident. La poussée germanique étant désormais stabilisée et l'Occident se trouvant, à partir du 7e siècle, coupé de Constantinople et de la Méditerranée orientale par la progression des Slaves et des Arabes, une première tentative originale d'unification, mêlant les expériences germaniques, romaines et chrétiennes, allait être tentée.

Elle est le fait de la dynastie des Carolingiens, originaires de la partie nord-orientale du royaume franc, l'Austrasie. Ils se posent en champions de la Chrétienté en arrêtant les Arabes à Poitiers, se substituent aux derniers rois mérovingiens et s'imposent non seulement à l'ensemble de la Gaule, mais aussi, malgré la résistance des Saxons, à la Germanie d'entre Rhin et Elbe dont ils favorisent la christianisation. Le roi Pépin le Bref noue une alliance étroite avec la papauté. Son fils Charlemagne (768-814), répondant à l'appel du pape, s'empare du royaume lombard en 774. A la fin du 8e siècle, il domine l'ensemble de l'ancien Occident romain – à l'exception des Iles Britanniques, de l'Espagne musulmane et de l'Italie du Sud restée lombarde ou byzantine – augmenté des régions situées entre Rhin et Elbe. A cet ensemble disparate, Charlemagne donne une capitale – Aix-la-Chapelle –, puis une nouvelle dimension politique lors de son couronnement impérial à Rome, le 25 décembre 800.

En cet empire « rénové » – les textes parlent de *renovatio imperii* – et dans l'immense effort de législation et d'organisation tenté par Pépin le Bref, Charlemagne et leurs successeurs, nous pouvons mesurer les profondes transformations survenues en Occident depuis le 5e siècle. La première est d'ordre économique : c'est, après la dépression démographique et la décadence des villes, la profonde ruralisation de la société. Ses centres vitaux se situent désormais dans des domaines ruraux tendant vers l'autarcie, ce qui implique le cloisonnement économique et la raréfaction des échanges et des signes monétaires que symbolise l'abandon de la frappe de l'or. La deuxième est d'ordre social : dans cette société éclatée, la puissance, née de la pratique de la guerre et de la possession de la terre, se concentre entre les mains d'aristocraties d'origine germanique ou indigène. Les grands s'imposent à l'ensemble du monde rural : esclaves, colons ou paysans libres, contraints de se « recommander » à la protection d'un puissant. Ils tendent aussi à s'imposer aux rois qui, pour s'assurer leurs services et leur fidélité, leur accordent des bénéfices dans le cadre de la *vassalité. La troisième est d'ordre religieux et prime sans doute toutes les autres : c'est la christianisation de cette société, dont nous reparlerons dans le prochain chapitre. Elle seule permet la rénovation d'un empire qui, sous des dehors antiques, est d'abord chrétien et appuyé sur l'Église ; une Église qui fournit les cadres – évêques, moines et abbés – du premier grand effort de rénovation culturelle mené en Occident depuis l'Antiquité : la Renaissance carolingienne. Pour cette restauration de la langue, de l'éducation et de la culture, accompagnée d'une normalisation de l'écriture, Charlemagne fit appel à tous ceux qui avaient conservé le souvenir ou la pratique de la tradition antique : les Italiens comme Pierre de Pise ou Paul Diacre, les Espagnols comme Théodulfe, les Anglo-Saxons comme Alcuin.

Mais la tentative politique de Charlemagne et de son fils Louis le Pieux (814-840) était prématurée. Elle ne survit pas aux dissensions entre leurs descendants, qui procèdent dès 843 au partage de Verdun, créant une Francie occidentale – futur royaume de France –, une Francie orientale – futur royaume de Germanie – et entre les deux, de l'embouchure du Rhin à l'Italie centrale, une Lotharingie vouée à l'éclatement. Elle ne survit pas non plus aux coups portés de l'extérieur et pendant des décennies par les Vikings et les Sarrasins. Et surtout elle ne survit pas à la montée des aristocraties, qui détournent à leur profit la puissance publique restaurée par Charlemagne. A tous les niveaux, au 9e et au 10e siècle, l'Occident retourne à son émiettement.

A la tentative des Carolingiens, l'Europe doit d'abord un rêve : celui d'un empire chrétien qui conduirait vers le salut tout le peuple de la Chrétienté latine. Elle doit aussi une réalité : cet axe Aix-la-Chapelle-Rome qui sera pendant des siècles l'épine dorsale de l'Occident.

L'Orient restructuré

Lorsque, le 11 mai 330, Constantin inaugura sa nouvelle capitale, il n'entendait pas créer une capitale de sécession pour suppléer Rome, mais pour être son prolongement. Dès lors toute l'histoire de l'Orient byzantin peut se résumer dans la formule « Constantinople avec Rome ou Constantinople sans Rome ». Pour Justinien, « l'Empire romain est universel » et englobe dans son unité territoriale reconstituée les deux capitales. En revanche, pour les empereurs *iconoclastes, « l'Empire chrétien est leur patrie qu'il faut défendre contre les infidèles » en se regroupant autour de la seule Constantinople. Entre ces deux époques, il est vrai, les invasions musulmanes et slaves du 7e siècle ont profondément modifié la géographie politique de l'Occident et de l'Orient méditerranéens.

La reconquête justinienne. Si le 5e siècle est marqué en Occident par la disparition de l'Empire romain et l'installation des royaumes barbares, il faut souligner qu'il l'est aussi par le maintien et le développement de la vitalité des échanges économiques transméditerranéens, rendus plus faciles grâce à la généralisation de l'économie monétaire. D'Alexandrie, d'Antioche, de Carthage et bien sûr de Constantinople les produits – papyrus, soieries, épices, natron – continuent à arriver à Ravenne, Ostie, Marseille et Narbonne où ils sont échangés contre des blés, des esclaves saxons, de l'étain ou du marbre pyrénéen. Les grands négociants orientaux et juifs des royaumes barbares d'Occident, présents dans toutes les cités, contrôlent ce libre commerce transméditerranéen.

La reconquête justinienne du 6e siècle semble donc être moins la conséquence d'un attachement têtu à l'idée impériale romaine, que la volonté de réunir dans un même ensemble politique des pays qui avaient conservé et développé leur unité économique.

Profitant de circonstances politiques favorables – la décomposition des États barbares –, Justinien réussit au milieu du 6e siècle à reconstruire l'unité politique du *Mare nostrum* autour de Rome et de Constantinople. C'est de Constantinople que partent les expéditions militaires qui aboutissent à la reconquête de l'Afrique sur les Vandales (533), de l'Italie sur les Ostrogots (555), de la frange côtière de la péninsule hispanique et des îles (564). La Méditerranée était redevenue un lac romain et l'empire pouvait être restauré sur une base juridique, économique et politique, avec une législation commune, le code de Justinien, qui rétablit la territorialité des lois, et avec un centre religieux, Sainte-Sophie de Constantinople (537). Le *nomisma d'or s'impose comme « dollar du Moyen Age » et règle les échanges économiques transméditerranéens. L'empereur enfin est désigné comme « *basileus » nommé par le Christ. Justinien préside bien un « État universel » et chrétien ; il peut donc apparaître sur ses nomismas, le globe *crucifère en main, protégé par les anges.

Dès la fin du 6e siècle pourtant, cette grandiose œuvre de Justinien était menacée. L'invasion slave de la péninsule balkanique oblige les empereurs à abandonner Rome et à se replier sur Constantinople pour organiser la défense.

Les invasions slaves du 7e siècle. Les Slaves, populations pacifiques et nombreuses installées dans les plaines au nord du Danube, vont être mis en mouvement sous la conduite des peuples turco-mongols, Avars et Bulgares. Mais, à la différence de ces derniers, les Slaves se sédentarisent massivement dans les vallées de la péninsule balkanique, repoussant vers les hauteurs des montagnes les peuples autochtones, Albanais, Thraces et Illyriens. Cette slavisation des Balkans a plusieurs conséquences. En premier lieu, elle bouleverse la structure ethnique de la péninsule balkanique ; en second lieu, elle met un terme à la crise démographique de l'empire, qui affectait surtout l'agriculture, et, de ce fait, elle a contribué à la mise en place d'un régime agraire nouveau ; enfin elle a constitué une barrière très difficile à franchir entre l'Est et l'Ouest, le long d'une ligne de rupture qui coïncidait *grosso modo* avec la frontière linguistique. Aussi cette slavisation des Balkans a-t-elle largement contribué à accentuer l'ignorance dans laquelle l'Orient désormais grec et l'Occident latin vont être l'un de l'autre, et cela à l'évidence d'autant plus que sur les rives sud de la Méditerranée l'Empire arabe est constitué. Mahomet et les Slaves ont contribué à la rupture de l'*Imperium romanum*.

L'iconoclasme. Placé sous la double menace avaro-slave, puis bulgaro-slave et arabe, les empereurs byzantins vont réagir : d'abord par la mise en place du « système des *thèmes », ensuite par l'iconoclasme.

Le système des thèmes a pour but de découper le territoire impérial en circonscriptions militaires, où le stratège concentre

entre ses mains tous les pouvoirs civils et militaires. D'autre part, le recrutement de l'armée lie désormais le service militaire à la possession d'une part du sol national et conduit à l'apparition d'une nouvelle classe militaire de soldats-paysans et d'un nouveau régime agraire. L'armée des *themata* est fondamentalement une armée régionale dont le théâtre d'opération est le thème. Constantinople a bien abandonné Rome.

Les empereurs vont aussi se doter d'une arme idéologique capable d'affronter l'islam et d'assurer la cohésion de l'État : c'est l'iconoclasme (726-843). Le culte des *images, en particulier des icônes, a pris dans l'empire, depuis le 7e siècle, des proportions considérables. Les moines ont en effet largement favorisé cette vénération des images miraculeuses dont ils tiraient le plus grand profit et qui renforçait les aspirations à une spiritualité fortement centrée autour des lieux miraculeux. Au début du 8e siècle, ces pratiques suscitent des réactions des milieux cultivés de la cour et de l'Église qui débouchent sur la crise iconoclaste, qui éclate sous l'empereur Léon III. Ce dernier, en 726, fit détruire la représentation du Christ qui surmontait la porte de la Chalcé et la remplaça par la Croix « victorieuse et vivifiante » présentée comme le symbole du rassemblement des populations de l'empire chrétien d'Orient face aux dangers musulmans et païens. Cette nouvelle conception d'un christianisme offensif rassemblé autour de la personne impériale suscite de nombreuses réactions d'hostilité, en particulier celle du théologien chrétien de Damas, Jean, dit Damascène, auteur d'un célèbre traité en faveur du culte des images. Jamais, en réalité, l'iconoclasme ne parvint à jouer son rôle de théologie du rassemblement. Dès que les armées byzantines eurent repoussé les menaces immédiates, se manifesta aussitôt la volonté d'en revenir à une spiritualité plus régionale. C'est ainsi qu'en 787 se tint le septième et dernier concile œcuménique, à Nicée, qui rétablit le culte des icônes, dont le triomphe ne fut toutefois définitivement acquis qu'en 843 et toujours commémoré depuis par la « fête de l'orthodoxie ».

L'iconoclasme eut aussi d'importantes répercussions internationales. Certes les moines qui fuyaient la persécution firent rayonner la culture byzantine en Italie du Sud, en Sicile et jusqu'à Rome, où la papauté condamna les décrets des empereurs iconoclastes. Le sentiment de rupture entre l'Orient impérial et l'Occident pontifical poussa les papes à chercher ardemment ailleurs la protection militaire que l'empire ne pouvait plus leur donner contre les Lombards. Les Francs finirent par accepter le rôle de protecteur de la papauté ; la nouvelle dynastie, les Carolingiens, en fut d'ailleurs récompensée par le couronnement impérial de Charlemagne de l'an 800, ressenti à Constantinople comme un outrage.

L'iconoclasme mis en place, dans des circonstances exceptionnelles, pour assurer la survie de l'Empire romain menacé dans son existence même par les attaques musulmanes et bulgares, disparaît tout naturellement avec le danger qui l'avait vu naître. La Croix « victorieuse et vivifiante » que les empereurs iconoclastes avaient adoptée est supplantée par l'icône, comme manifestation spirituelle et culturelle d'identification de l'hellénisme chrétien.

DOCUMENT 1

Panégyrique de Théodoric, roi des Ostrogots, par Ennode, évêque de Pavie

« Salut donc, le plus grand des rois, sous l'autorité de qui la force de la liberté a retrouvé sa saveur. Salut, stabilité de la république, car ce serait un sacrilège de la séparer de tes propres actions et de distinguer même en paroles ce que le temps a indissolublement uni. Si je compte les campagnes de mon roi, j'en trouve autant que de triomphes : tu ne rencontres pas un ennemi qui n'ajoute quelque chose à ta gloire : celui qui a résisté à ta volonté a combattu pour tes victoires ; toujours sa soumission a enfanté une nouvelle gloire pour ta Piété, à moins que sa résistance n'ait servi à accroître ton courage. Qui t'a vu à l'armée a été vaincu ; qui t'a regardé pendant la paix n'a rien eu à craindre. Au cours de tes succès, les promesses vénérables n'ont pas été oubliées ; au milieu des batailles, la vigueur n'a jamais souffert de retard. Tes chemins ont été hérissés d'obstacles, mais ils ont été les témoins de tes victoires quotidiennes.

« Voici que m'entraînent dans une autre direction de nouveaux et respectables mérites. Je vois la beauté de ces villes sorties de leurs cendres et les toits des palais rougeoyer de toute part. Je vois des constructions achevées avant d'avoir pu dire qu'elles étaient commencées. Voici l'aïeule même des cités, Rome, qui rajeunit en faisant disparaître les traces sordides de sa vieillesse. Pardonnez-moi, restes sacrés du génie impérial : il est plus difficile de faire disparaître les traces de la ruine que d'entreprendre la construction d'une ville. Ajouterai-je que tu as couvert le Sénat d'une couronne de fleurs innombrables ? Que personne n'a désespéré de parvenir aux honneurs lorsque ses prières étaient secondées par le témoignage de sa conscience ? [...] Les ressources de la république se sont accrues en même temps que les richesses des particuliers. Jamais la brigue n'a trouvé de place dans ton palais ; partout ont été répandus les biens de la fortune. Personne ne s'est éloigné de toi sans avoir été comblé de faveurs ; personne n'a eu à gémir des rigueurs de la proscription. »

P. Riché et G. Tate,
Textes et Documents d'histoire du Moyen Age. Vᵉ-Xᵉ siècles, I,
Paris, SEDES, 1972, p. 57-58.

La domination des Ostrogots en Italie appartient à la première génération des royaumes barbares établis en Occident, caractérisés par l'arianisme et par une longue familiarité avec la civilisation romaine. Maître de l'Italie de 493 à 526, Théodoric pratique une politique rigoureuse de séparation entre les Gots et les Romains, et se présente aux populations italiennes comme le représentant de l'empereur de Constantinople, respectueux de Rome, du Sénat et des institutions traditionnelles. D'où le ralliement d'une grande partie des élites de la péninsule, à l'image de cet évêque catholique de Pavie, Ennode, qui compose pour Théodoric, en 506, ce panégyrique à la manière romaine, où sont exaltés à la fois les triomphes militaires et le rôle civilisateur du conquérant germanique.

DOCUMENT 2

La bataille de Poitiers (732) vue par un homme du Sud : l'Anonyme de Cordoue

« Alors Abd al-Rahmân, voyant la terre pleine de la multitude de son armée, franchissant les montagnes des Basques et foulant les cols comme des plaines, s'enfonça à l'intérieur des terres des Francs ; et déjà en y pénétrant, il frappe du glaive à tel point qu'Eudes, s'étant préparé au combat de l'autre côté du fleuve appelé Garonne ou Dordogne, est mis en fuite. Seul Dieu peut compter le nombre des morts et des blessés. Alors Abd al-Rahmân en poursuivant le susdit duc Eudes décide d'aller piller l'église de Tours tout en détruisant sur son chemin les palais et en brûlant les églises. Lorsque le maire du palais d'Austrasie en France intérieure, nommé Charles, homme belliqueux depuis son jeune âge et expert dans l'art militaire, prévenu par Eudes, lui fait front. A ce moment, pendant sept jours, les deux adversaires se harcèlent pour choisir le lieu de la bataille, puis enfin se préparent au combat, mais, pendant qu'ils combattent avec violence, les gens du Nord demeurant à première vue immobiles comme un mur restent serrés les uns contre les autres, telle une zone de froid glacial, et massacrent les Arabes à coups d'épée. Mais lorsque les gens d'Austrasie, supérieurs par la masse de leurs membres et plus ardents par leur main armée de fer, en frappant au cœur, eurent trouvé le roi, ils le tuent ; dès qu'il fait nuit le combat prend fin, et ils élèvent en l'air leurs épées avec mépris. Puis le jour suivant, voyant le camp immense des Arabes, ils s'apprêtent au combat. Tirant l'épée du fourreau, au point du jour, les Européens observent les tentes des Arabes rangées en ordre comme les camps de tentes avaient été disposés. Ils ne savent pas qu'elles sont toutes vides ; ils pensent qu'à l'intérieur se trouvent les phalanges des Sarrasins prêtes au combat ; ils envoient des éclaireurs qui découvrirent que les colonnes des Ismaélites s'étaient enfuies. Tous, en silence, pendant la nuit, s'étaient éloignés en ordre strict en direction de leur patrie. Les Européens, cependant, craignent qu'en se cachant le long des sentiers, les Sarrasins ne leur tendent des embuscades. Aussi, quelle surprise lorsqu'ils se retrouvent entre eux après avoir fait vainement le tour du camp. Et, comme ces peuples susdits ne se soucient nullement de la poursuite, ayant partagé entre eux les dépouilles et le butin, ils s'en retournent joyeux dans leurs patries. »

Ch.-M. de La Roncière, R. Delort, M. Rouche,
L'Europe au Moyen Age, I,
Paris, Colin, coll. « U », 1969, p. 139.

Vingt ans après la conquête de l'Espagne par les musulmans, la bataille de Poitiers (732) marque pour les historiens le coup d'arrêt décisif à l'avance de l'islam en Europe occidentale ; mais les contemporains ne le savaient pas encore... D'où le caractère exceptionnel de ce poème, composé une vingtaine d'années après la bataille par un chrétien anonyme qui vivait à Cordoue sous domination musulmane et qui écrit en vers latins dans le style épique pour glorifier l'événement. L'intérêt de ce texte est double. D'une part, sur le plan militaire, il oppose de façon frappante deux traditions très différentes : la mobilité des troupes de la razzia d'Abd al-Rahmân et le caractère massif de l'armée franque ; il insiste aussi sur l'armement supérieur des gens du

Nord, leur « main armée de fer », c'est-à-dire de la fameuse épée franque, plusieurs fois citée dans le texte. D'autre part, sur le plan politique, le poème présente à deux reprises, face aux Arabes, la victoire des hommes de Charles Martel – d'abord qualifiés de « gens du Nord » ou « gens d'Austrasie » – comme celle des Européens, qui font ici une de leurs premières apparitions connues dans les textes du Moyen Age.

DOCUMENT 3

Le couronnement impérial de Charlemagne

1. D'après le Liber pontificalis :

« Après ces faits, tous se trouvèrent à nouveau réunis dans la basilique Saint-Pierre à l'occasion de la fête de Noël. Alors le vénérable et auguste pontife couronna de ses propres mains le roi en lui imposant une couronne très précieuse. Alors les fidèles Romains voyant l'amour si grand qu'il portait à l'Église romaine et à son vicaire (dont il avait assuré la défense), poussèrent unanimement sur l'ordre de Dieu et du bienheureux Pierre portier du royaume des cieux l'acclamation : " A Charles, très pieux Auguste, couronné par Dieu grand et pacifique empereur, vie et victoire. " Cette acclamation se fit entendre trois fois devant la Confession du bienheureux Pierre ; on invoqua de nombreux saints ; par tous il fut constitué empereur des Romains. Immédiatement après, le très saint évêque et pape oignit de l'huile sainte Charles, le très excellent fils de l'empereur, le même jour de la Nativité du Seigneur. »

2. D'après la Vie de Charlemagne *par Eginhard :*

« Le dernier voyage que Charles fit à Rome eut encore d'autres causes. Les Romains ayant accablé de violences le pontife Léon – lui crevant les yeux et lui coupant la langue – l'avaient contraint à implorer le secours du roi. Venant donc à Rome pour rétablir la situation de l'Église fort compromise par ces incidents, il y passa tout l'hiver. C'est alors qu'il reçut le titre d'empereur et d'" Auguste ". Et il s'en montra d'abord si mécontent qu'il aurait renoncé, affirmait-il, à entrer dans l'église ce jour-là, bien que ce fût jour de grande fête, s'il avait connu d'avance le dessein du pontife. Il n'en supporta pas moins avec une grande patience la jalousie des empereurs romains, qui s'indignaient du titre qu'il avait pris, et grâce à sa magnanimité qui l'élevait si fort au-dessus d'eux il parvint, en leur envoyant de nombreuses ambassades et en leur donnant le nom de " frères " dans ses lettres, à vaincre finalement leur résistance. »

R. Folz, *Le Couronnement impérial de Charlemagne*, Paris, Gallimard, coll. « Trente journées qui ont fait la France », 1964, p. 281-282.

Le couronnement impérial de Charlemagne par le pape Léon III à Rome, le 25 décembre 800, marque la naissance d'un empire qui se réclame à la fois de la tradition antique et de la tradition chrétienne. Mais l'événement n'est pas présenté de la même façon par l'entourage du pape (avec le récit officiel du Liber pontificalis*) et par l'entourage de Charlemagne (avec le récit de son biographe Eginhard).*

8. La Chrétienté de l'an Mil

Le passage de la Rome chrétienne à l'Europe chrétienne s'est opéré du 5ᵉ au 10ᵉ siècle. L'organisation administrative, la réflexion théologique, l'effort missionnaire ont accompagné les entreprises politiques et militaires. Ainsi, vers l'an Mil, des plaines russes à l'Espagne – à l'exception d'une zone sud marquée par l'islam –, un monde chrétien s'est constitué autour de deux pôles, celui incontesté de Byzance et celui, moins stable, de la papauté et du Saint Empire romain germanique.

Le phénomène le plus marquant de l'histoire de l'Europe entre le 5ᵉ et le 10ᵉ siècle, celui qui va lui donner, par rapport au reste du monde, son caractère spécifique, est la christianisation. L'aire naturelle de diffusion du christianisme avait d'abord été l'Empire romain : soit une diffusion de l'est vers l'ouest dans le monde méditerranéen, accompagnée d'une extension vers le nord-ouest en Gaule et en Grande-Bretagne. A la fin du 5ᵉ siècle, deux faits caractérisent cette première christianisation : l'Orient est plus christianisé que l'Occident et les villes, relais naturels de la transmission, plus christianisées que les campagnes. Du 5ᵉ au 10ᵉ siècle s'opère, toujours dans ce cadre, une christianisation en profondeur, y compris dans les campagnes occidentales. Mais en même temps surviennent d'importantes modifications. D'une part, l'expansion d'une religion concurrente, l'islam, arrête le développement de la religion chrétienne et parfois la fait disparaître dans les régions les plus anciennement christianisées du pourtour méridional de la Méditerranée. D'autre part, on assiste, à partir des églises organisées autour de Rome et de Constantinople, à l'évangélisation des régions du Nord et de l'Est du continent : au point que, vers l'an Mil, l'Europe se compose en majorité d'États chrétiens.

Les bases de la christianisation

Les structures. A la fin du 5e siècle, les structures de l'Église se modèlent sur celles de l'Empire. La « cité » romaine a donné naissance au diocèse, dirigé par un évêque qui rassemble autour de sa chaire – *cathedra* – clergé et fidèles de la ville et de la campagne. Comme les cités, les diocèses se regroupent en provinces dont la métropole est le siège d'un archevêque. Parmi ces métropoles, certaines doivent à leur ancienneté dans la foi ou à des circonstances politiques particulières une prééminence qui dépasse le cadre métropolitain ; c'est le cas des grands * patriarcats dont l'empereur Justinien fixe la liste au milieu du 6e siècle : Rome, Constantinople, Alexandrie, Antioche, Jérusalem. Ces cadres déjà en place, parfois ébranlés ou même anéantis lors des invasions – ainsi en Pannonie, en Rhénanie, en Grande-Bretagne –, se voient ensuite renforcés par la diffusion de nouvelles structures liées à l'évangélisation des campagnes – paroisses et églises rurales – et à l'essor du monachisme. A partir du 4e siècle en Orient, du 5e siècle en Occident, se multiplient en effet les communautés vouées à une vie de prière, de travail et de pénitence. Situés dans les faubourgs urbains et plus souvent encore à la campagne, au « désert », les monastères apparaissent spontanément d'un bout à l'autre du monde chrétien ; après des siècles de diversité, ils tendent à s'unifier en adoptant quelques grandes règles comme celle de saint Basile en Orient ou celle de saint Benoît en Occident.

La doctrine. C'est aux 4e et 5e siècles, après la reconnaissance du christianisme comme religion officielle de l'Empire, que les * Pères de l'Église et les grands conciles œcuméniques ont fixé pour l'essentiel la doctrine chrétienne. Cette élaboration a donné lieu à des affrontements dramatiques qui ont opposé les théologiens orthodoxes à différentes formes d'hérésie. Au 4ᵉ siècle, les controverses portent surtout sur le mystère de la Trinité. Contre les adeptes de l'arianisme qui, au nom du monothéisme, déclarent le Père supérieur au Fils, le concile et le symbole de Nicée (325) affirment l'égalité des personnes divines et proclament le Fils « consubstantiel » au Père. Ensuite apparaissent des préoccupations différentes en Orient et en Occident. L'Orient, imprégné de pensée grecque et passionné de spéculation théologique, entre dans de grands débats sur la double nature du Christ : les uns, adeptes du nestorianisme et condamnés au concile d'Éphèse, en 431, insistent sur la nature humaine du Christ et refusent donc à sa mère le titre de Mère de Dieu *(Theotokos)* ; les autres, monophysites, condamnés en 451 au concile de Chalcédoine, ne voient que la nature divine du Christ. Ces deux hérésies, qui compromettent les mystères de l'Incarnation et de la Rédemption, ont laissé en Orient des traces durables. L'Occident, dans le même temps, se pose des questions plus concrètes sur le salut de l'homme : illustrés par saint Augustin, les débats sur la grâce et la prédestination et sur la façon de construire la Cité de Dieu sont ici, et pour longtemps, dominants. C'est pourtant en Occident, peut-être en Espagne, que, de la réflexion sur la troisième personne de la Trinité, naît la formule qui opposera et oppose encore la Chrétienté latine et la Chrétienté grecque : le *Filioque*. Imposée par Charlemagne, cette formule précise que le Saint-Esprit procède du Père *et* du Fils ; mais l'Orient reste attaché aux termes primitifs du symbole de Nicée, qui le font procéder du Père seul.

Chrétienté grecque et Chrétienté latine. Ces attitudes doctrinales divergentes sont un signe des différences qui apparaissent aux 5ᵉ et 6ᵉ siècles et qui s'approfondissent aux siècles suivants entre Grecs et Latins. A partir d'une foi commune, elles portent sur de nombreux aspects de la vie chrétienne. Sur la langue : l'Occident a abandonné le grec et adopté le latin comme langue liturgique à la fin du 4ᵉ siècle. Sur la liturgie : à la splendeur de la liturgie byzantine, qui tend à s'imposer à toutes les églises d'Orient, répond la relative austérité de la liturgie romaine qui va jouer le même rôle en Occident. Sur les formes de dévotion : la piété byzantine se distingue pendant ces siècles par l'importance attachée au culte de la Vierge et au culte des images. Sur le rôle des moines : omniprésents à Byzance, plus discrets en Occident. Sur la conception des rapports entre l'Église et l'État : indissociables à Byzance, ils alimentent en Occident un débat sur le pouvoir temporel et le pouvoir spirituel... Ces différences sont aggravées par une rivalité croissante entre l'unique patriarcat occidental, celui du pape de Rome successeur de saint Pierre, et le patriarcat de Constantinople, fortifié par la présence de l'empereur et resté seul patriarcat oriental en terre chrétienne après la conquête musulmane du 7e siècle. Mais elles n'empêchent pas Grecs et Latins de poursuivre l'œuvre d'évangélisation des païens en Europe.

La christianisation du continent européen

La christianisation des Germains et des Slaves, sans oublier les Bulgares ou les Hongrois, est pour l'Église la grande affaire des siècles qui précèdent l'an Mil.

Les évangélisateurs et leurs méthodes. On ne peut sous-estimer le rôle des apôtres isolés qu'animent le zèle missionnaire et la recherche de la pénitence ou même du martyre : moines irlandais en Gaule ou en Allemagne du Sud tels que saint Colomban, moines anglo-saxons en Frise, Germanie et Scandinavie, clercs arméniens auprès des peuples des steppes ont joué un rôle irremplaçable par la prédication, l'exemple et l'implantation de cellules de vie chrétienne en milieu païen. Mais la mission est à la fois œuvre religieuse et œuvre politique. Elle est ainsi comprise à Byzance, dont la vocation universelle est d'attirer dans l'orbite de l'Empire chrétien tous les peuples du monde. A l'Ouest, les papes et les souverains chrétiens, et spécialement les empereurs, ne pensent pas autrement. La meilleure façon d'arriver à des conversions massives est en effet d'obtenir la conversion du chef, qui entraîne celle de tout son peuple. Depuis la conversion de Clovis et des Francs à la fin du 5e siècle et le passage de l'arianisme au christianisme romain du roi des Visigots Reccarède en 589 jusqu'aux grands baptêmes de la fin du 10e siècle en Russie, Pologne ou Hongrie, l'évangélisation du continent a progressé à travers ces conversions qu'on pourrait appeler politiques. Elles sont obtenues tantôt par la persuasion – c'est la méthode pontificale inaugurée par les missionnaires envoyés en Angleterre par Grégoire le Grand auprès du roi de Kent à la fin du 6e siècle –, tantôt par la diplomatie – c'est la méthode byzantine –, ou bien encore par la force des armes – c'est la méthode de Charlemagne auprès des Saxons. Ces conversions sont accompagnées ou même précédées par la mise en place de deux structures essentielles : les monastères et les évêchés. Mais l'annonce de la foi chrétienne et son développement chez des peuples « barbares » ignorant le latin et le grec et dépourvus d'écriture ont aussi poussé l'Église dans des voies nouvelles, de première importance pour l'histoire de la culture. Déjà au 4e siècle, l'apôtre des Gots, l'arien Ulfila, avait traduit en langue germanique et transcrit en caractères inspirés des * runes les principaux textes sacrés ; mais cette Bible gotique était entachée d'hérésie. Par la suite, les papes ont maintenu fermement l'usage du latin, même chez les peuples totalement étrangers à la civilisation romaine. Mais les Orientaux se sont montrés beaucoup plus souples et ont laissé se développer au sein même de l'Empire des liturgies en langue copte, syriaque ou arménienne. Et ce sont des Byzantins – Cyrille, Méthode et leurs disciples – qui, dans la deuxième moitié du 9e siècle, ont créé, à partir du slave parlé dans les Balkans et de l'écriture grecque, une langue littéraire, le slavon, destinée à la traduction des textes scripturaires et à la liturgie dans le monde slave.

La christianisation par les Grecs. Au sortir de la crise iconoclaste, l'Empire byzantin a adopté la doctrine de la relation « symphonique » qui doit régler les rapports entre l'*Imperium* de l'empereur et le *sacerdotium* du patriarche. Si l'« empereur est l'autorité légitime, le bien commun de tous les sujets », « le patriarche est la vivante icône du Christ » dont la mission est de « faire que les infidèles adoptent la foi en les frappant par la lumière, la clarté, les merveilles de ses actions ». Ainsi s'exprimait le patriarche Photius, très probable rédacteur du code juridique, l'*Epanagogè*, promulgué entre 884 et 886.

La christianisation des Slaves par l'Église byzantine dans la seconde moitié du 9e siècle fut marquée avant tout par l'œuvre missionnaire des deux frères Cyrille et Méthode, vénérés comme « apôtres des Slaves ». Face au problème posé par la slavisation des Balkans, au 7e siècle, l'Église comme l'État byzantins s'efforcèrent d'intégrer ces nouveaux venus, païens, dans l'Empire et suivirent à cet effet deux stratégies : l'une visait à helléniser les Slaves, l'autre consacrait leur langue.

Les Slaves s'étaient installés en Grèce, en Macédoine et au Péloponnèse, depuis le 7e siècle. L'Empire entreprit leur intégration en menant, à partir des anciens centres épiscopaux et des centres nouvellement créés, une active politique missionnaire visant à intégrer les populations à l'Empire par la connaissance du grec et la conversion au christianisme. Devenus chrétiens et hellénophones, les Slaves pouvaient « faire carrière » dans l'Empire. La conversion des Slaves, installés en marge de l'Empire, et qui étaient parvenus à organiser des embryons de structures étatiques, s'organise sur des bases différentes. Sollicité en 862 par le prince Rostislav qui régnait sur la Grande Moravie, vaste territoire entre le Danube et l'Oder, pour lui envoyer un évêque et un maître capable d'expliquer la vraie foi chrétienne dans sa propre langue, l'empereur Michel III chargea Constantin – Cyrille en religion – et son frère Méthode de cette difficile mission. Pour y parvenir, ils commencèrent par inventer un alphabet – le glagolite – capable de rendre les sons des langues slaves. Cet alphabet fut ensuite amélioré en Bulgarie par les disciples de Cyrille, qui lui donnèrent le nom de cyrillique. Dotés de ce précieux outil, Cyrille et Méthode entreprennent la traduction de tout l'*ordo* ecclésiastique, depuis la Bible jusqu'aux codes de droit canon et aux livres liturgiques. La langue slave était reconnue comme langue liturgique, du moins jusqu'à l'interdiction du pape Étienne V (885-891). Chassés de Moravie par le clergé franc, les missionnaires grecs trouvèrent refuge en Bulgarie et obtinrent la conversion du prince bulgare Michel vers 864-870. L'organisation de l'Église bulgare qui suivit aboutit à l'érection d'un archevêché dont le synode des évêques élisait le titulaire, qui devait être confirmé par le patriarche de Constantinople. Cette organisation a très probablement servi de modèle à l'organisation, au siècle suivant, de l'Église russe.

Depuis le 9e siècle, Russes et Byzantins ont appris à se connaître ; ils ont conclu des traités de commerce qui préfigurent leur alliance politique et annoncent la conversion des Russes qui seule permettra leur insertion dans la hiérarchie des États civilisés. Le christianisme a pénétré en Russie dès le 9e siècle, par l'intermédiaire des marchands et guerriers scandinaves qui parcouraient la « route des Varègues aux Grecs » reliant la mer Noire à la Baltique par le Dniepr. Le baptême de la princesse Olga, à Kiev, en 959, était encore prématuré et suscita une violente réaction païenne. C'est son petit-fils Vladimir qui sut saisir l'opportunité de négocier avantageusement sa conversion avec les empereurs Basile II et Constantin VIII aux abois à Constantinople. Le baptême de Vladimir eut lieu à Kherson en 989 et fut suivi de son mariage avec la princesse byzantine Anne, faisant ainsi entrer la Russie dans la hiérarchie des États civilisés et chrétiens présidés par l'empereur.

La politique missionnaire suivie par Byzance a permis à l'Empire non seulement d'intégrer et d'helléniser les populations slaves installées depuis le 7e siècle dans l'Empire, mais aussi d'insérer une partie du monde slave à l'intérieur de l'* oikouménè byzantine. Le succès du slavon, tant comme langue liturgique que comme langue de culture, permit à ces peuples de bénéficier des apports de l'héritage culturel hellénique et chrétien dont l'Empire était porteur et de trouver une identité commune au sein d'une communauté vivante qui rayonne depuis la presqu'île du mont Athos, en Chalcidique.

Uni par une même foi et une culture commune, l'Orient orthodoxe l'est aussi par un art que caractérisent, au-delà des diversités stylistiques régionales ou nationales, la dignité et l'élégance que requiert la quête du sublime et du divin.

La christianisation par les Latins. L'expansion du christianisme dans les pays païens ou retournés au paganisme de l'Ouest de l'Europe se voyait aussi offrir de vastes champs d'action. Trois grandes étapes peuvent être envisagées.

La première concerne les *Iles Britanniques.* Refoulé dans les régions de peuplement celtique, le christianisme connaît une floraison remarquable en Irlande, l'« île des saints », évangélisée par saint Patrick au 5ᵉ siècle. De ce milieu très particulier, aux usages originaux, les moines partent en mission vers les îles et les côtes d'Écosse et d'Angleterre. Ils y rencontrent après 597 les moines bénédictins envoyés par Rome pour convertir les rois et rétablir, à partir de l'archevêché de Canterbury, le tissu épiscopal. De cette émulation entre les missionnaires celtes et romains sont sortis les traits principaux du christianisme de l'Angleterre médiévale : une Église unifiée autour du siège de Canterbury et étroitement liée à Rome, un attachement fervent à la langue et à la culture latines, l'importance du monachisme et enfin cet esprit missionnaire qui va envoyer les moines anglo-saxons vers leurs frères de race du continent et de Scandinavie.

La deuxième grande étape concerne la *Germanie,* dont la conversion avait commencé par le rétablissement du christianisme dans les régions rhénanes sous l'influence de missionnaires francs et irlandais. Elle prend un nouvel élan avec l'action des Anglo-Saxons. Willibrod, l'apôtre de la Hollande, arrive en Frise occidentale en 690 et y organise l'Église autour de l'évêché d'Utrecht. Boniface est l'apôtre de la Germanie. Nommé successivement missionnaire (718), évêque (722), puis archevêque (732) pour la Germanie à l'est du Rhin, il y implante, sous le contrôle de Rome, un réseau d'évêchés qui va de Mayence à Salzbourg et un réseau de monastères bénédictins dont le plus célèbre est Fulda. Après sa mort (754), les missionnaires cèdent le pas à l'action politique et militaire des souverains carolingiens, pour qui la soumission de l'Allemagne du Nord entre Rhin et Elbe passe par la conversion des Saxons : entreprise longue et difficile, jalonnée de violences et d'échecs.

Dans une troisième étape enfin, qui nous conduit aux approches de l'an Mil, ce sont les chrétiens de Germanie qui entreprennent l'évangélisation des *peuples limitrophes* : celle des Scandinaves, à partir de l'archevêché de Hambourg, avec le baptême des rois de Danemark et de Norvège au milieu du 10ᵉ siècle et celui du roi de Suède en 1008 ; celle des Slaves, avec la conversion des ducs tchèques de Bohême, suivie de la création de l'évêché de Prague en 973, et la conversion des ducs de Pologne : en 1000, le duc Mieszko obtient, avec l'appui de l'empereur Otton III, l'érection d'un archevêché à Gniezno. La même année, Étienne de Hongrie, récemment baptisé, obtient un archevêché à Gran, où il se fait couronner roi l'année suivante. Dans ces régions, l'expansion de la Chrétienté latine entrait en concurrence avec celle de la chrétienté grecque. Mais, dans l'un et l'autre cas, l'évangélisation aboutit à la formation d'États chrétiens. Car, vers l'an Mil, l'Europe chrétienne se trouve partagée en deux entités religieuses rivales, mais non encore séparées. La limite passe à travers l'Europe centrale suivant la ligne Dniepr-Grodno-Halycz : à l'ouest, la *Respublica christiana romana*, à l'est l'*Oikouménè* byzantine.

L'Europe de l'an Mil : des États chrétiens

Mis à part les peuples des rives sud de la Baltique, évangélisés dans les siècles suivants par les Allemands et les Polonais, et mis à part les peuples encore païens qui habitent une grande partie du territoire de l'actuelle URSS, la carte de l'Europe de l'an Mil se présente comme celle de jeunes États dont les populations peuvent être plus ou moins profondément christianisées, mais dont les princes, chrétiens, s'appuient sur l'Église autant que sur la société laïque. Répartis en deux grandes mouvances, ils constituent l'ossature de l'histoire de l'Europe pour le millénaire qui s'ouvre.

Autour de l'Empire germanique. L'axe Aix-la-Chapelle-Rome, institué par Charlemagne et mis en sommeil lors des divisions de son empire, est rétabli, au milieu du 10ᵉ siècle, quand le roi de Germanie Otton Iᵉʳ, issu d'une nouvelle dynastie d'origine saxonne, s'empare du royaume d'Italie, puis reçoit la couronne impériale à Rome, en 962. Il fonde ainsi ce qu'on appellera le Saint Empire romain germanique, principe organisateur et institution politique majeure de l'Occident chrétien jusqu'à sa destruction par Napoléon. La vocation universelle de cet empire à gouverner et à évangéliser les peuples est conjointement proclamée autour de l'an Mil par le petit-fils d'Otton Ier, Otton III, et par le pape Sylvestre II, qui incarnent l'alliance du pouvoir spirituel et du pouvoir temporel. De fait, l'Empire, au sens strict, se limite à trois ensembles politiques : le royaume de Germanie, issu de la Francie orientale du traité de Verdun ; le royaume d'Italie, limité au sud par les États du pape ; et toutes ces régions lotharingiennes à l'est des * Quatre Rivières que les rois de Germanie ont su attirer dans leur sphère d'influence au cours du 10e siècle. A la tête d'un territoire qui va de la Meuse et du Rhône à l'Elbe et de la mer du Nord au sud de la Toscane et qu'il gouverne en s'appuyant à la fois sur les princes laïques et sur les évêques et les abbés, l'empereur se considère comme le chef temporel de la Chrétienté latine. Mais ses ambitions sont diversement accueillies à l'est et à l'ouest de ses royaumes.

A l'est, christianisation et entrée dans la dépendance politique de l'Empire vont de pair pour les marches méridionales d'Autriche et de Carinthie, pour le duché de Bohême et pour les marches du Nord entre l'Elbe et l'Oder. Mais, au-delà, les jeunes royaumes de Hongrie puis de Pologne conservent leur indépendance politique et religieuse. A l'ouest et au sud, la chrétienté latine reste amputée, au profit des Byzantins et surtout des musulmans, d'une partie de l'Italie méridionale, de toute la Sicile et de presque toute la péninsule Ibérique, où le califat de Cordoue (929-1031) atteint alors son apogée. Mais ni les petites principautés chrétiennes du Nord de l'Espagne tournées vers le sud et vers la lutte contre l'infidèle, ni le royaume anglo-saxon resté étranger à l'Empire carolingien et englobé en 1017 dans les vastes possessions nordiques du roi de Danemark Cnut le Grand, ne se reconnaissent sous la souveraineté impériale. Quant à la nouvelle dynastie des Capétiens qui s'est établie en 987 sur la Francie occidentale avec la bénédiction de l'Église, elle verra très vite que, malgré l'existence de liens très anciens entre les deux Francies, l'indépendance à l'égard de l'Empire est une des conditions de la survie du royaume de France.

Autour de l'Empire byzantin. Sous le règne de l'empereur Basile II (976-1025), l'Empire semble avoir atteint le sommet de sa puissance militaire, politique, économique et culturelle. Pourtant, avant la fin du 11e siècle de graves menaces pèsent sur ce prestigieux empire. De l'Italie au Caucase, du Danube à la Syrie, l'autorité de l'empereur, représentant de Dieu sur terre, s'exerce à l'intérieur d'un empire gréco-orthodoxe et uniculturel au sein duquel toute différence est ressentie comme le geste du fils ingrat vis-à-vis de son père, et attire de ce fait le châtiment divin. Ce sentiment de supériorité trouve, il est vrai, confirmation dans la place qu'occupe alors Constantinople, carrefour nécessaire des grands échanges entre l'Orient et l'Occident, ainsi qu'entre le Nord et le Sud, mais aussi lieu d'expression de la culture la plus élevée, où se multiplient les écoles privées, véritables facultés au sein desquelles se forme puis enseigne la fine fleur de l'intelligentsia dont le plus illustre membre, Michel Psellos, fut appelé le « consul des philosophes ».

Pourtant, dès la seconde moitié du 11e siècle, les menaces se précisent. A l'intérieur, l'aristocratie civile prend sa revanche sur l'aristocratie militaire, la population paysanne libre, principale source de revenus de l'Empire, est réduite peu à peu à l'état de dépendance, tandis que l'armée byzantine se voit drastiquement réduite. Les conséquences de cette évolution sont graves ; la dévaluation de la monnaie d'or et d'argent souligne que Byzance ne participe plus désormais aux profits du transit commercial, détournés par les Italiens. A l'extérieur, deux défaites militaires sont infligées en 1071 aux Byzantins par de nouveaux et redoutables adversaires : en Occident, les Normands de Sicile et, en Orient, les Turcs. Enfin ce sont, en 1054, les *anathèmes qui aboutirent au schisme des Églises, c'est-à-dire à la formation de l'Église catholique et romaine rassemblée derrière le pape et à celle de l'Église orthodoxe gréco-slave réunie autour du patriarche de Constantinople, l'une et l'autre affirmant leur prétention à représenter seule l'Église universelle. Certes, la portée de ce schisme est encore mal perçue au 11ᵉ siècle, mais l'idée se développe que la défense de l'Empire et celle de l'* orthodoxie sont inséparables et que quiconque menace le territoire impérial menace aussi l'orthodoxie. Les croisades vont rapidement révéler aux Byzantins la justesse de ces propos.

DOCUMENT 1

Lettre du pape Grégoire III à saint Boniface (732)

« Grande a été notre action de grâce en lisant les lettres de ta sainte fraternité, dont la série, que nous conservons, nous apprend que par la grâce de Notre Seigneur Jésus-Christ bien des âmes ont été converties de l'erreur des gentils à la connaissance de la vraie foi. Exprimant notre pensée en parabole, suivant l'institution divine, avec toute l'Église nous applaudissons à un commerce qui gagne V talents pour un crédit de V talents. Aussi est-ce à bon droit que nous t'adressons le don du sacré pallium.

« Tu ne peux, nous dis-tu, satisfaire aux besoins de conversion des foules qui, en ces pays, sont gagnées par toi à la vraie foi, tant se développe dans tous les sens la propagation de la foi grâce au Christ. Nous t'enjoignons donc, conformément aux statuts des saints canons, à mesure que croît la multitude des fidèles, d'ordonner, au nom du siège apostolique, des évêques, mais avec une pieuse considération, afin que la dignité épiscopale ne soit pas avilie [...]

« Sur le cas de ceux qui ont tué un père, une mère, un frère ou une sœur, nous disons qu'ils ne peuvent de toute leur vie recevoir le corps du Seigneur, si ce n'est à l'extrême-onction. Ils doivent s'abstenir de viande et de vin ; tant qu'ils vivront, ils devront jeûner la 2ᵉ, la 4ᵉ et la 6ᵉ férie, et ainsi, par leurs larmes, racheter le crime commis.

« Tu ranges encore entre autres points douteux là-bas le fait que certains des fidèles vendent aux païens leurs esclaves pour être immolés. Nous te commandons, frère, de corriger cet abus avec le plus grand soin. Tu ne dois plus le permettre dorénavant. C'est là un crime et une impiété. A ceux qui le perpètrent, tu dois imposer la même pénitence que pour l'homicide [...]

« Voilà les prescriptions que tu dois, très cher frère, observer scrupuleusement, en poursuivant l'œuvre commencée du salut, avec un zèle pieux.

« Dieu te conserve intact, révérendissime frère. »

J. Calmette et Ch. Higounet, *Textes et Documents d'histoire. Moyen Age*, Paris, PUF, coll. « Clio », 1953, p. 105.

Devant les progrès de la christianisation de la Germanie dus à l'action de Boniface, le pape, en 732, pose les cadres du développement de l'Église en Germanie. Dans la première partie de la lettre, il nomme Boniface archevêque (c'est le sens de l'envoi du pallium, *insigne de cette fonction) et il le charge d'organiser l'Église de Germanie en nommant à son tour des évêques. Dans la deuxième partie, il aborde les problèmes courants posés par une conversion rapide et massive, qui ne s'accompagne pas de l'abandon des pratiques païennes.*

DOCUMENT 2

Constantin/Cyrille invente les lettres slaves pour le prince morave Rostislav

(La Vie de Constantin *composée sensiblement après la mort du saint en 869 et conservée dans de nombreux manuscrits, certes du 15e siècle pour les plus récents, repose néanmoins sur des documents sûrs et de valeur historique incontestable.)*

« Rostislav, prince de Moravie, incité par Dieu, tint conseil avec ses princes et avec les Moraves, et il envoya dire à l'empereur Michel : " Alors que notre peuple a rejeté le paganisme et s'attache à la foi chrétienne, nous n'avons pas de maître capable de nous expliquer dans notre propre langue la vraie foi chrétienne, pour que les autres pays, voyant cela, suivent notre exemple. Alors envoie-nous, Seigneur, un évêque et un tel maître : car de vous la bonne loi sort toujours pour tous les pays. "

« L'empereur réunit son conseil, il convoqua Constantin le Philosophe et lui fit entendre cette affaire, et il lui dit : " Philosophe, je sais que tu es fatigué, mais il convient que tu ailles là-bas : cette affaire, personne d'autre ne peut la mener à bien comme toi. " Le Philosophe répondit : " Bien que j'aie le corps fatigué et que je sois malade, j'irai volontiers là-bas, s'ils ont des lettres pour leur langue. " Et l'empereur lui dit : " Mon grand-père, mon père et beaucoup d'autres ont cherché cela et ne l'ont pas trouvé, et comment, moi, puis-je le trouver ? " Le Philosophe dit : " Alors, qui peut écrire la parole sur l'eau, ou bien s'acquérir le nom d'hérétique ? " L'empereur lui répliqua, avec Bardas son oncle maternel : " Si tu le veux, toi,

Dieu peut te donner cela, lui qui donne à tous ceux qui *demandent sans douter et qui ouvre à ceux qui frappent.* ”

« Le Philosophe s'en alla et, selon ses premières habitudes, il se livra à la prière, lui et ses autres collaborateurs. Rapidement Dieu, qui écoute les prières de ses serviteurs, lui révéla [les lettres], et alors il composa les caractères et commença à écrire la parole de l'Évangile : *Au commencement était le Verbe, et le Verbe était avec Dieu, et Dieu était le Verbe,* etc. L'empereur s'en réjouit, il glorifia Dieu avec ses conseillers, et il l'envoya chargé de cadeaux nombreux, en écrivant à Rostislav la lettre que voici :

« “ Dieu, *qui veut que chacun parvienne à la connaissance de la vérité* et tende ses efforts vers le rang le meilleur, voyant ta foi et ton empressement, a réalisé maintenant [aussi], à notre époque, en révélant les lettres pour votre langue, ce qui n'avait pas eu lieu depuis longtemps, seulement dans les premiers temps, pour que vous aussi vous vous joigniez au nombre des grandes nations qui glorifient Dieu dans leur langue. Et alors nous t'envoyons celui à qui Dieu les a révélées, un homme respectable et bon croyant, très lettré et philosophe. Et recevant ce don meilleur et plus précieux que tout l'or et l'argent et les pierres précieuses et la richesse qui passe, va avec lui régler solidement la chose avec diligence, et rechercher Dieu de tout cœur. Et ne repousse pas le salut de la communauté, mais pousse-les tous à ne pas tarder de prendre le chemin de la vérité, pour que toi-même, les ayant amenés par ton zèle à la connaissance de Dieu, tu reçoives ta récompense pour cela en ce siècle et dans le siècle à venir, pour toutes ces âmes qui vont croire dans le Christ notre Dieu, depuis maintenant jusqu'à la fin, et laissant ta mémoire à toutes les autres générations, semblablement à Constantin le grand empereur. ” »

d'après la « Vie de Constantin », traduite par A. Vaillant, *Textes vieux-slaves,* 2ᵉ partie, « Traductions et notes », Paris, Textes publiés par l'Institut d'études slaves ; VIII, 2, 1968, p. 19-20.

DOCUMENT 3

Baptême des Kiéviens dans le Dniepr

La Chronique des temps passés, *compilée vers 1113 par le moine Nestor, nous rapporte divers moments de la conversion des Russes qui ont été tous regroupés par le chroniqueur sous l'année 988. Après avoir reçu le baptême à Cherson en 989, Vladimir ordonna le baptême collectif des Kiéviens dans le Dniepr, peut-être le 15 août 989.*

« Ensuite, Vladimir fit répandre l'annonce suivante dans toute la ville : “ Quiconque ne se trouvera pas demain au bord du fleuve, riche ou pauvre, misérable ou artisan, il sera mon ennemi. ” Entendant ces paroles, le peuple vint avec allégresse, se réjouissant et disant : “ Si ce n'était pas quelque chose de bien, notre prince et les boyards ne l'auraient pas embrassé. ”

« Le lendemain, Vladimir se rendit avec les prêtres de l'impératrice et ceux de Cherson sur les bords du Dniepr, et un peuple innombrable se rassembla. Ils descendirent dans l'eau, les uns en avaient jusqu'au cou, les autres jusqu'à la poitrine, les petits sur le bord, dans l'eau jusqu'à la poitrine, d'autres portant leurs enfants, les adultes allaient et venaient et les prêtres, debout, disaient les prières. Et c'était une joie au ciel et sur la terre de voir cela, tant d'âmes sauvées. Mais le diable, gémissant, disait : “ Malheur à moi, me voilà chassé d'ici. Je pensais avoir ici ma demeure, parce que les apôtres n'y ont point enseigné, on n'y connaissait pas Dieu, et je me réjouissais du culte dont ils m'entouraient. Et me voilà vaincu par des ignorants, non par les apôtres ou par les martyrs. Je ne régnerai plus dans ces contrées. ”

« Quand le peuple fut baptisé, chacun rentra dans sa maison. Vladimir se réjouit d'avoir connu Dieu, lui et son peuple, et levant son regard vers le ciel, il dit : “ O Christ Dieu, qui as créé le ciel et la terre, regarde ces hommes nouveaux et donne-leur, Seigneur, de te connaître, Dieu véritable, comme t'ont connu les pays chrétiens. Affermis en eux une foi droite et sans retour, et prête-moi ton secours, Seigneur, contre l'adversaire, l'ennemi, afin que, me reposant sur toi et sur ta puissance, je triomphe de sa ruse. ”

« [...] Cela dit, il ordonna de bâtir des églises et de les établir aux endroits mêmes où s'élevaient les idoles. Il bâtit l'église de Saint-Basile sur la colline où se dressait l'idole de Péroun et d'autres encore, là où le prince et le peuple faisaient des sacrifices. Et il commença à établir dans toutes les villes des églises et des prêtres et à amener le peuple au baptême dans toutes les villes et les villages. »

d'après *Premiers Chrétiens de Russie,*
Introduction, choix et traduction des textes par R. Marichal, S.J.,
Paris, Cerf, coll. « Chrétiens de tous les temps », n° 16, 1966, p. 55-56.

9. A l'Ouest, le grand essor de l'Europe féodale

Dans les trois siècles qui suivent l'an Mil, l'Ouest européen connaît une remarquable phase d'expansion démographique et économique ; il s'installe dans le système politique et social original de la féodalité ; et, pour des raisons surtout religieuses, entreprend un vaste mouvement de conquêtes qui le conduisent dans les terres païennes et, pour reconquérir le tombeau du Christ, dans les terres d'islam.

Les trois siècles qui vont de 1000 à 1300 sont ceux du premier essor de l'Europe occidentale. A l'abri des invasions venues de l'est grâce au glacis que forment les nouveaux États chrétiens de Russie, Pologne et Hongrie, elle constitue désormais un milieu protégé. Dans ce cadre privilégié, doté de structures sociales originales et porté par une croissance démographique continue, l'Occident latin a su à la fois sortir du sous-développement économique qui le caractérisait jusqu'alors, tenter des expériences politiques nouvelles et passer, vis-à-vis des mondes qui l'entouraient, d'une attitude défensive à une attitude conquérante.

Une structure sociale originale : la féodalité

La féodalité. Un mot caractérise le système social et politique de l'Europe de l'an Mil : féodalité. Ce terme ambigu désigne aussi bien le système tout entier que la classe sociale qui domine ce système et les rites qui lui sont propres. Développés autour de l'octroi d'un fief *(feodum)* par un seigneur à son vassal – par l'investiture – en échange d'une promesse de service et de fidélité – par l'hommage –, ces rites mettent en évidence les valeurs profondes de la société féodale : les liens personnels et la terre, englobés dans une vision chrétienne et cohérente de la condition humaine.

Les origines de la féodalité occidentale sont complexes et lointaines. Son caractère exceptionnel tient à la conjonction de plusieurs phénomènes : l'existence, après les invasions, d'une classe de grands propriétaires issue des aristocraties indigènes et des conquérants installés à leurs dépens ; le développement entre les hommes de liens personnels, déjà présents dans les *clientèles romaines, mais considérablement renforcés par le *compagnonnage germanique et la * vassalité carolingienne et par la caution de l'Église qui les sacralise par le serment ; l'effacement de la notion romaine d'État, puis sa résurgence au profit de l'Empire carolingien, suivie de l'accaparement des pouvoirs publics ainsi reconstitués par ceux-là mêmes, laïcs et ecclésiastiques, qui auraient dû les exercer au nom du souverain. Grande propriété, autorité sur les hommes, privatisation des pouvoirs sont à l'origine de la toute-puissance des féodaux, détenteurs de fiefs et constructeurs de châteaux, d'un bout à l'autre de l'Europe occidentale. Les modalités, les dates, le vocabulaire peuvent différer : l'historien R. Fossier a ainsi pu décrire « sept visages de la féodalité ». Mais le phénomène d'éclatement des pouvoirs est général. Ce pouvoir émietté était en effet à la mesure d'une reconstruction sociale et économique opérée à partir de la base.

La seigneurie rurale. La féodalité repose sur un mode d'exploitation de la terre et d'encadrement des hommes que les Français appellent seigneurie rurale, les Anglais *manorial system,* les Allemands *Landscherrshaft...* D'une part, le grand propriétaire concède aux paysans, quel que soit leur statut juridique, des tenures pour lesquelles ils lui doivent des prestations en argent, en nature ou en travail. D'autre part, le grand propriétaire profite de sa situation éminente, de la construction d'un château et de l'accaparement des pouvoirs publics pour imposer sa domination – son ban – non seulement aux hommes qui travaillent ses terres, mais à tous ceux qu'il peut protéger, donc contraindre, à partir de son château. Sur ces hommes, il exerce tout ou partie des pouvoirs régaliens et perçoit les revenus correspondants : ces droits banaux constituent dans toute l'Europe féodale, quel que soit le degré de féodalisation, une part essentielle des revenus seigneuriaux. La seigneurie rurale sous ses deux aspects, foncier et banal, est l'assise économique de la féodalité.

Une société d'ordres. Cette réalité féodale et seigneuriale relève d'une vision cohérente de la société qu'expriment les penseurs du temps, c'est-à-dire les hommes d'Église, avec deux notions essentielles. La première est que chacun occupe dans le monde une place voulue par Dieu. Dans la deuxième, historiens et anthropologues ont retrouvé, christianisé, le vieux schéma indo-européen de la trifonctionnalité ; la place de chacun est ordonnée en vue d'une des trois fonctions que l'homme peut remplir dans la société : prier, combattre, travailler.

Le premier rôle, dans cette société d'ordres, revient aux clercs et aux moines qui assurent par le culte et la prière l'indispensable relation à Dieu et donc le salut de tous. Rénovée par la réforme grégorienne au 11e siècle et reprise en main par la papauté, de Grégoire VII (1073-1085) à Innocent III (1198-1216), l'Église entreprend alors une christianisation en profondeur de la société qui s'exprime dans de grands conciles tenus au Latran. L'impact de l'Église sur la société chrétienne est renforcé par de grandes réformes monastiques ou religieuses qui jalonnent chaque temps fort de l'histoire de l'Église : fondation de Cluny en 910 ; fondation de Cîteaux en 1098, qui prend son essor avec l'arrivée de saint Bernard en 1112 ; fondation des ordres mendiants par saint Dominique (1170-1221) et saint François (1182-1226)...

La bonne marche du monde repose sur l'ordre des guerriers qui, détenant la force et le pouvoir, doivent assurer l'ordre et la paix. L'Église a cherché par tous les moyens à canaliser la violence du monde des guerriers, des fiefs et des châteaux, en particulier en développant les institutions de paix et en aidant à la formation de l'idéal qui va transformer en chevalier, aux 12ᵉ et 13ᵉ siècles, le brutal cavalier de l'an Mil : chevalier, *knight, Ritter, cavaliere, caballero...* dominent alors la réalité sociale comme la fiction poétique des chansons de geste, des romans courtois ou des * Minnesänger.

Mais la survie des clercs et des guerriers est assurée par le troisième ordre, celui des paysans qui travaillent la terre dans le cadre du village, de la seigneurie et de la paroisse rurale. Après la disparition de l'esclavage, pratiquement achevée vers l'an Mil, leur statut juridique offre d'infinies variétés de degrés, du servage à la liberté ; il en est de même de leur condition économique, car il n'y a pas de commune mesure entre le misérable journalier cantonné aux limites du village et le riche détenteur d'une charrue et de son attelage. Mais tous sont englobés dans le même mépris qui s'attache à une condition sociale déprimée, au service et sous la dépendance des seigneurs.

Une croissance

Des trois grandes étapes qui ont conduit l'Europe occidentale à la suprématie mondiale, la période qui va de 1000 à 1300 représente la première, l'étape agricole, indispensable préliminaire à la renaissance commerciale du 16ᵉ siècle et à la révolution industrielle des 18ᵉ et 19ᵉ siècles. Cette première croissance a assuré aux hommes de la Chrétienté latine, de plus en plus nombreux, la maîtrise de l'occupation du sol et de la production rurale.

Croissance de la population. « Au début étaient les hommes et leur nombre s'élevait », a dit l'historien L. Génicot à propos de l'Europe de l'an Mil. Aucun document d'ensemble, en dehors du Domesday Book pour l'Angleterre de 1086 et de l'État des paroisses et des feux pour la France de 1328, ne permet d'évaluer les populations médiévales. En l'absence de tout recensement, nos sources ne peuvent être qu'indirectes, mais elles sont concordantes. Vers l'an Mil, seuls quelques terroirs très riches en Ile-de-France, Espagne ou Italie sont densément peuplés. Ailleurs l'occupation du sol est lâche, voire inexistante dans d'immenses étendues de forêts – de 50 à 70 % de la superficie du royaume de Germanie –, de broussailles ou de marécages. L'Europe est alors une terre à coloniser, offerte à une population qui ne dépasse guère 10 habitants au kilomètre carré en France et en Angleterre et qui n'en atteint peut-être pas 3 en Allemagne. Trois siècles plus tard, la France compte de 15 à 20 millions d'habitants, l'Allemagne, l'Espagne et l'Italie entre 8 et 10 millions chacune, l'ensemble des Iles Britanniques environ 5 millions, la Pologne et la Hongrie 2 millions chacune, la Scandinavie moins de 1 million. Si le peuplement reste inégal, de vastes régions – en Toscane, Lombardie, Campanie par exemple – offrent des densités supérieures à 60 habitants par kilomètre carré, et on note surtout l'existence au Nord-Ouest de l'Europe d'un grand ensemble d'occupation dense et continue qui englobe le Nord de la France, le Sud de l'Angleterre et les Pays-Bas. L'Europe occidentale offre une densité de 30 à 40 habitants par kilomètre carré ; c'est le « monde plein », caractérisé par un tissu serré de villages qui se sont fixés et multipliés pendant ces trois siècles et par un réseau urbain déjà hiérarchisé : vers 1300, Paris compte peut-être 200 000 habitants ; les grandes villes italiennes en ont environ 100 000 et l'Occident possède plusieurs dizaines de villes de plus de 10 000 habitants.

On peut s'interroger sur les causes profondes de cet essor démographique. L'augmentation de la natalité pourrait-elle être liée à la généralisation du modèle du mariage chrétien, dont la seule fin reconnue par l'Église est la procréation ? Quant à la diminution de la mortalité, elle paraît liée à l'amélioration de l'alimentation et des conditions de vie. En tout état de cause, cet essor démographique continu est le plus sûr soutien de la croissance.

Croissance de la production. L'augmentation de la production agricole – et d'abord de la production des céréales –, qui a permis à la fois de nourrir une population croissante et de dégager des surplus suffisants pour alimenter la reprise des échanges, est le fait économique majeur. Elle résulte d'abord d'un accroissement considérable des surfaces cultivées ; c'est le mouvement des défrichements, vaste effort de mise en valeur des terres incultes, quelles qu'elles soient : forêts nordiques, terres « gâtes », marais atlantiques, maquis méditerranéens... La superficie ainsi gagnée à la culture se situerait autour de 10 % aux marges des anciens terroirs, mais pourrait dépasser 25 % dans les nouvelles zones de culture. L'augmentation de la production résulte aussi d'une meilleure mise en valeur de la terre : la hausse des rendements semble avoir été continue depuis l'époque carolingienne jusqu'au 14ᵉ siècle. Elle s'est accompagnée d'une diversification des cultures – à commencer par la vigne, implantée jusqu'en Angleterre et en Allemagne du Nord –, d'un développement concomitant de l'élevage et, dans les meilleurs terroirs de l'Europe du Nord-Ouest, d'un aménagement rationnel et communautaire de l'espace agricole qui conduit à l'assolement triennal.

A un phénomène aussi général, plus précoce peut-être dans l'Europe du Sud, mais plus poussé dans l'Europe du Nord, on aimerait pouvoir proposer une explication globale. Les uns insistent sur la pression démographique et sur la multiplication des travaux humains ; les autres, sur une multitude de progrès techniques dans le domaine de la métallurgie, de l'énergie et de la traction, avec la grande diffusion de la charrue et du moulin à eau ; d'autres avancent l'hypothèse d'un réchauffement climatique qui aurait été particulièrement favorable à l'Europe du Nord. Et chacun sent bien que cette réussite, résultant des initiatives conjuguées des seigneurs qui possèdent la terre et des paysans qui la cultivent, est liée – mais jusqu'à quel point ? – aux structures sociales et politiques originales qui caractérisent alors la Chrétienté latine. Or cette augmentation de la production agricole ne permet pas seulement à la population rurale de vivre en autarcie. Elle sert aussi à nourrir les habitants des villes et elle irrigue le réseau des échanges, depuis les marchés villageois et urbains jusqu'aux foires régionales et générales, ce qui permet à l'Occident de s'intégrer dans le grand commerce international.

Un nouvel espace économique. Au 10ᵉ siècle, le cœur du continent européen apparaît comme encerclé par le réseau du commerce international. Au nord, une vaste zone d'échanges qui s'étend en arc-de-cercle de l'Irlande à la mer Noire est aux mains des Scandinaves encore païens. Au sud, le commerce méditerranéen et les contacts avec l'Orient sont monopolisés par les musulmans et les Byzantins. Du 11ᵉ au 13ᵉ siècle, le réveil économique de l'Occident se traduit par trois faits marquants. Le premier est la mainmise des Italiens – de Venise et de Gênes principalement – sur l'axe méditerranéen et celle des Allemands – de Lubeck et de la Hanse – sur l'axe nordique, de Londres et Bruges à Novgorod : double mainmise qui fait passer au profit des Occidentaux les bénéfices du grand commerce est-ouest ; elle s'accompagne d'un rapprochement de ces axes vitaux par l'animation de voies nord-sud passant par le royaume de France, où s'épanouissent les foires de Champagne, par la vallée du Rhin ou par la haute Allemagne, où aboutit aussi un autre itinéraire, plus mal connu, venu de l'est. Le deuxième phénomène est la mise sur pied en Europe du Nord-Ouest d'une véritable industrie d'exportation, la draperie flamande, qui, utilisant la laine anglaise, permet à l'Occident d'offrir, en échange des produits de luxe de l'Orient, autre chose que les matières premières habituelles – bois, métaux, sel... – et de rééquilibrer sa balance commerciale. Le troisième événement est d'ordre monétaire. Vers 1250, mettant fin à des siècles d'infériorité monétaire de l'Occident, les Italiens sont en mesure de frapper des monnaies fortes : de bonnes monnaies d'argent d'abord, puis des monnaies d'or – florins de Florence et de Gênes en 1252 et ensuite ducats de Venise –, qui vont faire prime sur tous les marchés de l'espace économique qu'ils sont en train de constituer. Depuis Londres et Bruges, où ils sont en contact avec le commerce nordique, jusqu'en Orient, on rencontre les facteurs et les comptoirs des marchands italiens, leurs convois de galères et ces premières sociétés commerciales et bancaires qu'ils appellent des « compagnies ». En 1275, l'arrivée à Pékin du Vénitien Marco Polo est le symbole de la réussite de la grande aventure commerciale des Italiens au sein d'un espace économique qui s'étendait « du Groenland à Pékin » (R. Lopez).

L'expansion politique

Envahie jusqu'au 10e siècle, l'Europe occidentale se révèle rayonnante et même conquérante à partir du 11e siècle.

Cadres anciens : les rêves universels. Depuis la rénovation de l'Empire chrétien par Charlemagne en 800, puis par Otton Ier en 962, deux personnages ont en Occident vocation à conduire le peuple chrétien vers le salut : le pape dans l'ordre spirituel et l'empereur dans l'ordre temporel. Ces deux domaines étant alors aisément confondus et chacun des deux pouvoirs ayant tendance à prendre le pas sur l'autre, l'Occident a vécu, du 10e au 13e siècle, dans une tension permanente entre la tentation de la *théocratie et celle du *césaropapisme. Ce grand affrontement, que les historiens appellent la lutte du Sacerdoce et de l'Empire, a eu pour principal théâtre le cœur de la Chrétienté latine : l'Allemagne et l'Italie ; en les affaiblissant durablement, il a eu des conséquences incalculables sur l'histoire politique de l'Europe. Dans un premier temps, à l'époque des Ottoniens, c'est l'empereur qui domine la papauté et qui gouverne en s'appuyant sur l'Église, devenue en Allemagne Église d'Empire : c'est le *Reichskirchensystem.* Dans un deuxième temps, celui de la *réforme grégorienne, l'Église cherche à s'affranchir de la tutelle des laïcs en général et de l'Empire en particulier ; elle privait ainsi les empereurs germaniques, par ailleurs dépourvus d'une succession héréditaire assurée et d'une assise territoriale durable en raison du caractère électif de la dignité impériale, d'une mainmise jugée indispensable sur les évêques et les abbés de l'Empire ; d'où le premier affrontement violent – la querelle des Investitures –, qui se termine en compromis au concordat de Worms (1122) conclu entre le pape Calixte II et l'empereur Henri V.

Mais le pire était à venir. Dans un troisième temps, aux prétentions théocratiques grandissantes de la papauté, les empereurs de la famille des Hohenstaufen – Frédéric Barberousse, Henri VI et Frédéric II – répondent par une volonté systématique de domination de l'Italie. Au paroxysme de la lutte, les papes déposent les empereurs et ceux-ci suscitent des antipapes. Les Hohenstaufen se détournent de l'Allemagne, où s'épanouissent des forces centrifuges, pour se consacrer à l'Italie qui se partage en deux camps : les Guelfes partisans du pape et les Gibelins partisans de l'empereur. Quand Frédéric II meurt en Italie, en 1250, il fait figure de vaincu, mais son adversaire, le pape Innocent IV, réfugié depuis plusieurs années à Lyon, ne fait pas pour autant figure de vainqueur. Car les forces vives de la Chrétienté s'expriment désormais dans d'autres idéaux politiques.

Cadres nouveaux : la monarchie féodale et la commune. C'est dans le cadre de la féodalité et de la renaissance urbaine que l'Occident a inventé de nouvelles formules politiques, mieux adaptées à une société en pleine reconstruction.

L'époque de la lutte du Sacerdoce et de l'Empire est aussi la période classique de la monarchie féodale. Par ce mode de gouvernement, les rois ont su se mettre à la tête de la hiérarchie féodale : brutalement et par conquête en Angleterre après l'invasion de l'île par Guillaume de Normandie en 1066 ; patiemment, grâce à plusieurs générations de successions sans faille et à l'appui de l'Église exprimé par le sacre, pour les Capétiens en France. Ce « modèle » a été exporté hors de son aire d'origine au fur et à mesure de l'expansion occidentale dans la péninsule Ibérique, en Sicile et jusqu'à Jérusalem. Il a été imité dans les jeunes royaumes du Nord et de l'Est de la Chrétienté latine. Sa grande réussite tient à son extrême souplesse. Tantôt c'est l'aspect « royal » qui l'emporte : ainsi dans la France de Philippe Auguste et de Saint Louis ou dans le royaume normand de Sicile. Tantôt c'est au contraire l'aspect « féodal » qui domine : la Grande Charte anglaise de 1215 reconnaît le pouvoir des barons aux dépens du roi Jean sans Terre. Mais, partout où elles se sont implantées, les monarchies féodales ont servi de base aux futurs États nationaux.

Parallèlement, la renaissance économique et l'essor des villes favorisent l'éclosion de nouveaux pouvoirs au bénéfice des bourgeoisies urbaines. Au minimum, les habitants des villes, regroupés en association jurée, reçoivent de leurs seigneurs les privilèges – c'est le sens du mot « franchises » – nécessaires au développement de leurs activités artisanales et commerciales. Au maximum, ils en obtiennent le droit de se gouverner eux-mêmes : la commune est une création médiévale. Si, dans les grandes monarchies féodales, elle reste sous tutelle du pouvoir royal ou seigneurial, elle atteint sa pleine maturité dans les régions où le pouvoir central est faible ou divisé : en Allemagne et surtout en Italie du Nord, où se constituent des cités-États – Milan, Gênes, Florence, Venise... – qui ont puissamment contribué au morcellement politique de la péninsule.

L'expansion militaire. Une population en pleine croissance, une classe de guerriers professionnels, des paysans avides de terres vierges et de plus de liberté, des commerçants en quête de nouveaux marchés, une Église de plus en plus sûre de sa force : nous avons là les principaux facteurs qui expliquent pourquoi les Occidentaux des 11ᵉ-13ᵉ siècles se sont lancés dans des œuvres de colonisation, de conversion et de pèlerinage armé qui se sont transformées en entreprises de conquête territoriale élargissant l'aire de la Chrétienté latine. Trois secteurs sont à retenir. Au Sud, la Reconquista espagnole aux dépens des musulmans de la péninsule aboutit à la formation des royaumes chrétiens d'Aragon, de Navarre, de Castille et de Portugal : après la victoire de Las Navas de Tolosa (1212) et l'expansion politique qui s'ensuit au 13ᵉ siècle, il ne reste plus à l'islam que le petit royaume de Grenade. Au Nord, la colonisation germanique vers l'est, aux dépens des Slaves restés païens, le *Drang nach Osten,* conduit les paysans allemands, les bourgeois des villes hanséatiques, les chevaliers teutoniques et les princes de l'Allemagne du Nord, à travers la Poméranie, la Prusse et les pays baltes, jusqu'au golfe de Finlande. Les croisades enfin lancent par vagues successives chevaliers et pauvres gens sur les routes terrestres et maritimes qui conduisent vers le tombeau du Christ qu'il faut prendre, défendre ou reprendre. La première croisade aboutit à la prise de Jérusalem en 1099 et à la fondation en Terre sainte d'États latins qui vivront près de deux siècles ; la quatrième croisade, détournée de ses objectifs, aboutit en 1204 à la prise de Constantinople et à la fondation d'un empire latin – éphémère, il est vrai – à Constantinople (1204-1261).

Car, à cette expansion de la Chrétienté latine, répondent les difficultés de la Chrétienté grecque.

DOCUMENT 1

Féodalité : lettre de l'évêque Fulbert de Chartres au duc d'Aquitaine sur les devoirs du vassal et du seigneur (vers 1020)

« Au très glorieux Guillaume, duc des Aquitains, Fulbert, évêque.

« Invité à écrire quelques mots sur les caractères de la fidélité, voici ce que j'ai relevé pour vous dans les livres qui font autorité. Celui qui jure fidélité à son seigneur doit avoir constamment ces six mots en mémoire : sain et sauf, en sécurité, honnête, utile, facile, possible. Sain et sauf, à savoir qu'il évite de porter préjudice à son seigneur dans son corps ; en sécurité, de lui porter préjudice dans son secret et dans les châteaux qui maintiennent sa sécurité ; honnête, de lui porter préjudice dans sa justice ou dans toute affaire qui concerne manifestement son honneur ; utile, de lui porter préjudice dans ses possessions ; facile et possible, de rendre difficile le bien que son seigneur pouvait facilement réaliser, ou de rendre impossible celui qui lui était possible. Que le fidèle se garde de ces préjudices, c'est justice ; mais ce n'est pas ainsi qu'il mérite son chasement car il ne suffit pas de s'abstenir du mal si n'est pas réalisé ce qui est bien. Il lui reste donc, aux six occasions susdites, à fournir fidèlement à son seigneur conseil et aide, s'il veut apparaître digne de son bénéfice et sauvegarder la fidélité jurée. Le seigneur aussi doit rendre à son fidèle la pareille à toutes les occasions susdites. S'il ne le fait pas, il sera à bon droit déclaré " de mauvaise foi " et le vassal de son côté, s'il est surpris à y manquer, activement ou tacitement, sera déclaré sans foi et parjure. »

Ch.-M. de La Roncière, Ph. Contamine, R. Delort, M. Rouche, *L'Europe au Moyen Age,* II,
Paris, Colin, coll. « U », 1969, p. 159-160.

La société féodale repose sur les liens personnels de fidélité qui unissent le seigneur et le vassal et, de plus en plus, sur le lien réel – le fief, appelé « chasement » et « bénéfice » dans le texte – concédé par le seigneur au vassal au nom des services rendus. Munis de fiefs importants, les vassaux peuvent être tentés d'oublier les devoirs qu'implique la fidélité. D'où la consultation demandée par un grand prince de la France féodale, le duc d'Aquitaine Guillaume le Grand, à une des plus hautes autorités morales de son temps, l'évêque de Chartres, Fulbert. Ce dernier insiste d'abord et surtout sur les aspects qu'on pourrait appeler négatifs de la féodalité, qui en disent long sur la crise d'autorité que subit la société de ce temps : le premier devoir du vassal est de « ne pas porter préjudice » à son seigneur et de « ne pas rendre impossible son action » ; il est clair que c'est ce type de situation qui est l'objet de la consultation du savant évêque. Il passe ensuite plus rapidement sur les aspects positifs et mieux connus des relations féodales : le devoir d'aide et de conseil du vassal envers le seigneur et la réciprocité de ces obligations de la part du seigneur.

DOCUMENT 2

Croissance : la colonisation allemande au-delà de l'Elbe

« Sache la communauté des fidèles, tant présents que futurs, que moi, Wichmann, par la faveur et la clémence divines archevêque de la sainte église de Magdebourg, attentif aux intérêts de l'église qui m'est confiée, j'ai racheté pour une certaine somme d'argent, à tous ceux qui semblaient y avoir un droit de possession à titre de bénéfice, un endroit vulgairement appelé Popendhorpstide, situé près des murs de la cité, au-delà du fleuve Elbe, avec les prés et marais attenant. Et cet endroit, avec tout ce qui en dépend, je l'ai donné à un nommé Werner, dit de Paderborn, et à un nommé Gottfried, à condition qu'ils y établissent de nouveaux habitants, pour que soit asséchée, labourée, ensemencée et rendue féconde la terre adjacente, marécageuse et herbeuse, impropre à tout et ne rapportant rien, à part herbe et foin ; et pour que, par la suite, un cens annuel, provenant des cultures, soit, à certaines dates, payé et mis à la disposition de l'archevêque. Pour eux et pour tous ceux qui, à leur appel, ont entrepris là cette mise en culture, voilà quelles sont les conditions : chaque année, payer de chaque manse deux sous de cens, deux muids de seigle et deux d'avoine pour ce que la coutume de toute la province au-delà de l'Elbe appelle *wozzop*, plus la dîme complète de tous les fruits et céréales. En plus, je leur ai accordé que, sur ces plantations nouvelles, aucun comte, aucun avoué, absolument aucun juge séculier n'ait le moindre droit ou pouvoir ; mais que toute la justice, tout pouvoir de juger soit audit Werner ; tout ce qui concerne les litiges, les émeutes et séditions, les vols, les forfaits en tout genre sera soumis au plaid, les amendes y seront perçues et que deux tiers en soient mis à la disposition de l'archevêque et le troisième à la disposition de Werner. De plus, que le même Werner ait à son entière disposition les revenus de deux manses, tant en cens qu'en grain. Et que les habitants, pour tous les plaids et procès, obtiennent d'être jugés suivant la coutume et le droit de Magdebourg, que personne ne les oblige au service dit *burgwere,* ni à accomplir un quelconque autre service, à part et uniquement de protéger eux et leurs champs contre les inondations et divagations des eaux par des levées et des fossés.

Ch.-M. de La Roncière, Ph. Contamine, R. Delort, M. Rouche, *L'Europe au Moyen Age,* II, *op. cit.*, p. 102-103.

Rédigée à la fin du 12ᵉ siècle, cette charte de l'archevêque de Magdebourg témoigne des progrès de la pénétration germanique aux dépens des Slaves d'Allemagne du Nord. Elle met aussi en relief quelques-uns des principaux aspects de la croissance médiévale. Le but est la mise en valeur de la terre inculte : « que soit asséchée, labourée, ensemencée et rendue féconde la terre... ». La méthode est intéressante : c'est l'appel à un entrepreneur – Werner, assisté de Gottfried – chargé de recruter les colons dans l'arrière-pays germanique. Les moyens utilisés pour attirer ces « nouveaux habitants » sont classiques au Moyen Age : l'attribution d'une terre à défricher ; la sécurité économique liée à l'absence de corvées et à la fixation de redevances en argent et en nature qui échappent à tout arbitraire seigneurial ; enfin l'amélioration de la condition personnelle des paysans qui, relevant du tribunal public et de la coutume de Magdebourg, accèdent ainsi à la liberté.

10. A l'Est, un monde éclaté

Par l'action de trois facteurs distincts, la conversion de la Russie kiévienne au christianisme, le repli byzantin en Asie Mineure sur l'empire de Nicée après la prise de Constantinople par les Latins, l'invasion mongole qui, de l'Asie, s'abat sur une grande partie du continent, l'Europe orientale subit une série de mutations qui accentuent sa coupure avec l'Occident et renforcent son unité autour de l'Église orthodoxe.

De l'empire de Constantinople à l'empire de Nicée

La mort du dernier grand empereur de la maison des Comnènes, Manuel, en 1180, fut suivie par une violente réaction contre sa politique. L'accusant d'avoir livré l'Empire aux Occidentaux et ruiné le pays par une politique mégalomane qui visait à surpasser Justinien, la réaction prit d'une part un caractère antilatin et antiaristocratique, et suscita de l'autre la naissance d'un esprit patriotique provincial très anticonstantinopolitain.

La montée du sentiment antilatin. L'origine des sentiments antilatins dans l'Empire ne remonte pas au schisme de 1054, passé à peu près inaperçu dans le peuple, mais à l'agression normande qui coïncide avec le mouvement des croisades, organisé par la papauté. Pour faire face à ce danger immédiat, Alexis Ier Comnène, en 1081, promulgue un *chrysobulle qui concède un comptoir à Constantinople aux Vénitiens, ainsi que d'importants privilèges fiscaux et économiques, en échange de leur aide navale contre les Normands.

Ces privilèges exceptionnels, constamment renouvelés tout au long du 12ᵉ siècle, non seulement affaiblirent économiquement la bourgeoisie byzantine mais humilièrent les couches sociales conservatrices dans leur sentiment national. Ce ressentiment de la classe marchande se manifeste par le massacre de la colonie latine de Constantinople en 1182.

Cette politique latinophile des Comnènes coïncide avec le déclenchement des croisades. L'Orient voit déferler sur son territoire des foules occidentales dont le comportement heurte profondément les Grecs. Les pillages de villages chrétiens, d'une part, la superbe de quelques seigneurs occidentaux, d'autre part, engendrèrent très vite un climat de méfiance réciproque qui déboucha dès la première croisade sur la rupture avec Byzance. Celle-ci, soumise à la pression sans relâche des Turcs, des Serbes, des Hongrois et surtout des Normands de 1176 à 1185, abandonne les croisés latins pressés par la guerre sainte conduite par Saladin jusqu'à la prise de Jérusalem en 1187.

Dès lors, l'idée de croisade évolue ; certes la reprise de Jérusalem demeure l'objectif essentiel, mais la croisade apparaît de plus en plus comme une institution capable de réunir des troupes que l'on peut utiliser contre d'autres « infidèles », ennemis de la foi ou de la papauté. C'est dans cette perspective que la quatrième croisade a été détournée par les Vénitiens vers Constantinople. Le 13 avril 1204, la « Ville gardée de Dieu » est prise d'assaut et pillée pendant trois jours *(voir document nº 2).*

La rupture de 1204. Le choc créé par la prise et le sac de la ville, suivis de la création de l'empire latin de Constantinople, provoqua des réactions variées de la communauté orthodoxe, notamment slave.

Les Bulgares et les Serbes profitèrent de la situation nouvelle pour jouer sur les deux tableaux, tantôt en se rapprochant des Grecs pour résister à l'avance latine, tantôt en se tournant vers Rome pour obtenir la reconnaissance d'un pouvoir souverain et l'érection d'un patriarcat autonome voire *primatial. De leur côté, les Russes se montrèrent plus antilatins et réagirent avec d'autant plus de vigueur qu'ils subissaient eux aussi les effets de l'expansion germanique occidentale, sous la forme du *Drang nach Osten* (la marche vers l'est), arrêtée par Alexandre Nevski sur la surface gelée du lac des Glaces en 1242.

L'orthodoxie russe, tirant les conséquences de la chute de Constantinople en 1204 et de l'expansion germanique à l'est, assimila rapidement le catholicisme à l'expansionnisme occidental. Non seulement les Chroniques rapportèrent largement le récit de la prise de Constantinople, mais l'Église russe traduisit et recopia la littérature byzantine polémique antilatine, dont les principales œuvres sont conservées dans les manuscrits en langue slave dès le 14e siècle.

Ainsi, face à l'expansion de l'Occident, l'orthodoxie byzantine et slave se rassembla pour lutter contre les Latins profanateurs et conquérants de leur Église. En ce sens, la défense de l'orthodoxie passe évidemment par la reconquête de Constantinople, symbole d'une dignité à recouvrer.

L'empire de Nicée. L'organisation d'un empire latin et féodal à Constantinople eut entre autres effets celui d'aiguillonner les autonomismes locaux et de favoriser la formation de petits États byzantins revendiquant chacun l'héritage de Constantinople : tels furent le despotat d'Épire, l'empire de Trébizonde et l'empire de Nicée. Très rapidement ce dernier s'affirma comme le véritable centre de l'orthodoxie en exil. L'empereur Théodore Laskaris, bien établi dans l'Ouest de l'Asie Mineure, veilla à reconstituer dans les moindres détails l'organisation de l'Empire : depuis la cour et l'ordre administratif jusqu'au patriarcat. Ainsi, en 1208, le nouveau patriarche œcuménique, élu, put couronner Théodore *basileus et *autocrator des Romains. Désormais l'empereur et le patriarche, résidant à Nicée, furent les seules autorités légitimes de l'Empire et de l'Église orthodoxe.

Habilement dirigé par son successeur l'empereur Jean III Vatatzès, tirant un profit exceptionnel de l'assaut mongol contre l'Europe orientale et l'Asie Mineure, l'empire de Nicée, parfaitement géré économiquement, doté d'une armée solide grâce à la création de biens militaires, parvint à réduire l'empire latin à la banlieue immédiate de Constantinople. La reconquête de la ville fut l'œuvre de Michel VIII Paléologue. Ayant écrasé les forces antinicéennes de Grèce occidentale lors de la bataille de Pelagonia, en 1259, et s'étant assuré le concours de la marine génoise par le traité de Nymphaéon, en 1261, les Byzantins se lancèrent à la reconquête de leur ville. Constantinople fut reprise le 25 juin 1261 ; Michel VIII y fit son entrée solennelle le 15 août. La ville était un champ de ruines : églises et palais étaient dévastés ; les Latins les avaient dépouillés de leurs richesses comme de leurs reliques ; Constantinople recouvrée s'avéra vite un énorme fardeau dont la restauration ne pouvait qu'engloutir d'immenses sommes alors que la situation politique et économique était d'une grande fragilité. Malgré tout, l'Empire à peine restauré, Michel VIII affirme sa volonté de renouer avec une politique à visée universelle dont les effets se révèlent vite fatals pour l'Empire.

De Kiev la Russe à Karakorum la Mongole

La Russie de Kiev, organisée depuis le 10ᵉ siècle le long de la route des « Varègues aux Grecs » reliant la mer Baltique à la mer Noire, connaît un remarquable développement sous les règnes des princes Vladimir et Iaroslav.

L'apogée de la Russie de Kiev. Reconnus par les Byzantins comme puissance capable de contrôler les mouvements des peuples dans les steppes qui s'étendent au nord de la mer Noire, les Russes, trop éloignés de l'Empire, n'étaient pas menacés par les rêves d'expansion des empereurs toujours tournés vers la reconquête du *Mare nostrum*. En conséquence, le jeune État russe put négocier son entrée dans l'oikouménè économique, politique et religieuse de l'Empire.

Tout le 10ᵉ siècle est marqué par la conclusion des traités de commerce (911, 944, 971) qui organisent l'arrivée des convois de bateaux *monoxyles rassemblés à Kiev, d'où, par le

Dniepr, ils gagnent Constantinople, amenant leurs précieuses cargaisons de fourrures, de miel, de cire et d'esclaves qu'ils échangent contre des produits de luxe, soieries, ivoires, bijoux et monnaies d'or. Ce commerce alimente le trésor des princes et constitue la branche orientale du commerce annulaire qui, par la Baltique, la Meuse et le Rhône, gagne la Méditerranée et Constantinople, insérant ainsi la Russie de Kiev dans les réseaux des échanges européens, comme le montrent les milliers de lames d'épée fabriquées dans les ateliers rhénans et portant des inscriptions latines, qui furent découvertes dans les tombes russes des 10ᵉ-11ᵉ siècles.

La régularité des échanges impliquait la stabilité politique de ces régions extrêmement menacées par les diverses migrations des peuples de la steppe qui cherchaient à installer leur pouvoir entre la Volga et le Danube. Dès 944, les Byzantins confient très officiellement la protection de leur comptoir de Chersonèse aux Russes ; en 957, l'empereur Constantin VII peut alors accueillir la princesse russe Olga, dans la ville impériale, avec tous les honneurs dus à son rang ; c'est à la demande de l'empereur byzantin que le prince russe attaque, en 970-971, la Bulgarie ; enfin Basile II ne doit son trône qu'à l'envoi d'une puissante armée russe qui lui permit de vaincre son rival. Ainsi, tout au long du 10ᵉ siècle, l'État russe, centralisé autour de Kiev, est parfaitement inséré dans l'oikouménè politique byzantine dont il constitue une pièce maîtresse. Un pas restait encore à franchir : celui de la conversion au christianisme, qui seul pouvait donner à la Russie sa place dans la communauté des États chrétiens présidés par l'empereur.

La religion chrétienne était bien connue des Russes du 10ᵉ siècle. Marchands et mercenaires varègues y avaient apporté la foi chrétienne de Constantinople, et la princesse Olga elle-même reçut le saint baptême à Kiev, mais à titre privé, en 959. C'est le prince Vladimir qui profita d'exceptionnelles circonstances politiques que lui offrait la guerre civile dans l'Empire byzantin pour négocier son entrée dans la communauté des États chrétiens, en liant son baptême à son mariage avec la princesse *porphyrogénète Anne. L'un et l'autre eurent lieu à Cherson en 989. Ils furent suivis par l'édification de superbes édifices, dont Sainte-Sophie de Kiev, élevée de 1037 à 1045 et destinée à témoigner du rayonnement du nouvel État chrétien dans l'Europe septentrionale, occidentale et orientale.

Désormais reconnue par les autres États chrétiens, la dynastie des Riourikides de Kiev constitue un parti recherché et noue des alliances matrimoniales avec les autres dynasties européennes *(voir tableau généalogique)*, dont celle des Capétiens ; en 1049, Anne de Kiev épouse Henri Ier de France. Ainsi, au milieu du 11e siècle, la Russie de Kiev s'était parfaitement insérée dans l'Europe chrétienne tant sur le plan économique que religieux et politique ; elle constituait la marche orientale de l'Europe chrétienne face à la poussée des peuples de la steppe, païens ou musulmans. Dès la disparition du prince Iaroslav († 1054), l'unité du pays fut rompue ; la guerre civile qui suivit donna naissance à des principautés familiales autonomes et rivales dont l'unité n'était plus maintenue que par l'Église et le « métropolite de Kiev et de toute la Russie ».

Cette décomposition de l'État kiévien facilita la conquête mongole qui se déclencha à partir de 1237 contre les principautés du Nord, seules capables d'opposer une résistance à l'avancée mongole. Néanmoins, il suffit de deux campagnes et trois années pour que toutes les terres russes, y compris Novgorod, passent sous le contrôle mongol. La rapidité de la conquête s'explique par la méticuleuse préparation des campagnes militaires et est à l'origine de la terreur qui saisit alors l'Occident. Ne voit-on pas Saint Louis, lui-même, déclarer à sa mère : « S'ils nous attaquent, nous les repousserons, s'il nous arrive d'être vaincus, nous nous en irons vers Dieu en croyants et martyrs. » ?

Les conséquences du « joug mongol ». La violence du choc des armées mongoles et l'ampleur des destructions ont été largement rapportées par les chroniqueurs. Pourtant, il n'y eut que onze villes qui furent prises et détruites par les Mongols, les autres ne semblent pas avoir souffert d'exactions particulières. Mais plus que par l'effet destructeur, le joug mongol se traduisit par l'organisation d'un nouvel ordre politique et économique qui accentua la cassure de la Chrétienté.

Les princes russes vaincus durent reconnaître l'autorité suprême du grand khan, auprès duquel ils allaient chercher en Mongolie, à Karakorum, leur charte d'investiture, ou *yarlyk*, tandis que les collecteurs surveillaient la levée des impôts. Les principautés russes faisaient désormais partie d'un ensemble politique dont le cœur se trouvait au centre de l'Asie. En face, l'Occident chrétien s'organisa en favorisant la création d'un État russo-lituanien, auquel se joignit la Pologne en 1386. Ainsi l'invasion mongole eut-elle pour principale conséquence la formation de deux entités politiques, qui vont s'affronter tout au long d'une ligne qui court de Pskov à la mer d'Azov par Smolensk. A cette rupture politique, s'ajoute aussi une rupture économique : ce que traduit bien le qualificatif de « période sans monnaie » qui caractérise les 13ᵉ et 14ᵉ siècles russes. Si les relations économiques entre Novgorod et les villes hanséates se maintiennent, au Sud, les comptoirs italiens de la mer Noire ont détourné à leur profit les produits amenés par la route de la soie, ce qui aboutit à la fermeture de la route du Dniepr. Les principautés russes sont désormais coupées des principaux circuits économiques méditerranéens ; elles sont réduites à des zones d'exploitation dont les produits – notamment les fourrures – sont échangés par l'intermédiaire des marchands hanséates contre des lingots d'argent qui servent à acquitter l'impôt mongol.

L'isolement politique et économique dans lequel se trouvent les principautés russes depuis le joug mongol est encore renforcé par la rupture religieuse. L'invasion mongole est postérieure à la prise de Constantinople par les croisés et pratiquement concomitante de la poussée germanique le long des rives de la mer Baltique. Ces deux événements sont perçus par les Russes comme une menace directe contre l'orthodoxie, devenue la base même de leur identité culturelle. D'ailleurs Alexandre Nevski, le vainqueur des chevaliers Teutoniques (1242), adopte une attitude sans concession vis-à-vis des catholiques, ce qui lui vaut le soutien de l'Église russe, tandis que la littérature polémique antilatine connaît une large diffusion dans le pays.

Ainsi, l'expansion de l'Occident et l'organisation de la « paix mongole » au cours du 13ᵉ siècle ont eu pour effet principal de diviser l'Europe en deux entités politiques, économiques et culturelles hostiles, séparées en outre par leur appartenance religieuse : à l'Ouest la zone d'influence catholique et romaine, à l'Est la zone d'influence orthodoxe.

De l'unité économique à l'unité religieuse

Du 10ᵉ au 13ᵉ siècle, le monde oriental connaît une profonde mutation. Rassemblé autour d'une monnaie d'or, le *nomisma, qui régule le grand commerce international depuis le 6ᵉ siècle, l'Orient byzantin connaît dans la seconde moitié du 11ᵉ siècle une grave crise économique marquée, entre autres, par la dévaluation du nomisma et l'arrivée des marchands italiens qui viennent détourner vers leurs villes les profits du commerce international. La réaction qui s'ensuit en Orient revêt un caractère antilatin, national et religieux qui fait de l'orthodoxie le signe tangible du rejet des influences occidentales et l'espoir du renouveau.

Une croissance économique continue. Poussée par la reprise démographique manifestée dès le 9ᵉ siècle, l'agriculture byzantine, qui utilise de plus en plus le fer, comme le montrent les découvertes de nombreuses forges villageoises et les multiples mentions de forgerons ambulants qui parcourent les villages pour procéder à la réparation des outils, dégage des surplus de production dont la vente relance le commerce intérieur, lequel permet le développement d'un artisanat villageois et urbain qui tend à se spécialiser.

Cette croissance économique manifeste permet aussi la formation d'une bourgeoisie d'affaires dynamique et entreprenante qui n'hésite pas à parcourir les mers à la recherche de profits importants, admis d'ailleurs par l'Église qui, à la différence de l'Église latine, autorise le prêt à intérêt. Pourtant, très vite, cette bourgeoisie va se détourner du négoce pour se consacrer au commerce de l'argent et s'insérer dans l'appareil d'État. Ainsi celle-ci, à la différence de celle de l'Occident, ne va pas constituer une classe moyenne. Ceux qui ont réussi s'intègrent vite dans l'aristocratie de l'État, les autres, plus malheureux, retournent tout aussi vite au peuple.

L'attrait exercé sur les Byzantins par l'acquisition des rentes d'État est lié au véritable culte qu'ils éprouvent envers leur monnaie étalon, le nomisma ou sou d'or de 4,55 grammes, dont la stabilité en a fait la monnaie de référence du grand commerce international, à côté de laquelle la monnaie d'argent, le miliarésion, se trouvait dans un rapport de 1 à 12. Toutefois, la masse d'or étant, *grosso modo,* stable du 6e au 11e siècle, tout accroissement significatif de l'activité économique ne pouvait qu'engendrer de sérieux problèmes monétaires, soit en freinant le développement des échanges par manque d'espèces, soit en dévaluant le nomisma pour accroître la masse monétaire en circulation.

C'est cette dernière hypothèse que retinrent les successeurs de Basile II. Les dévaluations du nomisma de 1026 à 1060 sont les conséquences d'une économie en expansion. Cette véritable « révolution monétaire » du 11e siècle est trop tardive et offre aux Vénitiens toutes possibilités de spéculer et d'accélérer le déclin du nomisma, remplacé au 13e siècle par le ducat vénitien comme monnaie de référence du grand commerce international.

L'Orient dominé par les Latins. Tout au long du 12e siècle, les marchands italiens se sont installés dans l'Orient byzantin où ils exploitent d'importants privilèges économiques et deviennent rapidement les boucs émissaires de tous les mécontents : peuples des villes et des campagnes, marchands ruinés. Les empereurs, jouant de l'opposition des cités italiennes, ne cessent de céder des privilèges aux Vénitiens, Génois et Pisans, sans mesurer les grands dangers de cette politique. D'une part, elle accroît la mainmise des Latins sur l'économie du pays, alimentant ainsi à leur égard un véritable sentiment de haine qui fait rejeter par les Grecs tous les aspects de la latinité, d'autre part, les constants retournements de la politique impériale conduisent les Vénitiens à envisager le contrôle direct de l'Empire.

Après la prise et le sac de la ville d'avril 1204, les Latins décidèrent d'organiser un empire latin de Constantinople sur la base, non d'un partage, mais d'une répartition des droits entre les participants de la croisade placés sous l'autorité de l'empereur. Les biens de la couronne et une partie de ceux de l'Église permirent de doter les chevaliers en fiefs ; quant aux revenus de l'empire, ils furent attribués en *fiefs de rente pour compléter les revenus de leurs domaines directs.

Dans les régions latines de l'Empire, les Vénitiens mettent en place un système économique de type colonial, reposant sur le commerce des produits bruts, en particulier les produits agricoles locaux : blés, sels et laines, dont la production ne cesse de décliner du fait de l'opiniâtre résistance opposée par les populations grecques à la présence vénitienne. De plus, l'insécurité permanente qui sévit dans tout l'Orient latin favorise le développement de l'autarcie régionale et la destruction de réseaux économiques interrégionaux. Cette évolution est également soulignée par la disparition de la monnaie byzantine, supplantée par les mauvais deniers vénitiens qui permettent non seulement d'acquérir toujours plus de produits tant la pénurie d'espèces est grande, mais aussi de drainer vers l'Occident les rares monnaies d'or encore en circulation.

Le contraste est total avec la partie byzantine, l'empire de Nicée, où les empereurs parviennent à maintenir une véritable indépendance économique fondée sur une stricte autarcie rendue possible par un essor certain de l'agriculture, dont les surplus sont achetés par le sultanat turc d'Iconium, en déficit alimentaire permanent, et payés en bonne et abondante monnaie d'or. En Asie Mineure, ces échanges s'organisent le long des réseaux caravaniers bien organisés et ponctués de caravansérails offrant aux marchands l'hôtellerie et les entrepôts indispensables. Le contraste entre l'évolution économique des deux parties de l'Empire est essentiel pour comprendre le rejet absolu par les Grecs de la domination de l'Occident latin. Soumis politiquement et socialement, exploités économiquement, ils vont se regrouper autour de la seule force capable de les réunir dans leur identité culturelle : l'Église orthodoxe.

L'unité orthodoxe. La chute de Constantinople en 1204 rend évident, aux yeux des Byzantins, la faillite de la politique impériale et la nécessité de s'unir derrière l'Église, seule capable de constituer un « front orthodoxe » face à l'Occident latin. Tirant les conséquences de l'abandon de Constantinople par les provinces à l'aube du 13ᵉ siècle, les empereurs de Nicée vont fonder la restauration de l'Empire sur la participation des populations rurales, l'exploitation du sentiment antilatin et l'affirmation de l'idéologie dite de la « Grande Idée ».

Comme nous l'avons déjà évoqué, les empereurs de Nicée ont avant tout cherché à assurer la prospérité économique des populations d'Asie Mineure, afin de reconstituer l'unité sociale qui avait tant fait défaut au siècle précédent et sans laquelle toute velléité de reconquête était vouée à l'échec. C'est essentiellement la réussite économique de l'empire de Nicée qui lui a assuré un triomphe sur ses rivaux, en apparaissant seul capable de rassembler les populations dans une participation commune à un dynamisme économique retrouvé. Dès lors, le patriotisme grec réapparaît avec d'autant plus de force qu'il se confond désormais avec la haine des Latins, les profanateurs de la « Ville gardée de Dieu ». Ce sentiment antilatin va engendrer l'idéologie nouvelle de la « Grande Idée », annoncée lors du discours du trône de Théodore Iᵉʳ Laskaris : « Nous aurons à nouveau les patries dont nous sommes chassés ; notre premier et ancien siège, le Paradis, la Ville du Tout-Puissant, sise dans les détroits, la ville de notre Dieu, le joyau de la terre, celle qui est désirée par tous les peuples, réputée dans le monde et dans l'univers. »

C'est donc aux empereurs de Nicée qu'il appartenait de restaurer le trône de Constantin là où Dieu a voulu qu'il soit. Alors l'empereur pourra recevoir le titre de « nouveau fondateur de Constantinople ». Reconnus comme porteurs de l'identité nationale, les empereurs de Nicée s'appuyèrent sur un renouveau culturel qui fut fondé sur les sources antiques et chrétiennes, de nouveau enseignées dans le cadre scolaire restauré et contrôlé par l'État.

Héritière politique de l'illustre Empire romain, nourrie à la même source évangélique, organisée dans un vaste espace économique de la Baltique à la Méditerranée, l'Europe se brise pourtant au 13e siècle. Sous l'assaut conjugué de l'Occident et des Mongols, l'Orient se détache de l'Occident pour s'intégrer à un autre espace politique, économique et culturel dont l'Église orthodoxe devient le lieu d'identité.

De part et d'autre de la frontière religieuse, s'organisent de véritables marchés qui vont hâter cette rupture et faciliter l'insertion de l'Europe orientale dans les espaces économiques et politiques, mongols et turcs, qui se construisent.

DOCUMENT 1

Le siège de Durazzo par Bohémond de Tarente en 1108 d'après Anne Comnène

*Anne Comnène, dans l'*Alexiade, *rappelle les faits et gestes de son père Alexis Ier (1081-1118).*

« Lorsque le tyran Bohémond avec sa flotte redoutable eut, comme nous le disions, passé d'Italie sur notre territoire en y déversant toute l'armée franque pour attaquer nos provinces, il marcha ensuite en ordre de bataille sur Épidamne pour la prendre au premier assaut, s'il le pouvait ; sinon, il était décidé à réduire la ville entière au moyen de machines de siège et de catapultes. Tel était donc son but ; il établit son camp en face de la porte qui donne du côté est, au-dessus de laquelle il y a un cavalier en bronze, et, après avoir reconnu les lieux, il commença le siège. D'un bout à l'autre de l'hiver, il fit des plans et repéra tous les points où Dyrrachium était vulnérable ; quand le printemps commença à sourire, dès qu'il eut complètement achevé de faire traverser ses troupes, il livra aux flammes les navires qui avaient transporté ses bagages, ses chevaux et ses soldats, en partie par calcul stratégique pour empêcher son armée de regarder vers la mer, en partie également par contrainte à cause de la flotte romaine, et il ne s'occupa plus que du siège.

« Pour commencer, il répandit tout autour [de la ville] ses forces barbares et se mit à faire des escarmouches en envoyant des détachements de l'armée franque (les archers de l'armée romaine répondaient en tirant sur eux, tantôt des tours de Dyrrachium, tantôt de loin) ; bref, il attaquait et était attaqué, il s'empara en effet de

Pétroula et de la place nommée Mylos, située au-delà du fleuve Déabolis ; d'autres localités comme celles-là, qui se trouvaient toutes dans les environs de Dyrrachium, tombèrent en son pouvoir par le hasard des combats. Pendant que son habileté de général remportait ces succès, ses talents d'ingénieur lui faisaient en même temps construire les machines de guerre, préparer des tortues avec des tours et des béliers, des abris pour protéger les terrassiers et les sapeurs : il travaille tout l'hiver et tout l'été et, par ses menaces comme par ses actes, achève de terroriser les hommes.

« Mais il ne parvenait pas du tout à ébranler la puissance romaine ; puis il se heurta aussi à des difficultés de ravitaillement. Car tout ce qu'il avait d'abord ramassé en pillant les environs de Dyrrachium avait été consommé, et il était coupé des endroits où il avait espéré se procurer des provisions par l'armée romaine qui avait occupé la première les vallées, les défilés et la mer elle-même. Il en résulta une famine terrible qui fit périr également les chevaux et les hommes, les chevaux n'ayant pas de fourrage et les hommes pas de vivres. De plus une dysenterie se mit à sévir de son côté dans cette armée barbare ; elle était due en apparence à l'insuffisance de leur alimentation ; c'est-à-dire à [la polenta de] mil ; en réalité, le courroux divin s'abattit sur ces forces innombrables et irrésistibles et frappa les hommes à mort les uns après les autres. »

Anne Comnène, *Alexiade. Règne de l'empereur Alexis Comnène (1081-1118)*, texte établi et traduit par R. Leib, S.J., t. III, livre XIII, II 2-4, Paris, Les Belles Lettres, 1945, coll. byzantine, 1945, p. 92-94.

DOCUMENT 2

Les richesses de Constantinople

Robert de Clari faisait partie de la « menue gent » de la quatrième croisade qui s'empara de Constantinople en 1204. Aussi son récit a-t-il une grande valeur documentaire. Ce pauvre chevalier est ébahi par ce qu'il découvre dans la « Ville gardée de Dieu ». Les répétitions et les lourdeurs de style ajoutent une certaine densité à sa stupéfaction.

« Quand la cité fut prise, on trouva dans les palais d'énormes richesses. Et le palais de Boukoléon était riche et fait comme je vais vous le dire. Il y avait bien, dans ce palais, que le marquis occupait, cinq cents appartements, qui se tenaient tous l'un et à l'autre et ils étaient tous faits de mosaïque d'or, et puis il y avait bien trente chapelles, tant grandes que petites ; et puis il y en avait une, qu'on appelait la Sainte Chapelle, qui était si riche et noble qu'il n'y avait ni gond, ni verrou, ni aucune pièce, ordinairement de fer, qui ne fût tout en argent, et puis il n'y avait pas de colonne qui ne fût ou de jaspe, ou de porphyre, ou de riches pierres précieuses. Le pavement de la chapelle était d'un marbre blanc si poli et si clair qu'on aurait dit qu'il était de cristal, et cette chapelle était si riche et si noble qu'on ne pourrait vous conter la grande beauté et la grande noblesse de cette chapelle. Dans cette chapelle on y trouva de fort riches reliques, car on y trouva deux morceaux de la Vraie Croix aussi gros que la jambe d'un homme et longs d'environ une demi-toise, et puis on y trouva le fer de la lance dont Notre Seigneur eut le côté percé, et les deux clous qu'on lui enfonça dans les mains et dans les pieds. Et puis il y avait bien vingt chapelles, et puis il y avait bien deux cents appartements ou trois cents, qui se tenaient tous les uns les autres et qui étaient tous faits de mosaïque d'or. [Cet autre] palais était si riche et si noble qu'on ne saurait vous décrire ni vous raconter la grande noblesse et la grande richesse de ce palais. Dans ce palais des Blachernes on trouva un fort grand trésor et fort riche, car on y trouva les riches couronnes qui avaient appartenu aux empereurs précédents, et les riches joyaux d'or, et les riches robes impériales, et les riches pierres précieuses, et tant d'autres richesses qu'on ne saurait dénombrer le grand trésor d'or et d'argent qu'on trouva dans le palais et dans beaucoup d'autres lieux ailleurs dans la cité. »

Robert de Clari, *Conquête de Constantinople*, traduit par P. Charlot, Paris, De Boccard, « Poèmes et récits de la vieille France », XVI, 1939, p. 177-178 et 181.

11. La civilisation médiévale

C'est avant tout sur le christianisme que se fonde la civilisation de l'Europe médiévale, ancrée dans le passé gréco-latin, judéo-chrétien et « barbare ». Cette unité est fondamentale, mais elle n'en autorise pas moins une diversité qui distingue, à l'Ouest, le monde des cathédrales et de l'Université et, à l'Est, un enracinement dans la tradition grecque et l'orthodoxie.

Que l'on regarde vers Byzance ou vers Rome, la civilisation médiévale est d'abord une civilisation chrétienne. C'est dans le christianisme que s'est opérée la fusion de traditions intellectuelles et artistiques d'origines très diverses. Et les hommes du Moyen Age avaient le sentiment aigu de ce qu'ils devaient à leurs prédécesseurs, et d'abord à la tradition chrétienne : « Nous sommes des nains juchés sur les épaules de géants », disait Bernard de Chartres au 12ᵉ siècle. Mais les nains ont créé une civilisation originale.

Les fondements de la civilisation médiévale

Parmi toutes les influences qui ont convergé vers l'extrémité occidentale du continent eurasiatique, nous n'en retiendrons que trois.

La tradition antique. La Grèce et Rome représentent la première source de la civilisation de l'Europe, le legs de la phase méditerranéenne de son histoire. Cet héritage de première importance apparaît comme voilé, filtré lors des avatars des invasions et de la christianisation. Au premier abord, en effet, il peut sembler que l'héritage antique ait sombré dans la tourmente, surtout à l'Ouest. Qu'on en juge. Sur le plan artistique, Grecs et Romains avaient excellé principalement dans le grand art de bâtir en matériaux nobles et dans la sculpture monumentale : deux secteurs abandonnés par le haut Moyen Age occidental, qui travaille d'abord la terre et le bois. Dans le domaine de la pensée, la philosophie grecque, celle de Socrate, de Platon et d'Aristote, prenant l'homme pour la mesure de toute chose, avait exalté les possibilités de la raison et défini les méthodes de la connaissance ; mais pour les adeptes du christianisme, religion révélée, toute connaissance vient de Dieu et la foi est plus importante que la raison. Grecs et Romains avaient aussi posé les règles de l'art de parler et d'écrire en une langue pure et précise que ne possèdent plus les hommes du Moyen Age. Monuments détruits, bibliothèques pillées, manuscrits perdus ou dispersés... Les témoins conservés ne représentent qu'une infime partie de la culture antique.

Mais le témoignage demeure : grâce au maintien, d'abord, des deux langues, grecque et latine, qui, même abâtardies, continuent à être utilisées dans une grande partie de l'Europe et voient même, par la liturgie, s'étendre leur champ d'action ; grâce au sauvetage de manuscrits, en petit nombre en Occident, mais en grand nombre en Orient, d'où ils reviendront vers l'Ouest par l'intermédiaire des Arabes, des croisés ou, plus tard, des Byzantins fuyant l'avance turque ; grâce aussi à un travail considérable de compilation et d'adaptation accompli à la fin de l'Antiquité et au début du Moyen Age : les conseils de grammaire rassemblés par le * rhéteur latin Donat au 4e siècle seront utilisés pendant tout le Moyen Age ; les principes de l'enseignement antique ont été définis au 5e siècle par Martianus Capella sous la forme des sept arts libéraux que le philosophe Boèce organise en deux cycles, le * *trivium* et le * *quadrivium*, bases de tout l'enseignement médiéval dans la Chrétienté latine. Ce même Boèce, au début du 6e siècle, rassemble et traduit tout ce que le Moyen Age occidental connaîtra de la philosophie grecque ; et les *Étymologies* d'Isidore de Séville, au 7ᵉ siècle, se présentent comme une encyclopédie du savoir antique à l'usage des chrétiens. De la même façon, c'est tout naturellement que les chrétiens ont adopté pour leurs premières églises les plans traditionnels des bâtiments civils et religieux de l'Antiquité, édifices à plan basilical ou à plan centré, décorés de stucs, de fresques et de mosaïques. Et il ne faut pas oublier que, même s'ils ont renoncé à les imiter, les habitants des villes du haut Moyen Age, tout au moins à l'intérieur de l'ancien *limes,* ont vécu au milieu des monuments ou des ruines antiques.

La tradition judéo-chrétienne. Parmi les nombreux cultes d'origine orientale qui se sont diffusés au sein de l'Empire romain, la religion chrétienne s'impose à la fin de l'Antiquité. Elle prend la suite d'une tradition juive largement répandue dans l'Empire et dont les communautés ont servi de relais à sa diffusion. Juifs et chrétiens apportent le principe d'un Dieu unique et révélé et celui d'une connaissance tout entière contenue dans un Livre. La Torah des juifs et la Bible des chrétiens sont des textes intangibles que les commentateurs ne peuvent qu'expliquer et approfondir. D'où l'immense effort d'exégèse et d'interprétation accompli par les Pères de l'Église aux 4ᵉ et 5ᵉ siècles pour poser les fondements de la pensée chrétienne. Cette littérature patristique constitue, avec l'Écriture sainte – la Bible –, la base de toute la réflexion chrétienne au Moyen Age, en Orient et en Occident. Méditant sans cesse les mêmes textes et la même histoire, celle du Salut, les hommes du Moyen Age européen ont vécu dans une extrême familiarité avec les acteurs de cette histoire : les grands personnages de l'Ancien Testament – Adam et Ève, Abraham, Moïse, David, les prophètes – et avec ceux du Nouveau Testament – le Christ, la Vierge, les apôtres, les évangélistes –, ainsi qu'avec les martyrs et les saints qui continuent cette histoire. Ils ont aussi acquis des mécanismes de pensée spécifiques, à la fois soumis aux textes sacrés et aux écrits des Pères et orientés vers la recherche minutieuse de leur sens (tout passage de l'Écriture présente quatre sens...), attentifs à la valeur des mots et des concepts qu'ils recouvrent.

Les traditions « barbares ». Elles sont beaucoup plus difficiles à évaluer, dans la mesure où les éléments de base, véhiculés par une culture orale et par des peuples en déplacement, échappent en majeure partie à notre connaissance. De grandes discussions sont actuellement en cours sur l'apport des Barbares à la civilisation matérielle de l'Europe – techniques de culture, métallurgie, pratiques équestres, armes et méthodes de combat –, ainsi que sur la persistance et l'influence des cultes païens. Par ailleurs, l'affaiblissement de l'empreinte antique permet, à partir des 5ᵉ et 6ᵉ siècles, la résurgence de cultures indigènes, en particulier de la culture celtique, proches de celles des nouveaux venus. C'est surtout dans le domaine des arts dits mineurs que s'exerce une profonde influence : art à décor animal, végétal ou purement abstrait – l'entrelacs – mettant en valeur la richesse et l'éclat des matières – or, pierres précieuses ou colorées – et la finesse de techniques de traitement du métal qui s'épanouissent, par exemple, dans l'orfèvrerie cloisonnée. Resté païen, cet art évolue en Scandinavie, au temps des Vikings, vers la production de puissantes sculptures sur bois évoquant un monde animal à la fois fantastique et stylisé. Christianisé, il s'oriente, d'abord en Irlande, puis en Angleterre, vers la décoration des objets liturgiques et vers l'enluminure des manuscrits, qui sera un art typiquement médiéval. Du choc des cultures et de l'impact des invasions, naissent enfin dans les différentes traditions populaires les héros et les thèmes des futurs grands cycles épiques du Moyen Age, ceux du cycle *arthurien et des Niebelungen ou des *sagas scandinaves.

Mais l'influence respective de ces différentes traditions et les créations auxquelles a abouti leur fusion ne sont pas les mêmes en Orient et en Occident.

Les permanences de la civilisation byzantine

La civilisation byzantine a souvent été présentée comme une « civilisation d'héritiers » dont les permanences semblent bien constituer le fondement. Nous savons en effet que le terme « byzantin » est tardif et que, jusqu'à sa disparition, les citoyens de l'empire d'Orient se désignèrent eux-mêmes comme romains. Ce n'est qu'après la crise du 13e siècle et le sac de Constantinople par les croisés que l'idée romaine fut peu à peu supplantée par l'orthodoxie. Nourris à ces deux sources, les Romains d'Orient vont développer une civilisation dont l'art et la culture vont modeler un esprit nouveau qui trouvera aux 14e-15e siècles une forme d'expression aussi bien théologique qu'artistique : l'* hésychasme.

L'héritage romain. Lorsque Constantin décide de fonder Constantinople, il entend bien reproduire Rome sur les rives du Bosphore ; même s'il faut quelque peu contraindre le relief pour y trouver sept collines, l'organisation de la ville s'attache à reproduire l'antique cité du *Latium*. Constantin y découpe quatorze régions ; les centres du pouvoir sont destinés à y jouer le même rôle : le *Sénat* rassemble toujours les familles sénatoriales, dont l'ordre s'élargit considérablement pour devenir une composante du cérémonial aulique. Néanmoins, c'est toujours au sein de cet ordre que l'empereur recrute ses principaux hauts fonctionnaires. L'hippodrome conserve sa fonction de lieu de rassemblement du peuple ; c'est toujours le lieu de l'acclamation de l'empereur, celui où il offre les jeux et procède aux distributions de pains. Sainte-Sophie, la « Grande Église », siège du patriarcat, doit faire de Constantinople une capitale religieuse : aussi est-ce tout naturellement en ses murs que se tient le deuxième concile œcuménique de 381. Constantin a voulu que la splendeur de la nouvelle Rome égale au moins la première.

Son successeur, Justinien (527-565), va entreprendre de restaurer l'autorité romaine sur l'Occident ; il veut reconstituer l'*Imperium romanum* dans ses frontières pour y rétablir la *pax romana* sous une *lex romana* unique et nouvellement codifiée (529). Ainsi la grande idée romaine trouvait au 6e siècle une nouvelle expression politique. Justinien pouvait alors se faire représenter, sur ses monnaies, de face, en buste, casqué et cuirassé, portant le globe * crucifère à la main, au revers un ange debout en pied tenant la croix dans la main gauche et portant le globe crucifère de la main droite.

Ainsi à l'empereur « protégé » de Dieu appartenait le monde civilisé. Justinien pouvait inscrire la dernière page de l'histoire romaine. Ses successeurs vont connaître rapidement de grandes difficultés et renoncer à assumer les prétentions romaines et universalistes de l'illustre empereur. Menacés dans leur existence même quand les croisés de la quatrième croisade vont s'emparer de Constantinople, en 1204, les Romains d'Orient vont chercher à affirmer leur patriotisme grec par la passion orthodoxe.

Le nationalisme orthodoxe. Constantinople tombée aux mains des Latins (1204), l'orthodoxie bafouée et humiliée jusque sous les coupoles de Sainte-Sophie, les Byzantins cristallisèrent leur sentiment de haine et leur besoin de recouvrer leur dignité autour de Constantinople. C'est pourquoi la reconquête de la ville, présentée comme la nouvelle Jérusalem, véritable anti-Rome, va alimenter l'idéologie et la politique de l'empire de Nicée. Désormais, l'attachement inconditionnel à l'orthodoxie se confond avec la cause commune : la restauration de l'Empire sur ses deux fondements, l'hellénisme et la foi orthodoxe. Toute tentative d'union avec l'Occident latin et romain, même sous la menace turque, sera perçue comme une véritable trahison culturelle et religieuse. Ce rejet absolu de tout ce qui est latin conduit les Byzantins à reporter leur espoir sur un attachement farouche à l'hellénisme et à leur foi.

La floraison culturelle qui caractérise Byzance aux 12e et 13e siècles trahit déjà cette évolution ; les lettrés s'expriment dans une langue attique d'une très grande pureté et retrouvent les grands textes de l'Antiquité. Ce classicisme archaïsant pose la difficile question de la « double langue » ou diglossie ; désormais, chaque domaine littéraire a deux niveaux d'expression : celui des milieux cultivés où domine l'atticisme le plus pur et celui des milieux populaires en langue vernaculaire. Cette renaissance attique atteint rapidement ses limites dans le domaine de la philosophie qui se confond désormais avec la théologie. Si Michel Psellos parvient encore à concilier philosophie et foi, son élève Jean Italos est condamné par l'Église pour avoir voulu préciser sa pensée. L'Église en cette fin du

11e siècle est parvenue, sinon à contrôler la culture, du moins à l'orienter ; il en résulte, dès le 13e siècle, une impression de parfaite symbiose entre les cultures profane et chrétienne auxquelles participent presque tous les savants, à l'image de Nicéphore Gregoras, tout à la fois historien et théologien. C'est donc autour d'une Église protectrice de la culture hellénique, mais en outre capable de donner à l'homme la possibilité d'atteindre Dieu, que les Byzantins vont se rassembler pour faire face à l'ultime menace des Turcs.

La transcendance hésychaste. Face à l'inéluctable progression des Turcs aux 14e et 15e siècles, les Byzantins vont chercher à affirmer leur identité par un retour aux sources tant helléniques que patristiques dans lesquelles ils vont puiser leur vrai « patriotisme ».

C'est le détachement du monde qui avait poussé les « Pères du désert » à fuir la civilisation romaine ; de la même façon, en ce 14e siècle, nombre de chrétiens orthodoxes vont chercher à retrouver les sources mêmes de leur spiritualité en s'engageant dans le mouvement *hésychaste,* dont Grégoire Palamas fut le porte-parole engagé. Or cette théologie se propose de libérer « l'énergie de l'Esprit saint », qui doit devenir le milieu d'existence du chrétien. Ainsi l'Église se libère peu à peu de l'Empire, dont la chute ne peut être le signe d'une foi erronée mais l'occasion d'un dialogue providentiel avec l'islam.

Le mouvement hésychaste eut pour cadre le mont Athos et le désert bulgare de Paroria. De là, il rayonna sur toute la Chrétienté orthodoxe, notamment en Russie où saint Serge de Radonège promut une spiritualité dans laquelle la Trinité devenait l'image parfaite de l'unité que saint Serge s'efforçait de réaliser tant dans sa communauté que dans l'État.

Ainsi le mont Athos a-t-il été le lieu privilégié où toutes les tendances centrifuges et nationales des États slaves sont parvenues à s'exprimer au sein de la tradition byzantine. Dès lors, celle-ci est consacrée comme modèle de perfection de la foi orthodoxe dont se nourrit la *Slavia orthodoxia*, qui succède, à partir de 1453, à l'oikouménè byzantine.

Les apports de la civilisation occidentale

Un grand essor emporte, nous l'avons vu, l'Occident médiéval à partir de l'an Mil. Il se traduit, sur le plan culturel, après une première synthèse déjà tentée lors de la Renaissance carolingienne, par des expériences multiples, dont beaucoup constituent des apports durables à la civilisation européenne.

La cathédrale. Comme monument, la cathédrale représente, avec le château fort, pour les Européens d'aujourd'hui, le symbole encore présent du Moyen Age. Mais, à ce titre, elle doit être considérée non pas comme un simple bâtiment, mais comme un art – et comme une pensée – qui englobe et qui résume tous les autres. La construction de grandes églises en pierre à partir de l'an Mil signifie pour l'Occident le retour à l'art de l'architecture, destiné au culte chrétien. Deux grandes phases sont à distinguer dans cette renaissance. Dans un premier temps, celui de l'art roman, s'épanouissent de nombreuses expériences régionales, de la Catalogne et de l'Espagne du Nord à la Germanie impériale, qui permettent à l'Occident de se couvrir d'« un blanc manteau d'églises », suivant l'expression du moine Raoul Glaber : des petites églises rurales aux grandes églises monastiques, des cathédrales aux basiliques de pèlerinage. Dans un deuxième temps se forme dans le Nord de la France un art que les hommes de la Renaissance appelleront par mépris l'art « gothique », c'est-à-dire « barbare » : art français par excellence, né au 12e siècle dans les villes du domaine royal capétien, à Saint-Denis et à Paris, et adopté à partir du 13e siècle par l'Occident tout entier. La cathédrale gothique est d'abord une somme d'architecture dont les bâtisseurs ont su, par de multiples trouvailles techniques – telles que la voûte sur croisée d'ogives et l'arc-boutant –, faire un monument toujours plus grand, plus haut, plus éclairé. Mais à la construction et à l'embellissement de la cathédrale, romane ou gothique, concourent tous les autres arts, qui trouvent là leur meilleur terrain d'expression pour la gloire de Dieu et l'enseignement du peuple chrétien. Sculptures des chapiteaux, des tympans, des façades et de tout un monde qui s'anime depuis la base de l'édifice jusqu'au sommet des tours et des flèches, peintures développées sur les vastes parois des églises romanes et vitraux illuminant les larges baies et les rosaces des églises gothiques font revivre pour le fidèle l'histoire de l'Ancien et du Nouveau Testament, celle des saints, de leurs reliques, de leurs miracles et toute une tradition végétale, animale et décorative puisée aux multiples sources de l'art occidental. Mais ce n'est pas tout. C'est à l'ombre des églises, épiscopales et monastiques, pour la prière et l'enseignement, que s'épanouit l'autre grand art du Moyen Age, celui de l'enluminure des manuscrits. Car le monde des cathédrales a aussi donné naissance au monde des écoles.

L'Université. Après la disparition des écoles antiques, ce sont d'abord les monastères qui ont assuré la transmission des arts libéraux, adaptés aux besoins de la culture chrétienne ; le moine anglais Bède le Vénérable est, vers 700, le meilleur représentant de cette tradition monastique. Charlemagne, qui avait compris l'importance de l'écrit pour toute renaissance de l'Église ou de l'État, a cherché à créer des écoles auprès des églises épiscopales et même paroissiales et jusque dans son propre palais. Au 10ᵉ siècle, à côté de grands centres monastiques tels que Saint-Gall ou Reichenau, brillent des écoles épiscopales à Cologne, à Utrecht, à Reims, tandis que l'Italie maintient la tradition du droit et du notariat. Le rôle essentiel des écoles épiscopales est reconnu par la réforme grégorienne. En 1079, Grégoire VII enjoint à chaque évêque d'entretenir une école où seront enseignés les « arts littéraires ». Au 12ᵉ siècle, leur fonctionnement est étroitement contrôlé par le chancelier de l'évêque. Mais déjà dans certaines villes l'afflux des maîtres et des étudiants et l'élargissement de leur thèmes de réflexion – c'est le temps de la querelle des *universaux – poussaient le monde des écoles à s'affranchir de la tutelle épiscopale. Le 13ᵉ siècle voit le triomphe d'une nouvelle institution, l'Université, où s'épanouit la méthode d'enseignement mise au point dans les écoles à partir de la lecture et du commentaire des textes qui font autorité : la scolastique.

Protégée par la papauté et par les pouvoirs laïcs, l'Université est à la fois une fédération d'écoles et une corporation de maîtres et d'étudiants régie par des statuts ou privilèges qui lui sont propres. L'enseignement des arts libéraux y conduit à des disciplines supérieures : droit, médecine et surtout théologie. Peu nombreuses au 13ᵉ siècle, les premières universités – Paris, Bologne, Oxford... – se caractérisent par le recrutement international des étudiants et des professeurs, favorisé par l'emploi d'une langue commune, le latin. A Paris, la théologie est enseignée aussi bien par l'Allemand Albert le Grand que par l'Italien Thomas d'Aquin. Aux 14ᵉ et 15ᵉ siècles, l'institution se répand à travers toute la Chrétienté latine, de Coimbra à Prague, Cracovie ou Uppsala. Cette diffusion, qui accompagne celle de l'écrit et de la culture et en définitive celle de l'État moderne dont les universités forment les cadres, est un des grands acquis de l'histoire intellectuelle de l'Occident. Mais la médaille a son revers. Les premières découvertes de la Renaissance, dans tous les domaines, vont remettre en cause les principes qui avaient assuré le rayonnement des universités du 13ᵉ siècle. Elles poussent à dénoncer le caractère purement livresque de l'enseignement scolastique et l'impossibilité de mettre la raison au service de la foi. Dans le même temps, il apparaît clairement que le latin n'est plus la seule langue de culture.

Les langues nationales. Nous ne traquerons pas ici, à travers toute l'Europe, les premiers monuments des différentes langues nationales qui se sont élaborées pendant le Moyen Age. La chronologie de la formation des parlers locaux est encore très floue. On peut dire que, jusqu'aux abords du 12ᵉ siècle, alors que le latin reste pratiquement la seule langue écrite, évoluent de nombreux dialectes qui peuvent être regroupés en grandes familles linguistiques : langues slaves, scandinaves, germaniques, anglo-saxon, langues d'oïl et d'oc, dialectes italiens et ibériques ; ils servent déjà de support à une littérature orale qui va se fixer par écrit dans le courant du 12ᵉ ou du 13ᵉ siècle, suivant les régions, sous la forme de la poésie épique (*chansons de geste, sagas, Niebelungen, poème du

Cid), de la poésie courtoise (troubadours, trouvères, Minnesänger) ou du théâtre. Le 13ᵉ siècle peut être considéré, dans l'ensemble, comme le siècle décisif pendant lequel la plupart des genres littéraires et des actes de la pratique courante ont été acquis à la langue vulgaire. C'est au 13ᵉ siècle aussi que tend à s'imposer, dans certaines familles linguistiques, un dialecte dominant : francien, castillan, toscan, haut allemand... Dans ces conditions, c'est aux derniers siècles du Moyen Age seulement et dans les pays où a progressé l'unité linguistique qu'apparaissent les premiers auteurs dont l'œuvre s'identifie au génie propre des différentes nations qui vont constituer l'Europe moderne, tels que Dante, Chaucer ou Villon.

A la différence du latin, les langues nationales sont des éléments de la division de l'Occident chrétien. La cathédrale et l'Université avaient contribué, au contraire, à l'unification de la civilisation médiévale. Elles restent pour nous les témoins et les symboles d'un premier essor de l'Europe qui a atteint son apogée au 13ᵉ siècle. Mais, dès les environs de 1300, cet essor paraît compromis par près de deux siècles de troubles et de difficultés de tous ordres : déclin ou crise de croissance ?

DOCUMENT 1

Réforme des statuts de l'Université de Paris (1366)

« Pour ce qui regarde la Faculté des arts, qui est *le fondement des autres,* nous décidons que les aspirants au baccalauréat et à la licence seront tenus de porter en allant aux écoles des robes ou une épitoge, pour les leçons à entendre, pour les sermons, surtout à la fête de la Toussaint jusqu'à la fin du grand ordinaire, depuis la Saint-Rémi jusqu'au premier dimanche de carême, afin que la Faculté soit honorée en eux et que leur grade soit reconnu ;

« Que les écoliers, assistant aux leçons de ladite Faculté, s'assoiront à terre devant leurs maîtres, non sur des bancs ni sur des sièges élevés de terre, suivant l'usage toujours observé dans les temps les plus florissants de la Faculté, afin de préserver la jeunesse de toute occasion d'orgueil ;

« En vertu de notre même autorité spéciale, nous décidons que les écoliers, avant d'être admis à la déterminance dans la Faculté des arts, seront convenablement instruits dans la grammaire, et auront suivi le Doctrinal et les Principes du grec, pourvu que ces livres soient lus dans les écoles ou dans les lieux quelconques où ils auront étudié la grammaire ;

« Qu'ils auront suivi tout l'ancien plan d'instruction, l'ouvrage des Topiques, quatre livres, et les Elenchi, les premiers ou les derniers complètement, et le livre de l'Ame, en tout ou en partie ;

« Que personne ne soit admis à la déterminance dans la Faculté des arts, s'il n'a étudié à Paris au moins deux ans, toute dispense interdite ;

« Que nul ne soit admis à la licence dans ladite Faculté, ni aux examens de Notre-Dame, ni aux examens de Sainte-Geneviève, s'il n'a pas suivi, à Paris, les livres déjà indiqués, ou, dans un autre centre général d'études, la physique, le livre de la génération et de la corruption, le livre du ciel et du monde, la petite histoire naturelle, c'est-à-dire les livres sur le sens et la sensation, sur le sommeil et la veille, sur la mémoire et la réminiscence, sur la longueur et la brièveté de la vie ; la mécanique, ou, s'il ne suit pas actuellement ce même livre, après avoir étudié quelques ouvrages de mathématiques ;

« Que nul ne soit admis à la maîtrise ès arts, sans avoir suivi les livres précités, et de plus, la morale, spécialement l'éthique pour la plus grande partie, et les météores, au moins les trois premiers livres sans aucune dispense possible ;

« Que nul ne soit admis à la licence dans un examen de la Faculté, s'il n'a fréquenté les disputes des maîtres de cette Faculté pendant une année ou la majeure partie d'une année, dans le temps du grand ordinaire, et s'il n'a répondu au moins dans deux disputes en présence de plusieurs maîtres ; et qu'il soit tenu d'en informer, au moyen d'un certificat des maîtres disputants, le chancelier dans le ressort duquel il veut obtenir la licence ;

« Que, dans les épreuves de l'examen de Sainte-Geneviève, quatre maîtres des quatre nations soient présents avec le chancelier ou le sous-chancelier, après avoir prêté serment devant la Faculté, qu'ils examineront loyalement, admettant les dignes et rejetant les indignes, comme il y a quatre maîtres élus et assermentés pour les examens par le chancelier de Notre-Dame ;

« Nous décidons que le chancelier de Sainte-Geneviève sera et devra être un chanoine maître ès arts de cette église, s'il y en a, et qu'il prêtera serment devant la Faculté, qu'il délivrera la licence suivant le mérite des personnes et le témoignage des maîtres examinateurs. Si, au contraire, il n'y a pas de chanoine dans cette église, qui soit maître ès arts, le chancelier qui doit appartenir à ce monastère sera tenu de choisir un maître en théologie, qui prêtera serment entre ses mains, en présence de la Faculté, de délivrer la licence suivant le mode indiqué plus haut. »

Ch. Fourrier, *L'Enseignement français de l'Antiquité à la Révolution*, Paris, Institut pédagogique national, 1964, p. 171-172.

Les premiers statuts conservés de l'Université de Paris datent de 1215, mais ils ont été ensuite périodiquement révisés. Le passage ci-dessus, consacré en 1366 au fonctionnement de la Faculté des arts « qui est le fondement des autres », fait apparaître à la fois le cursus universitaire – baccalauréat, licence, maîtrise – ; le contrôle ecclésiastique sur les examens ; le caractère entièrement livresque de l'enseignement, dispensé à partir d'auteurs dont la liste est fixée par les statuts ; et la répartition des étudiants en « nations », qui souligne le caractère international de leur recrutement.

DOCUMENT 2

L'amour de Dante pour sa langue maternelle

« Avant tout, je dirai que j'ai reçu de ma langue maternelle des bienfaits immenses. De tous les bienfaits, le plus grand est celui qui est le plus précieux pour celui qui le reçoit. Or il n'y a rien de plus précieux que cette chose par laquelle on peut demander toutes les autres car on ne les demande que pour la perfection de celui qui les veut. Il y a deux perfections dans l'homme, la première fait exister, la seconde fait un être bon. Si ma langue maternelle a été cause pour moi de l'une et de l'autre perfection, j'en ai reçu le plus grand des bienfaits. Qu'elle ait été pour moi la cause qui fait exister et être bon, ce que je n'aurais pu être par moi-même, je puis brièvement le montrer.

« Il n'y a pas d'inconvenance à ce qu'une chose soit cause plus efficiente quoique moins grande qu'une autre. Ainsi, le feu et le marteau sont causes efficientes du couteau bien que le forgeron en soit la cause principale. Ma langue vulgaire m'a engendré en même temps que mes parents qui la parlaient et a joué le rôle du feu qui prépare le fer dont le forgeron fait un couteau. Il est donc manifeste qu'elle a concouru à ma naissance et qu'elle est ainsi d'une certaine manière cause de mon être. De plus, la langue vulgaire m'a introduit dans les chemins de la science qui est l'ultime perfection, car c'est par elle que j'entrai dans le latin et c'est par elle que j'ai reçu un enseignement. Ce même latin m'a été par la suite la voie pour aller plus avant dans le savoir. Aussi est-il manifeste et bien connu de moi-même que la langue vulgaire m'a été une grande bienfaitrice.

« Ma langue vulgaire a vécu avec moi dans le compagnonnage d'une même étude, ce que je puis montrer. Chaque chose s'emploie naturellement à assurer sa conservation. Aussi, si la langue vulgaire pouvait d'elle-même s'employer à quelque chose, s'emploierait-elle à s'assurer plus de règles, ce qu'elle ne pourrait avoir qu'en s'astreignant au nombre et à la rime. Cet effort a été le mien, le fait est si évident qu'il ne demande pas de preuves. Et parce qu'un même effort nous a unis, elle et moi, l'amitié s'est confirmée et s'en est accrue. Il y avait, certes, la bienveillance de l'habitude, car, dès le début de ma vie, j'ai lié avec ma langue maternelle amitié et conversation et j'en ai usé avec elle en délibérant, en interprétant et en questionnant. Si l'amitié s'accroît de la fréquentation, ce qui tombe sous le sens, il est manifeste qu'elle a grandi en moi jusqu'au paroxysme puisque j'ai passé avec elle tout mon temps. Ainsi, toutes les causes qui l'engendrent et l'accroissent concourent à cette amitié et on peut conclure que c'est de l'amour et un amour parfait que je lui dois et que j'ai pour elle. »

Dante, *Convivio*, I, 13,
cité, par J. Paul, *Histoire intellectuelle de l'Occident médiéval*,
Paris, Colin, coll. « U », 1973, p. 459.

Si le latin reste la langue de l'Église et de l'Université, les populations de la fin du Moyen Age s'expriment en langue vulgaire. Dante a donné ses lettres de noblesse à l'italien.

12. Les temps difficiles

Fin d'un monde ancien et début d'un monde nouveau. La physionomie de l'Europe se transforme aux 14e et 15e siècles. Pestes, guerres, récessions et conquêtes ottomanes ruinent l'équilibre ancien, détruisent l'Empire byzantin et ébranlent les pouvoirs traditionnels du pape et de l'empereur. Mais d'autres pouvoirs apparaissent ; au sein des villes qui polarisent les réseaux économiques et sous l'autorité du Prince qui encadre l'État moderne, pointe l'aube d'une « Renaissance ».

Les deux derniers siècles du Moyen Age représentent une période d'interprétation difficile pour qui considère l'ensemble de l'Europe. D'un côté, à l'Ouest, les régions qui avaient le plus bénéficié de l'essor des siècles précédents traversent une crise qui entraîne bouleversements et reclassements. D'un autre côté, en Europe centrale et en Europe du Nord-Est, s'affirment de nouvelles forces politiques et économiques. Au Sud-Est, enfin, l'agonie et la disparition de l'Empire byzantin et l'avènement de l'Empire ottoman donnent ses contours définitifs à l'Europe moderne.

La peste et la guerre

Des troubles qui secouent l'Europe de ce temps, les plus visibles sont la peste et la guerre.

Peste et dépopulation. La peste noire des années 1347-1352 concerne l'ensemble du continent européen. Venu d'Asie, ce fléau, qui avait épargné l'Europe pendant plusieurs siècles, y parvient par les routes de la soie et des invasions. Assiégés dans Caffa, en Crimée, les Génois auraient été alors les victimes d'une véritable guerre bactériologique, leurs adversaires tatars leur ayant lancé des cadavres pesteux par-dessus les murs de la ville. Les navires italiens véhiculent ensuite le mal vers l'ouest : à Constantinople d'où il se diffuse dans les îles de la mer Égée ; en Grèce d'où il se répand dans les Balkans ; en Sicile, à Venise, à Gênes, à Marseille d'où l'épidémie est prête, à la fin de 1347, à envahir l'ensemble du continent, qu'elle va ravager en quatre à cinq ans. On peut estimer que, dans ce cataclysme, le quart ou le tiers de la population européenne a disparu. Sur le choc psychologique, sur les conséquences sociales et familiales, sur le désarroi des pouvoirs politiques et des autorités religieuses, sur la désorganisation des structures urbaines et sur la désertion des campagnes, on a beaucoup écrit. Mais, sur le plan strictement démographique, cette épidémie est aussi un signe : signe d'une dépression commencée, suivant les régions, à la fin du 13ᵉ ou au début du 14ᵉ siècle – rançon d'une expansion parvenue à ses limites techniques et écologiques ? – et annonce d'une longue série de récurrences de peste qui vont maintenir pendant un siècle encore la population à un niveau très bas. De 88 millions en 1300, la population européenne passe à 65 millions en 1400 et moins encore au milieu du 15ᵉ siècle.

La guerre. Dans le même temps, le continent est en proie à un processus de guerre généralisée qui peut être appréhendé sur trois plans. D'une part, on assiste à de vastes affrontements pour le contrôle ou le maintien des espaces politiques et économiques nés de l'expansion précédente : guerre franco-anglaise – la guerre de Cent Ans – pour la domination de l'Europe du Nord-Ouest ; guerres italo-aragonaises pour le contrôle de la Méditerranée occidentale ; guerres de la Hanse avec les royaumes scandinaves pour celui de la Baltique ; réaction slave à l'expansionnisme germanique, symbolisée par la victoire à Tannenberg, en 1410, du roi de Pologne Ladislas III sur les chevaliers Teutoniques : le 15ᵉ siècle est celui d'une grande tentative polonaise et lituanienne d'unification du monde slave. D'autre part, au sein de ces espaces, les querelles de succession et les luttes entre forces centralisatrices et forces centrifuges mènent à de véritables guerres civiles : Armagnacs et Bourguignons en France, guerre des Deux-Roses en Angleterre, affrontements des villes italiennes entre elles et des royaumes ibériques entre eux... Enfin, tout ceci n'empêche pas la Chrétienté de poursuivre la lutte contre l'islam. En 1492, les Espagnols anéantissent le royaume de Grenade. Mais ce succès ne peut faire oublier l'échec des différentes expéditions « internationales » menées – mal menées – pour contenir l'avance turque en Europe, qui se soldent, sur le territoire de l'actuelle Bulgarie, par les sanglantes défaites de Nicopolis (1396) et de Varna (1444). Nous sommes alors à moins de dix ans de la chute de Constantinople.

La progression des Turcs et la chute de Constantinople. Il faut remonter à la seconde moitié du 11ᵉ siècle pour voir se préciser en Orient la menace turque. Arrivées aux portes de l'Empire depuis le 10ᵉ siècle, ces bandes turques, formées de païens ou de musulmans tout juste convertis, conduisent des raids permanents et dévastateurs sur le territoire impérial. L'empereur byzantin Romain Diogène entend réagir et conduit en Asie Mineure une armée hétéroclite, qui subit un désastre à Mantzikert (1071).

Néanmoins, le véritable danger pour Byzance ne vient pas alors des Turcs, mais plutôt des Normands. C'est d'ailleurs l'absence de déferlement des Turcs qui permet à l'empereur Alexis d'éliminer les dangers normands. L'Anatolie turque est divisée en petits émirats rivaux dont l'Empire ne cesse d'utiliser les guerriers dans les conflits qui l'assaillent tout au long des 12ᵉ, 13ᵉ et 14ᵉ siècles. Mais les Turcs mettent à profit les guerres intestines pour s'ériger en arbitres de la situation et obtenir en 1352 des forteresses en Chersonèse, en Thrace, d'où ils pillent le pays. Avec l'arrivée au pouvoir du sultan Murad Iᵉʳ, en 1362, les Turcs ottomans font de la conquête de l'Empire leur objectif prioritaire. Pour cela, en 1365, Murad érige Andrinople, dénommée Édirne, en capitale du nouvel Empire ottoman en formation.

Après l'échec de l'organisation d'une croisade *contra Turcos,* en 1370, Murad Ier va affronter séparément les forces chrétiennes qui n'ont pas réussi à enrayer la poussée turque. En septembre 1371, les Serbes sont écrasés sur la Maritsa. Presque tous les princes locaux de Macédoine et de Bulgarie deviennent tributaires des Turcs. Un ultime sursaut, en forme de quête du martyre, fut tenté par le prince serbe Lazare, qui organisa, autour du noyau serbe, une véritable coalition antiturque. Le choc des deux armées eut lieu dans la plaine de Kossovo en juin 1389. La mort de Murad, tué par les Serbes sur le champ de bataille, ne suffit pas pour emporter la décision, en dépit des récits faits en Occident. Son fils et successeur Bayazid fit exécuter toute la noblesse serbe sur le champ de bataille même et imposa aux dernières principautés autonomes de payer le tribut.

Dès lors, la chute de Constantinople paraît d'autant plus imminente que l'ultime effort de l'Occident se brise sur le champ de bataille de Nicopolis, en 1396. Il faut la brusque intervention des Mongols de Tamerlan et l'affrontement des deux plus grandes puissances militaires de l'époque, Turcs et Mongols, près d'Ankara en juin 1402 pour retarder la chute de Constantinople. La victoire de Tamerlan, la mort de Bayazid, en 1403, offrent vingt ans de répit aux empereurs byzantins. Avec l'accession de Mehmet II le Conquérant au sultanat en 1451, le vieux rêve de l'islam devient réalité. La résistance acharnée du dernier empereur Constantin XI Dragasès, appuyé de quelques contingents vénitiens et génois, cède le 29 mai 1453. La Ville gardée de Dieu et l'Empire romain ont cessé d'exister. Sur les deux rives du Bosphore, s'installe le pouvoir des Turcs ottomans. Mehmet II fait immédiatement transformer Sainte-Sophie en mosquée. Elle le restera jusqu'en 1935.

Pourtant l'orthodoxie ne disparut pas et le patriarche de Constantinople, désormais investi par le sultan turc, n'en demeure pas moins le patriarche œcuménique. C'est lui qui permet à l'orthodoxie hellénique non seulement de continuer à vivre à l'intérieur de l'Empire turc, mais aussi de conserver un rôle dirigeant au sein de la communauté des États orthodoxes.

L'héritage de l'Empire romain d'Orient ne pouvait qu'influer sur le nouvel Empire ottoman. En particulier, nombre de structures politiques furent directement inspirées des anciennes institutions romaines. Mais l'apport essentiel de Mehmet II fut l'instauration d'une *pax ottomanica* sur des régions qui, depuis le 13ᵉ siècle, n'avaient connu que les guerres civiles et le brigandage. Il ne fait pas de doute que ce fut là un élément essentiel de l'intégration des populations chrétiennes dans le nouvel Empire musulman. Toutefois, l'attachement au modèle politique byzantin n'est pas le fait exclusif des Turcs. Les peuples qui composent la communauté des États orthodoxes vont, dès le 16ᵉ siècle, chercher à affirmer leur héritage de la grande civilisation disparue. Parmi ceux-ci il y a les Russes, qui, en 1480, se libèrent du joug mongol. Aussi, dès le début du 16ᵉ siècle, les clercs de l'Église russe vont pousser les grands princes de Moscou à affirmer tout à la fois leur légitimité dynastique romaine en établissant la filiation augustéenne de la dynastie des Riourikides, et leur attachement à l'idéal impérial byzantin dans l'affirmation de l'idéologie « Moscou troisième Rome ».

Les difficultés économiques

Les crises. Les crises de la fin du Moyen Age ont été surtout étudiées à l'Ouest, où l'on observe des flambées périodiques des prix et des salaires liées aux épidémies et aux disettes, avec leur cortège de troubles et de mortalités. Elles cachent un phénomène fondamental, la baisse séculaire du prix des céréales et de la terre, liée à la dépression démographique qui engendre baisse de la consommation et raréfaction de la main-d'œuvre. Ici encore, il s'agit d'un phénomène qui affecte l'ensemble des campagnes européennes et dont les manifestations les plus spectaculaires sont ces abandons de terre et désertions de villages – *Wüstungen, lost villages, despoblados...* – caractéristiques du début de l'époque moderne. Mais, à ce phénomène général, les maîtres du sol ont apporté des réponses très différentes d'un bout à l'autre du continent, avec des conséquences durables pour l'économie et la société européennes. Très schématiquement, on peut dire qu'à l'Est, de l'Allemagne orientale à la Russie, ils ont compensé leurs pertes par un processus général d'asservissement de la paysannerie : le servage durera en Russie jusqu'au 19ᵉ siècle... Au Sud, de l'Andalousie à la Sicile et à la Calabre, ils ont accéléré le phénomène de désertion en constituant d'immenses domaines de type latifundiaire, livrés à l'agriculture extensive et à l'élevage transhumant : nous sommes là aux racines du Mezzogiorno italien ; de même, en Espagne, de vastes terrains de parcours sont accaparés par les troupeaux de moutons d'un tout-puissant syndicat d'éleveurs : la Mesta. A l'Ouest enfin ont été mises en œuvre des solutions multiples, depuis l'amélioration de la gestion seigneuriale jusqu'à la recherche systématique des productions les plus rentables : vigne, cultures fruitières, maraîchères et « industrielles », pisciculture et surtout élevage : c'est le début, par exemple, du système des « *enclosures » en Angleterre. Mais, dans tous les cas, ces difficultés de la campagne favorisent l'attraction de la ville.

La campagne et la ville. La crise des campagnes ferme définitivement, en effet, surtout en Europe occidentale, la parenthèse ouverte au haut Moyen Age : celle d'un monde où les pouvoirs sont localisés à la campagne et où la ville ne joue qu'un rôle secondaire. Dans la grande crise des 14ᵉ-15ᵉ siècles, les villes se présentent comme des pôles de résistance et d'organisation. Mieux défendues, mieux administrées, elles bénéficient à la fois de la venue des paysans, qui espèrent y trouver sécurité et embauche, et des faveurs des princes, qui voient en elles des relais de pouvoir et de précieux auxiliaires en matière militaire et fiscale. Ainsi protégées, elles vont assurer leur domination sur la campagne. C'est l'époque où la production rurale s'organise en fonction du marché urbain, où les capitaux marchands contrôlent un artisanat disséminé dans un vaste rayon autour de la cité, où les paysans s'endettent auprès des prêteurs de la ville et où les bourgeois commencent à investir dans la terre. C'est aussi l'époque où le genre de vie de la ville, avec un « urbanisme » et une culture spécifiques, recommence à donner le ton. L'extension du phénomène urbain apparaît aussi si l'on compare le tableau des villes en 1300 et en 1500. Le nombre de villes d'environ 40 000 habitants et plus passe de 26 à 34 et l'on voit apparaître sur la liste Prague, Lisbonne, Londres, Lyon et Marseille, Nuremberg, Skopje, Tirgoviste, Smolensk et bientôt Moscou. De fait, la carte de l'urbanisation reflète celle des nouveaux espaces économiques.

De nouveaux espaces économiques. Les crises ne sont pas seulement rurales. Elles frappent aussi les secteurs traditionnels du commerce et de l'artisanat : le commerce méditerranéen, compromis par l'avance ottomane ; les foires de Champagne, dont le déclin est précipité par la guerre de Cent Ans ; la draperie flamande, victime de sa propre sclérose et de l'évolution de la mode. Mais, à travers ces crises, avivées par une pénurie monétaire de plus en plus évidente, s'effectue une transformation en profondeur de l'économie européenne dominée par un premier capitalisme, marchand. Au premier abord, les structures géographiques du grand commerce semblent rester les mêmes, autour des deux grands axes, méditerranéen et nordique. Mais des changements apparaissent. D'abord en ce qui concerne l'importance respective des deux axes : aux difficultés du commerce méditerranéen, on peut opposer l'essor du commerce nordique, favorisé par la complémentarité des productions de l'Est et de l'Ouest de l'Europe. Le 15e siècle marque l'apogée de la Hanse, qui regroupe alors 200 villes d'Europe du Nord et dont les représentants travaillent d'Édimbourg à Kiev et de Trondheim à Gênes et Venise. Entre les deux axes, se développe, au détriment des foires de Champagne, une série de foires – Lyon, Francfort, Leipzig... – et de places financières – Augsbourg, Ravensburg, Nuremberg... –, qui marquent à la fois le déplacement vers l'est des principaux axes de transit (liés aussi à l'ouverture de nouveaux cols alpins) et l'essor financier et industriel de la haute Allemagne. Mais en même temps on assiste à une sorte de dilatation de l'espace commercial européen : vers l'Est slave, certes, dont les productions sont de mieux en mieux intégrées aux échanges, mais aussi vers l'Ouest avec l'éveil des façades atlantiques. Les Anglais fondent leur propre industrie drapière et prennent conscience de leur vocation maritime, tandis que Portugais et Castillans se lancent dans les grandes découvertes africaines et américaines.

A l'origine d'une grande part de ces activités, on trouve les marchands, leurs capitaux et leurs techniques, et avant tout les marchands italiens et allemands. Ce sont eux qui contrôlent les industries naissantes : la nouvelle draperie, les soieries italiennes, les futaines allemandes. Mais aussi l'industrie minière d'Allemagne et de Bohême. Mais aussi les constructions navales. L'arsenal d'État de Venise, qui met ses bateaux à la disposition des marchands, est à la fin du Moyen Age la plus grande entreprise européenne. Et, sur les chantiers portugais, la combinaison des techniques venues de la Méditerranée et des mers du Nord permet la mise au point de nouveaux types de navires, dont la caravelle, destinés à la grande navigation atlantique. En 1487, B. Diaz franchit le cap de Bonne-Espérance. En 1492, Christophe Colomb atteint l'Amérique. En même temps est apparue une industrie nouvelle, l'imprimerie. C'est entre 1450 et 1455 que Gutenberg utilise pour la première fois les caractères mobiles. Comparée à celle des universités, la carte des premiers centres d'imprimerie, d'abord allemands et italiens, illustrerait à son tour le déplacement vers l'est des centres vitaux de l'Europe. Mais surtout, avec la production de près de 20 millions d'* incunables avant 1500, l'imprimerie, signe et moyen de diffusion d'un nouveau niveau de culture, va se révéler comme un des plus sûrs instruments de l'épanouissement de l'État moderne et de la suprématie européenne.

Une crise de société

De tels bouleversements ne vont pas sans ébranlements sociaux et politiques.

Les difficultés sociales. La fin de l'expansion et les débuts de la récession provoquent au 14ᵉ siècle les troubles les plus spectaculaires, mais ils se prolongent dans le contexte difficile du 15ᵉ siècle. Général, le malaise paysan se traduit d'abord par des explosions violentes : soulèvements des paysans flamands en 1322, des « jacques » en Ile-de-France en 1358, des « travailleurs » anglais en 1381... Puis apparaissent, surtout au 15ᵉ siècle, des mouvements de plus longue résistance, comme celui des paysans *remensas* d'Aragon ou celui des paysans scandinaves – en 1438, les paysans finlandais proclament un « roi des paysans » –, en attendant la grande révolte des paysans allemands au siècle suivant. Parfois aussi, pour échapper à l'impôt et aux réquisitions, les paysans prennent le maquis et forment des bandes qui pillent et rançonnent de vastes régions ; ou encore ce sont des soldats sans emploi qui constituent des troupes d'« écorcheurs ». Les émeutes urbaines ne sont pas moins violentes. Elles sont souvent mieux connues, et leur énumération ferait défiler les principales cités d'Europe : Paris avec les explosions de 1358 (Étienne Marcel), 1381 (les Maillotins), 1413 (la Caboche) ; les villes flamandes : Bruges et Gand surtout ; Londres en 1381 ; les villes italiennes : révolte de Cola di Rienzo à Rome en 1347, des Ciompi à Florence en 1378 ; les villes allemandes... Partout, le mécontentement spontané des plus démunis est ensuite exploité au profit d'une fraction de la bourgeoisie qui aspire à joindre le pouvoir politique à sa puissance économique. Au 15ᵉ siècle enfin, en Europe centrale, la révolution *hussite de Bohême traduit, à côté d'exigences sociales et nationales, un malaise religieux grandissant dans la Chrétienté latine.

La crise de l'Église et de la papauté. L'Europe médiévale était rurale et chrétienne. Ébranlée par la crise des campagnes, elle l'est aussi par une crise religieuse qui touche les institutions ecclésiastiques et l'expression même de la foi. Jamais la nécessité de l'union des Églises grecque et latine ne s'est présentée avec autant d'urgence qu'au 15ᵉ siècle, sous la pression des Turcs : en 1439, le concile de Florence, qui proclame cette union, fait pour un temps de la ville toscane la capitale de l'Europe chrétienne. Union sans lendemain : quelques années plus tard, le patriarcat de Constantinople passe sous la domination ottomane, ce qui pose en des termes nouveaux la question de la survie et de l'organisation de la Chrétienté orthodoxe. Mais la crise de l'Église latine n'est pas moins aiguë. Après les grands succès du 13ᵉ siècle, la *théocratie pontificale se trouve confrontée, vers 1300, aux velléités d'indépendance des souverains d'Occident, le roi d'Angleterre ou le roi de France qui inflige à Boniface VIII l'humiliation de l'*attentat d'Anagni. Mais les papes doivent compter aussi avec les troubles romains. Repliée à Avignon de 1309 à 1377, la papauté voit s'altérer son caractère universel et achève de se transformer en une monarchie de type français. Après le retour à Rome éclate, en 1378, le Grand Schisme qui oppose deux puis trois papes. Alors se trouvent posés ouvertement le problème de l'autorité dans l'Église – qui doit la détenir ? le pape ou le peuple chrétien représenté par un concile ? – et celui de la réforme de l'Église « dans sa tête et dans ses membres », suivant l'expression consacrée. La première moitié du 15ᵉ siècle est marquée, à Constance et à Bâle, par le succès des conciles et des doctrines conciliaires. Puis les papes, affranchis de cette menace, se replient sur Rome, tout en reconnaissant par divers concordats la quasi-indépendance des Églises nationales. Mais la réforme de l'Église a été ajournée...

Or elle paraît urgente au peuple chrétien, déçu par la carence des prêtres, des moines et même des frères mendiants au plus fort des crises. On souligne à l'envi leurs défauts, leur absentéisme, l'ignorance du bas clergé, la politisation du haut clergé. Cette crise de confiance est avivée par l'attitude des penseurs et des théologiens, dominés maintenant par l'école d'Oxford. Les uns, disciples de Roger Bacon († 1294), s'en tiennent au témoignage des sens et de l'expérimentation. Les autres, avec Wyclif († 1384) qu'on peut considérer comme l'inspirateur de Jean Hus et de Luther, voient dans l'étude directe de la Bible la seule source de la foi et mettent en doute la valeur des sacrements et l'utilité du clergé. Dans leur recherche d'une démarche personnelle vers Dieu, ils rejoignent un courant plus populaire et plus orthodoxe de piété individuelle et de mysticisme, répandu en Europe à partir de la vallée du Rhin et des Pays-Bas : la *devotio moderna*. Car cette époque difficile est un temps de grande ferveur.

Vers l'État moderne. Aux difficultés de la papauté, on peut comparer celles de l'Empire. Après l'échec de Frédéric II et le Grand Interrègne (1250-1273 : vingt-trois ans sans empereur), les empereurs du 14e siècle abandonnent progressivement leurs prétentions italiennes et universelles. En 1356, Charles IV fixe, par la Bulle d'or, les règles d'un système impérial purement germanique reposant sur le choix de sept princes-électeurs dont un seul, le roi de Bohême, n'est pas allemand. Ce caractère s'accentue au 15e siècle, quand la couronne se fixe dans la famille des Habsbourg et s'appuie sur leurs états patrimoniaux : un repli qui favorise l'émancipation des royaumes hongrois, slaves et scandinaves, des principautés italiennes, et aussi la tentative avortée des ducs Valois de Bourgogne – Philippe le Bon et surtout Charles le Téméraire – pour redonner vie à l'ancienne Lotharingie.

Mais le grand bénéficiaire de tous ces bouleversements est un personnage nouveau, le Prince, qu'il soit roi, empereur ou seigneur d'une cité-État italienne, qu'il soit contrôlé ou non par des assemblées représentatives de types divers : Parlement anglais, Cortes de Castille et d'Aragon, *états généraux en France, Diète allemande ou polonaise... A travers les guerres et les crises, les princes ont réussi à forger les instruments de l'État moderne : une armée et une fiscalité permanentes et un début de bureaucratie. Ils ont cherché aussi à établir avec la noblesse des rapports nouveaux, différents des liens féodaux, en l'attachant à leur pouvoir par des pensions, des charges et des offices. Édouard IV et Henri VII en Angleterre, Charles VII et Louis XI en France, les Rois Catholiques Ferdinand d'Aragon et Isabelle de Castille en Espagne ; les Habsbourg dans l'Empire, les Jagellons en Pologne, Mathias Corvin en Hongrie, Alphonse le Magnanime à Naples, les Médicis à Florence, les Sforza à Milan, les Este à Ferrare... incarnent avec plus ou moins de bonheur ce nouveau modèle politique, bientôt décrit par Machiavel.

Avec les cités italiennes, nous rejoignons le dernier ferment de transformation, mais aussi d'unité, de l'Europe à la fin du Moyen Age : le phénomène culturel qu'est l'esprit de la Renaissance. Apparu au 14ᵉ siècle en Italie, en pleine floraison intellectuelle et artistique au 15ᵉ siècle, il gagne par ondes successives l'Europe entière.

DOCUMENT 1

La peste noire à Florence (1348) vue par Boccace

« On était déjà parvenu en l'année 1348 de la féconde incarnation du fils de Dieu, quand la cité de Florence, noble entre les plus fameuses de l'Italie, fut en proie à l'épidémie mortelle. Que la peste fût l'œuvre des influences astrales ou le résultat de nos iniquités, et que Dieu, dans sa juste colère, l'eût précipitée sur les hommes en punition de nos crimes, toujours est-il qu'elle s'était déclarée, quelques années avant, dans les pays d'Orient, où elle avait entraîné la perte d'une quantité innombrable de vies humaines. Puis, sans arrêt, gagnant de proche en proche, elle s'était pour nos malheurs propagée vers l'Occident. Toute mesure de prophylaxie s'avéra sans effet. Les agents spécialement préposés eurent beau nettoyer la ville des monceaux d'ordures. On eut beau interdire l'entrée de la ville à tout malade et multiplier les prescriptions d'hygiène. On eut beau recourir, et mille fois plutôt qu'une, aux suppliques et prières qui sont d'usage dans les processions, et à celles d'un autre genre, dont les dévots s'acquittent envers Dieu. Rien n'y fit. Dès les jours printaniers de l'année que j'ai dite, l'horrible fléau commença, de façon surprenante, à manifester ses ravages douloureux.

« Mais ce ne fut point comme en Orient, où le saignement de nez était le signe évident d'une mort inéluctable. Chez nous, au début de l'épidémie, et qu'il s'agît des hommes ou des femmes, certaines enflures se produisaient à l'aine ou sous l'aisselle : les unes devenaient grosses comme des pommes ordinaires, d'autres comme un œuf, d'autres un peu plus ou un peu moins. On les appelait vulgairement bubons. Puis, du double domaine où ils étaient d'abord apparus, les bubons ne tardèrent pas, pour semer la mort, à grossir indifféremment sur n'importe quelle partie du corps. Après quoi le symptôme du mal se transforma en taches noires ou livides qui, sur beaucoup, se montraient aux bras, aux cuisses et en tout autre point, tantôt grandes et espacées, tantôt serrées et menues. Comme le bubon avait d'abord été, et était encore, l'indice d'une mort assurée, il n'en allait pas autrement de ces taches pour ceux qui en étaient porteurs. Quant au traitement de la maladie, il n'était point d'ordonnance médicale ou de remède efficace qui pût amener la guérison ou procurer quelque allégement. La nature de l'affection s'y opposait-elle ? Fallait-il incriminer les médecins ? »

J. Glenisson et J. Day, *Textes et Documents d'histoire du Moyen Age, XIVe-XVe siècles*, I, Paris, SEDES, 1970, p. 18-19.

De nombreux textes font état de la terrible épidémie de peste – maladie inconnue en Occident depuis plusieurs siècles – qui s'abat sur l'Italie à la fin de 1347 et, de là, se répand en quelques années sur tout le continent : la peste noire est un fléau à l'échelle de l'Europe. C'est dans ce contexte que l'écrivain italien Boccace compose, en toscan, un recueil de contes intitulé le Decameron *(du grec* deka, *dix, et* hemera, *jour) : au printemps de 1348, sept jeunes femmes et trois jeunes hommes, pour fuir l'épidémie qui s'est abattue sur la ville de Florence, décident de se retirer dans une villa des environs où ils vont passer dix jours en divertissements. Leur décision de quitter la ville est précédée d'une description célèbre de l'épidémie où, à côté des aspects cliniques de la maladie, sont particulièrement mis en relief son caractère inexorable et l'impuissance des médecins et des autorités devant la catastrophe. Les contemporains ont avancé l'idée d'une mortalité touchant le tiers de la population. Même si l'on adopte des hypothèses plus basses, d'un quart ou d'un cinquième, la saignée démographique causée par la peste noire se chiffre par millions de personnes dans le cadre de l'Europe.*

DOCUMENT 2

La révolte des paysans d'Angleterre en 1381 vue par Froissart

« Les malheureux de ces contrées que j'ai nommées [le Sud-Est de l'Angleterre] commencèrent à se soulever, disant qu'on les tenait en trop grande servitude et qu'au commencement du monde, il n'y avait pas de serf et que nul ne pouvait le devenir, sauf s'il était coupable de trahison envers son seigneur, comme Lucifer envers Dieu : mais ils n'étaient pas de cette nature, n'étant ni anges ni esprits, seulement des hommes semblables à leurs seigneurs. Or on les traitait comme des bêtes, ce qu'ils ne pouvaient plus souffrir, mais ils voulaient être tout un et, s'ils labouraient ou faisaient quelque travail pour leurs seigneurs, ils voulaient en avoir leur salaire.

« Ils avaient été au temps passé grandement poussés et jetés dans ces folies par un prêtre exalté d'Angleterre, originaire du comté de Kent, qui s'appelait John Ball et qui, pour ses folles paroles, avait plusieurs fois séjourné dans les prisons de l'archevêque de Canterbury. Car ce John Ball avait l'habitude, le dimanche après la messe, quand tout le monde sortait de l'église, de venir prêcher sur la place, rassemblant tout le peuple autour de lui et disant : " Bonnes gens, les choses ne peuvent pas aller et n'iront pas convenablement en Angleterre jusqu'à ce que les biens soient mis en commun, qu'il n'y ait plus ni vilain ni gentilhomme et que nous soyons tout un. En quoi ceux que nous nommons seigneurs sont-ils plus grands que nous ? En quoi l'ont-ils mérité ? Pourquoi nous tiennent-ils en servitude ? Et puisque nous venons tous d'un père et d'une mère, Adam et Ève, en quoi peuvent-ils dire et démontrer qu'ils sont plus seigneurs que nous, sinon parce qu'ils nous obligent à gagner et à travailler pour ce qu'ils dépensent ? Ils sont vêtus de velours et de soie doublés de vair et de [petit-]gris et nous, nous sommes vêtus de méchants tissus. Ils ont le vin, les épices et le bon pain et nous, nous avons le seigle, le retrait, la paille et nous buvons de l'eau. Ils se reposent dans leurs beaux manoirs et nous, nous avons la peine et le travail, la pluie et le vent dans les champs : et c'est de nous et de notre travail qu'ils tiennent leur condition. Nous sommes appelés serfs et nous sommes battus si nous ne faisons pas promptement leur service ; et nous n'avons aucun souverain à qui nous puissions nous plaindre et qui veuille nous écouter et nous faire droit. Allons trouver le roi, il est jeune. Montrons-lui notre servitude et disons-lui que nous voulons qu'il en soit autrement ou que nous y porterons remède [...] " »

Chroniques de Jean Froissart,
éd. G. Raynaud, t. 10, Paris, 1897, p. 94-97.
(Le texte a été modernisé.)

Les années 1378-1382, celles des générations nées au lendemain de la peste noire, ont été dans toute l'Europe, à la ville comme à la campagne, des « années révolutionnaires ». Parmi ces révoltes, celle des « travailleurs anglais », née dans les riches terroirs du Kent, s'étend à tout le bassin de Londres et à la capitale elle-même, avant d'être étouffée par une violente réaction aristocratique menée au nom du roi Richard II. Très hostile au mouvement, le chroniqueur Jean Froissart souligne pourtant dans ce texte la condition particulièrement dure du servage en Angleterre. Il insiste sur le rôle de prédicateurs errants ou

« pauvres prêtres » (poor priests) *auprès des populations. Il se fait surtout l'écho de revendications égalitaires tout à fait nouvelles qu'un autre chroniqueur, un moine anglais de l'abbaye de Saint-Alban, a résumées sous forme d'une question : « Quand Adam bêchait et qu'Ève filait, qui était alors gentilhomme ? »*

DOCUMENT 3

La prise de Constantinople par Mehmet II, en 1453, d'après Kritoboulos d'Imbros

Originaire de l'île d'Imbros, Kritoboulos n'assista pas à la prise de Constantinople, mais visita la ville peu après. Par la suite, il entra au service du sultan turc dont il écrivit l'histoire du règne. La description de la conquête de Constantinople est d'une précision remarquable.

« “ Amis, nous tenons la ville ! Nous la tenons ! Ils ont commencé à fuir devant nous ! Ils ne peuvent tenir plus longtemps ! Le rempart est vide de défenseurs ! Encore un dernier effort et la ville sera prise ! Ne faiblissez pas, allez-y avec tout votre travail et votre puissance ! Soyez des hommes et je serai avec vous ! ”

« Ayant ainsi parlé, le [sultan Mehmed] les conduisit lui-même. Poussant des clameurs et des cris terrifiants, ils passèrent en courant devant le sultan et se pressaient à l'assaut de la palissade. Après un combat long et acharné, ils repoussèrent les Romains et grimpèrent au sommet de celle-ci. Ils précipitèrent leurs ennemis dans le fossé séparant la palissade du grand mur ; ce fossé est profond et il est difficile d'en sortir ; ils en tuèrent là. Les autres firent retraite vers la porte.

« [L'empereur] avait fait ouvrir une porte dans le grand mur, pour aller facilement jusqu'à la palissade. Maintenant, il s'y déroulait une grande bataille et il y eut un grand massacre parmi ceux qui se trouvaient là, car ils étaient attaqués par l'infanterie lourde et de nombreux soldats appartenant à des formations irrégulières, qui avaient été attirés par les cris. C'est là que l'empereur Constantin tomba vaillamment au combat avec tous ceux qui étaient avec lui.

« L'infanterie lourde faisait déjà mouvement par la porte à l'intérieur de la ville tandis que d'autres se ruaient par la brèche faite dans le grand mur. Alors tout le reste de l'armée en courant et hurlant, se répandit avec habileté dans toute la ville. Quant au sultan il se trouvait devant le grand mur, où étaient également l'étendard et les insignes, il surveillait les opérations. Le jour était déjà passé.

« Alors il y eut un grand carnage parmi ceux qui étaient restés là : les uns étaient dans les rues, ils avaient déjà abandonné leurs maisons et couraient en direction du brouhaha où ils tombèrent également victimes des janissaires et d'autres soldats sans foi ni loi ; d'autres résistèrent, comptant sur leur propre courage ; d'autres encore cherchèrent refuge dans les églises d'où ils firent entendre leurs supplications ; hommes, femmes et enfants, personne ne fut épargné.

« Les soldats se ruèrent sur eux avec colère et grand courroux ; les uns étaient mus par les rigueurs du siège ; quelques éléments populaires stupides avaient lancé aux autres railleries et blasphèmes du haut des créneaux pendant tout le siège. Maintenant le massacre était tel que toute la ville en fut effrayée ; la terreur et la peur du carnage permettaient de réduire tout le monde en esclavage.

« Quand ils en eurent assez de tuer et que la ville fut réduite en esclavage, une partie des troupes se dirigea vers les palais des puissants, par troupes, compagnies et sections pour piller et détruire. D'autres allaient dépouiller les églises ; d'autres enfin se répandirent dans les pauvres maisons du peuple, volant, pillant, saccageant, outrageant, capturant et réduisant à l'esclavage hommes, femmes et enfants, jeunes et vieux, prêtres et moines, en bref, tous quel que soit l'âge ou la classe. Il y eut des scènes encore plus terribles et dignes de pitié, au-delà de toutes tragédies. Parmi les jeunes et chastes femmes de noble naissance, riches, habituées à rester à la maison, qui venaient tout juste de quitter leurs propres biens, les belles et ravissantes servantes des familles splendides et célèbres, jusqu'alors non souillées par les yeux masculins, quelques-unes d'entre elles furent tirées hors de leurs chambres, et emmenées sans pitié et sans honneur.

« D'autres femmes, qui dormaient dans leurs lits, endurèrent des cauchemars. Des hommes tenant l'épée, leurs mains ensanglantées par le meurtre, exhalant la haine, hurlant au meurtre aveugle, se répandirent avec les pires intentions. Cette foule d'hommes de toute race et nation, réunie par hasard telles des bêtes sauvages et féroces, se ruait à l'intérieur des maisons, chassant les occupants devant eux sans pitié, les traînant, les blessant, les forçant, les tirant sur les grandes voies publiques, les insultant et leur faisant subir toutes choses diaboliques.

« Il y eut des prêtres qui furent chassés ainsi que des vierges consacrées qui étaient honorables et tout à fait vierges, consacrées à Dieu seul et vivant pour Celui auquel elles étaient consacrées. Quelques-unes d'entre elles furent violées et chassées au-dehors de leurs cellules, d'autres trouvées hors des églises où elles avaient cherché refuge, elles en furent chassées avec insulte et déshonneur, leurs joues griffées, au milieu des plaintes, des lamentations, des larmes amères. Les tendres enfants étaient ravis sans pitié des bras de leurs mères, les jeunes épouses séparées avec rudesse de leurs jeunes époux, et dix mille autres faits terribles furent accomplis. »

Kritoboulos d'Imbros, *De rebus per annos 1451-1467 a Mechemete II gestis*, trad. par J.-P. Arrignon.

TROISIÈME PARTIE

L'Europe conquérante
16e-18e siècle

13. La civilisation de la Renaissance

Au cours du 15e siècle et au début du 16e, trois séries d'événements contribuent à modifier profondément les données de la vie en Europe : les grandes découvertes maritimes, faites par les Portugais et les Espagnols, dont les conséquences se répercutent peu à peu sur l'économie du Vieux Continent ; le développement de l'humanisme et de la Renaissance artistique en Italie et leur diffusion dans toute l'Europe, grâce notamment à l'imprimerie ; la réforme religieuse, réclamée par tous, mais qui, faute d'avoir été entreprise par l'Église romaine, se fait bientôt sans elle et même contre elle, entraînant la déchirure de l'unité chrétienne.

Les grandes découvertes

Les buts et les moyens. Depuis le 14e siècle, l'Europe souffre d'une pénurie chronique de métaux précieux que la reconstruction d'après 1450 ne fait qu'aggraver, avec l'essor de la population, le développement des échanges commerciaux, le progrès du luxe dans les classes supérieures de la société, les dépenses des princes. L'argent tiré des mines d'Europe centrale, l'or surtout en provenance du golfe de Guinée ne peuvent faire face à ces besoins accrus. C'est pourquoi les Portugais forment le projet d'accéder directement à l'or guinéen en descendant le long des côtes d'Afrique jusqu'à la « côte de l'or ». Plus tard, Colomb et tous les découvreurs sont animés, eux aussi, par cette obsession du métal doré du Cathay et de Cipango (la Chine et le Japon de Marco Polo) et du pays de l'Eldorado. Incontestablement, la soif de l'or, indispensable aux grands échanges internationaux, constitue le premier et le principal mobile économique des grandes découvertes. La recherche des épices est moins importante et plus tardive. Certes, les besoins de l'Europe en ce domaine sont évidents, mais ils sont depuis longtemps assurés par les marchands italiens, qui se les procurent dans leurs comptoirs de Crimée, tel Caffa, et surtout dans les ports de Méditerranée orientale où les apportent les marchands arabes. Et si l'expansion ottomane a privé Gênes de Caffa, elle n'a guère menacé le trafic italo-arabe. Pourtant, après 1460 environ, les Portugais envisagent d'atteindre directement les pays de l'océan Indien producteurs d'épices, afin de court-circuiter les marchands italiens et de se procurer les produits d'Asie à bien meilleur compte. Colomb, à son tour, fera le même calcul.

A ces mobiles économiques, s'ajoute et se mêle un mobile religieux, à savoir la conversion des infidèles au-delà des terres chrétiennes d'Europe. Cette volonté de conversion participe à la fois du vieil esprit de croisade et d'un nouvel esprit de mission. Le premier reste très vivant chez les Portugais et les Espagnols, engagés depuis des siècles dans la lutte contre l'islam. Le second anime tous ceux qui entendent convertir sans violence, en prêchant l'Évangile. Dans l'esprit des découvreurs et des conquérants qui leur succéderont, il n'y a aucune antinomie entre le mobile religieux et les mobiles économiques.

Aucune révolution technique n'est à l'origine de ces grands voyages maritimes de découverte, mais seulement la mise en œuvre progressive de connaissances et d'outils acquis souvent depuis longtemps et perfectionnés au gré des besoins et de l'expérience : conviction de la rotondité de la terre, reprise des Anciens dès le 13e siècle ; utilisation, depuis le 13e siècle, du gouvernail d'étambot et de la boussole, invention chinoise introduite en Europe par l'intermédiaire des Arabes ; mise au point progressive, au cours du 15e siècle, de la caravelle, navire de petit tonnage, mais doté d'un bordage élevé et de voiles latines.

L'aventure des grandes découvertes. L'inspirateur de la politique portugaise de découvertes est le prince Henri, dit le Navigateur (1394-1460), second fils du roi Jean Ier. Son but est d'équiper des expéditions qui, en observant jalousement le secret, devront aller toujours plus loin le long de la côte africaine, pour essayer à la fois de prendre l'islam à revers et d'atteindre les régions aurifères du golfe de Guinée. Le cap Bojador est reconnu en 1434, le cap Vert en 1445. La mort d'Henri, en 1460, marque un relatif ralentissement. Pourtant le delta du Niger est atteint en 1472, l'équateur en 1475. Le but, désormais, est d'arriver jusqu'aux marchés de l'océan Indien en contournant l'Afrique. L'embouchure du Congo est atteinte en 1482, le tropique du Capricorne, franchi en 1486. En 1487, Diaz double le cap dit de Bonne-Espérance et rentre à Lisbonne à la fin de 1488. Enfin, en juillet 1497, Vasco de Gama contourne le continent africain, longe la côte orientale jusqu'à Melinda et, de là, atteint Calicut, sur la côte de l'Inde, le 20 mai 1498. Il rentre à Lisbonne l'année suivante avec deux caravelles remplies d'épices.

Christophe Çolomb, de son côté, imaginant, à tort, que le Japon et la Chine sont proches de l'Europe, estime qu'il est possible de les atteindre directement en naviguant vers l'ouest. Il convainc de l'intérêt de son projet Isabelle de Castille, qui accepte de financer l'expédition. Parti le 3 août 1492 avec trois caravelles, Colomb fait route plein ouest et touche terre, le 12 octobre, à San Salvador, une des îles Bahamas, persuadé d'avoir atteint l'Asie. Au cours des trois voyages qu'il entreprend ensuite, il aborde quelques-unes des Antilles et le littoral de l'Amérique. Il meurt à Valladolid en 1506 sans avoir soupçonné, semble-t-il, qu'il n'avait pas atteint les Indes d'Asie, mais découvert un monde inconnu jusque-là des Européens. Pourtant, très vite, la vérité se fait jour et, en 1507, un cartographe baptise ce Nouveau Monde Amérique, du nom d'un navigateur successeur de Colomb, Amerigo Vespucci. En 1521-1522, l'expédition lancée par Magellan, Portugais passé au service de l'Espagne, et achevée par son lieutenant El Cano, contourne par le sud le continent américain, traverse l'océan

Pacifique et rentre en Europe par le cap de Bonne-Espérance, apportant la preuve expérimentale de la sphéricité de la terre.

Les conséquences des grandes découvertes. La première conséquence des grandes découvertes est la création des empires coloniaux portugais et espagnol. Le premier est constitué d'une série de comptoirs, depuis les Açores jusqu'à l'Insulinde, ports-forteresses dominant leur arrière-pays et servant d'escales aux navires marchands, et de points d'appui à une flotte militaire qui assure par la force le respect du monopole commercial portugais contre tous les concurrents, européens ou asiatiques. Bien différent est l'empire colonial espagnol. En effet, une poignée de conquérants venus d'Espagne entreprennent la découverte et la conquête du Nouveau Monde, en trois étapes successives : les grandes Antilles (1492-1519), le Mexique conquis sur les Aztèques par Fernand Cortez (1519-1521), le Pérou conquis sur les Incas par François Pizarre (1531-1533). Après le pillage des trésors aztèque et inca, c'est l'exploitation des mines d'or et surtout d'argent qui, sous l'autorité des vice-rois représentant le roi d'Espagne, constitue, à partir du milieu du 16e siècle, la grande richesse des Indes espagnoles et par conséquent de leur métropole.

Les conséquences des grandes découvertes en Europe même sont considérables. Pour la première fois, l'économie européenne, limitée, à la fin du 15e siècle, au Vieux Continent, avec les deux foyers de l'Italie du Nord et des Pays-Bas, éclate aux dimensions du monde. Le premier aspect de cet éclatement est la promotion de la façade atlantique de l'Europe, avec Lisbonne et Séville contrôlant, chacune pour leur part, ce trafic mondial, et Anvers, le grand port des Pays-Bas espagnols, assurant la redistribution des produits coloniaux vers le reste du continent européen. Cette promotion des ports atlantiques ne signifie pas pour autant la décadence immédiate et irrémédiable des ports méditerranéens, même si elle postule à terme leur déclin relatif.

L'exploitation du Nouveau Monde a pour autre conséquence l'arrivée des métaux précieux d'Amérique. Le stock disponible en Europe sera, à la fin du 16e siècle, le double de ce qu'il était au début, et le stock d'argent, le triple ou peut-être même le quadruple. Cet accroissement, qui n'est d'ailleurs important qu'à partir de 1550, a un effet moteur pour l'économie marchande en entraînant une hausse des prix industriels et, par stimulation bénéfique, un accroissement de la production. Tous les Européens ne profitent pas également de cet essor économique. La bourgeoisie capitaliste des grandes villes marchandes, manufacturiers, négociants, armateurs, banquiers, en est la grande bénéficiaire. Ce n'est pas le cas, sauf exceptions, des nobles qui doivent faire face pour tenir leur rang à des dépenses croissant plus vite que les revenus qu'ils tirent de leurs terres. Quant aux classes populaires, paysans dépendants et salariés des villes, elles connaissent une paupérisation relative du fait de la hausse des prix agricoles et industriels. Enfin, si Portugais et Espagnols sont évidemment les mieux placés pour tirer parti de cet enrichissement, le fait qu'ils tendent de plus en plus à acheter à l'extérieur presque tout ce dont ils ont besoin, a pour conséquence que l'argent américain débarqué à Séville et les profits portugais du commerce d'Asie enrichissent le reste de l'Europe.

L'humanisme et la Renaissance artistique

Naissance et diffusion de l'humanisme. Dès 1539, le mot français *humaniste* s'applique aux érudits, d'abord italiens, qui, du 14ᵉ au début du 16ᵉ siècle, remettent en honneur l'étude directe des lettres anciennes – hébraïques, grecques, latines –, sur lesquelles ils appuient une conception de l'homme et du monde. En dépit de leur certitude de vivre une « renaissance », une époque totalement nouvelle, en rupture avec un passé « ténébreux » et révolu, les humanistes restent tributaires de l'héritage du Moyen Age et, au premier rang, du christianisme. Quelles que soient leur admiration pour la sagesse antique et leur indépendance d'esprit, ils sont presque tous profondément religieux et naturellement chrétiens, ce qui ne va pas sans difficultés, ni contradictions. L'humanisme se caractérise en effet par son optimisme fondamental : l'homme, mesure de tout, est, au centre de l'univers, une créature privilégiée appelée à réaliser les desseins de Dieu, grâce à la raison aidée par la grâce divine. Cette intervention de la grâce, donnée à tous, n'entrave pas la liberté humaine, car l'homme est foncièrement bon, libre et responsable. Liberté, bonheur, beauté, respect de soi-même, telles sont les grandes valeurs d'une morale individuelle qui débouche sur une morale collective basée sur la tolérance et la paix entre les hommes. Une telle morale s'accorde mal avec le dogme du péché originel et semble en contradiction avec certains des fondements du christianisme ; mais, pour les humanistes, il convient de réformer celui-ci et d'en revenir à la pureté des Écritures et du message évangélique.

Le mouvement naît en Italie avec Pétrarque (1304-1374) et s'y épanouit au 15ᵉ siècle, notamment à Florence, capitale de l'humanisme au temps de Laurent de Médicis (1449-1492), qui réunit autour de lui quelques-uns des plus grands esprits du temps, tels Marsile Ficin et Pic de la Mirandole. La découverte de l'imprimerie par le Strasbourgeois Gutenberg, en 1455, procure aux humanistes un incomparable instrument de diffusion : en 1500, 236 villes d'Europe possèdent une ou plusieurs imprimeries. Véhiculées par le latin, langue commune à tous les Européens cultivés, les idées humanistes se répandent, au-delà des villes italiennes, dans tout le continent, de l'Espagne à la Hongrie, de l'Angleterre à la Pologne. Érasme de Rotterdam (1469-1536) est celui qui illustre le mieux par sa vie et son œuvre l'idéal humaniste : philologue, avec ses nombreuses publications de textes anciens, mais aussi moraliste, théologien, conseiller des princes.

Le destin de l'humanisme. Pourtant, à la mort d'Érasme, en 1536, cet idéal est, sur un point essentiel, cruellement démenti par les faits. A la place du retour à l'Évangile qu'il prônait dans la paix et la tolérance, c'est la rupture de l'unité chrétienne et le début des guerres de Religion avec leurs bûchers et leurs massacres. Sur un autre plan, le bilan de l'humanisme apparaît négatif. L'admiration inconditionnelle vouée aux grands savants de l'Antiquité, d'Aristote à Ptolémée et à Galien, a des effets paralysants, en condamnant à l'avance toute hypothèse ou conclusion contraire à telle assertion d'un Ancien. Au surplus, l'idéalisme excessif de certains tend à détourner de l'observation du monde sensible. Aussi le 16ᵉ siècle n'est-il pas marqué par de grandes découvertes scientifiques, quel que soit l'intérêt des intuitions d'un Léonard de Vinci. Seul l'*héliocentrisme de Nicolas Copernic (1473-1543), qui va à l'encontre du *géocentrisme de Ptolémée et des Écritures, représente une avancée décisive : mais il est condamné par les théologiens et récusé par les savants.

Enfin, la montée des langues et des littératures nationales constitue, jusqu'à un certain point, un échec de l'humanisme. Certes, les grands écrivains qui, dans plusieurs pays européens, prennent le parti de s'exprimer en langue « vulgaire » partagent la même admiration pour l'héritage de l'Antiquité et considèrent les auteurs grecs et latins, non seulement comme des maîtres à penser, mais aussi comme des modèles de composition et de style avec lesquels on s'efforce de rivaliser. Mais leur volonté de s'appuyer sur une langue et une culture nationales marque une rupture avec le cosmopolitisme des humanistes, qui étaient liés par un idéal commun, mais aussi par un langage commun, le latin. L'Arioste et Machiavel en Italie (après Dante, Pétrarque et Boccace au 14ᵉ siècle), Rabelais, Ronsard, Montaigne en France, Camoens au Portugal, Cervantès en Espagne, Shakespeare en Angleterre « défendent et illustrent » la langue « vulgaire » de leur pays respectif. Pourtant, si l'humanisme a, en partie, tourné court au 16ᵉ siècle, l'essentiel de ses méthodes et de ses idéaux a pénétré l'enseignement des universités et surtout des collèges : les « humanités » vont constituer jusqu'au 20ᵉ siècle l'apprentissage obligatoire de tout Européen cultivé.

La Renaissance artistique. L'Italie n'est pas seulement le berceau de l'humanisme, elle l'est aussi de la Renaissance artistique qui lui est intimement liée : de même que pour l'humaniste l'exaltation du beau est inséparable de celle du vrai, pour l'artiste de la Renaissance, l'homme est la mesure de tout. Dans un cas comme dans l'autre, le modèle est l'Antiquité redécouverte. La longue période qui va de 1420 environ à 1580 ou 1600 voit une extraordinaire floraison de chefs-d'œuvre appelés à servir de références incontestées pour tous les artistes européens jusqu'au début du 20e siècle. Cet art classique est fondé sur la beauté et sur la symétrie : le soin apporté à la composition, qu'il s'agisse d'un palais, d'une statue ou d'un tableau, l'étagement régulier des « * ordres » empruntés à l'Antiquité, le respect des proportions idéales du corps humain sont autant de moyens techniques pour traduire cette symétrie et cette beauté. Par ailleurs, à côté des sujets religieux, toujours prédominants, sculpture et peinture s'ouvrent aux sujets profanes : le paysage – avec l'utilisation de la perspective – et le portrait occupent une place de plus en plus grande. Trois étapes peuvent être distinguées : la renaissance florentine du Quattrocento (1420-1500), avec l'architecte Brunelleschi, constructeur du dôme de Santa Maria del Fiore, le peintre Masaccio, le sculpteur Donatello, puis, à la fin du siècle, les grands peintres Botticelli et Léonard de Vinci ; la renaissance romaine (1500-1530), avec le début de la reconstruction de la basilique Saint-Pierre de Rome et les œuvres de Raphaël et de Michel-Ange, architecte, peintre et sculpteur ; le maniérisme (1530-1580), caractérisé par l'imitation, non pas servile (chaque artiste introduisant sa « manière »), mais quelque peu académique, des grandes œuvres précédentes.

Dès la fin du 15e siècle, la publication, grâce à l'imprimerie et à la gravure sur cuivre, de grands traités illustrés, le séjour hors d'Italie d'artistes appelés par les souverains, les voyages diplomatiques ou militaires dans la péninsule contribuent à la diffusion dans toute l'Europe des modèles italiens. Toutefois, cette diffusion ne se fait pas sans difficultés, résistances ou adaptations, variables selon les pays, compte tenu des traditions propres à chacun d'eux. Par exemple, aux Pays-Bas, l'influence italienne se heurte à l'existence, au 15e siècle, d'un art national riche et novateur, représenté entre autres par Jean Van Eyck. En France, se forme vers 1550 un style classique proprement français par la synthèse des influences italienne et antique et des traditions nationales. Cette même adaptation aux conditions locales s'observe dans l'Empire, avec Albert Dürer par exemple, et en Espagne, où Philippe II se fait construire l'Escurial, à la fois monastère, église et palais, d'un classicisme sévère typiquement espagnol.

Les réformes religieuses

Le désir de réforme. Depuis le milieu du 14e siècle, une série de cataclysmes et d'épreuves a ébranlé la Chrétienté. La Grande Peste de 1348 et ses nombreuses épidémies subséquentes, la guerre de Cent Ans et son cortège de misères, les malheurs qui ont frappé la tête même de l'Église, avec le Grand Schisme et les conflits entre papes et conciles, sont apparus à beaucoup comme des punitions de Dieu et l'annonce de malheurs plus grands encore. Plus que dans n'importe quelle autre période de l'histoire, se crée un climat de peur collective : peur de la peste contre laquelle on se sent totalement démuni ; peur de Satan et des sorciers, ses suppôts ; surtout peur de la mort, du jugement et de l'enfer. Partout se font jour une profonde inquiétude religieuse et un grand désir de réformer l'Église. Pour mettre fin au schisme et promouvoir les réformes souhaitées, plusieurs conciles se sont réunis au 15e siècle. Ils ont rétabli l'unité sous l'autorité d'un pape unique. En revanche, ni les conciles, ni le pape n'ont réussi à opérer la réforme de l'Église.

Or, au début du 16e siècle, celle-ci apparaît de plus en plus nécessaire. On reproche au pape son luxe et les impôts très lourds qu'il fait peser sur toute la Chrétienté, aux évêques leur absentéisme trop fréquent, aux membres du bas clergé l'ignorance de la majorité d'entre eux. Surtout, ce que réclament les meilleurs des chrétiens, tels Érasme ou Martin Luther, c'est un clergé dont les membres ne soient pas seulement des dispensateurs des *sacrements, mais des hommes capables d'enseigner la Parole de Dieu et de répondre ainsi aux inquiétudes et aux préoccupations du temps.

Les réformes protestantes. Martin Luther (1483-1546), moine du couvent allemand de Wittenberg, en Saxe, acquiert la conviction, à la lecture de certains écrits de saint Paul et de saint Augustin, que les œuvres humaines (et à plus forte raison les *indulgences) ne jouent aucun rôle dans le salut individuel : seule la foi en Dieu peut rendre l'homme juste et le sauver. Il répond ainsi à l'attente de beaucoup de ses contemporains. De même, il estime que tous les chrétiens sont égaux par le baptême et sont donc tous prêtres (c'est le sacerdoce universel). Il récuse ainsi la supériorité spirituelle du pape, des évêques et du clergé en général. Enfin, tout en reconnaissant une certaine valeur à la *Tradition, il affirme que la *Révélation est contenue tout entière dans la Bible. En conséquence de ces trois principes, qui lui valent d'être excommunié par le pape en 1520, Luther rejette le rôle du clergé : les pasteurs, qui ne sont pas astreints au célibat, sont de simples fidèles dont la fonction est d'enseigner la Parole de Dieu. Il nie le rôle d'intercesseurs reconnu à la Vierge et aux saints. Enfin, il ne conserve que deux sacrements, simples rites extérieurs sans effet par eux-mêmes : le baptême et la *cène (il admet la présence réelle, mais avec consubstantiation, non *transsubstantiation). Ses idées sont formulées de façon systématique en 1530 par l'un de ses disciples, Melanchthon, dans la *Confession d'Augsbourg,* credo des luthériens. Le luthéranisme se répand en Allemagne grâce à l'appui d'un certain nombre de princes, dont le premier geste est de supprimer le clergé et de séculariser ses biens, et à qui Luther reconnaît des droits très étendus qui en font en quelque sorte les chefs spirituels de leur État. Hors d'Allemagne, la réforme luthérienne gagne les pays scandinaves.

Vers 1520, d'autres réformateurs développent, à partir de la justification par la foi, des idées plus ou moins inspirées de celles de Luther. C'est le cas de Bucer, qui introduit la réforme à Strasbourg en 1523, et surtout de Zwingli, qui l'introduit à Zurich. Prêtre et humaniste, Zwingli se démarque de Luther à propos des sacrements (il nie la présence réelle). Quant à l'anabaptisme, qui se développe à partir de 1523, c'est moins une tentative de réforme du christianisme qu'une aspiration religieuse se rattachant à certains courants *millénaristes médiévaux.

En 1536, le Français Jean Calvin (1509-1564) publie en latin (puis en français en 1541) l'*Institution de la religion chrétienne* où il expose l'essentiel de la doctrine qu'il a peu à peu élaborée sous l'influence des idées de Luther. Comme celui-ci, il fonde la religion chrétienne sur la justification par la foi, le sacerdoce universel et l'autorité de la seule Bible, mais en infléchissant quelque peu ces trois principes. Pour lui, la justification par la foi postule la prédestination, c'est-à-dire « le conseil éternel de Dieu par lequel il a déterminé ce qu'il voulait faire d'un chacun homme ». Par ailleurs, la Bible étant le seul dépôt de la Révélation, chaque fidèle doit pouvoir y accéder par une lecture directe et quotidienne. Enfin, Calvin organise fortement chaque Église locale : s'il n'y a pas de sacerdoce particulier, il y a des ministères, c'est-à-dire des fonctions diverses dévolues à divers ministres. Dans la cène, la présence réelle ne doit s'entendre que dans un sens purement spirituel. De Genève, où Calvin s'est installé en 1541, le calvinisme se répand en Allemagne, en Europe centrale, en Écosse, en Angleterre et en France. En Angleterre, l'anglicanisme, établi par Élisabeth Ire (1559-1563), est un compromis entre calvinisme et catholicisme. En France, la diffusion des idées calvinistes se heurte à une violente répression.

La réforme catholique. En dépit des aspirations des fidèles et de quelques réussites isolées, l'Église romaine s'est révélée incapable de promouvoir et d'opérer elle-même la profonde réforme religieuse tant souhaitée : celle-ci s'est faite en dehors d'elle et contre elle. Pourtant Rome se décide enfin à réagir à partir de 1540 environ. De ce fait, l'œuvre entreprise est à la fois contre-réforme et réforme catholique : contre-réforme, c'est-à-dire réaction de défense (non seulement doctrinale, mais souvent violente) face aux positions adoptées par ceux que l'on appelle depuis 1530 les *protestants* ; réforme catholique, c'est-à-dire réponse originale apportée à l'attente des fidèles et comparable en cela aux diverses réformes protestantes.

En dehors de la création de la Compagnie de Jésus par Ignace de Loyola, l'œuvre essentielle est accomplie par le concile de Trente, réuni en 1545 à l'initiative du pape Paul III. Le concile, qui tient sa dernière session en 1563, après plusieurs interruptions et reprises, définit beaucoup plus clairement qu'auparavant les points du dogme mis en cause par les protestants, en condamnant ceux-ci sans équivoque. Il réaffirme le rôle des œuvres dans le salut, la place de la Tradition, à côté de la Bible, comme élément de la Révélation, le caractère sacré des membres du clergé, l'existence de sept sacrements, la valeur du culte des saints, notamment celui de la Vierge. En matière de discipline, il condamne les abus comme la non-résidence des évêques ou le cumul de plusieurs évêchés, maintient le célibat ecclésiastique et le latin comme langue liturgique, et surtout recommande la fondation d'un séminaire dans chaque diocèse pour la formation morale, intellectuelle et religieuse des futurs clercs afin de les rendre plus aptes à transmettre la foi par le catéchisme et la prédication.

La condamnation sans appel du protestantisme prononcée par le concile et l'autorité accrue que retire la papauté du succès de celui-ci achèvent de consacrer la division de la Chrétienté occidentale. Vers 1600, à une Europe restée catholique s'oppose – outre une Europe orthodoxe à l'Est – une Europe protestante sous la forme soit luthérienne, soit calviniste, soit anglicane. Cette division se maintient aux siècles suivants, en dépit des tentatives de réunion, et va marquer profondément la sensibilité collective des peuples européens selon qu'ils sont passés au protestantisme ou sont restés fidèles à Rome.

DOCUMENT 1

La vision humaniste : l'homme au centre du monde

« L'Architecte Suprême a choisi l'homme, créature d'une nature imprécise, et, le plaçant au centre du monde, s'adressa à lui en ces termes :

« " Nous ne t'avons donné ni place précise, ni forme qui te soit propre, ni fonction particulière, Adam, afin que, selon tes envies et ton discernement, tu puisses prendre et posséder la place, la forme et les fonctions que tu désireras. La nature de toutes les autres choses est limitée et contenue à l'intérieur des lois que nous leur avons prescrites. Toi, que nulle limite ne contraint, conformément à la libre volonté que nous avons placée dans tes mains, décideras des propres limites de ta nature. Nous t'avons placé au centre du monde pour que, de là, tu puisses plus facilement en observer les choses. Nous ne t'avons créé ni de ciel, ni de terre ; ni immortel, ni mortel, pour que, par ton libre arbitre, comme si tu étais le créateur de ton propre moule, tu puisses choisir de te façonner dans la forme que tu préféreras. Par ta puissance, tu pourras dégénérer, prendre les formes les plus basses de la vie, qui sont animales. Par ta puissance, tu pourras, grâce au discernement de ton âme, renaître dans les formes les plus hautes, qui sont divines. " »

Pic de la Mirandole, d'après *Les Mémoires de l'Europe*,
Paris, Laffont, 1971, t. II, p. 161.

*Giovanni Pico Della Mirandola, dit en français Pic de la Mirandole (1463-1494), se révèle très tôt d'une intelligence exceptionnelle. En 1484, il se fixe à Florence auprès de Laurent de Médicis et fréquente l'Académie platonicienne créée par Marsile Ficin. Il acquiert une très vaste culture et apprend, outre le latin et le grec, l'hébreu et l'arabe. Il termine en 1489 son œuvre principale, l'*Heptaplus *(« Livre septuple, exposé des sept aspects de la création »), d'où est extraite cette page enthousiaste sur la dignité de l'homme, véritable profession de foi humaniste en faveur de la liberté donnée à l'homme par Dieu. Pic de la Mirandole meurt à trente et un ans, sans doute empoisonné par son secrétaire.*

DOCUMENT 2

Un sermon de Luther en 1512

« Quelqu'un me dira : quels crimes, quels scandales, ces fornications, ces ivrogneries, cette passion effrénée du jeu, tous ces vices du clergé ! De grands scandales, je le confesse ; il les faut dénoncer, il y faut remédier. Mais les vices dont vous parlez sont visibles à tous ; ils sont grossièrement matériels ; ils tombent sous les sens de chacun ; ils émeuvent donc les esprits. Hélas ! ce mal, cette peste incomparablement plus malfaisante et plus cruelle, le silence organisé sur la Parole de Vérité ou son adultération, ce mal qui n'est pas grossièrement matériel, lui, on ne l'aperçoit même pas, on ne s'en émeut point, on n'en sent point l'effroi. Combien en trouverez-vous aujourd'hui, de prêtres, pour considérer qu'il y a moins de péché dans une faute contre la chasteté, l'oubli d'une oraison, une erreur commise en récitant le Canon, que dans la négligence à prêcher et à interpréter correctement la Parole de Vérité ? Et cependant, le seul péché possible d'un prêtre en tant que prêtre, c'est contre la Parole de Vérité.

Faites-le chaste, faites-le bon, faites-le docte ; qu'il accroisse les revenus de sa cure, qu'il édifie de pieuses maisons, qu'il décuple la fortune de l'Église ; si vous y tenez même, qu'il accomplisse des miracles, ressuscite des morts, expulse des démons : qu'importe ? Seul vraiment prêtre, seul vraiment pasteur il sera celui-là qui, prêchant au peuple le Verbe de Vérité, se fera l'ange annonciateur du Dieu des armées et le héraut de la Divinité ! »

Cité dans Lucien Febvre, *Un destin, Martin Luther*, Paris, rééd. 1952, p. 51.

Martin Luther, né à Eisleben en 1483, est entré au couvent des augustins d'Erfurt en 1505. Il est envoyé en 1510 à Rome et en 1511 au couvent de Wittenberg, dont il devient sous-prieur en mai 1512 ; quelques mois plus tard, le 19 octobre, il est docteur en théologie. C'est en cette même année 1512 qu'il rédige le sermon dont est tiré cet extrait. Ce passage est très caractéristique de l'état des réflexions de Luther sur les maux dont souffre le clergé de son temps : le plus grave, à ses yeux, ne réside pas dans « tous les vices du clergé », mais dans l'incapacité de la plupart de ses membres de prêcher correctement « la Parole de Vérité ». C'est le constat de tous les grands réformateurs et que reprendra à son compte le concile de Trente en recommandant aux évêques de créer des séminaires pour la formation de leur clergé.

14. Les guerres de Religion et les tentatives d'hégémonie des Habsbourg (1519-1660)

En 1519, l'élection à la dignité impériale de Charles de Habsbourg, déjà roi d'Espagne, fait de ce dernier, devenu Charles Quint, le souverain le plus puissant de l'Europe. Mais cette puissance, comme celle de ses successeurs, se heurte à trois obstacles majeurs : les difficultés qu'entraînent dans l'Empire et aux Pays-Bas les progrès de la réforme protestante, l'opposition résolue des rois de France aux prétentions hégémoniques des Habsbourg, l'avance ottomane en Europe orientale. En même temps, un peu partout en Europe, les dissensions religieuses provoquent de redoutables guerres civiles. Enfin, en 1648, à l'issue de la guerre de Trente Ans, grand conflit européen, à la fois religieux et politique, la France met un terme aux ambitions habsbourgeoises.

La puissance de Charles Quint : rêve et réalités

De l'élection de 1519 à l'abdication de 1555. Un an avant l'excommunication de Luther par le pape, trois compétiteurs briguent la couronne impériale au lendemain de la mort de l'empereur Maximilien en janvier 1519 : le roi d'Espagne, le roi de France et l'électeur de Saxe. Charles de Habsbourg, né à Gand en 1500 et élevé en Flandre, est un prince bourguignon, français de langue. Maître des Pays-Bas et de la Franche-Comté dès 1506 à la mort de son père Philippe le Beau, il est devenu en 1516, à la mort de son grand-père maternel et du fait de l'incapacité de sa mère Jeanne la Folle, roi d'Aragon, de Castille, de Sicile, de Naples et maître des colonies espagnoles d'Amérique dont la conquête ne fait que commencer. Enfin, la mort de son grand-père paternel Maximilien lui assure les possessions héréditaires des Habsbourg, Autriche, duchés alpins, landgraviat d'Alsace. Ainsi le roi d'Espagne (le terme devient désormais courant) n'est-il en rien un prince allemand ; du moins, le fait d'être chef de la Maison d'Autriche lui assure-t-il un certain avantage, puisque depuis 1438 les sept électeurs ont toujours choisi l'empereur dans cette Maison.

En face de lui, François Iᵉʳ, né en 1495, est le souverain du plus puissant royaume d'Europe. Il a remporté en 1515 la brillante victoire de Marignan qui, après les vingt années de guerre menée en Italie par ses prédécesseurs, assure la présence française à Milan et en Italie du Nord, cependant que les Espagnols tiennent Naples et le Sud de la péninsule. Sa candidature s'explique à la fois par le souci de s'assurer le prestige de la couronne impériale et par la crainte de voir la puissance du roi d'Espagne renforcée par ce même prestige. Quant à l'électeur de Saxe, il est le seul candidat allemand, mais ses chances sont faibles devant les moyens mis en œuvre par Charles et François pour acheter les voix des sept électeurs. Finalement, ceux-ci, gagnés par l'or du banquier Fugger au service du roi d'Espagne, élisent ce dernier empereur le 27 juin 1519, sous le nom de Charles V ou Charles Quint.

La puissance du nouvel empereur, sur les possessions duquel « le soleil ne se couche pas », semble considérable, justifiant une ambition qu'exprime bien la devise « Plus oultre ». Charles Quint entend d'abord récupérer les morceaux de l'héritage bourguignon annexés par Louis XI à la mort du Téméraire (Bourgogne, Picardie) et chasser les Français d'Italie. Mais mieux encore, il rêve, au moins jusque vers 1530, de réaliser la « monarchie universelle et chrétienne », chère à Érasme, l'*imperium mundi* qu'implique son titre impérial, et d'exercer ainsi, à côté du pouvoir spirituel du pape, le pouvoir temporel pour le plus grand bien de la Chrétienté. Mais ce rêve médiéval des deux pouvoirs est devenu anachronique dans l'Europe du début du 16ᵉ siècle et il ne tarde pas à s'en rendre compte.

Finalement, usé par la goutte, épuisé par des voyages incessants, profondément déçu par ses échecs, conscient de l'impossibilité de gouverner seul des possessions aussi dispersées et aussi hétérogènes, Charles Quint décide en 1555 non seulement de renoncer au pouvoir, mais de partager son « empire ». En septembre 1555-janvier 1556, il abandonne la souveraineté des pays bourguignons (Pays-Bas, Franche-Comté) et les couronnes espagnoles au profit de son fils Philippe, qui devient Philippe II, roi d'Espagne. En septembre 1556, il renonce à la dignité impériale en faveur de son frère Ferdinand, déjà souverain des domaines autrichiens et roi de Bohême et de Hongrie. Il est vrai que pendant son long règne les difficultés ne lui avaient pas manqué.

Les affaires d'Europe centrale. A partir de 1520, l'Allemagne est secouée par une redoutable crise provoquée par l'écho qu'y rencontrent les idées de Luther. La révolte des chevaliers rhénans (1522-1523), la terrible guerre des Paysans (1525), la formation de la ligue de Smalkalde regroupant les princes passés au luthéranisme (1531), la guerre que mènent contre ceux-ci l'empereur et les princes catholiques (1531-1547) sont les principaux épisodes de cette crise qui, de religieuse, est devenue sociale et politique. La victoire de Charles Quint à Mühlberg en 1547 ne peut suffire à rétablir l'unité religieuse et politique de l'Empire, et l'empereur doit accepter la paix d'Augsbourg (1555) qui reconnaît les deux confessions et le surcroît de puissance que les princes luthériens retirent des sécularisations. De même, le sac de Rome en mai 1527 par des mercenaires luthériens au service de Charles Quint compromet irrémédiablement, en dépit d'une réconciliation ultérieure, l'idée des deux pouvoirs susceptibles d'imposer leur arbitrage à l'Europe, chacun dans sa sphère.

L'offensive turque. Or, dans ces mêmes années 1520, l'offensive turque reprend dans les Balkans à l'initiative du sultan Soliman, dit le Magnifique par les Occidentaux et le Législateur par les Turcs, dont le long règne (1520-1566) marque l'apogée de l'Empire ottoman, tant au point de vue de son extension territoriale que de sa puissance et de sa prospérité.

Soliman s'empare de Belgrade en 1521, de Rhodes en 1522, puis, après la brillante victoire de Mohacs en 1526, de la plus grande partie de la Hongrie avec sa capitale Buda ; au roi de Hongrie tué dans la bataille, succède son beau-frère Ferdinand de Habsbourg, frère cadet de Charles Quint, qui ne règne plus que sur une étroite portion de terre hongroise, dite Hongrie royale. En 1529, Soliman met le siège devant Vienne, cependant que des cavaliers turcs font des raids jusqu'en Bavière, créant la panique dans toute la Chrétienté ; mais, trop loin de ses bases, il doit lever le siège de la capitale autrichienne. Sous le règne de Soliman, l'Empire ottoman, et notamment la péninsule balkanique, connaît la paix intérieure et une relative prospérité, les conquêtes assurant au sultan de substantiels revenus. Istanbul est, avec 400 000 habitants, la ville la plus peuplée de toute l'Europe ; capitale de l'islam sunnite, c'est une grande ville cosmopolite, point d'arrivée des caravanes asiatiques, porte des Balkans, grand port fréquenté par les navires de l'Europe chrétienne.

La lutte de la France et de la Maison d'Autriche. Pendant quarante ans, de 1519 à 1559, une longue lutte coupée de trêves oppose les deux plus grandes puissances européennes. La rivalité personnelle de François Iᵉʳ et de Charles Quint, mais plus encore leurs ambitions rivales (Bourgogne, Italie) et la menace d'encerclement que la Maison d'Autriche fait peser sur la France expliquent cette opiniâtreté. Les autres puissances suivent le conflit avec intérêt et inquiétude, s'alliant tantôt avec l'un, tantôt avec l'autre des deux adversaires. C'est le cas notamment du roi d'Angleterre Henri VIII et, en Italie, de Venise et de la papauté. Le sultan Soliman conclut même avec François Iᵉʳ, en 1536, une alliance de fait contre Charles Quint, sous couvert d'accords commerciaux dits à tort « capitulations », au grand scandale de la Chrétienté. La guerre se déroule en Italie, en Provence, en Roussillon, en Picardie, Champagne ou Lorraine. Deux épisodes sont particulièrement dramatiques. Vaincu et fait prisonnier à Pavie en 1525, François Iᵉʳ est retenu à Madrid durant près d'un an par son adversaire, qui exige de lui, pour recouvrer la liberté, la cession de la

Bourgogne et du Milanais ; rentré en France, le roi refuse d'exécuter un traité signé sous la contrainte. En 1553, c'est au tour de Charles Quint d'essuyer un grave échec devant Metz.

Enfin, épuisés financièrement, Henri II, successeur de François Ier, et Philippe II, successeur de Charles Quint, signent en 1559 le traité du Cateau-Cambrésis : la France est, de fait, évincée d'Italie dominée désormais par l'Espagne maîtresse de Milan et de Naples, mais conserve en revanche les Trois Évêchés lorrains de Metz, Toul et Verdun, occupés en 1552, et garde Calais, pris aux Anglais en 1558.

L'Europe déchirée au temps de Philippe II

Philippe II d'Espagne, champion du catholicisme. Bien que Charles Quint n'ait laissé à son fils, en 1556, ni les domaines autrichiens ni la couronne impériale, Philippe II n'en est pas moins le plus puissant souverain de son temps. En dehors de l'Espagne, il possède les Pays-Bas et la Franche-Comté, ce qui lui permet de continuer à menacer virtuellement la France. Il domine la péninsule italienne puisqu'il y possède au nord le Milanais, au sud les royaumes de Naples et de Sicile. Hors d'Europe, les trois quarts de l'Amérique sont espagnols (le Brésil étant portugais), de même que l'archipel des Philippines. En outre, en 1580, Philippe II devient roi de Portugal ; il ne s'agit que d'une union personnelle des deux couronnes, et le roi a promis de respecter les libertés portugaises ; du moins se trouve ainsi réalisée l'union non seulement de la péninsule Ibérique, mais encore des deux plus grands empires coloniaux alors existants.

Souverain quasi absolu, Philippe se donne pour buts le renforcement de l'unité politique et religieuse de l'Espagne et la défense des intérêts espagnols dans toute l'Europe, de la mer du Nord à la Méditerranée, bientôt confondue avec la défense même du catholicisme menacé à la fois par les protestants et par les Turcs. Ainsi s'expliquent, non sans une constante ambiguïté née de cette confusion même, ses relations conflictuelles avec l'Angleterre protestante, aboutissant à l'échec de l'Armada envoyée contre les Iles Britanniques en 1588, ses interventions en France lors des derniers épisodes des guerres de Religion, sa participation à la lutte contre les Turcs, notamment lors de la victoire chrétienne de Lépante en 1571. Il est vrai que le roi dispose de moyens à la hauteur de ses ambitions. Non seulement les Pays-Bas et le Milanais sont les régions les plus riches et les plus actives de toute l'Europe (sans parler de l'éclat de leur civilisation), mais le Nouveau Monde est devenu pour le roi d'Espagne un véritable pactole. L'argent du Potosi arrive à Séville par tonnes depuis 1545, et le roi, qui prélève le « quint » sur ces arrivages, peut ainsi faire partiellement face aux énormes dépenses qu'entraînent une diplomatie très active et surtout l'entretien de la meilleure armée et de la meilleure flotte d'Europe.

Ce long règne (1555-1598) s'inscrit tout entier dans ce que l'on a appelé le « siècle d'Or » espagnol, qui va de 1530 environ aux années 1640. L'expression vise non seulement l'éclat de la civilisation (Thérèse d'Avila, Jean de la Croix, Cervantès, le Greco), mais aussi la prospérité économique (au moins jusque vers 1590). Cette prospérité est surtout le fait de la Castille, qui produit céréales et laine soit transformée sur place, soit exportée vers la Flandre ou l'Italie, cependant que le grand commerce maritime avec l'Europe et avec l'Amérique enrichit Cadix et Séville. Mais, contrairement à l'époque de Charles Quint où l'Espagne était ouverte aux courants venus de toute l'Europe, la société espagnole tend à se figer et à se replier sur elle-même. La notion de « *pureté de sang », au profit des « vieux chrétiens », se généralise. L'État et l'Église contrôlent étroitement l'opinion. L'extirpation de toutes les dissidences religieuses est poursuivie impitoyablement, notamment par le tribunal de l'Inquisition : chrétiens suspects de luthéranisme ; *conversos,* ou juifs officiellement convertis ; morisques de l'ancien royaume de Grenade, musulmans convertis, mais se refusant à toute assimilation et qui, à la suite d'une révolte écrasée dans le sang en 1568-1571, sont dispersés dans toute l'Espagne. En revanche, aux Pays-Bas, Philippe II essuie son plus cuisant échec. Les dix-sept provinces de l'héritage bourguignon, de l'Artois à la Frise, habituées à une large autonomie et où les protestants sont nombreux, supportent de plus en plus mal la tutelle que veut leur imposer le roi d'Espagne. La révolte éclate en 1566 et ensanglante tout le pays. Vingt ans plus tard, la reconquête des provinces du Sud, restées catholiques, est assurée, mais les provinces du Nord, Hollande en tête, majoritairement calvinistes et animées par Guillaume d'Orange, se proclament républiques des Provinces-Unies en 1581 et poursuivent la lutte pour la reconnaissance de leur indépendance.

L'établissement de l'anglicanisme en Angleterre. En 1534, le roi d'Angleterre Henri VIII (1509-1547) a rompu avec la papauté, qui a refusé de reconnaître son divorce, et s'est proclamé chef suprême de l'Église d'Angleterre. Sous son jeune fils Édouard VI (1547-1553), le royaume penche vers le calvinisme. En revanche, la demi-sœur de celui-ci, Marie, fervente catholique, réconcilie l'Angleterre avec Rome en 1554 et épouse Philippe, futur roi d'Espagne, l'année suivante ; mais elle meurt en 1558, laissant le trône d'Angleterre à sa demi-sœur Élisabeth . Le long règne de celle-ci (1558-1603) est marqué par l'établissement de l'anglicanisme et le développement économique du royaume.

Soucieuse d'unité et de concorde, Élisabeth se montre d'abord prudente, cherchant une solution de compromis entre catholicisme et calvinisme. Le Parlement vote en 1559 l'Acte de suprématie qui soumet l'Église à l'autorité de la reine et, en 1563, les Trente-Neuf Articles. Aux termes de ce texte, la liturgie et la hiérarchie restent proches du catholicisme (tout en abandonnant l'usage du latin, le culte des images et le célibat des prêtres), mais le dogme est nettement calviniste : justification par la foi, autorité de la seule Bible, rejet des sacrements sauf deux, baptême et cène. Excommuniée et déposée par le pape en 1570, la reine se décide à ratifier la déclaration des Trente-Neuf Articles et à déclencher des persécutions contre les opposants, calvinistes dits *puritains et surtout catholiques. A partir de 1570, les « papistes » font figure de traîtres en puissance. La politique antianglaise de Philippe II et les complots autour de Marie Stuart contribuent à entretenir dans l'opinion l'obsession d'une conspiration « romaine ». La reine d'Écosse Marie Stuart, catholique, est chassée de son royaume par ses sujets passés au protestantisme et se réfugie en 1568 auprès de sa cousine Élisabeth ; finalement celle-ci la fait emprisonner, puis condamner à mort et exécuter pour haute trahison en 1587. De leur côté, les Irlandais s'opposent farouchement à l'introduction de l'anglicanisme dans l'île ; plusieurs révoltes sont écrasées, notamment en 1603. L'Irlande semble alors soumise, mais le vieil antagonisme anglo-irlandais, doublé maintenant d'un antagonisme religieux, est plus irréductible que jamais.

La seconde moitié du siècle est marquée par un très grand développement économique. La population de l'Angleterre (Pays de Galles exclu) passe de 3 millions d'habitants en 1551 à plus de 4 en 1601. Sans progrès techniques notables, l'agriculture réussit à faire face à la demande accrue née de cette croissance. En même temps, les industries, dispersées dans les campagnes, sont en pleine expansion et, au-delà des besoins locaux, travaillent pour l'exportation : houillères, forges au bois, industries drapières et toilières. Londres voit sa population passer de 90 000 habitants en 1563 à plus de 150 000 à la fin du règne. Ce n'est pas seulement une capitale politique, intellectuelle et culturelle, c'est aussi, et de plus en plus, une très grande place commerciale, avec ses compagnies de commerce (notamment la compagnie des Indes orientales, créée en 1600), sa bourse fondée en 1566 et appelée Royal Exchange en 1570, ses chantiers de constructions navales, son port dont le trafic rivalise avec celui d'Anvers. A partir de 1568, les marins anglais s'attaquent ouvertement au monopole espagnol en Amérique ; en 1577-1580, Francis Drake entreprend une grande expédition qui le mène, par le détroit de Magellan, sur les côtes du Chili et du Pérou, où il pille Callao ; puis il traverse l'océan Pacifique et rentre en Angleterre par le cap de Bonne-Espérance, réalisant ainsi le second tour du monde.

Les guerres de Religion en France. Dans la seconde moitié du 16e siècle, la France traverse une très longue crise nationale connue sous le nom de « guerres de Religion ». Plusieurs facteurs contribuent à la gravité et à la complexité de cette crise :

la violence des passions religieuses, la faiblesse de l'autorité royale, l'intervention de l'étranger, les difficultés économiques. Les progrès du calvinisme en France jusqu'en 1559, date du premier synode national à Paris, et notamment la conversion de nombreux gentilshommes constituent une menace directe pour la paix et l'unité du royaume. En effet, les calvinistes, bien que très minoritaires, ne cachent pas plus que leurs adversaires leur volonté d'imposer leur croyance à l'ensemble des Français. Seules quelques rares voix isolées s'élèveront pour prêcher la tolérance. Cette violence des passions religieuses antagonistes entraîne un déchaînement de fanatisme et de cruauté et explique la durée et l'acharnement du conflit.

Un pouvoir royal fort aurait pu éventuellement jouer le rôle d'arbitre. Or à Henri II, mort accidentellement en juillet 1559, succède son fils aîné François II qui n'a que seize ans et qui, malade, meurt après dix-huit mois de règne. Son frère Charles IX (1560-1574) n'ayant que onze ans, le pouvoir est d'abord exercé par sa mère, la régente Catherine de Médicis, qui échoue dans sa politique de rapprochement des deux confessions (colloque de Poissy, 1561). Le déchaînement de la guerre civile et l'incapacité de Charles IX, puis de son frère Henri III (1574-1589), à y mettre fin démontrent la faiblesse de l'autorité royale face aux chefs des partis en présence, François de Guise, puis son fils Henri, dit le Balafré, pour le parti catholique, Coligny, puis Henri de Bourbon, roi de Navarre, pour le parti protestant ou huguenot. La religion sert bientôt de paravent à l'ambition politique. De même, les événements favorisent le réveil des autonomies provinciales ou locales, tenues en bride au temps de François Ier et d'Henri II. Les gouverneurs de certaines provinces, souvent soutenus par les états provinciaux, se conduisent en chefs quasi indépendants. La situation s'aggrave encore du fait des interventions étrangères : les huguenots font appel à différentes reprises à l'Angleterre et aux princes protestants allemands ; de son côté, Philippe II appuie directement la Ligue catholique. Enfin, les difficultés économiques, en partie nées de la guerre, viennent s'ajouter à la crise politique.

Jusqu'en 1572, la lutte reste indécise. L'élimination des principaux chefs protestants à Paris lors du massacre de la Saint-Barthélemy, le 24 août 1572, ne résout rien : les huguenots, exaspérés, durcissent leurs positions face aux catholiques, dont les plus ultras se constituent en Sainte Ligue. En 1584, la mort de François d'Alençon, dernier fils d'Henri II, remet en question le fragile équilibre de fait ainsi établi. En effet, Henri III n'ayant pas d'enfant, son héritier est désormais Henri de Bourbon-Navarre, descendant du dernier fils de Saint Louis. La perspective de voir monter un huguenot sur le trône de France répugne à la très grande majorité des Français et amène la Ligue, dominée par les Guise, à poursuivre contre les protestants une guerre à outrance. Henri III, jugé trop mou par les ligueurs, est assassiné en 1589, non sans avoir reconnu Henri de Navarre comme son successeur. Celui-ci, devenu Henri IV, ne réussit à s'imposer à la majorité de ses sujets qu'en abjurant le protestantisme en 1593. Désireux de rétablir la paix civile, il accorde en 1598 à ses anciens coreligionnaires l'édit de Nantes, qui leur assure liberté de conscience, liberté de culte (sous certaines réserves) et accession à tous les emplois. Ainsi se trouve créée, par la volonté royale, une situation profondément originale dans l'Europe d'alors et très mal acceptée par la majeure partie de l'opinion française, puisque la France devient un État où théoriquement et légalement cohabitent sur un pied d'égalité sujets catholiques et sujets réformés.

La reprise de la guerre entre la France et la Maison d'Autriche

Les origines et les débuts de la guerre de Trente Ans. L'affrontement, dans l'Empire, entre catholiques et protestants constitue vers 1600 une redoutable menace pour la paix européenne. Certes, le compromis d'Augsbourg a mis fin en 1555 à l'affrontement armé entre princes catholiques et princes luthériens en accordant aux uns et aux autres la liberté de choisir leur religion et de l'imposer à leurs sujets. Mais l'évolution de la situation depuis cette date a fait apparaître les insuffisances de ce compromis, d'autant plus que, depuis l'abdication de Charles Quint (1556) et la mort de Ferdinand Ier (1564), leurs médiocres successeurs ont laissé s'affaiblir l'autorité impériale. Or l'interdiction de toute sécularisation après 1552 n'a pas été respectée et, surtout, la rapide extension du calvinisme en Allemagne dans le dernier quart du 16e siècle pose un grave problème dans la mesure où les princes calvinistes, ou * réformés, réclament l'application à leur profit des clauses de la paix d'Augsbourg. La paix est d'autant plus menacée que des ligues armées se forment dans l'Empire en 1608-1609 : Union évangélique protestante, Sainte Ligue catholique.

Cette situation explosive le devient plus encore du fait de la personnalité du nouvel empereur, Ferdinand II, élu en 1619. En effet, celui-ci, catholique intransigeant, ne cache pas ses ambitions qui visent, à plus ou moins court terme, l'élimination du protestantisme et la transformation de ses possessions héréditaires, de ses couronnes électives (Bohême, Hongrie), et de l'Empire germanique en un seul et vaste État centralisé, allemand et catholique. Outre les Tchèques et les Hongrois, tous les princes de l'Empire se sentent donc menacés, et les princes protestants doublement. Enfin, ce projet, qu'appuie le roi d'Espagne Philippe III, ne peut qu'inquiéter la France, attentive au danger mortel que représenterait un tel surcroît de puissance des Habsbourg, les deux branches de la Maison d'Autriche étant restées très unies en dépit du partage de 1555.

Élu roi de Bohême dès 1617, Ferdinand s'est immédiatement heurté à ses sujets tchèques. Un incident – la défenestration, le 23 mai 1618, à Prague, de trois lieutenants du roi par un groupe de nobles protestants – met le feu aux poudres. Les Tchèques révoltés prononcent la déchéance de Ferdinand et élisent roi l'électeur palatin, prince calviniste et chef de l'Union évangélique. Ainsi, la révolte tchèque, simple incident local, devient une affaire intéressant tout l'Empire et, au-delà, la plupart des États voisins : la guerre de Trente Ans est commencée. Vainqueur des Tchèques à la bataille de la Montagne Blanche, en 1620, Ferdinand II se livre en Bohême à une violente réaction politique et religieuse, notamment de germanisation partielle et d'élimination du protestantisme ; en même temps, il tire vengeance de l'électeur palatin en lui confisquant ses biens et en le privant de sa dignité électorale au profit du duc de Bavière, catholique et chef de la Sainte Ligue. Les princes protestants, de plus en plus inquiets, cherchent des appuis à l'extérieur de l'Empire, auprès du roi de Danemark d'abord (mais l'intervention de celui-ci est un échec), auprès du roi de Suède ensuite. Gustave Adolphe, soucieux à la fois d'étendre la puissance suédoise en Europe du Nord (il veut « faire de la Baltique un lac suédois ») et de défendre le luthéranisme, se laisse convaincre par les princes protestants et par la France, et décide d'intervenir. Au cours d'une brillante campagne en Allemagne du Nord, il bat les troupes impériales et parvient jusqu'en Rhénanie, mais il est tué à Leipzig le 6 novembre 1632, au soir d'une nouvelle victoire. Ferdinand II, débarrassé provisoirement du danger suédois, propose aux princes allemands une paix de compromis en 1634. Mais, en France, le moment est venu pour Richelieu de s'engager ouvertement contre les Habsbourg.

Richelieu et Mazarin contre les Habsbourg. L'œuvre de rétablissement de l'autorité monarchique et de relèvement économique entreprise par Henri IV dans la dernière partie de son règne est brutalement interrompue, en 1610, par l'assassinat du roi. Sous la régence de sa mère Marie de Médicis, puis seul, le jeune Louis XIII essaie de faire face aux intrigues des grands et aux soulèvements des protestants, jusqu'à ce qu'en 1624 il décide de faire appel à l'évêque de Luçon, Richelieu, qu'il nomme chef du Conseil. Celui-ci se donne pour buts, comme il l'écrira plus tard au roi, de « ruiner le parti huguenot, rabaisser l'orgueil des grands, réduire tous ses sujets en leur devoir et relever son nom dans les nations étrangères au point où il devait être ». En fait, il ne s'agit pas d'un plan préétabli exécuté point à point : Richelieu, dont le pouvoir dépend totalement de la confiance que lui accorde le roi, sait se plier aux circonstances. Mais au total, il mène à bien le programme qu'il s'était fixé : il déjoue les diverses conspirations nobiliaires destinées à l'abattre ; il vient à bout des protestants dont il ruine la puissance politique et économique en s'emparant de

La Rochelle, mais à qui il maintient les avantages religieux et civils de l'édit de Nantes ; il réprime les nombreux soulèvements populaires nés de la surpression fiscale. Celle-ci est elle-même le fruit de la guerre, d'abord « couverte », puis « ouverte », que le ministre a décidé de mener jusqu'au bout et quoi qu'il en coûte, contre les Habsbourg, persuadé qu'il y va de l'existence même de la France en tant que grande puissance.

Lorsqu'il meurt, en 1642, quelques mois avant Louis XIII (1643), il laisse le soin de poursuivre l'œuvre entreprise à son successeur l'Italien Mazarin, qui exerce le pouvoir d'un Premier ministre grâce à la confiance et à l'amitié que lui témoigne la reine Anne d'Autriche, régente pour le compte du jeune Louis XIV. En effet, en dépit de la Fronde (1648-1653), guerre civile beaucoup plus grave que ne l'implique son nom et qui voit se soulever tous les mécontents contre le jeune roi, la reine mère et surtout le Mazarin détesté, celui-ci continue et mène à son terme la guerre contre les Habsbourg.

Richelieu était aussi inquiet des menées d'Olivares, Premier ministre de Philippe IV, qui voulait venir à bout des Provinces-Unies et augmenter la puissance espagnole, que des ambitions de Ferdinand III, qui succède à son père en 1637 et reprend sa politique à son compte. Aussi est-ce à l'Espagne que la France déclare d'abord la guerre en 1635. Après des débuts difficiles, marqués par la prise de Corbie par les Espagnols en 1636, les troupes françaises remportent des succès en Alsace, en Artois, en Roussillon, cependant qu'elles soutiennent tous les adversaires des Habsbourg, Hollandais, princes protestants allemands, Suédois, mais aussi Catalans, Portugais, Napolitains révoltés contre Madrid depuis 1640. Le 19 mai 1643, le futur prince de Condé écrase devant Rocroi une armée espagnole qui marchait sur Paris. En 1646, et à nouveau en 1648, Turenne et les Suédois sont vainqueurs des Impériaux en Bavière et menacent Vienne. Le 20 août 1648, Condé bat les Espagnols à Lens. Quelques semaines plus tard, la paix est signée en Westphalie.

Les traités de Westphalie. Les négociations ont commencé entre belligérants dès 1644, mais traînent en longueur. L'Espagne signe une paix séparée avec les Provinces-Unies en janvier 1648 : celles-ci se voient reconnaître leur indépendance et accorder des avantages commerciaux et territoriaux. Libérée de ce côté, l'Espagne décide de poursuivre la lutte contre la France. Mais l'empereur, pressé par les princes catholiques allemands, ses alliés, signe la paix avec la France et la Suède le 24 octobre 1648. L'ensemble des textes connus sous le nom de traités de Westphalie consacre l'échec des ambitions des Habsbourg de Vienne et la victoire de la politique française. En effet, les traités imposent à Ferdinand III le maintien de la division religieuse de l'Empire et l'affaiblissement de l'autorité impériale. Non seulement les clauses de la paix d'Augsbourg sont confirmées, mais les calvinistes partagent désormais avec les luthériens tous les avantages accordés à ceux-ci. Au nom des « libertés germaniques », la France et ses alliés réduisent autant qu'il est possible les pouvoirs de l'empereur dans l'Empire, en renforçant ceux des 350 États allemands. Par ailleurs, le fils de l'électeur palatin recouvre la dignité électorale et le Palatinat rhénan, et le Brandebourg, adversaire le plus résolu des Habsbourg, reçoit la plus grande partie de la Poméranie orientale et les évêchés sécularisés de Minden, d'Halberstadt et de Magdebourg. En matière de « satisfactions territoriales », la France obtient la reconnaissance officielle des Trois Évêchés et la cession par Ferdinand III, soit comme empereur, soit comme chef de la Maison d'Autriche, de Brisach et de la plus grande partie de l'Alsace (à l'exception de la ville libre de Strasbourg et de la république de Mulhouse). Quant à la Suède, elle reçoit la Poméranie occidentale, une partie de la Poméranie orientale (avec le port de Stettin) et les évêchés de Brême et de Verden : ainsi contrôle-t-elle les bouches des grands fleuves allemands, Oder, Elbe, Weser. Les traités de Westphalie, accueillis avec soulagement dans une Allemagne épuisée et ravagée par trente années d'une guerre impitoyable, n'entraînent pas pour autant la paix générale en Europe : la guerre continue entre la France et l'Espagne et les problèmes de l'Europe du Nord ne sont pas réglés.

L'Europe vers 1660. Les troubles de la Fronde en France profitent largement à l'Espagne en lui permettant de continuer la lutte, en dépit de son isolement et de sa lassitude. Dès la fin des troubles, Mazarin recherche l'alliance de l'Angleterre de Cromwell qui, en échange de Dunkerque, promet son aide militaire. En 1658, une armée franco-anglaise est victorieuse aux Dunes, près de Dunkerque. Isolée et vaincue, l'Espagne se résout à la paix. Par le traité dit des Pyrénées, signé sur la Bidassoa, le 7 novembre 1659, elle cède à la France le Roussillon, l'Artois et une série de places fortes de la Flandre au Luxembourg. Le même jour est signé le contrat de mariage de Louis XIV et de l'infante Marie-Thérèse : il prévoit la renonciation de l'infante à ses droits à la couronne d'Espagne, moyennant le paiement d'une dot de 500 000 écus d'or, Mazarin escomptant qu'une telle somme ne serait jamais payée.

En Europe du Nord, Charles X Gustave, devenu roi de Suède en 1654, entend reprendre les vastes projets de Gustave Adolphe en Europe continentale, sans en avoir le sens politique ni le génie militaire. Il envahit la Pologne en 1655, mais se heurte à la résistance polonaise. De plus, il doit faire face à une attaque du roi de Danemark, bientôt soutenu par la Hollande et le Brandebourg. Mais, sur la médiation de Mazarin, inquiet du danger couru par l'allié suédois et d'une éventuelle remise en cause des traités de Westphalie, une paix générale, dite du Nord, intervient, concrétisée par divers traités en 1660 et 1661. La Suède en est la grande bénéficiaire, puisqu'elle acquiert ou se voit confirmer le Sud de la Scanie aux dépens du Danemark, la Livonie maritime aux dépens de la Pologne, l'Ingrie et la Carélie aux dépens de la Russie.

Ainsi, politiquement, l'Europe de 1660 est bien différente de celle des années 1560 ou 1600. La Maison d'Autriche ne représente plus un danger pour la paix européenne. Détournés d'Allemagne, les Habsbourg de Vienne s'orientent vers la constitution d'un vaste État dynastique centré sur l'Autriche et la Bohême, axé sur le Danube et susceptible d'agrandissement vers l'est aux dépens des Turcs. L'Espagne, affaiblie et amputée, cesse de compter parmi les puissances de premier plan. L'Angleterre, sortie de son isolement après la guerre civile (1642-1648), l'exécution du roi Charles Ier (1649), la république de Cromwell (1649-1659) et la restauration de Charles II (1660), les Provinces-Unies indépendantes et agrandies, la Suède dominant la Baltique sont de grandes puissances que leur vocation maritime rendent concurrentes. Mais le fait essentiel est la situation prépondérante acquise par la France. Le royaume que Mazarin mourant laisse au jeune Louis XIV (1661) est non seulement plus vaste et mieux protégé, mais il dispose d'une clientèle qui comprend presque tous les pays européens. Par ailleurs, le prestige intellectuel et artistique de la France ne cesse de grandir. L'ère de la prépondérance française en Europe commence.

DOCUMENT 1

Les origines de la première révolution anglaise : la pétition des droits (1628)

« 1. Les Lords spirituels et temporels et les Communes, assemblés en Parlement, représentent très humblement à notre souverain seigneur le Roi [...] que [vos sujets] ne sauraient être contraints à participer à aucune taxe, taille, aide ni autre charge analogue, sans le commun consentement de la Nation exprimé en Parlement.

« 2. Considérant néanmoins que, depuis peu, diverses commissions ont été données en plusieurs comtés à des officiers royaux avec instructions en suite desquelles votre peuple a été assemblé en plusieurs endroits et requis de prêter certaines sommes d'argent à VM [...]

« 3. Considérant qu'il est aussi arrêté et établi par le statut dénommé *Grande Charte des libertés d'Angleterre,* qu'aucun homme libre ne pourra être arrêté ou mis en prison, ni dépossédé de ses libertés ou franchises, ni mis hors la loi ou exilé, ni molesté d'aucune manière, si ce n'est en vertu d'une sentence légale de ses pairs ou des lois du pays [...]

« 5. Considérant néanmoins que nonobstant ces statuts et autres règles et bonnes lois de votre royaume ayant la même fin, plusieurs de vos sujets ont été récemment emprisonnés sans que la cause en ait été indiquée [...]

« 6. Considérant que des détachements considérables de soldats et de matelots ont été récemment dispersés dans plusieurs comtés du royaume, et que les habitants ont été contraints de les recevoir et héberger malgré eux, contrairement aux lois et coutumes de ce royaume pour la grande oppression du peuple [...]

« 10. A ces causes, ils supplient humblement Votre très excellente Majesté que nul à l'avenir ne soit contraint de faire aucun don gratuit, prêt d'argent, ni présent volontaire, ni de payer aucune taxe ou impôt quelconque, hors le consentement commun voté par le Parlement [...], qu'aucun homme libre ne soit arrêté ou détenu de la manière indiquée plus haut ; qu'il plaise à VM faire retirer les soldats et matelots dont il est ci-dessus parlé [...]

« 11. Lesquelles choses ils demandent tout humblement à VM comme étant leurs droits et leurs libertés selon les lois et les statuts de ce royaume [...] »

D'après Louis Gothier et Albert Troux,
Recueil de textes d'histoire pour l'enseignement secondaire,
Liège, Dessain, 1959, t. III, p. 156.

Charles Ier est devenu roi d'Angleterre et roi d'Écosse en 1625 à la mort de son père Jacques Ier (qui était lui-même le fils de Marie Stuart, reine d'Écosse, et qui avait succédé en 1603 à sa cousine Élisabeth). Après avoir essayé de se passer du Parlement, en recourant notamment à des emprunts forcés, il doit se résoudre en 1628 à convoquer le Parlement qui, le 7 juin, les deux chambres réunies (Lords et Communes), lui adresse une Pétition des droits (Petition of the Rights) *qui énumère les illégalités commises par le roi et rappelle les libertés anglaises garanties par la* Grande Charte *de 1215. Le roi s'incline d'abord, puis dissout le Parlement et, pendant onze ans, règne en souverain absolu. Cette politique de « tyrannie », qui se double d'une tentative d'imposer l'anglicanisme à tous les dissidents (notamment les puritains), provoque une guerre civile (1642-1649). Celle-ci aboutit à la défaite et à l'exécution du roi (1649), à la proclamation de la République et à la dictature de Cromwell (1653-1658).*

DOCUMENT 2

L'Europe en 1661 vue par Louis XIV

« En effet, tout était calme en tous lieux ; ni mouvement ni crainte ou apparence de mouvement dans le royaume qui pût m'interrompre ou s'opposer à mes projets ; la paix était établie avec mes voisins, vraisemblalement pour aussi longtemps que je le voudrais moi-même, par les dispositions où ils se trouvaient.

« L'Espagne ne pouvait se remettre si promptement de ses grandes pertes : elle était non seulement sans finances, mais sans crédit, incapable d'aucun grand effort en matière d'argent ni d'hommes, occupée par la guerre du Portugal qu'il m'était aisé de lui rendre plus difficile et que la plupart des grands du royaume étaient soupçonnés de ne vouloir pas finir. Le roi était vieux et d'une santé douteuse ; il n'avait qu'un fils en bas âge et assez infirme ; lui et son ministre don Luis de Haro appréhendaient également tout ce qui pouvait ramener la guerre, et elle n'était pas en effet de leur intérêt, ni par l'état de la nation, ni par celui de la maison royale.

« Je ne voyais rien à craindre de l'Empereur, choisi seulement parce qu'il était de la maison d'Autriche, lié en mille sortes par une capitulation avec les États de l'Empire, peu porté de lui-même à rien entreprendre, et dont les résolutions suivraient apparemment le génie plutôt que l'âge et la dignité.

« Les Électeurs qui lui avaient principalement imposé des conditions si dures, ne pouvant presque douter de son ressentiment, vivaient dans une défiance continuelle avec lui. Une partie des autres princes de l'Empire était dans mes intérêts.

« La Suède n'en pouvait avoir de véritables ni de durables qu'avec moi : elle venait de perdre un grand prince, et c'était assez pour elle de se maintenir dans ses conquêtes durant l'enfance de son nouveau roi.

« Le Danemark, affaibli par une guerre précédente avec elle où il avait été prêt à succomber, ne pensait plus qu'à la paix et au repos.

« L'Angleterre respirait à peine de ses maux passés et ne cherchait qu'à affermir le gouvernement sous un roi nouvellement rétabli, porté d'ailleurs d'inclination pour la France.

« Toute la politique des Hollandais et de ceux qui les gouvernaient, n'avait alors pour but que deux choses : entretenir leur commerce et abaisser la maison d'Orange ; la moindre guerre leur nuisait à l'un et à l'autre, et leur principal support était mon amitié.

« Le Pape, seul en Italie, par un reste de son ancienne inimitié pour le cardinal Mazarin, conservait assez de mauvaise volonté pour les Français, mais elle n'allait qu'à me rendre difficile ce qui dépendrait de lui, et qui m'était au fond peu considérable. Ses voisins n'auraient pas suivi ses desseins, s'il en avait formé contre moi. La Savoie, gouvernée par ma tante, m'était très favorable. Venise, engagée dans la guerre contre les Turcs, entretenait avec soin mon alliance et espérait plus de mon secours que de celui des autres princes chrétiens. Le Grand-Duc s'alliait de nouveau avec moi par le mariage de son fils avec une princesse de mon sang. Ces potentats enfin et tous les autres d'Italie, dont une partie m'était amis et alliés, comme Parme, Modène et Mantoue, étaient trop faibles séparément pour me faire peine, et ni crainte ni espérance ne les obligeait à se lier contre moi. »

Louis XIV, *Mémoires pour l'année 1661* (rédigés vers 1670), dans *Mémoires et Divers Écrits*, éd. Bernard Champigneulle, Paris, Club français du Livre, 1960, p. 7.

C'est vers 1670 que Louis XIV décide de rédiger, pour l'instruction du dauphin, né en 1661, les Mémoires de [s] on règne et de [s]es principales actions. *En fait, seules les années 1666, 1667 et 1668, puis 1661 et 1662, ont été rédigées. C'est dans les Mémoires pour l'année 1661 que figure ce tableau de l'Europe au moment où le roi prend le pouvoir personnellement au lendemain de la mort de Mazarin. Il y témoigne de la tranquille assurance – justifiée – que la paix ou la guerre sur le continent dépendaient essentiellement de lui. Il y témoigne aussi d'une conception très personnalisée des relations internationales, les États s'incarnant à ses yeux dans les princes qui les gouvernent.*

15. L'Europe au temps de la puissance française (1660-1740)

Face à la monarchie autrichienne qui se replie sur le Danube, à l'Espagne dont l'effacement s'accentue, à l'Angleterre qui, avec sa révolution de 1688-1689, s'oriente vers une monarchie tempérée, aux Provinces-Unies qui connaissent un déclin relatif, Louis XIV s'efforce, au cours de son long règne personnel, de renforcer en France l'absolutisme monarchique et d'imposer plus ou moins directement sa loi à l'Europe. Mais il échoue dans cette dernière prétention, devant la coalition des États européens, cependant qu'en Europe centrale et orientale la Prusse amorce son ascension et que Pierre le Grand essaie de faire sortir la Russie de son isolement.

Les États de l'Europe du Nord-Ouest

La France absolutiste. Au lendemain de la mort de Mazarin, le 9 mars 1661, Louis XIV décide de gouverner sans Premier ministre. Passionné par son « métier de roi », encouragé par les théoriciens de l'absolutisme de droit divin, il gouverne et décide seul jusqu'à sa mort en 1715, à soixante-dix-sept ans. Il choisit les collaborateurs immédiats indispensables de préférence dans deux ou trois dynasties ministérielles de serviteurs fidèles, robins fraîchement anoblis, les Colbert (notamment Jean-Baptiste, contrôleur général des Finances), les Le Tellier (le père, Michel, et son fils, marquis de Louvois), les Pontchartrain. Le renforcement de l'absolutisme, tâche prioritaire aux yeux du roi, se traduit par une étroite surveillance des grands corps de l'État (clergé, parlements, noblesse « domestiquée » à la cour) et par l'utilisation, généralisée en province, des intendants de justice, police et finances qui sont des commissaires nommés par le roi et non des officiers propriétaires de leur charge comme les autres agents royaux. Colbert réussit à remettre de l'ordre dans les finances grâce à une gestion sévère et à un meilleur rendement de la fiscalité. En même temps, il travaille à la prospérité du royaume ; il partage avec ses contemporains la conviction que la quantité d'or et d'argent en circulation dans le monde est à peu près constante et que la richesse d'un État se mesure en numéraire. Il faut donc, pour enrichir le royaume, acheter peu aux étrangers et leur vendre beaucoup. Ce qui lui est propre, c'est l'effort systématique qu'il entreprend pour diriger l'économie française et la plier à ses vues, transposant ainsi l'absolutisme monarchique dans le domaine économique.

Une préoccupation majeure de Louis XIV est le retour du royaume à l'unité de foi par la conversion des protestants. Finalement, en 1685, feignant de croire que ceux-ci sont presque tous convertis, il révoque l'édit de Nantes. En fait, 200 000 huguenots préfèrent s'exiler et ceux qui restent, considérés comme « nouveaux catholiques », opposent une résistance passive et s'efforcent de pratiquer clandestinement leur culte : le rétablissement de l'unité religieuse est un échec. La seconde partie du règne, à dater de 1685 environ, est le temps des difficultés et des épreuves. La guerre, presque continuelle à partir de 1688, aggrave la situation financière et fragilise certains secteurs de l'économie. Les classes populaires, écrasées d'impôts, frappées par de redoutables crises de subsistances (notamment en 1693-1694), sont les grandes victimes de la situation. Lorsque Louis XIV meurt à Versailles, il laisse à son successeur âgé de cinq ans, Louis XV, un pays relativement prospère en dépit de cette misère populaire, mais un État au bord de la banqueroute.

C'est pour tenter d'éviter celle-ci que le Régent, Philippe d'Orléans, fait appel au financier écossais John Law, mais le « système » appliqué par celui-ci échoue (1718-1720). Devenu majeur en 1723, Louis XV laisse gouverner son ancien précepteur, le cardinal Fleury, qui pratique, jusqu'à sa mort en 1743, une politique de paix à l'extérieur et, à l'intérieur, une saine gestion qui favorise l'essor économique.

L'Empire et la monarchie autrichienne. Depuis les traités de Westphalie, les princes allemands sont pratiquement indépendants et les prérogatives de l'empereur, Léopold Ier de 1658 à 1705, purement honorifiques. En Allemagne du Nord, les États des Hohenzollern, électeurs de Brandebourg, s'étendent, de façon encore très discontinue, de la Prusse (qui est hors de l'Empire) à la Rhénanie. Frédéric-Guillaume, dit le Grand Électeur (1640-1688), s'efforce d'unifier administrativement cet ensemble hétérogène, et son fils Frédéric III (1688-1713) se fait reconnaître par l'empereur le titre de roi de Prusse : bientôt le nom sert à désigner non plus le seul duché de Prusse, mais toutes les possessions de l'électeur de Brandebourg. Frédéric-Guillaume Ier, dit le Roi-Sergent (1713-1740), se dote d'une armée puissante. Sous son règne, la Prusse des Hohenzollern calvinistes apparaît de plus en plus comme la grande rivale en Allemagne de la monarchie autrichienne des Habsbourg catholiques.

Il est vrai que ceux-ci, tout en conservant le titre d'empereur, semblent se détourner d'Allemagne pour s'attacher à la constitution d'un vaste État danubien. Après l'échec, en 1683, d'un nouveau siège de Vienne par les Turcs, les armées autrichiennes commandées par le prince Eugène s'emparent de la Hongrie ottomane et de la Transylvanie (1699), reconstituant ainsi le royaume de Hongrie sous l'autorité des Habsbourg. Au début du règne de l'empereur Charles VI (1711-1740), les États de la Maison d'Autriche, appelés Autriche par commodité, s'accroissent considérablement aux dépens de l'Espagne (Utrecht, 1713) et de la Turquie (Passarowitz, 1718). Vers 1720, cet ensemble constitue, avec 600 000 kilomètres carrés et 25 millions d'habitants, l'État désormais le plus vaste et le plus peuplé de l'Europe, regroupant les domaines patrimoniaux des Habsbourg (Autriche, duchés alpins), le royaume de Bohême et ses dépendances (Moravie, Silésie), le royaume de Hongrie, ainsi que la Transylvanie, la Croatie et une partie de la Serbie. Au-delà de ce bloc au cœur de l'Europe centrale, la monarchie autrichienne possède aussi les Pays-Bas, le Milanais, Naples et la Sicile (acquise en 1720 en échange de la Sardaigne). Mais cette puissance territoriale recèle en fait une faiblesse fondamentale : le caractère multinational et l'absence d'unité et de cohésion.

Les États hispaniques et italiens. Sous le règne du roi d'Espagne Charles II (1665-1700), prince chétif et dégénéré, devenu roi à quatre ans et dont la mort est attendue en Europe à tout moment, l'affaiblissement de la puissance espagnole, sensible depuis les années 1640, se poursuit et s'aggrave, avec la persistance des tendances autonomistes dans les provinces autres que la Castille, les vices d'une administration proliférante, mais largement inefficace, et surtout la crise de la société et de l'économie. La crise économique a sa cause profonde dans l'effet stérilisant à long terme de l'afflux des métaux précieux américains : grâce à eux, les Espagnols se procurent de plus en plus à l'extérieur ce qu'ils ne veulent ou ne peuvent plus produire eux-mêmes. Ainsi, tout en continuant à jouer un rôle moteur dans l'économie européenne, les trésors de l'Amérique espagnole enrichissent désormais surtout les pays étrangers et ne profitent plus guère à une métropole appauvrie. L'accession d'un Bourbon au trône d'Espagne se traduit par une amorce de redressement : Philippe V (1700-1746) s'efforce de renforcer l'unité espagnole et le pouvoir du roi en s'inspirant de l'exemple français, et de rendre à l'Espagne sa place de grande puissance maritime face aux empiétements des Anglais. Mais il ne se maintient sur le trône de Madrid, à l'issue de la terrible guerre de Succession d'Espagne, qu'au prix de la cession à l'Autriche des Pays-Bas, du Milanais et de Naples. Dans la péninsule italienne, où l'influence espagnole est désormais battue en brèche par l'influence autrichienne, les Bourbons de Madrid marqueront pourtant un point en 1748 lorsqu'un fils de Philippe V deviendra roi de Naples et de Sicile. Au Nord, où la domination des Habsbourg se consolide en Milanais, le duc de Savoie, devenu roi de Sardaigne-Savoie-Piémont, joue en Europe un rôle diplomatique de moins en moins négligeable.

Angleterre et Provinces-Unies. Restauré sur le trône des Stuarts en 1660, Charles II réussit à peu près à concilier ses tendances absolutistes et procatholiques avec les sentiments de la grande majorité de ses sujets, attachés à l'anglicanisme et aux droits du Parlement. Mais son frère Jacques II, qui lui succède en 1685, s'est converti au catholicisme et multiplie bientôt maladresses et provocations. Des parlementaires anglais font alors appel au stathouder de Hollande, Guillaume III d'Orange, qui est protestant et époux de Marie, fille aînée de Jacques II et elle-même protestante. Jacques II s'enfuit en France en décembre 1688 et, en février 1689, Guillaume et Marie sont proclamés conjointement roi et reine d'Angleterre par le Parlement, après qu'ils eurent accepté une Déclaration des droits rappelant les droits respectifs du roi et du Parlement. La portée considérable de la « Glorieuse Révolution » de 1689 réside dans le fait que, en subordonnant la proclamation de Guillaume et Marie à la reconnaissance par ceux-ci de la Déclaration des droits, elle substitue la monarchie constitutionnelle basée sur la souveraineté de la nation à la monarchie héréditaire de droit divin, et fonde sur des bases solides l'exercice de la monarchie tempérée par les droits du Parlement, même si, à l'intérieur de celui-ci, les uns, les *tories, insistent davantage sur la prérogative royale, les autres, les *whigs, sur la légitimité du contrôle parlementaire.

Trois textes complètent la « Glorieuse Révolution » : le Toleration Act (1689), qui accorde aux dissidents (mais non aux catholiques) la liberté de culte public ; l'Acte d'établissement (1701), qui écarte tout prétendant catholique de la succession à la couronne ; l'Acte d'union (1707), qui remplace l'union personnelle des deux royaumes d'Angleterre et d'Écosse sous un même roi, par une union politique sous le nom de Royaume-Uni de Grande-Bretagne. En 1714, à la mort de la reine Anne, qui a succédé à son beau-frère Guillaume en 1702, le Parlement proclame roi de Grande-Bretagne son plus proche cousin dans la ligne protestante, l'électeur George de Hanovre.

Les deux premiers rois de cette dynastie hanovrienne,

George Ier (1714-1727) et George II (1727-1760), sont des Allemands qui ne s'intéressent que de loin au travail de leurs ministres. Cette situation facilite l'évolution de la monarchie anglaise vers un régime de type parlementaire : les ministres formant le cabinet exercent, en fait, le pouvoir exécutif sous le contrôle du Parlement. Les tories étant compromis par leur attachement au fils catholique de Jacques II (qui tente en vain de récupérer le trône), les whigs se maintiennent longtemps au pouvoir, notamment avec Robert Walpole, chef du cabinet jusqu'à sa mort en 1742. Celui-ci se montre résolument pacifique à l'extérieur, en accord avec Fleury en France, ce qui satisfait les milieux d'affaires. En effet, entre 1660 et 1740, l'Angleterre poursuit son remarquable développement économique : l'application des *Actes de navigation favorise l'essor du grand commerce maritime et permet de concurrencer victorieusement les Provinces-Unies qui, première puissance maritime du monde jusqu'en 1672, se laissent distancer par la France et surtout par l'Angleterre.

Les ambitions françaises et leur échec. Le nouvel équilibre européen

Le temps de la prépondérance française. Conscient de la place de premier plan qu'occupe la France dans l'Europe des années 1660, Louis XIV entend tirer parti de cette situation pour affirmer la puissance du roi de France, premier souverain de la Chrétienté, et s'efforcer de l'accroître encore. Le souci de sa gloire est, en fin de compte, le grand ressort de toute sa politique extérieure, plus que le renforcement des frontières stratégiques du royaume ou même le détournement à son profit de la succession espagnole. Pour arriver à ses fins, il dispose d'une diplomatie active et surtout d'une armée et d'une marine portées à la hauteur de ses ambitions. Pourtant la guerre qu'il décide en 1672 contre la Hollande, afin d'abaisser la puissance économique néerlandaise, n'aboutit pas au résultat escompté. En effet, l'inondation volontaire du pays stoppe l'avance des troupes françaises et, dans les années suivantes, l'activité diplomatique du jeune stathouder Guillaume d'Orange aboutit à la formation contre la France d'une redoutable coalition comprenant l'empereur, le roi d'Espagne et plusieurs princes allemands. Après des combats sur terre et sur mer, le plus souvent à l'avantage de la France, les traités de Nimègue (1678-1679) rétablissent la paix. Les Provinces-Unies ne perdent rien de leur territoire, et obtiennent même l'abrogation du tarif douanier français de 1667 destiné à freiner les importations de produits hollandais. En revanche, l'Espagne, qui avait déjà dû céder Lille à la France en 1668, fait les frais de l'opération : elle abandonne à Louis XIV la Franche-Comté, le Cambrésis et une partie de la Flandre. Ainsi Louis XIV n'a pu abaisser la Hollande comme il l'escomptait, mais a réussi à consolider la frontière française au Nord et à l'Est et à faire figure d'arbitre de l'Europe.

Persuadé de ne plus rencontrer aucune opposition sérieuse, le roi de France se lance alors dans une politique aventureuse d'annexions en pleine paix, notamment celle de Strasbourg, ville libre impériale, en 1681. Cette attitude provoque bientôt inquiétudes et protestations. L'empereur Léopold, détourné un moment des affaires de l'Europe de l'Ouest par l'attaque des Ottomans sur Vienne (1683), puis par la reconquête de la Hongrie, signe avec Louis XIV le traité de Ratisbonne (1684) par lequel il reconnaît l'annexion de Strasbourg. Mais, en 1686, il forme avec plusieurs princes allemands la ligue d'Augsbourg pour le strict maintien des traités de Nimègue et de Ratisbonne. Louis XIV n'en poursuit pas moins ses provocations, ordonnant en 1688 l'invasion du Palatinat. Les membres de la ligue d'Augsbourg, auxquels se sont joints les rois d'Espagne et de Suède, réagissent en déclarant la guerre à Louis XIV ; quelques semaines plus tard, Guillaume d'Orange, devenu roi d'Angleterre, réalise en sa personne l'union des deux grandes puissances maritimes contre la France, complétant ainsi la coalition d'Augsbourg.

Le repli français. La guerre, dite de la Ligue d'Augsbourg par les Français, du Roi Guillaume par les Anglais, du Palatinat ou d'Orléans par les Allemands (à cause de la duchesse d'Orléans, princesse palatine), commence dès octobre 1688 et se déroule sur de nombreux fronts, sur terre et sur mer : en Irlande, où les troupes françaises appuient une tentative de restauration de Jacques II (victoire de Guillaume sur la Boyne en 1690), aux Pays-Bas (victoires françaises de Fleurus, Steinkerque, Neerwinden), en Italie du Nord, en Catalogne. L'échec naval de La Hougue interdit à Louis XIV toute nouvelle tentative d'invasion des Iles Britanniques. Épuisés financièrement par leurs efforts de guerre, les belligérants engagent dès 1693 des pourparlers, qui aboutissent en 1697 aux traités de Ryswick. La France retrouve ses frontières de 1679, plus Strasbourg. Mais Louis XIV doit accepter de reconnaître Guillaume III comme roi d'Angleterre. Certes, le roi de France a réussi à préserver l'essentiel, et le prestige de ses armées est intact. Mais le temps de la magnificence et de l'hégémonie françaises est bien révolu. Celui de l'équilibre commence dans une Europe où l'ouverture imminente de la succession d'Espagne représente le souci majeur, dans la mesure où Louis XIV et l'empereur Léopold ont des droits comparables puisqu'ils sont l'un et l'autre fils et époux d'infantes. Or tous les projets de partage des possessions espagnoles ont échoué devant la volonté farouche de Charles II de préserver l'intégrité de son héritage. Finalement, un mois avant de mourir le 1er novembre 1700, ce dernier rédige un testament en faveur du duc Philippe d'Anjou, second petit-fils de Louis XIV, à qui il lègue sa couronne et la totalité de ses possessions, à condition qu'il renonce à ses droits à la couronne de France.

Le 16 novembre, Louis XIV rend publique sa décision d'accepter le testament, escomptant que les puissances européennes prendront leur parti de la situation. Mais l'empereur, frustré de l'héritage qu'il escomptait pour son second fils Charles, l'Angleterre et la Hollande, menacées dans leurs intérêts économiques par l'ouverture du marché hispano-américain aux marchands français, et, dans leur sillage, d'autres puissances européennes se regroupent au sein de la Grande Alliance de La Haye, à l'initiative de Guillaume d'Orange, et en 1702 déclarent la guerre à la France et à l'Espagne, dans le but de mettre sur le trône de Madrid l'archiduc Charles. La France, qui doit non seulement faire face à sa propre défense, mais prêter assistance au nouveau roi d'Espagne menacé par les coalisés jusque dans sa capitale, est à deux doigts du désastre à la suite de plusieurs défaites militaires et de l'épuisement du royaume. Louis XIV sollicite la paix à deux reprises, mais rompt les pourparlers devant les exigences de ses adversaires. Enfin, l'échec devant Denain (1712) d'une ultime tentative des Impériaux et des Hollandais, commandés par le prince Eugène, de marcher sur Paris permet au roi d'obtenir la paix à des conditions sinon satisfaisantes, du moins honorables.

Les traités d'Utrecht et de Rastadt. Les traités signés à Utrecht en 1713 par la France et l'Espagne avec les divers coalisés, à l'exception de l'archiduc devenu l'empereur Charles VI, sont complétés l'année suivante par le traité signé à Rastadt entre la France et l'empereur. Bien que Philippe V refuse de traiter avec Charles VI qui, de son côté, refuse de le reconnaître comme roi d'Espagne, l'ensemble de ces traités n'en met pas moins fin au conflit qui a déchiré l'Europe pendant plus de dix ans. Le Bourbon Philippe V est reconnu comme légitime successeur du Habsbourg Charles II par toutes les puissances signataires, sauf l'empereur, sous la réserve de renoncer formellement à tous ses droits à la couronne de France. En revanche, la monarchie espagnole n'échappe pas au démembrement que Charles II avait voulu éviter. En effet, Philippe V ne conserve que l'Espagne (moins Gibraltar et Minorque, cédés à l'Angleterre) et ses domaines coloniaux. Il doit abandonner à Charles VI les Pays-Bas, le Milanais, Naples et la Sardaigne, et au duc de Savoie, la Sicile. De son côté, la France cède à l'Angleterre les terres américaines de la baie d'Hudson, de l'Acadie et de Terre-Neuve et tous les avantages commerciaux consentis par Philippe V aux marchands français. En dépit des réticences et des arrière-pensées de Philippe V et de Charles VI, les traités de 1713-1714 marquent une date importante dans l'histoire de l'Europe, car ils établissent un nouvel équilibre entre les puissances dont aucune ne peut prétendre imposer son hégémonie sur le continent, pas même la France ou l'Autriche.

Dans les vingt-cinq années qui suivent, cet équilibre n'est remis en cause que très partiellement, en dépit des intrigues de Philippe V. En 1720, Charles VI échange la Sardaigne contre la Sicile, le duc de Savoie portant désormais le titre de roi de Sardaigne. En 1738, le beau-père de Louis XV, Stanislas Leszczynski, chassé du trône de Pologne, reçoit le duché de Lorraine, appelé à devenir français à sa mort, et l'un des fils de Philippe V devient roi de Naples et de Sicile.

Les problèmes de l'Europe orientale

La Suède de Charles XII. Roi de Suède de 1660 à 1697, Charles XI, un moment engagé dans une guerre désastreuse contre le Brandebourg (défaite de Fehrbellin, 1675), ne doit son salut qu'à l'intervention diplomatique de Louis XIV. A l'intérieur, il réussit en s'appuyant sur la majorité de la Diète, ou Riksdag, à reprendre à la noblesse la plupart des biens de la couronne qui lui avaient été aliénés lors des règnes précédents pour financer les guerres incessantes. Devenu roi à quinze ans, son fils Charles XII (1697-1718) doit faire face, dès le début de son règne, à une redoutable coalition de ses voisins : le tsar Pierre Ier, le roi de Pologne Auguste II et le roi de Danemark s'entendent pour attaquer et démembrer la Suède, tablant sur le jeune âge et l'inexpérience du nouveau roi. Ils se heurtent en fait à un chef de guerre exceptionnel.

En quelques mois (1700-1701), Charles XII bat les Danois, force Pierre Ier à lever le siège de Narva, en Estonie, bat Auguste II et Pierre à Riga, puis entre à Varsovie et à Cracovie, chasse Auguste II, qu'il poursuit jusque dans son électorat de Saxe, et impose à la Diète polonaise l'élection de Stanislas Leszczynski (1704). Il apparaît alors comme l'arbitre possible d'une Europe déchirée par la guerre de Succession d'Espagne : Louis XIV le pousse à intervenir directement dans l'Empire, mais l'empereur réussit à le convaincre, en 1707, de se détourner des affaires allemandes et d'attaquer Pierre Ier qui, entre-temps, s'est emparé de la Livonie, de l'Estonie et de l'Ingrie. Charles XII traverse la Pologne et pénètre en Ukraine russe. Mais, engagés de plus en plus loin en pays ennemi, harcelés par les Russes, victimes du terrible hiver de 1709, les Suédois sont écrasés par le tsar devant Poltava, le 8 juillet 1709. Charles XII réussit à s'enfuir en Turquie où il commet la faute de rester cinq ans, incitant les Turcs à attaquer Pierre. Celui-ci réussit à reconstituer contre la Suède une coalition du Danemark, de la Pologne, puis de la Prusse et du Hanovre, avides de participer au partage des dépouilles suédoises.

Le retour de Charles XII en 1714, bientôt suivi de sa mort en 1718, au cours du siège d'une forteresse danoise, ne peut empêcher l'inévitable : les traités de Stockholm avec la majorité des coalisés (1719-1720) et le traité de Nystad avec la Russie (1721) consacrent la perte par la Suède de presque toutes ses conquêtes du 17e siècle : elle cède Brême et Verden au Hanovre, la Poméranie occidentale et Stettin à la Prusse, les provinces baltes et la Carélie à la Russie. La Suède a perdu la maîtrise de la Baltique et son grand rôle européen est terminé.

La Russie de Pierre le Grand. Avec la disparition d'Ivan IV dit le Terrible (1533-1584), premier prince de Moscou à avoir été couronné *tsar* et à s'être résolument tourné vers l'Occident, s'achève la dynastie des Riourikides et commence, pour la Russie, le « temps des Troubles », longue période d'anarchie, d'invasions et de famines, à laquelle met fin l'élection, en 1613, de Michel, premier tsar de la dynastie des Romanov. Son fils Alexis (1645-1676) s'empare, au détriment de la Pologne, de la Russie blanche, avec Smolensk, et d'une partie de l'Ukraine, avec Kiev ; mais il doit faire face à de nombreux et redoutables soulèvements populaires et aux débuts du schisme des « vieux croyants », ou *raskol. A sa mort en 1676, il laisse, d'un premier lit, deux fils, Fedor et Ivan, et plusieurs filles, dont Sophie, et, d'un second lit, Pierre, né en 1672. Après le règne de Fedor (1676-1682), Sophie est régente pour le compte de son demi-frère Pierre. Mais, en 1689, celui-ci s'en débarrasse en l'enfermant dans un couvent et décide de gouverner seul. A cette date, la Russie ne touche encore ni à la Baltique, ni à la mer Noire, mais s'étend du Dniepr à la Sibérie jusqu'au Pacifique et de la mer Blanche au Caucase et à la mer Caspienne. Les initiatives d'Alexis pour faire de ce vaste ensemble un État mieux centralisé sont restées très insuffisantes. Quant à la société russe, qui commence à s'ouvrir timidement aux influences européennes, elle est divisée en deux classes, la noblesse et la paysannerie, la bourgeoisie marchande en voie de formation étant encore très peu nombreuse. Les nobles, dont la richesse est foncière, sont tenus de servir le tsar soit comme fonctionnaires (notamment les boyards), soit comme militaires ; en échange, ils jouissent de droits très importants sur leurs paysans, attachés à la terre, privés de la plupart des droits civils, accablés de corvées.

Pierre se donne pour double tâche la transformation intérieure de la Russie et son ouverture sur la Baltique et la mer Noire. Il s'y applique avec une intelligence, une obstination et une brutalité exceptionnelles. En 1696, il s'empare, non sans mal, d'Azov, pris aux Turcs. A la suite d'un long voyage en Europe centrale et occidentale, il décide de profiter de la jeunesse de Charles XII pour s'emparer des provinces baltes. Il n'y réussit qu'à l'issue d'une longue guerre, mais, dès 1703, il a entrepris la fondation de sa nouvelle capitale, Saint-Pétersbourg, dans les marais de l'estuaire de la Neva ; en 1720, la ville est déjà un port actif, fenêtre de la Russie sur la Baltique.

Dès 1698, il prend une série d'oukases qui visent à transformer profondément son pays pour le sortir de la stagnation, en s'inspirant de modèles occidentaux. Voulant « vêtir en hommes son troupeau de bêtes », il interdit le port de la barbe et des cheveux longs, oblige les femmes de la noblesse à quitter le *terem, s'efforce de développer l'instruction et fait traduire en russe des livres de science européens. Poursuivant la politique d'Alexis, il attache plus étroitement encore la noblesse au service de l'administration ou de l'armée, tolérant en contrepartie une extension et aggravation du servage. S'inspirant à la fois de l'absolutisme byzantin et français et des expériences pratiques suédoise et prussienne, il réorganise l'appareil d'État, améliore le rendement de l'impôt, divise la Russie en huit, puis douze gouvernements, circonscriptions militaires et fiscales, et crée une bureaucratie omniprésente, appelée à encadrer la société tout entière. Afin de tenir en main l'Église, il remplace le patriarche de Moscou par le saint-synode, ou collège des prélats, où il est lui-même représenté par un fonctionnaire laïque, le procureur général. Au point de vue économique, il développe, grâce à une réglementation de type colbertiste, les industries nécessaires aux besoins d'une armée moderne qui comptera 20 000 hommes à la fin du règne.

Toutes ces réformes entreprises sans ménagement, et dont beaucoup heurtent le sentiment national et religieux des Russes, très attachés à leurs traditions, suscitent très vite de nombreuses résistances et alimentent l'opposition entre occidentalistes et slavophiles. Quand il meurt en 1725, Pierre le Grand a créé un État puissant et ouvert sur l'Europe, mais la transformation de l'économie et de la société russes à laquelle il s'est employé est à peine amorcée.

Les difficultés de la Pologne et de l'Empire ottoman. Le royaume polono-lituanien du 16e et de la première moitié du 17e siècle était un pays prospère exportant vers l'Europe occidentale par Dantzig ses blés et ses bois, un foyer actif d'humanisme, ouvert aux différents courants de réforme religieuse et pratiquant une large tolérance de fait. Sa faiblesse résidait déjà dans ses institutions politiques. En effet, le roi est élu par la noblesse dont il doit, avant d'être couronné, reconnaître, voire augmenter, les privilèges. La réalité du pouvoir appartient à la Diète, où les nobles tentent de substituer à la règle de la majorité celle de l'unanimité (* *liberum veto*), en dépit des dangers d'une telle pratique. Au milieu du 17e siècle, la Pologne est victime d'une série d'invasions de la part des Suédois et des Russes. Elle sort dans un état lamentable de cette terrible épreuve (le « Déluge »). Les divers souverains qui se succèdent ensuite ne peuvent rien contre les maux dont souffre l'État polonais : l'usage du *liberum veto,* désormais bien ancré, condamne la Diète à l'impuissance et à l'anarchie. L'évolution sociale, au lendemain du « Déluge », a abouti à un effondrement de la bourgeoisie, consécutif à la décadence des villes et du commerce, à un renforcement du servage, à la prédominance économique et politique de la noblesse. Enfin, la présence de minorités non catholiques, orthodoxes à l'Est, luthériens à l'Ouest, juifs dans les villes, est un obstacle supplémentaire au renforcement de l'unité nationale.

Dans l'Empire ottoman, après un redressement spectaculaire entre 1656 et 1676, la désorganisation intérieure reprend et même s'accélère, cependant que le repli commence en Europe centrale. Par les traités de Karlowitz (1699) et de Passarowitz (1718), les Turcs abandonnent à l'Autriche la Hongrie, la Transylvanie, une partie de la Valachie et de la Serbie. Pourtant, vers 1740, la puissance ottomane en Europe reste considérable, puisque le sultan possède toujours, en dépit des pertes du début du siècle, le littoral septentrional de la mer Noire et la Crimée, les provinces roumaines de Moldavie et de Valachie, la plus grande partie de la péninsule des Balkans et les îles de la mer Égée.

Rayonnement intellectuel et artistique de la France, puissance de la monarchie autrichienne en Europe danubienne, prépondérance de l'Angleterre sur toutes les mers du globe, montée de la Prusse et de la Russie, décadence de l'Empire ottoman, telles sont, à la veille de 1740, les principales composantes de l'équilibre européen.

DOCUMENT 1

Éducation de prince au 17e siècle

« Le sieur des Hayes établit ici une Académie, l'été passé, pour l'éducation de la jeune Noblesse de ces quartiers ; et elle est déjà dans une si grande réputation qu'outre bon nombre de jeunes gentilshommes des pays de Hollande, Lünebourg, Brême et autres pays voisins, qu'on a mis en pension chez lui, Monsieur le duc Auguste de Holstein lui a fait l'honneur de lui confier Monsieur le prince Jean-Frédéric, son fils aîné, âgé de quatorze ans, pour y apprendre tous ses exercices avant que passer en France ; et quoiqu'il ait un gouverneur, un page, deux valets de chambre et deux laquais à sa suite, et qu'on y ait encore retenu un appartement pour un jeune comte du voisinage, il y reste encore suffisamment de chambres commodes pour ceux qui voudront profiter de cette belle commodité. Cette Académie est établie sur le pied de celles de France, et pourvue d'un écuyer des plus fameux de Paris, d'une belle écurie où il y a nombre de fort beaux chevaux, et de maîtres français pour la danse, les armes, voltiger, manier le drapeau, faire l'exercice du mousquet et de la pique, pour les évolutions militaires, pour la langue française, l'italienne et la latine, en faveur de ceux qui veulent les cultiver avec leurs exercices, et qui ne veulent point entretenir de gouverneurs ni de précepteurs en leur particulier. L'on y enseigne aussi les mathématiques, l'histoire, le dessin, la musique, la géométrie, la géographie, et en un mot tout ce que des curieux peuvent souhaiter, avec autant de succès qu'on puisse faire en France et à moitié meilleur marché. »

La Gazette de Leyde, 4 mars 1683,
d'après André Rossel, *Le Faux Grand Siècle, 1604-1715*,
t. I de la coll. *Histoire de France à travers les journaux du temps passé*,
Paris, A l'enseigne de l'arbre verdoyant, 1982, p. 242.

C'est en 1680 que commence à paraître à Leyde, en Hollande, le journal en langue française, Nouvelles extraordinaires de divers endroits, *connu sous le nom de* Gazette de Leyde. *On y lit l'annonce ci-dessus dans le numéro du 4 mars 1683. Dans la langue classique, le terme* d'académie *désigne proprement une école où les jeunes nobles, logés avec leurs domestiques, apprennent l'équitation, l'escrime, l'art militaire, la danse, mais aussi, éventuellement, les belles-lettres, les mathématiques, etc. On notera dans l'annonce du sieur des Hayes, destinée surtout aux princes et nobles des Provinces-Unies et d'Allemagne du Nord, la référence constante à la France et à Paris, maîtres du bon goût.*

DOCUMENT 2

La bataille de Poltava racontée par Voltaire

« Ce fut le 8 juillet de l'année 1709 que se donna cette bataille décisive de Poltava, entre les deux plus singuliers monarques qui furent alors dans le monde : Charles XII, illustre par neuf années de victoires ; Pierre Alexiowitz, par neuf années de peines, prises pour former des troupes égales aux troupes suédoises ; l'un glorieux d'avoir donné des États, l'autre d'avoir civilisé les siens ; Charles aimant les dangers et ne combattant que pour la gloire ; Alexiowitz ne fuyant point le péril, et ne faisant la guerre que pour ses intérêts ; le monarque suédois libéral par grandeur d'âme, le moscovite ne donnant jamais que par quelque vue ; celui-là d'une sobriété et d'une continence sans exemple, d'un naturel magnanime, et qui n'avait été barbare qu'une fois ; celui-ci n'ayant pas dépouillé la rudesse de son éducation et de son pays, aussi terrible à ses sujets qu'admirable aux étrangers, et trop adonné à des excès qui ont même abrégé ses jours. Charles avait le titre d'*invincible*, qu'un moment pouvait lui ôter ; les nations avaient déjà donné à Pierre Alexiowitz le nom de *grand*, qu'une défaite ne pouvait lui faire perdre, parce qu'il ne le devait pas à des victoires [...]

« A la pointe du jour, les Suédois parurent hors de leurs tranchées avec quatre canons de fer pour toute artillerie : le reste fut laissé dans le camp avec environ trois mille hommes ; quatre mille demeurèrent au bagage : de sorte que l'armée suédoise marcha aux ennemis forte d'environ vingt et un mille hommes, dont il y avait environ seize mille Suédois [...] Tous ceux qui ont servi dans les troupes suédoises savent qu'il était presque impossible de résister à la fureur de leur premier choc. Les escadrons moscovites furent rompus et enfoncés. Le czar accourut lui-même pour les rallier ; son chapeau fut percé d'une balle de mousquet ; Mentzikoff eut trois chevaux tués sous lui : les Suédois crièrent victoire.

« Charles ne douta point que la bataille ne fût gagnée ; il avait envoyé au milieu de la nuit le général Creutz avec cinq mille cavaliers ou dragons, qui devaient prendre les ennemis en flanc, tandis qu'il les attaquerait de front ; mais son malheur voulut que Creutz s'égarât et ne parût point. Le czar, qui s'était cru perdu, eut le temps de rallier sa cavalerie. Il fondit à son tour sur celle du roi, qui, n'étant pas soutenue par le détachement de Creutz, fut rompue à son tour [...]

« Cependant l'infanterie moscovite sortait de ses lignes et s'avançait en bataille dans la plaine [...] Le czar avait l'avantage du nombre et celui de soixante et douze canons, tandis que les Suédois ne lui en opposaient que quatre, et qu'ils commençaient à manquer de poudre [...] A neuf heures du matin la bataille recommença [...] Les Suédois consternés s'ébranlèrent, et le canon ennemi continuant à les écraser, la première ligne se replia sur la seconde, et la seconde s'enfuit. Ce ne fut, en cette dernière action, qu'une ligne de dix mille hommes de l'infanterie russe qui mit en déroute l'armée suédoise, tant les choses étaient changées.

« Tous les écrivains suédois disent qu'ils auraient gagné la bataille si on n'avait point fait de fautes ; mais tous les officiers prétendent que c'en était une grande de la donner, et une encore plus grande de s'enfermer dans ces pays perdus, malgré l'avis des plus sages, contre un ennemi aguerri, trois fois plus fort que Charles XII par le nombre d'hommes et par les ressources qui manquaient aux Suédois. Le souvenir de Narva fut la principale cause du malheur de Charles à Pultava. »

Voltaire, *Histoire de Charles XII*,
Rouen, 1731, livre V.

trône. Or le nouveau roi, qui a vingt-deux ans, entend exercer pleinement la prérogative royale que ses deux prédécesseurs ont laissée tomber en désuétude. S'appuyant sur les tories, maintenant ralliés aux Hanovre, il veut assumer la responsabilité du pouvoir exécutif et, à ce titre, choisir ses ministres comme il l'entend, sans être tenu de s'incliner systématiquement devant le Parlement. Pendant vingt ans, George III exerce ainsi un pouvoir personnel qui provoque une opposition de plus en plus vive non au Parlement, où il s'assure une majorité en partie par la corruption, mais dans l'opinion publique. Par ailleurs, l'issue malheureuse de la guerre consécutive au soulèvement des treize colonies américaines, due en grande partie à son intransigeance, lui est très vivement reprochée. Enfin, sa santé est de plus en plus compromise par des accès de démence intermittents. En 1783, il se résout à faire appel comme chef du cabinet à William Pitt, le fils, dit le Second Pitt. Grâce à l'autorité de celui-ci et à l'effacement progressif du roi, le Premier ministre exerce à nouveau un rôle de premier plan sous le contrôle du Parlement : l'équilibre entre l'autorité du roi et du cabinet et les droits du Parlement se trouve ainsi rétabli.

La « seconde guerre de Cent Ans ». Tout en s'efforçant de maintenir sur le continent l'équilibre entre les grandes puissances, l'Angleterre entend renforcer sa prépondérance commerciale. Elle développe son commerce non seulement avec le reste de l'Europe, mais surtout avec les autres continents, soit en s'implantant directement en Amérique septentrionale et dans les Antilles (notamment la Jamaïque), soit en commerçant avec les pays de l'océan Indien, soit en détournant à son profit l'essentiel du commerce de l'Amérique espagnole et portugaise. Mais cette ambition se heurte à un concurrent qui n'est plus la Hollande, devenue allié peu redouté, mais la France, désormais l'adversaire à abattre. Entre 1689 et 1815, se déroule ainsi entre la France et l'Angleterre un long conflit, coupé de trêves, que l'on a pu qualifier de « seconde guerre de Cent Ans ». En marge des deux conflits européens du 18e siècle – guerre de Succession d'Autriche et guerre de Sept Ans –, les deux grandes puissances se heurtent sur mer et aux colonies, presque toujours à l'avantage de l'Angleterre. En 1763, par le traité de Paris, la France doit abandonner à celle-ci ses possessions d'Amérique du Nord (Canada, Louisiane) et ses positions commerciales dans l'Inde. Il est vrai qu'elle réussit à conserver ses précieuses « Iles à sucre » (surtout Saint-Domingue) et qu'elle prend, vingt ans plus tard, une revanche, surtout morale, en aidant les treize colonies américaines à acquérir leur indépendance (1783). Il n'en demeure pas moins que, vers 1790, l'Angleterre reste solidement implantée en Amérique (Canada, Antilles), continue à dominer le commerce ibéro-américain, commence à s'implanter dans l'Inde, détient de précieuses escales sur toutes les mers du globe et est devenue la première puissance maritime, commerciale et coloniale du monde.

La révolution industrielle. Cette puissance commerciale s'appuie non seulement sur la première flotte militaire et marchande d'Europe, mais aussi sur une production industrielle qui ne cesse de croître au cours du siècle, d'abord dans le cadre de la proto-industrie ou *domestic system* (production à domicile pour le compte d'un marchand fabricant), puis dans celui de la révolution industrielle à ses débuts. Le point de départ de cette révolution se trouve dans les découvertes réalisées en Angleterre à partir des années 1730 environ : machines textiles (navette volante de John Kay, machines à filer), fonte du minerai de fer au coke, et surtout machine à vapeur mise au point par James Watt en 1769. Ce passage de la production manuelle au machinisme – révolution technique sans précédent en Europe depuis le Néolithique – permet l'apparition de l'usine, ou *factory*, définie comme la concentration en un même lieu d'un nombre important de moyens de production (machines à vapeur, machines-outils) et de travailleurs nécessaires à leur utilisation. Ce passage du *domestic system* au *factory system* est caractérisé en outre par la séparation, désormais radicale, entre le capital représenté par les propriétaires de l'usine, seuls bénéficiaires du profit, et le travail, c'est-à-dire les ouvriers vendant contre un salaire leur force de travail.

C'est l'industrie cotonnière qui est la première concernée, puis l'industrie métallurgique. Vers 1780, la grande industrie anglaise reposant sur le coton, le charbon, le fer et la machine à vapeur a pris un demi-siècle d'avance sur les pays du continent.

Les difficultés de l'absolutisme en France

L'agitation parlementaire sous Louis XV. En 1743, à la mort de Fleury, Louis XV annonce son intention de se passer de Premier ministre. Mais s'il est intelligent et cultivé, il ne s'intéresse aux affaires publiques que par intermittence. De plus, il subit l'influence de ses maîtresses, surtout la marquise de Pompadour qui, entre 1745 et 1764, fait et défait les ministres. L'absence de Premier ministre aboutit le plus souvent à un manque d'homogénéité du gouvernement et à une sorte de despotisme ministériel, chaque ministre agissant seul dans son domaine en attendant d'être remercié.

Les problèmes pourtant ne manquent pas, notamment les affaires *jansénistes et les difficultés financières, entraînant, les unes et les autres, une agitation parlementaire sporadique. Refusant la condamnation papale prononcée en 1713 par la bulle *Unigenitus*, les curés jansénistes en appellent à un concile national et sont appuyés par les parlementaires, majoritairement *gallicans. Quant au déficit financier consécutif, à partir de 1740, aux dépenses des guerres de Succession d'Autriche et de Sept Ans, il apparaît de plus en plus qu'il ne pourra être résolu par les expédients habituels (emprunts, ventes d'offices), mais seulement par une profonde réforme fiscale introduisant l'égalité de tous devant l'impôt. Mais la tentative du contrôleur général Machault d'Arnouville d'établir, en 1749, un impôt d'un vingtième sur tous les revenus sans distinction, se heurte à la vive opposition de tous les privilégiés : clergé, nobles, états provinciaux, parlementaires. Ces derniers, usant de leur droit de remontrances, refusent l'enregistrement de l'édit de création. Devant cette levée de boucliers, Louis XV cède en partie : le clergé notamment est dispensé du vingtième, qui perd ainsi toute portée révolutionnaire.

Dans les années 1760, le ministre Choiseul, soutenu par Mme de Pompadour, doit faire face à une nouvelle offensive. Les parlementaires, parisiens et provinciaux, prenant prétexte des affaires jansénistes et de la suppression de la Compagnie de Jésus en 1764, se posent de plus en plus en rempart contre le despotisme et ne cachent plus leur prétention à jouer le rôle politique de premier plan qu'ils estiment leur revenir. Louis XV, fidèle à la conception traditionnelle de la monarchie absolue, refuse toute évolution qui aboutirait à un contrôle de celle-ci, et décide d'en finir. En 1771, le chancelier Maupeou remplace les parlements par des conseils supérieurs dont les membres, aux attributions exclusivement judiciaires, sont nommés et payés par le roi. Louis XV résiste, cette fois, à toutes les pressions, mais sa mort, en 1774, remet en question la réforme réalisée.

Le début du règne de Louis XVI. En effet, la première mesure prise par le nouveau roi, le jeune Louis XVI, plein de bonnes intentions, mais timide et mal conseillé, consiste à rappeler les parlements, décision prise dans un but d'apaisement, mais lourde de conséquences pour la monarchie : les parlementaires ne tardent pas, en effet, à reprendre leur opposition systématique par le biais du droit de remontrances. Il est vrai qu'en même temps Louis XVI nomme Turgot contrôleur général des Finances. Ce grand économiste libéral, ayant fait ses preuves d'administrateur comme intendant en Limousin, entreprend de résorber le déficit grâce à un meilleur rendement de la fiscalité résultant d'un enrichissement général. Il prend à cet effet un certain nombre de mesures qui lui paraissent susceptibles de favoriser cet enrichissement : rétablissement de la liberté du commerce des grains, suppression des corporations de métiers rendant ainsi le travail libre, remplacement de la corvée royale par une subvention territoriale. Mais ces nouveautés effraient et heurtent trop de privilèges. Louis XVI renvoie Turgot en 1776 et fait appel au banquier d'origine genevoise Jacques Necker, qui n'est qu'un habile technicien des finances, jouissant d'un large crédit dans les milieux bancaires, ce qui lui permet de mener une politique d'emprunts. Mais ce crédit s'effrite vite du fait des dépenses de la guerre d'Amérique (1778-1782), et Necker démissionne en 1781. Ses successeurs au Contrôle général, Calonne, puis Brienne, se heurtent au même problème financier et à la même opposition parlementaire, dès qu'il est question de réforme fiscale et d'égalité devant l'impôt. Le garde des Sceaux Lamoignon tente en 1788 une réforme inspirée de celle de Maupeou, mais rencontre une opposition générale. Le seul recours paraît désormais la réunion d'*états généraux. En août 1788, Louis XVI convoque ceux-ci pour le 1er mai 1789, à Versailles.

La prospérité économique. Le paradoxe de la France au 18e siècle réside dans le fait que l'État est presque constamment déficitaire et même menacé de banqueroute à la veille de 1789, dans un pays qui, lui, est riche, ce qui démontre, s'il en était besoin, la nécessité d'une réforme fiscale. L'essor de la production industrielle, qui est le premier aspect de cette prospérité, n'est pas la conséquence de la révolution industrielle « à l'anglaise », qui touche à peine la France à la veille de la Révolution, mais résulte du développement, notamment dans le secteur textile, de la proto-industrie qui, sans bouleversements des structures traditionnelles, est favorisé par la stabilité de la monnaie, la hausse des prix, donc des profits, l'augmentation de la population, qui passe de 21 millions d'habitants en 1700 à 28 en 1790, l'ouverture de nouveaux marchés. L'intensification des relations commerciales est, en effet, inséparable de cette croissance de la production : commerce intérieur, commerce extérieur intra-européen, commerce mondial (au premier rang duquel le commerce avec les colonies antillaises).

Tous les Français ne sont pas également bénéficiaires de cette prospérité, qui fait d'ailleurs place, à partir de 1770 environ, à une stagnation, puis à un début de dépression de la production et des revenus. Gens de finance, marchands fabricants, armateurs et négociants des grands ports atlantiques, rentiers du sol et riches laboureurs disposant d'excédents commercialisables sont les grands gagnants, en face du petit peuple des villes et des campagnes, dont les salaires n'augmentent pas dans les mêmes proportions que le profit industriel ou la rente foncière : il ne reçoit que les « miettes de l'expansion » et est la grande victime de la récession du temps de Louis XVI.

La rivalité austro-prussienne

Frédéric II contre Marie-Thérèse. De son vivant, l'empereur Charles VI s'est donné pour tâche de faire accepter, à l'avance, aux peuples de ses divers États et aux puissances européennes, que sa succession échoit à sa fille Marie-Thérèse, née en 1717. Mais sa mort, en 1740, ouvre une grave crise dans la mesure où divers compétiteurs entendent bien profiter de la situation. C'est le cas des époux des deux nièces de Charles VI, l'électeur de Saxe et l'électeur de Bavière, et de Frédéric II, devenu roi de Prusse quelques mois plus tôt, qui met en avant d'anciennes prétentions des Hohenzollern sur la Silésie. Dès décembre 1740, le roi de Prusse envahit la Silésie, sans déclaration de guerre, et entre à Breslau. Reprenant la vieille politique de lutte contre la Maison d'Autriche, la France appuie l'électeur de Bavière, candidat à la couronne impériale, et garantit la Silésie à Frédéric II. En 1741, les troupes françaises envahissent la Bohême et entrent à Prague. Mais Marie-Thérèse, sûre de l'appui de ses sujets autrichiens et hongrois, ne perd pas courage. En 1742, elle signe une paix séparée avec Frédéric II au prix de la cession de la Silésie, chasse les Français de Prague et s'assure l'alliance de l'Angleterre, des Provinces-Unies et de plusieurs États allemands. En 1745, son époux François de Lorraine est élu empereur, mais, le 11 mai, la victoire française de Fontenoy sur les troupes anglo-hollandaises permet aux Français d'occuper les Pays-Bas et une partie des Provinces-Unies. Louis XV, soucieux d'apparaître comme l'arbitre de l'Europe, accepte, par le traité d'Aix-la-Chapelle (1748), de rendre les Pays-Bas à Marie-Thérèse, cependant qu'outre-mer Anglais et Français se restituent réciproquement leurs conquêtes.

En fait, la paix ne peut être que précaire puisque aucun des grands problèmes n'est résolu, ni la rivalité franco-anglaise sur mer et aux colonies, ni la rivalité austro-prussienne en Allemagne. Frédéric II, qui sait que Marie-Thérèse n'attend qu'une occasion favorable pour récupérer la Silésie, se rapproche de l'Angleterre (dont le roi est électeur de Hanovre). Louis XV, ulcéré de la « trahison » du roi de Prusse, s'allie à l'Autriche (1756). Ce renversement des alliances est suivi de l'attaque surprise de Frédéric II contre la Saxe, alliée de l'Autriche. La guerre ainsi déclenchée allait durer sept ans et se dérouler essentiellement en Allemagne (outre la guerre franco-anglaise sur mer et aux colonies). Frédéric II, qui doit faire face à une coalition regroupant l'Autriche, la France, la plupart des États allemands et même la Russie, est, à plusieurs reprises, à deux doigts de sa perte, mais il est sauvé chaque fois soit par son génie militaire (victoires de Rossbach et de Leuthen en 1757), soit par « Sa Majesté le Hasard » lorsqu'en 1762, à la mort de la tsarine Élisabeth, le successeur de celle-ci signe immédiatement une paix séparée avec la Prusse. Enfin, en janvier 1763, un mois avant le traité franco-anglais de Paris, Frédéric II et Marie-Thérèse signent le traité d'Hubertsbourg : la Silésie reste prussienne.

La Prusse de Frédéric II (1740-1786). Accaparé dans la première partie de son règne par son long conflit avec Marie-Thérèse, Frédéric II n'a pas eu beaucoup le temps de s'occuper de ses États, et, en 1763, ceux-ci, plusieurs fois envahis, sont en partie ruinés. Reprenant la politique de ses prédécesseurs, le roi intensifie la mise en valeur et la colonisation des campagnes en faisant appel à l'immigration étrangère ; il favorise l'assèchement des marais, l'introduction des prairies artificielles et de la pomme de terre, le développement de l'élevage bovin. Il veille aussi aux progrès de l'industrie, notamment à Berlin, dans la vallée de la Ruhr, en Silésie, et facilite les relations intérieures par la construction de routes et de canaux. Cet essor ne va d'ailleurs pas sans contradiction puisqu'il permet l'enrichissement d'une classe bourgeoise qui est en même temps écartée des responsabilités de l'État, réservées à la noblesse. Enfin, l'armée reste pour lui le premier des impératifs : à la fin de son règne, l'armée prussienne est considérée comme la première d'Europe.

Par ailleurs, Frédéric II s'est acquis la réputation de « roi philosophe » (on dira « despote éclairé » au 19e siècle), grâce entre autres à ses relations avec Voltaire. De fait, il supprime la torture et fait rédiger un code civil fondé sur l'égalité de tous ; il abolit le servage dans ses domaines propres (mais non dans le reste de la Prusse) ; il établit la liberté religieuse et la liberté de la presse et développe l'enseignement. Il n'en reste pas moins que sa conduite, tant dans l'intérieur de son royaume que dans ses relations avec ses voisins, est inspirée par la seule raison d'État. Quand il meurt, en 1786, le « vieux Fritz » laisse un État puissant et agrandi (6 millions d'habitants sur 200 000 kilomètres carrés), susceptible d'imposer un jour sa loi à toute l'Allemagne.

L'Autriche de Marie-Thérèse et de Joseph II (1740-1790). Dès le début de son règne, Marie-Thérèse a perdu, de fait, la Silésie et ne s'est concilié ses sujets hongrois qu'en leur garantissant leurs privilèges. Prenant son parti de la relative autonomie de ses possessions périphériques (Pays-Bas, Milanais, Hongrie), elle s'efforce de faire de ses États héréditaires d'Autriche et de Bohême un État fort et centralisé. Elle est aidée dans sa tâche par des ministres remarquables, notamment Kaunitz. A l'instigation de celui-ci, l'union de la chancellerie de Bohême à la chancellerie d'Autriche met fin, en 1749, aux derniers vestiges de l'autonomie tchèque, cependant que le chancelier d'Autriche devient un personnage de premier plan. Fidèle au mercantilisme de ses prédécesseurs, Marie-Thérèse s'efforce de stimuler l'activité économique pour accroître les exportations. L'industrie est réglementée et encouragée. Le commerce extérieur est en pleine expansion, notamment par Trieste qui est reliée directement à Vienne par une route à travers les Alpes. Ainsi se développe peu à peu une classe bourgeoise. Pour répondre aux souhaits de celle-ci, mais aussi pour former les fonctionnaires dont elle a besoin, Marie-Thérèse développe l'enseignement. Très attachée au catholicisme, elle multiplie les tracasseries à l'égard des juifs et des protestants, tout en surveillant de près le clergé catholique. A la mort de son mari François Ier, en 1765, leur fils aîné Joseph II est élu empereur, mais sa mère le nomme seulement corégent des États héréditaires et continue à exercer elle-même le pouvoir jusqu'à sa mort, en 1780.

Joseph II est alors libre d'appliquer le programme de réformes qu'il a conçu. Intelligent et disciple des philosophes, il croit à la toute-puissance de la raison et déteste le fanatisme et la superstition. Plein de bonnes intentions, il veut travailler au bonheur de ses sujets, au besoin malgré eux, dans un esprit systématique, et son activité réformatrice est trop souvent brouillonne. Il s'attache à réaliser l'unité linguistique et administrative de ses États. L'allemand est déclaré seule langue officielle à la place du latin, y compris aux Pays-Bas et en Milanais. Tous ses États d'Europe centrale sont divisés en provinces et en cercles, avec à leur tête des fonctionnaires nommés par Vienne et supplantant les agents des États locaux. Sur le plan social, Joseph II, désireux d'améliorer la condition paysanne, promulgue, en 1781, un décret abolissant le servage personnel là où il subsistait encore ; il fait rédiger un nouveau code proclamant l'égalité de tous devant la loi et songe à un impôt foncier unique qui pèserait sur toutes les terres. En matière religieuse, il est influencé par les Lumières, mais aussi par le jansénisme et le gallicanisme. A la fois franc-maçon et catholique pratiquant, il est convaincu que la religion doit être d'abord socialement utile et que l'Église catholique doit être soumise à l'État et ses immenses moyens matériels mis à la disposition du prince et de ses sujets. Dès 1781, un édit de tolérance accorde la liberté de culte aux luthériens, aux calvinistes et aux orthodoxes ; des mesures sont également prises à l'égard des juifs. En même temps, il commence à appliquer à l'égard de l'Église catholique une politique systématique, appelée ultérieurement « joséphisme », sans aucune entente préalable avec le pape : surveillance étroite des évêques dans leur correspondance avec Rome, suppression de nombreux ordres religieux, modification de la carte des diocèses et des paroisses, simplification du culte. Une telle politique de réformes, menée sur tous les fronts et sans précautions, suscite de très vives résistances dans presque tous les milieux. Des soulèvements populaires ont lieu dans les duchés alpins. En

Hongrie et surtout aux Pays-Bas, l'opposition tourne à la révolte ouverte. Lorsqu'il meurt, en 1790, Joseph II a cruellement conscience de son échec.

L'ascension de la Russie

La Russie d'Élisabeth et de Catherine II (1741-1796). Après la succession de cinq tsars ou tsarines en seize ans (1725-1741), Élisabeth, fille de Pierre le Grand et de Catherine Ire, devient tsarine en 1741 et le reste jusqu'à sa mort, en 1762. Très russe et attachée à la religion orthodoxe, elle n'en a pas moins reçu une éducation française, et son règne est marqué à la fois par la pénétration durable de l'influence culturelle de la France dans les élites et par une réaction nationale russe. Pendant son règne, l'industrie connaît un essor remarquable, avec surtout le développement des industries minières et métallurgiques de l'Oural. Cet essor se fait au profit de la noblesse, seule propriétaire de la terre : grâce aux monopoles accordés par le souverain, les nobles créent et exploitent mines et manufactures en y employant la main-d'œuvre de leurs serfs. D'ailleurs, l'obligation pour tout paysan de se donner un maître renforce à nouveau le servage. A la mort d'Élisabeth, son successeur désigné est un prince allemand, Pierre de Holstein, petit-fils de Pierre le Grand et de Catherine Ire, qui devient Pierre III. Mais, au bout de quelques mois, sa femme, Sophie d'Anhalt, qui s'est rendue populaire en apprenant le russe et en se convertissant à la religion orthodoxe, force Pierre III à l'abdication (avant de le faire exécuter) et se fait proclamer tsarine sous le nom de Catherine II (1762).

Intelligente, travailleuse et autoritaire, Catherine II assume entièrement la direction des affaires, sans se laisser dominer par ses favoris successifs. Très dissimulée et rusée, elle assure sa propre publicité en Europe en entretenant d'excellentes relations avec les philosophes français, notamment Diderot, qui célèbrent en elle la Sémiramis du Nord et le modèle du roi philosophe. De fait, elle se montre souverain éclairé : elle favorise l'enseignement, elle fait preuve de tolérance religieuse, faisant cesser les persécutions contre les dissidents du *raskol,* accueillant les jésuites chassés des pays catholiques, accordant la liberté de culte aux musulmans des pays conquis sur les Turcs. Mais son attachement aux Lumières et son libéralisme sont surtout de façade. Seules comptent pour elle – comme pour Frédéric II – la raison d'État et la tâche qu'elle s'est assignée : poursuivre l'œuvre de Pierre le Grand en ouvrant toujours davantage la Russie vers l'Ouest et vers le Sud et en achevant la construction d'une monarchie autocratique et bureaucratique appuyée sur la noblesse terrienne.

Dans cette perspective, deux réformes sont particulièrement importantes. La réforme administrative de 1775 fait passer le nombre des gouvernements de 12 à 50 et surtout subordonne étroitement la noblesse, qui détient les divers pouvoirs locaux, aux gouverneurs, nommés par le souverain et ne dépendant que de lui. La réforme sociale de 1785 définit le statut légal de la noblesse en codifiant tous les privilèges qui lui ont été accordés antérieurement. En revanche, la tsarine refuse de limiter les droits des propriétaires sur leurs serfs et aggrave la situation de ceux-ci, qui peuvent désormais être vendus et achetés ; de plus, elle étend le servage aux régions de la Russie du Sud où il n'existait pas encore. Quant aux progrès de l'industrie, ils se poursuivent pour le plus grand profit des nobles. La politique menée à l'égard des paysans suscite de fréquents soulèvements, dont le plus grave est celui de Pougatchev (1773-1775). A la fin de son règne, la Grande Catherine a achevé le rassemblement des terres russes et fait de son empire, plus peuplé et plus vaste, une grande puissance européenne.

Les partages de la Pologne et la question d'Orient. Le renforcement de la puissance russe s'est fait en partie au détriment de ses deux voisins, la Pologne et l'Empire ottoman. L'anarchie politique qui règne en Pologne du fait de ses institutions – élection du souverain, *liberum veto,* privilèges nobiliaires – facilite l'intervention de plus en plus ouverte des grandes puissances dans les affaires intérieures polonaises. Certains nobles, tels les Czartoryski, sont conscients des réformes nécessaires, mais tous mènent une politique de clans, grâce à d'importantes clientèles et à des appuis à l'extérieur. Dans ces conditions, la mort d'Auguste III en 1763 ouvre une très grave crise. Grâce à un accord russo-prussien et à la présence des troupes russes qui pénètrent en Lituanie, le Polonais Stanislas Poniatowski, ancien amant de Catherine II, est élu roi en 1764. Sous l'influence de ses oncles Czartoryski, le nouveau roi décide d'entreprendre des réformes et propose notamment la suppression du *liberum veto.* Mais Catherine II pas plus que Frédéric II n'ont intérêt à un relèvement de la Pologne. Malgré la résistance des Polonais partisans des réformes et de l'indépendance nationale, regroupés dans la Confédération de Bar, les troupes russes entrent en Pologne et, en 1770, sont maîtres de tout le pays.

Frédéric II, fort préoccupé de la situation ainsi créée, se tourne vers Marie-Thérèse, elle-même inquiète, au même moment, des victoires russes en Turquie. Tous deux imposent, sous la menace, leur « médiation » à Catherine II. En fait, par les traités de Saint-Pétersbourg, en 1772, les trois puissances, « pour prévenir la décomposition de l'État polonais », s'attribuent les provinces les plus avantageuses pour elles : la Prusse occidentale, moins Dantzig, pour la Prusse ; la plus grande partie de la Biélorussie, ou Russie Blanche, pour la Russie ; la Galicie et une partie de la Podolie pour l'Autriche. Dans toute l'Europe, notamment en France, l'émotion est considérable, mais aucune initiative n'est prise pour venir au secours des Polonais. Le pays, amputé des deux cinquièmes de son territoire, n'est plus qu'un protectorat russe. Quelques réformes trop tardivement tentées ne peuvent empêcher ni un deuxième partage, en 1793, entre la Russie et la Prusse, ni la disparition totale de l'État polonais en 1795.

Dans le même temps, la présence ottomane en Europe est de plus en plus menacée par deux dangers : le réveil des populations chrétiennes, organisées en solides communautés villageoises et bien encadrées par le clergé orthodoxe, et les ambitions des grands États voisins. La Russie regarde vers la Crimée et la mer Noire et, au-delà, se pose en défenseur des chrétiens de l'Empire turc. L'Autriche entend bien ne laisser personne s'installer à sa place dans les provinces danubiennes à conquérir sur les Turcs. De leur côté, la France et surtout l'Angleterre, soucieuses de maintenir l'équilibre européen, mais aussi de préserver leurs intérêts commerciaux en Méditerranée orientale, suivent de très près, elles aussi, l'évolution de la situation. Ce sont les deux voisins immédiats qui, comme dans le cas de la Pologne, se mettent d'accord pour marquer des points : l'Autriche, qui annexe la Bukovine en 1775, et surtout la Russie, qui se fait céder par la Turquie en 1774 Azov et, de fait, la Crimée, puis en 1790 le littoral de la mer Noire entre Dniepr et Dniestr où, quatre ans plus tard, est fondé le port d'Odessa. A la fin du 18e siècle, la « question d'Orient » est devenue l'un des soucis majeurs des diplomates européens.

DOCUMENT

Portrait de Joseph II

Lettre du prince de Ligne à l'impératrice Catherine II :

« Vienne, le 12 février 1790

« Il n'est plus, Madame ; il n'est plus, le prince qui faisait honneur à l'homme, l'homme qui faisait le plus d'honneur aux princes. Ce génie ardent s'est éteint comme une lumière dont l'enveloppe était consumée ; et ce corps actif est entre quatre planches qui l'empêchent de se remuer. Après avoir accompagné ses restes précieux, j'ai été un des quatre qui l'ont porté aux capucins. Hier je n'aurais pas été en état d'en rendre compte à Votre Majesté Impériale. Joseph II est mort avec fermeté, comme il a vécu : c'est avec ce même esprit méthodique qu'il a fini et commencé. Il a réglé le cortège qui devait accompagner le saint sacrement qu'on portait à son lit de mort. Il s'est levé pour savoir si tout était comme il l'avait ordonné [...]

« L'empereur me dit, peu de jours avant sa mort, et à mon arrivée de l'armée de Hongrie que j'avais menée en Silésie : – Je n'ai pas été en état hier de vous voir. Votre pays m'a tué. Gand a été mon agonie et Bruxelles abandonné, ma mort. Quelle avanie pour moi ! (Il répéta plusieurs fois ce mot.) J'en meurs : il faudrait être tout de bois pour que cela ne fût pas. Je vous remercie de tout ce que vous venez de faire pour moi, ajouta-t-il. Laudon m'a dit beaucoup de bien de vous : je vous remercie de votre fidélité. Allez aux Pays-Bas ; faites-les revenir à leur souverain, et si vous ne le pouvez pas, restez-y ; ne me sacrifiez pas vos intérêts, vous avez des enfants [...]

« Du reste, Madame, le dirai-je, à la honte de l'humanité, j'ai vu périr quatre grands souverains : on ne les regrette qu'un an après leur mort ; on espère les six premiers mois, et l'on fronde les six autres. Cela se passa ainsi quand Marie-Thérèse mourut. On sent bien peu la perte que l'on fait. Les curieux, les indifférents, les ingrats, les intrigants s'occupent des nouveaux règnes. Ce n'est que dans un an que le voyageur dira : quels beaux établissements pour les écoles, les hôpitaux, les prisons et l'éducation ! Le manufacturier : que d'encouragement ! le laboureur : il a labouré lui-même ; l'hérétique : il fut notre défenseur. Les présidents de tous les départements, les chefs de tous les bureaux diront : il était notre premier commis et notre surveillant à la fois ; les ministres : il se tuait pour l'État, dont il était, disait-il, le premier sujet ; le malade dira : il nous visitait sans cesse ; le bourgeois : il embellissait nos villes par des places et des promenades ; le paysan, le domestique diront aussi : nous lui parlions tant que nous voulions ; les pères de famille : il nous donnait des conseils. Sa société dira : il était sûr, aimable ; il racontait plaisamment ; il avait du trait dans la conversation ; on pouvait lui parler avec vérité sur tout.

« Voilà, Madame, que je vous entretiens de la vie de l'empereur, et je comptais ne vous raconter que sa mort. »

Lettres et Pensées du prince de Ligne,
Paris, Tallandier, 1989, p. 211-213.

Charles-Joseph, prince de Ligne, naît à Bruxelles en 1735, d'une vieille famille du Hainaut, dont le chef est prince du Saint Empire. Il passe son enfance au château familial de Belœil. En 1751, il fait le voyage de Vienne où il est présenté à l'empereur François Ier et à l'impératrice Marie-Thérèse. Capitaine en 1755, il participe à la guerre de Sept Ans et entre à Berlin en 1760 avec les troupes autrichiennes. A partir de 1766, il fréquente la société parisienne, notamment le salon de Mme du Deffand. En 1770, il assiste à l'entrevue entre Frédéric II et Joseph II. En 1780, il se rend à Berlin, où il rencontre Frédéric II, puis à Saint-Petersbourg, où il se lie d'amitié avec Catherine II. En 1781, il reçoit Joseph II à Belœil. En 1787, il participe aux côtés de Catherine II au grand voyage en Crimée organisé par Potemkine et sert un moment dans l'armée russe engagée contre les Turcs. En 1789, il repasse au service de l'Autriche et se signale à la prise de Belgrade. Par déférence et amitié pour Joseph II, il refuse de diriger la révolte des Pays-Bas à partir d'août 1789. Il est à Vienne à la mort de Joseph II, le 20 février 1790, et écrit à Catherine II pour lui annoncer cette mort le 23 (il date sa lettre du 12, par référence au calendrier julien toujours en usage en Russie). L'occupation française de la Belgique en 1794 le ruine et le contraint à vivre désormais à Vienne, où il meurt en 1814, à la suite d'un refroidissement pris au cours d'un bal donné dans le cadre du congrès de Vienne. Ses longs séjours dans divers pays européens, sa vaste culture, sa parfaite maîtrise de la langue française, langue des élites européennes, font de ce « prince de l'Europe » le meilleur représentant du cosmopolitisme de la fin du 18e siècle.

17. La civilisation européenne aux 17e et 18e siècles

La science moderne, fondée sur la méthode expérimentale et l'utilisation du langage mathématique, naît au 17e siècle. Au siècle suivant, parallèlement aux progrès des sciences, mais le plus souvent sans lien direct avec eux, les progrès des techniques préparent la révolution industrielle, cependant que se diffuse en France et en Europe la philosophie des Lumières qui, au nom de la raison et de la liberté, veut faire reculer les ténèbres de l'ignorance et du fanatisme. Sur le plan artistique, l'art baroque, né en Italie vers 1600, triomphe dans la plupart des pays catholiques, mais, en France, triomphe l'idéal classique symbolisé par Versailles. Au 18e siècle, le mouvement littéraire et artistique se développe en réaction d'abord contre ce classicisme à la française, puis contre les excès d'un rationalisme jugé trop desséchant.

Les progrès des sciences et des techniques

La naissance de la science moderne. Le 17e siècle est d'une importance capitale dans l'histoire de la pensée européenne. C'est à ce moment en effet que, grâce notamment à l'Italien Galilée (1564-1642), au Français René Descartes (1596-1650) et à l'Anglais Isaac Newton (1642-1727), se fonde la science moderne dont, au siècle précédent, Nicolas Copernic n'avait été que le timide précurseur. En utilisant de façon systématique l'expérimentation et le langage mathématique, Galilée est le vrai fondateur de la science moderne. En 1589, il effectue des expériences sur le mouvement des projectiles et réfute la théorie d'Aristote sur le mouvement. En 1609, il met au point la lunette astronomique, qui lui permet de remarquables découvertes, ouvrant ainsi la voie à l'astronomie d'observation. Mais la publication en 1632 de son *Dialogue sur les deux grands systèmes du monde,* dans lequel il défend l'héliocentrisme de Copernic, lui vaut d'être condamné l'année suivante par l'Inquisition romaine. Quatre ans après la condamnation de Galilée, paraît à Paris, en français, le *Discours de la méthode pour bien conduire sa raison et chercher la vérité dans les sciences.* Cet ouvrage de Descartes jette les bases d'une véritable révolution intellectuelle : à la pensée idéaliste et pré-logique, à la physique qualitative des gens de la Renaissance, il oppose les grandes leçons du doute méthodique, du primat de la raison et de l'expérience, de la nécessité du langage mathématique. Mathématicien, physicien, géomètre, Newton est surtout le créateur d'un nouveau système du monde qui, prolongeant les intuitions de Copernic et les découvertes de Galilée et de ses successeurs, se substitue au système d'Aristote que l'observation et l'expérimentation conduisent à rejeter. C'est en 1687, dans ses *Philosophiae naturalis principia mathematica,* qu'il énonce une loi mathématique simple, mais de très grande portée, la loi de la gravitation universelle. En dépit de nombreuses résistances, le système de Newton triomphe au 18ᵉ siècle et restera, jusqu'à Einstein, le cadre dans lequel s'inscriront toutes les découvertes scientifiques ultérieures.

Les nouvelles conditions du travail des savants. Parallèlement, les conditions mêmes du travail scientifique évoluent. A l'époque de Galilée, les hommes de science travaillent encore presque toujours en francs-tireurs ; tout au plus sont-ils protégés par quelques mécènes. Les autorités les ignorent ou les regardent avec méfiance. L'opinion publique ne s'intéresse guère à leurs travaux. Mais, à partir du milieu du 17ᵉ siècle, rois et princes commencent à leur porter un intérêt qui ne cessera de croître. En 1662, est fondée à Londres, sous le patronage du roi Charles II, la *Royal Society* qui jouera un rôle moteur dans les progrès scientifiques et techniques en Angleterre. En 1665, Colbert fonde à Paris une *Académie des sciences* et patronne la publication du *Journal des savants* ; en 1667, il fait commencer la construction de l'Observatoire. Au siècle suivant, les académies des sciences patronnées par les souverains se multiplient en Europe, notamment celles de Stockholm, de Copenhague, de Berlin, fondée en 1700 par Frédéric Ier et réorganisée en 1743 par Frédéric II, et de Saint-Pétersbourg, fondée en 1725 par Pierre le Grand et illustrée par Lomonossov (1711-1765), écrivain et savant d'un génie universel. La science est considérée maintenant comme essentielle dans un État. Les rois se disputent les savants et prennent l'initiative de grandes entreprises scientifiques. Ce faisant, ils ne font que traduire un sentiment général. Dans tous les pays d'Europe, la science a en effet conquis peu à peu un secteur de plus en plus large de l'opinion. Au 18e siècle, il est devenu de bon ton de parler de sciences dans les salons. Les plus grands esprits témoignent du plus vif intérêt pour les questions scientifiques : c'est Voltaire qui, vers 1735, fait connaître en France les travaux de Newton. Il existe d'autres témoignages de cet engouement : le succès des premières expériences d'électricité, la multiplication des cabinets de physique dans les châteaux ou les hôtels bourgeois, le progrès de l'enseignement des sciences dans les collèges.

Appuyé par les autorités, soutenu par l'intérêt du public, le savant n'est pas encore enfermé dans une étroite spécialisation. Le développement des différentes sciences n'est pas tel qu'il interdise à un même chercheur de travailler dans plusieurs secteurs différents. Au 17e siècle, Descartes, Newton, Leibniz touchent à presque tout le savoir de leur temps. Cette absence de spécialisation, cette interpénétration des sciences entre elles facilitent le dialogue et se révèlent fructueuses. Certes, les savants restent presque tous des amateurs. Mais l'invention ou le perfectionnement d'instruments de mesure et d'observation les dotent maintenant d'outils sans lesquels la plupart des grandes découvertes n'auraient pu être réalisées : lunette astronomique, télescope, microscope, baromètre, thermomètre. Longtemps, ces instruments restent, sauf exceptions, de construction simple et de prix abordable. En revanche, à la fin du 18e siècle, Lavoisier ne peut monter son laboratoire de chimie, remarquablement outillé, que grâce à sa fortune de fermier général. Ainsi, à partir des années 1780, les progrès mêmes des sciences, entraînant inévitablement la spécialisation et, pour certaines d'entre elles, la multiplication d'instruments de plus en plus perfectionnés et coûteux, modifient à nouveau, peu à peu, les conditions du travail des savants.

Les principaux progrès scientifiques. Les mathématiques étant devenues le langage de la science moderne, leurs progrès conditionnent le développement de celle-ci. Tout au long des deux siècles, de grands mathématiciens font, souvent simultanément, des découvertes fondamentales : ainsi, les logarithmes (Neper, Kepler), le calcul des probabilités (Pascal), la géométrie analytique (Fermat, Descartes, puis Clairaut et Monge), l'analyse infinitésimale ou calcul différentiel et intégral (Fermat et Descartes, Newton et Leibniz, les frères Bernouilli, Euler, Lagrange), la mécanique rationnelle (d'Alembert, Lagrange).

L'astronomie d'observation fait, au 17e siècle, d'immenses progrès grâce à Galilée, puis à Kepler et à Huygens. Mais c'est Newton qui fonde vraiment l'astronomie moderne : la loi de la gravitation universelle lui permet d'expliquer, entre autres, les mouvements elliptiques des planètes, les détails des mouvements de la lune, l'origine des marées, la forme de la terre. Les grands astronomes du 18e siècle, l'Anglais Halley, les Français Bouguer, Maupertuis et surtout Laplace, s'attachent à confirmer le système newtonien.

Par ses études sur le mouvement, Galilée a été l'un des premiers à utiliser des modèles mathématiques pour tenter de rendre compte de phénomènes physiques. Pascal, reprenant les expériences de Torricelli, démontre l'existence du vide et de la pression atmosphérique. Les perfectionnements apportés au thermomètre par Fahrenheit, Réaumur et Celsius permettent à l'Écossais Black d'établir la chaleur spécifique d'un certain nombre de corps et de fonder la calorimétrie. Dans le même temps, d'importantes découvertes sont faites dans le domaine de l'électricité statique, notamment avec Franklin et Musschenbroek, inventeur du premier condensateur électrique, dit bouteille de Leyde. Quelle que soit l'importance des travaux des Britanniques Boyle, Priestley ou Scheele, c'est au Français Lavoisier (1743-1794) que revient le mérite de fonder la chimie moderne, expérimentale et quantitative : le premier, il définit la combustion à la suite d'expériences décisives et réalise, en 1777, l'analyse de l'air et, en 1783, l'analyse et la synthèse de l'eau.

Les sciences de la vie évoluent moins vite. La classification zoologique et botanique proposée par le Suédois Linné a au moins le mérite de simplifier le vocabulaire des naturalistes, mais l'idée de la fixité des espèces ne recule que très lentement devant la notion de variabilité et d'évolution : le Français Buffon notamment oppose avec prudence, à l'idée d'un monde créé une fois pour toutes, la conception révolutionnaire d'une « histoire » de la nature. Quant à l'art de guérir, il reste encombré de théories fausses et de préjugés, en dépit de quelques découvertes en anatomie et en physiologie, notamment celle de la grande circulation du sang mise en évidence par Harvey dès 1628. La thérapeutique continue à user de remèdes largement inefficaces, et la première grande victoire sur la maladie – en l'occurrence, la variole – n'est remportée qu'en 1796, date de la première vaccination pratiquée par l'Écossais Jenner.

Les progrès techniques. Parallèlement aux succès remportés par la science, on assiste à une réhabilitation des techniques de la part des grands esprits du temps, qui soulignent la valeur des « arts mécaniques » si méprisés par certains et pourtant si utiles. Toutefois, la liaison entre la science et la technique n'est pas encore systématique, comme elle le deviendra à partir du 19e siècle. Les grandes découvertes techniques du 18e siècle (le siècle précédent est assez pauvre en ce domaine) découlent de l'ingéniosité d'artisans et de professionnels confrontés à un problème pratique plus souvent que de l'application à ce problème de données scientifiques. En agriculture, un certain nombre d'innovations commencent à se répandre très lentement en Europe dans la seconde moitié du 18e siècle, sous l'influence des Hollandais, des Flamands et des Anglais. La plus importante réside dans l'introduction de cultures fourragères dans le cycle de production, ce qui permet la suppression de la jachère et le développement de l'élevage. De plus, on cherche à améliorer la qualité du bétail, notamment par la sélection des races, cependant que la pomme de terre gagne peu à peu les sols pauvres.

Mais c'est dans l'industrie que les progrès sont les plus importants et les plus gros de conséquences. Ils sont tous le fait de Britanniques : invention de nouvelles machines textiles (à tisser et à filer), substitution du coke au bois dans la fonte du minerai de fer, surtout mise au point de la machine à vapeur. C'est pourquoi, à la fin du siècle, les conséquences révolutionnaires de ces innovations ont touché presque exclusivement l'Angleterre. Ce n'est qu'au 19e siècle que le continent connaîtra à son tour la révolution industrielle et ses effets en chaîne.

Au total, l'importance des 17e et 18e siècles dans l'histoire de l'Europe est considérable : c'est alors que sont jetées les bases sur lesquelles va s'édifier la civilisation scientifique et technicienne du 19e siècle. Le fait est d'autant plus important qu'il a pour conséquence l'accélération du décalage entre l'Europe et le reste du monde. Alors que jusque-là le progrès avait marché d'un même pas, ou à peu près, en Asie et en Europe, celle-ci accentue brutalement, sur le plan de la science et de la technique, l'avance que les grandes découvertes maritimes du 15e siècle lui avait assurée sur le plan économique et politique.

Baroque et classicisme

Naissance et diffusiòn du baroque. Mouvement artistique original, le baroque, au sens étroit du terme, naît en Italie vers 1600 et de là gagne les pays voisins. C'est un art du mouvement, avec en architecture des façades ondulées et décrochées ou des colonnes torses, et en peinture des effets de trompe-l'œil, des jeux d'ombre et de lumière, une débauche de couleurs. C'est aussi un art du spectacle et de l'ostentation, refusant l'équilibre et la raison et prônant le pathétique, l'excessif, l'irrationnel. C'est enfin un art catholique, inséparable du succès de l'Église romaine après Trente et de la glorification des grands dogmes réaffirmés par le concile. Les initiateurs de l'art nouveau sont les Romains Borromini et surtout Bernini, réalisateur de l'aménagement de la place Saint-Pierre de Rome et de la décoration intérieure de la basilique. De Rome, le baroque gagne les autres centres italiens, notamment Venise, les deux royaumes ibériques, Espagne et Portugal, la partie méridionale des Pays-Bas, restée espagnole et catholique, où Rubens est le plus grand peintre de son temps, la France de Louis XIII et de Mazarin. Quant à l'Europe centrale, Allemagne et pays danubiens, elle est déchirée par la guerre entre 1618 et 1648, et ce n'est vraiment que dans la seconde moitié du 17e siècle que l'art baroque y trouvera une de ses terres d'élection.

Le baroque ne triomphe pourtant pas également dans toute l'Europe. Même dans les pays où il semble l'emporter, certains artistes peuvent difficilement lui être rattachés, tel le peintre espagnol Velasquez. D'autres pays, alors même qu'ils l'accueillent, lui opposent une esthétique différente : c'est le cas de la France, où l'idéal classique commence à se mettre en place en littérature (Malherbe) et en peinture (Nicolas Poussin). Enfin, certains pays refusent à peu près complètement l'art nouveau : ainsi, l'Angleterre puritaine et surtout les Provinces-Unies avec le triomphe de peintres intimistes comme Hals, Vermeer et Rembrandt.

L'idéal classique. Lentement élaboré dans la première moitié du 17e siècle, l'idéal classique l'emporte en France à partir de 1660. Il répond à la fois au souci d'ordre et d'unité de Louis XIV et aux goûts d'une bourgeoisie dont la richesse et l'influence ne cessent de croître. Le classicisme s'appuie, comme toute la civilisation de l'Europe depuis le Quattrocento, sur le culte de l'Antiquité, modèle inégalé. Ce culte se retrouve en littérature dans l'imitation des genres et des manières d'écrire des Anciens. En architecture, on en revient, par-delà la fantaisie qu'avait pu y introduire, ici ou là, le baroque, aux formules antiques revues par la Renaissance :

fronton triangulaire, ordres superposés, colonnades, coupoles. En sculpture et en peinture, les allégories mythologiques sont plus que jamais à la mode, de même que les portraits à l'antique. Le souci de clarté et de rigueur, grâce au contrôle de la raison, caractérise plus encore l'idéal classique. Obéir à la raison et aux règles qu'elle dicte, c'est rejeter tout ce qui est exceptionnel, excessif, spontané, irréfléchi, et rechercher au contraire ce qui est clair, sobre, vraisemblable et qui a valeur générale. Il faut viser aussi le grandiose et le majestueux, sans jamais tomber pour autant dans la démesure. Le classicisme est plus largement un idéal de vie, celui de l'« honnête homme » qui se laisse guider constamment par la raison, la mesure, la maîtrise de soi. Dans les années 1660-1685, une pléiade d'écrivains, usant de l'admirable outil qu'est devenue la langue française, brillent dans les genres les plus divers et deviennent des modèles pour toute l'Europe : Corneille, Racine, Molière, Pascal, Bossuet, La Fontaine.

En même temps, Louis XIV demande aux meilleurs artistes de son temps de lui construire une résidence digne de lui. A partir de 1662, Versailles est un immense chantier, même après que la cour s'y est installée définitivement en 1682. Majesté, symétrie, mesure, telles sont les caractéristiques d'un ensemble où tout concourt à la gloire du souverain. Bâtiments et jardins s'ordonnent autour d'un grand axe, et l'immense façade du château est d'une ordonnance toute classique. En dépit de certaines survivances de l'esthétique baroque dans le décor éphémère des fêtes et dans bien des éléments de la décoration des intérieurs ou des jardins, Versailles est la plus grande manifestation de l'art classique.

Les prolongements du baroque. Hors de France, l'art baroque continue à s'imposer, dans la seconde moitié du 17e siècle, à presque toute la péninsule italienne, notamment en Italie du Sud et en Sicile. Dans la péninsule Ibérique, il aboutit à l'art churrigueresque, du nom des frères Churriguera, architectes et décorateurs, qui multiplient à l'infini les motifs d'ornementation. C'est entre 1650 et 1730 que le baroque s'épanouit vraiment en Europe centrale et plus spécialement dans les

États des Habsbourg, pays de civilisation catholique, monarchique et seigneuriale, largement ouverts à l'influence italienne. Commencé après la paix de Westphalie, le mouvement se trouve confirmé et accéléré par la victoire sur les Turcs en 1683. De grands architectes, comme Fischer von Erlach ou Hildebrandt, édifient à Vienne et à Prague églises et palais, et sur le Danube l'abbatiale de Melk. Sculpteurs et décorateurs animent de statues, de peintures, de boiseries sculptées, de retables tous ces édifices qui, loin d'être des imitations serviles de Borromini ou de Bernini, sont des variations originales sur les thèmes baroques. Il en est de même en Pologne catholique, où les traditions locales donnent sa coloration particulière à l'art polonais, comme dans le palais de Wilanow.

Le siècle des Lumières

Le mouvement philosophique. Selon un mot souvent cité de Mme de Lambert, en 1715 : « Philosopher, c'est rendre à la raison toute sa dignité et la faire rentrer dans ses droits ; c'est secouer le joug de la tradition et de l'autorité. » De tels objectifs ne font que prolonger les leçons du rationalisme de Descartes ou de Spinoza (1632-1677) et la critique des croyances traditionnelles et de la monarchie absolue amorcée dans certains milieux intellectuels européens dès les années 1680-1715. Les idées que défendent, principalement en France, les grands écrivains appelés « philosophes » tendent à substituer aux « ténèbres » les « lumières » de la raison, pour le plus grand bonheur de l'humanité. Il est significatif qu'un mot semblable – *Enlightment, Aufklärung,* **Illuminismo* – désigne dans les pays voisins ce grand mouvement intellectuel du 18e siècle.

Avec toutes les nuances liées aux différences de leurs options personnelles et de leurs tempéraments, les grands philosophes, notamment Montesquieu (1689-1755), Voltaire (1694-1778), Rousseau (1712-1778), Diderot (1713-1784), se livrent à une même critique systématique de la société de leur temps, sur tous les plans, religieux, politique, social, économique. A de rares exceptions près, les philosophes admettent l'existence d'un Dieu créateur et organisateur de l'univers. Mais ce Dieu n'intervient pas dans l'histoire humaine. Révélation, tradition, Églises, clergé, dogmes n'ont aucune valeur. A l'enseignement de l'Église romaine, qui présente la vie terrestre comme une vallée de larmes, simple passage vers la vie éternelle, Diderot oppose l'idée qu'« il n'y a qu'un devoir, c'est d'être heureux ». Le déisme de Rousseau, plus chaleureux, s'accompagne d'un même refus des Églises établies, repaires de l'ignorance et du fanatisme, mais débouche sur une religiosité profonde et sincère. Il est vrai qu'en même temps la plupart des philosophes, Voltaire en tête, estiment que la religion, garante de l'ordre social, est nécessaire à la « canaille » ; mais le moment viendra où le progrès des Lumières permettra cet affranchissement général encore réservé à quelques-uns.

Sur le plan politique, l'accord des philosophes, à l'exception de Rousseau, se fait sur le régime monarchique, mais une monarchie tempérée et respectueuse des grandes libertés fondamentales : liberté individuelle, liberté de pensée et d'expression. Le grand prince est celui qui use de son pouvoir pour le bien de son peuple et multiplie les réformes en s'inspirant des idées des philosophes. Seul, Rousseau préconise la démocratie et la république, mais pense qu'elles ne sont possibles que dans les petits États. Il se sépare encore de ses pairs en prônant l'égalité et en condamnant la propriété individuelle, alors que Montesquieu et Voltaire réservent un rôle politique de premier plan aux classes éclairées et défendent la propriété, tout en réclamant l'égalité civile devant la loi et devant la justice. Dans le domaine économique, les philosophes vantent les bienfaits de la liberté et de la nature, à l'encontre des principes colbertistes de réglementation et de supériorité du commerce et de l'industrie sur l'agriculture. Pour les physiocrates, c'est le travail de la terre qui est le fondement de toute richesse ; c'est pourquoi les propriétaires terriens doivent avoir une place privilégiée dans la société. Quant à l'industrie et au commerce, ils ne peuvent prospérer que dans la liberté. Pour l'Écossais Adam Smith, auteur en 1776 des *Recherches sur la nature et les causes de la richesse des nations*, le travail sous toutes ses formes est la seule source de la richesse, le travail de chacun lui permettant d'accéder au produit du travail des autres ; la loi de l'offre et de la demande et l'intérêt personnel permettent aux sociétés de s'organiser harmonieusement sans intervention de l'État et dans la plus totale liberté de la production et des échanges.

La diffusion des Lumières. Si les principales œuvres des grands philosophes sont écrites avant le milieu du siècle, c'est surtout après 1750 que s'accélère la diffusion de leurs idées. Cette diffusion se heurte, surtout en France, à l'opposition des autorités civiles et religieuses, qui exercent une étroite censure de la production littéraire. Le livre, sous toutes ses formes, reste, en effet, le moyen privilégié de diffusion des idées nouvelles, depuis la petite brochure ou le libelle jusqu'à la grande œuvre collective que constitue l'*Encyclopédie,* avec ses 33 volumes, dont 11 de planches, publiés entre 1751 et 1772. Les deux directeurs de l'entreprise, Diderot et d'Alembert, ont voulu d'abord procurer à leurs contemporains un *Dictionnaire raisonné des sciences, des arts et des techniques,* c'est-à-dire le point des connaissances scientifiques et techniques du temps. Mais ils en ont profité pour faire aussi une critique habile et détournée, parfois contradictoire, des institutions politiques et des idées religieuses, et une apologie prudente du progrès humain et du bonheur ici-bas grâce au rejet des dogmes, de l'autorité et de la tradition. Ce n'est pas seulement par les livres que se diffusent les idées des philosophes, mais aussi par la presse, les académies provinciales, les salons, les loges maçonniques. La franc-maçonnerie, fondée en Angleterre au début du siècle, prêche la croyance en un Dieu architecte de l'univers, la foi dans le progrès humain grâce à la raison, la nécessité de la fraternité. Enfin, au-delà de l'élite cultivée de la société française, la diffusion des « Lumières » dans toute l'Europe est facilitée par l'utilisation de la langue française par les classes supérieures de la plupart des pays européens.

Le mouvement littéraire. Les philosophes français ne sont pas seulement des penseurs ; les plus grands d'entre eux, notamment Voltaire, sont de remarquables écrivains, brillant dans tous les genres et faisant preuve d'une clarté d'expression conforme aux leçons du classicisme. Celui-ci triomphe aussi en Angleterre avec Daniel De Foe (*Robinson Crusoé,* 1719), Swift (*Les Voyages de Gulliver,* 1746), David Hume, à la fois historien, philosophe et économiste. A partir de 1750 environ, en même temps que se diffusent les idées des philosophes, se dessine, au nom des exigences des sentiments, une réaction contre leur rationalisme, jugé trop desséchant. En Angleterre, les poèmes de Young et de Macpherson, les romans de Richardson et de Goldsmith sont très représentatifs de cette revanche du sentiment, de l'émotion et de l'imagination. Ils contribuent à répandre le goût des ruines et des tombeaux, des paysages nocturnes et de l'exotisme, de la rêverie et de l'irrationnel. L'influence de ces auteurs anglais est grande en France, où ils répondent à l'évolution de la sensibilité du public. En 1761, Rousseau publie, avec un éclatant succès, *La Nouvelle Héloïse,* roman d'amour, exaltation du bonheur innocent au sein de la nature. En Allemagne où, depuis le début du siècle, une littérature en langue allemande commence peu à peu à l'emporter sur une littérature en latin ou en français, un grand mouvement littéraire en faveur d'une littérature nationale éclate vers 1770 : c'est le **Sturm und Drang.* Cette école, qui se pose en réaction contre le rationalisme de l'Aufklärung et revendique les droits du sentiment, est illustrée notamment par Schiller et Goethe (*Werther,* 1774). De son côté, c'est en allemand que le philosophe Emmanuel Kant publie sa *Critique de la raison pure* (1781) et sa *Critique de la raison pratique* (1788), dont l'influence sera capitale sur toute la pensée du 19e siècle.

Le mouvement artistique. L'art européen de la première moitié du 18e siècle apparaît comme une synthèse du classicisme architectural et du baroque décoratif, notamment en France. L'architecture reste fidèle aux traditions classiques, avec un souci d'urbanisme qui se manifeste dans l'aménagement de places royales aux constructions programmées. Par contre, le style rocaille, ou rococo, qui préfère à la ligne droite le contour déchiqueté et la forme tourmentée, triomphe dans la décoration, l'ornementation et même la peinture (Watteau, Boucher). Le prestige de l'art français est tel qu'il est imité un peu partout en Europe. Rois et princes se font construire des résidences copiées plus ou moins directement de Versailles ; l'urbanisme s'inspire des places royales à la française, à Bruxelles, à Copenhague, à Lisbonne. Mais, en Allemagne du Sud et dans toute l'Europe centrale, cette influence française se conjugue avec une tradition baroque persistante que l'on observe non seulement dans la décoration intérieure, semblable au rococo en France, mais aussi dans certains extérieurs, par exemple le pavillon du Zwingler à Dresde.

Dans la seconde moitié du siècle, un double mouvement affecte l'architecture et les arts plastiques : le rococo recule devant le néo-classicisme, et le rayonnement français devant les réactions nationales. Le retour à l'antique se traduit par des constructions plus sobres et plus sévères ou par les tableaux de David. Parallèlement, le rayonnement de la France diminue. La France elle-même s'ouvre de plus en plus aux influences étrangères, notamment à l'influence anglaise qui, très nette depuis le début du siècle, devient prépondérante et tourne à l'anglomanie. En Allemagne, le rejet de l'influence française et le retour à l'Antiquité vont de pair : l'architecte Langhans édifie à Berlin, en 1788, la porte de Brandebourg en s'inspirant exclusivement de modèles antiques.

Après la naissance au 17ᵉ siècle de l'oratorio et de l'opéra (*Orfeo* de Monteverdi, 1607), le 18ᵉ voit le développement de l'art de la sonate, où la musique provient exclusivement de l'instrument : à côté de la sonate proprement dite, apparaissent le concerto, le quatuor, la symphonie. Comme au siècle précédent, les compositeurs italiens, tel Vivaldi (1678-1741), continuent à jouer un rôle essentiel. Mais c'est des pays allemands que viennent bientôt les grands musiciens du siècle : Jean-Sébastien Bach (1685-1750), le « cantor de Leipzig » ; Haendel (1685-1759), né en Saxe, mais qui se fixe définitivement en Angleterre en 1726 ; le Viennois Joseph Haydn (1732-1809) ; Mozart, enfin, né à Salzbourg en 1756, mort à Vienne en 1791, auteur d'un immense répertoire dans tous les genres et génie sans égal.

DOCUMENT

La naissance de la science expérimentale vue par l'*Encyclopédie*

« Newton parut, et montra le premier ce que ses prédécesseurs n'avaient fait qu'entrevoir, l'art d'introduire la géométrie dans la physique et de former, en réunissant l'expérience au calcul, une science exacte, profonde, lumineuse et nouvelle : aussi grand du moins par ses expériences d'optique que par son système du monde, il ouvrit de tous côtés une carrière immense et sûre ; l'Angleterre saisit ces vues : la Société Royale les regarda comme siennes dès le moment de leur naissance : les académies de France s'y prêtèrent plus lentement et avec plus de peine, par la même raison que les universités avaient eue pour rejeter durant plusieurs années la physique de Descartes ; la lumière a enfin prévalu : la génération, ennemie de ces grands hommes, s'est éteinte dans les académies et dans les universités, auxquelles les académies semblent aujourd'hui donner le ton : une génération nouvelle s'est élevée ; car quand les fondements d'une révolution sont une fois jetés, c'est presque toujours dans la génération suivante que la révolution s'achève ; rarement en deçà, parce que les obstacles périssent plutôt que de céder, rarement au-delà, parce que les barrières une fois franchies, l'esprit humain va souvent plus vite qu'il ne veut lui-même, jusqu'à ce qu'il rencontre un nouvel obstacle qui l'oblige de se reposer pour longtemps [...]

« Le premier objet réel de la physique expérimentale sont les propriétés générales des corps, que l'observation nous fait connaître, pour ainsi dire, en gros, mais dont l'expérience seule peut mesurer et déterminer les effets ; tels sont, par exemple, les phénomènes de la pesanteur. Aucune théorie n'aurait pu nous faire trouver la loi que les corps pesants suivent dans leur chute verticale, mais cette loi une fois connue par l'expérience, tout ce qui appartient au mouvement des corps pesants, soit rectiligne, soit curviligne, soit incliné, soit vertical, n'est plus que du ressort de la théorie ; et si l'expérience s'y joint, ce ne doit être que dans la même vue et de la même manière que pour les lois primitives de l'impulsion. »

Encyclopédie, etc., t. VI, article « Expérimental »,
Paris, 1756, p. 298 *sq*.

*Dans le tome VI de l'*Encyclopédie, *paru en 1756, l'article « Expérimental » comporte une définition de la « philosophie expérimentale » (« qui se sert de la voie de l'expérience pour découvrir les lois de la nature ») et une brève histoire de celle-ci. Après avoir évoqué l'Anglais Francis Bacon (1561-1626), plus théoricien que praticien, et René Descartes, l'article en arrive à Newton.*

QUATRIÈMF PARTIE

L'Europe dominante 1789-1914

18. La Révolution :
Apogée et échec d'une Europe française

Pendant un quart de siècle, l'Europe vit sous la dépendance des initiatives françaises. C'est dans la paix d'abord qu'elle accueille les idées nouvelles, avec passion souvent, avec inquiétude aussi dans le camp des princes. Mais c'est dans la guerre ensuite, alors que se radicalise le mouvement révolutionnaire ou que Napoléon entreprend de mettre le continent sous le joug, qu'elle oppose un front qui s'unifie lentement. Ce front l'emporte certes, mais rien désormais ne sera plus comme avant : les idées de liberté et de nation ne s'effaceront pas.

L'Europe entre 1789 et 1815 respire au rythme de la France. La « Grande Nation » s'impose d'abord par la force des idées, puis par la force des armes. De 1792 à 1815, la guerre ne cesse guère d'opposer la France aux monarchies européennes. Napoléon Bonaparte, héritier de cette guerre, tente de construire une Europe continentale française. Mais l'obstination britannique, qui inspire et finance les diverses coalitions des couronnes, a raison du Grand Empire. La France est alors victime des rois, mais aussi des peuples dont elle a contribué à éveiller les sentiments nationaux.

La Révolution et l'Europe

1789 : la Révolution française accomplit la pensée des Lumières. Les événements français de 1789 ont un grand retentissement en Europe. Le 17 juin, les états généraux se proclament Assemblée nationale ; la Bastille, symbole désuet de l'absolutisme et de l'arbitraire royal, est prise le 14 juillet par le peuple de Paris ; en réponse aux paysans qui brûlent les vieilles chartes et pillent quelques châteaux, l'Assemblée décrète, le 4 août, l'abolition de la féodalité et de tous les privilèges ; la Déclaration des droits de l'homme et du citoyen est proclamée le 26 août, elle doit précéder une Constitution, promulguée en septembre 1791, qui fait du roi, jusqu'alors représentant de Dieu, le représentant de cette nation « de qui émanent tous les pouvoirs ». Ces événements renversent les traditions de la plus importante des monarchies européennes. La France compte en effet 28 millions d'habitants, plus de 20 % de la population totale de l'Europe, alors qu'à la même date la population de la Grande-Bretagne est encore inférieure à 10 millions.

Mais la profonde résonance de 1789 ne s'explique pas seulement par le poids matériel de la France en Europe. L'onde des idées révolutionnaires atteint l'ensemble du continent parce que la France édicte alors des principes qui se veulent universels. Elle ne définit pas seulement les droits nouveaux des citoyens français, mais les droits de l'homme. Et, ce faisant, elle accomplit les vœux des élites éclairées du 18e siècle. La Révolution française, fille des Lumières, est, en 1789, un aboutissement.

Les idées que propage la Révolution, et auxquelles font écho les gazettes dans quelques grandes villes européennes, ne sont donc pas exactement des idées neuves. Quelques tentatives antérieures en Suisse, dans les pays rhénans, en Hollande et surtout l'émancipation des colonies anglaises d'Amérique ont déjà mis en cause l'ordre ancien. Cependant la Révolution française ne peut être analysée comme un simple élément d'un grand mouvement atlantique. Les autres mouvements européens n'ont jamais approché son ampleur, et son messianisme universaliste lui donne une irréductible originalité.

En effet, dans une Europe essentiellement peuplée de paysans, le message révolutionnaire ne pouvait guère atteindre qu'une petite partie de la population éclairée. L'exemple anglais est exceptionnel. Londres applaudit au 14 juillet.

Poètes comme Wordsworth ou Coleridge, savants comme le chimiste Priestley, publicistes comme Thomas Paine saluent cette nouvelle aube. Les sociétés de pensée diffusent les nouvelles du continent. Et si, dès les premières violences, l'opinion dans sa majorité retrouve aisément le patriotisme insulaire, il reste que la Révolution nourrit pour longtemps le *radicalisme anglais. Ailleurs en Europe, si les réactions sont comparables dans quelques grandes villes commerçantes de l'Ouest, comme Hambourg, le message atteint surtout les élites, essentiellement une noblesse cosmopolite qui croit prolonger les débats des Lumières mais qui n'entend nullement sacrifier ses privilèges.

Les attitudes des cours. Les souverains européens ont très vite considéré avec méfiance les événements français et ils ont, pour la plupart, craint les risques de contagion. Dès 1789, le roi d'Espagne, Charles III, ferme son royaume aux nouvelles venues de France. Dans la Russie paysanne de Catherine II, l'« amie des philosophes », la noblesse s'enthousiasme parfois pour les grands principes de 1789, mais l'adhésion est plus rhétorique et sentimentale que profonde, et l'impératrice renonce dès 1789 à un *libéralisme de façade.

Cependant les cours, en 1789, sont d'abord préoccupées par leurs luttes intestines : l'Autriche et la Russie combattent l'Empire ottoman depuis 1786, l'Angleterre de Pitt tente d'utiliser la Prusse pour contenir la poussée vers l'ouest de la Russie ; la Pologne reste convoitée par les trois grandes monarchies continentales. La France elle-même affirme ses intentions pacifiques : « L'Assemblée nationale déclare que la Nation française renonce à entreprendre aucune guerre dans la vue de faire des conquêtes et qu'elle n'emploiera jamais ses forces contre la liberté d'aucun peuple » (mai 1790). Mais la proclamation du droit des peuples à disposer d'eux-mêmes remet en cause le droit monarchique européen. L'abolition des privilèges et des redevances féodales lèse des princes allemands « possessionnés » en Alsace ; ils en appellent aux traités de Westphalie. En mai 1791, l'Assemblée décide de consulter les habitants du Comtat et d'Avignon, possessions pontificales, sur le principe de leur réunion à la France.

En 1791, la Révolution n'en est plus à l'unanimisme de la fête de la Fédération (14 juillet 1790) qui célébrait l'alliance du roi et de la nation. La Constitution civile du clergé, votée en juillet 1790, est condamnée par le pape. L'Église se divise. Aux prêtres « constitutionnels » ou « jureurs », s'opposent les prêtres « réfractaires ». Le schisme contribue à donner sa base à la contre-révolution. En juin 1791, la tentative de fuite à l'étranger de la famille royale, arrêtée à Varennes, met un point final à la fiction d'un souverain émanation respectée d'une nation fraternellement rassemblée. Le 17 juillet, la foule qui, au Champ-de-Mars, réclamait la République est dispersée dans le sang.

Dès la fin de 1790, le whig Edmund Burke publie ses *Réflexions sur la Révolution française*, bientôt traduites en français puis en allemand. Le livre, éloge de la tradition, témoigne d'une évolution de l'Europe éclairée. En août 1791, à Pillnitz, l'empereur, le roi de Prusse, l'électeur de Saxe, mais aussi le frère de Louis XVI, le comte d'Artois, qui à Coblence rassemble autour de lui les émigrés, évoquent une intervention en France, mais ils la subordonnent encore à l'union des puissances européennes.

1792 : la guerre et la chute de la monarchie. En réalité c'est la France elle-même qui provoque la guerre. Malgré les mises en garde de Robespierre (« les missionnaires armés ne sont aimés de personne »), les girondins espèrent d'un conflit la propagation des idées révolutionnaires en Europe et la mise en évidence du double jeu royal. Louis XVI, pour sa part, poussé par Dumouriez, pense qu'une guerre pourra rétablir son autorité. Le 20 avril 1792, l'Assemblée législative vote la déclaration de guerre au « roi de Bohême et de Hongrie » ; la formule défie un souverain et non un peuple, elle évite toute allusion au Saint Empire.

Les adversaires de la France, Prusse et Autriche, s'ils affirment leur volonté d'y rétablir l'Ancien Régime, sont peut-être plus préoccupés par les menées de la Russie de Catherine II en Pologne que de la guerre contre la France. L'Angleterre ne souhaite pas encore s'engager. Cependant l'insuccès des premières offensives françaises accélère le cours de la Révolution : l'Assemblée proclame, le 11 juillet, « la Patrie en danger » ; les bataillons de « fédérés » se rassemblent à Paris et adoptent ce *Chant de guerre de l'armée du Rhin* que les Marseillais ont popularisé sur leur route. Le 1er août, Paris prend connaissance du manifeste du chef des coalisés, le duc de Brunswick, qui promet aux Parisiens une « vengeance exemplaire » s'ils touchent à la famille royale.

Le 10 août 1792, les Tuileries sont aux mains du peuple. Le roi Louis XVI, déchu par l'Assemblée, est incarcéré. La guerre fait naître, dans la Révolution, une autre révolution : la République est proclamée le 21 septembre ; la nouvelle assemblée, la Convention, est élue au suffrage universel. Le sort de la Révolution est alors lié au succès de ses armes. A Valmy, le 20 septembre 1792, les coalisés, peu désireux semble-t-il de combattre, cèdent devant l'enthousiasme des volontaires français. Goethe est présent et dira plus tard qu'il a noté la portée historique de cette victoire d'un peuple contre les armées des rois : « De ce lieu et de ce jour date une nouvelle époque de l'histoire du monde. »

Du paroxysme révolutionnaire à l'apaisement consulaire

1793 : la Révolution se radicalise. Dès août 1792, la France a le sentiment d'être assiégée. Au début de septembre, la foule parisienne massacre les détenus des prisons. A la menace extérieure s'ajoute la hantise de la trahison intérieure. Le premier des traîtres est le roi, guillotiné, après son jugement par la Convention, le 21 janvier 1793. Le 11 mars, un Tribunal révolutionnaire est institué pour juger les « suspects ». En avril naît le Comité de salut public, puis le Comité de sûreté générale. Les représentants en mission incarnent, dans les départements, la dictature révolutionnaire. En juin, les chefs girondins sont éliminés. Le 5 septembre, la « Terreur est à l'ordre du jour ».

La guerre a dorénavant changé de sens. Dès la fin de 1792, sur la lancée des victoires en Belgique, la Convention déclare qu'« elle accordera fraternité et secours à tous les peuples qui voudront reconquérir leur liberté ». Le gouvernement doit être « révolutionnaire jusqu'à la paix » (octobre 1793). La guerre entre la République française et l'Europe devient alors comme une fuite en avant inéluctable. La France anticipe sur l'engagement anglais en déclarant dès février la guerre à George III, mais la mort du roi et les menaces sur la Belgique rendaient inévitable cet élargissement du conflit. En mars 1793, l'Angleterre soude autour d'elle la première coalition. Pitt n'imagine encore qu'un conflit traditionnel, et non le début d'un long affrontement de plus de vingt ans. Mais rapidement la guerre révèle sa nature idéologique. La radicalisation de la Révolution provoque en réaction la radicalisation des États européens. Pitt renforce la législation conservatrice ; son gouvernement suspend l'* *Habeas Corpus* en 1794, puis limite en 1795 et 1796 les libertés d'expression malgré les protestations des radicaux. L'opinion britannique, dans sa majorité, est d'autant moins jacobine qu'à partir de 1795 l'Irlande catholique s'enflamme et en appelle, contre les Anglais, au secours de la France. De même le tsar Paul Ier, qui succède à Catherine II en 1796, s'il maintient jusqu'en 1799 la Russie à l'écart d'une guerre qui apparaît encore lointaine, cadenasse son pays et le ferme à toutes les idées extérieures, nécessairement subversives de l'ordre social.

Cependant la République française affronte non seulement les menaces étrangères mais aussi les guerres civiles ; la Vendée s'embrase au printemps, la défaite des girondins provoque en juin la « révolte fédéraliste ». D'autre part, la pression des « sans-culottes », qui exigent l'arrestation des « suspects » et le châtiment des traîtres et qui jouent un rôle important dans le mouvement de déchristianisation, pèse sur la Convention. La convergence des dangers et la poussée populaire ne suffisent pas à expliquer les paroxysmes de la Terreur, qui fit sans doute 20 000 victimes (sans compter les quelque 200 000 de la tragédie vendéenne) et qui perdure alors même que la menace extérieure est écartée. La Terreur repose sur deux passions : la passion de l'égalité et la passion de l'unité de la Révolution. L'adversaire politique menace la Révolution elle-même, qui ne peut être qu'unanime pour survivre. Robespierre incarne alors la volonté de défendre, et donc de stabiliser la Révolution, de la « glacer », dit Saint-Just, afin d'empêcher tout retour en arrière. En témoigne sa volonté d'éliminer les « factions » extrêmes, hébertistes puis indulgents (Danton, Desmoulins), et d'organiser un culte révolutionnaire capable de légitimer le nouveau pouvoir. La Révolution doit faire naître un homme nouveau régénéré par la vertu du citoyen. Après la chute du « tyran », le 9 thermidor 1794, la Convention thermidorienne puis le Directoire, à partir de 1795 (Constitution de l'an III), tentent de maintenir la République en luttant contre les extrêmes. Mais la bourgeoisie républicaine, qui gouverne désormais, affronte un double problème : comment « finir » la Révolution ? comment stabiliser les relations de la France républicaine et de l'Europe monarchique ?

La guerre révolutionnaire. Si la France est victorieuse, elle le doit d'abord à la désunion de ses adversaires. De 1793 jusqu'en 1802, date de la paix d'Amiens, seule l'Angleterre reste un adversaire permanent. La première coalition se défait dès 1795 quand la Prusse et l'Espagne traitent avec la France. L'Autriche signe en 1797 le traité de Campoformio. La deuxième coalition, que finance toujours l'Angleterre, se forme en mars 1799. Mais l'Espagne est alors alliée de la France, la Prusse reste à l'écart. Et la cohésion des Alliés est loin d'être parfaite : le tsar Paul Ier retire son armée qui combattait aux côtés des Autrichiens en Italie ; en Méditerranée ses ambitions irritent les Anglais. De même, pendant la période impériale, les coalitions successives n'ont à aucun moment, si ce n'est en 1813, rassemblé l'ensemble des pays européens, qui n'oublient jamais leurs dissensions.

Les royaumes européens, d'autre part, ne mènent pas la même guerre que la France, dont les succès reposent sur une organisation militaire en rupture avec les traditions de l'Ancien Régime. Lazare Carnot est, dès l'an II, le constructeur de cette armée. La France compte sur le nombre. Certes le volontariat est un mythe, la République n'a pas été sauvée par l'élan spontané des citoyens. Mais les levées, puis la conscription, assurent des effectifs que n'atteignent pas les adversaires de la France et qui permettent de combattre en masse et sur plusieurs fronts. L'amalgame entre les jeunes recrues et les vétérans, les promotions rapides accordées aux plus valeureux des soldats, la propagande politique, l'esprit d'offensive à outrance, baïonnette au canon, inculqué à l'infanterie font de l'armée française un instrument militaire supérieur aux armées européennes. Enfin seule la France mène une guerre nationale, l'armée incarne les citoyens, alors que les rois conduisent une guerre monarchique et ne cherchent pas à s'appuyer sur les peuples de leurs États.

La République a-t-elle une stratégie européenne ? Les finalités de la guerre sont diversement décrites. Certains proclament la nécessité d'une lutte inexpiable contre l'ancien régime des cours européennes : « Le terrain qui sépare Paris de Pétersbourg et de Moscou sera bientôt francisé, municipalisé, jacobinisé », s'écrit le montagnard Chaumette, mais ces rudes affirmations idéologiques n'empêchent nullement la République de négocier avec les rois. La finalité essentielle des conquêtes pour la plupart des révolutionnaires, de Danton à Carnot, c'est d'atteindre les « frontières naturelles », et donc le Rhin. Mais la guerre se nourrit d'elle-même, comme elle nourrit la République et tous les généraux ambitieux. La guerre a acquis sa propre logique.

Bonaparte, soldat de la Révolution. Napoléon Bonaparte, né en 1769, bénéficie de cette accélération de l'histoire qui lui permet d'être général de brigade à vingt-quatre ans après ses succès au siège de Toulon, en 1793. Mais c'est la campagne d'Italie, en 1796-1797, qui transforme le général en héros. Aux soldats « nus » de son armée, il fait miroiter les « plus fertiles plaines du monde ». Le Piémont d'abord est vaincu, isolé, rançonné, puis Bonaparte chasse les Autrichiens de Milan, et s'engage en Italie centrale dans de fructueuses razzias d'argent et d'œuvres d'art. En octobre 1797, le général de l'armée d'Italie négocie de son propre chef, à Campoformio, avec les Autrichiens, qui doivent reconnaître la « République cisalpine » et l'occupation française de la Belgique, mais l'abandon à la

France de la rive gauche du Rhin est subordonné à une décision de la Diète et, au scandale des patriotes italiens, Venise est cédée à l'Autriche.

Le général vainqueur a pu s'appuyer sur les petits groupes de Jacobins, comme Buonarotti, assez nombreux dans les villes de l'Italie du Nord. Mais Bonaparte impose ses décisions, octroie sa Constitution à la République cisalpine, et s'appuie davantage sur la bourgeoisie éclairée que sur les jacobins. Après son départ, le Directoire poursuit sa politique, les républiques sœurs se multiplient en Italie. Le pape est chassé de Rome, où la République est proclamée en 1798 ; la République parthénopéenne prend, en 1799, la place des Bourbons de Naples.

Mais Bonaparte est alors en Égypte (1798-1799), où son action s'élargit aux dimensions du rêve. L'expédition vise l'ennemi premier et permanent de la République, l'Angleterre, dont elle voudrait ébranler la puissance maritime en Méditerranée, mais c'est en même temps l'Europe éclairée qui appareille vers l'Orient avec ses savants et ses artistes. C'est aussi l'Europe des croisades et, au-delà, le souvenir d'Alexandre. L'expédition est un cruel échec pour la France. Il faut le génie de Bonaparte pour en tirer gloire et ajouter les Pyramides à sa légende.

Napoléon Bonaparte, en effet, a le premier utilisé ce transfert du messianisme révolutionnaire du sans-culotte au soldat. Héros moderne, il modèle jour après jour son image. En 1799, il est le monarque républicain que se cherche confusément la France. Balayant les Conseils, il s'impose au 18 brumaire an VIII (1799) comme celui qui seul peut clore la Révolution en la fixant « aux principes qui l'ont commencée ».

Le Consulat, en effet, est d'abord une pacification. Pacification intérieure puisque la liste des émigrés est close, que le Concordat avec le pape, conclu en 1801, apaise les dissensions religieuses (au détriment de l'Église constitutionnelle qu'animait l'abbé Grégoire). Pacification extérieure aussi puisque, après avoir rétabli la situation en Italie et contraint l'Autriche à la paix, le Premier Consul signe avec l'Angleterre, à Amiens, en 1802, un accord qui lui laisse les mains libres sur le continent. Mais l'Angleterre conserve sa maîtrise des mers et accroît son empire colonial.

Bonaparte, enfin, inscrit dans les institutions les bases de la société nouvelle issue de la Révolution. A la tête des départements, créés par l'Assemblée constituante, il installe les préfets, efficaces exécutants des ordres d'un pouvoir centralisé. Le Code civil, en 1804, consacre la liberté individuelle, garantit la propriété et l'ordre. La nation peut s'incarner dans un homme, ennemi acharné des factions, constructeur de l'État. Pour gouverner cet État il faut l'adhésion passive du peuple et le concours des élites, élites rassemblées de la naissance, du talent et de la richesse. Mais, soldat porté au sommet du pouvoir par la fortune, Bonaparte ne peut rompre totalement avec l'Ancien Régime qu'en fondant une nouvelle dynastie. Le sacre du 2 décembre 1804, où le pape, représentant de Dieu, n'est qu'un auxiliaire soumis, ne restaure pas un souverain. Napoléon en se couronnant lui-même couronne les principes de 1789. L'empereur est un despote éclairé, mais ce despote a construit un appareil d'État d'une redoutable efficacité, il a attaché la nation à sa personne, et cette nation, domestiquée, il sait la séduire et l'exalter. Le paradoxe de ce pouvoir est qu'il supprime ces libertés de 1789 qui sont la base des institutions qu'il a fondées.

Mais l'empereur est aussi l'homme du rêve. La légende du héros se nourrit de ses victoires, hasardées sur les champs de bataille européens.

Une construction éphémère : l'Europe napoléonienne

Le Grand Empire. La guerre ne pouvait que reprendre avec l'Angleterre. Les hostilités, larvées d'abord, donnent naissance à des coalitions successives. En 1805, à la victoire navale des Anglais à Trafalgar répond sur le continent la victoire française d'Austerlitz sur les Autrichiens et les Russes. La Prusse, qui entre en guerre en 1806, est écrasée à Iéna. Berlin est occupée. L'empereur est accueilli en Pologne en libérateur. A Tilsit, sur le Niémen, en juillet 1807, Napoléon et le tsar Alexandre semblent se partager l'Europe. L'Autriche, après

Wagram, doit accepter la paix en 1809. En 1810, le parvenu de la Révolution met dans son lit la fille des Habsbourg, l'archiduchesse Marie-Louise.

Ainsi, au sommet de son extension, en 1811, l'Empire soumis par Napoléon englobe la moitié de l'Europe. Mais, malgré les reconstructions postérieures de l'empereur à Sainte-Hélène, il est plus le fruit du hasard que de la logique. Au cœur de l'Empire : la France des 130 départements de Hambourg à Rome. Napoléon est protecteur de la Confédération du Rhin. Son frère Jérôme règne en Westphalie. Le grand-duché de Varsovie est taillé sur la part prussienne de la Pologne. L'empereur est roi d'Italie. Il a placé Murat sur le trône de Naples. Son frère Joseph est roi d'Espagne depuis 1808.

Cependant la France n'a pas les moyens de rivaliser avec l'Angleterre sur mer ; les tentatives de débarquement ont fait long feu. Ainsi, depuis 1806, le continent européen est fermé au commerce britannique par le Blocus. Il s'agit de « conquérir la mer par la puissance de la terre », d'asphyxier la Grande-Bretagne, ennemi irréductible, en affaiblissant son économie qui ne peut guère se passer des importations et du marché européens. La volonté de contrôler les côtes européennes et d'empêcher la contrebande anglaise explique l'expansion : annexion des côtes de l'Allemagne du Nord, des États pontificaux, intervention au Portugal en 1807, contrôle des rivages illyriens. Mais la Grande-Bretagne conserve la totale maîtrise des mers, et son commerce extérieur fait la preuve de son étonnante capacité d'adaptation. La Baltique est fermée après Tilsit, mais l'îlot d'Heligoland en mer du Nord est une base active de contrebande, de même que, en Méditerranée, la Sicile, Malte, les îles Ioniennes et l'Empire ottoman qui, par le Danube, donne accès à l'Europe centrale. Le Blocus est donc un échec partiel : l'Europe continentale ne peut se passer des produits industriels britanniques, textiles essentiellement, que l'économie française est incapable de remplacer. D'autre part, le Blocus impose un redéploiement du commerce anglais : dorénavant, les produits britanniques pénètrent plus largement en Amérique latine.

Cependant, entre 1810 et 1812, le coût élevé du conflit et

une efficacité plus grande du Blocus entraînent, en Angleterre, un recul de la production, des faillites, le chômage, la misère. Mais, malgré la propagande des radicaux qui, tel Jeremy Bentham, réclament la réforme parlementaire, l'opinion publique, dans sa majorité, reste attachée aux institutions. Le Royaume-Uni, qui fait alors la preuve de sa cohésion morale et nationale, est l'inspirateur et l'acteur essentiel de la résistance au tyran continental. Mais il est aussi le modèle alternatif d'un régime libéral qui n'a pas besoin des armes pour s'imposer.

Les peuples européens dans le Grand Empire. Maître ou protecteur de l'Europe, Napoléon a partout trouvé dans les territoires conquis des collaborateurs et des admirateurs. Cependant la domination de la Grande Nation suscite un double réflexe d'imitation et de rejet. La France ne se contente pas en effet d'apporter aux territoires occupés la liberté et l'égalité civile de 1789, les peuples soumis comme les peuples alliés doivent contributions et soldats. Ils nourrissent la guerre.

En Allemagne, si Goethe, conseiller du duc de Weimar, reçoit à Erfurt, en 1808, l'aigle de la légion d'honneur, il appartient déjà à un monde disparu, celui du cosmopolitisme des Lumières. En Allemagne, au contact de la rude présence française, renaît la grandeur du Reich médiéval. Les mots n'ont pas tout à fait le même sens qu'en France, le *Volk* germanique n'est pas le peuple français. Il est communauté d'âme, de sang et de langue plus qu'addition de citoyens, il se révèle dans l'obéissance à une autorité matérielle et spirituelle plus haute. La Prusse est la première à trouver dans l'humiliation les ressorts du redressement. Dès 1807, Fichte prononce à l'université de Berlin le premier de ses *Discours à la nation allemande*, vibrant appel au rejet de la servitude. Des réformes de l'État, de l'armée, de l'enseignement sont amorcées en Prusse malgré les résistances des privilégiés. Ainsi en 1813, contre Napoléon, le roi de Prusse déclare-t-il la « guerre d'indépendance » et lance-t-il un appel « à mon peuple ». Cependant en Allemagne les masses populaires n'ont, semble-t-il, guère été à l'origine de la fièvre patriotique.

Au contraire, dans le royaume de Naples (mouvement national ou banditisme ?), au Tyrol et surtout en Espagne, à partir de 1807, la présence française est violemment contestée. La guerre d'Espagne n'est pas un mouvement univoque. Une partie des élites, imprégnée des idées des Lumières, les *afrancesados*, retourne contre Napoléon ses tentatives de réforme ; les Cortes de Cadix, à partir de 1810, se réfèrent certes à la tradition et à l'appartenance religieuse de l'Espagne, mais proposent une Constitution fondée sur la souveraineté nationale, la suppression des privilèges, l'abolition de l'Inquisition. Mais une autre Espagne se révolte simultanément et s'exprime dans les guérillas : l'« Espagne noire » dont les combattants se couvrent d'images pieuses. Et encore, contre le pouvoir usurpateur de Joseph, se révèle l'Espagne des provinces attachées à leurs libertés traditionnelles.

Quand vient le temps des échecs, puis du grand reflux, c'est un autre peuple que Napoléon affronte quand il vient en 1812, à la tête des 450 000 hommes de l'« armée des nations », se perdre dans l'immensité russe. Ses relations avec le tsar Alexandre Ier se sont progressivement dégradées : Napoléon n'est guère favorable aux ambitions russes sur les Détroits (cependant, en 1811-1812, l'Empire ottoman doit céder la Bessarabie), la Russie craint la résurrection d'une Pologne indépendante, enfin le Blocus a provoqué un effondrement des exportations russes. Face à l'invasion, les paysans harcèlent l'hérétique qui souille la patrie russe ; en septembre 1812, les habitants de Moscou opposent à l'empereur une résistance passive. Quand Napoléon se résout à ordonner la retraite à la Grande Armée, un manifeste impérial évoque le « châtiment terrible qui frappe ceux qui osent pénétrer avec des intentions belliqueuses dans le sein de la puissante Russie ». Dans l'épreuve la noblesse russe, dont une importante fraction affectait de mépriser la barbarie paysanne et de ne parler que le français, a repris contact avec la terre et le peuple. Cependant les ambiguïtés de la personnalité d'Alexandre Ier, la diversité de ses élans, tantôt libéraux, tantôt autoritaires, tantôt mystiques, mais aussi les succès russes, quand en 1814 les cosaques campent sur les Champs-Élysées et que le tsar joue les arbitres de l'Europe, puis quand, en 1815, il appelle à la Sainte-Alliance des souverains chrétiens de l'Europe sous l'égide de la Sainte Trinité, replacent la vieille Russie, longtemps isolée à l'Orient de l'Europe, en plein cœur du continent. Ainsi la Révolution et l'Empire ont-ils à la fois renforcé le particularisme russe et inscrit la Russie dans la civilisation et le concert européens.

La portée du modèle français. Napoléon tente en 1815 d'infléchir le destin. Son retour des Cent-Jours n'ajoute qu'à sa légende. Le souverain redevient pour un temps le fils de la Révolution, puis, après Waterloo, le captif romantique de Sainte-Hélène où il peut se poser en créateur de l'Europe des nations.

Inversement le congrès de Vienne, en 1815, semble une résurrection de l'Europe des rois. Mais le cosmopolitisme des élites n'est plus qu'une survivance. Certes, la période 1789-1815 ne peut se limiter aux soubresauts de la Grande Nation puisque l'Angleterre, qui a accru son avance économique sur les États du continent, maintient imperturbablement un autre modèle libéral. La France accomplit cependant, comme Hegel l'a bien vu, l'histoire de l'Europe. Elle n'a pas inventé le libéralisme mais elle a donné chair à l'État-nation. Et grâce à elle, ou contre elle, davantage à l'Ouest de l'Europe qu'à l'Est, les peuples ont pris conscience que leur vie commune leur donnait peut-être un destin historique commun.

Ils ont parfois été aidés par les réformes effectives accomplies par l'occupant français : le Code civil a été imposé dans de nombreux États (Italie, Rhénanie...), le servage aboli, les privilèges mis en cause. Mais il ne faut pas exagérer ces transformations directes de l'Europe ; en Pologne, Napoléon ne put imposer ni l'abolition des droits féodaux, ni l'égalité civile pour les juifs. En réalité, l'influence de la Révolution française s'exerce dans l'histoire du 19ᵉ siècle européen comme un modèle, et, de quelque manière qu'on écrive l'histoire, les événements de la période 1789-1815, même si on cherche à les occulter, obsèdent l'Europe. Ils donnent des références, des *exempla* modernes qui ne sont plus fournis par l'Antiquité gréco-romaine. Le soulèvement des peuples n'est plus la révolte sacrilège contre un ordre éternel ; le *romantisme aidera à exalter ces gestes de l'insurrection accomplie au nom de la liberté des peuples rassemblés en nations. Mais la Révolution a donné un autre modèle : la construction d'un État, représentant de la nation (ou qui se dit tel), permet d'utiliser et de contrôler les forces libérées des peuples. Cette construction de l'État est d'autant plus nécessaire que la Révolution française a aussi fait surgir, au côté de la passion de la liberté, la passion souvent antagoniste de l'égalité. Ainsi la Révolution libère-t-elle l'histoire de l'Europe : la mémoire de la tourmente est alors l'instrument d'un destin.

DOCUMENT

Napoléon vu par Tolstoï

« Comme pour essayer par avance leur mouvement futur, les forces de l'Occident se sont dirigées à plusieurs reprises vers l'Orient, en 1805, 1806, 1807, 1809, chaque fois plus puissantes et plus nombreuses. En 1811, la masse d'hommes agglomérée se fond avec une autre énorme masse de peuples du centre de l'Europe. Plus grandit cette masse d'hommes, plus se trouve justifié celui qui est à la tête du mouvement. Pendant la période de dix ans qui prépare ce grand mouvement, cet homme entre en pourparlers avec toutes les têtes couronnées de l'Europe. Les puissances de ce monde, dépouillées de leur autorité, ne peuvent opposer à l'idéal de GLOIRE et de GRANDEUR de Napoléon qui n'a aucun sens, aucun autre idéal raisonnable. L'un après l'autre, ils s'empressent de lui donner le spectacle de leur néant. Le roi de Prusse envoie sa femme mendier les faveurs du grand homme ; l'empereur d'Autriche considère comme une grâce que ce grand homme veuille bien recevoir dans son lit la fille des Césars ; le pape, gardien des trésors sacrés des peuples, fait servir sa religion à l'élévation du grand homme. Ce n'est pas tant Napoléon en personne qui se prépare à remplir son rôle, que son entourage qui l'amène à prendre sur lui toute la responsabilité des événements présents et futurs. Pas un acte frauduleux, pas un crime, pas une basse trahison qu'il commette sans qu'aussitôt, dans la bouche de son entourage, tout cela ne se transforme en acte magnifique. Pour lui plaire, les Allemands ne trouvent rien de mieux que de fêter leur défaite d'Iéna et d'Auerstaedt. Et il n'y a pas que lui qui soit grand, ses aïeux, ses frères, ses beaux-fils, ses beaux-frères le sont aussi. Tout concourt à le priver des derniers vestiges de sa raison et à le préparer à son effroyable rôle. Et une fois qu'il est prêt, les forces qu'il lui faut sont prêtes aussi.

« L'invasion déferle sur l'Orient, atteint son but final, qui est Moscou. La capitale est prise, l'armée russe est anéantie, plus que ne le furent jamais les armées ennemies dans les guerres précédentes, d'Austerlitz à Wagram. Et soudain, à la place de ces HASARDS et de ces coups de génie, qui avec tant de constance ont porté Napoléon de succès en succès jusqu'au but fixé, apparaît une série innombrable de HASARDS contraires, depuis le rhume de cerveau de Borodino jusqu'aux froids de l'hiver et à l'étincelle qui a mis le feu à Moscou. Et à la place du génie apparaissent une sottise et une lâcheté sans exemple.

« L'invasion fuit, revient en arrière et fuit encore, et maintenant, sans arrêt, les hasards, au lieu d'être pour Napoléon, sont contre lui. Un mouvement contraire s'accomplit d'Orient en Occident, présentant de remarquables analogies avec le précédent mouvement d'Occident en Orient. Mêmes tentatives préalables d'Orient en Occident qu'en 1805, 1806 et 1809, avec le grand ébranlement : même formidable concentration d'hommes ; même adhésion des peuples du centre de l'Europe au mouvement, même hésitation au milieu du chemin, et même accroissement de vitesse à mesure qu'on approche du but.

« Paris, le but extrême, est atteint. Le gouvernement de Napoléon, ainsi que son armée, sont détruits. Napoléon lui-même n'a plus de raison d'être ; tous ses actes sont dès lors pitoyables et bas ; mais de nouveau un hasard inexplicable entre en jeu ; les alliés haïssent Napoléon qu'ils accusent d'être la cause de leurs malheurs ; dépouillé de sa force et de son pouvoir, convaincu de crimes et de perfidies, il devrait leur paraître tel qu'ils le voyaient dix ans plus tôt et qu'ils le verront un an plus tard : un bandit hors la loi. Mais par un hasard étrange, personne ne voit cela. Son rôle n'était pas encore terminé. L'homme que dix ans plus tôt et un an plus tard l'on considéra comme un bandit hors la loi fut envoyé à deux journées de voyage de France, dans une île dont on lui donna la souveraineté, avec sa garde et des millions qui le payaient de Dieu sait quoi. »

Léon Tolstoï, *Guerre et Paix*,
(trad. Henri Mongault), Paris, Gallimard, 1952, p. 1490-1495.

Le grand roman de Tolstoï (1828-1910) paraît en Russie à la fin des années 1860. Guerre et Paix *est consacré à la guerre patriotique de 1812, et donc à la naissance du sentiment national moderne en Russie. Il dénonce dans ce passage le mythe de Napoléon grand homme et acteur de l'histoire.*

19. L'Europe de 1815 à 1871 :
Les rois, les peuples, les nations

Pendant un demi-siècle, l'Europe prolonge les grands débats révolutionnaires. Face aux gouvernants, tenants le plus souvent de l'absolutisme et soucieux de maintenir un harmonieux « concert européen », les peuples revendiquent leur liberté et ils échouent. Mais les nations, de leur côté, entreprennent de s'organiser en États ; l'Italie et l'Allemagne y parviennent, et cette dernière au point même de devenir la principale force européenne.

A Vienne, en 1815, les souverains vainqueurs de la France s'entendent pour restaurer un ordre européen fondé sur la légitimité, l'équilibre des puissances, l'autorité des monarchies conservatrices. Sur le continent, l'empire d'Autriche et la Russie sont les garants de la permanence de cette situation. Le Royaume-Uni, tout en faisant figure de puissance libérale, surveille le maintien de l'équilibre européen. Mais les États conservateurs affrontent deux grands mouvements déstabilisateurs : les libéraux souhaitent promouvoir des institutions représentatives, les patriotes, éveillés par le souffle de la Révolution française, proclament le droit des peuples à disposer d'eux-mêmes, à former des nations. Cependant, en 1871, si la Russie des tsars, qui s'est tournée vers l'Asie, persiste, malgré quelques réformes, dans ses traditions *autocratiques, si le Royaume-Uni joue toujours le rôle de spectateur attentif, l'Europe centrale est bouleversée par le triomphe de la Prusse, qui a réalisé, à son profit, l'unité de l'Allemagne, et par la réussite de l'unité italienne. L'empire d'Autriche, affaibli, ne contrôle plus le nouvel équilibre européen. L'Europe est désormais l'Europe des États.

L'Europe de la Sainte-Alliance et de Metternich

L'Europe de 1815. Le congrès de Vienne ne reconstitue pas l'Europe d'avant 1789. Certes la France, militairement occupée, est renvoyée dans ses anciennes frontières, mais la carte politique de l'Europe centrale est simplifiée au profit des grands royaumes vainqueurs. Le royaume des Pays-Bas réunit les Provinces-Unies et les Pays-Bas autrichiens ; il doit constituer, aux yeux des Britanniques, une utile barrière contre un éventuel réveil des désirs français d'expansion. Le royaume de Prusse profite à l'est, comme la Russie et l'Autriche, du démembrement de la Pologne, mais surtout il gagne à l'ouest la Westphalie et la Rhénanie. Il devient un des membres les plus importants de la Confédération germanique créée par l'Acte du 10 juin 1815. Cette Confédération regroupe 39 États (royaumes, principautés, villes libres) ; elle est présidée par l'empereur d'Autriche. L'empire d'Autriche domine toujours les pays danubiens à populations allemande, magyar, slave ; s'y ajoute, en Italie, le Royaume lombard-vénitien. Le reste de la péninsule est divisé ; les États les plus importants sont le royaume de Naples, les États de l'Église, le royaume de Piémont-Sardaigne. Le tsar conserve la Finlande et la Bessarabie, et contrôle directement un royaume autonome de Pologne autour de Varsovie.

Alexandre Ier est à l'origine du traité de la « Sainte-Alliance » qui unit le Habsbourg catholique François Ier, le Hohenzollern protestant Frédéric-Guillaume III de Prusse, et le tsar lui-même champion de l'orthodoxie. Le Royaume-Uni, dont le pragmatisme n'a que faire des invocations mystiques à la Sainte Trinité, préfère nouer la quadruple alliance dirigée contre la France.

La nouvelle Europe est l'œuvre du chancelier d'Autriche Metternich. Elle repose sur les grands principes de la légitimité mais elle est aussi une tentative pour rationaliser la carte de l'Europe et pour organiser le « concert européen ». Les grandes puissances victorieuses se donnent le droit d'intervention pour maintenir l'œuvre de Vienne ; elles s'entendent pour surveiller la France, « la caverne d'où sort le vent qui souffle la mort sur le corps social » (Metternich). Ainsi, dans l'Europe de la première moitié du 19e siècle, les « traités de 1815 » symbolisent la réaction autoritaire des rois qui veulent enfermer les peuples. Cependant, entre la guerre révolutionnaire et impériale et l'embrasement européen de 1914, le 19e siècle est un siècle de paix européenne ; les conflits interétatiques sont restés limités.

Des pôles libéraux. L'Europe des rois n'est pas tout entière une Europe absolutiste. Le Royaume-Uni n'est certes pas une démocratie : l'aristocratie foncière domine toujours la Chambre des *lords et l'administration locale ; les députés des Communes ne sont élus que par 400 000 électeurs. Mais le régime parlementaire fonctionne. Le Cabinet dépend des majorités, *tories ou *whigs, des Assemblées ; les souverains (la reine Victoria à partir de 1837) sont respectueux des libertés parlementaires. Déjà l'opinion publique joue un rôle important : Cobden sait s'en servir lors de la campagne pour le libre-échange à partir de 1839. Des réformes élargissent le suffrage en 1832 et 1867. Progressivement la bourgeoisie d'affaires se mêle aux grands propriétaires pour gouverner le pays. L'oligarchie s'élargit aux forces vives de l'économie.

La France, malgré les ambiguïtés de la monarchie restaurée par Louis XVIII, ne retrouve pas l'absolutisme. Certes, le vocabulaire du préambule de la Charte « octroyée » par Louis XVIII en 1814 a un parfum réactionnaire. Mais la Charte est *constitutionnelle* ; l'opinion s'éveille, lit les journaux, s'anime aux débats des Chambres. Charles X, proche des « ultras », moins habile que son frère, donne à partir de 1824 le sentiment de vouloir interpréter la Charte de manière autoritaire ; il refuse cette « nationalisation » de la monarchie que va tenter Louis-Philippe, roi des Français et non plus roi de France, après la révolution de 1830.

En France, comme en Angleterre et dans l'Europe du Nord-

Ouest, la presse se développe et accélère la circulation des idées. L'école, le plus souvent à l'initiative de l'État, s'affirme. Le pouvoir se laïcise peu à peu.

Les régimes autoritaires. Dans le reste de l'Europe, les monarchies restaurées ou maintenues ne reviennent qu'en apparence à l'Ancien Régime. De l'expérience de la Révolution et de l'Empire, mais aussi du souvenir du despotisme éclairé, elles ont retenu que la force des couronnes pouvait reposer sur le renforcement des moyens des États. Frédéric-Guillaume III de Prusse centralise l'administration et réalise l'unité douanière de son royaume avant de proposer ce **Zollverein*, dans les années 1830, aux autres États de la Confédération germanique. Un service militaire obligatoire de trois ans, le développement de l'instruction à l'initiative de l'État renforcent la cohésion d'un royaume composé de régions aussi différentes que la Prusse à l'est et la Rhénanie à l'ouest.

L'empire d'Autriche est l'empire d'une famille, les Habsbourg, qui unit différentes nations conservant leurs langues et leurs traditions. Outre le royaume lombard-vénitien, on distingue les pays *héréditaires* de la région alpine – allemands, slovènes, italiens –, les pays de la *couronne de Bohême* en majorité slaves – Bohême, Moravie, Silésie –, le *royaume de Galicie* – Polonais et Ruthènes –, les pays de la *couronne de Saint-Étienne* – Hongrie, Transylvanie, Croatie – et, en annexe, la province de Serbie. L'allemand est la langue de gouvernement et de commandement militaire. Seul le royaume de Hongrie dispose d'un gouvernement. L'empire est dominé par une bureaucratie paperassière de hauts fonctionnaires recrutés dans l'aristocratie. Jusqu'en 1848, des souverains médiocres laissent gouverner Metternich.

La Russie du tsar Alexandre Ier ne compte encore que 50 millions d'habitants environ, essentiellement des paysans. Mais si le tsar autocrate, qui se pose en sauveur de l'Europe après 1815, manifeste quelques velléités libérales et certaines tendances au mysticisme, son successeur en 1825, Nicolas Ier, referme vite la Russie sur ses traditions et sur la religion orthodoxe. Dorénavant, les élites russes balanceront entre une voie occidentaliste, « européenne », et une voie nationale spécifiquement russe et *slavophile.

L'éveil des peuples (1815-1848)

L'Europe romantique. Ces années d'après 1815 représentent à la fois le retour à la paix et à la liberté après le despotisme napoléonien mais aussi la restauration de la légitimité. Le courant romantique qui atteint les élites des différents États mêle souvent le mysticisme et l'effusion lyrique, mais il est aussi porteur de la modernité du siècle : exaltant la liberté de l'artiste, acteur et prophète de l'histoire, il rencontre le libéralisme, s'enflamme pour les peuples opprimés.

L'Europe romantique trouve son unité dans les années 1820 en soutenant la lutte des Grecs révoltés contre la tutelle ottomane. Là se dessine, de Byron à Chateaubriand, de Delacroix à Hugo, une forme de sensibilité européenne philhellène nourrie des grands moments de l'histoire européenne, de l'Antiquité à la lutte pluriséculaire contre les Ottomans, et de la modernité des luttes d'émancipation des peuples. En effet le peuple devient une entité romantique, qui s'affirme dans les luttes pour la liberté. La révolution de 1830, en France, est ainsi profondément romantique puisqu'elle unit l'élan libéral contre le pouvoir réactionnaire de Charles X et l'élan patriotique, national, porté par les trois couleurs du drapeau, qui revendique l'héritage de la « Grande Nation ».

Mais l'Europe romantique, si elle n'a pas pleuré en vain sur les ruines de Missolonghi, si elle a accueilli, en 1830, la jeune nation belge catholique libérée de la tutelle des Provinces-Unies, ne peut que se lamenter sur l'ordre sanglant qui, en 1831, règne sur Varsovie. Les États, en effet, ne libèrent que les peuples qui ne menacent pas leur puissance. Ils ont aidé la Grèce, à partir de 1827, à se libérer d'Istanbul, ils lui ont même donné un souverain allemand, le Bavarois Otton, en 1832 ; mais ils laissent le tsar Nicolas Ier écraser la révolte des Polonais, se contentant d'accueillir à l'Ouest les élites polonaises en exil.

Libéralisme et élan national. L'Europe est en effet agitée par la double revendication libérale et nationale, voire même parfois sociale. Les foyers sont multiples : l'Espagne où en 1823 la France intervient pour soutenir la légitimité, l'Irlande paysanne et catholique qui lutte contre l'union imposée par la Grande-Bretagne en 1801, la Serbie qui obtient en 1829 son autonomie au sein de l'Empire ottoman.

Les manifestations les plus importantes touchent l'Italie et l'Allemagne. En Italie, le *Risorgimento* se rattache à la fois à l'* illuminisme du 18e siècle et à l'influence de la Révolution et de l'Empire. Les premiers mouvements, coups de force vite réprimés, sont dus aux organisations secrètes des *carbonari* entre 1820 et 1831. La seconde étape est marquée par la personnalité romantique de Giuseppe Mazzini, qui fonde la « Jeune-Italie » en 1831, et tente d'élargir le mouvement dans une « Jeune-Europe » en 1834. Mazzini souhaite promouvoir une Italie unitaire et républicaine. Jusqu'en 1848, l'internationale des rois est assez forte pour rétablir l'ordre quand il est menacé.

Le mouvement national allemand est plus complexe. Un courant maintient la tradition libérale issue de la Révolution française, mais, au sein même des patriotes allemands réunis dans l'association étudiante la *Burschenschaft*, les courants libéraux se mêlent à une aspiration plus spécifiquement allemande, la liberté, non pas de l'individu, mais du *Volkstum*, entité collective, révélée par un État fort. Mais Metternich veille ; par l'intermédiaire de la Diète de Francfort il fait limiter les pouvoirs des assemblées constitutionnelles, surveiller les étudiants, censurer la presse.

1848 : le printemps des peuples. En écho de la révolution de février 1848 qui, à Paris, proclame la Seconde République, l'Europe s'embrase et, pendant quelques semaines, c'est tout l'édifice construit à Vienne en 1815 qui semble menacé. Le cœur même du système est profondément ébranlé : en mars 1848, dans l'empire d'Autriche, Metternich, ce symbole des permanences européennes, doit s'enfuir devant l'émeute ; les libéraux et les démocrates de Vienne semblent contrôler la vieille capitale des Habsbourg. Parallèlement, à Budapest,

Kossuth exalte les libertés hongroises alors que Prague appelle les Slaves à l'unité.

En Italie, les Autrichiens doivent évacuer Milan. A Naples, à Florence, à Rome, à Turin, les souverains doivent, dans la hâte, promulguer des Constitutions libérales.

En Allemagne, de même, les souverains sont contraints aux concessions libérales : ainsi en Bade, en Bavière et surtout à Berlin, où Frédéric-Guillaume IV promet une assemblée élue au suffrage universel. D'autre part, à Francfort, se réunit en mai un Parlement qui tente de construire l'Allemagne unie. Mais faut-il inclure l'Autriche dans une « Grande Allemagne » ? Les députés de Francfort proposent finalement, en mars 1849, la couronne au roi de Prusse Frédéric-Guillaume.

Cependant les enthousiasmes libéraux et nationaux ne reposent que sur une élite étroite. Si, dans les grandes villes, une partie du petit peuple urbain est gagnée à l'idée nationale, les paysans ne participent guère. Parfois les notables libéraux eux-mêmes craignent les risques de subversion sociale. Ainsi en France, où la province regarde avec effroi la révolution parisienne et ses velléités sociales ; les ouvriers rassemblés dans les Ateliers nationaux sont massacrés dès juin 1848, et les notables espèrent que Louis Napoléon Bonaparte, qu'ils font élire président de la République en décembre 1848, saura rétablir l'ordre. En deux temps, décembre 1851 puis décembre 1852, le « prince-président » rétablit l'Empire et étouffe les libertés.

Le reflux de la Révolution est rapide dans le reste de l'Europe. Frédéric-Guillaume refuse la couronne d'empereur allemand et le parlement de Francfort est dispersé en juin 1849. Dans l'empire des Habsbourg, le nouvel empereur François-Joseph (1848-1916) réprime les insurrections nationales et libérales. L'aide de la Russie, rempart des couronnes, lui permet d'écraser la révolte des Hongrois de Kossuth. Enfin les Autrichiens réoccupent la péninsule italienne et une armée française, en 1849, fait disparaître la République romaine de Mazzini ; en 1850, le pape Pie IX restaure son pouvoir sur les États pontificaux. L'ordre ancien semble partout rétabli.

Des nations aux États (1848-1871)

L'unité italienne et l'unité allemande. L'élan des peuples brisé, vient le temps du réalisme. Le nouveau roi de Piémont-Sardaigne, Victor-Emmanuel, avec l'aide de son Premier ministre Cavour, modernise son royaume et s'appuie sur la bourgeoisie industrielle du Nord de l'Italie. Avec l'aide de Napoléon III, qui, par fidélité à l'héritage mythique de Napoléon Ier, entend permettre la naissance d'une Europe des nations, la Lombardie en 1859 est libérée de la tutelle autrichienne. En 1861, Victor-Emmanuel II est proclamé roi d'Italie. La Vénétie est libérée en 1866. Enfin, profitant de la défaite française de 1870, les Italiens entrent dans Rome. Le pape Pie IX se considère comme prisonnier au Vatican. L'unité italienne réunit un Nord, déjà industriel, dominé par la bourgeoisie libérale, et un Mezzogiorno de paysans pauvres et analphabètes employés dans les *latifundia*, ces grands domaines fonciers exploités extensivement. L'Italie doit aussi construire un État.

L'unité allemande se construit autour de la Prusse, État organisé et fort, qui bénéficie de l'essor industriel de la Ruhr. Bismarck, qui devient Premier ministre du roi de Prusse Guillaume Ier en 1862, n'est pas un libéral. Sans rechercher l'adhésion des populations, il entend réaliser l'unité allemande par la force au profit de la Prusse. L'Autriche, qui aurait pu entraver ses desseins, est rapidement vaincue en 1866 à Sadowa. La Confédération de l'Allemagne du Nord regroupe alors 21 États autour de la Prusse. Il reste à réduire le particularisme des royaumes catholiques du Sud, en particulier de la Bavière de Louis II. Bismarck provoque alors délibérément la France pour susciter un élan patriotique allemand. Napoléon III tombe dans le piège. La victoire de la Confédération sur la France permet, le 18 janvier 1871, dans la galerie des Glaces du château de Versailles, la proclamation de l'Empire allemand. La France a dû céder l'Alsace et la Lorraine. La création de l'Empire allemand, fort de ses 41 millions d'habitants et de sa croissance économique rapide, bouleverse l'équilibre européen.

L'Europe de 1871. L'Angleterre libérale de la reine Victoria est alors à l'apogée de sa puissance. Les libertés individuelles sont garanties et, si le pouvoir reste encore aux mains de l'aristocratie, la réforme électorale de 1867, qui élargit le suffrage, annonce l'évolution démocratique. Le Royaume-Uni, qui règne sur toutes les mers du globe, qui construit un immense empire colonial, est une puissance plus mondiale qu'européenne ; aussi reste-t-il spectateur des bouleversements européens, veillant seulement à garder son contrôle de la Méditerranée. Ainsi s'explique, en 1854-1856, sa participation avec la France à la guerre de Crimée, destinée à contenir les velléités expansionnistes de la Russie.

La France a des difficultés pour trouver un régime stable. De la Seconde République, Napoléon III n'a conservé que le suffrage universel, soigneusement contrôlé. Le « césarisme démocratique » qu'il pratique met en veilleuse les libertés et renforce l'autorité d'un État mis au service de la modernité économique. Mais les notables libéraux éliminés réapparaissent à la faveur de l'essoufflement du pouvoir impérial. La défaite militaire contre l'Allemagne emporte un régime qui comptait sur la gloire pour se renforcer. La République est proclamée le 4 septembre 1870. Elle endosse, en 1871, le choc de la défaite face à l'Allemagne, et réprime l'insurrection de la Commune de Paris.

L'empire d'Autriche reste un État multinational. En 1867, François-Joseph transige avec les Magyars : la Hongrie devient autonome. Mais ce compromis, qui donne naissance à l'Autriche-Hongrie, ne résout pas les problèmes slaves.

La défaite de Crimée a démontré la faiblesse de la Russie. Le tsar Alexandre II (1855-1881) tente des réformes dont la plus importante est, en 1861, l'abolition du servage. Par ailleurs la population s'accroît très vite, l'Empire s'étend en Asie, la Sibérie est progressivement peuplée. Cependant le tsar réprime violemment l'insurrection polonaise de 1863. Un État qui ne peut s'appuyer sur une opinion libérale peut-il se réformer ? L'* *intelligentsia*, minoritaire, est divisée ; certains intellectuels veulent « aller au peuple » et voient le salut de la Russie dans un retour aux sources slaves.

L'Europe des rois de 1815 est devenue l'Europe des États. Mais ces États européens, s'ils participent de la même civilisation, ne sont pas au même niveau de développement en un temps où la puissance économique peut seule donner la force militaire. L'Angleterre, dont la politique constante est de veiller sur l'équilibre européen, ne s'inquiète pas vraiment encore de la puissance de l'Allemagne. Pourtant en 1871, alors que la France est affaiblie par la guerre de 1870, que l'Empire austro-hongrois est aux prises avec les nationalismes slaves, que la Russie ne trouve pas le chemin de la modernisation, aucun État n'est en mesure d'équilibrer l'Allemagne que Bismarck vient de construire.

DOCUMENT 1

La Sainte-Alliance (26 septembre 1815)

Au nom de la très-sainte et indivisible Trinité.

L. M. l'Empereur d'Autriche, le Roi de Prusse et l'Empereur de Russie, par suite des grands évènemens qui ont signalé en Europe le cours des trois dernières années, et principalement des bienfaits qu'il a plu à la divine Providence de répandre sur les états dont les gouvernemens [ont] placé leur confiance et leur espoir en elle seule, ayant acquis la conviction intime qu'il est nécessaire d'asseoir la marche à adopter par les puissances dans leurs rapports mutuels sur les vérités sublimes que nous enseigne l'éternelle religion du Dieu sauveur :

Déclarons solennellement que le présent acte n'a pour objet que de manifester à la face de l'Univers leur détermination inébranlable de ne prendre pour règle de leur conduite, soit dans l'administration de leurs états respectifs, soit dans leurs relations politiques avec tout autre gouvernement, que les préceptes de cette religion sainte, préceptes de justice, de charité et de paix [...]

En conséquence, Leurs Majestés sont convenues des articles suivans :

Art. I. – Conformément aux paroles des saintes Écritures, qui ordonnent à tous les hommes de se regarder comme frères, les trois monarques contractans demeureront unis par les liens d'une fraternité véritable et indissoluble et, se considérant comme compatriotes, ils se prêteront en toute occasion et en tout lieu assistance, aide et secours ; se regardant envers leurs sujets et armées comme pères de famille, ils les dirigeront dans le même esprit de fraternité dont ils sont animés pour protéger la religion, la paix et la justice.

Art. II. – En conséquence, le seul principe en vigueur, soit entre les dits gouvernemens, soit entre leurs sujets, sera celui de se rendre réciproquement service, de se témoigner par une bienveillance inaltérable l'affection mutuelle dont ils doivent être animés, de ne se considérer tous que comme membres d'une même nation chrétienne, les trois princes alliés ne s'envisageant eux-mêmes que comme délégués par la Providence pour gouverner trois branches d'une même famille, savoir : l'Autriche, la Prusse et la Russie, confessant ainsi que la nation chrétienne, dont eux et leurs peuples sont partie, n'a réellement d'autre souverain que celui à qui seul appartient en propriété la puissance, parce qu'en lui seul se trouvent tous les trésors de l'amour, de la science et de la sagesse infinie, c'est-à-dire Dieu, notre divin Sauveur Jésus-Christ, le verbe du Très-Haut, la parole de vie. Leurs Majestés recommandent en conséquence avec la plus tendre sollicitude à leurs peuples, comme unique moyen de jouir de cette paix qui naît de la bonne conscience et qui seule est durable, de se fortifier chaque jour davantage dans les principes et l'exercice des devoirs que le divin Sauveur a enseignés aux hommes.

Art. III. – Toutes les puissances qui voudront solennellement avouer les principes sacrés qui ont dicté le présent acte et reconnoîtront combien il est important au bonheur des nations trop longtems agitées que ces vérités exercent désormais sur les destinées humaines toute l'influence qui leur appartient seront reçues avec autant d'empressement que d'affection dans cette sainte alliance.

Fait triple et signé à Paris l'an de grâce 1815, le 14/26[1] septembre.

François
Frédéric-Guillaume
Alexandre.

Ce pacte est signé par le catholique empereur François d'Autriche, le protestant roi de Prusse Frédéric-Guillaume et l'orthodoxe tsar Alexandre, qui en est l'inspirateur. L'Angleterre n'a pas voulu signer. Son pragmatisme se méfie des accents mystiques d'Alexandre. Le texte a une portée plus morale que politique ; il oppose implicitement aux droits de l'homme le respect de la Providence divine.

1. Le premier chiffre indique la date selon le calendrier julien encore utilisé dans les pays de rite orthodoxe, retardant de douze jours sur le calendrier grégorien (deuxième nombre).

DOCUMENT 2

Déclaration d'indépendance de la Grèce (janvier 1822)

« La nation grecque prend le ciel et la terre à témoin que, malgré le joug affreux des Ottomans qui la menaçaient de son anéantissement, elle existe toujours.

« Après avoir repoussé la violence par le seul courage de ses enfants, elle déclare aujourd'hui devant Dieu et devant les hommes, par l'organe de ses représentants légitimes réunis en congrès national, son indépendance politique.

« Cette guerre est une guerre nationale et sacrée ; elle n'a pour but que la restauration de la nation et sa réintégration dans les droits de propriété, d'honneur et de vie qui sont le partage des peuples policés.

« Les Grecs, seuls de tous les Européens, doivent-ils être exclus comme indignes de ces droits que Dieu a établis pour tous les hommes ? Ou bien étaient-ils condamnés par leur nature à un esclavage éternel qui perpétuait chez eux la spoliation et les massacres ? Et la force brutale de quelques hordes barbares qui, sans être jamais provoquées, vinrent, précédées du carnage et suivies de l'esprit de destruction, s'établir au milieu de nous pouvait-elle jamais être légalisée par le droit des gens de l'Europe ?

« Partant de ces principes et sûrs de nos droits, nous ne voulons, nous ne réclamons que notre rétablissement dans l'association européenne où notre religion, nos mœurs et notre position nous appellent à nous réunir à la grande famille des chrétiens. Nous marchons d'un commun accord à notre délivrance avec la ferme résolution de l'obtenir ou d'ensevelir à jamais nos malheurs sous une grande ruine digne de notre origine. »

E. Driault et Lhéritier,
Histoire diplomatique de la Grèce de 1821 à nos jours,
t. I, Paris, PUF, 1925, p. 168-169.

Le mouvement national grec contre la domination ottomane n'aboutit qu'en 1827, avec l'aide des grandes puissances européennes poussées par les opinions publiques.

DOCUMENT 3

Mazzini : la Jeune-Europe

« Jeune Europe, Liberté, Égalité, Humanité.

« Acte de Fraternité. – Nous, soussignés, hommes de progrès et de liberté, croyant dans l'égalité et la fraternité des hommes, dans l'égalité et la fraternité des peuples, croyant que l'humanité est appelée à procéder, par un progrès continuel et sous l'empire de la loi morale universelle, au développement libre et harmonieux de ses propres facultés [...], convaincus que tout homme et tout peuple ont une mission particulière [...], convaincus enfin que l'association des hommes et des peuples doit réunir la protection du libre exercice de la mission individuelle à la certitude que tout est fait en vue du développement de la mission générale [...], nous étant auparavant constitués en associations nationales libres et indépendantes, noyaux primitifs de la Jeune Italie, de la Jeune Pologne et de la Jeune Allemagne [...]

« Réunis en assemblée [...] signent un acte de fraternité valable aujourd'hui et toujours pour tout ce qui concerne le but général [...] »

Berne, le 15 avril 1834.

Documents d'histoire,
t. I, *1776-1850*,
Paris, Colin, coll. « U2 », 1964.

Giuseppe Mazzini (1805-1872) appartient à cette grande génération romantique qui invoque « Dieu et le Peuple ». Il a appartenu au mouvement des carbonari, puis, après l'échec des révolutions de 1830 en Italie, fonde la Jeune-Italie en 1831 et la Jeune-Europe en 1834 (Mazzini est alors en exil en Suisse). Celle-ci doit permettre d'élargir la lutte nationale à l'échelle européenne.

20. L'Europe transformée par l'industrie

Pendant le 19e siècle, l'Europe s'assure la domination du monde par le peuplement et par l'emprise économique. L'excédent de population se déverse sur tout le globe (à l'exception toutefois de la Chine). En même temps, la densification des circuits financiers et des réseaux de communication permet au textile et à la machine à vapeur d'abord, à l'électricité et au moteur à explosion ensuite, d'assujettir les productions de la terre. L'Europe est au cœur d'une économie-monde.

Une croissance démographique plus rapide que celle de l'ensemble mondial, et qui permet aux Européens de constituer au-delà des océans des colonies de peuplement, accompagne une croissance économique dorénavant appuyée sur la machine et l'usine. Certes l'Europe se développe inégalement, le Nord-Ouest du continent accentue une avance déjà ancienne. Mais, le Royaume-Uni contrôlant l'ensemble, l'Europe crée au 19e siècle une *économie-monde, dont elle est le centre organisateur.

L'essor européen

La croissance démographique et l'émigration. De 1800 à 1900 la population européenne double, de 200 à près de 400 millions d'habitants. Dorénavant les Européens représentent un quart de la population mondiale, contre un cinquième en 1800. Cet essor général s'explique par une diminution rapide du taux de mortalité alors que le taux de natalité reste encore élevé.

L'Europe d'ailleurs ne peut nourrir toutes ces bouches nouvelles ; un grand mouvement d'émigration, facilité par les progrès de la navigation maritime, répand les Européens sur l'ensemble du monde. Au 19e siècle, 70 millions d'Européens ont quitté l'Europe, dont 50 millions à titre définitif. La moitié des émigrants environ s'installent aux États-Unis, les autres en Amérique latine, en Australie et en Nouvelle-Zélande, en Afrique du Sud, alors que les Russes peuplent la Sibérie et les pays du Caucase. Les départs s'échelonnent tout au long du siècle, puis s'accélèrent au tournant du 20e siècle : les Irlandais chassés par la grande famine du milieu du siècle, les Anglais et les Écossais, les Allemands, les Scandinaves. Puis, à la fin du 19e et au début du 20e siècle, les Italiens et les peuples d'Europe centrale connaissent à leur tour les cales des bateaux d'émigrants. Ainsi naissent des « Europes d'outre-mer ».

Cependant, entre 1800 et 1900, l'équilibre démographique entre les différents États européens se modifie. Si, au début du siècle, la France avec 29 millions d'habitants pouvait apparaître comme la « Chine de l'Europe », sa croissance est désormais ralentie alors même que les autres États doublent ou triplent leur population.

Les origines de la révolution industrielle. L'essor européen n'est pas provoqué par une mutation brutale, comme semble l'indiquer l'expression consacrée de « révolution industrielle ». Il est le résultat d'une interaction entre différents facteurs : la croissance démographique bouleverse dès le 18e siècle des communautés jusque-là stables ; elle s'accompagne de lents progrès de l'agriculture grâce à la généralisation des cultures fourragères qui permettent d'éviter la jachère. Les progrès techniques répondent eux-mêmes à des besoins nouveaux ; ainsi la pénurie relative de charbon de bois explique le recours à la houille. Des moyens de communication plus rapides et moins coûteux (chemins de fer, bateaux à vapeur) structurent les marchés nationaux et sont les vecteurs du grand commerce international. Ainsi se constituent des réseaux de diffusion des produits industriels.

Dans le temps long, la transformation de l'Europe par la révolution industrielle s'inscrit dans un grand mouvement matériel et mental qui commence à la Renaissance, peut-être même dès le 13ᵉ siècle. Ce mouvement est matériel : les caravelles de Christophe Colomb symbolisaient déjà l'effort européen pour connaître et organiser le monde. L'essor du grand commerce atlantique au 18ᵉ siècle accumule les capitaux et crée les marchés. Mais la révolution est aussi mentale : dans un même mouvement l'individualisme humaniste et la lente désagrégation des communautés, communautés rurales closes, communautés d'artisans, intériorisent le progrès dans les pratiques des Européens. Les premiers, ils ne subissent plus la nature, mais tentent de la transformer.

Le capitalisme libéral. Ainsi la grande transformation industrielle de l'Europe est inséparable de sa transformation politique. Le capitalisme, par essence, est libéral. Seul l'État de droit qui garantit les libertés individuelles peut permettre l'initiative, le risque calculé, c'est-à-dire l'investissement productif. Certes le capitalisme ne naît pas au 19ᵉ siècle, mais, s'il apparaît dès le Moyen Age européen dans les cités marchandes d'Italie ou des rivages de la mer du Nord, il n'était encore qu'un capitalisme commercial et ne concernait que des groupes restreints de producteurs et de consommateurs privilégiés.

Au 19ᵉ siècle on assiste à un changement d'échelle. La machine permet de répondre à la multiplication des consommateurs potentiels. Michelet a décrit, dans *Le Peuple*, les effets de la baisse des prix des tissus de coton dans les années 1840 : « Ce mot, *six sols*, fut un réveil. Des millions d'acheteurs, de pauvres gens qui n'achetaient jamais, se mirent en mouvement. » Mais la machine suppose des capitaux rassemblés. Elle suppose des institutions de crédit. Elle suppose la circulation de la monnaie. Les banques, le partage de la propriété des capitaux dans les sociétés par actions, la lente diffusion de la monnaie-papier répondent progressivement à ces besoins.

Ces transformations ne sont pas possibles sans la croissance du rôle des États. D'abord parce que la liberté d'entreprendre doit être préservée par la loi, mais aussi parce que l'État est indispensable pour organiser les marchés, garantir la monnaie. Le rôle économique de l'État est même, dans les pays où l'initiative individuelle est plus hésitante, aux origines du développement industriel.

Chronologie du développement industriel

Le coton, la vapeur, les chemins de fer. Le premier développement s'accomplit d'abord dans les cadres anciens. Dès le 18ᵉ siècle le vieux système des marchands fabricants, distributeurs de matières premières à une main-d'œuvre rurale, s'intensifie et accroît la production textile. De même les forêts sont de plus en plus animées par la fabrication du charbon de bois et la multiplication des foyers de production métallurgique domaniale. Dans le même temps, d'importants travaux accélèrent la circulation sur les routes et les canaux.

Dans un deuxième temps, l'usine devient indispensable. Elle naît avec l'industrialisation du coton. Dès la fin du 18ᵉ siècle en Angleterre, dans la première moitié du 19ᵉ siècle sur le continent, diverses inventions permettent la mécanisation d'abord de la filature puis du tissage. La production de cotonnades est, en Angleterre, multipliée par vingt entre la fin du 18ᵉ siècle et les années 1870.

Cette poussée d'usines n'aurait pas été envisageable sans la force motrice de la machine à vapeur. Mise au point par Watt entre 1760 et 1785, d'abord utilisée pour pomper l'eau des mines, elle devient, dans la première moitié du siècle, la source d'énergie capable de mettre en mouvement les machines. Elle exige une production accrue de charbon et provoque la naissance des « pays noirs » européens.

Enfin, après la locomotive de George Stephenson en 1815, les premières lignes de chemin de fer sont construites dans les années 1830. De 1840 à 1880, les voies ferrées tissent en Europe un réseau dense de circulation. L'appel des chemins de fer est le moteur des progrès de la métallurgie ; ils permettent la diffusion des produits industriels et la constitution de marchés nationaux. Parallèlement, les bateaux à vapeur détrônent peu à peu les grands voiliers dans la deuxième moitié du siècle.

La deuxième révolution industrielle. Elle repose sur la mise en œuvre de nouvelles sources d'énergie : l'usage de l'électricité commence à se répandre dans les années 1880, le moteur à explosion, mis au point à la fin du siècle, permet l'utilisation du gaz et du pétrole. L'acier triomphe progressivement, même si la tour de l'ingénieur Eiffel, en 1889, est encore en fer. D'autre part, la chimie de synthèse se développe et produit colorants, textiles artificiels, engrais.

De multiples découvertes bouleversent la vie quotidienne des Européens : la machine à coudre, la bicyclette, le téléphone, la lampe à incandescence d'Edison. A la fin du siècle ce sont les premières automobiles. L'avion enfin décolle autour de 1900. Les productions de l'usine pénètrent dans chaque foyer.

Dorénavant l'innovation n'est plus issue des tâtonnements de quelques bricoleurs inventifs. L'ingénieur est né. Les grandes firmes disposent de laboratoires de recherche. L'ampleur de la croissance industrielle nécessite des capitaux de plus en plus importants. Les firmes géantes se multiplient. Ce deuxième âge de la croissance industrielle coïncide avec l'impérialisme colonial. Les États européens achèvent de planter leurs drapeaux sur un globe qu'ils ont désormais totalement balisé. Les océans et les mers sont contrôlés par les flottes européennes, qui représentent près de 80 % du total mondial. Partout l'Europe investit, achète des matières premières, vend ses produits fabriqués. Certes l'Europe n'a plus le monopole ni du progrès technique, ni des entreprises géantes : les États-Unis ont entamé leur grande croissance. Mais la Belle Époque coïncide avec le triomphe d'une Europe devenue technicienne.

Les rythmes de la croissance industrielle. La croissance industrielle ne se poursuit pas sans secousses. Si, en 1846-1848, la plus grande partie de l'Europe est frappée par une crise de sous-production dont l'origine est encore agricole, les crises cycliques, dont l'origine est la surproduction industrielle, atteignent ensuite périodiquement les économies européennes. Sur le temps long du siècle la croissance correspond à trois phases contrastées.

L'expansion est rapide des années 1840 aux années 1860. C'est le temps où se constitue l'optimisme industrialiste européen. Les États, à la suite de l'Angleterre, adoptent une certaine libéralisation des échanges. L'Europe propose au monde sa conception du progrès : la croissance matérielle ne peut qu'entraîner le progrès moral. L'Europe peut développer et civiliser le monde.

Mais le dernier tiers du 19e siècle est marqué par la « grande dépression ». Les prix baissent, surtout dans le secteur agricole concurrencé par les produits des pays neufs ; le volume de la production s'accroît moins vite, les faillites industrielles et bancaires se multiplient. L'élan fondé sur le charbon et le textile s'essouffle. Les effets de la première révolution industrielle ont un pouvoir d'autant moins entraînant que les pays européens se livrent entre eux à une sévère concurrence qui amenuise les profits.

Cependant, à partir de 1895, la croissance reprend. Les innovations de la seconde révolution industrielle élargissent les marchés de consommation, ils nécessitent de nouveaux investissements. De nouveaux États, comme la Russie, entrent dans l'âge industriel et réclament capitaux et technologies. Cette croissance, très rapide, se poursuit jusqu'en 1914, mais le climat est désormais plus tendu. Les uns après les autres, les États industriels européens, à l'exception de l'Angleterre, ont abandonné le libre-échange au moment de la grande dépression. Les concurrences s'exacerbent. L'Europe domine le monde, mais les contradictions s'aggravent entre les États européens. D'ailleurs cette grande foi dans le progrès de l'humanité, qui était portée par l'usine et par la raison européennes, vacille au début du 20e siècle.

Géographie de l'industrialisation

L'Europe des pays noirs et des banlieues. Certes l'industrialisation de l'Europe est célébrée par quelques monuments qui témoignent de la foi dans le progrès de l'humanité. Ainsi l'ingénieur Eiffel édifie-t-il pour l'Exposition universelle de 1889 la tour qui porte son nom. Mais les paysages industriels qui envahissent une partie de l'Europe témoignent davantage de la peine des hommes que de l'avenir radieux qu'on leur promet.

L'Angleterre noire, le Nord et l'Est de la France, la Wallonie belge, la Ruhr forment désormais un grand triangle industriel où se répètent, presque identiques, les corons de briques, les chevalets de mines, les terrils, les fumées dans un enchevêtrement de voies ferrées. Autour des grandes villes, le long des grandes voies de communication, les faubourgs d'autrefois laissent désormais la place aux banlieues industrielles qui prolifèrent, insalubres, peuplées de ruraux déracinés et d'immigrants : Irlandais dans les banlieues de Liverpool et de Manchester, Bretons et Italiens à Saint-Denis. Ces paysages industriels sont dorénavant en place pour à peu près un siècle.

Mais l'industrie n'a pas envahi au même degré toute l'Europe. Une Europe du Nord-Ouest, celle du charbon, a pris une avance décisive sur l'Europe du Sud et sur l'Europe de l'Est. L'industrialisation a aggravé les déséquilibres qui se dessinaient déjà au 18e siècle entre l'Europe de la mer du Nord et de l'Atlantique et le reste du continent.

L'Angleterre, la France et l'Allemagne. L'avance anglaise se maintient jusqu'au dernier quart du siècle. Elle est d'abord fondée sur un démarrage plus précoce, dès le 18e siècle. Et elle s'affirme alors que la France, entre 1792 et 1815, coupée des marchés atlantiques, se consacre aux aventures militaires continentales. Appuyée sur la houille de ses pays noirs, sur la fécondité de ses innovations technologiques (toutes les machines textiles sont d'origine britannique), sur la cohérence précoce de son espace économique, l'Angleterre devient l'atelier du monde. Elle exporte son charbon, ses cotonnades, ses machines grâce à sa flotte, la première du monde. La *City* contrôle l'économie du monde grâce au volume des investissements extérieurs, à la fixation des prix des matières premières, aux compagnies de commerce et de navigation. La monnaie britannique, la livre sterling, est acceptée partout à l'égal de l'or. L'Angleterre adopte en 1846 le libre-échange, qui correspond au sacrifice de son agriculture. Dès le milieu du siècle, la population urbaine dépasse la population rurale.

Certes, partie plus tôt, l'Angleterre est dès la fin du 19ᵉ siècle concurrencée par des puissances industrielles plus récentes, l'Allemagne et les États-Unis essentiellement. Mais, appuyée sur l'empire le plus vaste, sur sa monnaie, sur une flotte qui en 1913 représente toujours près de 40 % de la flotte mondiale, elle continue à constituer le pôle organisateur de l'économie-monde.

D'Angleterre, l'industrie a gagné prioritairement l'Europe du Nord-Ouest, s'installant sur les bassins houillers. La France est un cas particulier : l'usine apparaît dès les années 1840, contemporaine des chemins de fer. Mais l'évolution française est beaucoup plus lente. L'espace français ne constitue que tardivement un marché économique cohérent. La faible croissance de la population entraîne une pénurie de main-d'œuvre et de consommateurs. L'industrie gagne d'abord les bassins charbonniers du Massif central, puis le Nord et enfin la Lorraine et les banlieues de quelques grandes villes comme Paris et Lyon. Mais des régions entières restent fidèles aux structures anciennes de l'économie. La population rurale est tout au long du 19ᵉ siècle plus importante que la population urbaine. L'économie française juxtapose secteurs dynamiques et secteurs traditionnels. Ce dualisme de l'économie se perpétue tout au long du siècle.

Tardive, l'entrée de l'Allemagne dans l'âge industriel est très rapide. Les usines bénéficient d'une abondante main-d'œuvre grâce à une croissance démographique accélérée (41 millions d'habitants en 1871, 67 millions en 1913). Cette industrie est fondée sur l'aide de l'État, la puissance d'une industrie lourde très concentrée dans la Ruhr, les liens étroits entre la recherche et l'usine. Dès la fin du 19ᵉ siècle, la production industrielle allemande a dépassé la production britannique, et l'Angleterre s'inquiète des succès des voyageurs de commerce qui diffusent dans le monde les produits *made in Germany*.

Une Europe inégalement développée. Dans le reste de l'Europe, l'industrie ne représente que quelques îlots dans l'océan des traditions : ainsi, la Bohême dans l'Empire austro-hongrois. D'ailleurs, l'Europe méditerranéenne, comme l'Europe de l'Est, est un champ d'expansion des banquiers et des capitaines d'industrie de l'Ouest européen. C'est avec des capitaux étrangers que sont construites les voies ferrées de l'Espagne et de l'Empire austro-hongrois. On sait comment les Russes ont fait appel à l'épargne européenne.

L'exemple russe est significatif. Depuis 1880 la Russie est entrée dans l'âge industriel. Le Transsibérien est achevé en 1902, les mines et la sidérurgie de l'Ukraine se développent, des usines textiles s'implantent autour de Moscou, la croissance est rapide, même si l'économie russe est dominée, mais cette croissance n'entraîne pas encore l'ensemble de l'espace économique ; certes les possibilités ouvertes de dissolution du *mir à la veille de la guerre auraient pu permettre un développement de type occidental, mais les classes moyennes sont numériquement peu nombreuses, la paysannerie représente encore 85 % de la population, l'autocratie est encore forte. Et les historiens d'aujourd'hui discutent toujours pour savoir si l'Empire russe en était encore, comme l'écrivit Lénine, au « Moyen Age » ou s'il avait pris la route du décollage industriel.

L'inégale diffusion de l'industrie accentue les déséquilibres européens. D'une part parce que l'Europe se divise en pays dominants, exportateurs de capitaux, et pays dominés ; l'impérialisme ne s'exerce pas seulement au-dehors du continent. D'autre part parce que la croissance est devenue un enjeu national. Certes, les banquiers et les industriels se satisfont pleinement de la paix européenne, garantie de profits sûrs. Mais les croissances industrielles sont souvent orientées vers la production d'armement. Les exportateurs s'affrontent pour conquérir les marchés. L'industrialisation n'a pas plus assuré la paix européenne qu'elle n'a garanti le bonheur des travailleurs.

Enfin cette Europe qui a créé l'usine, qui organise la circulation mondiale des produits, qui, entre 1870 et 1914, multiplie par quatre ses investissements extérieurs, cette orgueilleuse

Europe des industriels et des banquiers voit poindre l'essor des pays neufs et d'abord des États-Unis. Assurément, les Américains sont encore créanciers de l'Europe, ils absorbent toujours les hommes et les capitaux du Vieux Continent, mais désormais leur économie les place en tête de tous les pays du monde.

DOCUMENT 1

La loi de 1842 sur l'établissement des grandes lignes de chemins de fer en France

Louis-Philippe, roi des Français, à tous présents et à venir, Salut.

Nous avons proposé, les Chambres ont adopté, Nous avons ordonné et ordonnons ce qui suit :

Article premier. – Il sera établi un système de chemins de fer se dirigeant :

1° De Paris

Sur la frontière de Belgique, par Lille et Valenciennes ;

Sur l'Angleterre, par un ou plusieurs points du littoral de la Manche, qui seront ultérieurement déterminés ;

Sur la frontière d'Allemagne, par Nancy et Strasbourg ;

Sur la Méditerranée, par Lyon, Marseille et Cette ;

Sur la frontière d'Espagne, par Tours, Poitiers, Angoulême, Bordeaux et Bayonne ;

Sur l'Océan, par Tours et Nantes ;

Sur le centre de la France, par Bourges ;

2° De la Méditerranée sur le Rhin, par Lyon, Dijon et Mulhouse ;

De l'Océan sur la Méditerranée, par Bordeaux, Toulouse et Marseille.

Art. II. – L'exécution des grandes lignes de chemins de fer définies par l'article précédent aura lieu par le concours : de l'État, des départements traversés et des communes intéressées, de l'industrie privée, dans les proportions et suivant les formes établies par les articles ci-après.

Néanmoins, ces lignes pourront être concédées en totalité ou en partie à l'industrie privée, en vertu de lois spéciales et aux conditions qui seront alors déterminées.

Art. III. – Les indemnités dues pour les terrains et bâtiments dont l'occupation sera nécessaire à l'établissement des chemins de fer et de leurs dépendances seront avancées par l'État, et remboursées à l'État, jusqu'à concurrence des deux tiers, par les départements et les communes [...]

Art. IV. – Dans chaque département traversé, le conseil général délibérera :

1° Sur la part qui sera mise à la charge du département dans les deux tiers des indemnités et sur les ressources extraordinaires au moyen desquelles elle sera remboursée en cas d'insuffisance des centimes facultatifs ;

2° Sur la désignation des communes intéressées, sur la part à supporter par chacune d'elles, en raison de son intérêt et de ses ressources financières.

Cette délibération sera soumise à l'approbation du Roi.

Art. V. – Le tiers restant des indemnités de terrains et bâtiments, les terrassements, les ouvrages d'art et stations seront payés sur les fonds de l'État.

Art. VI. – La voie de fer, y compris la fourniture du sable, le matériel et les frais d'exploitation, les frais d'entretien et de réparation du chemin, de ses dépendances et de son matériel resteront à la charge des compagnies auxquelles l'exploitation du chemin sera donnée à bail.

Ce bail réglera la durée et les conditions de l'exploitation, ainsi que le tarif des droits à percevoir sur le parcours [...]

Art. VII. – A l'expiration du bail, la valeur de la voie de fer et du matériel sera remboursée, à dire d'experts, à la compagnie par celle qui lui succédera ou par l'État.

Les années 1840 sont celles des débuts des chemins de fer en Europe après les premières lignes expérimentales. En France, la loi de 1842, après un long débat sur les rôles respectifs des pouvoirs publics et des entreprises privées, organise la collaboration entre l'État et les compagnies concessionnaires ; elle dessine le premier grand réseau ferré en étoile autour de Paris, qui ne sera achevé que dans les années 1860.

DOCUMENT 2

Cobden : le libre-échange facteur de paix et de progrès universels

« On m'a accusé de trop considérer les intérêts matériels. Pourtant, je puis le dire, j'ai étudié sous tous leurs aspects les conséquences de ce grand principe [le libre-échange] plus que ne l'a fait dans son cabinet quiconque a rêvé sur lui. Je crois que les bénéfices matériels pour l'humanité seront les moindres de ceux qui résulteront de son adoption. Je vais plus loin ; je vois dans le principe du libre-échange une force qui agira dans le monde moral à l'image de la gravitation dans l'univers physique : il rapprochera les hommes, il abattra les antagonismes de race, de croyance, de langue, il nous unira tous par les liens de la paix perpétuelle.

Je crois qu'il aura pour effet de changer la face du monde, en introduisant un système de gouvernement totalement différent du système actuel, qu'il fera disparaître les ambitions et les mobiles qui conduisent aux vastes et puissants empires, aux armées gigantesques, aux grandes marines de guerre, à tous ces instruments de destruction de la vie et d'anéantissement des fruits du travail. Je crois que de telles choses cesseront d'être nécessaires ou d'être habituelles lorsque l'humanité deviendra une seule famille et que chaque homme échangera librement les fruits de son travail avec son frère. Je crois que, s'il nous était possible de réapparaître sur cette scène terrestre, nous verrions, dans un avenir éloigné, le système de gouvernement de ce monde évoluer vers un système proche du système municipal ; et je crois que le philosophe qui spéculera dans un millier d'années situera la plus grande révolution jamais advenue dans l'histoire du monde à la date du triomphe du principe que nous sommes ici pour défendre. »

Discours à Manchester, 1846,
Cité dans F. Bédarida, *L'Angleterre triomphante*,
Paris, Hatier, 1974.

Richard Cobden (1804-1865) est un important industriel de Manchester (cotonnades imprimées). Il est élu député en 1841. Cobden est l'un des fondateurs de la Ligue contre les lois protectionnistes sur les blés, et le prophète éloquent du libre-échange. Sa campagne aboutit en 1846, et Cobden se consacre alors à diffuser ses convictions pacifistes.

21. Sociétés européennes

Dans cette Europe transformée par l'industrie et les idées nouvelles, les sociétés ne peuvent qu'évoluer, mais elles le font à des rythmes divers. Le monde des campagnes – en régression relative – évolue lentement. Celui des villes évolue beaucoup plus vite ; sa masse s'accroît et, à côté des forces traditionnelles, on voit naître de nouvelles élites et de nouvelles couches sociales qui, toutes, vivent contradictoirement le sentiment de l'unité de classe et celui de l'attachement national.

Les deux grandes révolutions, celle de la liberté et celle de la machine à vapeur, n'ont pas uniformément donné naissance à une société industrielle où une bourgeoisie triomphante aurait éliminé les aristocraties terriennes et imposerait sa loi à un prolétariat opprimé. Les particularités nationales n'ont pas été effacées. L'Europe du 19e siècle est encore une Europe majoritairement rurale ; mais si l'ordre social ancien, ses noblesses, ses castes et ses privilèges, ses paysans et ses artisans, n'a pas été recouvert par l'expansion de la civilisation des villes, les grands équilibres sociaux évoluent, les élites s'ouvrent aux entrepreneurs et aux diplomés, les communautés d'Ancien Régime se défont alors que se gonflent les foules urbaines d'ouvriers et d'employés.

Les campagnes

Permanences et évolutions des campagnes. Les grands traits du paysage rural européen, fixés depuis longtemps, ne se modifient guère au 19e siècle. La machine est encore trop exceptionnelle pour transformer la géométrie héritée des champs : campagnes ouvertes et habitat groupé des grandes plaines, bocages des zones humides, terrasses des versants ou huertas des plaines drainées et irriguées en pays méditerranéens. Les villages enracinés dans les terroirs depuis le 11e siècle regroupent des communautés agraires qui coïncident depuis lors avec les communautés religieuses. Cependant de nombreux signes indiquent, tout au moins dans l'Europe du Nord-Ouest, que les paysans vivent mieux : la maison rurale peu à peu se transforme, les lampes à pétrole apparaissent, les cuisinières de fonte se répandent et, sous la pression des compagnies d'assurances, le chaume des couvertures est remplacé par la tuile ou l'ardoise. Les communautés rurales elles-mêmes sont, partout, moins isolées. Les routes s'améliorent, les chemins de fer, d'abord lointains, atteignent bientôt les bourgs. Certaines régions rurales entrent ainsi dans l'économie de marché. L'école s'installe au village, les idées venues des villes pénètrent et disloquent parfois les mentalités héritées. Ainsi, progressivement, les horizons paysans s'élargissent, les comportements, jusque-là liés à l'enracinement dans un terroir, s'ouvrent aux réalités nationales.

Cependant la croissance démographique, très rapide dans toutes les campagnes – la France est ici l'exception –, accélère l'exode rural, puis, à partir de la fin du siècle, une émigration de paysans hors d'Europe. Et cette émigration est d'autant plus massive que l'industrie, comme en Irlande ou en Italie du Sud, ne peut absorber la multiplication des hommes.

Depuis longtemps à l'Ouest de l'Europe, en 1848 dans l'empire d'Autriche, en 1861 seulement en Russie quand le servage est aboli, les paysans ont gagné leur liberté individuelle. Les pratiques communautaires qui assuraient la cohésion sociale et mentale des villages, et qui permettaient aux plus démunis de survivre, s'effritent. Les biens communaux sont aliénés. Mais, selon les régions, cette évolution produit des résultats divergents. Le monde rural entre parfois dans le capitalisme avec la constitution de grands domaines spécialisés dont la production est destinée à l'alimentation des villes et à l'exportation. Se renforcent parfois aussi des paysanneries indépendantes de fermiers ou de propriétaires de moyennes exploitations. Mais on assiste également dans d'autres régions à une véritable prolétarisation paysanne. Et ailleurs, les traditions persistent et de nombreux paysans se consacrent encore à une polyculture que le progrès n'a guère atteint.

Les mondes paysans de l'Europe du Nord-Ouest. En Grande-Bretagne, le mouvement des *enclosures s'achève au 19e siècle. La catégorie des *yeomen*, propriétaires indépendants, s'amenuise. En 1873, les quatre cinquièmes du sol anglais appartiennent à 4 200 personnes. Au sommet de la société rurale, les propriétaires fonciers, grands seigneurs et *squires* de la *gentry*, entourés des notables des bourgs, du clergé, des hommes de loi ; les fermiers constituent la classe moyenne rurale ; les journaliers sans terre, domestiques et ouvriers agricoles, sont les plus nombreux. Les méthodes du *high farming* assurent une productivité élevée. Les prairies et l'élevage gagnent en permanence sur les labours. Cependant les crises agricoles, l'accélération de l'exode rural, le moindre poids de l'agriculture dans l'économie mettent en cause, à partir des années 1870, l'équilibre des campagnes. En 1901, les travailleurs ruraux ne représentent plus que 8 % de la population active. Mais, malgré la contraction de ses profits, l'aristocratie agraire, le *landed interest*, qui a su diversifier ses sources de revenus, continue à jouer dans la société britannique un rôle majeur.

Les structures rurales de l'Allemagne sont très contrastées. Les paysans propriétaires indépendants sont nombreux à l'Ouest et au Sud. Au contraire, à l'Est, les grands domaines des *Junkers*, encore semi-féodaux, utilisent une main-d'œuvre de journaliers instables et mal rémunérés.

En France, si les grandes exploitations des plaines du Bassin parisien sont comparables au modèle britannique, si dans certaines régions la spécialisation agricole transforme paysages et habitudes, l'évolution renforce la moyenne exploitation paysanne, aux dimensions de la famille, alors que le nombre des ouvriers agricoles diminue. La croissance démographique rurale est moins forte qu'ailleurs. Aussi l'exode est-il lent et atteint-il surtout les artisans : le village se ruralise. Mais la vie de relations s'intensifie. Et si la productivité agricole est moins grande que dans les autres États de l'Europe du Nord-Ouest, l'intégration à la nation, accélérée par la Troisième République, est forte.

Les paysanneries de l'Europe de l'Est et du Sud. Les paysans forment toujours, jusqu'à la fin du siècle, l'essentiel de la population des pays de l'Est de l'Europe. En Russie d'Europe, les 82 millions de ruraux représentent encore en 1897 près de 90 % de la population totale. La réforme de 1861 a donné aux paysans libérés du servage la jouissance communautaire de la terre : la commune rurale, l'* *obchtchina*, redistribue périodiquement les lots que cultivent les familles paysannes. Mais la noblesse terrienne possède encore l'essentiel du sol. Certains grands propriétaires, qui utilisent des ouvriers agricoles et qui ont mécanisé leurs domaines, peuvent exporter une importante quantité de céréales. D'autres vivent en rentiers du sol et vendent progressivement leurs biens ; en 1904, dans *La Cerisaie*, Tchekhov a décrit ce phénomène. La très forte croissance démographique paysanne disloque progressivement la commune rurale. Les lots se réduisent, certaines familles s'endettent, les ouvriers agricoles se multiplient. Les mauvaises récoltes provoquent, comme en 1891, d'effroyables famines. Cependant une minorité, les familles de * *koulaks*, prend en fermage ou en métayage des terres nobles, achète des champs et s'enrichit. Les tensions sociales s'exaspèrent. Les jacqueries paysannes se multiplient. A partir de 1906, les réformes de Stolypine tendent à accélérer les évolutions des structures rurales russes, et les paysans peuvent désormais s'affranchir de la commune rurale. Cependant le village russe change peu :

les paysans s'entassent dans les isbas de rondins, souvent insalubres. Le poêle, en brique, est le centre de la vie domestique, le coin aux images rassemble les indispensables icônes. On dort le plus souvent à même le sol sur de la paille. La seule note de « confort » est, avec la lampe à pétrole, le samovar, qui se répand dans les campagnes dans les années 1880.

Les paysans méditerranéens vivent le plus souvent dans d'énormes villages qui, en Italie du Sud ou en Sicile, peuvent regrouper de 10 000 à 30 000 habitants. Ils possèdent très peu de terres, la plupart d'entre eux sont tenanciers de minuscules parcelles dispersées, concédées par les grands propriétaires qui, par l'intermédiaire de leurs intendants, exigent jusqu'aux trois quarts des récoltes. L'usage de quelques biens communaux est toujours précaire. C'est le règne de cet immense domaine exploité extensivement, le *latifondium*. Au début du 20ᵉ siècle il occupe encore le tiers de la Sicile. Les structures agraires sont comparables en Espagne. En Andalousie, la pression démographique accroît le nombre des *braceros*, ces journaliers sans travail la plus grande partie de l'année. L'émigration, massive en Italie du Sud et en Sicile, ne suffit pas à réduire les tensions sociales. Comme dans l'Est de l'Europe, les masses paysannes méditerranéennes explosent souvent en violentes jacqueries.

Les transformations des villes

La croissance urbaine. Le Royaume-Uni est l'exemple d'une urbanisation précoce et accélérée. Au milieu du 19ᵉ siècle la population urbaine équilibre la population rurale, trois quarts de siècle avant la France, et dès les années 1880 trois Britanniques sur quatre habitent la ville. Ailleurs, l'évolution est plus lente. Mais, même en Russie, qui au début du 20ᵉ siècle reste un grand pays rural, la poussée urbaine est rapide ; la population de Moscou double dans la seconde moitié du siècle pour dépasser le million d'habitants. De 1800 à 1913, le nombre des villes européennes de plus de 100 000 habitants passe de 22 à 184. Plus de la moitié d'entre elles sont des villes britanniques et allemandes.

Cette croissance urbaine se traduit, dans le grand triangle industriel de l'Europe du Nord-Ouest, par la poussée anarchique de villes neuves où s'entassent les travailleurs, mais aussi par un essor de capitales, nationales et régionales, qui ne s'explique pas prioritairement par la révolution industrielle, mais par la croissance des appareils d'État et des services. L'agglomération de Londres passe en un siècle de 1 à 6,6 millions d'habitants. La « reine des cités » réunit le premier port du monde, le long de la Tamise, la City, centre de direction du capitalisme financier mondial, et Westminster, capitale de l'Empire. Les quartiers luxueux de l'Ouest contrastent violemment avec les *slums* de l'East End. Ces villes sont magnifiées par les expositions universelles, hymnes à la modernité et à l'optimisme. Elles se parent de gares, d'opéras, de parcs et de solides immeubles bourgeois qui s'alignent le long des avenues rectilignes bordées d'arbres. Un urbanisme géométrique, organisé pour la circulation et mettant en valeur les perspectives, s'impose. Le gaz puis l'électricité transforment les villes en féeries de lumières. Mais toutes les villes ont leurs bas-fonds ; le Paris inquiétant que met en scène Victor Hugo dans *Les Misérables* est loin d'être tout entier effacé par les travaux du baron Haussmann. D'autres villes, de la Ruhr aux pays noirs anglais, ne sont qu'alignements de maisons uniformes de briques recouvertes de la poussière du charbon. D'autres encore, oubliées par l'industrie, vivent de leur vie provinciale de toujours. Enfin, à la fin du siècle, remplaçant les faubourgs, apparaissent, incohérentes et désarticulées, les banlieues.

Le peuple des villes. Le peuple des villes européennes n'est pas brutalement transformé par la révolution industrielle en un peuple d'ouvriers. L'usine est juxtaposée parfois, comme à Birmingham, à Saint-Étienne ou à Roubaix, au monde de l'atelier, dans lequel elle puise ses ouvriers. Les cités champignons des pays noirs miniers sont hâtivement édifiées pour loger les travailleurs venant des campagnes. Mais de nombreuses villes européennes ne sont qu'effleurées par l'usine : le peuple urbain n'est pas un peuple majoritairement ouvrier. Dès la seconde moitié du siècle, alors que le petit peuple des rues, les ramoneurs, les porteurs d'eau, les marchands d'oublies, n'a pas disparu, déjà les employés se multiplient. Les domestiques sont d'autant plus nombreux que la bourgeoisie dominante est riche. La boutique, loin d'être menacée par les formes modernes de distribution, prolifère.

Les artisans en effet ne disparaissent que progressivement, sinon peut-être dans le secteur textile, et l'entreprise elle-même emprunte encore à l'artisanat beaucoup de ses formes. Pour longtemps les militants ouvriers appartiennent aux « vieux métiers », structurés et organisés. Les artisans habitent encore le cœur même des vieilles villes. Ils en perpétuent les traditions et la culture.

Au contraire, les ouvriers d'usine sont, dans la première moitié du 19e siècle en Europe de l'Ouest, à la fin du siècle à l'Est, des déracinés : artisans prolétarisés ou paysans chassés de leurs communautés par la misère. Ils résistent aux disciplines des premières usines, conservent longtemps, tels les mineurs de Carmaux, des habitudes de vie paysannes. La grande usine s'impose à la fin du 19e siècle, au moment même où dans l'Europe de l'Ouest les syndicats et les partis socialistes prennent en charge la défense du monde ouvrier.

Une troisième forme de travail ouvrier est le travail à domicile. Dans l'industrie textile, en particulier, il est le fait des femmes. La machine à coudre se répand dans le dernier quart du 19e siècle ; elle permet de multiplier le nombre des travailleuses à façon. Le travail à domicile – le *sweating system*, dit-on en Angleterre – est sans doute la forme la plus achevée de l'exploitation ouvrière.

La condition ouvrière est très diverse. En Angleterre, les *skilled* – ouvriers qualifiés – constituent une véritable aristocratie ouvrière. Mais, partout, les victimes de l'industrialisation font partie d'un sous-prolétariat de manœuvres instables. L'insécurité est en effet inhérente à la condition ouvrière. Elle est plus grande dans les débuts du processus d'industrialisation, pendant la première moitié du 19e siècle dans l'Europe de l'Ouest, à la fin du siècle en Russie.

Mais le monde urbain est toujours un monde complexe. La classe ouvrière coexiste, tout au moins dans les grandes villes, avec une très petite bourgeoisie de commerçants et d'employés. Si l'on met à part les grands bagnes ouvriers et certaines banlieues de la fin du siècle, la condition ouvrière n'est pas toujours synonyme d'enfermement. L'école se répand. La boutique ou l'échoppe offrent des possibilités de promotion. Très tardivement enfin, dans les années 1880, les premières législations sociales limitent la durée du travail et réglementent le travail des femmes et des enfants.

A la fin du siècle, alors que le vieux « peuple » des villes manifeste encore sa vigueur intacte, alors que, hormis quelques régions, le prolétariat de la grande usine est à peine constitué, déjà les foules occupent les rues des grandes villes. Londres puis Paris construisent leur métro. L'automobile commence à circuler. De grandes manifestations, qui ne sont plus les émeutes du premier 19e siècle, rassemblent des milliers de citadins. La grande presse d'information diffuse des millions d'exemplaires. Dorénavant l'opinion n'est plus le produit spontané des réactions et des mentalités d'une communauté. L'individu peut adopter les passions de la foule aisément manipulée. Alors le nationalisme devient le ressort premier de la conduite des masses, quand elles n'ont pas d'autres repères, ni d'autres enracinements.

Anciennes et nouvelles élites

Le déclin limité des anciennes élites. La croissance industrielle ne fait pas disparaître les anciennes aristocraties. Certes, à la fin du siècle, la grande dépression et ses conséquences affaiblissent les nobles qui vivent exclusivement de la rente foncière. Mais l'Europe est encore une Europe des cours, qui entretiennent naturellement les valeurs aristocratiques ; les nobles apparaissent souvent encore comme prédestinés aux postes de responsabilité. Ils appartiennent à une catégorie naturellement dirigeante, et le recul relatif de leurs fortunes n'entame nullement leur prestige. Enfin, ils constituent une sorte d'internationale dorée européenne où l'on rivalise d'ostentation.

Ainsi, en Angleterre, la noblesse terrienne sait diversifier ses intérêts : les lords sont nombreux dans les conseils d'administration, certains pénètrent dans la City. Inversement, à partir de 1885, date à laquelle Nathan Rothschild est élevé à la pairie, l'Angleterre des affaires commence à entrer dans l'aristocratie. Le souverain crée 200 *pairs de 1886 à 1914, et, s'il honore ainsi selon la tradition les services rendus à l'État (politique, armée, diplomatie), il choisit, pour un tiers, des manufacturiers ou des banquiers. De même, alors qu'en 1865 les trois quarts des sièges de la Chambre des communes étaient occupés par la haute aristocratie et la *gentry*, qui assuraient ainsi la domination du *landed interest*, en 1910 les propriétaires fonciers ne représentent plus que le septième des élus. Les fortunes restent cependant solides et l'ostentation du mode de vie sans égal. Les grands corps de l'État sont toujours la chasse gardée des cadets des grandes familles.

De même l'aristocratie foncière de l'Empire allemand, si elle est affaiblie dans sa fortune, constitue toujours un groupe de pression puissant. Les *Junkers* redorent leur blason par des alliances avec une haute bourgeoisie fascinée par le mode de vie et les valeurs aristocratiques. On a même pu parler d'une « féodalisation » de la haute bourgeoisie allemande. Ainsi se constitue dans le Reich une classe dominante qui entend maintenir les valeurs traditionnelles, s'oppose à la démocratisation de l'Empire, s'accroche en Prusse au système des classes qui assure sa prépondérance au *Landtag.

Dans l'Empire des tsars, la noblesse reste le pilier essentiel de la monarchie et contrôle encore l'essentiel du pouvoir dans un pays où, il est vrai, la concurrence bourgeoise est limitée.

La France constitue sans doute l'exception la plus notable d'un affaiblissement décisif des anciennes catégories dirigeantes. Certes le prestige des grandes familles n'a pas disparu. Les fortunes terriennes sont encore imposantes ; certains corps, comme l'armée ou la diplomatie, servent d'honorables refuges aux cadets des grandes familles. Mais le poids de l'histoire, qui associe leurs noms au refus de la société issue de 1789, limite naturellement l'influence des nobles. Ils n'ont pas toujours perdu leur pouvoir local, mais ils ne jouent plus, après la brève embellie qui suit la guerre de 1870, qu'un rôle très limité dans la décision politique.

L'affirmation des bourgeoisies. La bourgeoisie ne naît pas au 19e siècle, mais sa place dans les sociétés d'Ancien Régime était parfois subordonnée, et ses ambitions ultimes ne pouvaient alors se réaliser que par l'accession à la noblesse. Il y a d'ailleurs plusieurs bourgeoisies : la bourgeoisie d'entreprise industrielle ou marchande cohabite avec une bourgeoisie du service de l'État et avec une bourgeoisie rentière. Cette bourgeoisie impose au 19e siècle sa couleur et ses valeurs, malgré les railleries fréquentes des élites intellectuelles. Libérale, elle est socialement conservatrice et préfère l'épargne à la dépense ostentatoire. Elle est porteuse de l'idéologie du progrès.

Seuls quelques bourgeois accèdent à des formes de responsabilités et de pouvoir qui les font participer aux cercles des élites. Ces grands notables, banquiers, manufacturiers, hommes politiques, constituent vite, en deux ou trois générations, des dynasties qui savent inventer des stratégies leur permettant de se perpétuer. Mais les mentalités bourgeoises imprègnent la moyenne et la petite bourgeoisie, cette *middle class* ou ces couches nouvelles dont Gambetta annonçait l'avènement. Ainsi, et c'est un secret de sa force, la bourgeoisie européenne n'est une caste que dans ses sommets. Elle plonge par sa base très large dans les milieux populaires urbains dont elle se nourrit, qu'elle encadre et moralise, tout en leur donnant l'illusion de rester une catégorie ouverte.

Les bourgeoisies européennes, dans leurs immeubles neufs des grandes villes, se donnent un style d'existence. Une vie de famille stricte, bien qu'elle n'impose ses contraintes qu'aux femmes. Un « intérieur » tenu par des domestiques afin qu'il respire l'aisance, mais aussi la respectabilité et la décence, piliers d'une morale bourgeoise qui peut indifféremment s'appuyer sur une inspiration chrétienne ou laïque. Le 19e siècle est le temps de la stabilité monétaire. Les fortunes bourgeoises peuvent se transmettre intactes. L'épargne est alors une vertu. Libérales par essence, les bourgeoisies sont déchirées entre deux tendances contradictoires : la volonté de conserver l'acquis et c'est alors la tentation rentière, la volonté d'innover et de créer, c'est la tentation conquérante. Ainsi s'expliquent les deux images antagonistes de la bourgeoisie, tantôt décrite comme repue et satisfaite, tantôt comme imaginative et progressiste. Le libéralisme fondamental permet sans doute de comprendre cette apparente ambiguïté.

Unité et diversités sociales de l'Europe. Les élites européennes, par leur mode de vie et de pensée, se rapprochent tout au long du 19e siècle. Il y a une Europe des banquiers et des industriels, une Europe des aristocraties et surtout peut-être une Europe de l'intelligence et de l'art. L'unité européenne est l'unité de ses élites. Mais, d'une nation à l'autre, les rapports entre les élites et le peuple sont bien différents.

Les États de l'Europe de l'Ouest contrôlent une évolution sociale qui ne peut être maîtrisée ni à l'Est, ni au Sud de l'Europe. A l'Ouest, les bourgeoisies sont assez fortes pour intégrer progressivement les classes populaires dans la nation. Le moralisme victorien en Grande-Bretagne, l'idéologie républicaine en France et, presque partout, le nationalisme assurent des enracinements de substitution à tous ceux qui ont dû quitter, en raison de la croissance démographique et de la révolution industrielle, les communautés paysannes. L'école joue en ce sens le rôle majeur. Certes les socialismes contestent l'ordre libéral. Mais les passions nationales, presque partout, semblent plus fortes que les passions sociales. Le *chartisme secoue durement la Grande-Bretagne dans la première moitié du 19e siècle, en France les révolutions de 1848 et de 1871 ont certaines dimensions sociales. Mais au début du 20e siècle, en France, en Allemagne comme au Royaume-Uni, le monde ouvrier a trouvé ses représentants. La démocratisation progressive des institutions a permis une intégration sociale par la voie du politique.

Au contraire, dans l'Europe de l'Est et en Europe méditerranéenne, l'industrie atteint plus tardivement, mais de plein fouet, des sociétés encore engluées dans les structures d'Ancien Régime, alors même que les aristocraties sont parfois exténuées et les bourgeoisies souvent faibles ou hésitantes. Ainsi, dans l'Empire des tsars, la bourgeoisie russe, hétérogène, est composée d'hommes d'affaires liés et au pouvoir et au capitalisme européen, et d'une intelligentsia qui s'élargit. Mais cette intelligentsia hésite entre une glorification de l'ancienne Russie paysanne – c'est le populisme – et la voie « européenne » du libéralisme et du capitalisme. Ni le pouvoir, de plus en plus coupé des masses, ni la bourgeoisie ne peuvent proposer aux paysans sans terre, aux ouvriers déracinés des grandes villes un autre enracinement. La société russe est bien le maillon faible des sociétés européennes.

Faut-il en conclure que le libéralisme européen est, quand il fonctionne, le moyen le plus efficace d'une évolution sociale sans crise majeure ? Ce serait oublier le facteur essentiel de la cohésion nationale. Au Sud et à l'Est de l'Europe, les déséquilibres sociaux non contrôlés se conjuguent avec l'absence d'une claire conscience de l'identité de la nation.

DOCUMENT 1

Paysans et ouvriers en 1846

« " Que la ville est brillante ! que la campagne est triste et pauvre ! " Voilà ce que vous entendez dire aux paysans qui viennent voir la ville aux jours de fête. Ils ne savent pas que si la campagne est *pauvre*, la ville, avec tout son éclat, est peut-être plus *misérable*. Peu de gens au reste font cette distinction.

« Regardez le dimanche aux barrières ces deux foules, qui vont en sens inverse, l'ouvrier vers la campagne, le paysan vers la ville. Entre ces deux mouvements qui semblent analogues, la différence est grande. Celui du paysan n'est pas une simple promenade ; il admire tout à la ville, il désire tout, il y restera, s'il le peut.

« Qu'il y regarde. La campagne, une fois quittée, on n'y retourne guère. Ceux qui viennent comme domestiques et qui partagent la plupart des jouissances des maîtres, ne se soucient nullement de revenir à leur vie d'abstinence. Ceux qui se font ouvriers des manufactures voudraient retourner aux champs, qu'ils ne le pourraient ; ils sont en peu de temps énervés, incapables de supporter les rudes travaux, les variations rapides du chaud, du froid : le grand air les tuerait [...]

« Le paysan ne se laisse pas effrayer par les plaintes de l'ouvrier, par les peintures terribles qu'on lui fait de sa situation. Il ne comprend pas, lui qui gagne un franc ou deux, qu'avec des salaires de trois, quatre ou cinq francs, on puisse être misérable. " Mais les variations du travail ? Les chômages ? " Qu'importe ! il économisait sur ses faibles journées, combien plus aisément sur un si gros salaire il épargnera pour le mauvais temps ! [...]

« L'air des villes est-il aussi malsain qu'on le dit, je ne crois pas ; mais il l'est à coup sûr dans les misérables logis où s'entassent la nuit un si grand nombre de pauvres ouvriers, entre les filles et les voleurs.

« Le paysan n'a pas compté cela. Il n'a pas compté davantage qu'en gagnant plus d'argent à la ville, il perdrait son trésor – la sobriété, l'épargne, l'avarice, s'il faut trancher le mot [...]

« Aujourd'hui de nouveaux métiers se sont créés, qui ne demandent guère d'apprentissage et reçoivent un homme quelconque. Le véritable ouvrier dans ces métiers, c'est la machine ; l'homme n'a pas besoin de beaucoup de force, ni d'adresse ; il est là seulement pour surveiller, aider cet ouvrier de fer.

« Cette malheureuse population asservie aux machines comprend quatre cent mille âmes, ou un peu plus. C'est environ la quinzième partie de nos ouvriers [...] »

Jules Michelet, *Le Peuple.*

Ce texte de l'historien Jules Michelet (1798-1874) compare les conditions respectives du paysan et de l'ouvrier, au moment où naît la grande industrie. Les manufactures mécanisées, textiles essentiellement, appellent alors la main-d'œuvre rurale.

DOCUMENT 2

L'aristocratie britannique à l'époque d'Édouard VII

« D'habitude j'emmenais le matin mes fils monter à cheval avec moi dans le Grand Parc de Windsor. L'après-midi, nous regardions souvent des parties de polo, également au Parc. Il se passait toujours tant de choses à Windsor ! Je me souviens de la première fois où j'ai assisté à ce merveilleux spectacle : le landau découvert d'Édouard VII avec ses quatre chevaux et ses postillons, la silhouette corpulente mais distinguée du roi, celle exquise de la reine Alexandra, d'allure toujours si jeune. Avec mes deux jeunes fils, nous étions sur le trottoir près de la statue de la reine Victoria lorsque le landau passa. A ma grande joie, la reine Alexandra nous vit et nous montra au roi. C'est sur les pelouses du château de Windsor que nous sommes allés à notre première garden-party. Cela m'est resté comme l'une des plus belles garden-parties royales. Les dames, dans ce temps-là, s'habillaient magnifiquement avec de grandes robes d'été flottantes, des chapeaux garnis de fleurs et des parasols en dentelle. Maintenant elles n'ont plus le temps ni le loisir d'être aussi belles qu'elles l'étaient dans les premières années du siècle.

« En ce temps-là, Windsor était un endroit plein de gaieté. Un régiment de *Life Guards* et un bataillon de *Foot Guards* y étaient stationnés en permanence. Plusieurs des officiers mariés louaient des logements meublés dans le voisinage pendant qu'ils étaient à Windsor. Nous avions toujours bon nombre d'invités pour les courses d'Ascot, tous nos amis avaient également des hôtes et la semaine des courses était marquée par de grands dîners et des bals chaque soir. Ces journées si remplies en plaisirs imposaient de se changer souvent et rapidement. A Ascot nous portions des robes de tulle et de dentelle avec de grands chapeaux. Du champ de courses nous nous précipitions à la maison : là on enfilait des robes de lin ou de coton pour aller sur la rivière où assis sur les coussins de bateaux conduits tantôt à la perche, tantôt à la rame, tantôt à la vapeur, on profitait des derniers rayons du soleil de l'après-midi, jusqu'au moment de se changer à nouveau pour le dîner. Nous passions toujours le dimanche d'Ascot au Club des Officiers de la Garde à Maidenhead ; c'était un endroit très gai [...] Toutes les maisons étaient pleines et il y avait une foule de réceptions agréables où l'on prenait tout son temps, d'une manière dont on ne se souvient guère à présent. On n'utilisait pas beaucoup encore l'auto et le rythme des plaisirs était beaucoup plus lent qu'aujourd'hui. Nous nous divertissions d'un cœur léger, nous adorions chaque minute de l'existence [...] Quand j'évoque maintenant cette époque sans souci et charmante, tout cela semble frivole et insignifiant, mais c'était le temps de notre jeunesse : les ténèbres de ce siècle n'avaient pas encore envahi nos vies, la guerre de 1914, avec toutes ses horreurs, était encore cachée dans le futur. »

Lady Curzon, *Mémoires*,
cité par F. Bédarida, *L'Angleterre triomphante*,
Paris, Hatier, 1974.

Épouse de l'homme politique conservateur Lord Curzon, élevé à la pairie en 1898, Lady Curzon se souvient avec nostalgie de la douceur de vivre aristocratique au début du 20e siècle. Ce document illustre la permanence d'un mode de vie.

22. Les États européens de 1871 à 1914

Le demi-siècle qui va d'une guerre franco-allemande à l'autre est marqué par les progrès des États dans la voie du libéralisme et de la démocratie. Mais la diversité des mouvements est totale. Au Nord et au Nord-Ouest, les progrès sont nets. Mais le reste de l'Europe, souvent en butte à de graves questions nationales, connaît des évolutions heurtées où l'autoritarisme, les extrémismes et les fausses stabilités laissent présager d'inquiétantes phases d'instabilité.

L'Europe du Nord et du Nord-Ouest continue sa marche vers le libéralisme et la démocratie. Les conflits se résolvent dans le cadre d'institutions parlementaires, les partis s'organisent, l'opinion s'élargit et s'exprime librement. L'évolution est beaucoup plus heurtée dans les Europes pauvres du Sud et de l'Est. D'autre part, de l'Irlande à la Pologne et à la Bohême, des peuples encore soumis réclament leur liberté. Enfin, au début du 20e siècle, les classes dirigeantes de nombreux États européens se servent d'un nationalisme souvent agressif pour unir artificiellement des peuples peu homogènes ou disloqués par les conflits sociaux.

L'Europe libérale du Nord et du Nord-Ouest

Libéralisme et démocratie. Les États scandinaves (le Danemark, la Norvège, unie avec la Suède jusqu'en 1905), la Belgique catholique, qui s'est émancipée en 1831 des Pays-Bas protestants, les Pays-Bas eux-mêmes sont, comme le Royaume-Uni, des monarchies constitutionnelles. Les souverains incarnent la permanence de l'État et l'unité de la nation et désignent, en général, les gouvernements, responsables devant les assemblées, qui disposent du pouvoir législatif. Une des deux assemblées est toujours élue. Si en France le suffrage universel masculin est un acquis de 1848, les autres États élargissent progressivement un suffrage d'abord censitaire. A la veille de la guerre, les femmes ne votent que dans deux États européens, le Danemark et la Norvège.

La vie politique est d'abord dominée par des notables. Puis, progressivement, les partis politiques s'organisent. Ainsi, en Belgique, les libéraux s'opposent-ils aux catholiques. A la fin du 19ᵉ siècle, les socialistes, réformistes le plus souvent, sont élus dans les parlements. La liberté religieuse, la laïcisation progressive des sociétés émancipent peu à peu les citoyens. L'Europe du Nord-Ouest est une Europe développée ; l'instruction élémentaire s'y est généralisée au 19ᵉ siècle ; la presse d'opinion puis, au début du 20ᵉ siècle, la presse à grand tirage diffusent l'information et répandent les idées.

Chacun de ces États garde ses traditions nationales ; la Norvège et la Suède se singularisent par l'importance de leur législation sociale ; en Belgique, les conflits linguistiques entre Flamands et Wallons commencent à apparaître. Mais, au contraire des États de l'Europe de l'Est et du Sud, la garantie des grandes libertés, la démocratisation progressive de la vie politique permettent, en Europe du Nord-Ouest, non seulement une évolution politique sans secousse grave mais aussi l'intégration nationale de l'ensemble de la population.

Le Royaume-Uni : de la splendeur au doute. Les souverains, la reine Victoria de 1837 à 1901, Édouard VII, puis George V à partir de 1910, incarnent l'unité de la nation. Monarques constitutionnels, ils nomment le Premier ministre qui gouverne en s'appuyant sur la majorité parlementaire de la Chambre des communes. Les deux grands partis (les conservateurs et les libéraux) alternent au pouvoir. Les libertés sont garanties et peu à peu, bien que le pouvoir reste dominé par les élites traditionnelles, la démocratie s'élargit : les réformes électorales de 1883 et de 1913 permettent à 5 puis 8 millions de Britanniques d'exercer le droit de vote. En 1911, les libéraux obtiennent la limitation des pouvoirs de la Chambre des lords. Cependant les partis sont divisés sur le problème irlandais. Le vote aux Communes du *Home Rule, en 1913, provoque l'opposition violente des Irlandais protestants de l'Ulster. Progressivement constitué entre 1893 et 1906, le Parti travailliste est essentiellement l'émanation parlementaire des syndicats, les très puissantes *trade-unions*, qui regroupent en 1914 plus de 4 millions de travailleurs. Le Labour a 42 élus en 1914. Il risque de modifier le traditionnel bipartisme britannique.

La Grande-Bretagne, au début du 20ᵉ siècle, n'est plus tout à fait le modèle incontesté des temps orgueilleux de l'époque victorienne. Les modes de vie évoluent avec l'avènement des moyens de communication et des loisirs de masse. Le conformisme moral et religieux est moins prégnant. Une partie de la population féminine, « *suffragettes » en tête, réclame l'égalité entre les sexes. Parallèlement, la prépondérance économique anglaise est menacée par la concurrence allemande et américaine. Le libre-échange, symbole d'une philosophie de la liberté des échanges, est remis en cause par certains. A la veille de 1914, de très nombreux conflits sociaux et la crise irlandaise inquiètent la classe politique. Enfin l'Angleterre, confrontée à ses problèmes intérieurs, joue sans doute moins, au début du 20ᵉ siècle, son rôle traditionnel d'arbitre des conflits continentaux européens.

La France républicaine. Après un dernier combat d'arrière-garde entre les monarchistes nostalgiques et les républicains, ces derniers s'imposent à la fin des années 1870. Les lois constitutionnelles de 1875 ont institué un régime parlementaire. Le gouvernement, désigné par le président de la République, est responsable devant la Chambre des députés, élue au suffrage universel. Le Sénat, élu au suffrage universel indirect, joue le rôle d'une chambre de réflexion et représente essentiellement la France rurale. Les incertitudes des majorités et l'absence de partis politiques structurés expliquent l'instabilité ministérielle.

Les républicains au pouvoir – Gambetta, Ferry – s'appuient sur la bourgeoisie et sur les paysans. Ils font voter les grandes lois libérales fondatrices, laïcisent l'école, dont le cycle primaire est dorénavant gratuit et obligatoire. L'école, le service militaire, les célébrations républicaines ont pour mission d'acculturer l'ensemble des Français des terroirs et d'achever la constitution de la nation. Les républicains entendent ainsi, par les lumières de la raison, triompher définitivement de la France obscurantiste et cléricale qui n'accepte toujours pas les principes de 1789. Patriotes, mais ne pouvant envisager la « revanche » contre l'Allemagne, les républicains orientent les ambitions nationales vers la conquête coloniale.

L'affaire Dreyfus ranime en 1898 le grand conflit, que l'arrivée au pouvoir des républicains modérés avait contribué à apaiser. Les catholiques, en majorité, rejoignent les conservateurs et les monarchistes pour défendre l'honneur de l'armée, qui n'entend pas qu'on doute de la culpabilité du capitaine juif Alfred Dreyfus. Zola entraîne alors derrière lui les « intellectuels de gauche » défenseurs de la vérité et de la justice. Les affrontements de l'Affaire redonnent une couleur militante aux républicains ; les radicaux s'organisent en parti en 1901 et gagnent les élections de 1902. En 1905, après la rupture des relations diplomatiques avec le Vatican, le Concordat est dénoncé, l'Église est séparée de l'État. Parallèlement les conservateurs s'orientent vers le nationalisme, que Maurras et son Action française voudraient « intégral ». Au contraire, à gauche, les radicaux et surtout les socialistes, s'ils restent patriotes, sont dorénavant gagnés par le pacifisme.

Les socialistes, longtemps divisés en de multiples chapelles, s'unissent en 1905 dans la SFIO, qui est dominée par la très forte personnalité de Jean Jaurès. Le syndicalisme ouvrier, longtemps influencé par le * proudhonisme et les * anarchistes, s'organise ; mais, en 1906, la * CGT affirme son indépendance totale vis-à-vis des partis politiques. Le monde ouvrier est resté étranger à la « synthèse républicaine ». Cependant, en 1914, le régime n'est plus guère contesté.

A la veille de la guerre de 1914, si l'on met à part quelques bastions conservateurs, la France est dominée par l'idéologie *radicale. Mais les radicaux, qui ont laïcisé la République, n'ont-ils pas épuisé leur programme ? Le très difficile vote, en 1914, de l'impôt sur le revenu après des années de débats, l'absence de tout programme social pourraient en témoigner. En 1913, Poincaré devient président de la République. L'élection de ce républicain conservateur et nationaliste n'est-il pas signe d'une nouvelle époque ?

Les grands empires de l'Europe centrale et orientale

L'Allemagne de Bismarck et de Guillaume II. L'Empire allemand, proclamé en 1871, est d'abord fort de son poids démographique et économique. La population passe de 41 millions d'habitants en 1871 à près de 70 millions en 1913. L'industrie allemande, très concentrée, est devenue, à la veille de la guerre, la deuxième du monde. Mais le Reich n'est pas un État unifié. L'empereur, Guillaume Ier jusqu'en 1888, puis Guillaume II, est en même temps roi d'une Prusse où vivent près des deux tiers des Allemands. Le Reich est une fédération de 25 États, d'importance très variable. Tous sont des monarchies, royaumes comme la Bavière, la Saxe ou le Wurtemberg, duchés ou principautés, à l'exception des trois villes libres, Hambourg, Brême et Lubeck, attachées à leurs traditions de républiques patriciennes.

Les États, qui conservent leurs institutions et leurs lois, sont jaloux de leurs importantes prérogatives ; ils ne délèguent au Reich que les affaires étrangères, l'armée et les problèmes économiques. Chaque État a ses assemblées, une Chambre des seigneurs – souvent nommés –, un *Landtag, en général élu au suffrage censitaire. En Prusse, le système des classes assure, au Landtag, la prépondérance de l'aristocratie et de la haute bourgeoisie. Le Reichsrat, qui regroupe les représentants des États, et le Reichstag, élu au suffrage universel, sont les assemblées du Reich. Le chancelier, choisi par l'empereur, n'est pas responsable devant le Parlement.

Les oppositions religieuses entre l'Allemagne luthérienne du

Nord et de l'Est et l'Allemagne catholique du Sud et de l'Ouest, l'existence de minorités non germaniques – Danois, Polonais, Alsaciens-Lorrains – aggravent les particularismes sociaux et culturels. La forte prépondérance prussienne, qui donne à l'Empire sa classe dirigeante de *Junkers* et de grands bourgeois, inquiète les autres États.

Bismarck cumule, jusqu'à son éviction en 1890, les fonctions de président du Conseil prussien et de chancelier du Reich. Il renforce l'unité économique de l'Empire, tente la germanisation des minorités, combat l'Église catholique et son émanation politique, le Zentrum – c'est le *Kulturkampf* –, multiplie les lois d'exception contre le Parti socialiste, premier parti marxiste européen, créé en 1875, dont il tâche d'éloigner les ouvriers par des lois sociales. Bismarck s'appuie sur les conservateurs agrariens et les nationaux-libéraux, qui représentent la grande bourgeoisie.

Le rôle des partis politiques est plus grand sous Guillaume II. Le Parti social-démocrate, réorganisé, s'appuie sur la puissance des syndicats. En 1912, il obtient les suffrages de 35 % des électeurs et devient le premier parti du Reichstag. Les socialistes, dont certains ont abandonné l'idée de la nécessité d'une révolution au profit du réformisme, jouent un rôle beaucoup plus grand que l'État dans l'intégration du monde ouvrier. Cependant la permanence de l'autoritarisme de la classe dirigeante, le refus d'un cheminement libéral et démocratique, alors même que l'économie allemande devient prépondérante en Europe, bloquent l'évolution de la vie politique et multiplient les contradictions du pouvoir. Guillaume II espère alors que l'ambition affirmée d'une « politique mondiale » et le *pangermanisme pourront faire oublier les failles de la cohésion nationale.

L'Empire austro-hongrois. Les Habsbourg de Vienne sont-ils une survivance dans l'Europe des nations ? L'empire de François-Joseph a encore belle allure. La capitale est une des trois ou quatre métropoles européennes où l'invention culturelle et artistique est la plus jaillissante. Le compromis de 1867 a réglé le problème hongrois. L'empereur est roi chez les

Magyars de Hongrie. Mais les Allemands en Cisleithanie et les Magyars en Transleithanie sont minoritaires et contrôlent Tchèques, Polonais, Italiens d'un côté, Roumains, Croates, Slovaques de l'autre. La Transleithanie, majoritairement rurale, est loin d'être un royaume libéral. L'aristocratie domine toujours le Parlement à Budapest. En Cisleithanie, où le développement économique est rapide, François-Joseph, comptant sur la fidélité paysanne, accorde le suffrage universel en 1907.

Cependant les nationalités, si elles ne mettent pas toujours en cause l'appartenance à l'Empire, s'agitent. Les Tchèques de Bohême sont alors en pleine renaissance nationale, d'autant plus vive que leur patrie est en rapide expansion économique. Ils redécouvrent une langue qui, longtemps, n'était plus utilisée que par le peuple – les classes dirigeantes parlaient allemand – et ils lui donnent une littérature et un théâtre. Ils appuient la renaissance nationale sur la redécouverte de leur histoire. Mais, comme beaucoup de patriotes slaves, les Tchèques hésitent entre le *panslavisme sous l'égide russe et les modèles occidentaux que prônent Masaryk et son Parti populaire. Au Sud, la Serbie indépendante entretient les ferments d'agitation nationaliste chez les Croates et en Bosnie, annexée en 1908.

L'Autriche-Hongrie n'est pas cette « prison des peuples » qu'on a trop schématiquement décrite. Mais autour de l'empereur François-Joseph, encore respecté, qui règne depuis 1848, est-on encore capable d'inventer un fédéralisme rénové ?

L'Empire des tsars. Entre 1861 et son assassinat en 1881, Alexandre II a tenté de moderniser la Russie. Des réformes octroyées d'en haut transforment la justice, l'armée, et surtout libèrent les serfs. Mais, faute peut-être de pouvoir s'appuyer sur une bourgeoisie, l'Empire russe ne s'achemine pas vers le libéralisme. Le tsar gouverne avec une très lourde, parfois paralysante, bureaucratie. Les réformes, qui ne s'appuyaient pas sur une opinion publique, n'ont pas désarmé les opposants. Les tsars Alexandre III et Nicolas II gouvernent avec la noblesse, l'Église orthodoxe, la bureaucratie et la police, alors même que la croissance économique développe d'autres forces sociales. Ils réduisent l'intelligentsia au silence ou à la violence, limitent l'autonomie, voulue par Alexandre II, des assemblées locales, les *zemstvos*, qui auraient pu être le ferment d'une société civile. Enfin, vis-à-vis des populations allogènes, la russification se poursuit ; en 1883, par exemple, l'usage du russe devient obligatoire à l'Université de Varsovie, et les mesures antisémites, voire les encouragements officieux aux *pogroms, se multiplient.

Les oppositions sont diverses, périodiquement démantelées par la répression. Le vieux populisme russe, avatar de la slavophilie, exalte l'âme paysanne, et croit encore que le mir peut constituer la base d'un socialisme agraire. Il donne naissance en 1897 aux socialistes-révolutionnaires, qui prônent le terrorisme. Les premiers marxistes russes, Plekhanov puis Martov et Lénine, conçoivent la social-démocratie « comme un parti révolutionnaire dirigé contre l'absolutisme et indissolublement lié au mouvement ouvrier » (l'*Iskra,* 1900). Face à ces oppositions révolutionnaires, les libéraux ont du mal à s'organiser. Le tsarisme a radicalisé l'opinion. Là encore, le pouvoir recherche dans les succès extérieurs une forme de diversion. Cependant, l'expansion vers l'Asie – Transsibérien et guerre contre le Japon en 1904 – n'est pas une manière de tourner le dos à l'Europe puisque, dans le même temps, la Russie affirme ses ambitions sur les Balkans et entretient son alliance avec la France. Mais la défaite entraîne naturellement l'explosion de 1905, le « Dimanche rouge » de Saint-Pétersbourg, le premier *soviet de Moscou. Et les concessions de 1906, l'octroi d'une assemblée, la Douma, puis les réformes de Stolypine, ne peuvent permettre de rattraper le retard. En 1914, l'Empire russe est fragile.

L'Europe méditerranéenne

Les Balkans et l'Empire ottoman. Comment pénétrer l'imbroglio balkanique ? L'Empire ottoman était au 17e siècle un danger majeur pour la Chrétienté, quand ses troupes menaçaient Vienne. Encore en 1815 il contrôle plus ou moins directement l'essentiel de la Méditerranée, de l'Algérie à l'Égypte, de l'Arabie à l'Asie Mineure, et en Europe les Balkans. Depuis, alors que, en Afrique, la France et l'Angleterre prennent sa relève et que, dans les Balkans, les nations, l'une après l'autre, se dégagent de sa tutelle, c'est un lieu commun d'évoquer la décadence de « l'homme malade de l'Europe », et, naturellement, quand la paix par l'Empire n'est plus possible, cette « poudrière » que sont devenus les Balkans. En 1913, après les dernières « guerres balkaniques », l'Empire ottoman ne garde de sa présence en Europe qu'un mince territoire autour de Constantinople.

Ainsi cette histoire est celle d'une expulsion. Pour l'Europe, l'Empire ottoman est objet. Les puissances s'y affrontent : la Russie qui rêve de la liberté de passage en Méditerranée, le Royaume-Uni qui construit sa route des Indes, l'Autriche qui dispute aux tsars la « protection » des Slaves. C'est aussi un espace économiquement dominé : l'Europe prête, investit, construit des chemins de fer dans l'Empire et veille ensuite aux dividendes de ses placements. L'idée nationale a fait le reste. Grecs d'abord, puis Roumains, Serbes, Bulgares se sont émancipés, la multiplication des nouvelles nations aggravant les occasions de conflit. Vu d'Europe, l'Empire ottoman se résume à la « question d'Orient ».

L'Empire ottoman lui-même avait adopté une forme de domination inadaptée au 19e siècle. Les peuples sous sa tutelle conservaient leurs caractères propres, leur langue, leur religion. Les intrigues sanglantes du Sérail renforçaient le caractère exotique, pour un Européen, du pouvoir politique et religieux du sultan. Pourtant, même dans cet Empire exténué, les forces de rénovation ne manquent pas. Certes la Constitution de 1876 n'est appliquée que deux ans. Mais les « Jeunes-Turcs », intellectuels et officiers qui prennent le pouvoir à partir de 1908, après une brève phase libérale, organisent un pouvoir autoritaire au nom de l'ottomanisme. En réaction contre le panislamisme, ils veulent fonder, comme en Europe, un État fort fondé sur une nation homogène. La révolution jeune-turque coïncide avec l'effondrement de l'Empire, elle annonce la Turquie de Mustafa Kemal qui naît après la Première Guerre mondiale.

L'Italie. En août 1871, Rome devient officiellement la capitale du royaume d'Italie, où s'installent les souverains de la Maison de Savoie, Victor-Emmanuel II, Humbert Ier puis Victor-Emmanuel III. Le pape Pie IX, refusant tout compromis, se considère comme prisonnier au Vatican. Il interdit aux catholiques toute participation à la vie politique, ce qui restreint encore les bases sociales du régime. Cependant le suffrage, très restreint encore en 1871, s'élargit progressivement et devient quasi universel en 1911.

Mais l'essentielle contradiction italienne réside dans l'opposition entre le Nord et le Mezzogiorno. Le Nord, très proche par ses structures économiques et sociales de l'Europe du Nord-Ouest, s'industrialise à la fin du 19e siècle (Olivetti, FIAT...). Sa croissance est d'autant plus rapide que l'Italie n'a guère été concernée par la première révolution industrielle fondée sur le charbon. Le Mezzogiorno des *latifundia,* au contraire, juxtapose des grands féodaux et une masse paysanne pauvre, illettrée, dominée souterrainement par la Mafia en Sicile, la Camorra à Naples. Ses paysans alimentent la grande vague d'émigration vers le Nord, mais surtout vers la France et les États-Unis, à partir de la fin du 19e siècle.

Le patriotisme des libéraux du Risorgimento se transforme, à la fin du siècle, en un nationalisme marqué à droite, qui revendique les « *terres irrédentes », Trente et Trieste, et soutient les entreprises coloniales. Mais la conquête de la Libye en 1911 n'efface pas l'échec d'Adoua, en Éthiopie, en 1896. L'écrivain Corradini exalte une Italie, « grande prolétaire », qui n'a pas dans le monde la place qu'elle mérite.

La péninsule Ibérique. L'histoire de l'Espagne au 19e siècle est complexe – c'est un euphémisme – et parcourue de violences multiformes. La monarchie est constamment contestée, par les carlistes (don Carlos est le frère de Ferdinand VII), qui n'acceptent pas l'avènement d'Isabelle II en 1833, et par des pronunciamientos militaires à répétition. La République est brièvement proclamée pour deux ans en 1873. Sept Constitutions se succèdent de 1812 à 1876. Le parlementarisme (le suffrage universel est proclamé en 1890) n'est que de surface.

De même l'agitation populaire est constante : guerres « carlistes » – Pays basque, Navarre, haute Catalogne –, populaires, paysannes souvent, catholiques surtout dans le style de la guerre de 1808, liées à la défense des libertés locales ; jacqueries rurales andalouses, émeutes urbaines dont les cibles sont souvent les institutions religieuses. Tout au long du siècle l'« Espagne rouge » continue à affronter l'« Espagne noire », dans un pays où la pratique religieuse reste forte et où l'Église conserve la prétention de diriger l'ensemble de la société.

Les structures agraires n'ont guère évolué ; le développement économique est largement dominé par les capitaux étrangers. La défaite de 1898 contre les États-Unis fait perdre à l'Espagne les derniers lambeaux de sa domination mondiale, Cuba et les Philippines. D'autre part, le mouvement européen des nationalités réveille les particularismes régionaux dans un pays où l'État central n'a pu unifier la nation. Les Catalans retrouvent leur langue et leur histoire. Enfin, un vigoureux mouvement ouvrier se développe à la fin du siècle. Les traditions espagnoles, la dispersion des foyers industriels, le mépris de la vie politique expliquent son enracinement anarchiste : la Confédération nationale du travail est créée en 1911.

La « génération de 1898 » tente un sursaut intellectuel amer et orgueilleux contre le complexe de décadence de l'Espagne. La nation est à la traîne de l'Europe industrielle et libérale ; la moitié de la population est analphabète. Mais ce sursaut de 1898 n'atteint guère les Espagnes profondes. Était-il réellement possible, comme le voulait Miguel de Unamuno, d'« hispaniser l'Europe » ?

L'histoire du Portugal, où la République est proclamée en 1910, est tout aussi troublée au 19e siècle. Là encore le libéralisme ne peut s'imposer. L'Europe méditerranéenne n'a pas réussi à intégrer dans la nation les masses paysannes majoritaires.

DOCUMENT 1

Victor Hugo : « Il faut à l'Europe une nationalité européenne »

« Oui, la nuit est noire ; on en est à la résurrection des spectres ; après le Syllabus, voici le Koran ; d'une Bible à l'autre on fraternise ; *jungamus dextras* ; derrière le Saint-Siège se dresse la Sublime Porte ; on nous donne le choix des ténèbres ; et, voyant que Rome nous offrait son moyen-âge, la Turquie a cru pouvoir nous offrir le sien.

« De là les choses qui se font en Serbie.

« Où s'arrêtera-t-on ?

« Quand finira le martyre de cette héroïque petite nation ?

« Il est temps qu'il sorte de la civilisation une majestueuse défense d'aller plus loin.

« Cette défense d'aller plus loin dans le crime, nous, les peuples, nous l'intimons aux gouvernements.

« Mais on nous dit : Vous oubliez qu'il y a des " questions ". Assassiner un homme est un crime, assassiner un peuple est " une question ". Chaque gouvernement a sa question : la Russie a Constantinople, l'Angleterre a l'Inde, la France a la Prusse, la Prusse a la France.

« Nous répondons :

« L'humanité aussi a sa question ; et cette question la voici, elle est plus grande que l'Inde, l'Angleterre et la Russie : c'est le petit enfant dans le ventre de sa mère.

« Remplaçons les questions politiques par la question humaine.

« Tout l'avenir est là.

« Disons-le, quoi qu'on fasse, l'avenir sera. Tout le sert, même les crimes. Serviteurs effroyables.

« Ce qui se passe en Serbie démontre la nécessité des États-Unis d'Europe. Qu'aux gouvernements désunis succèdent les peuples unis. Finissons-en avec les empires meurtriers. Muselons les fanatismes et les despotismes. Brisons les glaives valets des superstitions et les dogmes qui ont le sabre au poing. Plus de guerres, plus de massacres, plus de carnages ; libre pensée, libre échange ; fraternité. Est-ce donc si difficile, la paix ? La République d'Europe, la Fédération continentale, il n'y a pas d'autre réalité politique que celle-là. Les raisonnements le constatent, les événements aussi. Sur cette réalité, qui est une nécessité, tous les philosophes sont d'accord, et aujourd'hui les bourreaux joignent leur démonstration à la démonstration des philosophes. A sa façon, et précisément parce qu'elle est horrible, la sauvagerie témoigne pour la civilisation. Le progrès est signé Achmet-Pacha. Ce que les atrocités de Serbie mettent hors de doute, c'est qu'il faut à l'Europe une nationalité européenne, un gouvernement un, un immense arbitrage fraternel, la démocratie en paix avec elle-même, toutes les nations sœurs ayant pour cité et pour chef-lieu Paris, c'est-à-dire la liberté ayant pour capitale la lumière. En un mot, les États-Unis d'Europe, c'est là le but, c'est là le port. Ceci n'était hier que la vérité ; grâce aux bourreaux de la Serbie, c'est aujourd'hui l'évidence. Aux penseurs s'ajoutent les assassins. La preuve était faite par les génies, la voilà faite par les monstres.

« L'avenir est un dieu traîné par des tigres.

« Paris, 29 août 1876. »

« Pour la Serbie », *Actes et Paroles.*

Ce cri de Victor Hugo (1802-1885) est provoqué par les massacres de la guerre entre la Serbie et l'Empire ottoman (la « Sublime Porte »). Les allusions anticléricales du premier paragraphe s'expliquent par les luttes de politique intérieure française entre les conservateurs et les républicains. Cet appel aux États-Unis d'Europe témoigne de l'optimisme européen fort de « sa » civilisation.

DOCUMENT 2

Le Parti social-démocrate et les institutions des États du Reich

« L'absolutisme militariste, d'apparence constitutionnelle, qui règne en Allemagne est en rapport très étroit avec le caractère réactionnaire des institutions politiques de la Prusse. Tandis qu'a été introduit, dans un certain nombre d'États de l'Allemagne du Sud, le suffrage universel, égal, direct et secret, pour les élections aux Landtags, en Prusse, en Saxe et dans les petits États de l'Allemagne du Nord subsistent des lois électorales qui, par la division en classes suivant la fortune, par l'octroi d'un vote plural ou autres privilèges aux possédants, sont une insulte à l'égalité des droits entre les citoyens. En particulier le système électoral des trois classes et le vote public, en Prusse, signifient la dictature des grands propriétaires fonciers et des grands capitalistes dans le plus grand des États allemands et donc dans le Reich [...]

« Le congrès du parti proteste contre cette situation institutionnelle qui se trouve en pleine contradiction avec le développement économique et qui révolte très profondément les masses populaires, productrices et politiquement mûres. Il exprime son plein accord avec les combats conduits avec une grande énergie dans les différents États du Reich. Le congrès du parti réclame pour tous les citoyens des deux sexes, âgés de plus de 20 ans, le droit de suffrage universel, égal, direct et secret comme fondement de tout système électoral pour les élections à toutes les assemblées publiques, ainsi qu'un découpage des circonscriptions électorales suivant le chiffre de la population... »

Résolution présentée par le comité directeur
du Parti social-démocrate au congrès de Magdebourg, 1910
(cité par P. Guillen, *L'Empire allemand, 1871-1918,*
Paris, Hatier, 1970).

Le Parti social-démocrate est alors le premier parti de l'Empire allemand. Cette résolution met au premier plan de ses revendications la démocratisation des différents États qui composent alors le Reich de Guillaume II.

23. La civilisation européenne au 19e siècle

Sur un fond d'expansion et de domination croissante sur le monde, l'Europe peut croire que sa civilisation est la seule, qu'elle est « la » civilisation. Par la science et l'instruction, le progrès et la paix vont se répandre, et déjà existe une Europe de la culture qui vit à Vienne, Paris ou Berlin. Mais les tiraillements se font jour, ceux des Églises, en position défensive, ceux des socialismes, en position offensive, et la fin du siècle voit naître les éléments d'une crise de la conscience européenne.

Le 19e siècle est tout entier porté par une fervente croyance dans les pouvoirs de la raison, et ses expositions universelles en expriment régulièrement la foi positive. Certes, tout au long du siècle, les Églises refusent de rallier l'optimisme libéral, que dénoncent aussi les socialismes. Certes, l'unité de l'Europe sans doute est plus encore menacée par la crise de conscience du début du 20e siècle qui réhabilite l'instinct vital et renforce les nationalismes. Mais il n'en reste pas moins que, encore en 1914, la circulation des idées et des courants artistiques, le rayonnement des grandes capitales, Paris, Berlin, Vienne, Londres, continuent de démontrer l'unité intellectuelle des élites européennes.

Paix et progrès

L'optimisme européen. Le 19e siècle, entre les conflits napoléoniens et la grande saignée de 1914, a évité la guerre. Les conflits militaires, certes nombreux, sont restés localisés et ils ont été analysés comme des conflits d'arrière-garde, anachroniques. Quand il n'y aura plus en Europe de peuples opprimés, de nations sans États, quand la liberté et la démocratie auront émancipé les individus, alors la guerre n'aura plus ni raisons ni aliments. Ainsi les Européens entrevoyaient-ils la paix universelle.

De même, les sociétés européennes sont portées par l'espoir d'un avenir d'où la misère aurait disparu. L'enrichissement graduel des États, la domestication des forces naturelles, l'usage des machines qui allègent la peine des hommes laissent espérer le bonheur universel. Ainsi pensaient, au milieu du siècle, les saint-simoniens : l'Europe, en explorant et en exploitant les richesses du globe, en stimulant, grâce aux chemins de fer et aux bateaux à vapeur, la croissance des échanges, permettrait la multiplication des ressources disponibles et donc faciliterait leur partage. Les Européens du 19e siècle sont conscients d'être les acteurs d'une histoire dont ils peuvent dessiner la fin heureuse.

Ils sont soutenus dans cet espoir parce qu'ils vivent le progrès dans la stabilité. Stabilité de la bonne conscience bourgeoise sûre de ses valeurs. Stabilité des fortunes acquises et des patrimoines, s'ils sont honnêtement et sagement gérés. Les Européens du 19e siècle vivent un monde où la monnaie ne subit pas les ravages de l'inflation. Le papier-monnaie, qui se répand peu à peu, est toujours convertible en or.

Naturellement, pour les Européens, il y a « une » civilisation et elle est européenne. Mais ce privilège est traduit en mission. L'Europe doit répandre la civilisation sur le monde. C'est le « fardeau de l'homme blanc », dit Kipling, et Victor Hugo d'affirmer en écho : « Le Blanc a fait du Noir un homme. » La colonisation, en somme, c'est de faire du monde une seule Europe.

La science et les progrès de l'instruction. Les grandes découvertes scientifiques participent de cet optimisme. Dès 1835, l'exégète allemand Strauss met en cause dans la *Vie de Jésus* l'historicité des Évangiles. Son livre, qui eut un énorme retentissement en Europe, ouvre la voie à la critique historique des textes sacrés. En 1859, l'Anglais Darwin publie *L'Évolution des espèces* ; sa pensée, vulgarisée, laisse croire à une évolution harmonieuse des espèces, mais pose surtout la science en rivale de la vérité révélée. La naissance des thérapeuthiques modernes permet d'espérer que la maladie n'est plus une capricieuse fatalité. Le chimiste français Marcelin Berthelot affirme que « la science est la bienfaitrice de l'humanité » qui, grâce à elle, peut devenir « fraternelle ». Ainsi les hommes accédaient-ils à cet âge positif annoncé par Auguste Comte. L'affirmation des sciences humaines, de l'histoire en particulier, va dans le même sens. L'homme est capable par l'usage de sa raison de découvrir les mécanismes de l'univers ; il comprend, et peut donc espérer conduire, l'évolution des sociétés.

L'instruction progresse partout, même si l'école ne pénètre encore que lentement dans les régions rurales des péninsules méditerranéennes et de l'Europe de l'Est. Mais si en Russie on compte encore trois quarts d'illettrés en 1914, le nombre d'enfants scolarisés dans les écoles primaires est passé de 400 000 au milieu du 19e siècle à 4 millions en 1900 et 7 millions en 1914. Dorénavant, en 1913, dans tous les États de l'Europe du Nord-Ouest, en Allemagne, en Autriche, l'analphabétisme ne touche que moins de 10 % de la population. Les écoles secondaires, les universités, se multiplient. A la fin du siècle, Paris reconstruit une triomphante Sorbonne. Le nombre des étudiants allemands passe de 14 000 en 1871 à plus de 60 000 en 1913.

Les crises de conscience de la fin du siècle. Si les valeurs du progrès et de la raison sont encore diffusées à la veille de la guerre, une nouvelle sensibilité se répand dans les élites européennes et met en doute les certitudes optimistes du positivisme. Les travaux de Planck et d'Einstein remettent en cause la physique dont les bases restaient newtoniennes. Le philosophe français Bergson, qui publie en 1907 *L'Évolution créatrice*, réhabilite l'élan vital et la puissance créatrice instinctive, l'intuition. Le philosophe allemand Nietzsche critique radicalement l'idéal rationnel et démocratique de son temps, qui n'offre aux hommes que la « morale du troupeau ». Ses livres prophétiques et poétiques exaltent la « volonté de puissance » et en appellent au « surhomme ». A Vienne, le médecin Sigmund Freud explore l'inconscient, révèle l'importance de la sexualité dans la construction de la personnalité.

Dans le même sens, certains courants artistiques mettent en cause les certitudes bourgeoises. Le cubisme déconstruit les formes comme Freud déconstruit le psychisme. Le poète italien Marinetti exalte en 1909, dans le *Manifeste futuriste*, la vitesse, l'amour du danger, la violence créatrice et même la guerre, « seule hygiène du monde ».

Les nouveaux courants intellectuels et sensibles des élites rencontrent en effet, au début du 20e siècle, les passions nationales populaires, parfois entretenues par la classe politique. L'écrivain français Maurice Barrès passe du « culte du moi » au « roman de l'énergie nationale ». L'itinéraire du poète italien Gabriele D'Annunzio est comparable. Alors en Europe le nationalisme devient une valeur de substitution. La science, l'idéal rationnel n'ont pas permis de réenraciner les hommes désarticulés des grandes villes. Rassemblés autour de la nation, les individus peuvent exprimer leur violence vitale.

Cette renaissance du nationalisme, au temps de l'ère des foules, explique en partie la montée, partout en Europe, de l'antisémitisme. Né à la fois d'une hostilité chrétienne au peuple toujours considéré comme « déicide » et de la dénonciation par les premiers socialistes du capitalisme « juif », il s'élargit et se transforme en alimentant les passions de la droite nationaliste, qui désigne les apatrides inassimilables. Ainsi, fuyant les pogroms et la misère, de nombreux juifs de l'Est émigrent vers les États-Unis. D'autres, comme Theodor Herzl, rêvent d'un État juif (1896). Au début du 20e siècle, des communautés juives installent en Palestine les premiers kibboutz.

Les forces transnationales

Si l'Europe du 19ᵉ siècle est portée par l'optimisme de l'élan libéral, deux grandes forces contestent, ou entendent dépasser, le libéralisme. L'Église catholique, jusqu'alors intimement liée aux trônes, semble tenter, à contre-courant, de restaurer ses positions perdues. Les socialistes, au contraire, veulent détruire un ordre libéral qui n'est pour eux qu'injustice et construire une société où régnerait l'égalité.

Le phénomène religieux. Vers la laïcisation des sociétés ? Le christianisme est encore une des unités les plus fortes de l'Europe. Certes les divisions entre les confessions chrétiennes opposent toujours une Europe du Nord protestante, une Europe catholique du Centre et du Sud et une Europe orthodoxe à l'Est. Dans l'Europe protestante, les Églises, quand elles sont établies, cohabitent assez facilement avec les États ; elles coexistent souvent, comme en Grande-Bretagne, avec de multiples sectes dissidentes. Là où ils sont minoritaires, comme en France, les protestants acceptent les principes de 1789. En Russie, au contraire, le pouvoir des tsars s'appuie sur une Église orthodoxe nationale. Seule l'Église catholique, universelle dans son principe, s'identifie clairement à l'Europe, d'où elle envoie ses missionnaires évangélisateurs.

La Révolution, en diffusant les principes de la liberté individuelle, entendait libérer les hommes de croyances imposées. Et, de fait, l'Église catholique au 19ᵉ siècle condamne et le libéralisme et la liberté religieuse. La papauté, qui subit à la fois la perte de son pouvoir temporel et l'assaut du libéralisme, se crispe sur une vision d'une Chrétienté totalisante. En 1864, le pape Pie IX énonce, dans le *Syllabus*, toutes les erreurs du monde moderne avec lequel l'Église refuse de se réconcilier. Le concile du Vatican, qui proclame en 1870 l'infaillibilité pontificale, renforce le caractère monarchique de l'Église. Au début du 20ᵉ siècle, enfin, le pape Pie X, en condamnant le *modernisme*, refuse, au nom de la tradition révélée, tout regard critique et scientifique sur les textes sacrés. Dans de nombreux pays, au premier chef en France, malgré l'existence d'une petite minorité de catholiques libéraux, l'Église est à la tête du combat conservateur contre la République.

D'autre part, dans l'Europe libérale et industrielle, l'exode rural et l'urbanisation défont les vieilles communautés dont le ciment était essentiellement religieux. L'alphabétisation, la circulation plus grande des idées, le développement de la presse éveillent l'esprit critique. Les pratiques religieuses, qui faisaient partie de la sociabilité naturelle des villages, appartenaient ainsi au domaine des mentalités. C'est encore vrai dans une grande partie de l'Europe. Ailleurs, l'Église ne peut plus encadrer la société ; elle rencontre partout, à l'école, à l'hôpital, à la mairie, la concurrence de l'État. Dans de nombreux pays la pratique religieuse se féminise, alors que les hommes se livrent, du café à la politique, à d'autres formes de sociabilité. Enfin, les foules urbaines déracinées échappent de plus en plus au patronage des Églises.

On peut donc lire ce siècle comme celui de la sécularisation des sociétés, et la tentation est grande de le présenter comme le siècle du déclin et du sentiment religieux et des Églises. Cependant les appareils cléricaux tentent, tout au long du 19e siècle, d'adapter leur stratégie aux conditions nouvelles, sans rien concéder sur le fond. L'Église catholique en est le meilleur exemple. Les ordres religieux anciens, en crise profonde à la fin du 18e siècle, se reconstituent ; d'autres naissent. Les dévotions répondent aux besoins de l'âge des foules, les pèlerinages se multiplient, les pratiques mariales, ultramontaines, se diffusent en Europe. Une grande presse catholique, populaire souvent, naît. A la fin du siècle, les mouvements d'action catholique, qui encadrent la jeunesse hors de la structure traditionnelle de la paroisse, se multiplient. En Belgique, en Autriche, en Allemagne, des partis catholiques jouent un grand rôle dans la vie politique. Condamnant parallèlement et le socialisme et le libéralisme, l'Église catholique tente de proposer une troisième voie, le corporatisme. Enfin, coïncidant avec le nationalisme, un certain réveil spirituel marque le début du 20e siècle.

Les socialismes. Les socialismes d'avant Marx, dans la première moitié du 19e siècle, naissent d'un refus de l'usine et imaginent des communautés égalitaires utopiques. L'originalité de la pensée de Karl Marx est de partir de l'usine et de proposer à ceux qui y travaillent, les prolétaires, de devenir les leviers de la destruction de l'ancien monde dominé par le capital bourgeois et les acteurs de la construction d'un monde nouveau. L'œuvre de Marx, nourrie de philosophie allemande, d'histoire française et d'économie britannique, est novatrice parce qu'elle noue le politique, l'économique et le social, qu'elle donne un sens historique aux luttes militantes, et qu'elle a l'ambition de dépasser l'horizon national.

Marx est aussi un militant, fondateur de la Ire Internationale (1864-1876), déchirée, après l'expérience dramatique de la Commune de Paris, par les affrontements entre les anarchistes et les socialistes. En 1875 naît le premier parti qui se réclame de Marx, le Parti social-démocrate allemand, et progressivement des partis comparables apparaissent dans tous les grands États européens. En 1889, la IIe Internationale tente de fédérer ces partis et de leur donner une âme commune. Les syndicats s'organisent. Au début du 20e siècle, alors que se multiplient les grèves et les affrontements, en particulier lors des 1er Mai, le socialisme est dorénavant une force sociale et politique européenne majeure. En 1912, l'Internationale compte plus de 3 millions d'adhérents ; elle exerce son influence sur plus de 10 millions de syndiqués.

Cependant certains partis socialistes, ainsi le Labour britannique, sont rebelles à l'idéologie et, au sein même des partis marxistes, deux tendances s'opposent. Les uns (orthodoxes ?) jugent la révolution sociale inéluctable ; le parti, « avant-garde du prolétariat », doit non seulement préparer cette révolution mais aussi, l'ancien monde renversé, exercer une dictature qui permettra la transformation sociale. C'est la position de Lénine qui, d'exil, au début du 20e siècle, anime la fraction bolchevik du Parti social-démocrate russe. D'autres, comme Bernstein en Allemagne, écartent toute révolution violente. Le socialisme, pensent-ils, peut être atteint par voie de réformes successives. « Génie symphonique », selon le mot de Romain Rolland, Jean Jaurès tente de concilier la nécessité de l'action réformiste quotidienne et le caractère inéluctable, à terme, de la révolution. En fait, les socialistes sont d'autant plus révolutionnaires que leur pays est moins avancé dans la voie du libéralisme et de la démocratie.

L'Internationale est aussi une grande force pacifique et multiplie les efforts, lors de la montée des périls, pour empêcher la guerre. Force est de constater son impuissance. En 1914, le sentiment national est plus fort que la solidarité des prolétaires.

En réalité, les unités européennes sont plus culturelles que religieuses ou sociales.

Les unités culturelles

L'Europe de la culture. Jamais l'Europe ne retrouve au 19ᵉ siècle le cosmopolitisme de la « République des lettres » du 18ᵉ siècle. Et si les aristocraties, jetant leurs derniers feux, peuvent encore donner l'illusion, de la Côte d'Azur aux villes d'eau allemandes, d'un mode de vie européen, les grands écrivains sont dorénavant ancrés dans les réalités nationales. Un Chateaubriand encore, depuis ses fastueuses ambassades de Berlin ou de Rome, pouvait faire croire à la réalité d'une Europe culturelle française. Mais Chateaubriand, comme il l'écrit dans ses Mémoires, est entre deux mondes. Après lui, Balzac et Hugo sont français, comme plus tard Dostoïevski ou Tolstoï sont russes.

Cependant l'élargissement des élites cultivées multiplie les Européens qui se reconnaissent dans une éducation classique et humaniste, restée encore partout la base de l'enseignement. Il existe une communauté scientifique européenne. Les prix Nobel sont, au début du 20ᵉ siècle, presque exclusivement européens. Et même si les écrivains et les artistes appartiennent d'abord à leur patrie, l'Europe respire encore au même rythme artistique et littéraire.

L'architecture évolue d'un même mouvement. Elle abandonne progressivement le pastiche néo-classique qui habillait encore de colonnes, de frontons et de péristyles les temples de la bourgeoisie triomphante : les gares, les bourses, les théâtres. L'Opéra de Paris, achevé dans les années 1870, et qui accumule jusqu'à la surcharge ostentatoire les références à tous les styles du passé, est un des derniers exemples de ces monuments. La tour Eiffel est déjà, en 1889, un manifeste provocateur de la nudité du matériau. Au début du 20e siècle, un même style, l'Art nouveau, se décline dans toutes les langues de l'Europe : Modern Style en France, Jugendstil en Allemagne, style Liberty en Italie... Il atteint tous les domaines de la vie quotidienne, les tissus, les meubles, les bijoux. Il éclaire les villes d'arabesques et de courbes sensuelles, épanouit en fleurs de fonte moulée vert pâle les entrées de métro de Guimard à Paris, explose jusqu'au baroque dans les édifices du Catalan Gaudi à Barcelone. Cependant, parallèlement, d'autres architectes recherchent le dépouillement et la fonctionnalité de la forme : les frères Perret utilisent le béton armé (théâtre des Champs-Élysées, 1913) ; en Allemagne, Peter Behrens dessine des objets quotidiens pour de grandes entreprises industrielles ; à Vienne, Otto Wagner défend l'adéquation de la ligne et du matériau ; le Lyonnais Tony Garnier imagine une « Cité industrielle ».

Écrivains et artistes. Culture de masse et avant-gardes. Le statut social des écrivains et des artistes se transforme au 19e siècle. Ils ne produisent plus exclusivement pour les élites. Les progrès de l'instruction, l'apparition d'une presse à grand tirage élargissent leur public. L'art descend dans la rue ; Mucha ou Toulouse-Lautrec se consacrent à l'affiche. Déjà Balzac ou George Sand publiaient leurs romans en feuilletons dans les journaux. Émile Zola, dans le dernier quart du siècle, est le premier écrivain français dont les livres atteignent les gros tirages. L'Europe invente les musées, consommation collective de l'art et miroir d'une histoire. Les grands marchands de tableaux élargissent le marché de l'art.

Dans les années 1860 s'ouvre à Paris un « Salon des refusés », qui recueille les œuvres exclues des expositions officielles. Alors certains écrivains et artistes affichent leur rupture avec le goût « bourgeois ». C'est le temps des avant-gardes. Appréciés seulement par quelques amateurs éclairés, rassemblés dans quelques ateliers ou autour de petites revues, lançant des manifestes provocateurs, cultivant parfois le mythe de l'artiste maudit méconnu, de petits groupes d'écrivains et d'artistes refusent la tradition, exaltent le génie solitaire créateur. Paris est le centre de l'impressionnisme puis du fauvisme. Le groupe *Die Brücke* (l'Allemand Nolde, l'Autrichien Kokoschka...) lance l'expressionnisme à Dresde, en 1906. Le Catalan Picasso, le Français Braque, dans leur atelier parisien du Bateau-Lavoir, inventent le cubisme. En 1911, à Munich, le groupe *Der Blaue Reiter* (le Cavalier bleu) se forme autour de Kandinsky qui peint ses premières aquarelles abstraites.

Ces avant-gardes sont ignorées ou tournées en dérision et par le public bourgeois, qui reste attaché aux formes traditionnelles de l'art, et par le « grand public ». Dans le même temps, en effet, la culture de masse apparaît au tournant des deux siècles. Elle est véhiculée par les grands journaux populaires. Elle s'exprime dans les premières grandes rencontres sportives, les courses de vélo, les matchs de boxe, le football, dans les spectacles populaires, le café-concert et surtout le cinéma qui commence comme un spectacle de foire. Jusqu'alors les communautés traditionnelles vivaient au rythme de la fête. Les foules urbaines vivent désormais le début de l'âge des loisirs.

La Belle Époque. L'expression, on le sait, est rétrospective. Elle témoigne des nostalgies d'une société qui regrette le temps d'avant les massacres de la Grande Guerre. Et cette époque ne fut « belle » que pour quelques-uns, tandis que d'autres s'entassaient dans les bateaux d'émigrants en route vers le grand mythe américain, que d'autres encore tentaient de survivre aux famines paysannes de l'Est européen ou au travail de fond dans les mines, que d'autres enfin, Polonais ou Slaves de l'empire d'Autriche, rêvaient toujours à leur liberté.

Et cependant, comme une embellie, l'Europe autour de 1900 est une Europe de la prospérité et de la paix encore préservée. Et l'époque est « belle » sans doute parce que la civilisation européenne est à la croisée de plusieurs temps. Les aristocraties insouciantes se retrouvent dans les plaisirs de Marienbad ou de Nice. La bourgeoisie est solidement installée dans ses immeubles cossus des grandes villes ; elle achète les premières automobiles, découvre les bains de mer et les frissons des casinos. Les avant-gardes, nous l'avons vu, incarnent la part de l'invention créatrice et du rêve. Aux foules urbaines sont proposés les premiers loisirs de masse.

De même, la circulation dans les grandes villes mêle les chevaux, l'automobile, le tramway électrique ; sa densité exige à Londres et à Paris la construction des premiers métros. L'éclairage au gaz, puis électrique, en fait des villes-lumière. D'une métropole à l'autre les artistes circulent : les Ballets russes triomphent à Paris, Kandinsky quitte Moscou pour Munich en 1904, Chagall passe de Vitebsk à Saint-Pétersbourg puis en 1910 à Paris, Picasso de Barcelone à Paris en 1904.

Vienne incarne peut-être, avec Paris, Londres, Berlin, mais aussi Munich ou Barcelone, cette civilisation de la Belle Époque. La ville – plus de 2 millions d'habitants en 1914 – a doublé depuis les années 1880. Le Ring, construit sur l'emplacement des anciens remparts dans les années 1860, aligne les monuments caractéristiques de l'éclectisme bourgeois et coexiste avec la ville aristocratique et baroque. La fécondité de la création musicale est exceptionnelle avec Richard Strauss, Gustav Mahler, qui dirige l'orchestre de l'opéra, et Arnold Schönberg, qui abandonne les règles du système tonal classique. La fluidité décorative de l'œuvre du peintre Gustave Klimt, fondateur de la première Sécession viennoise, contraste avec les formes tourmentées et violentes de Kokoschka. Sigmund Freud tente de saisir toutes les manifestations de l'inconscient et invente la psychanalyse. C'est encore à Vienne que Theodor Herzl esquisse une solution politique au problème juif. Le mélange des cultures au sein de l'Empire et les problèmes d'identité des artistes – dont témoigne, à Prague, un Kafka – expliquent peut-être cette fécondité culturelle iconoclaste, qui contraste avec la permanence de l'Europe brillante mais révolue qui valse à la cour du vieux François-Joseph.

DOCUMENT 1

Organiser scientifiquement l'humanité

« Ce n'est donc pas une exagération de dire que la science renferme l'avenir de l'humanité ; qu'elle seule peut lui dire le mot de sa destinée et lui enseigner la manière d'atteindre sa fin.

« Jusqu'ici ce n'est pas la raison qui a mené le monde : c'est le caprice, c'est la passion. Un jour viendra où la raison éclairée par l'expérience ressaisira son légitime empire, le seul qui soit de droit divin, et conduira le monde non plus au hasard, mais avec la vue claire du but à atteindre. Notre époque de passion et d'erreur apparaîtra alors comme la pure barbarie. [...] La science qui gouvernera le monde, ce ne sera plus la politique. La politique, c'est-à-dire la manière de gouverner le monde comme une machine, disparaîtra en tant qu'art spécial, aussitôt que l'humanité cessera d'être une machine. La science maîtresse, le souverain d'alors, ce sera la philosophie, c'est-à-dire la science qui recherche le but et les conditions de la société. Pour la politique, dit Herder, l'homme est un moyen ; pour la morale, il est une fin. La révolution de l'avenir sera le triomphe de la morale sur la politique.

« *Organiser scientifiquement l'humanité*, tel est donc le dernier mot de la science moderne, telle est son audacieuse, mais légitime prétention.

« C'est surtout sous la forme religieuse que l'État a veillé jusqu'ici aux intérêts suprasensibles de l'humanité. Mais du moment où la *religiosité* de l'homme en sera venue à s'exercer sous la forme purement scientifique et rationnelle, tout ce que l'État accordait autrefois à l'exercice religieux reviendra de droit à la science, seule religion définitive. Il n'y aura plus de budget des cultes, il y aura budget de la science, budget des arts. »

Ernest Renan,
L'Avenir de la science, pensées de 1848.

Ernest Renan (1823-1892), historien positiviste du christianisme, n'a publié qu'en 1890 ses textes sur L'Avenir de la science, *rédigés en 1849. Il témoigne d'une des convictions du 19e siècle européen : la science, religion nouvelle, peut organiser scientifiquement l'humanité.*

DOCUMENT 2

Les erreurs du monde moderne condamnées par le pape Pie IX

3. La Raison humaine considérée sans aucun rapport avec Dieu est l'unique arbitre du vrai et du faux [...]

15. Il est libre à chaque homme d'embrasser et de professer la religion qu'il aura réputé vraie d'après les lumières de la Raison.

24. L'Église n'a pas le droit d'employer la force.

26. L'Église n'a pas le droit naturel et légitime d'acquérir et de posséder.

63. Il est permis de refuser l'obéissance aux princes légitimes et même de se révolter contre eux.

67. De droit naturel, le lien du mariage n'est pas indissoluble et, dans différents cas, le divorce proprement dit peut être sanctionné par l'autorité civile.

79. Il est faux que la liberté civile de tous les cultes et que le plein pouvoir laissé à tous de manifester ouvertement et publiquement toutes leurs pensées et toutes leurs opinions jettent plus facilement les peuples dans la corruption des mœurs et de l'esprit, et propagent la peste de l'*indifférentisme.*

80. Le Pontife romain peut et doit se réconcilier et transiger avec le progrès, le libéralisme et la civilisation moderne.

Syllabus (1864).

Joint à l'encyclique Quanta Cura *en 1864, le* Syllabus *est un catalogue des erreurs que dénonce alors l'Église. Raidie dans son refus du « monde moderne », l'Église condamne ici tous les principes de 1789 et oppose l'autorité révélée à l'exercice de la liberté et de la raison humaine.*

CINQUIÈME PARTIE

L'Europe en question

24. L'Europe dominatrice

« Athènes, école de la Grèce »... Europe, école du monde ?... On le croirait au début du 20e siècle. Par l'essor de sa démographie, de sa production et de ses capitaux, par son emprise sur les terres non européennes, par son action « civilisatrice », l'Europe domine le monde et croit le former. Mais il y a un obstacle à cette action : les divisions internes du continent et les conflits nationaux font peser une menace qui risque d'être mortelle.

Dans les années de la fin du 19ᵉ siècle et du début du 20ᵉ jusqu'à l'éclatement de la Grande Guerre, le monde a pu apparaître comme l'« univers européen », tant était grande la supériorité de l'Europe. Supériorité économique, supériorité politique, supériorité culturelle traduites par la mainmise de l'Europe sur la plus grande partie de l'univers. L'impulsion est donnée à l'ensemble du monde par le continent européen, au point que les pays qui n'en dépendent pas directement sont nés de lui, comme ceux du continent américain, ou entendent se mettre à son école, comme le Japon. Néanmoins, sauf dans le domaine culturel où il existe une incontestable communauté européenne, du moins au niveau des élites, l'Europe n'existe pas, elle n'est qu'une expression géographique agitée par les rivalités entre les États européens, les revendications des nationalités sujettes, les antagonismes politiques et sociaux à l'intérieur des États. Souvent riches et puissantes, les nations européennes n'imaginent guère de s'unir : l'Europe offre surtout la vision de son instabilité et de ses divisions.

La puissance économique

La démographie. L'importance de sa population est le premier facteur de la puissance économique de l'Europe. Avec 10 millions de kilomètres carrés, l'Europe est le plus petit des continents, mais il rassemble à lui seul, en 1914, 460 millions d'habitants sur une population mondiale estimée à 1 682 millions, soit 27 %. Si l'on fait abstraction de l'énorme population chinoise, estimée en 1913 entre 410 et 468 millions d'habitants, l'Europe contient plus de 40 % du reste de la population mondiale. Cette proportion n'a cessé d'augmenter au 19ᵉ siècle, manifestation du dynamisme démographique de l'Europe. Au début du 20ᵉ siècle, le poids démographique de l'Europe n'a jamais été aussi grand dans l'histoire du monde. La densité moyenne de la population mondiale est de 11 habitants au kilomètre carré, elle est de 46 en Europe... Le *monde plein* qu'est l'Europe s'oppose au *monde creux*, voire vide, d'une grande partie du reste de la planète. A vrai dire le dynamisme démographique et les hautes densités ne sont pas le fait de toute l'Europe. Seule l'Europe du Nord-Ouest est une région de fort peuplement. En 1913, l'Allemagne a une densité de 119 habitants au kilomètre carré, le Royaume-Uni de 145, la France de 73, mais l'Espagne seulement de 38, la Russie d'Europe de 27. Dans la seconde moitié du 19ᵉ siècle, la Russie a doublé sa population, l'Allemagne l'a augmentée de 60 %, le Royaume-Uni de 52 %, mais celle de la France est restée à peu près stable. Les hautes densités se sont accompagnées d'un fort mouvement d'urbanisation. Au 19ᵉ siècle, la population rurale dominait encore largement la population urbaine, mais la combinaison dans des proportions variables de l'exode rural, de l'augmentation générale de la population et de l'essor industriel a conduit à une progression spectaculaire de la population urbaine. En 1910, en Angleterre, la population rurale ne représente plus que 12 % de la population totale, en Allemagne 38 % ; en revanche elle est encore majoritaire en France (56 %) et très forte en Russie (75 %) et en Europe centrale et balkanique. En Allemagne, l'axe rhénan et le bassin de la Ruhr symbolisent la formidable poussée industrielle et urbaine de certaines régions européennes. Il s'y concentre une population d'implantation récente, jeune et de fécondité élevée. Néanmoins, pour l'ensemble de l'Europe, le seuil de fécondité maximal est dépassé. Un « tassement » de la progression démographique se fait sentir à peu près partout dans les premières années du 20ᵉ siècle. La fécondité baisse, à un rythme toutefois bien plus faible qu'en France qui reste une exception démographique. La natalité française est au dernier rang européen et son retard s'accroît sur celle des autres pays européens. Même en chiffres bruts, et malgré l'augmentation de la population, le chiffre annuel des naissances n'a cessé de baisser, 145 000 en moins entre les années 1820 et les années 1900.

L'activité industrielle et la supériorité économique. En 1913, la partie occidentale de l'Europe assure 44 % de la production industrielle mondiale (les États-Unis 35,8 %, et le Canada 2 %, ce qui en laisse moins de 20 % pour le reste du monde). Au premier rang, l'Allemagne avec 15,7 %, au deuxième, le Royaume-Uni avec 14 % ; la France, avec 6,4 %, est au troisième et la Russie au quatrième, avec 5 %. Cette situation est toutefois le résultat de changements assez récents. L'Angleterre a reculé, du moins en proportion ; l'Allemagne a connu un essor spectaculaire. Dans les dernières années avant le conflit, l'industrialisation a progressé très rapidement en Russie, en Italie, dans les pays scandinaves. Un très fort progrès de la croissance a eu lieu en France dans les années avant 1914.

De même que pour la démographie, il y a en fait plusieurs Europes. L'Europe du Nord-Ouest, en y comprenant l'Allemagne et les pays scandinaves, est riche par rapport à une Europe méridionale, centrale et orientale nettement plus pauvre. Mais là encore des différences se font jour entre les pays, comme la Russie, l'Italie ou l'Autriche-Hongrie, qui ont « démarré » et ceux qui restent misérables et stagnants, Espagne, Portugal, Serbie, Grèce... Le produit par tête en Serbie est presque trois fois inférieur à celui de la Belgique.

Cette formidable supériorité européenne (surtout en ayant conscience que le reste de la production est presque le fait des seuls États-Unis) concerne tous les secteurs de l'industrie. Dans une économie où l'énergie est fournie pour la plus grande part par le charbon, la production mondiale a été de 1 215 millions de tonnes en 1913, dont l'Europe a fourni 600 millions (231 pour les États-Unis). La production d'acier – 74 millions de tonnes – est assurée pour 43 % par les États-Unis et 56 % par l'Europe, dont 22 % par l'Allemagne ; l'Allemagne, le Royaume-Uni, la France et la Russie en produisant respectivement 17 millions, 9,7 et 4 millions de tonnes.

Contestée dans une certaine mesure par les États-Unis dans le domaine de l'industrie, la supériorité économique de l'Europe reste entière dans celui des moyens de transports maritimes – 78,9 % de la flotte de commerce mondiale –, grâce en particulier à l'énorme avance de l'Angleterre, et dans celui des capitaux : 91 % des capitaux investis dans le monde sont européens, dans l'ordre, britanniques, français, allemands, mais aussi belges, néerlandais, suisses. Une partie de ces capitaux est d'ailleurs placée aux États-Unis, encore débiteurs de l'Europe en ce début du siècle, mais également en Europe même. La France est ainsi le principal créancier de la Russie, dont le développement économique a été en partie fondé sur les emprunts d'État à l'extérieur et sur les investissements directs dans l'industrie, en particulier pour les mines, la métallurgie et l'industrie mécanique.

La mainmise sur le monde

La domination coloniale. L'expansion européenne à travers le monde est un des faits majeurs de l'histoire humaine, à ce point que son contraire, la *décolonisation*, a été à son tour un des événements essentiels de la période de l'après-Seconde Guerre mondiale. Néanmoins, se déroulant sur plus de quatre siècles, elle appartient suivant les moments et suivant les lieux à différents systèmes d'explication ; mais dans sa dernière phase, celle de la seconde moitié du 19e siècle et du début du 20e siècle, l'expansion coloniale eut lieu au moment où la partie de l'Europe concernée par le phénomène colonial est la plus riche et la plus peuplée proportionnellement au reste du monde, et dispose d'un trop-plein de dynamisme. Que l'Europe ait eu besoin de colonies pour survivre et s'ouvrir les marchés dont son économie ne pouvait pas se passer, comme l'exprime d'une certaine manière le célèbre ouvrage *L'Impérialisme, stade suprême du capitalisme* que Lénine publia en 1917, ne correspond au mieux qu'à une part de la vérité. Comme l'a écrit Henri Brunschvicg à propos de l'Afrique noire : « Il est probable qu'en regard des investissements de plus en plus considérables les revenus tirés des colonies où il n'y avait pas de mines furent médiocres et que, dans son ensemble, sur le plan financier la colonisation ne fut pas payante. Beaucoup moins sans doute que les investissements capitalistes dans les pays non colonisés... » Quel était, pour ne prendre que cet exemple, l'intérêt économique de mettre la main sur le Sahara plus d'un demi-siècle avant que le pétrole n'y soit découvert ! On aurait plutôt tendance à souscrire à l'opinion de Raymond Aron : « L'impulsion proprement politique semble plus forte que les motivations économiques. L'ambition de grandeur et de gloire qui animait les gouvernements a pesé davantage sur le cours des événements que l'influence, plus ou moins camouflée, des sociétés anonymes. »

Toujours est-il qu'à la veille de la Première Guerre mondiale les Européens ont à peu près totalement réussi à se partager le monde, si l'on fait abstraction des quelques colonies japonaises (Formose, Corée) ou américaines (Philippines) et du contrôle que l'Empire ottoman a conservé sur les pays arabes. Les terres « vacantes » – entendons par là les territoires dont les Européens estiment que les habitants sont incapables de se gouverner eux-mêmes – ont à peu près disparu. Le premier empire colonial est l'Empire britannique (30 millions de kilomètres carrés et 400 millions d'habitants), suivi de l'Empire français, immense aussi (10 millions de kilomètres carrés), mais peuplé seulement de 48 millions d'habitants. Portugais, Espagnols, Néerlandais conservent quelques fractions parfois considérables (l'Indonésie par exemple) des empires qu'ils s'étaient constitués à partir du 16e siècle. La

Belgique a hérité le Congo de son roi Léopold II. L'Allemagne et l'Italie, qui sont entrées tardivement dans la compétition, n'ont obtenu que peu de chose : pour la première, quelques archipels dans le Pacifique et des territoires dispersés en Afrique orientale, occidentale et australe, le Tanganyika, le Cameroun et le Togo, le désert du Kalahari ; pour la seconde, la Tripolitaine, l'Érythrée et la Somalie dans les parties désertiques de l'Afrique, à défaut de l'Éthiopie qui lui a été fermée par la défaite d'Adoua, en 1896. La Russie possède aussi un immense empire colonial en Sibérie, en Asie centrale, dans le Caucase, mais sa contiguïté à la métropole lui confère une originalité par rapport aux autres empires coloniaux. En définitive, des grands États européens, seule l'Autriche-Hongrie, davantage tournée vers les Balkans, n'a pas cherché à conquérir de territoires coloniaux.

L'impérialisme. Au-delà de la domination coloniale, *stricto sensu*, la fin du 19e siècle et le début du siècle suivant ont vu également l'expansion européenne se porter sur des États constitués, trop vastes ou trop disputés pour qu'un seul d'entre eux puisse s'en assurer le contrôle.

Plusieurs États asiatiques ont été l'objet de cette domination partielle traduite par la participation commune de plusieurs États concurrents. Ainsi la Perse était sous le contrôle à la fois de l'Angleterre et de la Russie. En Turquie, la Deutsche Bank obtint la concession d'une importante ligne de chemin de fer, la *Bagdadbahn*, mais entendait collaborer avec la Banque impériale ottomane, dominée par les intérêts français, et aussi avec les intérêts financiers anglais, qui refusèrent pour des raisons politiques. La nomination en 1913 d'un général allemand, Liman von Sanders, dans les fonctions d'inspecteur général des troupes, fortifications et chemins de fer turcs, montra cependant, du moins à ce moment, la prépondérance de l'influence allemande. La Chine, littéralement dépecée par les Européens qui lui avaient imposé les « traités inégaux », est le meilleur symbole de cette forme de domination. Les Européens y avaient renoncé à des conquêtes territoriales, mais les territoires à bail, les zones d'influence, les concessions de voies ferrées obtenus par les Français, les Anglais, les Allemands, les Russes, les Japonais... ne laissèrent à la Chine qu'une souveraineté réduite.

Cette forme d'expansion, ajoutée à l'expansion coloniale, et les importants intérêts économiques qui lui étaient liés ont servi à caractériser l'*impérialisme* des États européens, notion toutefois complexe et aux acceptions diverses, que la définition proposée par René Girault permet de couvrir assez exactement : « L'impérialisme consacre l'existence de rapports inégaux entre des peuples ou des États. » C'est aussi la traduction de ce que tous les États européens importants estimaient avoir à jouer un rôle mondial. L'Allemagne de Guillaume II l'a codifié sous le nom de *Weltpolitik*, mais les autres grandes puissances sans le dire ainsi ont eu la même volonté.

Les sociétés européennes dans le monde. Le dernier trait de l'expansion européenne est l'existence de toute une série de sociétés européennes à travers le monde. Elles ont été créées par le flot d'émigrants qui, tout au long du 19e siècle, a quitté l'Europe. On en estime le nombre à 30 ou 35 millions entre 1840 et 1914. Le dernier flux qui remplaça la vague anglo-saxonne, irlandaise, germanique, scandinave de la période précédente, vient d'Europe orientale, centrale et méridionale. Plus de 1 million de départs en 1905, et entre 1909 et 1911 1 400 000 chaque année ! En 1913, il y eut encore 1 million d'émigrants. A souligner qu'à ce flot vient s'ajouter celui des Polonais et des Tchèques qui vont s'installer en Allemagne, celui des Slovènes, Serbes et Grecs qui s'installent dans le Nord de la monarchie austro-hongroise et surtout l'énorme courant migratoire italien, principalement vers la France. Des 8 millions d'Italiens qui quittent la péninsule entre 1900 et 1914, 3 restent en Europe.

Énorme mouvement de la population européenne, à partir de la partie pauvre de l'Europe, conséquence à la fois du dynamisme démographique européen et de l'inégalité de richesse entre les différentes parties du continent ou des persécutions politiques ou religieuses. Le cinquième de la population juive de Russie est partie après 1880, chassée par les pogroms.

De ce flot, la majorité alla en Amérique du Nord et surtout aux États-Unis : 10 millions d'émigrants entre 1900 et 1914 qui s'entassèrent dans les villes de la côte est. L'émigration portugaise et espagnole se dirigea surtout vers le Brésil et l'Argentine (particulièrement après 1905), ainsi d'ailleurs qu'une partie de l'émigration allemande et italienne. Le peuplement de l'Australie et de la Nouvelle-Zélande fut à peu près totalement européen et anglo-saxon et profita d'un fort courant migratoire originaire du Royaume-Uni dans la dernière décennie avant la guerre. Le peuplement européen ne fut pas non plus négligeable dans le Nord de l'Afrique (750 000 Européens en Algérie en 1911, 45 000 Français et 100 000 Italiens en Tunisie à la même date, et, en Afrique du Sud, plus de 1 million d'Européens, britanniques et *boers). En revanche la colonisation en Afrique noire ne s'accompagna pas de la constitution de véritables sociétés européennes. Il en fut de même en Asie, sauf en Sibérie : plus de 10 millions de colons étaient installés en 1914 à l'Est de l'Oural et le rythme annuel de l'immigration était supérieur à 500 000 individus.

Même si cette « explosion blanche » (Gilbert Garrier) a été le fait en majorité des Européens les plus pauvres, elle n'en fut pas moins un élément essentiel de cette domination de l'Europe sur le monde. Ce n'est d'ailleurs pas un des moindres paradoxes que la consolidation de la mainmise de l'Europe riche, celle du Nord-Ouest, sur le monde ait été en partie le fait des populations de l'Europe pauvre de l'Est, du Centre et du Sud...

L'aspect le moins sensible sur le moment, mais probablement le plus important à terme, a été la domination culturelle qui a accompagné la domination politique ou économique. Les Européens sont convaincus que leur civilisation est *la* civilisation, que c'était « le fardeau de l'homme blanc » (Kipling) d'avoir à prendre le monde en charge, ou, comme le disait Jules Ferry, que les races supérieures avaient des devoirs envers les races inférieures. Ils sont donc persuadés d'avoir une mission civilisatrice à accomplir. Dans ce domaine l'activité missionnaire joue un rôle immense, aiguillonné encore par la concurrence entre missions protestantes et missions catholiques. Partout à travers le monde – en dehors du continent américain, de l'Australie, de la Nouvelle-Zélande complètement christianisés –, d'importantes communautés chrétiennes se sont constituées, particulièrement en Extrême-Orient et en Afrique. L'expansion coloniale et l'évangélisation ont marché de pair.

On peut s'interroger sur l'importance réelle de la pénétration de la culture européenne. Elle n'a touché en apparence que d'assez faibles minorités, mais dans tous les pays colonisés les cadres traditionnels se sont mis à l'école des Européens, employant par nécessité leurs langues, copiant leurs habitudes alimentaires, vestimentaires, leurs valeurs... Le Parlement chinois, créé après 1911, obligea les fonctionnaires à s'habiller à l'européenne.

Les divisions de l'Europe

Les régimes politiques. Dans la longue lutte qui, au cours du 19e siècle, a opposé les principes libéraux popularisés par la Révolution française et les principes de l'Ancien Régime, les premiers l'ont largement emporté en Europe au début du 20e siècle, au moins en théorie. Même l'Empire russe s'est doté d'une assemblée élue au suffrage universel à la suite de la révolution de 1905. Les pratiques politiques restent pourtant très diverses et sources de divergences entre les États européens.

La première divergence porte sur la forme du régime : presque tous les États européens sont encore des monarchies. Parmi les grands États, seule la France est une république. Même si, comme en Angleterre, les pouvoirs du roi sont extrêmement réduits et sont en passe de devenir tout à fait symboliques, la référence au principe monarchique n'est pas sans conséquences. Tant dans l'Empire allemand que dans l'Empire austro-hongrois (du moins dans sa partie autrichienne) ou dans l'Empire russe, la volonté du souverain, Guillaume II, François-Joseph et Nicolas II, reste déterminante.

Une autre forme de divergence tient à la part de démocratie qui existe dans le fonctionnement de l'État : la France, le Royaume-Uni et l'Italie ont des régimes à la fois démocratiques et représentatifs. Les députés sont élus au suffrage universel masculin (en Italie depuis 1912), encore qu'en Angleterre les femmes – les « suffragettes » – revendiquent vigoureusement contre leur éviction du droit de vote ; les gouvernements sont responsables devant le Parlement. Néanmoins, en France, l'absence de majorité solidement constituée conduit à l'instabilité ministérielle permanente, et, en Italie, si le roi Victor-Emmanuel III respecte scrupuleusement la règle constitutionnelle, l'absence de véritables groupes politiques permet à un homme politique habile de se maintenir très longtemps au pouvoir, exerçant une sorte de dictature : ce fut le cas de Giolitti de façon à peu près constante de 1900 à 1914. En revanche, en Allemagne, le chancelier nommé par l'empereur n'est pas responsable devant le Parlement, et le Reichstag, bien qu'élu au suffrage universel, ne possède, même dans le domaine législatif, que des pouvoirs limités. En Autriche, le système n'est représentatif qu'en apparence parce que la Chambre des députés est divisée en un si grand nombre de groupes sociaux et nationaux qu'elle ne peut pas fonctionner et laisse de ce fait presque tout le pouvoir à l'empereur. En Hongrie, le système est véritablement parlementaire, mais au profit d'un Parlement élu au suffrage censitaire. En Russie, enfin, la Douma, élue suivant un système de classes très inégalitaire, est assez peu représentative et a des pouvoirs très limités. Au total on peut distinguer deux Europes, une à l'Ouest, assez démocratique et parlementaire, l'autre au Centre et à l'Est, assez peu démocratique et non parlementaire. Néanmoins presque partout les principes libéraux sont admis et reconnus, même s'ils ne sont appliqués que partiellement.

Leur évolution générale vers des régimes plus démocratiques, au moins plus libéraux, n'exempte pas les États européens de fragilités internes qui résultent d'une double menace, sur la droite et sur la gauche. Menace, sur la droite, de ceux qui n'admettent pas la démocratie, la considérant comme inefficace, médiocre et peu à même de maintenir les traditions nationales : c'est le cas en France de l'Action française appelant au renversement de la République et au retour de la monarchie ; c'est le cas des aristocraties terriennes encore puissantes en Allemagne, en Autriche-Hongrie, en Russie, très hostiles aux progrès démocratiques. C'est le cas aussi des catholiques. La papauté s'est refusée à reconnaître l'État italien et s'oppose à ce que les catholiques de ce pays participent à la vie politique ; en France, l'Église s'est « ralliée » officiellement à la République, mais la ligne de fracture qui subsiste entre laïques et cléricaux est la principale de la société française : il est à peine exagéré de considérer que véritablement deux Frances campent sur le même sol. Menace sur la gauche, plus encore. L'augmentation du nombre des ouvriers à la suite du développement de l'industrie a favorisé la naissance d'un grand nombre de partis socialistes, regroupés dans la IIe Internationale. Officiellement le programme de ces partis socialistes est révolutionnaire, mais dans les plus grands de ces partis, le Parti social-démocrate allemand ou le Parti socialiste unifié français, les courants « réformistes » l'emportent sur les courants « révolutionnaires » et entendent respecter la démocratie. En revanche des mouvements révolutionnaires, comme le syndicalisme-révolutionnaire qui domine la CGT en France, l'*anarchisme en Italie ou en Espagne, provoquent en Europe des sentiments de crainte d'ailleurs disproportionnés avec l'importance réelle de ces courants. L'agitation sociale est vive en Angleterre dans les années précédant la guerre, encore davantage en Russie. Écrasé après la révolution de 1905, le mouvement ouvrier a repris vigueur en Russie, surtout à partir de 1912. Les principaux chefs des trois fractions socialistes, *socialistes-révolutionnaires, *mencheviks, *bolcheviks, sont en exil, mais, en Russie même, le mouvement gréviste est très intense. 270 morts lors de la répression de grèves dans la région de la Léna en 1912, 1 750 000 grévistes entre juin 1913 et juillet 1914, des barricades à Saint-Pétersbourg. Les classes moyennes russes sont également peu satisfaites de la lenteur de l'évolution vers la démocratie. En 1914, il n'est pas excessif de parler de possibilités révolutionnaires au moins en Russie.

Les antagonismes extérieurs. Les tensions politiques ou sociales de certains États pouvaient être fortes, mais l'Europe était surtout affectée par ses problèmes nationaux qui relevaient suivant le cas de la politique intérieure, de la politique extérieure ou des deux. Il y avait d'abord les problèmes de toutes les nations qui n'avaient pu profiter du grand élan des nationalités au cours du 19e siècle pour réaliser leur unité et leur indépendance nationale. Cela concernait principalement les populations slaves de l'Europe centrale, les Polonais partagés depuis le 18e siècle entre la Russie, l'Allemagne et l'Autriche-Hongrie, les Tchèques, les Slovaques, les Croates, qui appartenaient à l'Autriche-Hongrie, également les Baltes et les Finlandais pour ne parler que de la partie européenne de la Russie, les Irlandais. En 1912, la Chambre des communes britannique avait voté en faveur de l'Irlande le Home Rule, qui en raison de l'obstruction de la Chambre des pairs ne devait prendre effet d'ailleurs qu'en 1914 ; mais, entre les nationalistes irlandais qui voulaient l'indépendance et les protestants de l'Ulster qui refusaient leur séparation du Royaume-Uni et étaient soutenus par une partie de l'armée britannique, la guerre civile était menaçante. Cela concernait ensuite les peuples indépendants qui réclamaient leur réunion avec leurs compatriotes soumis à une domination étrangère. C'était d'abord l'Alsace et la Lorraine du Nord enlevées par l'Allemagne à la France en 1871. Personne ou presque en France ne songeait plus sérieusement à faire la guerre pour reprendre les provinces perdues, mais la question d'Alsace-Lorraine empêchait toute possibilité de réconciliation véritable entre la France et l'Allemagne. C'était ensuite la question des « terres irrédentes », le Trentin, la Vénétie Julienne et Trieste, que l'Italie réclamait à l'Autriche-Hongrie. C'était la Bosnie-Herzégovine annexée par l'Autriche-Hongrie en 1909, et que la Serbie revendiquait puisque ces régions étaient peuplées de Serbes. C'était enfin la question de la Macédoine, réglée en principe par la première guerre balkanique de 1912 où, sous l'égide de la Russie, Bulgares, Serbes et Grecs avaient arraché la province à l'Empire turc. Mais le partage avait provoqué une seconde guerre balkanique en 1913 entre Bulgares d'un côté, Grecs, Roumains et Serbes de l'autre, dont la Bulgarie était sortie vaincue. Résultat : tous les États des Balkans étaient mécontents, vainqueurs, parce que leur part n'était pas suffisante, ou vaincus... Les rivalités que les nations des Balkans entretenaient entre elles, celles que l'Autriche et la Russie y menaient par personnes interposées, rendaient cette région tout à fait dangereuse, une « poudrière ».

En définitive la paix de l'Europe était menacée par l'exaltation des sentiments nationaux héritiers d'un siècle de poussée nationale. Peu de pays européens échappaient à cette emprise du nationalisme, le Royaume-Uni avec le * *jingoïsme* au début du siècle lors des difficultés de la guerre des * Boers, la Russie où se produisait un mouvement de rejet devant l'importance de l'implantation des intérêts étrangers et qui n'entendait pas abandonner ses « frères » slaves des Balkans aux influences germaniques, la France et l'Allemagne au premier chef. En France, le mouvement nationaliste, sous la forme moderne de l'Action française de Charles Maurras ou plus ancienne de la Ligue des patriotes de Déroulède, puis de Barrès, était certes bien davantage préoccupé par les problèmes intérieurs du pays. Mais en Allemagne l'idée s'était développée que, sur le plan commercial, l'Angleterre, et, sur le plan financier, la France s'opposaient aux légitimes intérêts allemands, et, davantage encore, qu'à la suite de l'alliance franco-russe (1894), de l'établissement de l'Entente cordiale (1904) entre la France et l'Angleterre, puis de la Triple-Entente entre la France, l'Angleterre et la Russie (1907), l'Allemagne était menacée d'encerclement. Dans une partie de la population l'idée de la « guerre inévitable » s'était répandue. Au fond chaque nation européenne était convaincue qu'elle avait à défendre sa « place au soleil », même si la formule était plus employée en Allemagne qu'ailleurs. Les rivalités coloniales viennent ajouter leur élément de tension : à deux reprises, en 1905 et 1911, l'Allemagne a provoqué une grave crise internationale à propos des tentatives de pénétration de la France au Maroc.

Dans l'Europe des années d'avant 1914, il n'y a pas de raison majeure de conflit, mais il y a une multitude d'antagonismes plus ou moins graves susceptibles de s'envenimer. Le paradoxe de l'histoire de l'Europe est que sa domination sur le monde n'a jamais été aussi manifeste – la concurrence du

Japon et même des États-Unis n'inquiète pas véritablement –, mais que « la force de rayonnement de l'Europe est compromise bien plus gravement par les menaces de conflits entre les États européens » (Pierre Renouvin).

DOCUMENT 1

Le problème des nationalités en Autriche

« On a parlé souvent de la dislocation de l'Autriche. Je n'en crois rien. Les liens historiques et économiques qui rattachent les nations autrichiennes les unes aux autres sont trop puissants [...] Le suffrage universel et la démocratisation de l'Autriche, particulièrement de la Bohême prépareront le terrain pour l'apaisement des luttes nationales [...] Certes, les luttes nationales ne cesseront ni tout d'un coup ni demain. Elles joueront encore longtemps un rôle important en Autriche, mais elles cesseront d'être ce qu'elles étaient dans le demi-siècle précédent. Le suffrage universel a préparé le terrain pour le dénouement de cette situation difficile ; ses conséquences, les besoins pratiques des peuples, les considérations théoriques, les divers programmes des partis politiques [...] amèneront enfin la solution du problème autrichien. »

Édouard Benes, *Le Problème autrichien* et *la Question tchèque*, Thèse de droit, Dijon, 1908, p. 307-308.

L'idée que l'Autriche-Hongrie était à la veille de la dislocation dans la période qui a précédé la guerre de 1914 est très répandue dans l'historiographie contemporaine, mais c'est une idée erronée. En 1908, Édouard Benes, le futur premier président de la République tchécoslovaque, ne partageait pas du tout cet avis.

DOCUMENT 2

L'Empire britannique en 1911

« ... Il y a eu dans le passé des empires qui (comme le nôtre) ont été étendus, peuplés, pleins des richesses matérielles si fécondes pour les arts, les sciences et les lettres. Mais notre Empire se distingue de ceux-là par des traits spécifiques de première importance. Du point de vue extérieur, il est fait de contrées qui, géographiquement, ne forment pas un tout et ne sont pas même contiguës, qui présentent toutes les variétés de climats, de sols, d'hommes et de religions, et, même dans les communautés qui sont parvenues complètement au *self-government* et qui sont représentées ici, il ne tire pas sa force d'unification et de cohésion de la seule identité de race ou de langue. Pourtant, on a ici une organisation politique qui, par sa seule existence, écarte la possibilité de guerre entre des populations qui représentent quelque chose comme un tiers de l'humanité. Entre des communautés si différentes par leur position géographique et leur histoire, il y a, comme cela doit être, une grande diversité de méthodes constitutionnelles, d'institutions et d'idées politiques et sociales. Mais, pour parler un moment de la partie de l'Empire représentée ici aujourd'hui, qu'avons-nous en commun qui, en dépit de [toutes nos différences], nous rassemble et nous unit ? Il y a deux choses dans l'Empire britannique de *self-government* qui sont uniques dans l'histoire des grands ensembles politiques. La première est le règne de la Loi : partout où les décrets royaux sont reçus, ils sont les symboles et les messages non d'une autorité arbitraire, mais de droits partagés par tous les citoyens et que les tribunaux du pays peuvent soutenir et rendre réels. La seconde est la combinaison d'une autonomie locale – absolue, sans entraves, complète – avec la loyauté envers une tête commune, la coopération spontanée et libre pour la défense des intérêts et des buts communs, et, je peux l'ajouter, une administration commune, que ce soit en Inde ou dans les colonies de la Couronne, ou dans les Protectorats, ou à l'intérieur de nos propres frontières, des intérêts et des fortunes de concitoyens qui ne sont pas encore parvenus, ni peut-être ne parviendront jamais, à la forme complète du *self-governement* [...]

« Au début de l'ère victorienne, les hommes d'État se voyaient proposer deux solutions sans nuances à ce qu'ils considéraient à cette époque comme le “ problème colonial ”. La première était la centralisation – le gouvernement de toutes les affaires, sauf celles relativement sans importance, des parties extérieures de l'Empire depuis un bureau de Downing Street. L'autre était la désintégration – l'acceptation et peut-être l'encouragement d'un processus de sécessions successives [...] Après soixante-dix ans d'expérience évolutive de l'Empire, on peut dire avec certitude qu'aucune de ces théories ne bénéficie du plus faible soutien aujourd'hui, que ce soit chez nous ou n'importe où ailleurs dans l'Empire [...] Dans le Royaume-Uni et dans chacune des grandes communautés que vous représentez, nous sommes chacun et nous voulons tous rester les maîtres chez nous. Cette volonté est ici et dans tous les Dominions le fondement de notre politique. C'est l'*articulus stantis aut cadentis Imperii.*

« Il n'en est pas moins vrai que nous sommes et voulons demeurer des entités, bien sûr, mais des entités dans une entité plus grande. Et c'est le premier objet et le premier but de ces conférences périodiques que de nous consulter librement sur les matières qui nous concernent tous [...]

« Messieurs [...] à cette table sont assis aujourd'hui six Premiers ministres, tenant tous leur office du même Roi, et tirant tous leur droit à l'exercer des voix et des votes d'une libre démocratie. Nous sommes tous, je le suppose, dans nos Parlements respectifs, des chefs de parti tenant et exerçant le pouvoir grâce à la confiance d'un parti majoritaire. Mais chacun de nous, en pénétrant dans cette pièce, a laissé ses préjugés partisans à l'extérieur. Aujourd'hui, et pendant toute la conférence, nous n'aurons, je le crois, qu'une ardeur et qu'un but : faire de cet Empire, dans toutes ses activités et partout, un instrument plus complet et plus efficace... »

Lord Asquith, « Discours » à la première réunion de la Conférence impériale de Londres, 1911
(cité dans A. B. Keith, *Selected Speeches and Documents on British colonial Policy 1763-1917*, Londres, Oxford University Press, 1953, t. II, p. 240).

L'Empire britannique, tel qu'il est vu en 1911 par le Premier ministre, Lord Asquith. Ce monde immense est composé d'un côté par des États se gouvernant eux-mêmes sous l'autorité symbolique de la couronne d'Angleterre, de l'autre par toute une série de territoires qui évoluent vers le self-government, *même s'il n'était pas sûr qu'ils puissent y accéder un jour. C'était la conception évolutive et libérale de l'Empire britannique.*

DOCUMENT 3

Anatole France contre « la folie coloniale » (1905)

Dans Sur la pierre blanche, *un personnage, N. Langelier, s'exprime ainsi :*

« On conçoit que, dans l'état actuel du monde, des peuples qui font beaucoup d'enfants et fabriquent beaucoup de produits cherchent au loin des territoires ou des marchés et s'en assurent la possession par ruse et violence. Mais nous ! mais notre peuple économe attentif à n'avoir d'enfants que ce que la terre natale en peut facilement porter, qui produit modérément et ne court pas volontiers les aventures lointaines ; mais la France qui ne sort guère de son jardin, qu'a-t-elle besoin de colonies, juste Ciel ! qu'en fait-elle ? que lui rapportent-elles ? Elle a dépensé à profusion des hommes et de l'argent pour que le Congo, la Cochinchine, l'Annam, le Tonkin, la Guyane et Madagascar achètent des cotonnades à Manchester, des armes à Birmingham et à Liège, des eaux-de-vie à Dantzig et des caisses de vins de Bordeaux à Hambourg. Elle a, pendant soixante-dix ans, dépouillé, chassé, traqué les Arabes pour peupler l'Algérie d'Italiens et d'Espagnols !

« L'ironie de ces résultats est assez cruelle, et l'on ne conçoit pas comment put se former, à notre dommage, cet empire dix et onze fois plus étendu que la France elle-même. Mais il faut considérer que, si le peuple français n'a nul avantage à posséder des terres en Afrique et en Asie, les chefs de son gouvernement trouvent, au contraire, des avantages nombreux à lui en acquérir. Ils se concilient par ce moyen la marine et l'armée qui, dans les expéditions coloniales, recueillent des grades, des pensions et des croix, en outre de la gloire qu'on remporte à vaincre l'ennemi. Ils se concilient le clergé en ouvrant des voies nouvelles à la Propagande et en attribuant des territoires aux missions catholiques. Ils réjouissent les armateurs, constructeurs, fournisseurs militaires qu'ils comblent de commandes. Ils se font dans le pays une vaste clientèle en concédant des forêts immenses et des plantations innombrables. Et, ce qui leur est plus précieux encore, ils fixent à leur majorité tous les brasseurs d'affaires et tous les courtiers marrons du Parlement. Enfin ils flattent la foule, orgueilleuse de posséder un empire jaune et noir qui fait pâlir d'envie l'Allemagne et l'Angleterre. Ils passent pour de bons citoyens, pour des patriotes et pour des grands hommes d'État. Et s'ils risquent de tomber, comme Ferry, sous le coup de quelque désastre militaire, ils en courent volontiers la chance, persuadés que la plus nuisible des expéditions lointaines leur coûtera moins de peines et leur attirera moins de dangers que la plus utile des réformes sociales.

« Vous concevez maintenant que nous ayons eu parfois des ministres impérialistes, jaloux d'agrandir notre domaine colonial. Et il faut encore nous féliciter et louer la modération de nos gouvernants qui pouvaient nous charger de plus de colonies.

« Mais tout péril n'est pas écarté et nous sommes menacés de quatre-vingts ans de guerres au Maroc. Est-ce que la folie coloniale ne finira jamais ? »

Sur la pierre blanche,
Paris, Calmann-Lévy, 1905, p. 226-230.

Dans cette période d'extenson presque maximale des empires coloniaux, l'opinion n'est pas unanime dans les pays colonisateurs en faveur de l'expansion coloniale. Anatole France en est un ardent adversaire, de même que les socialistes.

25. L'Europe sanglante :
La Première Guerre mondiale

Le rôle éminent d'un président américain venu en Europe pour négocier la fin de quatre ans de guerre européenne peut avoir valeur de symbole. Après qu'un engrenage trop rapide pour être contrôlé conduit les peuples européens à un affrontement dont la durée et la violence ont dépassé tout ce qu'ils pouvaient imaginer, l'Europe, profondément appauvrie, redécoupée, fragilisée, ne renaît que lentement, avec, aux yeux du monde, une image pour longtemps ternie.

C'est de l'Europe pauvre que sortit l'étincelle qui embrasa l'ensemble de l'Europe, mais ce sont les pays riches qui se précipitèrent les uns sur les autres dans une mêlée inexpiable. L'Europe en sortit à jamais différente, plus tourmentée encore, plus dangereuse, capable d'enfanter de monstrueux systèmes politiques, mais aussi affaiblie face à un monde qu'elle avait jusque-là dominé et qui avait assisté stupéfait à ses incroyables convulsions. Comment dorénavant faire confiance à ces Européens capables de toutes les folies ? commencèrent à penser les Américains. Convaincus que leur civilisation, même si elle était issue de la civilisation européenne, lui était bien supérieure, ils s'engagèrent dans le chemin, non seulement du *leadership* économique, mais du *leadership* moral. Que le terme habituel désignant la supériorité, la fonction de direction, fût après 1945 un mot américain est tout un symbole du chemin parcouru.

Pourquoi la guerre ?

La crise de juillet 1914. Pour les peuples européens et pour les gouvernements, l'idée de la guerre n'était pas absente. Ce n'était pas pour rien que, depuis son congrès de 1907 à Stuttgart, l'Internationale socialiste avait cherché à établir un plan d'action pour empêcher une guerre éventuelle. Le développement au cours du 19e siècle des États-nations avait favorisé l'éclosion de la conscience nationale des peuples et, partant, leur patriotisme – l'extension du service militaire n'avait pas été de ce point de vue sans effets –, de sorte que, en dehors même d'une imprégnation nationaliste, les peuples européens étaient préparés à se défendre contre toute attaque de l'extérieur dont ils seraient menacés. Quant aux gouvernements, aucun ne voulait une guerre, et surtout une guerre générale, mais pour assurer leur sécurité ils avaient conclu des alliances dont le maintien leur semblait une condition même de la survie nationale. En France, pour le président de la République Raymond Poincaré, l'alliance avec la Russie était une condition indispensable de la sauvegarde du pays, et, lors des guerres balkaniques de 1912-1913, malgré le caractère aventureux de la politique russe, il avait pris des risques sérieux pour maintenir l'alliance avec la Russie. En Allemagne, on considérait également que l'alliance avec l'autre puissance germanique, l'Autriche-Hongrie, et de façon plus générale la sauvegarde de l'existence de l'Autriche-Hongrie, était une condition non moins indispensable de survie. Là aussi on était prêt à aller très loin pour que l'intégrité de l'Autriche ne puisse être mise en cause. En définitive les conditions étaient réunies pour qu'un incident banal puisse dégénérer. Cet incident fut l'assassinat, à Sarajevo, en Bosnie, le 28 juin 1914, de l'archiduc François-Ferdinand, neveu et héritier de l'empereur François-Joseph. Dans un premier temps l'attentat ne sembla pas avoir de conséquences graves, et il n'empêcha pas le président de la République française et le président du Conseil, René Viviani, de s'embarquer le 15 juillet pour une visite de routine en Russie et une tournée des capitales scandinaves. En réalité certains dirigeants autrichiens, le chef de l'état-major, Conrad von Hötzendorff, et le ministre des Affaires étrangères, Berchtold, pensèrent que les circonstances étaient favorables pour mater la Serbie accusée – à tort – d'avoir aidé les jeunes Bosniaques qui avaient assassiné l'archiduc. C'était l'occasion d'en finir avec la pression que l'Autriche-Hongrie subissait du fait des Slaves du Sud, et le gouvernement allemand, soucieux de la sauvegarde de la double monarchie, donna son assentiment. En décidant d'agir, les Austro-Allemands souhaitaient garder un caractère local au conflit, mais ils ne pouvaient ignorer qu'ils prenaient le risque d'un conflit général.

Le 23 juillet, le gouvernement autrichien adressait à la Serbie un ultimatum inacceptable que le gouvernement serbe acceptait d'ailleurs presque tout entier. Jugeant la réponse insuffisante, l'Autriche déclarait la guerre à la Serbie le 28 juillet et, dans la nuit du 29 au 30 juillet, les canons autrichiens ouvraient le feu sur Belgrade. Ce conflit dans les Balkans se communiqua à l'ensemble de l'Europe comme une véritable traînée de poudre. La brièveté de la crise – contrairement à d'autres crises précédentes – rendit impossible la recherche d'une solution négociée.

Bien décidé à ne pas laisser écraser la Serbie, le gouvernement russe, dès le 30 juillet, décrétait la mobilisation générale. L'Allemagne ne pouvait pas davantage prendre le risque d'une défaite de l'Autriche. Après avoir sommé la Russie d'arrêter sa mobilisation, l'Allemagne lui déclarait la guerre. Le 1er août dans l'après-midi, exactement à la même heure, l'Allemagne et la France décrétaient la mobilisation générale. La France ne pouvait faire autrement que de remplir ses engagements envers son alliée russe, et l'Allemagne lui déclarait la guerre le 3 août. L'attitude britannique était incertaine : les milieux d'affaires étaient particulièrement pacifistes, le pays était très troublé en particulier par la question d'Irlande, le Premier ministre Asquith était peu désireux de s'engager, mais l'invasion de la Belgique modifia la position britannique. Le 4 août, le Royaume-Uni déclarait la guerre à l'Allemagne. Seule l'Italie, qui pourtant appartenait à la Triple-Alliance avec l'Allemagne et l'Autriche-Hongrie, proclamait sa neutralité. Les initiatives autrichiennes et allemandes avaient été incontestablement à l'origine du conflit, mais la guerre n'avait été rendue inévitable que par la « fermeté » dont avaient fait preuve leurs adversaires, la Russie d'abord, la France ensuite. En une dizaine de jours, pour la première fois depuis un siècle, toute l'Europe ou presque se retrouvait en guerre.

L'état d'esprit des populations. Les peuples ont donné après coup l'impression de se précipiter dans la guerre avec enthousiasme. Les réalités ont été plus complexes. La crise provoqua d'abord un sentiment de surprise, voire de stupeur, en particulier dans les populations rurales à qui la gravité des événements n'apparut qu'avec un décalage de quelques jours par rapport aux populations urbaines. Dans les deux pays qui possédaient le mouvement socialiste le plus important, en France et en Allemagne, d'importantes manifestations contre la guerre, organisées par les socialistes ou les syndicalistes, eurent lieu. Le Bureau socialiste international se réunit à Bruxelles, le 29 juillet, pour prendre des dispositions contre la menace de conflit européen, mais les événements allèrent trop vite, balayant toutes les velléités de résistance. Mis à part les députés socialistes russes et serbes qui refusèrent de voter les crédits de guerre, ce qui ne provoqua d'ailleurs à peu près aucun écho dans la population, et quelques socialistes anglais profondément pacifistes, dans tous les pays, après que la mobilisation eut été accueillie avec beaucoup de réserve, en particulier dans les campagnes françaises, le départ des mobilisés eut lieu avec résolution, voire enthousiasme quelquefois. Tous les peuples européens, y compris en Autriche-Hongrie, réagirent avec patriotisme, convaincus que leur pays était agressé directement ou indirectement – les Allemands se sentaient menacés d'encerclement – et que le devoir était de le défendre. Dans ces conditions, il fut facile de mettre un terme aux luttes politiques et de réaliser l'union pour la défense nationale, « Union sacrée » en France, *Burgfrieden* (paix civile) en Allemagne...

Quatre années de guerre

Pourquoi une guerre si longue ? Du soldat aux dirigeants les plus importants, une conviction fut à peu près générale : cette guerre serait courte, quelques semaines ou quelques mois. La mobilisation générale de tous les hommes en âge de combattre, les millions d'hommes mis en mouvement semblaient rendre impossible pour n'importe quel État de pouvoir soutenir un long conflit. De plus, les plans établis par les états-majors reposaient sur l'hypothèse d'une guerre courte. Le plan Schlieffen, du nom de l'ancien chef d'état-major de l'armée allemande, prévoyait que, pendant que de faibles effectifs contiendraient à l'Est les Russes lents à mobiliser, un vaste mouvement tournant à travers la Belgique permettrait d'en terminer avec l'armée française au bout d'environ six semaines. Du côté français, le plan XVII, mis au point par le général Joffre, envisageait une offensive frontale au centre du dispositif allemand en Lorraine, et la mise hors de combat de l'armée allemande en une seule grande bataille. Les deux plans échouèrent successivement, le plan français d'abord (bataille des frontières, à la fin du mois d'août), le plan allemand ensuite (bataille de la Marne, au début de septembre). A la fin de l'année, à la suite de la « course à la mer », les deux armées, Alliés d'un côté – Français, Anglais, Belges –, Allemands de l'autre, se retrouvèrent enterrées dans deux lignes de tranchées courant de la mer du Nord jusqu'à la frontière suisse. Le passage de la guerre de mouvement à une guerre de siège imprévue laissa les adversaires fort démunis. Toutes les tentatives de rupture du front adverse pour reprendre la guerre de mouvement échouèrent, quelle que fût la puissance grandissante des moyens matériels mis en œuvre. Les troupes d'attaque avançaient si lentement que l'adversaire avait toujours le temps nécessaire pour amener des renforts et colmater la brèche. Du côté allié, mis à part l'échec de l'opération périphérique des Dardanelles – la Turquie était entrée en guerre aux côtés des Puissances centrales en novembre 1914 –, on s'obstina à tenter la rupture sur le front occidental : batailles d'Artois et de Champagne en 1915, bataille de la Somme en 1916, bataille du Chemin-des-Dames en 1917. Malgré les centaines de milliers de morts, aucune de ces batailles ne permit de succès significatif.

Du côté allemand, on retourna le plan initial dans le but de mettre hors de combat d'abord l'armée russe, l'immensité de l'espace favorisant la guerre de mouvement. En 1915, les Allemands remportèrent de très grandes victoires, mais l'espace était en définitive trop grand et les moyens des Puissances centrales insuffisants, en tenant compte de ceux qu'ils ne pouvaient distraire du front français, puis du front italien – l'Italie en mai 1915 était finalement entrée en guerre aux côtés des Alliés –, pour pouvoir remporter une victoire décisive. Reprenant l'initiative sur le front occidental en 1916, les Allemands crurent trouver la solution en provoquant une gigantesque bataille d'usure, la bataille de Verdun, qui épuiserait les forces de l'adversaire. Le projet échoua parce que l'habileté de la défense du général Pétain fit que les pertes furent finalement à peu près équivalentes des deux côtés. En 1917, le Haut Commandement allemand (Hindenburg-Ludendorff) fut persuadé qu'il l'emporterait en déclenchant une guerre sous-marine à outrance qui asphyxierait l'Angleterre et l'obligerait à demander la paix. La flotte de commerce britannique subit des pertes énormes, mais l'amélioration des moyens de lutte contre les sous-marins et l'entrée en guerre des États-Unis, provoquée justement par la guerre sous-marine, permirent aux Alliés de tenir.

A la fin de 1917, après trois ans et demi de guerre, l'issue du conflit était toujours incertaine, mais d'un côté comme de l'autre on savait qu'on ne pouvait gagner qu'en disposant d'une supériorité numérique considérable appuyée sur des moyens tactiques nouveaux. Par ailleurs, aucune paix de compromis n'était possible parce que la carte de guerre était trop favorable à l'Allemagne pour qu'elle fasse des concessions, et ses sacrifices avaient été trop grands pour que la France accepte une paix qui ne lui aurait pas rendu l'Alsace-Lorraine.

1918, l'année de la décision. A la suite des révolutions de février, puis d'octobre 1917, l'armée russe n'était plus en état de combattre. L'armistice de Brest-Litovsk en décembre 1917, suivi de la paix du même nom en mars 1918, libéra d'importants effectifs allemands. Le commandement allemand disposait de la supériorité numérique sur le front occidental pendant quelques mois, avant que les troupes américaines ne puissent véritablement entrer dans la bataille. En même temps, le général Ludendorff avait mis au point une nouvelle méthode tactique, l'infiltration des lignes adverses par des groupes de combat autonomes, méthode rendue possible par les qualités manœuvrières de l'infanterie allemande. La méthode, essayée d'abord en Russie, ensuite sur le front italien, avait permis d'infliger à l'armée italienne le désastre de Caporetto en octobre 1917. Dans ces conditions, le commandement allemand put mener sur le front occidental, de mars à juillet 1918, une série d'offensives victorieuses qui mirent les Alliés à deux doigts de la défaite, avant que la « deuxième » bataille de la Marne ne leur permette de redresser la situation.

Au début de 1918, le point de vue du côté allié avait été exactement inverse. Il fallait attendre que l'arrivée continue et massive de troupes américaines assurât la supériorité numérique. Combinée à l'emploi d'armes nouvelles, elle leur donnerait l'avantage. Depuis le début de la guerre, Allemands et Alliés s'étaient disputés la suprématie dans le domaine aérien, mais en 1918 elle était définitivement du côté allié, et surtout les Alliés disposaient d'un grand nombre de chars, une arme à laquelle le commandement allemand n'avait pas cru. En juillet 1918, les conditions furent réunies pour que les armées alliées, placées sous le commandement suprême du général, puis maréchal Foch, puissent commencer à refouler les Allemands. Au mois de septembre, une offensive continue menée sur la plus grande partie du front obligea Ludendorff – convaincu qu'il ne pouvait plus vaincre et qu'il risquait même de subir une défaite majeure – à engager, le 4 octobre, des négociations d'armistice avec le président américain Woodrow Wilson.

Parallèlement, les alliés de l'Allemagne avaient été

contraints à signer l'armistice : le 29 septembre, pour les Bulgares vaincus par l'armée alliée, établie à Salonique depuis octobre 1915 ; le 31 octobre, pour les Turcs battus en Palestine par les Anglais. Quant à l'Autriche-Hongrie, où les différentes nationalités faisaient sécession, menacée par l'offensive italienne à travers les Alpes après la victoire de Vittorio Veneto et par celle de l'armée d'Orient à travers les Balkans, elle cessait le combat le 3 novembre.

Le 11 novembre 1918, dans la clairière de Rethondes, les plénipotentiaires allemands signaient l'armistice qui mettait fin à la guerre. Elle avait duré plus de quatre années, provoqué plus de 10 millions de morts (dont 2 040 000 pour l'Allemagne, 1 800 000 pour la Russie, 1 300 000 pour la France, 1 100 000 pour l'Autriche-Hongrie, 750 000 pour le Royaume-Uni, 670 000 pour l'Italie), et un nombre immense de mutilés et d'infirmes, coûté pour les seules dépenses militaires 961 milliards de francs-or, sans compter le prix des destructions et des navires coulés dont le calcul était à peu près impossible.

Les difficultés de la paix

L'Europe en ruine. Cette guerre avait été imprévue par sa durée, par ses caractères : plus de 65 millions d'hommes mobilisés, les populations civiles directement impliquées par les privations, particulièrement sévères en Allemagne et en Autriche-Hongrie, et par l'immense effort de travail qui leur avait été demandé. Elle avait été pour la première fois véritablement une guerre des nations, et, parce que guerre des nations, elle s'était progressivement muée en guerre *totale*. Elle laissait derrière elle une Europe partiellement ruinée sur le plan matériel, mais bien davantage bouleversée sur le plan politique – des quatre grands empires de l'avant-guerre, allemand, russe, austro-hongrois, turc, aucun n'existait plus – et sur le plan moral – toutes les valeurs traditionnelles avaient été remises en cause par cet immense massacre et par cet immense gâchis matériel. Pour les classes moyennes qui formaient l'ossature des sociétés européennes, pour les millions d'anciens combattants, il était difficile de croire encore aux vertus anciennes de travail et d'économie, à moins que cette guerre, comme beaucoup l'avaient cru, soit « la der des der » et qu'elle soit le prix payé à l'établissement d'un monde pacifique et harmonieux. C'est devant ce formidable défi que se trouvaient les hommes d'État chargés d'établir les conditions de la paix.

Néanmoins, contrairement à ce qui s'était passé au congrès de Vienne en 1815, seuls les vainqueurs furent admis à en discuter. Les pays vaincus, mais aussi la Russie soviétique et les neutres (Espagne, Suisse, pays scandinaves...) furent exclus du règlement de la paix, tandis qu'une puissance non européenne allait y prendre une part majeure. Dès l'entrée des États-Unis dans le conflit, le gouvernement américain avait tenu à conserver ses distances : les États-Unis étaient les « associés » des alliés européens, non leurs alliés. Le président Wilson avait tout seul défini, dans les « 14 points » présentés au Congrès en janvier 1918, sur quelles bases la paix devrait être établie. Pendant un mois, il avait tout seul négocié avec les Allemands avant la conclusion de l'armistice. Il avait décidé enfin de venir en personne – c'était la première fois qu'un président américain en exercice quittait le sol américain – participer à la conférence de la Paix afin que rien ne puisse se faire sans son aval. Pour la première fois dans leur histoire, les pays européens n'étaient plus maîtres d'eux-mêmes. Quatre ans de guerre avaient ruiné la supériorité européenne, même si les Européens étaient loin encore d'en être conscients. « Guerre mondiale », cela signifiait aussi que le conflit avait dépassé les limites matérielles et morales de l'Europe.

La conférence de la Paix. Réunie du 18 janvier au 28 juin 1919, date où fut signé dans la galerie des Glaces du château de Versailles le traité avec l'Allemagne, elle comprit les représentants des 27 États victorieux, dont beaucoup, comme ceux d'Amérique latine, n'avaient pris à peu près aucune part à la guerre. Dans la pratique, la conférence fut surtout le fait du « conseil des Dix », comprenant deux représentants de la France, des États-Unis, du Royaume-Uni, de l'Italie et du Japon, puis du

« conseil des Quatre » réunissant Clemenceau, président du Conseil français, Wilson, président des États-Unis, Lloyd George, Premier ministre britannique, et Orlando, président du Conseil italien. Deux hommes jouèrent un rôle déterminant, Clemenceau et Wilson, et leurs conceptions opposées firent souvent ressembler la conférence de la Paix à un duel. On a opposé le réalisme, voire le cynisme, de Clemenceau à l'idéalisme de Wilson. En fait Clemenceau ne manquait pas d'idéalisme – sa longue carrière politique l'avait montré –, mais son principal souci était d'obtenir les garanties de la sécurité de la France, alors que Wilson voulait établir la paix universelle. Pour cela deux éléments lui paraissaient décisifs, le droit des peuples à disposer d'eux-mêmes, qui ferait disparaître la principale cause des conflits, et la création d'une « ligue de nations » : elle dirait le droit international et son autorité morale s'imposerait à tous les États. Clemenceau n'y était pas opposé, mais il ne voulait pas sacrifier la sécurité de la France à ce qu'il croyait en partie des utopies. Cette opposition de fond explique la longueur des travaux, d'autant que, malgré le travail de cinquante-deux commissions, l'imbrication des ethnies en Europe centrale et orientale rendit souvent difficile de mettre en pratique le principe du droit des peuples à disposer d'eux-mêmes.

Les traités. Outre le traité de Versailles, quatre autres traités dits « de la banlieue parisienne » furent conclus dans les semaines ou les mois suivants : le traité de Saint-Germain-en-Laye avec l'Autriche (10 septembre 1919), le traité de Neuilly avec la Bulgarie (27 novembre), le traité du Trianon avec la Hongrie (4 juin 1920) et le traité de Sèvres (10 août 1920), mais qui, inapplicable, fut remplacé par le traité de Lausanne (24 juillet 1923). Ces traités aboutirent à une profonde transformation de la carte de l'Europe, et leurs effets furent encore renforcés par le refoulement de la Russie soviétique vers l'est.

Tandis que la France retrouvait l'Alsace-Lorraine, que l'Italie obtenait les « terres irrédentes », que le Danemark recevait une partie du Schleswig, 11 États étaient créés ou substantiellement agrandis : la Finlande, les trois États baltes, la

Pologne, la Tchécoslovaquie, l'Autriche, la Hongrie, la Serbie qui réunissait autour d'elle l'ensemble des Slaves du Sud et se transformait en Yougoslavie, la Roumanie qui recevait en particulier la Transylvanie et la Bessarabie, la Grèce qui enlevait la Thrace à la Bulgarie. Les grands perdants étaient la Russie qui abandonnait de l'Océan Glacial Arctique à la mer Noire une bande de territoires de 300 à 400 kilomètres de profondeur, l'Allemagne qui était amputée du septième de son territoire et du dixième de sa population et qui, au surplus, était coupée en deux – la Prusse orientale avait été séparée du reste de l'Allemagne par le couloir de Dantzig destiné à donner un accès à la mer à la Pologne –, la Bulgarie qui avait perdu des territoires au bénéfice de tous ses voisins, roumains, yougoslaves, grecs, et qui avait été privée de son accès à la Méditerranée, et la Turquie, littéralement dépecée, au moins dans un premier temps. L'Europe de 1914 comptait 18 États, celle d'après la guerre 26. Le fait le plus considérable était la disparition de l'Empire austro-hongrois, partagé entre 6 *États successeurs.*

Les possessions coloniales des pays vainqueurs étaient accrues. Sous forme de *mandats* de la Société des Nations, l'essentiel des anciennes colonies allemandes ainsi que les pays arabes enlevés à la Turquie avaient été confiés à la France et à l'Angleterre.

Conformément à la volonté de la France, où le slogan « L'Allemagne paiera » faisait figure d'acte de foi, l'Allemagne, reconnue responsable de la guerre, était condamnée à payer non, comme d'habitude, une indemnité de guerre, mais des *réparations.*

Enfin Wilson et Clemenceau avaient obtenu tous deux gain de cause. Le traité de Versailles prévoyait, d'un côté, la création de la Société des Nations ; il stipulait, de l'autre, que la sécurité de la France serait garantie par la réduction de l'armée allemande à 100 000 hommes, la suppression du Grand état-major, la démilitarisation de la rive gauche du Rhin ainsi que d'une bande de 50 kilomètres sur la rive droite et, enfin, que la rive gauche du Rhin et trois têtes de pont sur la rive droite devaient être occupées pendant quinze ans avec évacuation par tiers tous les cinq ans.

Les problèmes d'application. Laborieusement et difficilement établis, les traités posaient au moins autant de problèmes qu'ils en résolvaient, remplaçant des problèmes anciens par des problèmes nouveaux quand ils ne cumulaient pas les uns et les autres. Ceci explique qu'ils aient été signés davantage dans une atmosphère d'amertume que de satisfaction, chacun ayant bien conscience que, même s'il n'avait pas été possible de faire mieux, ces traités engendraient de très nombreuses tensions, ne contentaient personne et en indignaient beaucoup – pour des raisons souvent tout à fait contradictoires –, et que l'Europe malgré la terrible saignée subie se retrouvait – comme avant – à la merci de ses divisions.

Première grande source de tensions, les règlements territoriaux. Pour parvenir à assurer à chaque peuple un État indépendant, il avait été nécessaire de « balkaniser » une partie de l'Europe, ce qui n'empêchait pas chaque État d'Europe centrale, ou presque, de comprendre une proportion plus ou moins considérable de minorités nationales. Avant la guerre, 60 millions d'Européens appartenaient contre leur gré à tel ou tel État, ils n'étaient plus que 30 millions, pas forcément les mêmes d'ailleurs : c'était en apparence un progrès, mais certaines de ces nouvelles minorités, ainsi les Allemands de Tchécoslovaquie (les Sudètes), anciennement population dominante, se retrouvaient population dominée, une situation difficile à vivre et grosse de conflits. D'une autre façon, le bon sens aurait voulu que l'Autriche, purement germanique, soit rattachée à l'Allemagne, ce que souhaitaient beaucoup d'Autrichiens. Les représentants de la France s'y étaient opposés de façon particulièrement vigoureuse car l'Allemagne serait sortie de la guerre plus forte qu'elle n'y était entrée !

Plusieurs régions étaient en outre disputées, la Haute-Silésie entre l'Allemagne et la Pologne, Fiume entre l'Italie et la Yougoslavie, la partie orientale de l'Ukraine et de la Biélorussie entre la Pologne et la Russie. Une série de pays – l'Allemagne, la Russie soviétique, la Hongrie, la Bulgarie – réclamaient la révision des traités, sans que pour autant les autres en soient satisfaits.

Deuxième source majeure de crises, la question des réparations. L'établissement du principe des réparations avait donné lieu pendant la conférence de la Paix à des polémiques extrêmement dures. Qu'est-ce que l'Allemagne devait « réparer » ? Devait-on tenir compte de ses possibilités de paiement ? On était parti du principe que l'Allemagne devrait payer tout ce qu'avait coûté la guerre, mais cela aurait abouti à des sommes inouïes et on était revenu à des points de vue plus raisonnables. Néanmoins l'établissement du montant des réparations, puis les tentatives pour faire payer l'Allemagne devaient pendant plus de dix ans être un abcès de fixation des relations internationales.

De plus, contrairement aux espoirs du président Wilson, la Société des Nations ne pouvait guère remplir son rôle d'organisateur de la paix. Privée de la participation des États-Unis à la suite du refus du Sénat américain de ratifier le traité de Versailles, de celle de la Russie soviétique qui n'avait pas été invitée, ainsi que de celle des vaincus, la SDN n'était guère autre chose que le club très limité de quelques-uns des pays vainqueurs, sans autorité morale particulière.

La « paix sans victoire » qu'avait un moment souhaité Wilson, et à terme proche la réconciliation des adversaires d'hier, aurait probablement été la seule issue possible pour permettre à l'Europe de maintenir son rang dans le monde. C'était psychologiquement impossible. La masse des anciens combattants des différents pays haïssaient la guerre, mais pas au point pour les uns d'accepter les conséquences de la défaite, pour les autres que leurs sacrifices ne soient pas pris en compte.

En définitive, la principale conséquence de la guerre pour l'Europe était d'avoir donné le signal de son déclin. Une Europe encore plus fragile que celle d'avant-guerre était née, une Europe tout aussi divisée, discréditée et appauvrie de surcroît.

DOCUMENT

Extraits du traité de Versailles (28 juin 1919)

LES ÉTATS-UNIS D'AMÉRIQUE, L'EMPIRE BRITANNIQUE, LA FRANCE, L'ITALIE ET LE JAPON,

Puissances désignées dans le présent Traité comme les Principales Puissances alliées et associées,

LA BELGIQUE, LA BOLIVIE, LE BRÉSIL, LA CHINE, CUBA, L'ÉQUATEUR, LA GRÈCE, LE GUATEMALA, HAÏTI, L'HEDJAZ, LE HONDURAS, LE LIBERIA, LE NICARAGUA, LE PANAMA, LE PÉROU, LA POLOGNE, LE PORTUGAL, LA ROUMANIE, L'ÉTAT SERBE-CROATE-SLOVÈNE, LE SIAM, LA TCHÉCOSLOVAQUIE ET L'URUGUAY,

Constituant avec les Principales Puissances ci-dessus les Puissances alliées et associées, d'une part ;

Et L'ALLEMAGNE, d'autre part ;

Considérant qu'à la demande du Gouvernement impérial allemand un Armistice a été accordé à l'Allemagne le 11 novembre 1918 par les Principales Puissances alliées et associées afin qu'un Traité de paix puisse être conclu avec elle.

Considérant que les Puissances alliées et associées sont également désireuses que la guerre, dans laquelle elles ont été successivement entraînées, directement ou indirectement, et qui a son origine dans la déclaration de guerre adressée le 28 juillet 1914 par l'Autriche-Hongrie à la Serbie, dans les déclarations de guerre adressées par l'Allemagne le 1er août 1914 à la Russie et le 3 août 1914 à la France, et dans l'invasion de la Belgique, fasse place à une Paix solide, juste et durable, [...] après avoir échangé leurs pleins pouvoirs reconnus en bonne et due forme, ONT CONVENU DES DISPOSITIONS SUIVANTES :

A dater de la mise en vigueur du présent Traité, l'état de guerre prendra fin. Dès ce moment et sous réserve des dispositions du présent Traité, les relations officielles des Puissances alliées et associées avec l'Allemagne et l'un ou l'autre des États allemands seront reprises.

ART. 42. – Il est interdit à l'Allemagne de maintenir ou de construire des fortifications soit sur la rive gauche du Rhin, soit sur la rive droite, à l'ouest d'une ligne tracée à 50 kilomètres à l'est de ce fleuve.

ART. 43. – Sont également interdits, dans la zone définie à l'article 42, l'entretien ou le rassemblement de forces armées, soit à titre permanent, soit à titre temporaire, aussi bien que toutes manœuvres militaires de quelque nature qu'elles soient et le maintien de toutes facilités matérielles de mobilisation [...]

ART. 45. – En compensation de la destruction des mines de charbon dans le nord de la France, et à valoir sur le montant de la répartition des dommages de guerre dus par l'Allemagne, celle-ci cède à la France la propriété entière et absolue, franche et quitte de toutes dettes ou charges, avec droit exclusif d'exploitation, des mines de charbon situées dans le bassin de la Sarre, délimité comme il est dit à l'article 48 [...]

ART. 51. – Les territoires cédés à l'Allemagne en vertu des Préliminaires de Paix signés à Versailles le 26 février 1871 et du Traité de Francfort du 10 mai 1871 sont réintégrés dans la souveraineté française à dater de l'Armistice du 11 novembre 1918.

Les dispositions des Traités portant délimitation de la frontière avant 1871 seront remises en vigueur [...]

ART. 80. – L'Allemagne reconnaît et respectera strictement l'indépendance de l'Autriche, dans les frontières qui seront fixées par Traité passé entre cet État et les Principales Puissances alliées et associées ; elle reconnaît que cette indépendance sera inaliénable, si ce n'est du consentement du Conseil de la Société des Nations.

ART. 81. – L'Allemagne reconnaît, comme l'ont déjà fait les Puissances alliées et associées, la complète indépendance de l'État tchécoslovaque.

ART. 82. – La frontière entre l'Allemagne et l'État tchécoslovaque sera déterminée par l'ancienne frontière entre l'Autriche-Hongrie et l'Empire allemand, telle qu'elle existait au 3 août 1914 [...]

ART. 104. – Une Convention, dont les Principales Puissances alliées et associées s'engagent à négocier les termes et qui entrera en vigueur en même temps que sera constituée la Ville libre de Dantzig, interviendra entre le Gouvernement polonais et ladite Ville libre [...]

ART. 119. – L'Allemagne renonce, en faveur des Principales Puissances alliées et associées, à tous ses titres et droits sur ses possessions d'outre-mer [...]

ART. 128. – L'Allemagne renonce, en faveur de la Chine, à tous privilèges et avantages résultant des dispositions du Protocole final signé à Pékin le 7 septembre 1901.

ART. 160. – A dater du 31 mars 1920 [...] la totalité des effectifs de l'armée des États qui constituent l'Allemagne ne devra pas dépasser cent mille hommes, officiers et dépôts compris [...]

Le Grand État-Major allemand et toutes autres formations similaires seront dissous et ne pourront être reconstitués sous aucune forme [...]

Art. 173. – Tout service militaire universel obligatoire sera aboli en Allemagne [...]

Art. 184. – A dater de la mise en vigueur du présent Traité, tous les bâtiments de guerre de surface allemands, qui se trouvent hors des ports allemands, cessent d'appartenir à l'Allemagne qui renonce à tous droits sur lesdits bâtiments [...]

Art. 231. – Les Gouvernements alliés et associés déclarent et l'Allemagne reconnaît que l'Allemagne et ses alliés sont responsables, pour les avoir causés, de toutes les pertes et de tous les dommages subis par les Gouvernements alliés et associés et leurs nationaux en conséquence de la guerre, qui leur a été imposée par l'agression de l'Allemagne et de ses alliés.

Art. 232. – Les Gouvernements alliés et associés reconnaissent que les ressources de l'Allemagne ne sont pas suffisantes – en tenant compte de la diminution permanente de ces ressources qui résulte des autres dispositions du présent Traité – pour assurer complète réparation de toutes ces pertes et de tous ces dommages.

Les Gouvernements alliés et associés exigent toutefois, et l'Allemagne en prend l'engagement, que soient réparés tous les dommages causés à la population civile de chacune des Puissances alliées et associées et à ses biens, pendant la période où cette Puissance a été en état de belligérance avec l'Allemagne, par ladite agression par terre, par mer et par les airs, et, d'une façon générale, tous les dommages tels qu'ils sont définis à l'Annexe I ci-jointe.

Art. 233. – Le montant desdits dommages, pour lesquels réparation est due par l'Allemagne, sera fixé par une Commission interalliée, qui prendra le titre de Commission des réparations et sera constituée dans la forme et avec les pouvoirs indiqués ci-après et aux Annexes II à VII ci-jointes [...]

Art. 428. – A titre de garantie d'exécution par l'Allemagne du présent Traité, les territoires allemands situés à l'ouest du Rhin, ensemble les têtes de pont, seront occcupés par les troupes des Puissances alliées et associées pendant une période de quinze années, à compter de la mise en vigueur du présent Traité.

Le texte ci-dessus ne présente qu'une faible partie d'un traité qui comporte plus de 400 articles, sans compter de longues annexes. Il est le résultat du travail gigantesque de la conférence de la Paix, qui a voulu à travers lui réorganiser l'Europe : écrasant pour l'Allemagne – pertes de territoires métropolitains et de la totalité de ses territoires coloniaux, forces militaires réduites à leur plus simple expression, démilitarisation et occupation d'une partie du territoire, « réparations » énormes, discriminations économiques, mise en jugement des principaux dirigeants, établissement de toute une série de contrôles... –, il est jugé toutefois insuffisant par une partie de l'opinion, française en particulier. Il n'en fut pas moins en partie inapplicable et très rapidement violé.

26. Les illusions du retour à la normale (1920-1930)

Les dix ans qui suivent le premier conflit mondial sont des années de retour à la normale ou tentent de l'être... Car le flot révolutionnaire se répand, reflue et s'installe dans l'Union soviétique ; les contre-révolutions l'emportent dans l'Europe pauvre ; et la démocratie, confirmée au Nord-Ouest, a perdu de son prestige. Pourtant, le rétablissement matériel et le règlement des problèmes nés de la guerre progressent : une stabilisation de cette Europe un peu effacée par rapport à l'avant-guerre est-elle alors possible ?

Les peuples ont souvent le sentiment qu'une fois la conflagration passée, la vie va pouvoir reprendre son cours normal, c'est-à-dire revenir à un avant que l'on a d'ailleurs tendance à idéaliser. Pour un pays victorieux comme la France, ce sentiment d'avoir à refermer la parenthèse ouverte par la guerre pour retrouver l'âge d'or de la Belle Époque est particulièrement fort. Les anciens combattants, si on suit Antoine Prost, ont soif de repos et de tranquillité. Fatigués d'être des héros, ils souhaitent une vie normale, la vie quotidienne de tous les jours. Mais si à la rigueur ce rêve était possible pour un peuple victorieux, dans la plupart des États d'une Europe bouleversée aussi bien sur les plans territorial, politique, social ou économique, l'heure était plutôt à la révolution.

Révolution et contre-révolution en Europe

En 1911, dans un discours au Reichstag, le vieux dirigeant social-démocrate August Bebel avait prophétisé que, si une grande guerre européenne avait lieu, elle serait le signal de la révolution. Cette prophétie faillit bien se réaliser.

La vague révolutionnaire. La vague révolutionnaire débuta par les révolutions russes. Les structures trop faibles de l'État en pleine mutation qu'était la Russie d'avant 1914 n'avaient pu résister aux difficultés de la guerre, d'autant que le tsar Nicolas II manquait des qualités nécessaires pour faire face à la situation. En 1915 et en 1916, on avait assisté à une véritable désintégration de l'État, sur les plans administratif, économique et social. Une opposition grandissante s'était développée dans la majorité des membres de la Douma, depuis la droite jusqu'à la gauche, avec comme objectif de se « débarrasser » de Nicolas II et de mettre en place un régime parlementaire. Mais cette opposition modérée fut prise de vitesse par le mouvement révolutionnaire qui jaillit littéralement des masses populaires accablées par les difficultés matérielles. Les manifestations commencées le 23 février (ancien calendrier russe) 1917 à Petrograd prirent rapidement un tour politique. Le 27 février, l'insurrection était victorieuse et, le 2 mars, le tsar abdiquait. Le même jour, un gouvernement provisoire dirigé par un prince libéral, le prince Lvov, se constituait. Mais ce gouvernement, pris entre des impératifs contradictoires – continuer la guerre pour respecter les obligations internationales, faire droit aux revendications paysannes sur la terre tout en respectant la légalité –, ne parvint pas à s'imposer. De crise en crise, la direction du gouvernement passa entre les mains d'un socialiste-révolutionnaire, Alexandre Kerenski, qui louvoya de plus en plus difficilement entre l'opposition de droite et la force grandissante du courant bolchevik. Rentré de Suisse en avril 1917, Lénine, qui avait été un des seuls dirigeants social-démocrates à appeler dès 1914 à la transformation de la guerre en guerre civile et avait maintenu cette position pendant la guerre lors des conférences de Zimmerwald (5-8 septembre 1915) et de Kienthal (24-30 avril 1916), rejeta toute collaboration avec le gouvernement provisoire. Son mot d'ordre était : tout le pouvoir pour les soviets. Au mois de septembre, il estima que les conditions étaient mûres pour un coup de force. Les bolcheviks, sous la direction de Trotski, étaient devenus majoritaires dans le soviet de Petrograd. Le 26 octobre, ils s'emparaient du pouvoir et un Conseil des commissaires du peuple était formé sous la présidence de Lénine.

Pour les dirigeants bolcheviks, leur victoire dans la « révolution d'Octobre » n'était qu'un accident heureux sur le chemin de la révolution mondiale. La révolution avait pu être contenue dans les autres pays tant que la guerre dura ; en revanche, une fois la guerre terminée, le mouvement révolutionnaire fit tache d'huile. Partant des équipages de la flotte, la révolution éclatait en Allemagne dans les premiers jours de novembre 1918. Le 9 novembre, presque au même moment, le socialiste majoritaire Scheidemann proclamait la République et le *spartakiste Karl Liebknecht une « république socialiste ». Un socialiste-révolutionnaire, Kurt Eisner, proclamait également une république en Bavière, qui se transformait bientôt en « république des conseils ». Une autre « république des conseils » voyait le jour en Hongrie, le 21 mars 1919, à l'initiative d'un socialiste proche des bolcheviks, Béla Kun. En ce même mois de mars 1919, Lénine créait à Moscou la IIIe Internationale, l'Internationale communiste, (le Komintern), dont l'objectif était de diriger la révolution mondiale. En France, la poussée révolutionnaire d'une partie du monde ouvrier s'exprimait au printemps 1919 dans une grande grève des métallurgistes, accompagnée de manifestations souvent très violentes et de très durs affrontements lors du 1er mai à Paris, et, en mai 1920, dans une nouvelle grande vague de grèves dont celle des cheminots fut la plus spectaculaire. En Italie, dès le printemps 1919, un vaste mouvement d'occupation des terres se produisit dans diverses régions, tandis que des grèves et des émeutes se déroulaient dans les villes industrielles. Au mois d'août 1920, les ouvriers occupaient un peu partout leurs usines, contrôlées par des comités élus et défendues par des milices baptisées « gardes-rouges ». L'exemple de la révolution bolchevique encourageait dans toute l'Europe l'élan ouvrier. Dans la guerre contre la Pologne, pendant l'été 1920, l'Armée rouge victorieuse s'approchait de Varsovie. Lénine prophétisait alors, devant les délégués réunis pour le deuxième congrès de l'Internationale, la victoire à court terme de la révolution. A la tête de l'Armée rouge, le général Toukhatchevski proclamait : « La route de l'incendie mondial passe sur le cadavre de la Pologne. »

Le reflux révolutionnaire. Celui-ci se produisit très rapidement : il commença bien avant que la vague révolutionnaire ait cessé de s'étendre, et les mouvements en sens contraire provoquèrent en quelque sorte un bouillonnement général. Les spartakistes, qui venaient de fonder le Parti communiste allemand, étaient vaincus lors de la « semaine sanglante » du 6 au 12 janvier 1919 à Berlin, et leurs chefs, Karl Liebknecht et Rosa Luxemburg, assassinés. Dans les semaines suivantes, la révolution échouait aussi dans le reste de l'Allemagne. Les combats reprenaient à Berlin au printemps, mais le mouvement révolutionnaire était à nouveau vaincu, ainsi que dans différentes villes où des « républiques des conseils » s'étaient constituées. La république des conseils de Bavière disparaissait au début de mai 1919. En Hongrie, elle n'avait duré que cent trente-trois jours et s'achevait le 1er août 1919, écrasée par les armées tchèque et roumaine. Les mouvements sociaux échouaient finalement en Italie et en France, où ils étaient durement réprimés (18 000 cheminots révoqués). En août 1920, l'Armée rouge était vaincue dans la bataille de la Vistule et la Russie soviétique devait signer, en mars 1921, avec la Pologne le traité de Riga qui lui était très défavorable. La défaite soviétique devant Varsovie marqua symboliquement la fin de la poussée révolutionnaire consécutive à la guerre. La révolution avait été partout battue, sauf en Russie, mais une Russie ravagée depuis le printemps 1918 jusqu'à la fin de 1921 par une guerre civile, doublée épisodiquement par l'intervention étrangère. Le pays était dans une telle situation que l'objectif de l'Internationale communiste devint de protéger la jeune république soviétique plutôt que d'être le moteur de la révolution. Un peu partout des partis communistes affiliés à la IIIe Internationale s'étaient constitués en Europe (congrès de Tours de Noël 1920 pour la France, congrès de Livourne de janvier 1921 pour l'Italie), mais à la suite de scissions à l'intérieur des partis socialistes, d'où, dans l'immédiat, un affaiblissement des mouvements ouvriers nationaux.

En Russie soviétique elle-même, l'élan révolutionnaire semblait atteint. Pour gagner la guerre, le pouvoir bolchevik avait dû mettre en place tout un système de contraintes baptisé le *communisme de guerre*, mais, une fois la guerre civile terminée, de nombreuses révoltes paysannes, celle des marins de Cronstadt montraient qu'il fallait desserrer l'étau. La *NEP (Nouvelle Économie politique), compromis entre une économie collectiviste et une économie libérale, permit de relancer l'économie du pays, d'abord l'agriculture qui était redevenue une activité libre, ensuite l'industrie. Progressivement la production retrouvait le niveau de 1913. Sur un autre plan, après la mort de Lénine en 1924, les dirigeants bolcheviks se déchiraient pour la conquête du pouvoir, particulièrement Staline, partisan de la construction du « socialisme dans un seul pays », et Trotski, qui voulait poursuivre la révolution mondiale. La victoire de Staline (Trotski fut expulsé d'URSS en 1929) symbolisa le repli de la révolution sur la Russie, en même temps d'ailleurs que la politique extérieure soviétique, après avoir obtenu la reconnaissance de l'URSS en 1924 par la plupart des pays européens, se détournait vers l'Extrême-Orient.

Malgré l'élan d'une partie des masses ouvrières, animées à la fois par la haine de la guerre et par la volonté d'établir un ordre social meilleur, la révolution avait été confinée au seul Empire russe : la guerre civile en Russie, la défaite de la révolution en Allemagne, où les masses ouvrières s'étaient tournées en majorité plutôt vers les socialistes modérés que vers les révolutionnaires, sont les principales explications de cette défaite de la révolution. Mais, d'un autre côté, l'ordre des choses fondé sur la démocratie – avec toutes ses limitations – s'était révélé infiniment plus résistant que ne l'avaient pensé Lénine, Trotski et les autres dirigeants bolcheviks.

Contre-révolution et démocratie libérale

La défaite de la révolution ne se traduisit pas partout par la victoire de la démocratie libérale, mais par celle de la contre-révolution. Les limites en sont assez faciles à déterminer : la démocratie libérale s'était maintenue ou l'emportait dans l'Europe « riche », la contre-révolution dans l'Europe « pauvre ». L'Europe faisait l'expérience que la démocratie libérale ne pouvait trouver son assise sans un important développement des classes moyennes, ce qui supposait l'existence d'une économie moderne.

La démocratie parlementaire. Dans l'Europe des années 20, la démocratie parlementaire fut, dans ces conditions, surtout le fait de trois pays : la France, l'Angleterre et l'Allemagne. En France et en Angleterre, la démocratie parlementaire n'eut qu'à poursuivre un cours qui n'avait pas été interrompu par la guerre. Dans un premier temps, en Angleterre les élections « kaki » de 1918 et en France les élections de 1919 donnèrent la prééminence à ceux qui se présentaient comme les continuateurs de l'esprit de la guerre, Lloyd George à la tête d'une coalition libérale-conservatrice à dominante conservatrice en Angleterre, Clemenceau, figure emblématique d'une coalition du centre et de la droite, le Bloc national, en France. Cette tentative de monopoliser la victoire n'était en réalité que la couverture d'une politique de droite, d'où le retour aux oppositions classiques, gauche contre droite. Cette opposition fut arbitrée comme d'habitude en France par le centre, dont les balancements permirent en 1924 la victoire du Cartel des gauches, puis en 1926 le retour au pouvoir de Raymond Poincaré, après les terribles difficultés financières rencontrées par le Cartel des gauches. A partir de 1926, et pour quelques années, la France entra dans une période de stabilité politique dont le point d'équilibre se trouvait au centre droit. En Angleterre, après la chute de Lloyd George en 1922, l'alternance classique put également reprendre. Néanmoins elle fut compliquée par la substitution progressive du Parti travailliste au Parti libéral. Le système britannique dut fonctionner avec trois partis pendant quelques années. La vie politique anglaise fut cependant encore plus profondément troublée par la gravité des questions économiques et sociales à résoudre, telle la grève générale de 1926, surtout après le rétablissement en 1925 de la convertibilité de la livre à sa parité de 1914.

En Allemagne, la démocratie parlementaire était à créer. Après les troubles révolutionnaires des premiers mois, une Assemblée constituante élue en janvier 1919 avait fondé une république parlementaire définie par la Constitution dite de Weimar (juillet 1919). Les premières années de la nouvelle république furent agitées (tentatives de coups de force d'extrême gauche ou d'extrême droite, assassinats politiques, mouvements séparatistes en Rhénanie, occupation de la Ruhr par la France...), mais, à partir de 1924, le pays se stabilisa sous la direction d'une majorité conservatrice et du maréchal Hindenburg, élu président de la République en 1925 malgré son peu de sympathie pour le régime républicain.

La démocratie parlementaire n'était donc pas sans montrer des signes de fragilité, mais elle s'affermit et s'équilibra à partir de la moitié des années 20.

La contre-révolution. Ailleurs, la contre-révolution l'emporta, et le signal fut donné en Italie. Dès la fin de la guerre, la démocratie libérale y traversa une grave crise. L'opinion avait été très déçue par les résultats de la guerre – l'Italie n'avait pu obtenir la Dalmatie qu'elle revendiquait –, par la gravité des problèmes économiques et sociaux, par l'instabilité ministérielle – quatre ministères en trois ans de 1919 à 1922. Une forte poussée révolutionnaire eut lieu dans un premier temps mais après l'échec de l'« offensive prolétarienne » de 1919 et de 1920, lorsque le mouvement ouvrier par ailleurs extrêmement divisé fut « au creux de la vague », le mouvement *fasciste se lança à l'assaut du pouvoir. Jusqu'alors groupuscule dirigé par Mussolini, un ancien dirigeant socialiste devenu nationaliste pendant la guerre, qui dénonçait les valeurs héritées du 19ᵉ siècle, rationalisme et libéralisme, au profit de la force, de la violence, de l'instinct, il obtint le soutien des milieux d'affaires, des propriétaires terriens, des classes moyennes effrayées par les mouvements révolutionnaires des mois passés. Utilisant des cadres venant de l'armée, voire de la police, recrutant beaucoup d'anciens combattants qui avaient de la peine à se réinsérer dans la société, il organisa la terreur contre les organisations ouvrières. Le Parti national fasciste, créé en novembre 1921, réunit dès sa fondation 700 000 membres ; il brisa par la force, en août 1922, une tentative de grève générale et, à la suite de la « marche sur Rome » que l'armée ne reçut pas l'ordre d'arrêter, Mussolini fut appelé à former le gouvernement, le 29 octobre 1922.

Ainsi, si la démocratie parlementaire avait pu contenir la révolution, elle était maintenant menacée sur sa droite. A défaut d'une imitation réelle du modèle fasciste, adapté à l'Italie qui se trouvait à mi-distance des pays économiquement avancés et des pays aux structures rurales traditionnelles, des régimes autoritaires ou semi-autoritaires se mettaient en place un peu partout en Europe centrale et méditerranéenne, après quelquefois une expérience brève de démocratie parlementaire. Il en fut ainsi en Hongrie sous la direction de l'amiral Horthy (1920), de Mgr Seipel en Autriche (1922), du général Primo de Rivera en Espagne, de Mustafa Kemal en Turquie (1923), du maréchal Pilsudski en Pologne (1926), de Salazar au Portugal (1928)... Un régime parlementaire ne parvenait guère à se maintenir qu'en Tchécoslovaquie, dont le développement économique expliquait des structures sociales originales en Europe centrale.

Prospérité et retour au calme

Dans l'immédiat néanmoins, lentement, progressivement, avec des retours de flamme, l'Europe sembla retrouver son calme, sinon la place qu'elle avait occupée, grâce au retour de la prospérité matérielle et au règlement des problèmes internationaux nés de la guerre.

Le retour à la prospérité matérielle. Celui-ci dépendait très largement de l'aide américaine, conséquence de l'affaiblissement de la position de l'Europe. Au sortir de la guerre, les États-Unis étaient devenus la première puissance financière mondiale, et la relance de l'économie des pays européens ne pouvait se faire sans crédits américains. Accordés assez généreusement par les banques américaines (7 milliards de dollars en deux ans, 1919 et 1920) contre l'achat de produits américains – machines, produits agricoles –, ils permirent le redémarrage de l'activité économique, mais avec de grandes différences d'un pays à l'autre. Par rapport à 1913, l'indice de la production industrielle fut en 1920 à 93 dans le Royaume-Uni, 70 en France et seulement 59 en Allemagne. La production resta toutefois globalement insuffisante par rapport aux besoins, ce qui explique la poursuite de l'inflation du temps de guerre, qui se faisait même sentir – assez faiblement – aux États-Unis. Ce fut pour freiner cette inflation que les États-Unis engagèrent une politique de réduction de crédits qui est sanctionnée, dès 1921, par une sévère crise économique. En outre, comme les différents pays n'adoptèrent pas la même politique financière – l'Allemagne s'abandonnait d'autant plus volontiers à l'inflation que cela la mettait dans l'impossibilité de payer les réparations –, restaurer la stabilité économique nécessitait de mettre fin à l'anarchie dans les cours des devises. Pour la première fois dans l'histoire, une conférence internationale (sans les États-Unis d'ailleurs) se réunissait à Gênes en avril-mai 1922 pour régler des problèmes économiques et monétaires. Elle décida que chaque pays devait parvenir à la stabilisation de sa monnaie et des prix par le contrôle du crédit. Chaque monnaie devait ensuite revenir à la convertibilité par l'intermédiaire du Gold Exchange Standard, qui remplaçait le Gold Standard, l'étalon-or. A défaut d'être convertible en or (faute des réserves nécessaires), une monnaie pouvait être convertible en une monnaie clef, elle-même convertible, qui dans l'immédiat ne pouvait être que le dollar. Dans la pratique, les décisions de la conférence de Gênes mirent plusieurs années à être appliquées. La stabilisation de la monnaie allemande eut lieu après la crise d'hyperinflation provoquée par l'occupation de la Ruhr. En août 1924, une nouvelle monnaie allemande était créée, le Reichsmark, à la parité du mark-or d'avant la guerre. En mai 1925, la convertibilité de la livre sterling fut rétablie avec sa parité également d'avant-guerre, mais ce ne fut qu'en juin 1928 que le franc français redevint convertible, à seulement 20 % de sa valeur de l'avant-guerre. Cette perte de 80 % de la valeur du franc était la matérialisation – légèrement excessive – du prix de la guerre. La lenteur et le désordre dans lesquels s'opéra la stabilisation monétaire des pays européens furent évidemment favorables à d'intenses spéculations.

Malgré tout, la période 1925-1929 donna l'impression de la prospérité. Les conséquences de la guerre semblaient liquidées, la croissance fut très élevée, pour certains pays du moins – 7,7 % en France entre 1921 et 1929, 5,7 % en Allemagne de 1925 à 1928, 2,8 % seulement pour le Royaume-Uni. L'automobile, qui devient accessible aux classes moyennes, connaît un grand essor, l'industrie électrique également – 3 millions de postes de radio sont vendus en Angleterre et en Allemagne en 1930. Néanmoins le recul de la place de l'Europe dans la production mondiale était sensible : 30,9 % en 1926-1929 de la production industrielle contre 38,1 % en 1913 pour la France, l'Allemagne, l'Italie et le Royaume-Uni ensemble. La hiérarchie des puissances industrielles européennes était toutefois restée la même, l'Allemagne en tête, en deuxième position le Royaume-Uni (avec un retard sensiblement plus grand), en troisième la France...

La prospérité retrouvée montrait tout de même des signes de fragilité. Liés davantage aux progrès de la productivité qu'à ceux de la main-d'œuvre employée, les progrès de l'industrie n'empêchaient pas le maintien d'un volant de chômage incompressible. Faible en France, le chômage ne fut jamais inférieur à 9 % de la population active en Angleterre, à 7 % en Allemagne, avec des pointes bien supérieures. Les progrès des industries nouvelles masquaient les difficultés des industries traditionnelles. Le commerce mondial progressait faiblement, ce qui affectait particulièrement les grands pays commerçants européens dont le déficit commercial s'aggravait. Ce déficit n'était plus compensé comme avant la guerre par les revenus des capitaux investis dans le monde, d'où un déséquilibre de la balance des comptes qui obligeait à un endettement croissant envers les États-Unis. La chute des prix agricoles après la guerre où ils s'étaient considérablement élevés rendait la condition paysanne difficile...

Les résultats de la prospérité étaient aussi différents suivant les pays européens. Le revenu national français était en 1929 d'un tiers supérieur à celui d'avant-guerre par tête d'habitant, le salaire réel d'un ouvrier britannique était de 17 % supérieur en 1929 par rapport à 1914, le revenu national de l'Allemagne était en 1929 de 66 % supérieur à celui de 1913 ! Mais, comme avant la guerre, il y avait toujours une Europe pauvre et une Europe plus riche. Les bouleversements de l'Europe balkanique et orientale avaient posé des problèmes économiques considérables. Mis à part la Tchécoslovaquie qui conservait une part notable du potentiel industriel de l'ancien Empire austro-hongrois, le secteur industriel, malgré des efforts de développement, n'avait pas augmenté sa place dans l'économie de ces pays qui restaient très majoritairement agricoles.

La stabilisation internationale. Elle suivit un rythme assez proche de celui de l'économie. Dans l'immédiat après-guerre, l'application des traités avait provoqué de nombreuses difficultés. Un plébiscite devait décider du sort de la Haute-Silésie, mais il ne put se dérouler qu'au milieu des batailles opposant combattants polonais et corps francs allemands. Ce fut seulement le 15 janvier 1922 que fut signé un accord qui – sous la pression française – favorisait la Pologne au détriment de l'Allemagne, pourtant victorieuse lors du plébiscite. La ville de Fiume était revendiquée par l'Italie : en septembre 1919, le poète nationaliste italien Gabriele d'Annunzio s'y installait avec ses partisans, mais il en était chassé en décembre 1920 et Fiume devenait une ville libre sous le contrôle de la SDN. Le traité de Sèvres avait donné à la Grèce la région de Smyrne, mais le gouvernement grec chercha à créer une Grande Grèce en mettant la main sur une partie de l'Asie Mineure. Une véritable guerre opposa la Grèce aux nationalistes turcs de Mustafa Kemal. La Grèce fut vaincue malgré le soutien britannique. Mustafa Kemal s'empara du pouvoir en Turquie dont il chassa le sultan. Le traité de Lausanne (24 juillet 1923) enlevait aux Grecs les territoires asiatiques qui leur avaient été attribués, et 1 300 000 Grecs de Turquie étaient échangés contre 500 000 Turcs de Grèce.

Ces divers problèmes territoriaux avaient considérablement alourdi l'atmosphère de l'après-guerre, d'autant qu'ils n'avaient pas opposé seulement les vainqueurs aux vaincus, mais souvent les vainqueurs entre eux. Néanmoins ce fut essentiellement la question des réparations qui mobilisa diplomatie et opinions publiques. Problème d'autant plus complexe à régler que ce fut, en même temps, une question franco-allemande – les gouvernements français voulant obtenir de l'Allemagne une application stricte des traités et cherchant de façon intermittente à profiter de la situation pour mettre la main sur la Rhénanie ou tout au moins la séparer de l'Allemagne –, une affaire franco-anglaise – les Anglais soupçonnant la France de vouloir substituer l'hégémonie française sur l'Europe à l'hégémonie allemande –, une affaire franco-américaine – la France voulant lier le paiement des réparations et le remboursement des dettes interalliées, ce que les Américains contestaient formellement –, une affaire américano-européenne – les Américains voulant utiliser leur puissance financière pour conduire les États européens à la réconciliation et mettre fin à leurs déchirements désastreux pour la paix du monde.

Une première grande crise éclata pour faire admettre aux Allemands le montant de la somme à payer. A la suite de l'« ultimatum de Londres » (mars 1921), ils acceptèrent le chiffre définitif de 132 milliards de marks-or, pour immédiatement faire savoir que leur situation économique les empêchait de payer. Le président du Conseil français Aristide Briand était prêt à se montrer conciliant (conférence de Cannes, janvier 1922), mais le président de la République, Alexandre Millerand, le contraignit à démissionner. Son successeur Raymond Poincaré revint à une politique de stricte exécution. Devant la mauvaise volonté allemande, Poincaré prit la décision d'occuper la Ruhr à titre de gage (11 janvier 1923). Le gouvernement allemand répondit par la « résistance passive » qui aboutit à l'écroulement de l'économie, symbolisé par l'inflation galopante : ce fut dans l'histoire de l'Allemagne l'« année inhumaine », en raison de la terrible misère d'une partie de la population. Mais la politique française était contestée par ses anciens alliés et sa situation financière était très mauvaise. Après que la défaite du Bloc national et la victoire du Cartel des gauches eurent contraint Raymond Poincaré à quitter le pouvoir, l'affaire de la Ruhr fut liquidée et la politique extérieure française, dirigée continûment de 1925 à 1932 par Briand, s'engagea dans la voie d'un rapprochement avec l'Allemagne, qui était également souhaité par le chancelier allemand Stresemann. Parallèlement à la stabilisation économique, l'Europe entrait dans la voie de la stabilisation internationale, mais c'était pour beaucoup la conséquence de la rentrée en force des États-Unis dans le jeu diplomatique. La stabilisation eut lieu en plusieurs étapes. En 1924, en échange de crédits américains, les Allemands acceptaient pour cinq ans le plan Dawes qui limitait et échelonnait les versements allemands au titre des réparations, d'autres accords prévoyant un échelonnement semblable pour le paiement des dettes interalliées (pour le remboursement des dettes françaises aux États-Unis, les accords Mellon-Bérenger furent signés en 1926). Deuxième étape en 1925, lors de la conférence de Locarno (5-16 octobre) : l'Allemagne reconnaissait ses frontières occidentales issues du traité de Versailles ; en contrepartie, elle entrait en 1926 à la SDN avec un siège permanent à son Conseil. En 1929, un nouveau plan, le plan Young, réduisait encore le montant des réparations et en échelonnait le paiement jusqu'en... 1988. En compensation la Rhénanie était évacuée par avance en 1930.

En 1928, la plupart des nations avaient adhéré au pacte Briand-Kellogg de renonciation éternelle à la guerre. Quel que soit le caractère utopique de ce document, on pouvait considérer que, dans l'esprit de la SDN, l'Europe était entrée dans une nouvelle ère : à l'ère des confrontations succédait celle de la « sécurité collective » et de l'arbitrage dont Briand s'était fait le champion... En 1929, Briand lançait même l'idée d'une Fédération européenne, mais cette idée se perdit rapidement dans les sables. Les antagonismes européens étaient plus camouflés que disparus : dans la détente, Stresemann voyait la possibilité pour l'Allemagne d'échapper aux obligations du traité de Versailles, mais la finesse de sa politique était mal perçue dans son pays où elle soulevait de violentes critiques ; pour la France, c'était au contraire la possibilité de sauvegarder l'essentiel des dispositions du traité de Versailles.

Les contemporains ont eu l'impression qu'à partir des années 1925-1926 on était revenu à la normale. C'était plus une apparence qu'une réalité.

Avant la guerre, l'Europe était assez homogène. Les différents États n'en étaient pas au même point d'évolution politique, mais pour les peuples la démocratie libérale apparaissait comme l'idéal à atteindre. Il n'en est plus de même après la guerre ; il y a en fait au moins trois Europes : l'Europe de la révolution, l'Europe de la contre-révolution, l'Europe de la démocratie parlementaire. Bien loin de régler les problèmes, la guerre les avaient multipliés. Cette désagrégation idéologique de l'Europe était une source nouvelle de faiblesse. L'Europe était profondément divisée et elle était plus fragile, à la fois sur les plans politiques ou économiques et sur celui des relations entre les États.

La culture, d'une certaine façon, reflète cette fragilité. La continuation de la peinture abstraite, l'expressionnisme allemand, avec le Bauhaus, le surréalisme manifestent que l'Europe conserve bien sa primauté dans ce domaine, mais le surréalisme, qui entend exprimer la révolte contre les valeurs morales et culturelles traditionnelles, est bien le témoin d'une époque qui a été trop ébranlée par la guerre pour retrouver son équilibre.

DOCUMENT 1

Résolution du Comité central exécutif pan-russe sur la situation internationale (3 octobre 1918)

« ...Les classes impérialistes des Empires Centraux sont en train de subir un échec catastrophique. La Bulgarie et la Turquie sont détachées de l'alliance. Le tour de l'Autriche-Hongrie est proche. A l'intérieur de l'Allemagne, l'instabilité est complète. Les classes dirigeantes hésitent devant l'alternative d'une dictature militaire ou d'un gouvernement parlementaire de Libéraux, de Catholiques et des Sociaux-Traîtres de la Social-Démocratie. Les impérialistes anglo-français, américains et japonais semblent à présent tout-puissants, tout comme l'Allemagne, six mois plus tôt, à l'époque de la paix de Brest-Litovsk. Après leurs nouvelles victoires, les conquérants alliés sont des ennemis encore plus dangereux et décidés de la République Soviétique [...] [Mais] le monde capitaliste glisse vers une époque de révolution sociale.

« Aujourd'hui, comme en octobre de l'an dernier et au moment des négociations de Brest-Litovsk, le gouvernement soviétique fonde toute sa politique sur la perspective de la révolution sociale dans l'un et l'autre camp impérialiste [...]

« Une dictature militaire en Allemagne est aussi incapable de détourner le cours des événements qu'une coalition parlementaire d'hommes d'affaires bourgeois et de laquais consentants. La classe ouvrière allemande se rapproche irrésistiblement du pouvoir. De ce fait, la lutte des impérialistes anglo-américains contre leurs homologues austro-allemands peut d'un jour à l'autre devenir une lutte de l'impérialisme contre l'Allemagne prolétarienne.

« Devant le monde entier, le Comité Central Exécutif déclare que, dans cette lutte, toute la Russie soviétique, avec toutes ses forces et tous ses moyens, soutiendra le pouvoir révolutionnaire en Allemagne contre ses ennemis impérialistes. Le Comité Central Exécutif ne doute pas que le prolétariat révolutionnaire de France, d'Angleterre, d'Italie, d'Amérique et du Japon serait dans le même camp que la Russie soviétique et l'Allemagne révolutionnaire.

« En attendant les événements révolutionnaires, qui se rapprochent rapidement, le Comité Central Exécutif considère que le premier devoir des ouvriers et des paysans de Russie est de redoubler d'efforts contre les misérables envahisseurs alliés et de préparer en même temps une assistance militaire active et une aide alimentaire pour les classes laborieuses d'Allemagne et d'Autriche-Hongrie [...

« Tous les corps administratifs centraux et locaux, les syndicats, les conseils d'usines [...] doivent prendre l'initiative d'actions pour participer à la création d'une puissante armée rouge et pour mobiliser des réserves de nourriture pour la révolution sociale. »

Izvestia, 4 octobre 1918,
cité dans *Soviet Documents on Foreign Policy*,
Londres, Oxford University Press, 1951, t. I, p. 111.

En octobre 1918, la victoire des Alliés sur les puissances centrales ne fait plus guère de doute, mais le Comité central exécutif pan-russe, organisme suprême des soviets, veut croire ou faire croire que la révolution va balayer impérialistes et capitalistes aussi bien dans les puissances victorieuses que dans les puissances vaincues. En attendant, néanmoins, il appelle à la constitution d'une forte Armée rouge pour résister aux agressions internes ou externes dont la révolution soviétique est menacée. Depuis une année, les révolutionnaires russes sont suspendus à l'idée de l'imminence de la révolution mondiale.

DOCUMENT 2

Locarno : acte final (16 octobre 1925)

Les représentants des Gouvernements allemand, belge, britannique, français, italien, polonais et tchécoslovaque, réunis à Locarno du 5 au 16 octobre 1925 en vue de rechercher d'un commun accord les moyens de préserver du fléau de la guerre leurs nations respectives et de pourvoir au règlement pacifique des conflits de toute nature qui viendraient éventuellement à surgir entre certaines d'entre elles [...]

Ont donné leur agrément aux projets de Traités et Conventions qui les concernent respectivement et qui, élaborés au cours de la présente Conférence, se réfèrent réciproquement les uns aux autres : [...]

ARTICLE PREMIER. – Les Hautes Parties contractantes garantissent individuellement et collectivement, ainsi qu'il est stipulé dans les articles ci-après, le maintien du *statu quo* territorial, résultant des frontières entre l'Allemagne et la Belgique et entre l'Allemagne et la France, et l'inviolabilité desdites frontières telles qu'elles sont fixées par ou en exécution du Traité de Paix signé à Versailles le 28 juin 1919, ainsi que l'observation des dispositions des articles 42 et 43 dudit Traité, concernant la zone démilitarisée.

ART. 2. – L'Allemagne et la Belgique et de même l'Allemagne et la France s'engagent réciproquement à ne se livrer de part et d'autre à aucune attaque ou invasion et à ne recourir de part et d'autre en aucun cas à la guerre.

Toutefois, cette stipulation ne s'applique pas, s'il s'agit :

1. De l'exercice du droit de légitime défense, c'est-à-dire de s'opposer à une violation de l'engagement de l'alinéa précédent ou à une contravention flagrante aux articles 42 ou 43 dudit Traité de Versailles, lorsqu'une telle contravention constitue un acte non provoqué d'agression et qu'en raison du rassemblement de forces armées dans la zone démilitarisée une action immédiate est nécessaire.

2. D'une action en application de l'article 16 du Pacte de la Société des Nations.

3. D'une action en raison d'une décision prise par l'Assemblée ou par le Conseil de la Société des Nations, ou en application de l'article 15, alinéa 7, du Pacte de la Société des Nations, pourvu que, dans ce dernier cas, cette action soit dirigée contre un État qui, le premier, s'est livré à une attaque.

ART. 3. – Prenant en considération les engagements respectivement pris par elles dans l'article 2 du présent Traité, l'Allemagne et la Belgique et l'Allemagne et la France s'engagent à régler par voie pacifique et de la manière suivante toutes questions, de quelque nature qu'elles soient, qui viendraient à les diviser et qui n'auraient pu être résolues par les procédés diplomatiques ordinaires.

Toutes questions au sujet desquelles les Parties se contesteraient réciproquement un droit seront soumises à des juges, à la décision desquels les Parties s'engagent à se conformer.

Toute autre question sera soumise à une Commission de conciliation et, si l'arrangement proposé par cette Commission n'est pas agréé par les deux Parties, la question sera portée devant le Conseil de la Société des Nations, statuant conformément à l'article 15 du Pacte de la Société ;

Les modalités de ces méthodes de règlement pacifique sont l'objet de conventions particulières signées en date de ce jour.

ART. 4. – 1. Si l'une des Hautes Parties contractantes estime qu'une violation de l'article 2 du présent Traité ou une contravention aux articles 42 ou 43 du Traité de Versailles a été ou est commise, elle portera immédiatement la question devant le Conseil de la Société des Nations.

2. Dès que le Conseil de la Société des Nations aura constaté qu'une telle violation ou contravention a été commise, il en donnera sans délai avis aux Puissances signataires du présent Traité, et chacune d'elles s'engage à prêter, en pareil cas, immédiatement son assistance à la Puissance contre laquelle l'acte incriminé aura été dirigé [...]

La signature du pacte de Locarno est le moment central des relations internationales dans les années 20. Voulue par le ministre français des Affaires étrangères, Aristide Briand, et le chancelier allemand, Gustav Stresemann, elle marque l'acceptation par l'Allemagne de ses frontières occidentales qui lui avaient été « imposées » par le Traité de Versailles. Dans la pratique cela ne change rien, mais « Locarno » apparut comme le symbole de la réconciliation franco-allemande et de l'établissement d'une ère de paix en Europe.

27. La crise des années 30

Du retour à la normale à l'explosion... La crise économique mondiale – et européenne – touche l'Europe au plus profond d'elle-même. Les démocraties, France, Angleterre, la traversent vaille que vaille. Mais les dictatures proposent des voies plus triomphantes. L'Europe éclatée de la dictature, de la démocratie et du communisme va à la tragédie.

Avec le recul des temps, les dernières années 20 sont apparues comme des années heureuses (relativement) pour l'Europe, mais elles ne furent qu'une brève parenthèse. En peu de temps, les effets de la crise mondiale sur une Europe beaucoup plus fragile qu'il ne pouvait sembler, et loin d'être guérie du traumatisme de la Grande Guerre, la menaient aux portes d'un nouveau cauchemar.

La crise économique mondiale

Le mécanisme. Plus les années passent, plus les travaux se multiplient, plus les origines de la crise économique mondiale qui éclate à la fin de 1929 deviennent obscures. L'écroulement boursier de Wall Street, commencé le mercredi 23 octobre 1929, longtemps considéré comme le point de départ de la crise, a tendance à devenir un événement emblématique, symbole de la crise sans en être particulièrement le responsable. Conséquence de cette réévaluation, les « responsabilités » américaines dans la crise et de son extension au monde diminuent au profit d'explications qui mettent en cause les déficiences des économies européennes, sans omettre les effets de l'héritage de la guerre qu'était le paiement des réparations et des dettes interalliées.

L'établissement du « triangle » financier avait été l'un des éléments clefs de la stabilisation de l'Europe : les banques américaines prêtaient de l'argent à l'Allemagne, celle-ci pouvait ainsi payer les annuités de réparations qu'elle devait, ce qui permettait à la France de rembourser ses dettes de guerre aux États-Unis. Si l'on ajoute que le déficit du commerce des pays européens ne pouvait être compensé que par d'autres prêts américains, on conçoit que tout l'équilibre économique du monde, et partant de l'Europe, était fondé sur un flux constant de capitaux entre les États-Unis et l'Europe. Le courant principal de ce flux circulait entre New York et Berlin. Entre 1924 et 1929, l'Allemagne reçut près de 2,5 milliards de dollars venant des États-Unis, plus une somme équivalente prêtée par la Grande-Bretagne, la Suisse, les Pays-Bas... L'Allemagne avait ainsi reçu plus qu'elle n'avait dû payer au titre des réparations, ce qui explique son grand dynamisme économique, mais aussi l'importance de son endettement. En 1930, l'Allemagne devait 15 milliards de Reichsmarks, dont 12 exigibles à court terme. L'endettement international à court terme était évalué à 14 milliards de dollars, le créancier étant pour l'essentiel les États-Unis, les débiteurs, les pays européens et particulièrement l'Allemagne. A partir du moment où se produisit un coup de frein sérieux, voire un retrait de prêts américains à court terme, la situation financière de l'Allemagne devint très délicate. Or, en 1931, cet endettement international n'était plus que de 9 milliards, en 1933 de 6,4 milliards. Cette contraction des prêts à court terme eut des conséquences rapides, même si, en compensation pour l'Allemagne, le « moratoire » d'une année sur le paiement des dettes intergouvernementales proposé par le président américain Hoover, et qui débuta le 20 juin 1931, l'allégea du paiement de son annuité de réparations (1,8 milliard de marks-or).

L'extension dans les différents pays. La faillite de la plus grosse banque autrichienne, le Kredit Anstalt de Vienne, le 14 mai 1930, fut la première manifestation éclatante des difficultés financières provoquées en Europe par la crise américaine, aggravée dans ce cas par l'attitude de la France, qui aurait eu les moyens de soutenir l'Autriche et qui ne le fit pas, en raison d'un projet d'union douanière austro-allemande auquel elle s'opposait. Dans l'atmosphère du moment, la faillite de la banque viennoise provoqua un mouvement de panique en Autriche qui se répercuta en Allemagne, d'autant qu'existaient des liens financiers étroits entre les deux pays. Néanmoins la crise financière allemande fut davantage parallèle à la crise autrichienne qu'elle n'en fut la conséquence. Les trois plus grandes banques allemandes furent durement affectées par les retraits de fonds dès juin 1930, et, le 13 juillet 1930, l'une d'entre elles, la Danat Bank, faisait faillite. Pour essayer de ramener le calme et stopper la vague des retraits, toutes les banques allemandes étaient fermées le 14 juillet pour trois jours. Dès la mi-juillet, les banques britanniques avaient été touchées à leur tour par les retraits de fonds. Pour sauver les réserves d'or de la Grande-Bretagne, le 22 septembre, le gouvernement britannique suspendait la convertibilité de la livre. Le système monétaire établi après la guerre avait vécu. Face à cette situation, le souci de la plupart des gouvernements européens fut, au moins dans un premier temps, de pratiquer une politique de déflation pour sauver la monnaie. Politique paradoxale parce que les prix avaient plutôt tendance à baisser qu'à augmenter, mais qui s'explique par l'idée généralement admise que tout l'équilibre économique dépendait de la stabilité des monnaies. Elle se traduisit par une diminution des dépenses de l'État et par des hausses des taux d'escompte qui diminuaient les possibilités de crédit. Le résultat en fut une contraction de l'activité économique. C'est en Allemagne, où les souvenirs de la crise d'hyperinflation de 1923 étaient les plus cuisants, que le chancelier Brüning appliqua la politique de déflation la plus rigide. Elle entraîna une baisse considérable de l'activité économique et, partant, une montée très rapide du chômage : par rapport à 1928 (indice 100), le revenu national descendait à 91,4 en 1931, à 58,8 en 1932. Les chômeurs, qui étaient déjà 1 900 000 en 1929, étaient 3 100 000 pendant l'été 1930, 4 400 000 en 1931, 5 600 000 en 1932, 6 millions au début de 1933, un salarié sur trois...

Si l'Allemagne fut au centre du cyclone, à l'intérieur de l'Europe riche, le Royaume-Uni fut aussi gravement touché, mais la crise ne fit que se superposer aux dix années de difficultés que l'Angleterre venait de traverser. Les industries anciennes furent les plus durement frappées : sidérurgie (48 % de chômeurs en juin 1932), constructions navales (62 %), mines (40 %). Au total, les chômeurs étaient 1 500 000 en janvier 1930, 2 millions en juillet, 2 500 000 en janvier 1931, le record de 2 955 000 étant atteint en janvier 1933. En réalité il est probable que le chiffre réel fut de 3 750 000.

On considère traditionnellement que la France a été atteinte par la crise plus tard que les autres pays, moins profondément, mais aussi plus longtemps. On a tendance à modifier à l'heure actuelle ce point de vue et à mettre en évidence toute une série de signes d'un fléchissement précoce de l'activité, dissimulé par la solidité de la monnaie due à un stock d'or particulièrement élevé et par le faible niveau, officiellement du moins, du chômage. En réalité les statistiques établies alors sont peu sûres, et, faute de travail, de nombreux ouvriers étrangers étaient repartis très rapidement. Néanmoins le plein emploi est encore assuré en 1931 – au moins pour les travailleurs français –, le nombre de chômeurs secourus n'est que de 332 000 en janvier 1934 et officiellement de 500 000 en février 1935, mais peut-être de 900 000. En tout cas, ces chiffres sont beaucoup plus faibles que chez les deux grands voisins. En revanche, en 1934 le chômage augmentait encore en France, alors qu'il régressait ailleurs. En outre, la crise frappa les classes moyennes urbaines – les revenus des entreprises ont diminué d'un quart dès 1931 – et la paysannerie, plus que dans les autres pays.

L'Europe pauvre, l'Europe centrale et orientale, ne resta pas à l'abri de la crise, mais ses effets ont été très divers. L'effondrement des prix agricoles a touché très durement ces pays à dominante agricole, surtout lorsqu'ils étaient exportateurs : ainsi la Roumanie, exportatrice de blé et de bétail, vit son revenu agricole baisser de 57,6 %. La crise dans le domaine industriel fut moins sensible, sauf en Pologne à la suite de la chute des ventes de charbon et en Tchécoslovaquie où la production industrielle diminua de 40 %, mais – sans compter le chômage rural – le chômage ouvrier put être très élevé : plus de 600 000 chômeurs en Tchécoslovaquie en 1933, 300 000 en Hongrie... D'une façon générale, l'effondrement du commerce extérieur fut plus accentué en Europe centrale et orientale que dans le reste de l'Europe.

Au total, même si ce fut de façon variable d'un pays à un autre et suivant des rythmes différents, l'économie européenne fut littéralement ravagée. Jamais dans le passé une crise n'avait eu des effets aussi répandus. Personne ne fut véritablement à l'abri. Les conséquences sociales ont été effrayantes par la longueur et la profondeur de la vague de chômage. Il était impossible dans ces conditions que la vie intérieure des États et les relations internationales n'en soient pas profondément perturbées.

La montée du totalitarisme et la faiblesse des démocraties

Le début des années 20 avait été dominé par le combat entre la démocratie libérale et la révolution. La démocratie libérale en était sortie victorieuse, non sans avoir laissé se développer sur sa droite une ébauche de régime totalitaire en Italie et une série de régimes plus ou moins autoritaires. Avec les années 30, malgré la grande crise du système capitaliste qui aurait pu donner argument et force aux mouvements révolutionnaires, la révolution n'est guère menaçante, même si le péril en est souvent agité par les partisans des régimes autoritaires, même si les partis communistes se renforcent en Allemagne, en France, bientôt en Espagne. Deux raisons peuvent l'expliquer au moins en partie. Première raison : l'Union soviétique avait renoncé pour le moment à l'extension de la révolution, sauf circonstance particulière, et se consacrait surtout à son développement interne. Staline, victorieux dans la compétition qui l'avait opposé aux autres dirigeants bolcheviks, mit fin à la NEP et lança l'URSS, à partir de 1928, dans la construction d'une économie socialiste et planifiée. Cette politique se traduisit par la collectivisation très rapide de la totalité de l'agriculture, par l'extermination des *koulaks et par une industrialisation à marche forcée du pays au rythme des *plans quinquennaux. Premier plan quinquennal de 1928 à 1932, suivi d'un deuxième de 1932 à 1936, et d'un troisième interrompu par la guerre en 1941. Sur le plan politique, Staline avait progressivement établi une dictature implacable, appuyée sur une véritable terreur qui débuta en 1934, atteignit son apogée entre 1936 et 1938 et prit des proportions gigantesques à l'encontre des opposants vrais et surtout supposés. Deuxième raison : la tactique « classe contre classe » imposée par le Komintern aux partis communistes. En les obligeant à faire de la social-démocratie leur adversaire principal, elle les isolait et elle affaiblissait les forces ouvrières. Cette tactique ne fut remplacée par celle des fronts populaires qu'à partir de 1934, après que la victoire du nazisme et la destruction en quelques semaines du puissant parti communiste allemand en eurent démontré l'inanité. La politique de l'Internationale avait grandement facilité les succès des systèmes autoritaires de droite.

Le nazisme en Allemagne. Ce n'est pas la crise économique qui a donné naissance au nazisme. Créé en 1920, le Parti national-socialiste des ouvriers allemands (NSDAP) n'était qu'un groupuscule nationaliste parmi d'autres à qui Hitler, par ses dons d'organisateur et de tribun, donna une certaine importance en Bavière. Dans cette période troublée de la république de Weimar, ce groupe fut de tous les complots contre la république jusqu'à la tentative de putsch de 1923 à Munich. Emprisonné, Hitler écrivit *Mein Kampf* dans lequel il précisa l'idéologie nazie. Elle devait être fondée sur l'idée de race et sur celle qu'un peuple fort avait le droit d'éliminer les plus faibles. L'État avait donc le devoir d'être *raciste* et de maintenir la supériorité de la race aryenne, en empêchant le métissage et en éliminant les éléments étrangers qui pouvaient en affaiblir la cohésion interne, au premier chef les juifs et le socialisme marxiste, mais aussi le catholicisme et le libéralisme. Le libéralisme était condamné sur le plan économique et les puissances d'argent vigoureusement stigmatisées, mais il l'était encore davantage sur le plan politique : l'État devait être antiparlementaire, antidémocratique, fondé sur le *principe du chef* appuyé sur le parti unique.

Au plan extérieur, le devoir de l'État était de défendre la communauté raciale, et pour cela de rétablir la puissance de l'Allemagne, en faisant disparaître toutes les entraves nées des traités. Mais il fallait également donner au peuple allemand l'*espace vital* dont il avait besoin, en reprenant les chemins du passé germanique, l'expansion vers l'est. Au préalable, la destruction du système de Versailles passait par l'élimination de la France. On peut retenir trois idées qui ne varièrent pas : la destruction de la démocratie, l'antisémitisme, la nécessité de la guerre, mais le levier du Parti nazi fut le nationalisme.

Une fois sorti de prison, Hitler se consacra à l'organisation du Parti nazi, qu'il concevait comme un parti-État et un parti-société, disposant de sa propre force militaire, les * SA, et prêt le jour venu à doubler l'État et la Société et à se substituer à eux. Idée fondamentale, parce que le parti ainsi conçu était l'instrument indispensable de la mise en place et le meilleur signe de l'existence d'un système totalitaire. Néanmoins, dans l'immédiat, la stabilisation de l'Europe et le redressement de l'Allemagne à partir de 1924 furent peu favorables à la diffusion des idées nazies. Lors des élections de 1928, les nazis obtinrent 2,8 % des suffrages et 12 députés. Le Parti nazi était encore une coquille vide.

Sans la crise il est tout à fait possible que cette situation n'ait pas changé ; la crise fut la chance de Hitler. Sur des masses allemandes désemparées, la propagande nazie, appuyée par la terreur que faisaient régner les SA au fur et à mesure de leur renforcement, aidée par la crise politique due à l'impossibilité pour le chancelier Brüning de réunir une majorité, fit merveille. Le Parti nazi connut une croissance fulgurante ; des flots d'adhérents et d'électeurs venus principalement des classes moyennes et de la paysannerie le rejoignirent. Dès septembre 1930, les nazis obtenaient 6 407 000 voix,

18,3 % des voix et 107 députés, 13 779 000 voix – le premier grand succès électoral de Hitler –, 37,3 % et 230 sièges en juillet 1932. Paradoxalement, ce fut après de nouvelles élections, en novembre 1932, qui marquèrent un certain recul du Parti nazi, que le président de la République, le maréchal Hindenburg, nomma Hitler chancelier, le 30 janvier 1933. Le premier gouvernement présidé par Hitler ne comprenait qu'une minorité de ministres nazis et une majorité de ministres conservateurs : cela n'allait pas l'empêcher de réaliser très vite le programme annoncé, à la grande surprise de ceux qui croyaient que ce n'était que discours de propagande. En environ deux ans, le régime totalitaire était réalisé : disparition de la démocratie, concentration de tous les pouvoirs entre les mains de Hitler, le Parti nazi devenu le parti unique, embrigadement de la population dans des organisations diverses comme le Front du travail, prise en main de la police par la Gestapo, ouverture des camps de concentration pour y enfermer les communistes, les socialistes, les démocrates, violences de toutes sortes contre les juifs exclus de la nation allemande par les lois de Nuremberg, mise au pas des forces nazies divergentes comme les SA (« nuit des longs couteaux », 30 juin 1934).

A la mort de Hindenburg, au mois d'août 1934, Hitler fusionne les deux fonctions de chancelier et de président de la République sous le nom unique de *Reichsführer.* Cela faisait de lui le chef de l'armée, qui était également mise au pas et dont un nombre grandissant de jeunes officiers étaient nazis. Hitler était le maître absolu de l'Allemagne, mais, en dehors de grandes directives, il ne s'occupait véritablement que de deux choses, de la politique raciste contre les juifs et de la politique extérieure.

La faiblesse des démocraties. Face à une Allemagne que les nazis redressent très rapidement, y compris sur le plan économique, et qui affirme sa force nouvelle, les démocraties étalent leurs faiblesses. Gouverné de façon permanente par les conservateurs de 1931 à la guerre, d'abord sous les apparences d'un gouvernement d'union nationale dirigé par le travailliste Ramsay MacDonald, puis par Stanley Baldwin à qui succède Neville Chamberlain, le Royaume-Uni connaît toutefois une reprise économique sensible. En revanche le déclin de la France a d'autant plus de retentissement qu'elle symbolisait l'Europe d'après Versailles, le « système français ».

La crise française dans cette période est multiforme. Crise économique : la reprise économique n'aura pas lieu avant 1938. En 1939, l'activité économique n'aura pas encore retrouvé le niveau de 1930 ! Crise politique : les divisions de la droite et celles de la gauche aboutissent à un véritable blocage des institutions. Les radicaux, vainqueurs en 1932, comme ils l'avaient été en 1924, grâce au concours de socialistes, sont incapables de gouverner parce que leurs conceptions économiques sont à l'opposé de celles des socialistes. Crise idéologique : non seulement les courants politiques traditionnels sont déchirés par des tentatives de rénovation (« jeunes-turcs » du Parti radical, « néos » du Parti socialiste, néo-libéralisme visant à une réforme de l'État d'André Tardieu), mais les ligues d'extrême droite, qui mettent en cause la nature même du régime parlementaire, prennent une importance croissante. En fait la fraction de l'opinion, si l'on y ajoute le Parti communiste, qui ne croit plus au régime tel qu'il est et qui rejette le parlementarisme, ne cesse de grossir. Le trouble général est symbolisé par la violence des émeutes provoquées par les ligues en 1934. En 1936, le Front populaire échoue sur le plan économique et se désagrège rapidement devant la méfiance des classes moyennes. Le pays en sort plus divisé que jamais entre ceux pour qui le Front populaire était apparu comme le point de départ de l'émancipation sociale, et ceux qui ne voyaient en lui que l'annonce de la révolution, voire de la guerre.

Pour des raisons d'ailleurs différentes – le système parlementaire n'est guère remis en cause en Angleterre –, les deux grandes démocraties n'apparaissent guère en état de faire contrepoids au nazisme. La France se place de plus en plus à la remorque d'une Angleterre dont les dirigeants sont de « vieux messieurs » peu enclins à agir.

La continuation de la poussée autoritaire. La faiblesse des démocraties et la force grandissante du nazisme ne pouvaient qu'encourager la poussée autoritaire discernable en Europe dès les années 20.

En Italie le système fasciste se renforce ; l'encadrement des masses, l'enrégimentement des esprits se font de plus en plus stricts. Les dernières traces de démocratie disparaissent avec la dissolution de la Chambre des députés, remplacée en 1938 par la Chambre des faisceaux et des corporations. La crise économique, d'autant plus sévère en Italie que la lire pour des raisons de prestige avait été fixée à un niveau trop élevé, bien loin d'affaiblir le régime, lui a permis d'accroître sa mainmise sur l'appareil de production. Propagande incessante, police politique qui réprime toute opposition et contraint à l'exil de nombreux antifascistes, le régime italien se rapproche du totalitarisme sans réaliser toutefois sa presque perfection comme en Allemagne. Avec la conquête de l'Éthiopie, en 1936, il atteint le sommet de sa popularité. Sans souhaiter participer massivement à l'aventure, les Italiens ne sont pas insensibles à ce que le fascisme ait fait de l'Italie un pays qui compte. Le fascisme n'avait pas souhaité essaimer – du moins au début –, mais dans de nombreux pays européens des groupes fascistes plus ou moins importants se créent. Des régimes autoritaires avec quelquefois des ébauches de parti unique se multiplient également : en Espagne où le général Franco l'emporte sur la République à la suite d'une longue guerre civile (1936-1939), en Grèce avec le général Metaxas (1936), en Pologne avec le colonel Beck qui succède au maréchal Pilsudski (1935), en Autriche avec Dollfuss (1933). Plusieurs souverains s'adjugent tous les pouvoirs : Boris III en Bulgarie (1934), Carol II en Roumanie (1930)...

En 1939, la démocratie libérale a fondu comme une peau de chagrin, et, là où elle s'est maintenue, elle n'est guère vaillante.

La montée des périls

Les états d'esprit en Europe et le révisionnisme de Hitler. Alors que la fin des années 20 avait été marquée par les efforts de compréhension entre les pays européens, par l'adhésion de la plupart d'entre eux à l'idée de la sécurité collective, la crise économique changea totalement l'atmosphère européenne. Pour essayer de sortir de la crise, chaque État chercha des solutions sans guère se soucier des autres, d'où un développement des égoïsmes nationaux et un durcissement des rapports entre les États. Avant même que les nazis soient arrivés au pouvoir, mais dans une certaine mesure sous leur pression et celle des courants nationalistes, l'Allemagne avait cherché à profiter des circonstances pour se libérer de toutes les entraves et limitations qui lui avaient été imposées par le traité de Versailles et qu'une partie de l'opinion rendait responsables de ses difficultés. Ce fut d'abord la *fin des réparations.* Pour sauver la république de Weimar, le gouvernement français accepta, lors de la conférence de Lausanne, en juin 1932, que l'Allemagne verse une dernière somme forfaitaire de 3 milliards de marks-or (qui ne fut d'ailleurs jamais payée) et qu'il en soit terminé. Au total, sur les 132 milliards de francs-or prévus, il en avait été versé 22, dont un peu moins de 9 à la France ! Ce « révisionnisme feutré » s'était traduit, en mars 1931, par la tentative (qui échoua) d'une union douanière avec l'Autriche qui aurait été la préfiguration de l'union des deux États. Dans cette même année, l'Allemagne parvint à conclure des accords commerciaux préférentiels avec la Roumanie et la Hongrie, assurant son influence dans les Balkans au détriment de la Petite Entente, alliance de la Yougoslavie, de la Roumanie et de la Tchécoslovaquie organisée par la France en 1921. L'attitude de l'Allemagne, lors de la conférence du désarmement ouverte à Genève sous l'égide de la SDN le 2 février 1932, fut encore une manifestation de cette volonté de révision des traités. Face aux différents plans de désarmement, l'Allemagne exigea d'obtenir l'*égalité des droits* avant toute discussion c'est-à-dire, dans la pratique, qu'elle ait le droit de commencer par réarmer ! – ce qu'elle obtenait au mois de décembre.

L'arrivée de Hitler au pouvoir se traduisit donc moins par un changement de conception de la politique étrangère, que par le passage d'un révisionnisme feutré à un révisionnisme clairement affirmé. Hitler voulait le plus tôt possible un réarmement massif de l'Allemagne. Prenant prétexte de di férences d'interprétation sur le principe de l'égalité des droits, il annonçait simultanément, le 14 décembre 1933, que l'Allemagne quittait la conférence du désarmement et la SDN. Jusqu'en 1936, il y eut harmonie entre les objectifs immédiats de Hitler et ceux des milieux dirigeants traditionnels, armée et milieux d'affaires. Ils voulaient rendre à l'Allemagne sa puissance militaire, mais sans pour autant se lancer dans la voie dangereuse de la conquête de l'« espace vital ». Le rétablissement du service militaire obligatoire, le 16 mars 1935, allait dans ce sens. A partir de 1936, il n'en fut plus de même. Le pouvoir de Hitler est maintenant consolidé. Sans se soucier des milieux traditionnels, il peut se lancer dans une politique offensive sur le plan international.

Le plan de quatre ans, qui engage l'économie dans la voie du dirigisme et de l'autarcie dans le but de la préparation de la guerre, est adopté à la fin de 1936. Le ministre de l'Économie, Schacht, qui avait réussi le relèvement de l'Allemagne depuis 1933, est remplacé par Hermann Goering, un proche de Hitler. Les initiatives se multiplient et s'accélèrent. Le 7 mars 1936, la Rhénanie est remilitarisée. L'Espagne devient le terrain d'expérimentation des nouveaux matériels et méthodes de guerre allemands. Le 13 mars 1938, Hitler réalise l'*Anschluss* de l'Autriche. A la suite des accords de Munich (30 septembre 1938), l'Allemagne annexe la région des Sudètes puis, le 15 mars 1939, ce qui restait de la Tchécoslovaquie. Le 1er septembre 1939, l'armée allemande envahissait la Pologne.

La réaction des États européens. Quelle fut, face à la politique de Hitler, l'attitude des autres États européens ?

Dans un premier temps Mussolini avait considéré Hitler comme un pâle imitateur et se méfiait de ses projets. L'Italie joua un rôle important dans l'échec d'une première tentative d'*Anschluss*, en 1934 ; en 1935, elle était encore prête à former avec la France et l'Angleterre un front antihitlérien. Le manque de « compréhension » des démocraties envers sa politique éthiopienne, le désir d'avoir une grande politique méditerranéenne, la solidarité commune envers les nationalistes espagnols et la place considérable tenue en Espagne par des forces italiennes aux côtés de Franco rapprochèrent l'Italie de l'Allemagne. En octobre 1936, une série de protocoles, sorte d'entente cordiale entre les deux pays, étaient baptisés par Mussolini « axe Rome-Berlin », mais ce fut seulement le 22 mai 1939 que fut conclue l'alliance en bonne et due forme du « pacte d'Acier ». Entre-temps, le rapport de puissance entre les deux pays était devenu tel que l'Italie ne pouvait plus être que subordonnée à la politique allemande.

C'était toutefois l'attitude de la France et de l'Angleterre en tant que garants de l'ordre de Versailles qui était décisive. La politique britannique fut relativement simple : certaines revendications allemandes, comme la remilitarisation de la Rhénanie ou l'union avec l'Autriche – même si elles étaient en contradiction avec les traités –, ne lui semblaient pas déraisonnables, d'où jusqu'en 1939 la conviction qu'en ne s'y opposant pas on désarmerait et on adoucirait le dictateur allemand. Ce fut la politique de l'*apaisement* poursuivie avec constance par Baldwin, puis par Chamberlain.

La politique française fut plus complexe. Dès l'arrivée au pouvoir de Hitler, certains hommes d'État français furent persuadés que, face à cette renaissance du danger allemand, la politique de sécurité collective chère à Briand, mort en 1932, était périmée. Louis Barthou, ministre des Affaires étrangères depuis février 1934, s'employa à rétablir l'alliance de « revers » de la France par un rapprochement avec l'URSS. Après sa mort – Barthou fut tué lors de l'attentat qui, le 9 octobre 1934, coûta la vie au roi de Yougoslavie Alexandre Ier –, cette politique est poursuivie mollement par Pierre Laval. Une alliance était signée entre la France et l'Union soviétique en mai 1935, mais dépourvue de convention militaire, ce qui lui ôtait beaucoup de sa signification. A partir de ce moment, la politique extérieure française ne fut plus qu'une suite d'abandons devant les exigences allemandes : politique de « décadence » (Jean-Baptiste Duroselle), qui s'explique par la peur panique de ne pas être soutenu par les Anglais et est donc totalement à leur remorque (« la gouvernante anglaise », a dit François Bédarida). En apparence, les politiques anglaise et française sont proches l'une de l'autre, mais dans un cas elle fut assumée consciemment, dans l'autre elle ne fut que l'expression d'une faiblesse justifiée par une opinion publique viscéralement pacifiste.

Restait l'Union soviétique, dont la politique balança entre deux pôles : son hostilité au nazisme qui de son côté s'affirmait furieusement antibolchevique, et son hostilité au système de Versailles dont elle avait été l'une des victimes. Dans un premier temps, elle privilégia la donnée « antifasciste » et elle s'engagea fortement aux côtés des républicains espagnols, mais, déçue par le comportement des démocraties en Espagne et par sa mise à l'écart de la conférence de Munich, convaincue de la faiblesse des démocraties et de la force de Hitler, elle préféra, à partir de 1939, se rapprocher de l'Allemagne. La signature du pacte germano-soviétique le 23 août 1939, dont l'esprit était le partage de l'Europe orientale entre les deux contractants, permit à Hitler d'envahir la Pologne le 1er septembre 1939. Pour faire face à leurs engagements envers la Pologne, l'Angleterre et la France entrèrent en guerre à la grande surprise de Hitler. Ce qui ne devait être dans sa pensée qu'une étape supplémentaire de la progression allemande en Europe devenait ainsi le premier acte d'une nouvelle grande guerre européenne, qui, en moins de deux ans, se transformait en une guerre mondiale.

Pendant les années 30, l'Europe a volé en morceaux. La crise économique fut le détonateur d'une crise politique, idéologique, morale... Jusqu'en 1914 et dans une certaine mesure jusqu'au début des années 30, il n'existait certes pas d'Europe, mais il y avait un modèle européen. En 1939, pour le petit continent européen écartelé entre le communisme, le fascisme et la démocratie, la crise des années 30 s'achève dans une nouvelle tragédie, dans laquelle il allait jouer dans l'horreur son histoire bimillénaire.

DOCUMENT 1

Les lois de Nuremberg (15 septembre 1935)

Pénétré de la conscience que la pureté du sang allemand est la prémisse de la perpétuation du peuple allemand, et inspiré de la volonté indomptable d'assurer l'avenir de la nation allemande, le Reichstag a adopté à l'unanimité la loi suivante, qui est proclamée par les présentes :

§ 1. Les mariages entre Juifs et sujets de sang allemand ou assimilé sont interdits.

§ 2. Le rapport extra-marital entre Juifs et sujets de sang allemand ou assimilé est interdit.

§ 3. Les Juifs ne peuvent pas utiliser au service de leur ménage les femmes de sang allemand ou assimilé âgées de moins de quarante-cinq ans.

§ 4. Il est interdit aux Juifs de pavoiser aux couleurs allemandes nationales. Par contre, ils peuvent pavoiser aux couleurs juives : l'exercice de ce droit est protégé par l'État.

§ 5. Les infractions au § 1 seront sanctionnées par une peine de réclusion. Les infractions au § 2 seront sanctionnées par une peine d'emprisonnement ou une peine de réclusion.

Cité dans Léon Poliakov, *Le Bréviaire de la haine*, Paris, Calmann-Lévy, 1951, p. 4 et 5.

Dans la pensée et l'action de Hitler, l'antisémitisme n'est pas un aspect marginal, mais occupe une position tout à fait centrale, qui va bien au-delà de l'idée de faire du juif un bouc émissaire des difficultés de l'Allemagne. Jusqu'à la guerre, toutefois, l'objectif n'est pas de les exterminer, mais de les obliger à quitter l'Allemagne. Très peu de temps après l'arrivée de Hitler au pouvoir, les premières mesures discriminatoires les frappent, comme l'exclusion des fonctions publiques et de la vie intellectuelle ; en 1935, les lois de Nuremberg leur enlèvent la citoyenneté allemande ; on leur interdit ensuite l'exercice des professions libérales. L'assassinat à Paris d'un diplomate allemand par un jeune juif provoque le déchaînement des violences de la « nuit de cristal » (9-10 novembre 1938), suivi par une persécution systématique : exclusion de toutes les professions, arrestations et internement dans les camps...

DOCUMENT 2

L'Espagne des années 30

« Le 19 juillet 1936, quand me parvint la nouvelle du soulèvement militaire espagnol, je séjournais chez Maurice Legendre, grand hispaniste, auquel ma femme et moi devions une inoubliable initiation à la Castille, à l'Extremadure, à la Tolède de Marañón, à la Salamanque d'Unamuno. Nous savions sa passion exclusive pour l'Espagne catholique et traditionnelle, son refus instinctif de l'épisode républicain. Cela ne suscitait alors entre nous que d'amicales taquineries.

« Cependant, devant son évidente satisfaction à la nouvelle du soulèvement militaire, nous objectâmes, et cette fois avec gravité, que le sang allait couler, peut-être beaucoup de sang. Sa réponse fut : " Si votre mère avait un cancer, et qu'on ordonnât une opération, vous hésiteriez ? " Je cite ici cette phrase parce que l'image qu'elle suggère et l'argument qu'elle implique furent présents dans beaucoup d'esprits – et beaucoup d'écrits – au sommet de la société espagnole qui se déchira en 1936. On n'y avait ressenti, depuis 1931, l'expérience démocratique que comme une anomalie maligne, à extirper par le fer.

« Mais qui dit chirurgie dit brièveté. Legendre ajouta : " C'est l'affaire de trois jours. " A ce moment, un éclat de rire inattendu, assez insolent, nous surprit. Nous avions oublié la présence, à quelques pas de nous, de la nourrice de mon fils, une Galicienne analphabète, totalement indifférente à la politique, et qui pourtant avait avidement suivi nos propos. C'était, devant l'événement, l'instinctive réaction populaire : " Ah ! *Ils* croient nous avoir en trois jours ? Eh bien, *ils* vont voir ! " Ainsi jouaient, en juillet 1936, aux deux extrêmes de la société espagnole, les passions et les illusions de classe.

« L'illusion de la brièveté fut durable. En novembre encore, de passage à Paris, Legendre nous dit : " Ce sera pour Noël. " Et du Madrid républicain nous parvenait la chanson : *" Los cuatro generales – que se han alzado – para la Nochebuena – serán ahorcados*[1] *"* Or ce n'est pas un, mais trois Noëls que l'Espagne allait passer sous les bombes. Ses structures internes étaient plus complexes qu'elle n'avait elle-même imaginé. Et la conjoncture internationale reproduisait, comme homothétiquement, les divisions espagnoles.

1. « Le quarteron de généraux – qui s'est soulevé – pour la nuit de Noël – on les pendra. »

« Si je donne à cette brève introduction un tour personnel, c'est que le lecteur de tout livre d'histoire a droit à un minimum d'information sur les rapports entre cette “ histoire ” et l'homme qui en promet l'analyse. Un Français d'aujourd'hui peut considérer “ la guerre d'Espagne ” comme un épisode étranger, lointain. Pour ma génération (trente ans en 1936), “ guerre d'Espagne ” a signifié menace hitlérienne, rodomontades mussoliniennes, aveuglement des démocraties parlementaires, énigme soviétique (force ou faiblesse ? espoir ou enfer ?). Et pour moi, qui venais de passer à Barcelone, dans le bonheur et la sympathie, six ans d'étude, d'enseignement, d'observation de la vie publique, je regardais avec angoisse le déchirement d'un pays aimé et les souffrances d'amis très chers. »

Pierre Vilar, *La Guerre d'Espagne (1936-1939)*,
Paris, PUF, 1986.

On a pris l'habitude de considérer la guerre qui se déroule de 1936 à 1939 en Espagne comme une sorte d'avant-propos, de répétition de la guerre mondiale. Dans une introduction à un ouvrage sur la guerre d'Espagne, le grand historien de l'Espagne de l'époque moderne, Pierre Vilar, nous livre quelques réflexions personnelles et montre que la réalité a été bien plus complexe.

DOCUMENT 3

Le pacte germano-soviétique

1. Texte du 23 août 1939 rendu public :

1939 (23 août), Moscou.

Les gouvernements allemand et soviétique, guidés par le désir de consolider la paix entre l'Allemagne et l'URSS et se fondant sur les dispositions fondamentales du traité de neutralité de 1926, ont arrêté ce qui suit :

ART. 1. Les deux parties contractantes s'engagent à s'abstenir entre elles de tout acte de violence, de toute action agressive et de toute attaque l'une contre l'autre, soit seules, soit conjointement avec d'autres puissances.

ART. 2. Au cas où l'une des deux parties contractantes serait l'objet d'une action hostile de la part d'une tierce puissance, l'autre partie ne soutiendra en aucune façon cette tierce puissance.

ART. 3. Les gouvernements des deux parties contractantes resteront à l'avenir en contact permanent l'un avec l'autre, par voie de consultations, dans le but de s'informer mutuellement des questions touchant leurs intérêts communs.

ART. 4. Aucune des deux parties contractantes ne participera à un groupement de puissance dirigé, directement ou indirectement, contre l'autre partie.

ART. 6. Le présent traité est conclu pour une durée de dix ans, étant entendu que si l'une des deux parties contractantes n'exprime pas son désir d'y mettre fin une année avant l'expiration de ce délai, sa durée de validité sera tacitement reconduite pour une nouvelle période de cinq ans.

Les instruments de ratification seront échangés à Berlin. Le traité entre en vigueur immédiatement après sa signature.

(Fait en deux originaux en russe et en allemand.)

Ribbentrop. – V. Molotov.

2. Protocole secret :

Moscou, le 23 août 1939.

A l'occasion de la signature du traité de non-agression entre le Reich allemand et l'Union des Républiques socialistes soviétiques, les représentants soussignés des deux parties ont discuté, au cours d'une conversation tout à fait confidentielle, du problème de la délimitation des sphères d'influence de chaque partie en Europe orientale.

Cette conversation a eu le résultat suivant :

1° – En cas de changement politico-territorial dans les territoires appartenant aux États de la Baltique – Finlande, Estonie, Lettonie et Lithuanie – la frontière septentrionale de la Lithuanie formera la ligne de démarcation des sphères d'intérêts entre l'Allemagne et l'URSS. Les deux parties reconnaissent les intérêts de la Lithuanie sur le territoire de Vilna.

2° – En cas de changement politico-territorial dans les territoires appartenant à l'État polonais, les sphères d'intérêts entre l'Allemagne et l'URSS seront divisées approximativement selon une ligne suivant les rivières Narow, Vistule et San. La question de savoir s'il est désirable, dans l'intérêt des deux parties, de maintenir un État polonais indépendant, et comment les frontières de cet État devraient être fixées, ne pourra être éclaircie d'une façon définitive qu'au cours de développements politiques ultérieurs. De toute façon, les deux gouvernements résoudront cette question par la voie d'une entente amicale.

3° – En ce qui concerne le sud-est de l'Europe, l'URSS souligne l'intérêt qu'elle porte à la Bessarabie. L'Allemagne déclare qu'elle n'a aucun intérêt politique dans cette région.

4° – Ce protocole sera traité par les deux parties d'une manière absolument secrète.

Signé :
Pour le gouvernement allemand :
J. von RIBBENTROP.
Au nom du gouvernement de l'URSS :
V. MOLOTOV.

3. « Accord secret » du 28 septembre 1939 signé également par Ribbentrop et Molotov :

Les plénipotentiaires soussignés déclarent qu'un accord est intervenu entre les gouvernements du Reich allemand et de l'URSS de la façon suivante :

Le paragraphe n° 1 du protocole secret du 23 août 1939 est modifié en ce sens que le territoire de l'État lithuanien passera dans la sphère d'intérêts de l'U.R.S.S. tandis que, d'autre part, le district de Lublin et une partie du district de Varsovie passeront dans la sphère d'intérêts de l'Allemagne. Aussitôt que le gouvernement de l'Union soviétique prendra des mesures spéciales sur le territoire lithuanien pour la protection de ses intérêts, l'actuelle frontière germano-lithuanienne sera rectifiée afin d'établir une frontière naturelle et simple, de sorte que le territoire lithuanien se trouvant au sud-ouest de la ligne indiquée sur la carte ci-jointe appartiendra à l'Allemagne.

De plus, il est établi que les accords économiques actuellement en vigueur entre l'Allemagne et la Lithuanie ne seront pas gênés par les mesures de l'Union soviétique mentionnées ci-dessus.

Signé le 23 août 1939, le pacte germano-soviétique comprenait deux parties. Dans la première, rendue publique, la Russie soviétique et l'Allemagne nazie concluaient un accord de « non-agression » valable dix ans et qui, dans l'immédiat, laissait les mains libres à Hitler pour déclencher l'attaque contre la Pologne, prévue pour le 1er septembre 1939. La seconde partie était un protocole secret qui aboutissait à un véritable partage de l'Europe orientale entre les deux cosignataires. Ce protocole secret fut modifié le 28 septembre par un autre accord, qui faisait passer la Lituanie dans la « zone d'influence » soviétique.

28. L'Europe déchirée

Six années de guerre provoquée par l'ambition hitlérienne et l'impuissance des démocraties et de l'URSS à s'entendre conduisent l'Europe à son effondrement : « Allemagne, année zéro »... Europe, année zéro ?... Sur ces ruines, deux puissances, dont l'une n'est pas européenne et l'autre ne l'est qu'incomplètement, fabriquent deux Europes scindées, épuisées, dépendantes... Revers macabre de l'étincelante médaille des années 1900.

Le prix Nobel François Jacob a écrit : « Personne ne connaît la tournure que prendra l'Histoire. Rien n'est joué, jamais. » Pourtant, à la fin de l'été 1939, il pouvait sembler que la volonté belliqueuse de Hitler avait rendu la guerre fatale, et que, si l'on peut quelquefois hésiter sur l'origine des guerres, il n'en est rien en ce qui concerne l'éclatement de la Seconde Guerre mondiale. L'Europe était la victime de la démesure du dictateur allemand. En réalité, quelles qu'aient été les intentions de Hitler, seuls l'isolationnisme américain et l'impossibilité pour les démocraties occidentales et l'Union soviétique de s'entendre avaient rendu possible qu'il passe aux actes. Il restait d'ailleurs persuadé que la France et l'Angleterre ne rempliraient pas leurs engagements envers la Pologne, et il resta « pétrifié » quand on lui apporta l'ultimatum britannique. Hitler n'avait pas prévu un conflit de grande envergure, et, comme les travaux récents l'ont prouvé, l'armée allemande n'était pas prête. Il fallut encore plusieurs étapes pour que d'un conflit « régional » sorte la guerre « mondiale ».

Hitler, maître de l'Europe

La guerre éclair en Pologne. La France et l'Angleterre n'avaient aucun moyen pour porter secours à la Pologne, et en quelques jours l'armée polonaise fut submergée par une armée allemande maniant à la perfection le « couple » avion-char. Attaquée simultanément au nord, au sud et à l'ouest, la Pologne était écrasée comme une « coquille d'œuf ». Le 17 septembre, en application du protocole secret du pacte germano-soviétique, les troupes soviétiques franchissaient à leur tour la frontière orientale de la Pologne. Le 27 septembre, Varsovie, que le gouvernement du colonel Beck avait quitté dès le 5 septembre, capitulait. En moins d'un mois, la Pologne avait été rayée de la carte.

La « drôle de guerre ». Une fois la Pologne éliminée, la guerre allait cesser jusqu'au mois de mai. Les adversaires restèrent l'arme au pied, pour des raisons d'ailleurs différentes. Du côté des Franco-Anglais, on estimait qu'à la longue leur supériorité économique leur donnerait la victoire, tandis que, pour des raisons météorologiques, Hitler repoussait au printemps 1940 la nouvelle offensive éclair qu'il avait prévue pour l'automne 1939. C'est à cette période de la guerre où on ne se battait pas, et pendant laquelle le moral des troupes françaises se délita dans l'inaction, qu'on a donné le nom de « drôle de guerre ». Mais pendant qu'il ne se passait rien à l'Ouest, l'Europe orientale connaissait de grandes transformations, du fait de l'Union soviétique qui tirait toutes les conséquences du pacte germano-soviétique. Dès la fin de septembre et au début d'octobre, une occupation militaire était imposée aux trois pays baltes, au mois de novembre la partie orientale de la Pologne était annexée, tandis que le 28 novembre, devant le refus de la Finlande d'accepter les rectifications de frontière exigées, l'Armée rouge passait à l'offensive. La « guerre d'hiver » fut extrêmement difficile pour les Soviétiques, qui finirent cependant par l'emporter (mars 1940) et obliger les Finlandais à reculer leur frontière vers l'ouest en cédant Vyborg, d'importants territoires en Laponie et dans la région de Mourmansk. Quand la guerre se ralluma à l'Ouest, les Soviétiques s'empressèrent d'annexer les pays baltes, ainsi que la Bessarabie et la Bukovine du Nord au détriment de la Roumanie. En quelques mois, l'URSS avait acquis 23 millions d'habitants supplémentaires et en grande partie effacé sur ses frontières occidentales les conséquences de la Première Guerre mondiale.

La campagne de France. Pendant ces mois d'inaction, les Franco-Anglais avaient agité différents projets – aider la Finlande contre l'URSS « alliée » de l'Allemagne et en profiter pour mettre la main sur le fer suédois, attaquer les champs pétrolifères de Bakou –, mais c'est Hitler qui prenait à nouveau l'initiative. Le 9 avril 1940, l'armée allemande occupait le Danemark et débarquait en Norvège : les Franco-Anglais y remportaient leur seule victoire de cette période de la guerre en s'emparant, le 28 mai, de Narvik, dans l'extrême nord de la Norvège. Toutefois à ce moment les événements décisifs se jouaient ailleurs.

Le 10 mai 1940, l'armée allemande passait à l'offensive en Hollande, mais ce n'était qu'une feinte, et, pendant que les meilleures unités françaises et anglaises se précipitaient à leur rencontre à travers la Belgique, le 13 mai les divisions blindées allemandes, les panzers, franchissaient les Ardennes et, par un large coup de faux, enfermaient les troupes françaises et anglaises aventurées en Belgique dans la poche de Dunkerque. La majeure partie des troupes ainsi prises au piège pouvaient être évacuées par mer, après avoir du moins abandonné leur matériel, mais l'armée allemande pouvait alors déferler vers le sud. Le 10 juin, Mussolini, surpris par la rapidité des événements, et qui avait jusque-là maintenu la non-belligérance de son pays, entrait en guerre pour participer à la curée. Paris était occupé le 14 juin et le gouvernement français, passé sous la direction du maréchal Pétain, demandait l'armistice le 17 juin depuis Bordeaux, où il s'était réfugié. L'armistice était signé symboliquement dans la clairière de Rethondes, le 22 juin.

Hitler était convaincu que l'Angleterre, restée seule, ne pouvait que capituler rapidement. Il n'en fut pas question pour Winston Churchill qui, dès le 10 mai, était devenu Premier ministre à la place de Neville Chamberlain. L'aviation allemande, pour préparer un débarquement, commençait le 13 août le bombardement de l'Angleterre (le *Blitz*), qui provoqua des destructions considérables, en particulier à Londres et à Coventry ; mais les avions de la Royal Air Force parvinrent à tenir tête à ceux de la Luftwaffe, et, faute d'avoir obtenu la maîtrise aérienne, les Allemands durent renoncer à leur projet de débarquement.

La campagne de Russie. La résistance de l'Angleterre obligea Hitler à renverser ses plans et à tenter d'abord d'éliminer l'Union soviétique. Il fut retardé dans ce projet par une nouvelle campagne éclair dans les Balkans, destinée à porter aide à l'Italie engagée dans une guerre malheureuse contre la Grèce. En avril 1941, l'armée allemande se rendait en quelques jours maîtresse de la Yougoslavie et de la Grèce, puis de la Crète en mai. De même, en février, Hitler avait dû envoyer en Libye, pour porter secours aux Italiens en difficulté face aux Britanniques, une petite armée commandée par le général Rommel, l'Afrika Korps, qui repoussa les Anglais jusqu'aux frontières de l'Égypte, sans parvenir toutefois à aller plus loin.

L'attaque contre la Russie débuta le 22 juin 1941. Quatre millions d'hommes, 5 000 avions, plus de 3 000 chars, bientôt renforcés par des troupes finlandaises, hongroises, roumaines, italiennes et plus tard par des contingents de volontaires de presque toute l'Europe – Légion des volontaires français contre le bolchevisme (LVF), division espagnole Azul, etc. –, se lançaient à l'assaut de l'Union soviétique. Hitler remportait d'immenses victoires, et, au début du mois de décembre, les troupes allemandes étaient à 25 kilomètres de Moscou.

L'Europe hitlérienne. A la fin de 1941, Hitler était maître de la presque totalité de l'Europe, mis à part l'Angleterre et quelques États neutres – la Suède, la Suisse, le Portugal, l'Espagne où Franco avait refusé de se laisser entraîner dans la guerre. Hitler avait proclamé qu'il allait établir en Europe « un ordre nouveau pour mille ans », mais dans la pratique la domination hitlérienne ne répondait pas à des lignes directrices : une série de régions avaient été annexées à l'Allemagne – l'Alsace-Lorraine, le Luxembourg, l'Ouest de la Pologne, la Slovénie –, d'autres étaient directement gouvernées par des administrations allemandes – Belgique, Pays-Bas, Norvège, Russie... –, d'autres encore dirigées par des vassaux de l'Allemagne – Mgr Tiso en Slovaquie, Ante Pavelitch en Croatie... La France connut un régime particulier : elle disposait d'un gouvernement en théorie libre, établi en zone libre à Vichy, dirigé par le maréchal Pétain devenu chef de l'État, mais la France du Nord et la bordure maritime occidentale étaient en même temps soumises aux autorités d'occupation, et, à partir du 11 novembre 1942, la zone libre fut à son tour occupée. En fait cette organisation de l'Europe répondit davantage aux circonstances qu'à un programme défini. L'« ordre nouveau » se traduisit d'abord essentiellement par l'exploitation économique de l'Europe au service de la machine de guerre allemande. Au fur et à mesure des besoins de la guerre, non seulement des prélèvements considérables de ravitaillement et de biens de toutes sortes étaient opérés dans les pays occupés, non seulement un grand nombre d'ouvriers étaient utilisés sur place à travailler pour l'Allemagne, mais environ 7 millions d'ouvriers de toutes nationalités étaient transférés vers les usines allemandes, venant s'ajouter en particulier au million et demi de prisonniers de guerre français, aux prisonniers russes survivants, puis aux 7 à 8 millions de déportés politiques dont le plus grand nombre mourut dans les camps de concentration, les « camps de la mort lente », une mort lente de quelques mois en moyenne... L'ordre nouveau se traduisit ensuite par les persécutions subies par les juifs. Les juifs allemands avaient été victimes d'odieuses persécutions, mais avant la guerre il n'avait pas été envisagé de les exterminer. La guerre mit entre les mains des nazis les nombreuses populations juives de la Pologne et de l'Ouest de la Russie, ainsi que les communautés juives des autres pays occupés. Dès leur avance en Pologne et en Russie, les Allemands se livrèrent à de grands massacres de juifs, mais la « solution finale », c'est-à-dire l'extermination, ne fut définitivement décidée qu'en janvier 1942. Au total, ce fut environ 5 millions de juifs qui furent les victimes d'un « holocauste » que la « technique » des chambres à gaz permit d'effectuer avec une très grande rapidité : les communautés juives de Russie occidentale, de Pologne, d'Europe centrale et balkanique, de Grèce disparurent à peu près complètement, celles d'Europe occidentale dans des proportions diverses.

Les Slaves de Pologne et de Russie, considérés comme population inférieure et que les nazis voulaient rejeter vers l'est pour établir à leur place des colons allemands, furent également particulièrement visés : les Allemands laissèrent mourir de faim une partie importante des prisonniers russes. Les Polonais avaient en outre été les victimes des Russes, pendant le temps de leur occupation de la partie orientale de ce pays. Environ 1 million de Polonais furent déportés vers la Sibérie et beaucoup ne revinrent pas, en même temps que des milliers d'officiers prisonniers étaient exécutés, notamment à Katyn.

Les Tsiganes, que la science et l'administration allemandes considéraient comme appartenant à une population nuisible, furent également tués en grand nombre.

La Résistance. Face à l'oppression allemande, un peu partout des forces de résistance se levèrent. Résistances extérieures animées par des gouvernements en exil : gouvernements norvégien, hollandais, belge, polonais réfugiés à Londres, comités de libération, comme le Comité de la France libre dirigé par le général de Gaulle. Résistances intérieures luttant par des tracts et des journaux clandestins contre le nazisme ou les gouvernements à sa solde, fournissant des renseignements aux Alliés et constituant des forces militaires. Derrière les lignes allemandes en Russie, des unités de partisans jouèrent un grand rôle. En Europe centrale, l'Armée intérieure polonaise, dépendant du gouvernement de Londres, se souleva à Varsovie en août 1944 mais fut écrasée par les Allemands. L'armée de partisans dirigée par Tito, d'obédience communiste, parvint à libérer la plus grande partie de la Yougoslavie ravagée par les représailles allemandes. Une résistance importante se développa également en Italie, après que Mussolini eut été renversé (juillet

1943), et en France, où d'importants maquis furent formés, notamment par les jeunes gens qui refusaient de partir en Allemagne pour le Service du travail obligatoire (STO). Ces résistants n'étaient pas toujours unis entre eux – en Yougoslavie, en Grèce, la lutte fut violente entre résistants communistes et résistants anticommunistes – mais ils furent surtout poursuivis avec acharnement par la police politique allemande, la Gestapo, aidée par les collaborateurs locaux, qui torturait, exécutait ou déportait dans les camps de concentration ceux qu'elle avait pu arrêter.

L'Europe libérée

Au cours de l'année 1941, la guerre européenne se transforma en guerre mondiale. Les États-Unis s'étaient progressivement rangés aux côtés de l'Angleterre, sans pour autant entrer dans la guerre. En mars 1941, la loi « prêt-bail » leur permettait de ravitailler en armes et en équipements de toutes sortes l'Angleterre, puis l'Union soviétique, et, en août, le président Roosevelt et Winston Churchill signaient la charte de l'Atlantique qui prévoyait l'organisation démocratique du monde après la victoire. Ce fut toutefois seulement après l'attaque japonaise sur Pearl Harbor, le 7 décembre 1941, que la guerre devint générale, le Japon et l'URSS restant cependant neutres l'un par rapport à l'autre.

La mise en branle de l'immense potentiel américain annonçait la certitude de la défaite hitlérienne.

Le retournement de la situation sur le front russe. En guerre à la fois contre le Japon et l'Allemagne, les États-Unis privilégièrent la guerre contre Hitler, mais, en attendant qu'ils aient mis sur pied leurs immenses moyens, l'année 1942 fut encore une année périlleuse pour l'Union soviétique. Repoussée devant Moscou pendant l'hiver 1941-1942, l'armée allemande était repassée à l'offensive dès le printemps 1942 et avançait très vite dans le Sud de la Russie, atteignant les montagnes du Caucase et la Volga. Néanmoins, malgré des combats de rues acharnés, les Allemands ne parvenaient pas à s'emparer complètement de Stalingrad, et ceux qui se trouvaient dans la ville étaient pris au piège par une contre-attaque soviétique. Le 2 février 1943, la VIe armée allemande, encerclée, capitulait. Au printemps suivant, l'armée soviétique l'emportait dans une gigantesque bataille de chars autour de Koursk, et, disposant d'une supériorité numérique de plus en plus forte, elle pouvait mener une contre-offensive à peu près continue. Pendant l'été 1944, le territoire soviétique était presque complètement libéré. Poursuivant leur marche à travers la Pologne et les Balkans, les soldats soviétiques se trouvaient, fin 1944-début 1945, aux frontières de l'Allemagne.

L'assaut de la « forteresse Europe ». Contrairement aux apparences, ce n'est pourtant pas sur le front russe que se joua le sort de la guerre, mais sur mer. Après avoir subi des pertes énormes lors de la bataille de l'Atlantique, du fait des sous-marins allemands, les Alliés parvenaient à renverser la tendance dès le printemps 1943, puis à contraindre les Allemands à abandonner la lutte sur ce front. A partir de ce moment la victoire n'était plus qu'une question de temps. L'offensive contre l'Europe hitlérienne fut menée par les Anglo-Américains par la voie aérienne, en écrasant littéralement l'Allemagne sous les bombes, et par une série de débarquements terrestres, en novembre 1942 en Afrique du Nord, en juillet 1943 en Sicile, puis en Italie continentale en septembre, en juin 1944 en Normandie et en août en Provence. Les formidables fortifications du « mur de l'Atlantique », construites depuis le cap Nord jusqu'à la frontière espagnole, ne parvinrent pas à arrêter les Alliés. Paris était libéré le 25 août 1944 et, à la fin de l'année, les Alliés bordaient l'Allemagne sur toutes ses frontières.

L'effondrement de l'Allemagne. La capacité de résistance de l'Allemagne à partir du moment où, contrairement aux plans de Hitler, elle n'avait pu vaincre séparément ses adversaires et qu'elle s'était trouvée en face d'une formidable coalition, peut paraître surprenante, d'autant que ce n'est guère avant 1942 que l'économie allemande avait été véritablement transformée en une économie de guerre. Néanmoins, malgré l'emploi d'armes nouvelles comme les V1 et les V2 et deux dernières contre-offensives à l'automne 1944 autour de Budapest et dans les Ardennes, l'Allemagne était à bout de souffle. Au début de 1945, une offensive générale à l'Est et à l'Ouest écrasait les dernières résistances allemandes. Le 2 mai 1945, Berlin était pris par les Russes, qui avaient fait leur jonction avec les Américains sur l'Elbe dès le 25 avril. Le 30 avril, Hitler s'était suicidé dans son *bunker* de Berlin, et les 7 et 8 mai la reddition de l'Allemagne était signée au quartier général du commandant en chef allié, le général Eisenhower, à Reims et à celui du maréchal soviétique, Joukov, à Berlin. La guerre était terminée en Europe, même si elle devait durer encore quelques mois contre le Japon.

L'Europe coupée en deux

Un bilan... « Cette immense joie pleine de larmes », a-t-il été écrit dans le *Combat* du 8 mai. Joie d'ailleurs moins forte, au moins en France, qu'au moment de la libération, d'autant que la « victoire » avait été apportée principalement de l'extérieur et que, malgré la Résistance, les Européens (sauf les Russes et les Anglais) n'y avaient participé que marginalement, mais pleine de larmes, parce que le bilan de la guerre était accablant et monstrueux par bien des aspects. L'horreur de la découverte des camps de concentration avait coïncidé avec la victoire. Depuis 1942 des bruits avaient filtré, mais il n'avait pas été possible de croire vraiment à ce qui se passait dans la centaine de grands camps dispersés sur le territoire du Reich, il n'avait pas été possible de croire à ce sommet de l'horreur dans l'histoire des hommes. La seule Europe comptait 30 millions de morts, le triple du nombre de ceux de la Première Guerre mondiale, dont à peu près la moitié de civils, la plupart exterminés dans les camps de concentration.

Les destructions matérielles étaient également sans précédent : la Russie européenne ravagée en grande partie, 1 700 villes ou bourgs, 70 000 villages détruits, les villes allemandes en ruine, à 75 % pour Berlin, 95 % pour Düsseldorf..., des quartiers entiers de Londres disparus. Dans toute l'Europe, les ports, les voies navigables, les ponts, les réseaux ferroviaires endommagés ou détruits. La production industrielle et agricole ramenée à peu près à la moitié de son niveau d'avant la guerre. Pratiquement plus d'échanges commerciaux. Les États européens à peu près dépourvus de toute réserve financière, les monnaies réduites à rien ou presque. Une misère souvent effroyable : en Allemagne « l'année zéro », en Europe centrale d'immenses bandes d'enfants errant pour tenter de survivre. Comme l'avait dit le ministre allemand de la Propagande, Joseph Goebbels : « En cas de défaite les nazis sauraient claquer la porte derrière eux et s'assurer que leur souvenir vivrait pendant des siècles ! »

La fin du cauchemar pouvait toutefois être le signal du redressement de l'Europe. Assez paradoxalement, l'état d'esprit était assez différent de celui qui avait suivi la Première Guerre mondiale, moins désespéré par certains côtés. Dans beaucoup de pays, on croyait à une révolution, en général fort mal définie, mais qui – au moins – signifiait qu'on voulait construire quelque chose de nouveau. État d'esprit particulièrement sensible en France. Certes l'effondrement de la France en 1940 montrait que l'Europe d'antan ne reviendrait plus, mais, comme l'avait dit Churchill en 1939, cette guerre devait assurer « les droits de l'individu » et « relever la grandeur humaine ». La victoire sur le nazisme permettait de l'escompter. Au plan culturel, l'évolution d'un des principaux courants intellectuels, l'existentialisme, passant du désespoir total à l'idée de l'« engagement », de donner un sens à sa vie en consacrant son action à la cause de l'humanité, pouvait en apparaître comme un signe. Mais il ne fallut guère de temps pour se rendre compte que de ce champ de ruines pouvaient surgir de nouveaux dangers. L'Europe n'était pas encore mûre pour l'harmonie.

La guerre froide. La « grande alliance » qui s'était formée pendant la guerre entre l'Union soviétique, les États-Unis et le Royaume-Uni avait été le résultat des circonstances. Les antagonismes ne pouvaient manquer de resurgir une fois la guerre terminée. Avant même la fin de la guerre, à la conférence de

Téhéran (26 novembre-1er décembre 1943), puis à celle de Yalta (4-11 février 1945), les « Trois Grands », Staline, Roosevelt, Churchill, avaient cherché à se mettre d'accord sur le sort du monde et, au premier chef, sur celui de l'Europe. Il y avait en fait deux problèmes principaux : déterminer le régime politique des pays libérés ou vaincus, et tracer leurs frontières. La déclaration de Yalta sur « les pays libérés » avait été d'une grande netteté au moins sur le premier point : les différents pays devaient choisir leurs gouvernements à la suite d'élections libres. Les discussions sur le sort de l'Allemagne et sur le tracé des frontières avaient été plus floues, même si, à la demande des Américains, on avait en théorie annulé l'accord de « répartition d'influence » en Europe balkanique, élaboré par Churchill et Staline lors d'une rencontre à Moscou en octobre 1944 et qui pouvait ressembler à un véritable partage.

La question centrale était celle de la Pologne, puisqu'elle mettait en cause à la fois les frontières de l'URSS et celles de l'Allemagne. En fait l'Union soviétique exigeait de récupérer les frontières que le pacte germano-soviétique lui avait permis d'acquérir ; elle exigeait en particulier que la frontière orientale de la Pologne corresponde à la ligne Curzon, ligne établie en 1920 par l'homme d'État anglais pour délimiter les territoires purement polonais et ceux où les populations étaient ukrainiennes ou biélorusses ; les Polonais avaient toujours contesté cette limite, car, d'après eux, elle laissait de très nombreux Polonais en dehors de la Pologne et amputait leur pays de régions « historiquement » polonaises. En contrepartie, Staline admettait que la Pologne reçoive des compensations à l'Ouest au détriment de l'Allemagne, en Poméranie, en Posnanie et en Silésie ; en quelque sorte la Pologne se trouverait globalement déplacée vers l'ouest, ce qui permettait de surcroît de faire disparaître la province allemande de la Prusse orientale, partagée au droit de la ligne Curzon entre l'URSS, qui recevait ainsi Königsberg, et la Pologne. Les Alliés se résignèrent à une solution qui faisait de l'Oder la frontière entre l'Allemagne et la Pologne, mais la querelle rebondit à propos du prolongement vers le sud de cette frontière. Deux affluents de l'Oder portaient le même nom de Neisse, Neisse occidentale et Neisse orientale. En choisissant de placer la frontière sur la Neisse occidentale, les Soviétiques donnaient en fait toute la Silésie à la nouvelle Pologne, qu'ils comptaient bien placer dans leur dépendance, mais les Anglo-Américains pouvaient difficilement admettre que cette vieille région allemande soit ainsi attribuée à un autre pays. Néanmoins, en en expulsant la plus grande part de la population allemande, les Soviétiques et les Polonais mirent bientôt les Alliés devant le fait accompli. A la conférence de Potsdam (17 juillet-2 août 1945), Harry Truman, le nouveau président des États-Unis depuis la mort de Roosevelt en avril 1945, et Clement Attlee, qui, au cours de la conférence, avait remplacé Churchill battu aux élections, n'acceptèrent pas cette situation comme définitive, mais admirent que ces régions soient provisoirement administrées par les Polonais, ce qui rendait pratiquement la situation irréversible.

En y ajoutant les Allemands des Sudètes et ceux des différentes communautés allemandes dispersées en Europe centrale, ce furent 11 millions d'Allemands qui furent ainsi expulsés vers ce qui restait d'Allemagne.

Quant au sort de l'Allemagne, les trois alliés s'étaient mis d'accord pour en occuper chacun une partie (en faisant une petite place à la France), ainsi que Berlin, également divisée en quatre zones, en attendant de pouvoir établir un traité de paix. Mais, dans la pratique, les Soviétiques s'employèrent à très rapidement « soviétiser » leur zone, ce qui rendait impossible une réunification de l'Allemagne, et donc l'établissement d'un traité de paix avec elle. La séparation de l'Allemagne en deux parties antagonistes (les trois zones occidentales fusionnant progressivement, malgré la longue résistance de la France) allait être le symbole de la séparation de l'Europe en deux.

Un même processus se développait dans l'ensemble de l'Europe. Dans tous les pays occupés ou libérés par l'armée soviétique – Pologne, Tchécoslovaquie, Bulgarie, Hongrie, Roumanie, Yougoslavie et Albanie –, les communistes s'emparaient du pouvoir, suivant une méthode à peu près identique. Des gouvernements issus de « fronts nationaux » constitués pendant la guerre s'installaient avec l'appui actif de l'armée soviétique. Dans ces gouvernements, les communistes s'étaient assurés les ministères clefs qui leur donnaient en général le contrôle de l'armée, de la police et de la justice, particulièrement utile pour éliminer, certes les « collaborateurs », mais aussi les adversaires politiques. Après une période plus ou moins longue, des parodies d'élections permettaient au Parti communiste de s'assurer définitivement le pouvoir. Dans ces États, baptisés « démocraties populaires », les communistes furent les maîtres, dès novembre 1945 en Yougoslavie – les partisans de Tito tiennent tout le pays lors de sa libération – et en Albanie, en octobre et en novembre 1946 en Bulgarie et en Roumanie, en janvier 1947 en Pologne. La mise en place de la démocratie populaire fut un peu plus longue en Hongrie et en Tchécoslovaquie. En Hongrie, des élections libres en 1945 avaient donné la majorité absolue au Parti des petits propriétaires, et le Parti communiste ne réussit à éliminer définitivement ses adversaires qu'en août 1947. En Tchécoslovaquie, où s'était institué un régime assez proche de ceux des démocraties occidentales, un véritable coup d'État, le « coup de Prague », en février 1948, fut nécessaire pour assurer la victoire des communistes.

Les Soviétiques avaient sensiblement agrandi leurs annexions de 1940 au détriment de la Finlande, ils avaient maintenant dans l'extrême nord une frontière commune avec la Norvège, ils s'étaient fait céder la Ruthénie subcarpatique par la Tchécoslovaquie ; mais ils n'essayèrent pas d'imposer un régime soviétique à la Finlande, se contentant que le petit État leur soit soumis dans le domaine de la politique internationale, ni d'intervenir en Grèce, où les résistants communistes s'étaient heurtés aux Anglais dans leur tentative de s'emparer du pouvoir. Ils avaient donc fait preuve d'une certaine modération. L'Europe n'en était pas moins divisée en deux parties aux régimes politiques, sociaux, économiques différents et rapidement antagonistes.

Le 5 mars 1946, Winston Churchill s'était écrié : « De Stettin sur la Baltique à Trieste sur l'Adriatique, un " rideau de fer " est tombé sur le continent. » Entre les deux têtes de file du monde socialiste et du monde occidental, l'Union soviétique et les États-Unis, la « guerre froide » était commencée.

Le 12 mars 1947, le président Truman appelait à « contenir le communisme » à propos des menaces qui pesaient sur la Grèce et la Turquie ; c'était l'énoncé de la « doctrine Truman ». Le 5 juin, le général Marshall proposait l'aide économique des États-Unis à tous les pays européens, mais seuls ceux de l'Ouest acceptaient le plan Marshall. Au mois de septembre, le dirigeant soviétique Jdanov affirmait que le monde était dorénavant divisé en deux blocs irréconciliables : c'était la « doctrine Jdanov ». De gré ou de force, les pays européens avaient été obligés de se ranger dans un camp ou dans l'autre, réduits assez largement à l'état d'objets des relations internationales.

Peut-on considérer que, à ce moment, l'« ère européenne » était définitivement terminée ? Il y avait bien encore une Europe géographique, il y en avait même deux, une de l'Atlantique à l'Elbe, et une deuxième, de l'Elbe à l'Oural ; mais, dans la mesure où l'Union soviétique n'était pas une puissance seulement européenne, le rôle historique de cette Europe déchirée en deux n'était-il pas achevé ? L'Angleterre épuisée, la France déchue, l'Allemagne accablée pouvaient-elles espérer retrouver la place qui les avaient faites les maîtres du monde ?

DOCUMENT 1

La « solution finale » analysée par un historien

« ... Au début de 1941 la politique juive du Reich se trouve dans une impasse. Plus l'Allemagne remporte des succès militaires, plus le nombre des Juifs s'accroît dans les territoires qu'elle domine. Avec l'invasion de l'URSS, qui risque encore de gonfler ce chiffre, il s'agit de briser le cercle vicieux. La réponse, c'est la politique d'extermination : une politique calculée, planifiée et impitoyablement exécutée. On voit par là comment la stratégie raciale nazie s'est radicalisée pa bonds successifs, la guerre servant à la fois de moteur et de justification à l'anéantissement du judaïsme européen.

« C'est pourquoi au cours de l'année 1941 sont prises trois décisions capitales. La première, c'est, au printemps, l'organisation de forces mobiles spéciales, appelées " groupes d'intervention " *(Einsatzgruppen)*, en vue de la campagne de Russie. Ces forces sont chargées de fusiller sur place, sans jugement, d'abord les cadres et les membres du parti communiste, puis tous les Juifs, hommes, femmes et enfants, des territoires conquis. Dès l'ouverture des hostilités, les massacres commencent, faisant en quelques mois plusieurs centaines de milliers de victimes. La politique d'extermination systématique est désormais en marche.

« Deuxième décision, plus terrible encore, car elle s'étend à l'Europe entière : la décision de procéder, sous le nom de " solution finale de la question juive ", à la liquidation physique de tous les Juifs du continent européen. Démarche arrêtée au plus haut niveau de l'appareil d'État, associant les principaux chefs du régime, Goering en tête, mais plus spécialement Himmler, chef de la SS et de la police, et Heydrich, responsable du RSHA *(Reichssicherheitshauptamt)*, l'Office Suprême de Sécurité du Reich [...]

« La troisième décision capitale de cette année-tournant concerne la création des camps d'extermination, dans lesquels les planificateurs du massacre estiment avoir trouvé le moyen technique le plus approprié – c'est-à-dire à la fois le plus efficace, le plus expéditif et le plus facile à dissimuler – pour la mise à mort par millions des victimes. A cet effet les premières directives pour la construction sont données durant l'été 1941, et un premier camp commence à fonctionner à Chelmno (Kulmhof), à la fin de l'année, avec des camions à gaz. »

François Bédarida
Le Nazisme et le Génocide. Histoire et enjeux,
Paris, Nathan, 1989

Les dirigeants nazis aimaient dénommer leurs actions à l'aide de formules abstraites ou de périphrases. L'expression qu'ils ont utilisée pour décider de l'extermination des juifs européens appartient à ce langage codé et son existence n'a été en fait connue que bien après la fin de la guerre. La mise au point établie par François Bédarida, dans un petit ouvrage intitulé Le Nazisme et le Génocide. Histoire et enjeux, *permet de saisir comment on est passé de la persécution des juifs au projet de les exterminer, projet assez largement réalisé en Europe centrale et orientale. La carte des grands camps de concentration, qui possédaient de très nombreuses dépendances, montre à quel point l'industrie de la mort était devenue un des traits majeurs du IIIe Reich hitlérien à l'époque de sa fin.*

Les camps : concentration, extermination, « euthanasie »
Hambourg
Neuengamme
Brême
Bergen-Belsen
Ravensbrück
Sachsenhausen
Hanovre
Berlin
Brandenburg
Magdebourg
Bernburg
Dora
Cologne
Buchenwald
Erfurt
Dresde
Hadamar
Coblence
Sonnenstein
Francfort
Gross-Ros
Theresienstadt
Flossenburg
Prague
PROTECTORAT
(BOHEME-MORAVIE)
Strasbourg
Stuttgart
Ulm
Natzweiler
(Struthof)
Grafeneck
Dachau
Munich
Hartheim
Mauthausen
Linz
Vienne
Bratis
Pozn
Bres

(Carte d'après P. Serge Choumoff pour *Les Chambres à gaz secret d'État,* par Eugen Kogon, Hermann Langbein et Adalbert Rückerl ; trad. fr. Paris, Minuit, et Seuil, coll. « Points Histoire », 1987.)

DOCUMENT 2

Acte de capitulation de l'Allemagne (8 mai 1945)

1° Nous soussignés, agissant au nom du Haut Commandement allemand, capitulons par la présente sans conditions devant le Commandement suprême des Forces expéditionnaires alliées et, simultanément, devant le Haut Commandement soviétique, avec toutes les forces de terre, de mer et de l'air qui sont à ce jour sous le Commandement allemand.

2° Le Haut Commandement allemand donnera immédiatement à toutes les Autorités militaires, navales et aériennes allemandes, et toutes les Forces sous Commandement allemand, l'ordre de cesser les opérations actives à 11 h 01 pm (23 h 01), heure de l'Europe centrale, le 8 mai, et de rester sur les positions qu'elles occuperont à ce moment.

3° Le Haut Commandement allemand donnera immédiatement aux Commandants intéressés tous ordres ultérieurs transmis par le Commandement suprême des Forces expéditionnaires alliées et par le Haut Commandement soviétique et veillera à leur exécution.

4° Cet acte de reddition est sans préjudice de tout instrument général de reddition imposé par ou au nom des Nations Unies et applicable à l'Allemagne dans leur ensemble et qui remplacerait ce document.

5° Dans le cas où le Haut Commandement allemand ou certaines forces sous son contrôle n'agiraient pas conformément à cet acte de reddition, le Commandement suprême des Forces expéditionnaires alliées et le Haut Commandement soviétique prendront les mesures punitives ou autres qu'ils jugeront appropriées.

L'acte de reddition de Berlin a été signé par les personnalités suivantes :

Pour les Alliés : le maréchal de l'Air Sir Arthur Tedder, délégué du Commandant suprême, le général Eisenhower et le maréchal Grégoire Joukov, commandant le premier groupe d'armées de Russie Blanche.

Pour l'Allemagne : le maréchal Wilhelm Keitel, chef du Haut Commandement allemand ; l'amiral Hanz Georg Friedeburg, commandant les forces navales du Reich, et le colonel-général Hans Juergen Stumpf, commandant les forces aériennes allemandes.

Le général Karl Spaatz, commandant en chef les forces aériennes des États-Unis, et le général Jean de Lattre de Tassigny, commandant la première armée française, ont également assisté à la cérémonie.

Lors de la conférence d'Anfa, au Maroc, en janvier 1942, Winston Churchill et Franklin Roosevelt avaient décidé, pour rassurer les Russes sur leur volonté de combattre jusqu'au bout, de n'accepter que la « reddition inconditionnelle » de l'Allemagne. Contrairement à l'habitude, il n'était pas question le jour venu d'entrer en négociation avec le pouvoir nazi ou quelque autre pouvoir pour la signature d'un armistice. La capitulation allemande du 8 mai 1945 fut la conséquence de cette volonté des Alliés. Dans la pratique, il y eut deux cérémonies, l'une le 8 mai à Reims, l'autre le 9 mai à Berlin. Le texte présenté ici est celui de la reddition de Berlin. Au quartier général d'Eisenhower à Reims, ce fut le général Jodl qui signa pour l'Allemagne. L'impossibilité de réaliser une seule cérémonie de reddition n'était pas sans signification pour l'avenir.

29. Les deux Europes

Réduite et divisée, telle paraît être l'Europe de la deuxième moitié du 20ᵉ siècle. Réduite, puisqu'en moins de vingt ans, de 1945 à 1964, elle a perdu à peu près tous ses empires coloniaux d'Asie et d'Afrique. Divisée, puisque deux Europes vont vivre en deux mondes coupés l'un de l'autre, celui de l'Europe de l'Ouest, de plus en plus prospère et en marche vers son unité, et celui de l'Europe de l'Est, soumis à l'autorité et à l'idéologie soviétiques et en rébellion croissante contre elles. Seulement tout est brusquement remis en jeu en 1989 par l'effondrement de la cloison séparant les deux Europes... L'Europe peut-elle retrouver son unité ?

Une fois la guerre terminée, même en faisant abstraction de l'Union soviétique qui avait pu conserver la totalité de l'Empire colonial tsariste, plusieurs États européens possédaient encore la plus grande partie de leur empire colonial, mais, plus ou moins rapidement et avec plus ou moins de bonne volonté, l'Europe dut abandonner ses possessions coloniales et être ainsi réduite à elle-même.

La décolonisation

Les signes précurseurs. Dès avant la guerre de 1914, les premiers signes d'opposition à la poussée coloniale européenne étaient apparus, mais les signes avant-coureurs de la décolonisation s'amplifièrent pendant l'entre-deux-guerres. Les puissances coloniales les plus importantes, l'Angleterre et la France, avaient encore renforcé leurs empires en se partageant les colonies allemandes et turques, mais l'idée nationale avait commencé à imprégner de nombreux peuples colonisés. Les peuples colonisateurs ne s'en souciaient guère ; toutefois la Seconde Guerre mondiale modifia considérablement la situation. Au niveau des principes d'abord, dans la mesure où les Alliés avaient fait la guerre au nom du droit des peuples à disposer d'eux-mêmes. En signant la charte de l'Atlantique, Churchill avait bien fait préciser que ces principes ne s'appliquaient pas aux peuples colonisés, mais c'était en fait une position intenable, d'autant que les États-Unis et l'Union soviétique se proclamaient puissances anticolonialistes et que, dès sa création, la majorité de l'Organisation des Nations unies était composée de pays anciennement colonisés qui admettaient difficilement le maintien de la colonisation. Au niveau des faits ensuite : la conquête de l'Asie du Sud-Est par le Japon avait gravement humilié aux yeux des populations autochtones les anciens maîtres vaincus par un peuple de couleur, et, dans les autres parties du monde, la défaite de la France et l'épuisement de l'Angleterre leur avaient enlevé beaucoup de prestige dans leurs colonies. Enfin, si l'Empire britannique possédait déjà, depuis le statut de Westminster en 1931, un cadre nouveau avec le Commonwealth créé entre elle et ses dominions devenus indépendants, la conférence de Brazzaville organisée par le général de Gaulle (30 janvier-8 février 1944) avait prévu que les rapports entre la France et ses colonies seraient modifiés, ne serait-ce que par l'existence d'une représentation des populations colonisées dans les Assemblées françaises. La Constitution votée en 1946 en tira les conséquences en transformant l'Empire en « Union française ». Mais le vent de la décolonisation allait souffler beaucoup plus fort que les réformateurs avaient pu le penser.

L'Asie méridionale. Les deux grands secteurs de colonisation étaient l'Asie méridionale et l'Afrique. La décolonisation s'opéra par zones géographiques. D'abord le Moyen-Orient :

les Anglais doivent renoncer à conserver une influence sur l'Égypte et sur l'Irak, officiellement indépendantes respectivement depuis 1922 et 1932 ; ils abandonnent leur mandat sur la Transjordanie en 1946 et celui sur la Palestine en 1948. Quant à la France, elle a dû dès 1946 accorder l'indépendance à la Syrie et au Liban.

En Asie méridionale, trois puissances européennes étaient concernées, l'Angleterre au premier chef, les Pays-Bas et la France. Pour des États vaincus et occupés pendant la guerre comme la France et les Pays-Bas, récupérer leurs possessions coloniales était réaffirmer leur rôle de puissances, mais tant dans les Indes néerlandaises qu'en Indochine des pouvoirs nationalistes avaient profité de la défaite japonaise pour s'installer. En Indonésie, où les nationalistes dirigés par Soekarno avaient proclamé l'indépendance le 17 août 1945, les Pays-Bas tentèrent de reprendre le contrôle du pays, mais, après une période de négociations, de combats, de guérillas, ils durent reconnaître les États-Unis d'Indonésie, qui devinrent totalement souverains en décembre 1949. En Indochine, où le *Viêt-minh, sous la direction de Hô Chi Minh, avait proclamé, également en août 1945, la république démocratique du Viêt-nam, le général de Gaulle avait envoyé un corps expéditionnaire commandé par le général Leclerc pour réinstaller la souveraineté française dès octobre 1945. Des accords signés en mars 1946 prévoyaient que le Viêt-nam deviendrait un État libre dans le cadre de l'Union française, mais cette formule était comprise de façon très différente des côtés français et vietnamien. Les hostilités débutaient en novembre et décembre 1946 et devaient durer huit ans, avant qu'à la suite de la défaite française de Diên Biên Phu les accords de Genève y mettent fin en juillet 1954. La « guerre d'Indochine » avait été d'autant plus longue qu'elle avait procédé en même temps de la décolonisation et de la guerre froide. Deux États vietnamiens, en principe provisoires, étaient constitués de part et d'autre du 17° parallèle, communiste au Nord, non communiste au Sud. Parallèlement, le Laos et le Cambodge étaient également devenus indépendants.

Face à la mauvaise volonté néerlandaise et au refus françai

d'accepter la décolonisation, la décolonisation de l'Asie britannique se fit beaucoup plus facilement, entravée seulement par les problèmes locaux. Au mois d'août 1947, l'indépendance de l'Inde était proclamée, mais l'opposition entre hindouistes et musulmans avait obligé à la division en deux États, l'Inde au milieu et, de part et d'autre, le Pakistan qui regroupait les musulmans. L'île de Ceylan était devenue indépendante en décembre 1947, la Birmanie en janvier 1948, la Malaisie seulement en 1957 en raison des difficiles problèmes ethniques et politiques (une rébellion communiste) qui s'y posaient, sans compter la question spécifique de Singapour (indépendante en 1958).

La libération de l'Asie fut le signal d'une prise de conscience des peuples anciennement colonisés qui voulurent échapper à l'influence occidentale également dans les rapports internationaux. La conférence de Bandoung (avril 1955) proclama le « neutralisme » des pays du tiers monde dans le conflit des deux blocs et annonça aussi la totale décolonisation.

L'Afrique. L'Afrique fut le dernier continent à échapper à la domination européenne ; le processus fut quelquefois sanglant et relativement lent. Dès la fin de la guerre, les colonies anciennement italiennes avaient été promises par l'ONU à une rapide indépendance. Ce fut fait pour la Libye dès octobre 1951. La France perdit ses territoires coloniaux en deux phases, l'Afrique du Nord entre 1956 (indépendance de la Tunisie et du Maroc) et 1962 (indépendance de l'Algérie après une guerre de huit années), ses territoires subsahariens et Madagascar en 1960. L'Afrique anglaise devenait indépendante entre 1954 (le Ghana, anciennement Côte-de-l'Or) et 1964 (le Malawi, anciennement Nyasaland, et la Zambie, anciennement Rhodésie du Nord). La Belgique avait abandonné le Congo en 1960. Seul le Portugal s'accrocha à ses territoires coloniaux, et ce ne fut qu'après de longs combats qu'en 1975 l'Angola et le Mozambique obtinrent leur indépendance.

Si l'on fait abstraction de l'Empire portugais et de territoires dispersés à travers le monde et de taille réduite, les départements et territoires d'outre-mer français (DOM-TOM) par exemple, en moins de vingt ans, l'Europe avait perdu sa domination coloniale sur le monde.

Le retour de l'Europe occidentale

L'Europe occidentale, cette Europe déchue de son ancienne puissance et de sa domination sur le monde, opéra pourtant progressivement un véritable « retour » qui revêtit deux aspects : la croissance individuelle des États qui la composaient et leur marche vers l'unité européenne.

La croissance des États. Trois grands États symbolisèrent la croissance de l'Europe occidentale : la France, la République fédérale allemande et l'Italie. Dans les années qui ont suivi la fin de la guerre, les conditions de vie y furent souvent très rudes ; l'Allemagne était dans un état de délabrement total, l'Italie était celle du cinéma néo-réaliste, du *Voleur de bicyclette* et de la misère générale. Les ruines étaient immenses. La destruction des infrastructures ferroviaires, routières, portuaires rendait très difficile une reprise économique. Les villes allemandes en particulier n'étaient souvent plus que des tas de ruines. Pour les peuples européens libérés, la surprise fut que la fin de la guerre ne se traduisit pas par une amélioration de la situation, mais souvent par une aggravation. Même les vainqueurs comme les Anglais durent maintenir, et pour longtemps, les très sévères restrictions du temps de guerre. Partout, le ravitaillement, surtout dans les villes, restait à un niveau très bas, et quand imprudemment on prétendait atténuer les restrictions, il fallait y revenir rapidement. Ainsi, en France, la carte de pain, supprimée le 1er novembre 1945, dut être rétablie précipitamment le 28 décembre, la ration de pain journalière et individuelle tombant même à 200 grammes du 1er mai au 1er septembre 1947.

Dans un premier temps la reconstruction fut freinée par le *dollar gap*, le déficit des dollars indispensables pour acheter aux États-Unis le matériel et les matières premières nécessaires. Dans ces conditions, les 13 milliards de dollars d'aide économique déversés sur les pays de l' *OECE, entre 1948 et 1952, contribuèrent à la rapidité du relèvement (même s'il parut long à des populations qui le vivaient au quotidien). La production industrielle des pays de l'OECE, calculée par rapport à l'indice 100 en 1938, était à 87 en 1947, 98 en 1948, 110 en 1949, 122 en 1950, 134 en 1951, mais elle fut inégale d'un pays à l'autre, et nettement plus marquée en France, en Italie et en Allemagne qu'en Grande-Bretagne.

Ce fut à partir de là que se produisirent les « miracles ». Le « miracle allemand » d'abord. Sous la direction du chancelier démocrate-chrétien Konrad Adenauer (1949-1963) et de son ministre de l'Économie Ludwig Erhard, le « père du miracle économique », la rapidité du relèvement de l'Allemagne occidentale stupéfia : dès 1956 elle entrait dans l'ère de la prospérité. Grâce à une progression très forte et très prolongée de la croissance (une crise de récession affecte l'économie allemande seulement en 1966-1967), son économie, appuyée sur une monnaie forte, le *deutsche Mark*, et un puissant courant d'exportation, devient l'une des toutes premières dans le monde. En vingt ans, à l'image d'une Allemagne en ruine a succédé celle d'une Allemagne opulente et enviée.

Le « miracle italien » est d'une autre nature. Sans atteindre les sommets allemands, l'économie de ce pays sans matières premières et pauvre connaît une croissance rapide et continue qui, en une vingtaine d'années, fait principalement du Nord et du Centre – le Sud et les îles restent en partie à l'écart de cette progression – des régions d'industrie moderne : dans des secteurs comme ceux de l'automobile et de l'électroménager, l'Italie s'assure de fortes positions sur le plan international.

On parle plus rarement d'un « miracle français » ; on préfère l'expression des « Trente Glorieuses », trente ans de croissance continue et forte depuis 1945 jusqu'aux lendemains du choc pétrolier de 1973 et du début de la grande crise mondiale, performance unique dans l'histoire du pays. A partir des années 60, la croissance française est l'une des plus fortes d'Europe ou du monde, et la France devient véritablement une grande puissance industrielle moderne.

En revanche, à l'issue de la guerre, le Royaume-Uni ne parvient pas à s'insérer dans l'expansion européenne. Le recul des exportations (11 % du total mondial en 1948, 5,9 % en 1972) symbolise la stagnation de l'économie britannique, qui ne cesse de perdre du terrain par rapport aux autres pays européens. Mis à part cette contre-performance, ce sont tous les pays d'Europe occidentale qui connaissent une progression spectaculaire et entrent dans l'ère de la consommation de masse. Même l'Espagne, qui pouvait encore être considérée comme un pays sous-développé au sortir de la guerre, est en train de devenir un pays industriel moderne grâce à une croissance qui est parmi les plus fortes du monde dans les années 60.

Certes, depuis 1974, l'Europe occidentale a été durement frappée par la « crise » mondiale déclenchée par le premier *choc pétrolier, puis relancée par le second en 1979. Les caractères de cette crise ont été inhabituels, car, si elle a engendré des taux de chômage très élevés, elle s'est aussi traduite par de très fortes poussées inflationnistes, à l'inverse de la crise de 1929 par exemple. Quant à la production, elle a souvent continué à croître, à un rythme très ralenti. De sorte que la « crise » apparaît davantage comme une adaptation difficile aux transformations provoquées par une très longue croissance que comme une crise au sens traditionnel du terme. Depuis 1983, les différents pays sont progressivement sortis de la crise, tout en conservant un très grand nombre de chômeurs, notamment la France et le Royaume-Uni.

La marche vers l'unité. Parallèlement à cette puissante expansion économique, le deuxième volet de ce « retour » de l'Europe occidentale est la volonté de créer une véritable Europe.

Au sortir de la guerre, l'Europe occidentale pouvait apparaître comme un enjeu entre les deux blocs ; il était normal qu'elle tente de s'organiser. L'idée des « États-Unis d'Europe » n'était pas nouvelle, et, à la fin des années 20, Aristide Briand s'en était fait l'éloquent défenseur. L'idée avait été reprise par Winston Churchill dans un discours prononcé à Zurich en 1946. « Que l'Europe se lève ! » s'était-il écrié. Par ailleurs les États-Unis avaient souhaité que l'aide Marshall soit distribuée dans le cadre d'une coopération européenne, dont était sortie l'OECE. Un congrès de l'Europe avait eu lieu à La Haye, en mai 1948, qui avait abouti à la création d'un Conseil de l'Europe composé de deux organismes, un Comité des ministres et une Assemblée consultative européenne siégeant à Strasbourg et comprenant des représentants des 17 membres de l'OECE ; mais l'activité de ce Conseil se limita à des discussions intéressantes, car l'Angleterre était catégoriquement opposée à tout abandon de la souveraineté nationale (contrairement à la France à ce moment).

Jean Monnet, après ce départ un peu décevant, estima que, pour réaliser la construction européenne, il fallait que les Européens s'habituent à travailler ensemble dans le cadre de réalisations concrètes dans des secteurs précis. L'idée fut adoptée par le ministre français des Affaires étrangères, Robert Schuman, et aboutit au plan qui porte son nom créant, le 18 avril 1951, la Communauté européenne du charbon et de l'Acier (CECA) entre six participants, la France, l'Allemagne fédérale, la Belgique, les Pays-Bas, le Luxembourg et l'Italie. Une haute autorité siégeant à Luxembourg possédait des pouvoirs supranationaux dans le domaine de la production et des échanges du charbon et de l'acier. Réalisation fondamentale puisque pour la première fois fonctionnait une institution européenne qui, en plus, connaissait un grand succès, malgré le handicap qu'avait été le refus du Royaume-Uni d'y participer.

Un second projet fut moins heureux, celui de la Communauté européenne de défense (CED), qui devait permettre de faire participer des troupes allemandes à la défense de l'Europe dans le cadre d'une armée européenne. L'avantage espéré était de réaliser le réarmement de l'Allemagne, considéré comme nécessaire par les États-Unis, sans réveiller les vieux démons d'une armée allemande autonome, tout en donnant vie à une nouvelle institution européenne. Le traité, signé à Paris le 27 mai 1952 par les six partenaires, ne put être ratifié par l'Assemblée nationale française devant l'opposition déterminée des communistes et des gaullistes. Après plusieurs années d'une querelle politique d'une violence extrême, la CED fut rejetée sans débat le 30 août 1954, à la suite de quoi les accords de Londres et Paris (octobre 1954) recréèrent une armée allemande dans le cadre de l'Union européenne occidentale (UEO), alliance militaire conclue pour cinquante ans entre les six de la CECA et le Royaume-Uni.

Freinée par l'échec de la CED, l'idée européenne fut véritablement relancée par la réunion des six ministres des Affaires étrangères de la CECA à Messine, le 1er juin 1955, et la décision d'instaurer une Communauté économique européenne (CEE), ce qui fut réalisé par le traité de Rome signé le 25 mars 1957. L'objectif était d'assurer progressivement la libre circulation des marchandises et des hommes à l'intérieur de cette communauté des Six. Outre le Conseil des ministres hérité de la CECA, une « Commission européenne » s'installait à Bruxelles, qui était une ébauche de pouvoir supranational.

La création du Marché commun était un pas considérable dans la voie de la construction européenne, suivi de lents progrès pendant une dizaine d'années. Le général de Gaulle, sans être totalement hostile à la construction européenne, aurait préféré un simple condominium franco-allemand et redoutait d'autant plus toute immixtion dans la vie nationale des organismes de la CEE qu'ils auraient pu être le « cheval de Troie » de l'influence américaine. Cela fut la principale raison du refus qu'il opposa par deux fois, en 1963 et en 1966, à l'entrée dans le Marché commun de la Grande-Bretagne, maintenant acquise à l'idée européenne. Il fallut donc attendre le 1er janvier 1973 pour que l'Europe des Six devienne l'Europe des Neuf avec l'entrée du Royaume-Uni, du Danemark et de l'Irlande, puis, en 1980, l'Europe des Dix avec l'entrée de la Grèce, et en 1986 enfin, l'Europe des Douze avec celles de l'Espagne et du Portugal. Depuis 1979, un Parlement européen est élu au suffrage universel.

La lenteur de la construction européenne s'explique par la très forte imprégnation nationale de peuples qui ont des difficultés à se sentir d'abord « européens » et sont très réticents à franchir le pas décisif de la transformation d'une communauté économique en une communauté politique. Il n'empêche que les institutions européennes ont pris trop de place dans la vie de l'Europe pour que, semble-t-il, elles puissent être remises en cause. L'Acte unique européen entré en application le 1er janvier 1993 et le traité de Maastricht instituant la Communauté européenne signé le 7 février 1992, malgré toutes ses difficultés d'application, marquent de nouveaux pas dans la construction européenne.

Une Europe au moins, celle de l'Ouest, est en voie de se réaliser, mais les bouleversements de l'autre Europe, celle de l'Est, ne sont pas sans lui poser de nouveaux problèmes.

Les soubresauts de l'Europe de l'Est et le déclin du modèle soviétique

L'emprise soviétique. L'Union soviétique est sortie triomphante de la guerre – et le mouvement communiste a connu alors une formidable expansion dans le monde –, mais Staline, conscient de la réelle faiblesse de son pays à la suite des ravages subis, fut plus tenté de conserver les acquis que de poursuivre l'expansion. L'URSS entre dans une phase défensive – contrairement à ce que l'on a souvent cru en Occident. Sa reconstruction, en l'absence de possibilité d'aide extérieure, imposa à la population des conditions de vie extrêmement pénibles et une discipline rigide, dont l'une des traductions fut le retour au climat de terreur et de répression des années 30 : outre la déportation de populations entières soupçonnées d'avoir pactisé avec les Allemands et celle des anciens prisonniers de guerre survivants, des millions et des millions de personnes furent envoyées dans les camps de travail (* Goulag, « Direction centrale des camps »), et beaucoup y moururent. Tous les domaines de la pensée et de la culture sont étroitement contrôlés sous la direction d'Andreï Jdanov. Des théories furent condamnées – comme par exemple celle d'où sortit l'informatique – tandis que d'autres qui relevaient du charlatanisme, comme le * lyssenkisme en biologie, furent imposées. Autour de la personne de Staline se développa un

« culte de la personnalité » inouï qui l'assimilait pratiquement à Dieu descendu sur terre.

La terreur qui s'abattit sur la population soviétique fut prolongée dans les démocraties populaires. Si certaines des premières réformes faites par les communistes – la distribution des terres ou l'expulsion des minorités allemandes, par exemple – ne furent pas mal accueillies, ceux-ci n'en représentaient pas moins au départ de très faibles minorités, sauf dans une certaine mesure en Tchécoslovaquie, et assez rapidement un très vif mécontentement se développa dans les démocraties populaires, mécontentement aux causes diverses suivant les pays : persécutions religieuses particulièrement sensibles en Pologne ou en Hongrie, collectivisation de la terre que refusent les paysans à qui l'on vient justement de la distribuer, mécontentement ouvrier devant les salaires de misère qu'ils perçoivent, sentiment de l'oppression nationale et de l'exploitation économique par l'Union soviétique... Seules des mesures de contrainte très variées permettaient de faire face à cette opposition grandissante, mais les démocraties populaires furent secouées par une série de crises.

Les grandes crises. Le détonateur de la première crise fut l'affaire yougoslave.

La rupture entre la Yougoslavie de Tito et l'Union soviétique fut portée sur la place publique le 1er juillet 1948. Elle s'explique par l'opposition entre le nationalisme yougoslave et la volonté de domination de Staline portée à son sommet quand Tito avait voulu organiser sous sa direction une Fédération balkanique. Cette idée d'un sous-ensemble de pays socialistes, échappant partiellement à son autorité, était insupportable à Staline. Après avoir utilisé tous les moyens de pression en son pouvoir, mis à part l'aggression directe, Staline dut se résigner à admettre la dissidence yougoslave, mais avec la volonté que cela ne puisse se reproduire ailleurs. Dans toutes les démocraties populaires, de grands procès furent organisés contre des dirigeants communistes soupçonnés de déviation « titiste », à cause de leurs origines ou de leurs activités passées (participation à la guerre d'Espagne, non-résidence en URSS pendant la guerre, juifs...) et accusés après des aveux obtenus sous la torture. Les plus célèbres de ces procès, qui aboutirent à de nombreuses exécutions, furent les affaires Kostov en Bulgarie et Rajk en Hongrie en 1949, Slansky en Tchécoslovaquie en 1951.

Tant que Staline fut là, l'agitation, étouffée par une poigne de fer, ne put cependant guère se manifester, mais, aussitôt après sa mort (5 mars 1953), une véritable insurrection ouvrière éclatait à Berlin et dans les principales villes de l'Allemagne de l'Est (juin 1953), réprimée par les troupes soviétiques. Après le rapport de Nikita Khrouchtchev qui révélait ce qu'avait été le véritable Staline, lors du XXe congrès du Parti communiste de l'Union soviétique en février 1956, l'agitation gagna la Pologne, avec les manifestations de métallurgistes durement réprimées à Poznan (juin 1956) suivie par une agitation générale, l'« octobre polonais », dont les dirigeants soviétiques acceptèrent qu'il se termine par l'arrivée au pouvoir d'un communiste considéré comme libéral, Gomulka. Les événements de Hongrie de novembre 1956, après une longue période d'agitation depuis 1953, furent les plus graves. C'est à une véritable insurrection que firent face les troupes soviétiques qui l'écrasèrent (20 000 morts). La déstalinisation voulue par Khrouchtchev avait ses limites et se refusait à mettre en cause les limites de l'Europe communiste. Cette tendance ne fut que renforcée par Léonide Brejnev, successeur de Khrouchtchev, après que ce dernier eut été « déposé ». L'URSS entrait dans une longue période d'immobilisme.

La deuxième crise des démocraties populaires fut plus étalée dans le temps et de signification moins homogène. En 1961, l'Albanie prit le parti de la Chine dans le conflit soviéto-chinois et rompit avec l'URSS. En 1964, les dirigeants roumains refusèrent le plan de partage des activités établi par Khrouchtchev, condamnant la Roumanie à n'être qu'un pays agricole, et développèrent une critique de caractère national affirmant l'indépendance de la Roumanie par rapport à l'URSS. Toutefois les événements les plus spectaculaires eurent lieu en Tchécoslovaquie en 1968. Un très vigoureux mouvement de libération se développa au sein même du Parti communiste tchécoslovaque qui atteignit son sommet au printemps (« printemps de Prague »). Pour y mettre fin, les troupes de l'Union soviétique et de quatre de ses alliés du *pacte de Varsovie (RDA, Pologne, Hongrie, Bulgarie) envahirent la Tchécoslovaquie et l'occupèrent militairement. Elles avaient ainsi appliqué la théorie de la « souveraineté limitée » définie par Brejnev.

La troisième grande crise des démocraties populaires débuta en Pologne. La gravité de la situation économique, la faiblesse des salaires, l'importance de l'Église catholique, que le Parti communiste avait été impuissant à réduire, y créaient une situation particulière et l'agitation y fut presque continuelle : véritables émeutes de la faim dans les ports de la Baltique en décembre 1970, manifestations violemment réprimées en 1976 à la suite d'une hausse des prix ; mais ce fut à Gdansk que les événements les plus importants se déroulèrent à partir de 1980. Les grandes grèves des chantiers navals dirigées par un ouvrier électricien, Lech Walesa, aboutissent à la naissance d'un syndicat non officiel, Solidarité, avec qui les autorités acceptent de négocier, puis qu'elles tentent de réprimer en proclamant l'« état de guerre » (décembre 1981), sorte de coup d'État militaire dirigé par le nouveau Premier ministre, le général Jaruzelski. La situation économique et sociale du pays ne cessant d'empirer, le Parti communiste étant en pleine déliquescence, les autorités communistes sont obligées de reprendre le contact avec les forces représentées par Solidarité et d'accepter, par les accords du printemps 1989, un premier pas dans la voie parlementaire : 35 % des membres de la Diète et les 100 membres du Sénat devaient être élus librement. Les élections qui suivent peu après voient la déroute des candidats communistes et un non-communiste, le catholique Tadeusz Mazowiecki, forme le premier gouvernement non totalement composé de communistes depuis plus de quarante ans.

Les changements en Pologne n'avaient cependant été possibles qu'en raison des changements en URSS. Lorsque, après la mort de Brejnev, en 1982, puis celle des deux malades qui lui succèdent, Andropov en 1984 et Tchernenko en 1985, Mikhaïl Gorbatchev devient secrétaire général du Parti communiste soviétique, personne ne se doutait qu'il allait être l'homme du changement. Convaincu que l'URSS allait à sa perte si elle n'était pas réformée, il s'engage dès 1987 dans la *perestroïka* (la restructuration économique), la *glasnost* (la transparence) et la démocratisation, ce qui au fil des années apparaît comme une refonte de plus en plus complète de toute l'organisation de l'URSS à la lumière des principes de l'Occident bien davantage que de ceux du communisme. Pour la première fois, en avril 1989, des élections semi-libres ont lieu dont le principal enseignement est de montrer la volonté de changement des populations soviétiques et la mise en cause de la domination d'un parti tout-puissant.

Les événements de Pologne et les changements en URSS sont à leur tour le signal d'un prodigieux bouleversement dans les démocraties populaires : en quelques semaines, à la fin de l'année 1989 – l'ouverture du mur de Berlin, symbole de la division de l'Europe, en fut la manifestation la plus emblématique au début du mois de novembre –, dans toutes les démocraties populaires, les dirigeants cèdent la place ou sont renversés, voire exécutés, comme les époux Ceaucescu, en Roumanie, le 25 décembre 1989, et des régimes représentatifs s'organisent, plus ou moins facilement.

Vers une Europe unie

Si une Europe unifiée n'avait en aucun temps vraiment existé, elle n'avait jamais été autant coupée en deux à l'époque moderne et contemporaine que par l'existence à l'Est d'une Europe communiste. L'irrémédiable chute du communisme – du moins en Europe, puisqu'une partie de l'Asie orientale (Corée du Nord, Chine, Vietnam) s'y réfère encore – allait-elle favoriser son unification ?

Dans un premier temps, ce fut au contraire une véritable explosion de l'Europe orientale qui eut lieu. Le sentiment national qui prend par moments l'habit du nationalisme – ce facteur essentiel du processus historique que le système communiste avait cru faire disparaître – réapparut en force, en même temps que des forces politiques diversifiées remplaçaient l'ancien parti unique communiste. Les quinze « États » qui formaient l'Union soviétique prenaient tous leur indépendance, même quand ils étaient liés à la Russie depuis plusieurs siècles, comme l'Ukraine ou la Biélorussie. Même la Fédération de Russie n'était pas à l'abri des revendications nationales. C'est ainsi qu'en Tchétchénie se développe à partir de 1990 un mouvement « indépendantiste » qui, après diverses péripéties, aboutit à deux guerres : une première de 1994 à 1996, et une seconde, véritable guerre de reconquête, qui débute en 1999 et qui donne lieu à de grandes atrocités. En même temps, les événements de Tchétchénie ne sont pas sans effets sur l'ensemble du Nord-Caucase.

Pour les anciennes démocraties populaires, la République démocratique allemande est intégrée, en apparence sans problèmes majeurs, dans l'Allemagne réunifiée qui, avec 80 millions d'habitants, est à nouveau le pays le plus peuplé d'Europe (en dehors de la Russie). En réalité, même si Berlin en redevient la capitale pendant l'été 1995, l'Allemagne ne parvient pas malgré d'immenses efforts à résorber le retard économique de l'ancienne Allemagne de l'Est – le chômage y est particulièrement élevé – et l'équilibre de toute l'économie allemande en est perturbée. Les autres États d'Europe orientale et centrale conservent leurs frontières de 1919 (Hongrie, Bulgarie, Albanie) ou de 1945 (Pologne, Roumanie), mais des mouvements de séparation nationale s'enclenchent dans les États pluri-ethniques. La Slovaquie se sépare à l'amiable de la République tchèque en 1994, mais ce ne fut pas le cas pour l'éclatement de la Yougoslavie. Créé à l'issue de la Grande Guerre, l'État des Slaves du Sud n'était que le paravent d'une Grande Serbie et – après l'épisode équivoque du titisme – beaucoup de Serbes n'entendent pas y renoncer. La vigueur du nationalisme permet à des responsables communistes comme Slobodan Milosevic de troquer le communisme contre le nationalisme avec la claire intention – fermement soutenu par l'armée « yougoslave » – de ne rien céder de l'héritage. Face aux volontés nationales des autres composantes de l'ancienne Yougoslavie, cela ne pouvait être que le signal d'une série de conflits d'autant plus rudes que les différentes ethnies étaient souvent étroitement imbriquées.

A partir de 1991, la Yougoslavie se transforme en champ de bataille. En quelques semaines, en juin-juillet, la Slovénie, à peu près ethniquement homogène, obtient son indépendance – l'armée fédérale n'insiste pas –, mais il n'en est pas de même avec la Croatie, non seulement parce qu'elle comprend l'importante minorité serbe de la Krajina, mais parce qu'elle possède toute la côte de Dalmatie qui assurait à la Yougoslavie son débouché sur l'Adriatique. La guerre commence en août 1991, guerre immédiatement féroce, avec en octobre la prise par les Serbes de Vukovar. Ils commencent aussitôt le siège de Dubrovnik sur la côte dalmate, ville considérée comme un des trésors de l'humanité. En avril 1992, les Serbes contrôlent le tiers du territoire croate. A ce moment, la guerre se déroule déjà en Bosnie-Herzégovine où a commencé le long siège par les Serbes de la capitale de la province, Sarajevo. Le conflit y est d'autant plus atroce que la Bosnie est divisée entre trois ethnies souvent mélangées, les Musulmans (à vrai dire pour la plupart d'origine serbe), qui sont majoritaires, suivis de près par les Serbes orthodoxes et de plus loin par les Croates catholiques. Les Serbes sont bientôt maîtres de 70 % de la Bosnie. Mais, à partir de 1995, la situation se retourne : les Croates, puissamment aidés par les États-Unis, s'emparent de la Krajina par une offensive-éclair, puis la coalition croato-musulmane reprend une partie de la Bosnie. La médiation américaine aboutit aux accords de Dayton (décembre 1995). La Serbie et la Croatie se reconnaissent mutuellement, tandis que la Bosnie devient un État indépendant divisé en trois zones de caractère ethnique. Sarajevo est réunifiée en 1996 après que presque tous les habitants serbes l'ont quittée.

De son côté, la Macédoine était devenue indépendante depuis 1991, avant que sa minorité albanaise y provoque d'importants troubles en 2000-2001.

La « Yougoslavie » était alors réduite à la Serbie et au Monténégro. Les conflits n'en étaient pas terminés pour autant : la Serbie comprenait une importante minorité albanaise qui formait la très grande majorité de la population de la province du Kosovo (ou Vieille-Serbie), considéré par les Serbes comme un des berceaux de leur nation. Les Albanais du Kosovo entendaient bien obtenir une indépendance que les Serbes leur refusaient catégoriquement.

Le conflit du Kosovo prend une dimension internationale avec l'intervention de la communauté internationale : depuis 1992, des casques bleus étaient intervenus dans l'ancienne Yougoslavie, mais l'action internationale avait été surtout marquée par la lenteur et l'indécision, voire de graves défaillances quand des casques bleus néerlandais ne s'opposent pas aux massacres de Srebrenica, d'autant que les Européens avaient souvent d'importantes divergences de vues. Mais l'ampleur des exactions serbes, plus importantes que celles de leurs adversaires – en particulier les massacres de Vukovar (novembre 1991) et surtout de Srebrenica (juillet 1995) –, finit par retourner le monde contre eux. Leur volonté d'expulser deux millions d'Albanais du Kosovo, filmée jour après jour par les télévisions du monde entier, a le même effet. Les États-Unis et les pays européens interviennent sous le couvert de l'OTAN et, après 79 jours de bombardement, le 23 mars 1999, la Serbie cède. Les forces serbes quittent le Kosovo, précédées ou accompagnées de la presque totalité de la minorité serbe.

On estime à environ 200 000 les morts de ces guerres « yougoslaves » qui se terminent en désastre pour la Serbie, son président Slobodan Milosevic étant même traduit devant le Tribunal pénal international de La Haye.

Quant à la Russie, elle a pris la voie de la démocratie et de l'économie libérale de façon chaotique. Après l'échec d'une tentative de coup d'État contre Mikhaïl Gorbatchev au mois d'août 1991, le Parti communiste est dissout. L'Union soviétique se désagrège et son président Gorbatchev démissionne en décembre 1991 lorsqu'elle cesse officiellement d'exister. En juin 1991, un nouveau président, Boris Eltsine, a été élu à la tête de la Russie, il sera réélu en 1996. L'instabilité due aux décisions souvent désordonnées de Boris Eltsine, les derniers soubresauts du communisme qui se terminent par un assaut sanglant contre la « Maison-Blanche », le siège des députés, comme en octobre 1993, les immenses difficultés du passage brutal d'une économie étatique et en ruine à une économie libérale, la grande misère qui a frappé une partie de la population rendent incertain l'avenir de la Russie. Elle semble cependant se stabiliser après l'élection à la présidence de la Russie en mars 2000 de Vladimir Poutine qui entend guider de façon plus ferme l'évolution de la Russie, tout en favorisant sa réintégration dans la communauté internationale.

Pendant que l'Europe communiste disparaissait, la construction européenne s'accélérait. Le traité de Maastricht signé en 1992 – outre le symbole que représentait le passage de la *Communauté* européenne à l'*Union* européenne – prévoyait l'établissement d'une monnaie unique. Ce fut l'*euro* qui entrait en vigueur le 1er janvier 1999, les anciennes monnaies étant retirées de la circulation à partir du 1er janvier 2002. Même si les habitants de l'Union européenne donnent souvent l'impression d'en voir plus les défauts que les avantages, elle possède un extraordinaire pouvoir d'attraction sur les pays européens qui n'en font pas encore partie. La candidature de dix autres États qui viendraient s'ajouter aux quinze actuels[1] a été acceptée et ils pourraient avoir rejoint l'UE en 2005. Trois autres, la Roumanie, la Bulgarie et la Turquie – même si cette dernière n'est que très partiellement européenne –, dont on considère qu'ils ne remplissent pas encore toutes les conditions souhaitées, sont également candidats. L'hebdomadaire *Courrier international* peut titrer son numéro du 18 au 24 juillet 2002 : « Horizon 2004, l'Europe enfin réunifiée ». Comme l'écrit un historien britannique, Timothy Garton Ash : « Nous approchons de ce moment historique où la plupart des pays d'Europe seront, par volonté démocratique, les membres d'une seule organisation dans un cadre légal commun. »

Néanmoins, le fonctionnement de l'Europe à quinze ne va déjà pas sans difficultés. Le sommet de Nice en septembre 2000 l'a illustré. Les grands pays souhaitent être représentés proportionnellement à leur importance, tant au Conseil européen qu'au Parlement européen – tout en conservant la parité entre eux ! –, tandis que les petits pays craignent de se retrouver marginalisés. Des attitudes qui, à terme, peuvent paralyser l'Europe.

Devant le nouvel élargissement très prochain de l'Europe, il était nécessaire de s'en préoccuper. Une *Convention sur l'avenir de l'Europe*, dont Valéry Giscard d'Estaing est le président, a été réunie en 2002 à Bruxelles : elle comprend des représentants des quinze pays membres de l'UE ainsi que des treize pays candidats. Au total, 105 membres représentant les gouvernements, les parlements nationaux, le Parlement européen et la Commission européenne. Il s'agit de mettre en place des systèmes de fonctionnement simples, compréhensibles pour les populations, et de définir, de façon également simple, les compétences respectives des États et de l'Union européenne. Une tâche d'une grande complexité en regard des grandes différences d'histoire, de culture et de développement des pays européens. Cette Convention doit rendre son rapport en 2003 et l'avenir de l'Europe en dépend largement, même si la formule de Valéry Giscard d'Estaing « la dernière chance de l'Europe unie » (*Le Monde*, 23 juillet 2002) paraît excessive.

Au début du 21e siècle, après l'écroulement du communisme, il pourrait sembler que rien ne peut vraiment arrêter la réalisation du vieux rêve d'une Europe unie. La réalité est en train de balayer le scepticisme largement répandu lorsque le visionnaire que fut le général de Gaulle appelait de ses vœux « l'Europe de l'Atlantique à l'Oural », ou que Gorbatchev parlait de « la maison commune » qu'était l'Europe.

Néanmoins, même si l'on fait abstraction des difficultés internes à l'Europe, elle n'a pas acquis encore de stature internationale. Elle reste désemparée et presque sans voix devant ce qui sera peut-être le problème essentiel du siècle qui débute, les rapports avec le reste du monde à l'époque de la « mondialisation » et surtout à celle du terrorisme planétaire dont le 11 septembre 2001 peut avoir été l'avertissement et le signal.

Pour l'Europe bientôt unie, l'histoire ne s'est pas arrêtée.

DOCUMENT 1

Extraits du rapport secret de Khrouchtchev au XXe congrès du Parti communiste de l'Union soviétique

« Staline fut à l'origine de la conception de l'" ennemi du peuple ". Ce terme rendit automatiquement inutile d'établir la preuve des erreurs idéologiques de l'homme ou des hommes engagés dans une controverse ; ce terme rendit possible l'utilisation de la répression la plus cruelle, violant toutes les normes de la légalité révolutionnaire contre quiconque, de quelques manières que ce soit, n'était pas d'accord avec lui ; contre ceux qui étaient seulement suspects d'intentions hostiles, contre eux qui avaient mauvaise réputation. Ce concept d'" ennemi du peuple " éliminait en fait la possibilité d'une lutte idéologique quelconque, de faire connaître son point de vue sur telle ou telle question, même celle qui avait un caractère pratique. Pour l'essentiel et en fait la seule preuve de culpabilité dont il était fait usage, contre toutes les normes de la science juridique actuelle, était la " confession " de l'accusé lui-même ; et comme l'ont prouvé les enquêtes faites ultérieurement, les " confessions " étaient obtenues au moyen de pressions physiques contre l'accusé.

" [...] Il a été établi que des cent trente-neuf membres et suppléants du Comité central du Parti qui avaient été élus au XVIIe Congrès, quatre-vingt-dix-huit avaient été arrêtés et fusillés, c'est-à-dire 70 % (pour la plupart en 1937-1938).

« *(Indignation dans la salle.)*

« Quelle était la composition du XVIIe Congrès ? On sait que 80 % des délégués du XVIIe Congrès avaient adhéré au Parti pendant les années de conspiration qui ont précédé la révolution et pendant la guerre civile, c'est-à-dire avant 1921 ; du point de vue de l'origine sociale, les délégués du Congrès étaient essentiellement des ouvriers (60 % des votants).

« Pour certaines raisons, il eût été inconcevable qu'un Congrès composé de la sorte élise un Comité central dont la majorité se serait révélée constituée d'ennemis du Parti. La seule raison pour laquelle 70 % des candidats élus du XVIIe Congrès ont été dénoncés comme des ennemis du Parti et du peuple fut que d'honnêtes communistes ont été calomniés, que les accusations portées contre eux étaient fausses et que la légalité révolutionnaire fut gravement violée.

« Un sort identique fut réservé non seulement aux membres du Comité central, mais aussi à la majorité des délégués du XVIIe Congrès ; des mille neuf cent soixante-six délégués, soit avec droit de vote, soit avec voix consultative, mille cent huit personnes, c'est-à-dire nettement plus que la majorité, ont été arrêtées sous l'accusation de crimes contre-révolutionnaires. Ce fait même montre combien folles et contraires au bon sens étaient les accusations de crimes contre-révolutionnaires portées, comme on peut en juger maintenant, contre une majorité des participants au XVIIe Congrès du Parti.

« *(Indignation dans la salle.)*

« [...] Nous voulons parler des déportations massives de peuples entiers, y compris tous les communistes et Komsomols sans exception ; ces mesures de déportation n'étaient justifiées par aucune considération militaire.

« Ainsi, dès la fin de 1943, quand se produisit une brèche sur tous les fronts de la grande guerre patriotique au bénéfice de l'Union soviétique, la décision fut prise et mise à exécution de déporter tous les Karatchais des terres sur lesquelles ils vivaient. A la même époque, fin décembre 1943, le même sort advint à toute la population de la république autonome des Kalmouks. En mars 1944, tous les Tchetchènes et tous les Ingouches ont été déportés et la république autonome tchetchène-ingouche liquidée. En avril 1944, tous les Balkars ont été déportés dans des endroits très éloignés du territoire de la république autonome kabardo-balkare et la république elle-même fut rebaptisée république autonome kabarde. Les Ukrainiens n'évitèrent ce sort que parce qu'ils étaient trop nombreux et qu'il n'y avait pas d'endroit où les déporter. Sinon, ils auraient été déportés eux aussi.

« *(Rires et mouvements dans la salle.)*

« [...] Camarades, le culte de la personnalité a atteint de si monstrueuses proportions, surtout en raison du fait que Staline lui-même, utilisant toutes les méthodes concevables, a encouragé la glorification de sa propre personne. Cela est étayé par de nombreux faits. Un des exemples les plus caractéristiques de cette autoglorification et du manque absolu de modestie de Staline est la publication, en 1948, de sa *Biographie abrégée.* Staline y est flatté et glorifié à l'égal d'un dieu et considéré comme un sage infaillible, " le plus grand des chefs ", " le plus grand stratège de tous les temps ".

« On en arriva à ne plus trouver de mots suffisamment forts pour chanter davantage ses louanges.

« Il est inutile de citer quelques exemples d'adulation pris parmi tous ceux qu'on rencontre dans ce livre. Qu'il me suffise d'ajouter que toutes ces adulations avaient été approuvées par Staline lui-même et qu'il en avait ajouté d'autres, écrites de sa propre main, sur le projet de texte du livre.

« S'était-il efforcé, dans ces notes manuscrites, de refroidir l'ardeur des thuriféraires qui avaient rédigé sa *Biographie abrégée* ? Bien au contraire ! Il prit soin de faire ressortir que dans certains passages du livre, les éloges qui lui étaient prodigués n'étaient pas, à son avis, suffisants. »

Branko Lazitch,
Le Rapport Khrouchtchev et son histoire,
Paris, Seuil, coll. « Points Histoire », 1976.

Dans son rapport devant le XXe congrès du Parti communiste de l'URSS, en février 1956, le nouveau secrétaire général, Nikita Khrouchtchev, met en cause Staline, mais de façon assez limitée. C'est dans un long rapport secret présenté à huis clos que Khrouchtchev dénonce les folies du culte de la personnalité développé autour de Staline et surtout les innombrables crimes qu'il a ordonnés. Ce ne fut que bien des années plus tard que l'URSS et les partis communistes ont authentifié ce rapport, dont on peut considérer qu'il marque le début du déclin du modèle communiste.

DOCUMENT 2

Traité de Rome (25 mars 1957) (extrait)

Première Partie. – Les principes

Article Premier. – Par le présent Traité, les Hautes Parties contractantes instituent entre Elles une Communauté économique européenne.

Art. 2. – La Communauté a pour mission, par l'établissement d'un Marché commun et par le rapprochement progressif des politiques économiques des États membres, de promouvoir un développement harmonieux des activités économiques dans l'ensemble de la Communauté, une expansion continue et équilibrée, une stabilité accrue, un relèvement accéléré du niveau de vie, et des relations plus étroites entre les États qu'elle réunit.

Aux fins énoncées à l'article précédent, l'action de la Communauté comporte, dans les conditions et selon les rythmes prévus par le présent Traité :

a) L'élimination, entre les États membres, des droits de douane et des restrictions quantitatives à l'entrée et à la sortie des marchandises, ainsi que de toutes autres mesures d'effet équivalent ;

b) L'établissement d'un tarif douanier commun et d'une politique commerciale commune envers les États tiers ;

c) L'abolition, entre les États membres, des obstacles à la libre circulation des personnes, des services et des capitaux ;

d) L'instauration d'une politique commune dans le domaine de l'agriculture ;

e) L'instauration d'une politique commune dans le domaine des transports ;

f) L'établissement d'un régime assurant que la concurrence n'est pas faussée dans le Marché commun ;

g) L'application de procédures permettant de coordonner les politiques économiques des États membres et de parer aux déséquilibres dans leurs balances des paiements ;

h) Le rapprochement des législations nationales dans la mesure nécessaire au fonctionnement du Marché commun ;

i) La création d'un Fonds social européen, en vue d'améliorer les possibilités d'emploi des travailleurs et de contribuer au relèvement de leur niveau de vie ;

j) L'institution d'une Banque européenne d'Investissement, destinée à faciliter l'expansion économique de la Communauté par la création de ressources nouvelles ;

k) L'association des pays et territoires d'outre-mer, en vue d'accroître les échanges et de poursuivre en commun l'effort de développement économique et social.

Art. 4. – 1. La réalisation des tâches confiées à la Communauté est assurée par :

- une Assemblée ;
- un Conseil ;
- une Commission ;
- une Cour de Justice.

Les six ministres de la CECA réunis à Messine le 1er juin 1955 décidèrent que le moment était favorable pour « relancer » la construction européenne. A la suite d'une série d'autres réunions, la négociation avait avancé assez favorablement pour que deux traités puissent être signés à Rome, le 25 mars 1957, concernant le « Marché commun » et l'« Euratom ». Le traité de Rome est véritablement l'acte fondateur de l'Europe, même si le passage d'un traité à caractère économique à une Europe politique peut encore être très long. Le traité sur l'Euratom a une portée assez limitée, en tout cas essentiellement technique.

DOCUMENT 3

Les élections en République démocratique allemande et en Hongrie (mars-avril 1990)

Pour la première fois depuis plus de quarante ans, des élections libres ont pu avoir lieu en République démocratique allemande le 18 mars 1990 et en Hongrie (pour le premier tour) le 25 mars.
Dans les deux cas, les partis communistes, maîtres du pouvoir jusqu'à une époque récente, ont été sévèrement battus (un peu moins en Allemagne où le Parti du socialisme démocratique, nouveau nom du Parti communiste, obtient 16,33 % des suffrages exprimés qu'en Hongrie où le Parti socialiste hongrois, nouveau nom du Parti communiste, n'obtient que 10,89 % des suffrages). D'une façon générale, les partis se réclamant de la gauche ont eu peu de succès, la victoire du centre et de la droite étant particulièrement considérable en Hongrie, avec près de 70 % des voix, plus qu'en Allemagne de l'Est, avec environ 55 %.

1. La composition de la Chambre du peuple en RDA :

Il y avait 12 777 732 inscrits. La participation au scrutin a atteint 93,22 %. Treize partis seront représentés à la Chambre du peuple. Le Conseil d'État de la RDA dispose de trente jours pour convoquer la nouvelle assemblée, qui élira un premier ministre.

Partis	Pourcentage	Sièges
Union chrétienne-démocrate (CDU)	40,91	164
Union sociale allemande (DSU)	6,32	25
Renouveau démocratique (DA)	0,92	4
Total de l'Alliance pour l'Allemagne, additionnant les listes CDU, DSU et DA	(48,15)	(193)
Parti social-démocrate (SPD)	21,84	87
Parti du socialisme démocratique (PDS, ex-communiste)	16,33	65
Fédération des démocrates libéraux, regroupant LDP, FDP et DFP	5,28	21
Alliance 90 (regroupant le Nouveau Forum, Démocratie maintenant et l'Initiative pour la paix et les droits de l'homme)	2,90	12
Parti paysan (DBD, conservateur)	2,19	9
Parti vert et Union indépendante des femmes	1,96	8
Parti national-démocratique (NDPD)	0,39	2
Liste alternative de la jeunesse (ALJ, communiste)	0,13	1
Alliance d'action de la gauche unie (marxiste, rassemblant les Œillets et la Gauche unie)	0,18	1
Union démocratique des femmes (DFD)	0,33	1
Divers	0,32	–
Total		400

Le Monde, 20 mars 1990.

2. Les résultats du premier tour des élections en Hongrie :

Voici le classement des principaux partis après le premier tour des élections législatives hongroises, le 25 mars, selon des résultats officieux portant sur la totalité du dépouillement :

Forum démocratique hongrois 24,71 % ;
Alliance des démocrates libres 21,38 ;
Parti des petits propriétaires 11,76 ;

Parti socialiste hongrois 10,89 ;
Fédération des jeunes démocrates (FIDESZ) 8,94 ;
Parti chrétien-démocrate 6,46 ;
Parti socialiste ouvrier hongrois 3,68 ;
Parti social-démocrate hongrois 3,55 ;
Alliance agraire 3,15 ;
Parti des entrepreneurs 1,89 ;
Coalition électorale patriotique 1,87 ;
Parti populaire hongrois 0,76 ;
Participation : 63,15 % (4 892 242 votants).

Seuls les six premiers partis, ceux qui ont recueilli plus de 4 % des suffrages, obtiendront des sièges parlementaires. Ces résultats ne concernent que les 152 sièges (sur un total de 386 députés) attribués au scrutin proportionnel par liste. Seuls cinq des sièges attribués par circonscription au scrutin majoritaire ont été pourvus au premier tour, les autres le seront au second tour, prévu le 8 avril. – *(Reuter.)*

Le Monde, 29 mars 1990.

ANNEXES

1 - L'Europe : carte physique (reliefs, fleuves, voies de passage)

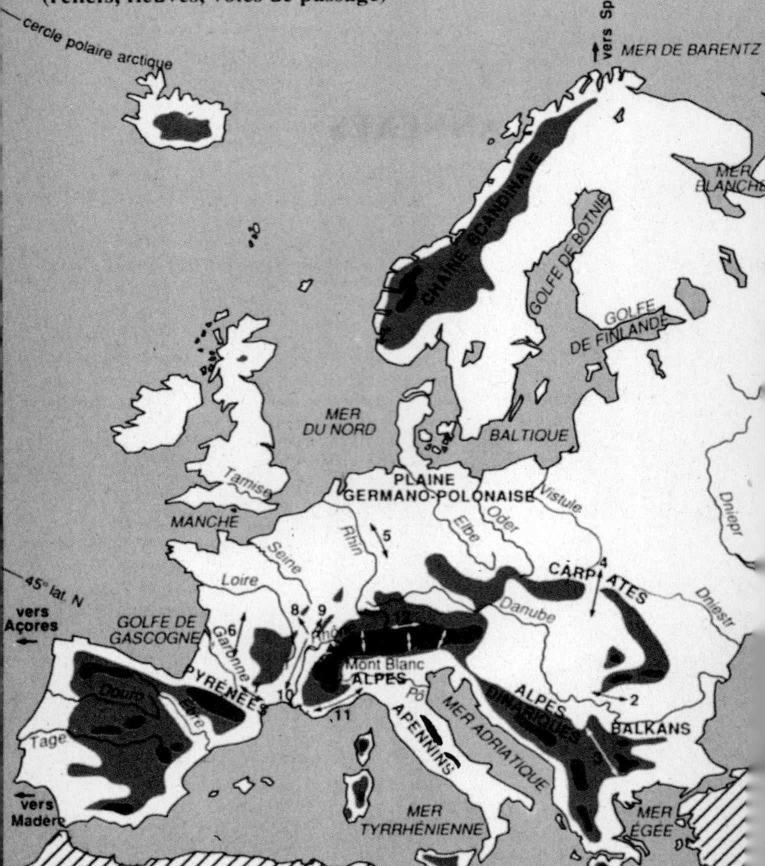

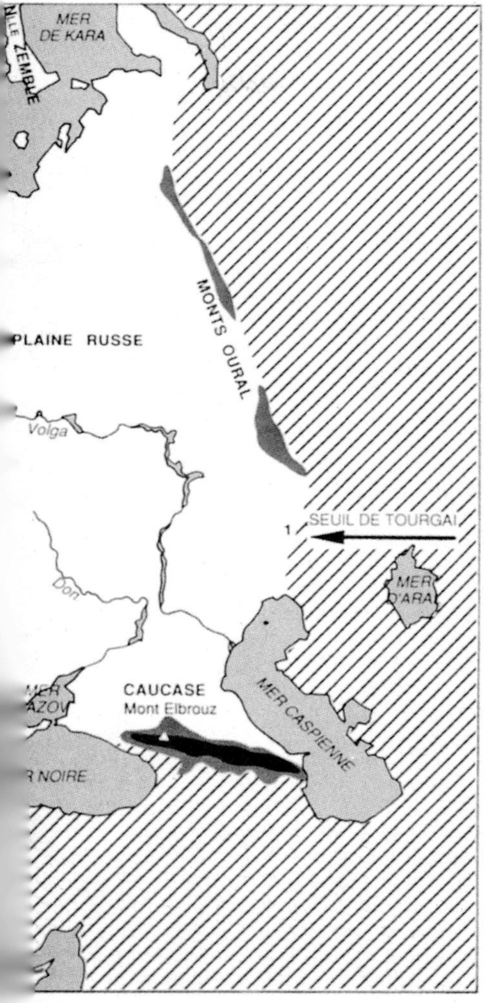

1 : Seuil de Tourgai
2 : Portes de fer
3 : Sillon Morava-Vardar
4 : Porte de Moravie
5 : Axe rhénan
6 : Seuil du Poitou
7 : Seuil de Naurouze
8 : Seuil de Bourgogne
9 : Porte de Bourgogne
10 : Axe Saône-Rhône
11 : Durance
12 : Passages Alpins :
Tarvis
Saint-Gothard
Aarlberg
Brenner

Altitudes

moins de 500 m

500-1500 m

plus de 1500 m

2 - La néolithisation de l'Europe (diffusion de l'économie agricole)

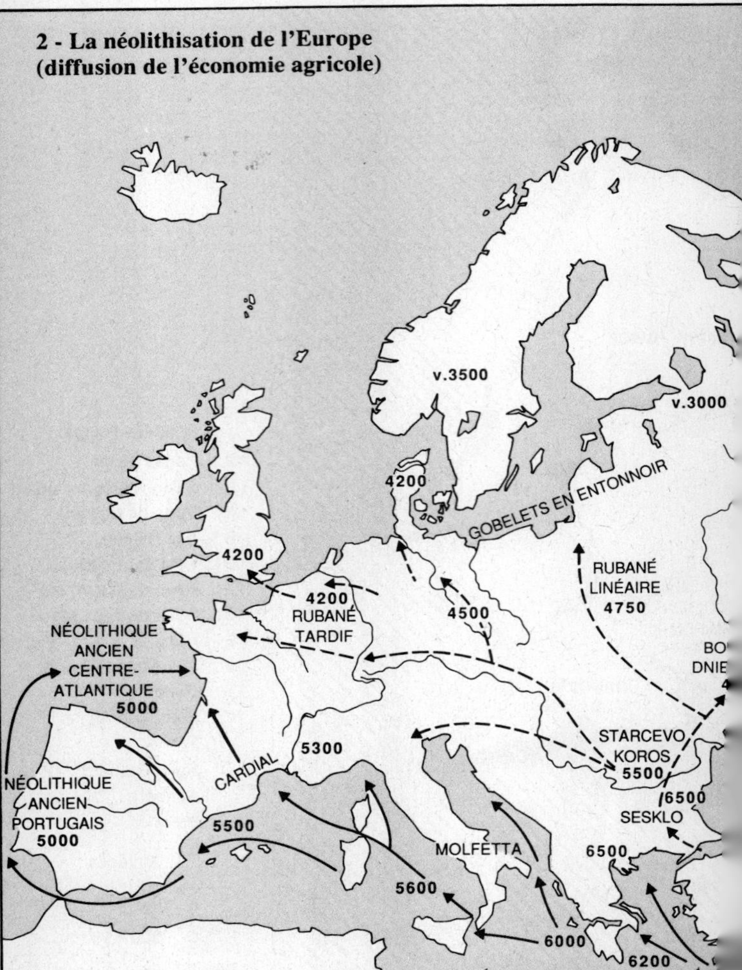

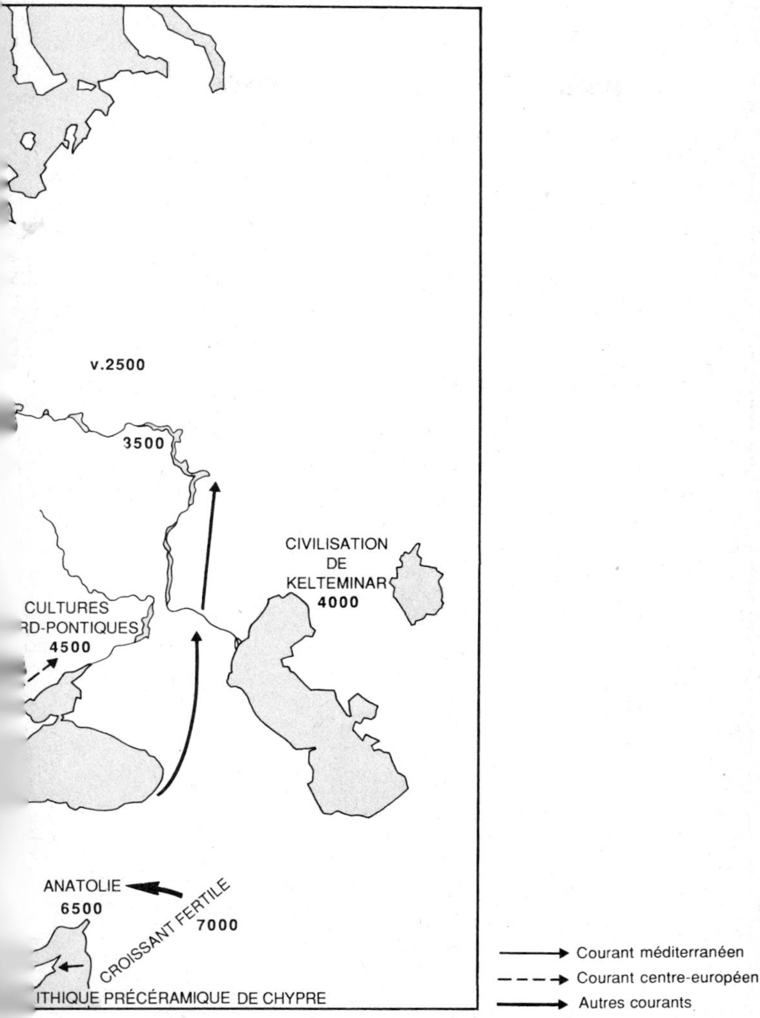
v.2500
3500
CIVILISATION
DE
KELTEMINAR
4000
CULTURES
RD-PONTIQUES
4500
ANATOLIE
6500
CROISSANT FERTILE
7000
ITHIQUE PRÉCÉRAMIQUE DE CHYPRE
Courant méditerranéen
Courant centre-européen
Autres courants

3 - L'Europe vers 500 av. J.-C.

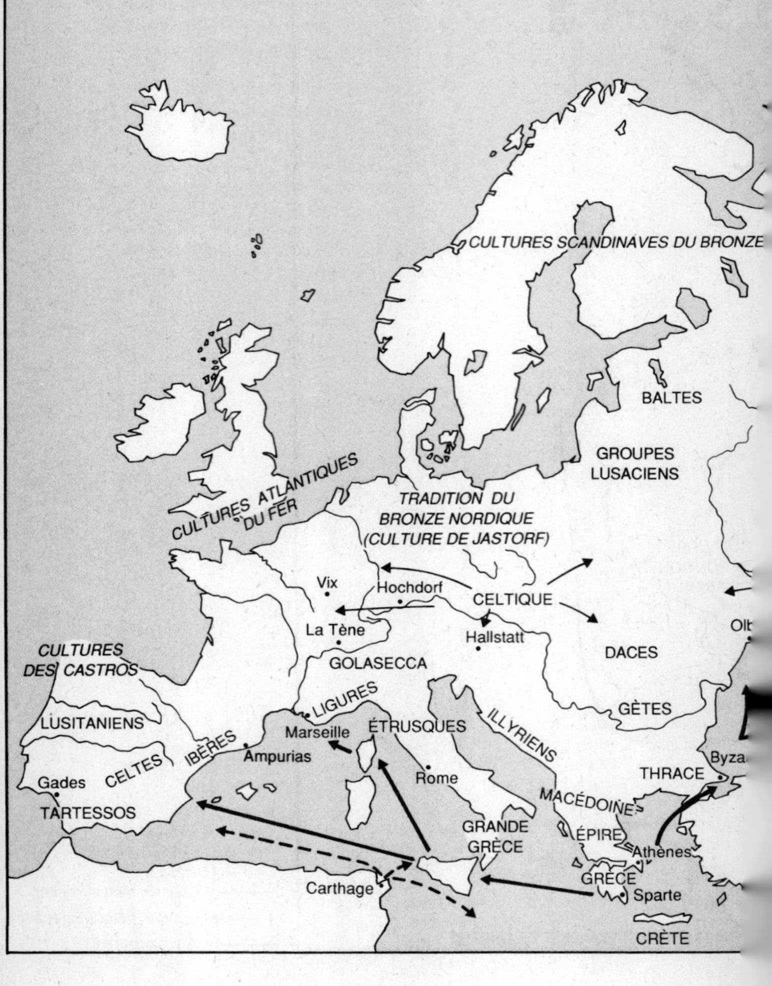

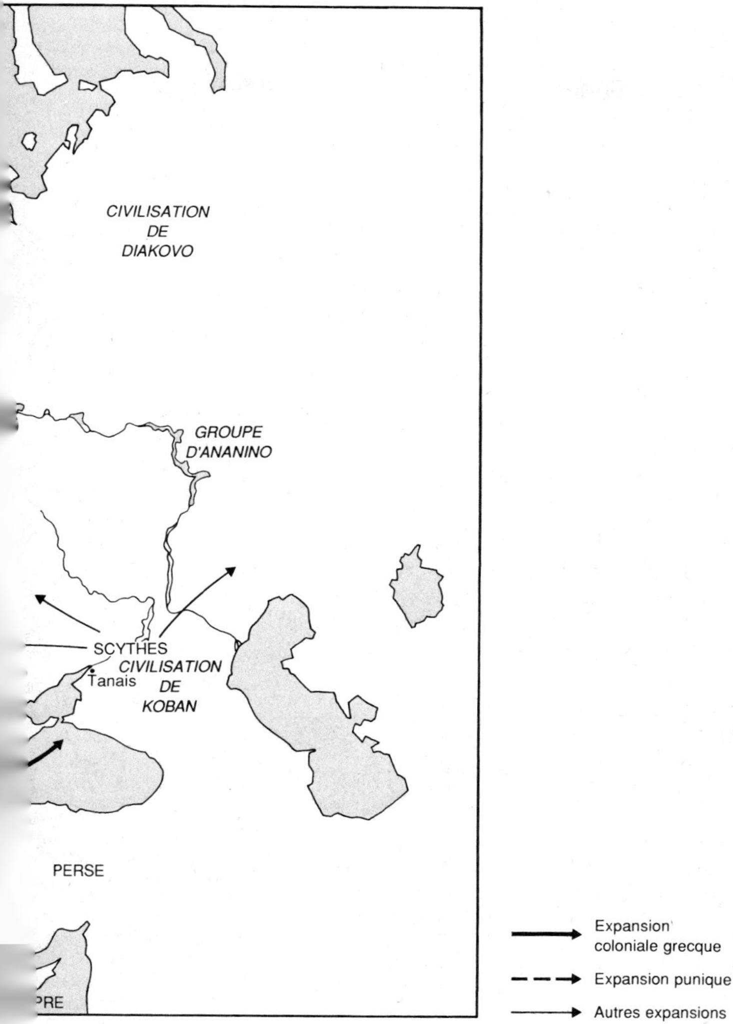
CIVILISATION
DE
DIAKOVO
GROUPE
D'ANANINO
SCYTHES
CIVILISATION
DE
KOBAN
Tanais
PERSE
Expansion coloniale grecque
Expansion punique
Autres expansions

4 - L'Europe vers 200 ap. J.-C.

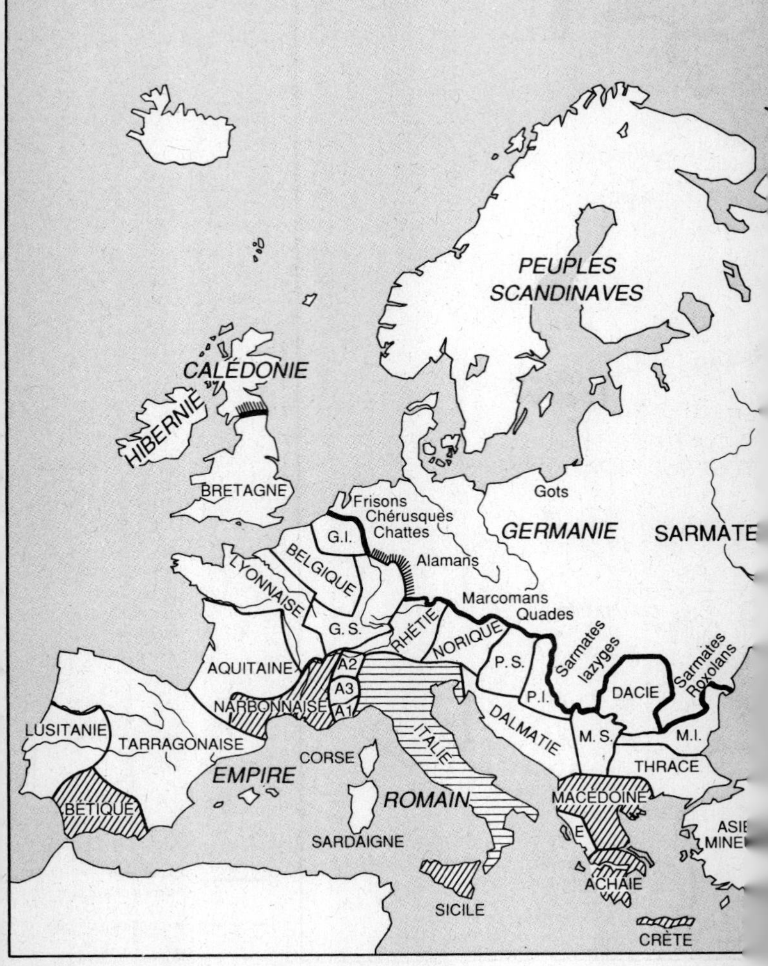

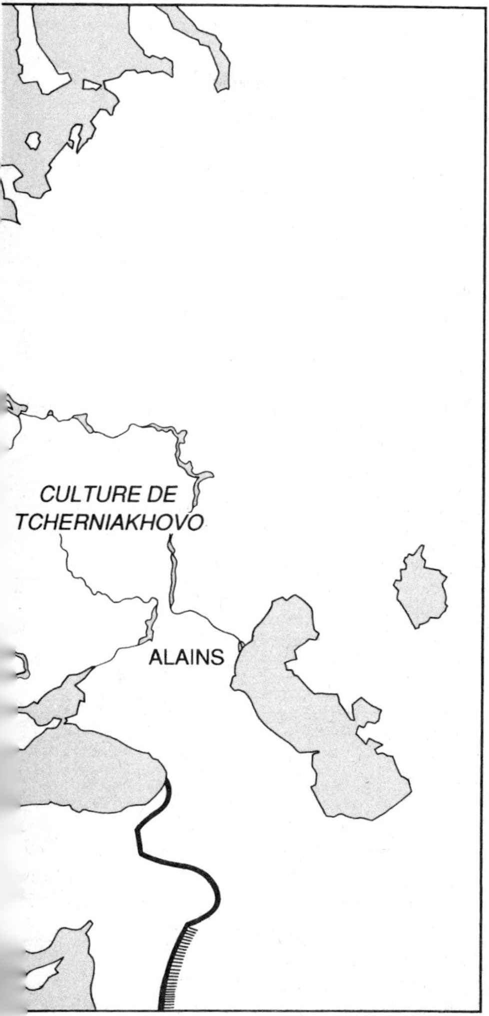

Italie

Provinces sénatoriales

Provinces impériales

A1 : Alpes Maritimes

A2 : Alpes Cottiennes

A3 : Alpes Grées

E : Épire

G.I. : Germanie inférieure

G.S. : Germanie supérieure

M.I. : Mésie inférieure

M.S. : Mésie supérieure

P.I. : Pannonie inférieure

P.S. : Pannonie supérieure

Limites de provinces

Limites de l'Empire romain

Limites avec fortifications : «Limes»

5 - L'Europe vers 1020-1030

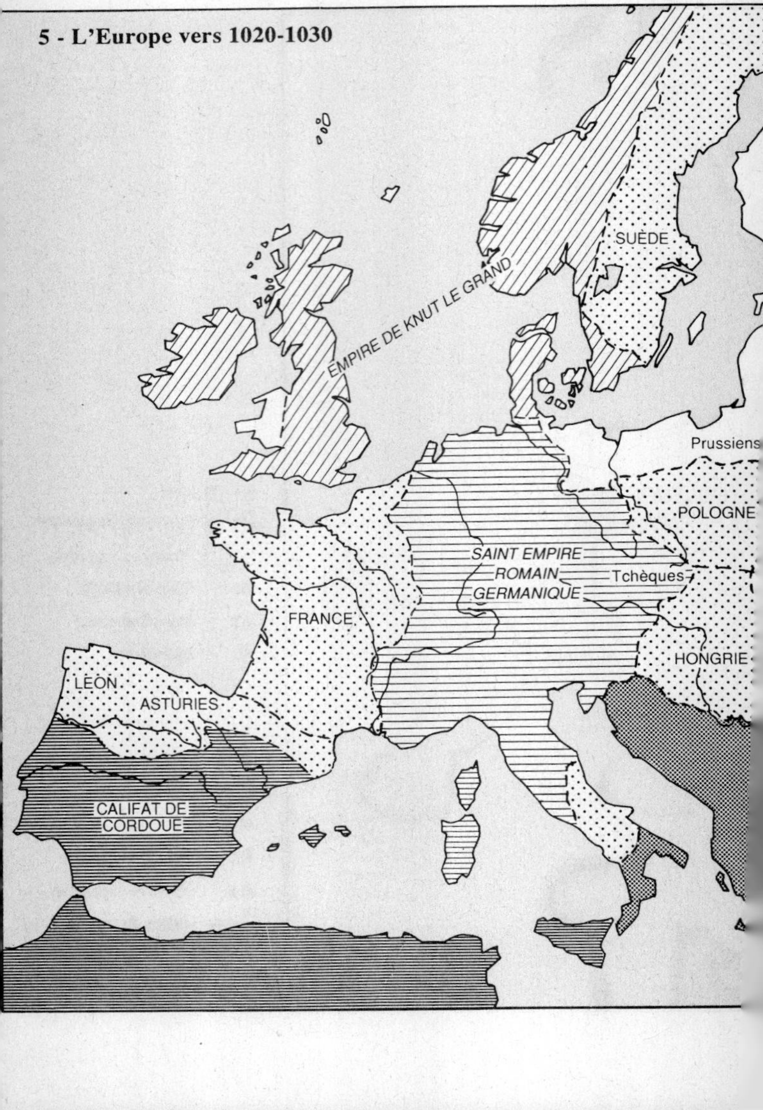

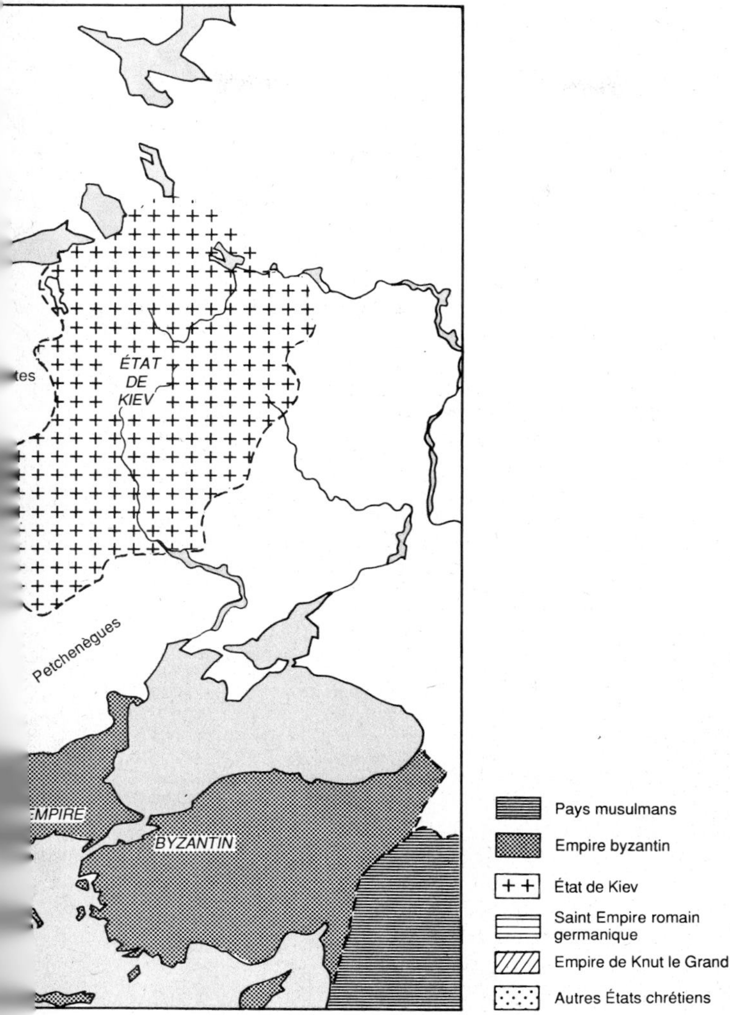
tes
ÉTAT
DE
KIEV
Petchenègues
EMPIRE
BYZANTIN
Pays musulmans
Empire byzantin
État de Kiev
Saint Empire romain germanique
Empire de Knut le Grand
Autres États chrétiens

6 - L'Europe gothique

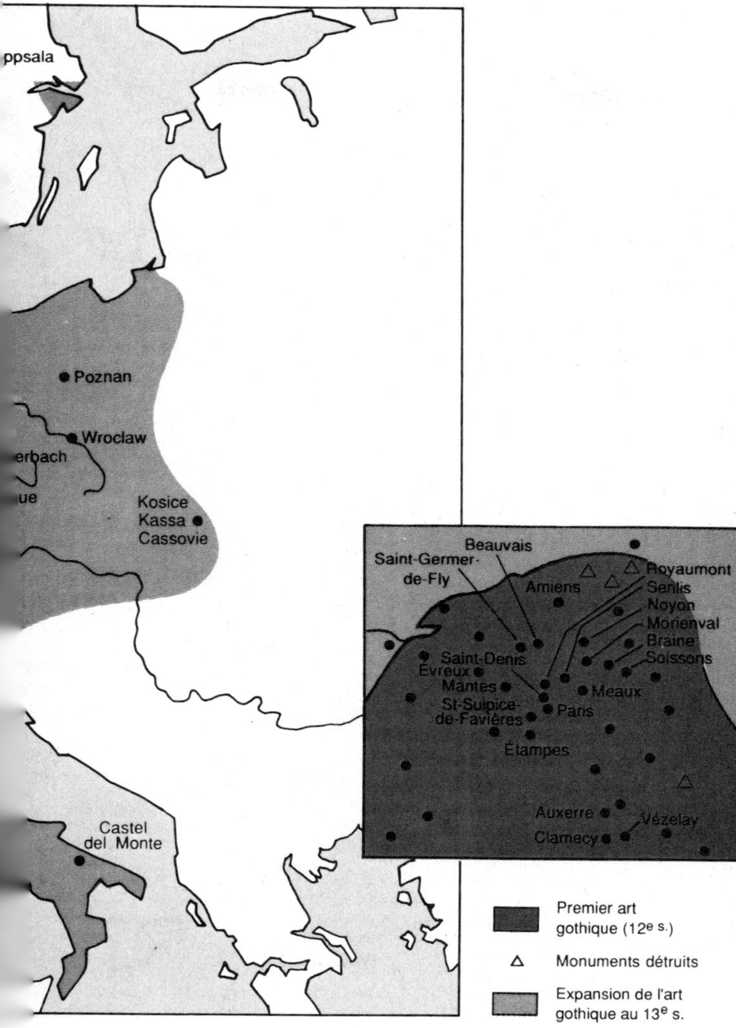
Poznan
Wroclaw
Kosice
Kassa
Cassovie
Castel del Monte
Beauvais
Saint-Germer-de-Fly
Amiens
Royaumont
Senlis
Noyon
Morienval
Braine
Soissons
Saint-Denis
Évreux
Mantes
Meaux
St-Sulpice-de-Favières
Paris
Étampes
Auxerre
Vézelay
Clamecy
Premier art gothique (12e s.)
Monuments détruits
Expansion de l'art gothique au 13e s.

7 - L'Europe vers 1520
ÉCOSSE
IRLANDE
DANEMARK
ANGLETERRE
PAYS-BAS
EMPIRE
BOHÊME
HONG
AUTRICHE
FRANCE
MILANAIS
PORTUGAL
NAVARRE
ARAGON
CASTILLE
Rome
Royaume de NAPLES
BARBARESQUES

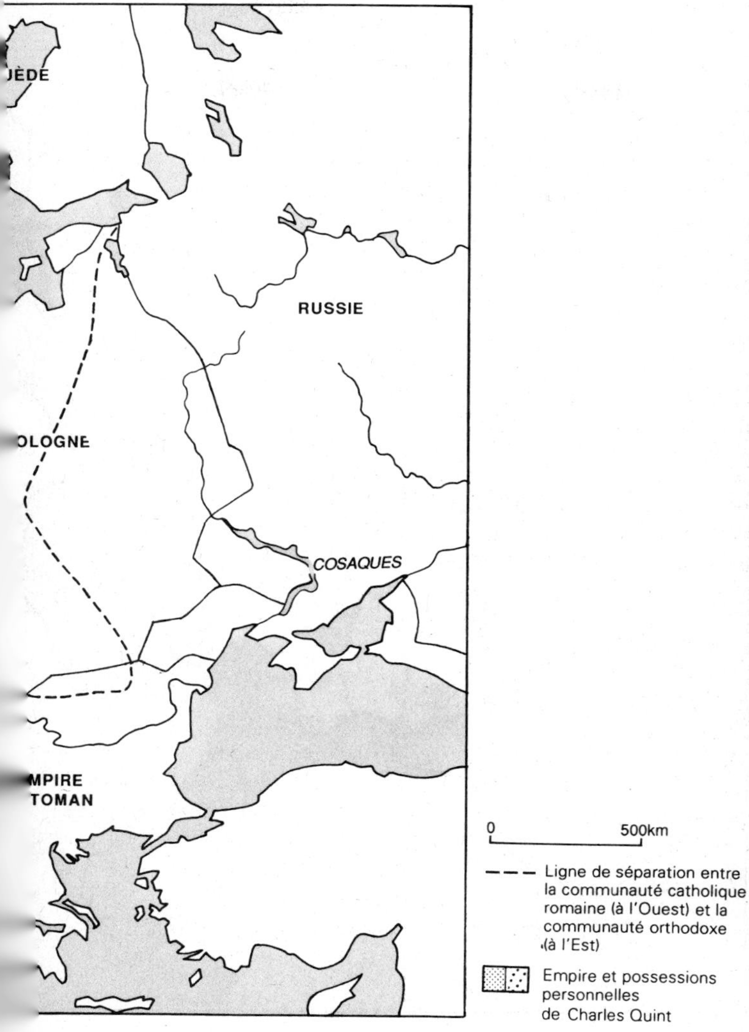
ÈDE
RUSSIE
OLOGNE
COSAQUES
MPIRE
TOMAN
0 500km
Ligne de séparation entre la communauté catholique romaine (à l'Ouest) et la communauté orthodoxe (à l'Est)
Empire et possessions personnelles de Charles Quint

8 - L'Europe vers 1660

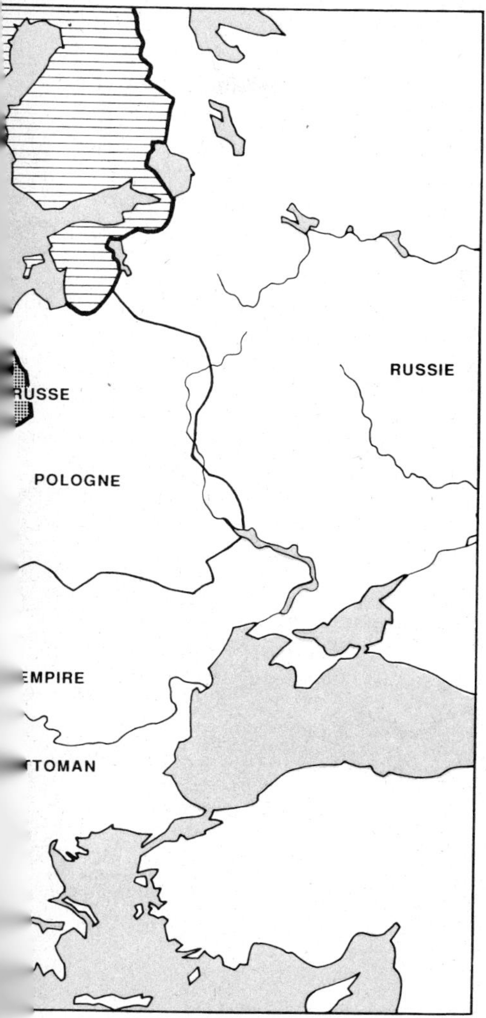
RUSSIE
RUSSE
POLOGNE
EMPIRE
TTOMAN

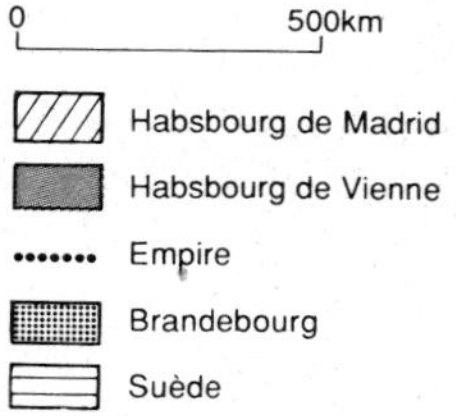
0
500km
Habsbourg de Madrid
Habsbourg de Vienne
Empire
Brandebourg
Suède

9 - L'Europe en 1789

St-Pétersbourg
RUSSIE
arsovie
Royaume
de POLOGNE
MPIRE
TOMAN
0
500 km
États ecclésiastiques
allemands
Prusse

10 - L'Europe du Congrès de Vienne (1815)

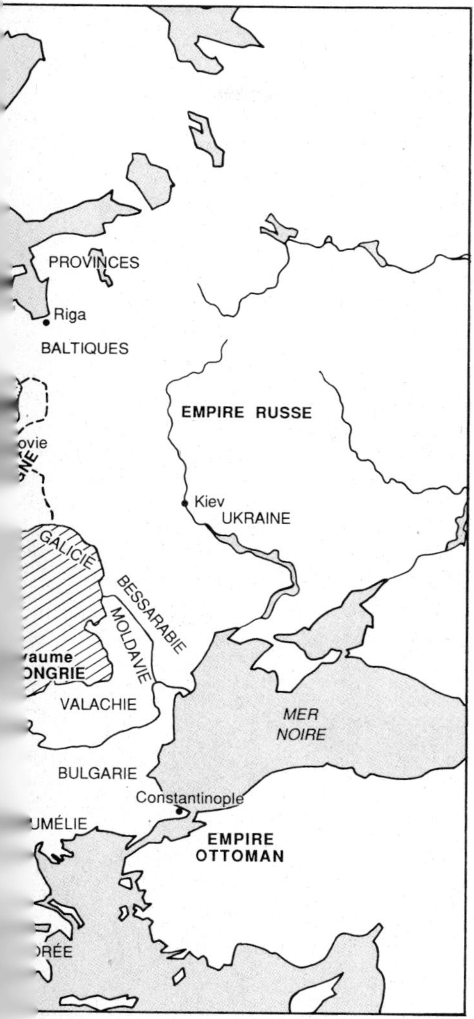

---- Limites de la Confédération germanique

Royaume de Prusse

Empire d'Autriche

Italie :

Grands-duchés de Parme (P.)
Modène (M.)
Lucques (L.)
Toscane (T.)

Royaume de Piémont-Sardaigne

11 - L'industrialisation de l'Europe vers 1850

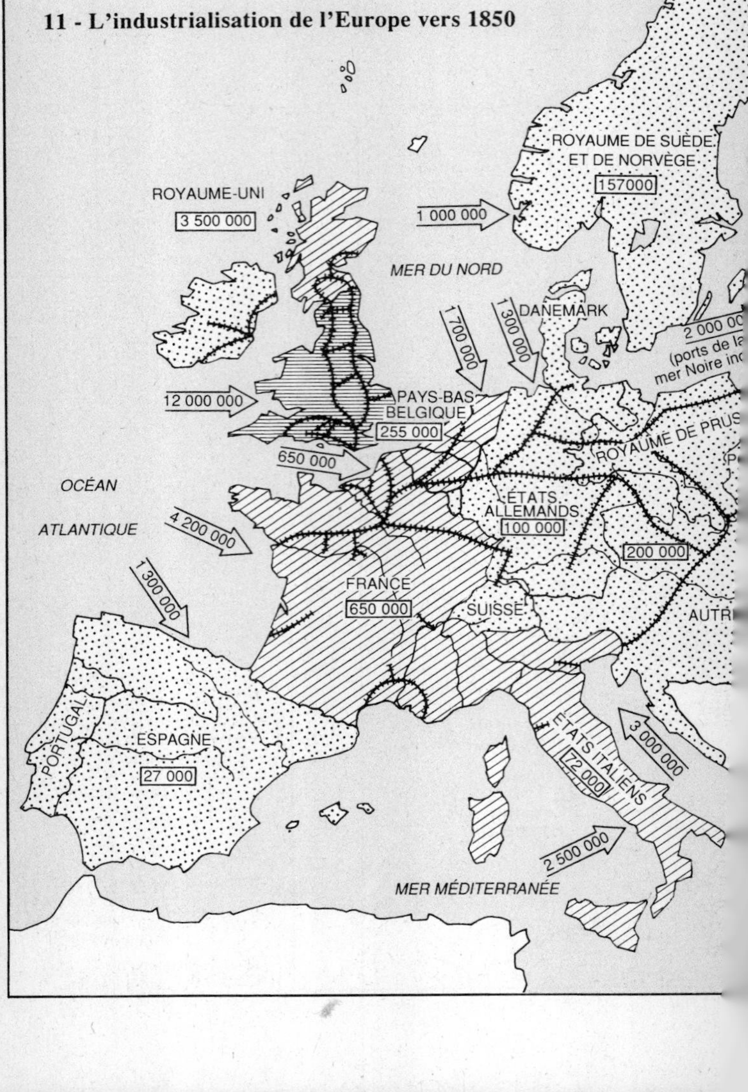

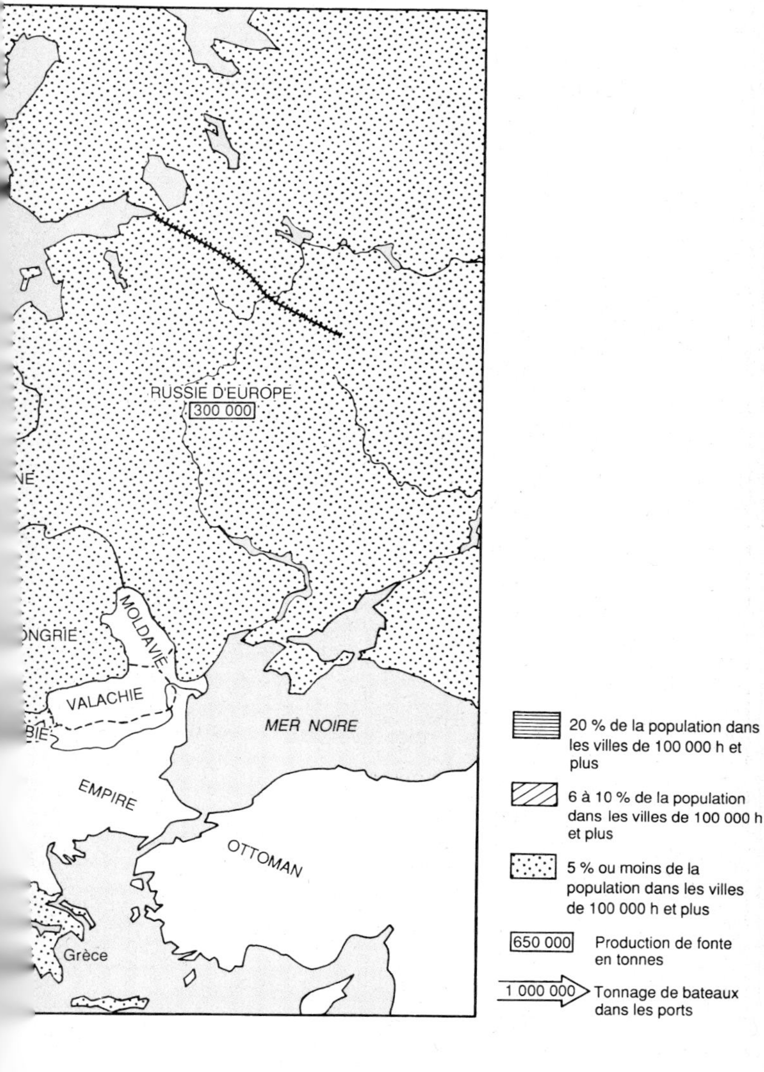
RUSSIE D'EUROPE
300 000
NE
ONGRIE
MOLDAVIE
VALACHIE
BIE
MER NOIRE
EMPIRE
OTTOMAN
Grèce
20 % de la population dans les villes de 100 000 h et plus
6 à 10 % de la population dans les villes de 100 000 h et plus
5 % ou moins de la population dans les villes de 100 000 h et plus
650 000
Production de fonte en tonnes
1 000 000
Tonnage de bateaux dans les ports

12 - Les questions nationales et territoriales dans les Balkans à la veille de 1914

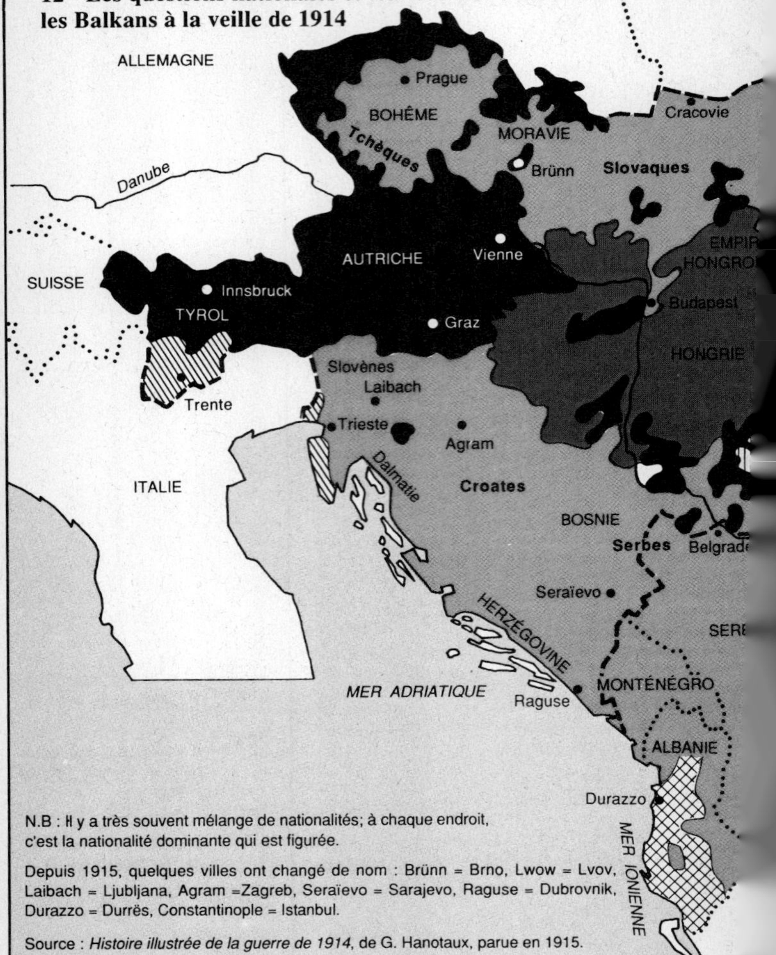

N.B : Il y a très souvent mélange de nationalités; à chaque endroit, c'est la nationalité dominante qui est figurée.

Depuis 1915, quelques villes ont changé de nom : Brünn = Brno, Lwow = Lvov, Laibach = Ljubljana, Agram =Zagreb, Seraïevo = Sarajevo, Raguse = Dubrovnik, Durazzo = Durrës, Constantinople = Istanbul.

Source : *Histoire illustrée de la guerre de 1914*, de G. Hanotaux, parue en 1915.

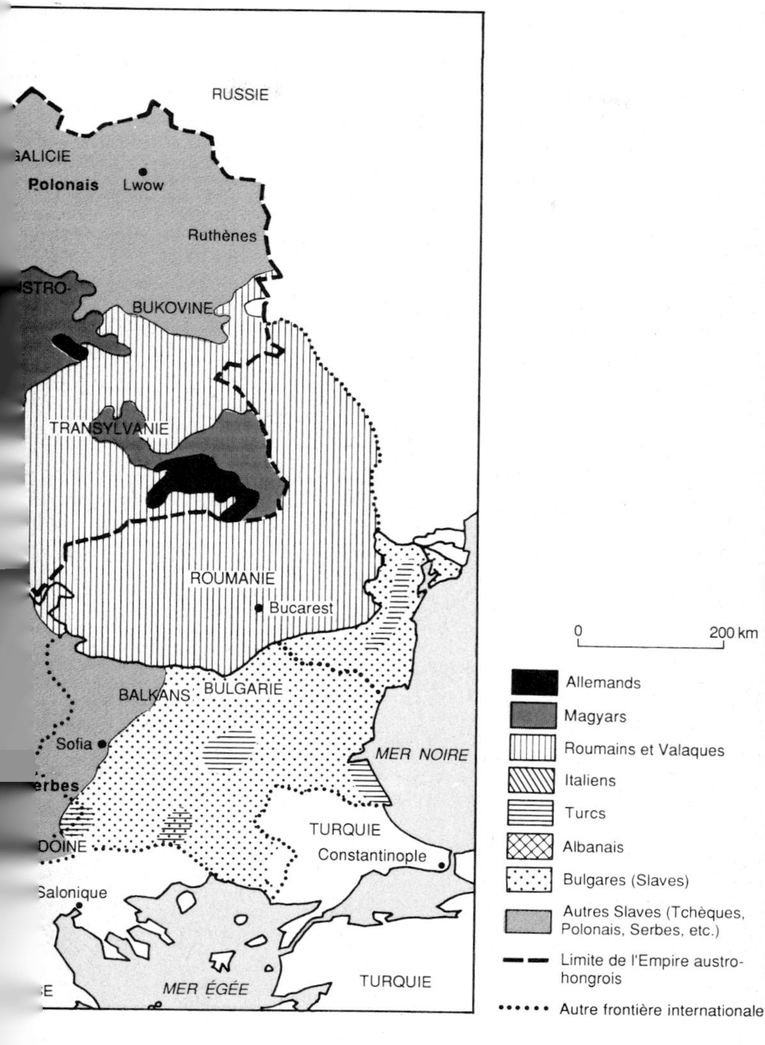
RUSSIE
GALICIE
Polonais
Lwow
Ruthènes
BUKOVINE
TRANSYLVANIE
ROUMANIE
Bucarest
BALKANS
BULGARIE
Sofia
MER NOIRE
TURQUIE
Constantinople
Salonique
MER ÉGÉE
TURQUIE
0
200 km
Allemands
Magyars
Roumains et Valaques
Italiens
Turcs
Albanais
Bulgares (Slaves)
Autres Slaves (Tchèques, Polonais, Serbes, etc.)
Limite de l'Empire austro-hongrois
Autre frontière internationale

13 - L'Europe en 1914

-Pétersbourg
RUSSIE
Constantinople
TURQUIE
Échelle de 1 : 20 000 000
0 100 200 400 600 km

14 - L'Europe en 1919

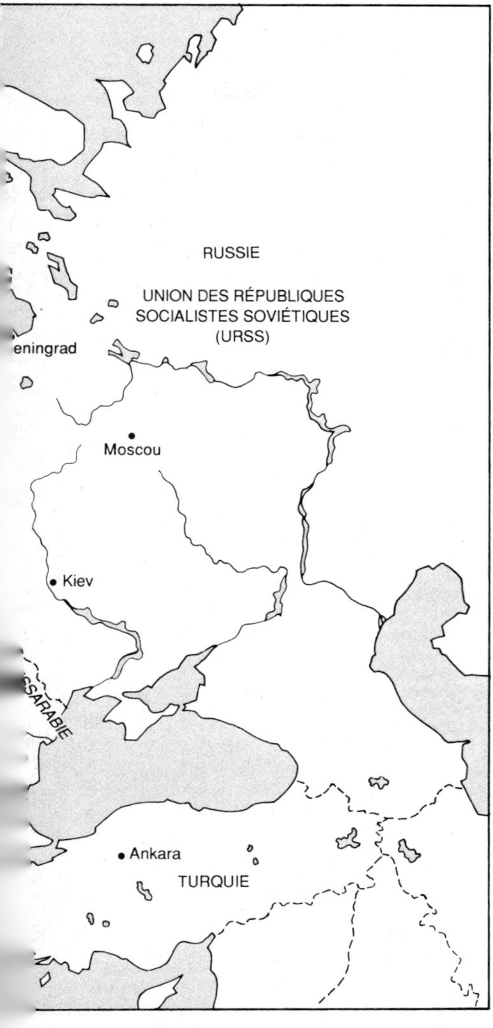

Échelle de 1 : 20 000 000
0 100 200 400 600 km

15 - L'Europe en 1947
SUÈDE
NORVÈGE
Oslo
Stockholm
MER DU NORD
DANEMARK
Dublin
Copenhague
Kaliningra
(Königsberg
MER
BALTIQUE
Gdansk
Szczecin
(Stettin)
Berlin
Poméranie
Londres
PAYS-BAS
RFA
Potsdam
POLOGN
1947
Ruhr
Bonn
BELGIQUE
RDA
1949
Elbe
Wrocla
(Bresla
Silésie
Seine
Paris
LUX.
Prague
Danube
TCHÉCOSLO
Rhin
1948
FRANCE
Vienne
SUISSE
AUTRICHE
Budap
Genève
Tyrol du Sud
Trente
Trieste
HONG
Pô
Rijeka
(Fiume)
ITALIE
YOUGOSLA
PORTUGAL
Républi
popul
Madrid
Lisbonne
Tage
Rome
ESPAGNE
Tira
MER MÉDITERRANÉE
Malte (G.-B.)

20° E
FINLANDE
RSS de Carélie
Lac Ladoga
Helsinki
Leningrad
Talinn
RSS d'Estonie
Volga
Moscou
RSFS de Russie
URSS
RSS de Lituanie
Vilna
Minsk
zurie
RSS de Russie blanche
arsovie
Brest
Kiev
stule
Boug
Dniepr
RSS d'Ukraine
Ukraine carpatique
IE
RSS de Moldavie
Transylvanie
ROUMANIE
1947
Bessarabie
Yalta
Bucarest
Dobroudja
MER NOIRE
grade
ératives
BULGARIE
945
Sofia 1946
Istanbul
Ankara
TURQUIE
RÈCE
Athènes
uerre civile
945-1949
Rhodes
(Grèce)
ex-Dodécanèse italien
Chypre (G.-B.)
Acquisitions de l'URSS aux dépens de la Finlande, des États baltes, de l'Allemagne, de la Pologne, de la Tchécoslovaquie et de la Roumanie
Acquisitions de la Pologne aux dépens de l'Allemagne (et Dantzig)
Acquisitions de la Bulgarie aux dépens de la Roumanie
Acquisitions de la Yougoslav aux dépens de l'Italie
Acquisitions de la Grèce aux dépens de l'Italie
1949 Date de proclamation d'une démocratie populaire

Chronologie

Vers – 2 millions Premières traces de l'Homme en Europe
Vers – 80000 à – 35000 Homme de Néanderthal
Vers – 35000 Homme moderne en Europe
Vers – 15000 Altamira (Espagne) ; Lascaux (Dordogne, France) : grottes à peintures
Vers – 10000 Recul du froid en Europe
De – 8000 à – 7000 Débuts de l'agriculture et de l'élevage en Europe méditerranéenne. Usage de la céramique
Vers – 4500 Premières sépultures mégalithiques (France, Portugal)
Vers – 4100 Fonte du cuivre ; civilisation de Varna
De – 3000 à – 1000 Stonehenge (Angleterre)
Vers – 2700 Grandes pyramides d'Égypte
Vers – 1600 Apogée de la monarchie minoenne
De – 1450 à – 1200 Prédominance de Mycènes
Vers – 1150 Premiers objets en fer (Grèce)
Vers 8ᵉ s. (av. J.-C.) Poèmes homériques
– 776 Premiers jeux Olympiques
– 753 Fondation de Rome
– 734 Fondation de Syracuse
Vers – 660 Fondation de Byzance
– 646 Fondation d'Olbia
– 600 Fondation de Marseille
– 594 Solon à Athènes
– 587 Nabuchodonosor détruit Jérusalem. Exil des Hébreux
– 556 à – 480 Bouddha (en Inde)
– 551 à – 479 Confucius (en Chine)
– 509 Naissance de la République romaine
Vers – 500 Princes celtes (fouilles d'Horchdorf en Allemagne, et de Vix, en France, Côte-d'Or)
– 490 Victoire des Grecs sur les Perses à Marathon
– 462 à – 429 Périclès à Athènes
– 429 à – 347 Platon
– 404 Défaite d'Athènes devant Sparte
– 384 à – 322 Aristote

– 359 à – 336 Règne de Philippe de Macédoine
– 336 à – 323 Règne d'Alexandre le Grand (– 327 : Alexandre en Inde)
– 264 à – 241 Première guerre punique
– 227 Création des provinces de Sicile et de Sardaigne-Corse
– 216 Victoire d'Hannibal sur les Romains à Cannes
– 206 La Grande Muraille de Chine se constitue en un système défensif continu
– 206 à + 220 En Chine, dynastie des Han
– 206 Fondation d'Italica en Hispanie
– 197 Création des provinces romaines d'Hispanie
– 146 Destruction de Corinthe par les Romains
– 146 Destruction de Carthage par les Romains
– 118 Fondation de Narbonne
– 58 à – 52 Conquête de la Gaule par Jules César
– 52 Alésia : défaite des Gaulois devant les Romains
– 44 Mort de Jules César
– 31 Actium : victoire d'Octave (Auguste) sur Antoine
– 30 Création de la province d'Égypte
– 15 Création des provinces de Rhétie et de Norique
+ 9 Désastre de Varus en Germanie
+ 14 Mort d'Auguste
14-17 Tibère empereur
15 Création de la province de Mésie
Vers 30 Mort de Jésus-Christ
43 Conquête de la Bretagne
44 La Judée, province romaine
70 Prise de Jérusalem par les Romains
70-96 Règnes des Flaviens
Vers 90 Création des provinces de Germanie
92-192 Règnes des Antonins
105-107 Annexion de la Dacie
Vers 122 Mur d'Hadrien en Bretagne
166-167 Invasions germaniques
177 Martyrs chrétiens de Lyon
193-235 Règnes des Sévères
238 Prise d'Olbia par les Goths
251 Mort de l'empereur Dèce
260 Usurpation de Postume en Gaule
276 Évacuation de la Dacie
284-305 Règne de Dioclétien (303-304 : édits de persécution)
324-337 Règne de l'empereur Constantin
325 Concile de Nicée
352 Reprise des invasions germaniques
378 Désastre d'Andrinople

379-395 Règne de Théodose
395 Partage de l'Empire romain
406 Invasions sur le Rhin
410 Prise de Rome par les Goths
451 Attila et les Huns sont arrêtés aux Champs catalauniques (Aube, France)
476 Fin de l'Empire romain en Occident
493-526 Règne de l'Ostrogoth Théodoric en Italie
496 (?) Baptême de Clovis, roi des Francs
507 A Vouillé, victoire de Clovis sur les Visigoths
Vers 523 Saint-Apollinaire-le-Neuf (Ravenne)
523-524 Boèce : la *Consolation de la philosophie*
527-565 Règne de l'empereur Justinien (529 : code de Justinien). Reconquête byzantine en Occident
530-560 Règle de saint Benoît
537 Dédicace de Sainte-Sophie de Constantinople
568 Arrivée des Lombards en Italie
580 Arrivée des Slaves dans les Balkans
589 Concile de Tolède. Conversion des Visigoths au catholicisme
590-604 Pontificat de Grégoire le Grand
587 Envoi de missionnaires romains en Angleterre
610-641 Règne de l'empereur byzantin Héraclius
Vers 620-630 Isidore de Séville : *Étymologies, Histoire des Goths*
622 Installation des Serbes et des Croates dans les Balkans. Mahomet : l'Hégire
661-750 Califat ommeyade de Damas. Mise par écrit du Coran. Conquête musulmane
681-1018 Premier empire bulgare
711 Conquête de l'Espagne par les musulmans
717-718 Dernier échec arabe sous les murs de Constantinople
726-843 Crise iconoclaste ou querelle des Images
Début 8e s. Bède le Vénérable : *Histoire ecclésiastique de la nation des Angles*
718-740 Missions de Boniface en Germanie
731-985 Apogée de la civilisation maya en Amérique
732 Bataille de Poitiers : défaite des Arabes en Gaule
750-1258 Califat abbasside de Bagdad
751-768 Règne de Pépin le Bref, roi des Francs
758-929 Émirat ommeyade à Cordoue
768-814 Règne de Charlemagne
Vers 770 Écriture « caroline » à Corbie
774 Charlemagne s'empare du royaume lombard
794 Fondation d'Aix-la-Chapelle
796 Destruction du ring des Avars par Charlemagne
800 Charlemagne empereur

814-840 Règne de Louis le Pieux
842 Serments de Strasbourg
843 Traité de Verdun
858-867 et 877-886 Photios patriarche de Constantinople
863-885 Missions de Cyrille et Méthode en Moravie. Invention des lettres slaves
850-900 Conversion des Serbes par les Byzantins et des Croates par les Francs
864-870 Conversion du prince bulgare Michel
895 Arrivée des Hongrois en Pannonie
910 Fondation de Cluny
921-935 Venceslas duc de Bohême
929-1031 Califat ommeyade de Cordoue
Vers 950 Hérésie bogomile en Bulgarie
955 Bataille du Lechfeld : Otton Ier bat les Hongrois
959 Baptême de la princesse russe Olga à Kiev
960-1279 Chine : Dynastie Song
962 Otton Ier empereur. Fondation du Saint Empire romain germanique
966 Conversion du duc de Pologne Miesko Ier
972 Conversion du roi hongrois Geza/Étienne
973 Fondation de l'évêché de Prague
976-1025 Règne de l'empereur byzantin Basile II. Apogée de l'Empire byzantin
987 Hugues Capet roi de France
988-989 Baptême de Vladimir, prince de Kiev
Vers 995 Conversion du roi Olav de Norvège
999-1003 Pontificat de Sylvestre II
1008 Conversion du roi Olav de Suède
1017-1030 Règne de Cnut le Grand sur le Danemark, l'Angleterre et la Norvège
1018-1118 Hégémonie byzantine sur les Balkans
1019-1054 Règne de Iaroslav le Sage à Kiev
1035 Ramire premier roi d'Aragon
1037 Naissance du royaume de Castille
1037-1045 Sainte-Sophie de Kiev
1049 Mariage du roi de France Henri Ier avec Anne de Kiev
Vers 1050 Début de la réforme grégorienne
1054 Début du schisme entre les Églises de Rome et de Constantinople
1056-1057 Évangile d'Ostromir, premier manuscrit daté en langue slave
1066 Conquête de l'Angleterre par Guillaume de Normandie
1071 Bataille de Mantzikert remportée par les Turcs sur les Byzantins. Robert Guiscard chasse les Byzantins d'Italie du Sud
1073-1085 Pontificat de Grégoire VII. Réforme grégorienne

1081-1185 Dynastie des Comnènes à Byzance
1086 Domesday Book
1095 Prédication de la croisade par Urbain II
1098-1122 Construction de Saint-Jacques de Compostelle
1099 Première croisade. Prise de Jérusalem et fondation des États latins de Terre sainte
Vers 1100 La *Chanson de Roland.* Rédaction de la *Justice russe*
1108-1137 Règne de Louis VI le Gros en France
1112 Arrivée de saint Bernard à Cîteaux
Vers 1113 *Chronique des temps passés* du moine Nestor (Kiev)
1122 Le concordat de Worms met fin à la querelle des Investitures
1126-1157 Alphonse VII, roi de Castille et de León, prend le titre d'empereur des Espagnes. Apogée du pèlerinage de Saint-Jacques-de-Compostelle
1131-1144 Reconstruction de Saint-Denis par Suger
1140 Érection du royaume de Portugal
Vers 1140 (?) *Cantar del mio Cid*
1150-1160 Les Allemands entre l'Elbe et l'Oder. Fondation de Lubeck
1152-1154 Formation de l'empire Plantagenêt
1155-1214 Alphonse VIII roi de Castille
1155-1190 Frédéric Barberousse empereur
Vers 1160 Réglementation des foires de Champagne
1163 Début des travaux de Notre-Dame de Paris
1171-1193 Saladin sultan d'Égypte et de Syrie
1174 Début des travaux de la cathédrale de Canterbury
1180-1223 Règne de Philippe Auguste en France
Vers 1183 Mort de Chrétien de Troyes
1187 Prise de Jérusalem par Saladin
1189-1199 Richard Cœur de Lion roi d'Angleterre
1196-1227 Gengis Khan, Khan des Mongols
1198-1216 Pontificat d'Innocent III
1202 Fondation de l'ordre des chevaliers Teutoniques
1203-1204 Quatrième croisade. Prise de Constantinople par les croisés. Fondation d'un empire latin à Constantinople et d'un empire grec à Trébizonde
1206-1208 Fondation de l'empire grec de Nicée
1209-1213 Croisade des Albigeois
1212 Las Navas de Tolosa : victoire des chrétiens d'Espagne sur les musulmans
1214 Bataille de Bouvines
1215 Quatrième concile du Latran. La Grande Charte en Angleterre
1221-1260 Construction de la cathédrale de Burgos
1221 Mort de saint Dominique

1226 Mort de saint François d'Assise

1226-1270 Règne de Saint Louis en France

Vers 1236 Première partie du *Roman de la rose* par Guillaume de Lorris

1240 Prise de Kiev par les Mongols

1242 Bataille du lac des Glaces (ou lac des Tchoudes) : Alexandre Nevski bat les chevaliers Teutoniques

1250 Mort de l'empereur Frédéric II

1250-1273 Le Grand Interrègne

1250-1798/1811 Les Mamlouks sultans d'Égypte

1252 Frappe de monnaies d'or à Gênes et à Florence

1260 Départ des frères Polo pour la Chine

1261 Prise de Constantinople par Michel Paléologue. Fin de l'empire latin

1263-1303 Daniel Alexandrovitch fondateur de la dynastie des princes de Moscou

Vers 1265 Thomas d'Aquin : la *Somme théologique*

1270 Dernière croisade. Mort de Saint Louis devant Tunis

1275-1280 Deuxième partie du *Roman de la rose* par Jean de Meung

1285-1314 Règne de Philippe le Bel en France

1294-1303 Pontificat de Boniface VIII

1298-1342 Construction du Palais public de Sienne

1302-1321 Dante écrit la *Divine Comédie*

1303 Attentat d'Anagni

1309-1321 Papauté d'Avignon

1334 Mort de Giotto

1337-1453 Guerre de Cent Ans

1340-1400 Vie de l'écrivain anglais Chaucer : les *Contes de Canterbury*

1348-1351 Peste noire

Vers 1350 Boccace écrit le *Decameron*

1356 La Bulle d'or

1363 Philippe le Hardi duc de Bourgogne. Réunion de Kiev à la principauté de Lituanie

1364-1380 Règne de Charles V en France

1365 Andrinople (Edirne) capitale des Turcs ottomans

1368-1644 Chine : Dynastie Ming

1370-1405 Tamerlan

1370-1390 Froissart écrit ses *Chroniques*

1375-1384 Traités et prédication de Wyclif

1378 Début du Grand Schisme en Occident. Révolte des Ciompi à Florence

1380 Bataille de Koulikovo : le prince russe Dimitri Donskoï bat le Mongols

1380-1422 Règne de Charles VI en France
1381 Révolte des « travailleurs » anglais
1385 Réunion du royaume de Pologne et de la principauté de Lituanie. Dynastie d'Avis au Portugal
1389 Bataille de Kossovo : victoire des Turcs sur les Serbes
1396 Bataille de Nicopolis : victoire des Turcs sur les croisés occidentaux
1396-1460 Vie de Henri le Navigateur. Début des découvertes portugaises
1410 Bataille de Tannenberg/Grunwald : victoire du roi de Pologne sur les chevaliers Teutoniques
1414-1418 Concile de Constance : fin du Grand Schisme
1415 Mort de Jean Hus. Bataille d'Azincourt
1419-1436 Guerres hussites en Bohême
1420 Traité de Troyes entre Charles VI et Henri V d'Angleterre
1420-1436 Brunelleschi construit la coupole du Dôme de Florence
1422-1427 Andrei Roublev peint l'iconostase de la Trinité-Saint-Serge
1422-1461 Règne de Charles VII en France
1431 Mort de Jeanne d'Arc
1431-1449 Concile de Bâle
1435-1464 Côme de Médicis maître de Florence
1439 Transfert du concile de Bâle à Florence : union avec les Grecs
1441 Mort de Van Eyck
1444 Bataille de Varna : victoire des Turcs sur les Occidentaux
1450-1455 La Bible de Gutenberg
1453 Prise de Constantinople par les Turcs
1455-1485 Guerre des Deux-Roses en Angleterre
1461-1483 Règne de Louis XI en France
1462-1505 Ivan III le Grand grand-prince de Moscou
Vers 1463 Mort de François Villon
1467-1477 Charles le Téméraire duc de Bourgogne
1469 Mariage de Ferdinand d'Aragon et d'Isabelle de Castille : les « Rois Catholiques »
1469-1492 Laurent le Magnifique maître de Florence
1475-1479 Construction de la cathédrale de la Dormition à Moscou. Appel à des artistes italiens
1477 Fin de l'État bourguignon. Mariage de Marie de Bourgogne et de Maximilien d'Autriche
1478 Botticelli : *Le Printemps*
1480 Fin du joug mongol sur la Russie
1481-1498 Règne de Charles VIII en France
1487 B. Diaz franchit le cap de Bonne-Espérance
1491 Mariage de Charles VIII et d'Anne de Bretagne
1492 Fin du royaume musulman de Grenade. Premier voyage de Christophe Colomb

1497 Léonard de Vinci : *La Cène*
1498 Vasco de Gama à Calicut
1509 Mort d'Henri VII ; Henri VIII
1515 Mort de Louis XII ; François Ier
1516 Mort de Ferdinand d'Aragon ; Charles de Habsbourg roi d'Espagne
1519 Charles Quint empereur
1519-1520 Premier tour du monde
1520 Avènement de Soliman le Magnifique
1521 Excommunication de Luther. Fin de l'Empire aztèque
1525 Bataille de Pavie
1526 Victoire turque à Mohacs (Hongrie)
1536 Calvin : *Institutio religionis christianae*
1540 Approbation de la Compagnie de Jésus par le pape
1543 Copernic : *De revolutionibus orbis terrarum*
1545 Première session du concile de Trente
1555 Paix d'Augsbourg
1555-1556 Abdication de Charles Quint
1556-1605 Akbar empereur moghol des Indes
1558 Mort de Marie Tudor ; Élisabeth Ire
1559 Traité du Cateau-Cambrésis. Mort d'Henri II ; François II
1563 Clôture du concile de Trente
1571 Bataille de Lépante
1572 Massacre de la Saint-Barthélemy
1579 Indépendance de fait de la république des Provinces-Unies
1584 Mort d'Ivan IV ; début du « temps des Troubles » en Russie
1586 Le Greco : *L'Enterrement du comte d'Orgaz*
1588 L'Invincible Armada
1589 Assassinat d'Henri III ; Henri IV
1598 Édit de Nantes. Mort de Philippe II ; Philippe III d'Espagne
1603 Mort d'Élisabeth Ire ; Jacques Ier d'Angleterre
1605 Cervantes : *Don Quichotte*
1607 Monteverdi : *Orfeo*
1609 Galilée met au point la lunette astronomique
1610 Assassinat d'Henri IV ; Louis XIII. Rubens : *La Descente de Croix*
1613 Michel Romanov tsar
1616 Mort de Shakespeare
1618 Début de la guerre de Trente Ans
1630-1652 Monument funéraire du Taj Mahal (Agra, Inde)
1635 La France déclare la guerre aux Habsbourg
1637 Descartes : *Discours de la méthode*
1640 Jansenius : *Augustinus*
1642-1649 Guerre civile en Angleterre
1643 Bataille de Rocroi. Mort de Louis XIII ; Louis XIV

1644 Chine : Début de la dynastie mandchoue
1648 Traités de Westphalie
1648-1653 La Fronde en France
1658 Mort de Cromwell
1659 Traité des Pyrénées
1660 Restauration de Charles II en Angleterre. Traité d'Oliva
1661 Mort de Mazarin ; début du règne personnel de Louis XIV
1662 Fondation de la Royal Society de Londres
1665 Mort de Philippe IV ; Charles II d'Espagne
1672-1678 Guerre de Hollande
1683 Siège de Vienne par les Turcs. Mort de Colbert
1685 Révocation de l'édit de Nantes
1687 Newton : *Philosophiae naturalis principia mathematica*
1688-1689 « Glorieuse Révolution » en Angleterre
1689 Pierre tsar
1689-1697 Guerre de la Ligue d'Augsbourg
1697 Charles XII roi de Suède
1699 Traité de Karlowitz
1700 Mort de Charles II d'Espagne ; Philippe V
1702-1713 Guerre de Succession d'Espagne
1709 Grand hiver en Europe. Bataille de Poltava
1713 Traités d'Utrecht. Bulle *Unigenitus*
1714 Traité de Rastadt
1715 Mort de Louis XIV ; Louis XV
1721 Montesquieu : *Lettres persanes*
1725 Mort de Pierre le Grand
1729 Jean-Sébastien Bach : *Passion selon saint Matthieu*
1733 Invention de la navette volante
1740 Mort de Frédéric-Guillaume Ier ; Frédéric II de Prusse. Mort de Charles VI ; Marie-Thérèse d'Autriche. Début de la guerre de Succession d'Autriche
1745 Bataille de Fontenoy
1748 Traité d'Aix-la-Chapelle
1751 Publication du premier volume de l'*Encyclopédie*
1756 Renversement des alliances. Début de la guerre de Sept Ans
1760 Mort de George II ; George III d'Angleterre
1762 Avènement de Catherine II de Russie
1763 Traité d'Hubertsburg. Traité de Paris
1769 Mise au point de la machine à vapeur
1771 Réforme judiciaire de Maupeou
1772 Premier partage de la Pologne
1773 Suppression de la Compagnie de Jésus
1774 Goethe : *Werther*. Mort de Louis XV ; Louis XVI
1776 Indépendance des colonies anglaises d'Amérique du Nord
1780 Mort de Marie-Thérèse d'Autriche ; Joseph II

1783 Le second Pitt, Premier ministre en Angleterre. Traité de Versailles. Lavoisier réalise la synthèse de l'eau
1786 Mort de Frédéric II ; Frédéric-Guillaume II de Prusse
1787 Mozart : *Don Giovanni*
1789 *5 mai,* réunion des états généraux en France. *17 juin,* les états généraux se constituent en Assemblée nationale. *14 juillet,* prise de la Bastille. *4 août,* abolition des privilèges
1790 *Juillet,* Constitution civile du clergé en France
1791 *Septembre,* annexion d'Avignon. *Octobre,* réunion de l'Assemblée législative. Mozart : *La Flûte enchantée*
1792 *20 avril,* la France déclare la guerre à l'empereur François II en tant que roi de Bohême et de Hongrie. *Juin,* Catherine II de Russie envahit la Pologne. *10 août,* chute de la monarchie en France. *Septembre,* victoire de Valmy ; réunion de la Convention
1793 *21 janvier,* exécution de Louis XVI. *Janvier,* second partage de la Pologne. *1er février,* la Convention déclare la guerre à la Hollande et à l'Angleterre. *Avril,* création du Comité de salut public
1794 *9 thermidor (27 juillet),* chute de Robespierre
1795 Traités de Bâle et de La Haye entre la France, la Hollande, la Prusse, l'Espagne. Le Directoire. Troisième partage de la Pologne (Russie, Prusse, Autriche)
1796 Mort de Catherine II de Russie ; Paul Ier. Bonaparte, campagne d'Italie
1799 *Novembre,* Bonaparte, coup d'État du 18 Brumaire : Consulat. Crompton : machine à filer
1800 Acte d'Union de l'Angleterre et de l'Irlande
1801 Traité de Lunéville entre la France et l'Autriche. Alexandre Ier de Russie
1802 Paix d'Amiens entre la France et l'Angleterre. Chateaubriand : *Le Génie du christianisme*
1803 Reprise de la guerre avec l'Angleterre
1804 *2 décembre,* couronnement de Napoléon empereur. Beethoven : *La Symphonie « héroïque »*
1805 *2 décembre,* victoire de Napoléon à Austerlitz
1806 Mort de Pitt. Décret de Berlin : Blocus continental
1807 Hegel : *Phénoménologie de l'esprit*
1808 Goethe : *Faust.* Début de la Guerre d'Espagne
1811-1830 Indépendance des colonies espagnoles et portugaises d'Amérique
1812 Napoléon à Moscou
1814 *Avril,* première abdication de Napoléon ; « restauration » de Louis XVIII
1815 *Mars-juin,* les Cent-Jours. *18 juin,* défaite de Waterloo. *Juin,* acte final du Congrès de Vienne. *Novembre,* la Sainte-Alliance. Première locomotive de Stephenson
1815-1817 Indépendance de la Serbie

1822 Début de l'insurrection grecque
1823 États-Unis : Doctrine de Monroe
1825 Soulèvement décabriste en Russie
1830 Conquête de l'Algérie par la France. *Juillet,* révolution : Louis-Philippe remplace Charles X. Victor Hugo : *Hernani*
1830-1831 Révolutions libérales et nationales en Europe (Allemagne, Italie)
1831 L'insurrection polonaise est écrasée par le tsar Nicolas Ier. Indépendance de la Belgique
1832 Première ligne de chemin de fer à vapeur en France
1834 Entrée en vigueur du *Zollverein* (union douanière)
1837 Victoria reine d'Angleterre
1838 Dickens : *Oliver Twist*
1840 Proudhon : *Qu'est-ce que la propriété ?*
1842 Traité de Nankin : « Ouverture de la Chine »
1846 Grande famine en Irlande. Avènement du pape Pie IX
1847 Marx et Engels : *Manifeste du Parti communiste*
1848 « Le printemps des peuples » ; révolutions libérales et nationales en Allemagne et en Italie. *Février,* révolution : chute de Louis-Philippe ; Seconde République. Émeute à Vienne, fuite de Metternich. *The Great Britain,* premier navire à vapeur en fer et à hélice
1849 Kossuth proclame l'indépendance de la Hongrie. Angleterre, abolition des Actes de navigation, naissance du libre-échange
1851 Exposition universelle de Londres au Crystal Palace. *2 décembre,* coup d'État de Louis Napoléon Bonaparte
1852 Début du Second Empire
1853 Verdi : *La Traviata*
1854-1856 Guerre de Crimée
1856 Flaubert : *Madame Bovary.* Procédé Bessemer de fabrication de l'acier
1859 Charles Darwin : *De l'origine des espèces par voie de sélection naturelle*
1860 Fondation de Vladivostok
1864 Association internationale des travailleurs
1855 Début du règne d'Alexandre II de Russie
1859-1879 Expansion russe au Caucase et en Asie centrale
1861 « Statut des paysans libérés du servage » en Russie. Victor Emmanuel roi d'Italie ; mort de Cavour artisan de l'unité italienne
1861-1865 États-Unis : Guerre de Sécession
1862 Bismarck chancelier
1863 Soulèvement polonais écrasé par la Russie
1865-1869 Tolstoï : *Guerre et Paix*
1866 L'Autriche est vaincue par la Prusse à Sadowa

1867 « Compromis » entre l'Autriche et la Hongrie ; naissance de la double monarchie
1868 Japon : ère Meiji
1869 Ouverture du canal de Suez
1870-1871 Guerre franco-allemande ; défaite de la France
1870 *4 septembre,* proclamation de la IIIe République
1871 Guillaume Ier, roi de Prusse, est proclamé empereur allemand. *18 mars-27 mai,* Commune de Paris. Traité de Francfort : la France cède l'Alsace et la Lorraine. Rome devient capitale du royaume d'Italie
1872 Dostoïevski : *Les Démons*
1873 Début de la « grande dépression »
1874 Claude Monet : *Impression, soleil levant*
1875 Naissance du Parti social-démocrate d'Allemagne (SPD)
1876 Wagner : *La Tétralogie,* à Bayreuth. La reine Victoria proclamée impératrice des Indes
1879-1882 Compétition Brazza-Stanley pour le contrôle du Congo
1881 Assassinat d'Alexandre II de Russie. Protectorat français sur la Tunisie
1882 Triple-Alliance (Allemagne, Autriche-Hongrie, Italie). Établissement du contrôle britannique sur l'Égypte
1883 Mort de Karl Marx à Londres. Moteur à essence de Daimler
1883-1885 Conquête du Tonkin par la France. Nietzsche : *Ainsi parlait Zarathoustra*
1884-1885 Conférence coloniale de Berlin
1888 Guillaume II empereur
1889 Fondation de la IIe Association internationale des travailleurs
1889 Exposition universelle de Paris ; la tour Eiffel
1890 Démission de Bismarck
1891 Début de la construction du chemin de fer Transsibérien
1893 Alliance militaire franco-russe
1895 Röntgen : les rayons X
1896 Jeux Olympiques
1898 Crise de Fachoda entre l'Angleterre et la France. Début de l'affaire Dreyfus
1901 Mort de la reine Victoria
1899-1902 Guerre des Boers
1904-1905 Guerre russo-japonaise ; défaite de la Russie
1904 Entente cordiale franco-britannique
1905 Révolution russe : le tsar Nicolas II promet une Douma d'État. Première crise marocaine entre la France et l'Allemagne. Einstein : la relativité restreinte. Séparation de l'Église et de l'État en France
1906 Mort de Cézanne. *Janvier-avril,* conférence d'Algésiras. Fondation du Labour Party

1907 Picasso : *Les Demoiselles d'Avignon.* Bergson : *L'Évolution créatrice.* Constitution de la Triple-Entente
1908 L'Autriche annexe la Bosnie-Herzégovine
1909 Traversée de la Manche en avion par Blériot
1910 Munich : *Der blaue Reiter*
1911 Le « coup d'Agadir » ; deuxième crise marocaine. Chine : Révolution ; fin de la dynastie mandchoue
1912 Protectorat français sur le Maroc. IIe Internationale : congrès de Bâle contre les risques de guerre. *Octobre-novembre,* première guerre balkanique
1913 Poincaré, président de la République. Vote de la loi de trois ans de service militaire en France. Marcel Proust : *Du côté de chez Swann. Juin-août,* deuxième guerre balkanique
1914 *28 juin,* assassinat de l'archiduc François-Ferdinand à Sarajevo. *28 juillet,* déclaration de guerre de l'Autriche-Hongrie à la Serbie. *29 juillet,* réunion du bureau de la IIe Internationale à Bruxelles. *1er août,* déclaration de guerre de l'Allemagne à la Russie. *2 août,* les troupes allemandes pénètrent en Belgique. *3 août,* l'Allemagne déclare la guerre à la France. *4 août,* le Royaume-Uni entre dans la guerre. *31 août,* victoire des Allemands sur les Russes à la bataille dite de Tannenberg. *5-10 septembre,* victoire franco-anglaise de la Marne. Amérique : Ouverture du canal de Panama
1915 *23 mai,* entrée en guerre de l'Italie
1916 Batailles de Verdun et de la Somme. Sigmund Freud : *Introduction à la psychanalyse*
1917 *12 mars,* première révolution russe ; abdication du tsar Nicolas II. *2 avril,* entrée dans la guerre des États-Unis. *24 octobre,* bataille de Caporetto. *7 novembre,* révolution d'« Octobre » ; les bolcheviks maîtres du pouvoir en Russie. *16 novembre,* Clemenceau président du Conseil en France. *15 décembre,* signature de l'armistice de Brest-Litovsk
1918 Guerre civile en Russie (jusqu'en 1921). *3 mars,* signature du traité de Brest-Litovsk. *18 juillet,* deuxième victoire de la Marne. *9 novembre,* abdication de Guillaume II. *11 novembre,* signature de l'armistice par l'Allemagne
1919 *Janvier,* révolution spartakiste en Allemagne. *Mars,* fondation par Lénine de la IIIe Internationale. *28 juin,* signature du traité de Versailles
1921 *Mars,* traité de Riga entre la Pologne et la Russie soviétique
1922 *27 mars,* Staline devient secrétaire général du Parti communiste soviétique. *30 octobre,* Mussolini arrive au pouvoir en Italie. *31 décembre,* création de l'URSS
1923 Crise d'hyperinflation en Allemagne. *Janvier,* Raymond Poincaré fait occuper la Ruhr
1924 *Manifeste surréaliste* d'André Breton
1925 *Octobre,* conférence de Locarno

1926 *10 septembre,* entrée de l'Allemagne à la Société des Nations
1928 L'Anglais Fleming découvre la pénicilline
1929 *Octobre,* crise boursière à New York ; début de la grande crise économique mondiale. *Décembre,* fin de la NEP ; début de la collectivisation générale de l'économie
1930 Évacuation avec cinq ans d'avance de la rive gauche du Rhin
1932 Début de la conférence de Genève sur le désarmement. *Juillet,* conférence de Lausanne ; fin des réparations allemandes
1933 *30 janvier,* Hitler chancelier du Reich
1935 *13 janvier,* plébiscite dans la Sarre. *16 mars,* rétablissement du service militaire en Allemagne. *15 septembre,* lois de Nuremberg ; début de la législation antisémite en Allemagne. *Octobre,* les troupes italiennes envahissent l'Éthiopie
1936 *7 mars,* remilitarisation de la Rhénanie. *Août,* début des grands procès de Moscou. *Juin,* le Front populaire en France. *18 juillet,* la guerre civile débute en Espagne (jusqu'en 1939). *1er novembre,* Mussolini proclame l'axe Rome-Berlin. Pablo Picasso : *Guernica*
1938 *13 mars, Anschluss* de l'Autriche. *28-30 septembre,* conférence de Munich. *9 novembre,* « Nuit de cristal » en Allemagne
1939 *15 mars,* occupation de la Tchécoslovaquie par Hitler. *28 mars,* chute de Madrid ; fin de la guerre d'Espagne. *7 avril,* l'Italie occupe l'Albanie. *22 mai,* signature du « pacte d'Acier » entre l'Allemagne et l'Italie. *23 août,* signature du pacte germano-soviétique. *1er septembre,* les troupes allemandes envahissent la Pologne. *3 septembre,* le Royaume-Uni et la France déclarent la guerre à l'Allemagne. *17 septembre,* les troupes soviétiques entrent en Pologne. *30 novembre,* l'Union soviétique attaque la Finlande
1940 *13 mars,* signature de la paix entre l'URSS et la Finlande. *9 avril,* l'armée allemande envahit le Danemark et la Norvège. *9 mai,* Winston Churchill, Premier ministre. *10 mai,* début de l'offensive allemande à l'Ouest. *10 juin,* l'Italie entre en guerre aux côtés de l'Allemagne. *17 juin,* le maréchal Pétain demande les conditions de l'armistice. *18 juin,* le général de Gaulle, à Londres, appelle à continuer la lutte. *22 juin,* signature de l'armistice par la France. *8 août,* début de l'attaque aérienne contre l'Angleterre. *5 novembre,* Franklin Roosevelt réélu pour la troisième fois président des États-Unis
1941 *22 juin,* l'armée allemande envahit l'Union soviétique
1942 *20 janvier,* prise de la décision de la « solution finale » de la question juive. *4 octobre,* début de la bataille de Stalingrad. *8 novembre,* les Anglo-Américains débarquent en Algérie et au Maroc
1943 *2 février,* capitulation de Paulus à Stalingrad
1944 *6 juin,* débarquement en Normandie. *25 juin,* libération de Paris
1945 *4-11 février,* conférence de Yalta. *12 avril,* mort de Roosevelt. *30 avril,* suicide de Hitler. *2 mai,* prise de Berlin par les Soviétiques.

8 mai, capitulation de l'Allemagne. *25-28 juin,* conférence de San Francisco où est créée l'ONU. *17 juillet-2 août,* conférence de Potsdam. *6-9 août,* bombes atomiques sur Hiroshima et Nagasaki

1946 Décembre, début de la guerre d'Indochine

1947 *12 mars,* doctrine Truman. *5 juin,* annonce du plan Marshall. *Septembre,* doctrine Jdanov ; création du Kominform. Indépendance et partition de l'Inde et du Pakistan

1948 *Février,* « coup de Prague ». *24 juin,* début du blocus de Berlin (jusqu'au 12 mai 1949). *29 juin,* rupture entre Tito et le Kominform

1949 *4 avril,* signature du pacte Atlantique. *23 mai,* création de la République fédérale allemande. *Septembre,* Mao Tsé-toung fonde la République populaire de Chine. *7 octobre,* création de la République démocratique allemande

1950 *9 mai,* déclaration Schuman sur la constitution d'une Communauté européenne du charbon et de l'acier (CECA). *25 juin,* début de la guerre de Corée

1952 *27 mai,* signature du traité instituant la Communauté européenne de défense (CED)

1953 *5 mars,* mort de Staline. *16 juin,* émeutes à Berlin-Est. *7 septembre,* Khrouchtchev, premier secrétaire du Parti communiste soviétique

1954 *7 mai,* le camp retranché de Diên Biên Phu est enlevé par les soldats Viet-minh. *3-23 octobre,* après l'échec de la CED, accords de Londres et de Paris sur le réarmement allemand

1955 *14 mai,* signature du pacte de Varsovie. *15 mai,* traité de paix avec l'Autriche

1956 *24 février,* XXe congrès du Parti communiste soviétique ; rapport « secret » de Khrouchtchev. *28 juin,* émeutes de Poznan. *21 octobre,* Gomulka devient premier secrétaire du Parti communiste polonais ; « Octobre polonais ». *23 octobre-10 novembre,* révolution en Hongrie écrasée par l'armée soviétique. *5-7 novembre,* intervention franco-anglaise en Égypte

1957 *4 octobre,* lancement du premier *Spoutnik* russe. *25 mai,* signature du traité de Rome instituant la CEE

1958 *1er janvier,* début du Marché commun. *1er juin,* retour du général de Gaulle au pouvoir

1961 *13 août,* début de la construction du mur de Berlin

1962 *8 avril,* Référendum sur les accords d'Évian. Indépendance de l'Algérie. Publication d'*Une journée dans la vie d'Ivan Denissovitch* de Soljenitsyne

1963 *22 janvier,* signature du traité de coopération franco-allemand

1964 *15 octobre,* démission de Khrouchtchev remplacé par Brejnev

1966 *7 mars,* la France se retire de l'OTAN. *Juin,* voyage en URSS du général de Gaulle

1968 *14-18 mai,* visite du général de Gaulle en Roumanie. Événements de mai 1968 en France. *21 août,* entrée des troupes du pacte de Varsovie en Tchécoslovaquie
1973 *1er janvier,* l'Europe des Six devient l'Europe des Neuf (Royaume-Uni, Irlande, Danemark). *Décembre,* premier choc pétrolier ; début de la grande crise économique mondiale
1974 *Février,* Soljenitsyne expulsé d'Union soviétique
1979 Deuxième choc pétrolier. *Juin 1979,* premières élections au suffrage universel à l'Assemblée des Communautés européennes
1980 *31 août,* accords de Gdansk entre le gouvernement polonais et le comité de grève ; apparition du syndicat Solidarité
1981 *1er janvier,* entrée de la Grèce dans la CEE ; « Europe des Dix »
1982 *10 novembre,* mort de Brejnev
1985 *11 mars,* Mikhaïl Gorbatchev devient secrétaire général du Parti communiste soviétique. *Décembre,* adoption de l'Acte unique européen
1986 *1er janvier,* entrée de l'Espagne et du Portugal dans la CEE ; « Europe des Douze »
1989 *avril,* URSS, premières élections partiellement libres ; juin, Pologne : victoire de « Solidarité » aux élections ; 9 novembre : ouverture du mur de Berlin ; octobre à décembre : chute des démocraties populaires en RDA, Bulgarie, Hongrie, Roumanie, Tchécoslovaquie ; 25 décembre : exécution des époux Ceaucescu
1990 *Juin,* début de dissolution du pacte de Varsovie. Boris Eltsine président de la République de Russie. *3 octobre,* réunification de l'Allemagne. *9 décembre,* Pologne : Lech Walesa président de la République
1991 *2 août 1990-28 février,* crise et guerre du Golfe, Yougoslavie : guerre civile. *19-22 août,* putsch manqué contre Gorbatchev. *Août-septembre,* éclatement de l'URSS et indépendance des 15 anciennes républiques soviétiques
1992 *7 février,* signature du traité de Maastricht, *3 septembre,* référendum en France où le oui l'emporte de peu
1993 *1er janvier,* entrée en vigueur de l'Acte unique européen
1994 *1er janvier,* naissance de la Slovaquie et de la République tchèque
14 juillet, présence de l'Eurocorps au défilé militaire français
1995 *mars,* entrée en vigueur de la convention de Schengen sur la libre circulation des personnes dans la Communauté européenne
décembre, signature à Paris de l'accord de Dayton mettant fin à la guerre en Bosnie
1996 *juillet,* réélection de Boris Eltsine comme président de la Fédération de Russie

Ajouts chronologiques

1995 *1er janvier*, adhésion de l'Autriche, de la Finlande et de la Suède à l'Union européenne

1996 *Juin*, adhésion de la France au Comité militaire de l'OTAN

1997 *Juin*, traité d'Amsterdam modifiant le traité de Maastricht. Août, Journées mondiales de la Jeunesse à Paris

1998 *Juillet*, la France remporte la finale de la Coupe du Monde de football

1999 *Janvier*, entrée en vigueur de l'euro. *Mars*, Romano Prodi, président de la Commission européenne. L'OTAN commence les frappes contre la Serbie. *Juin*, fin des frappes sur la Serbie. *Juillet*, Bernard Kouchner nommé haut représentant de l'ONU au Kosovo. *Octobre*, victoire en Autriche du parti libéral (extrême droite). *Décembre*, tempête exceptionnelle sur la France et une partie de l'Europe

2000 *Février*, sanctions contre l'Autriche où l'extrême droite est entrée dans le gouvernement. *Septembre*, début de la nouvelle *Intifada*. Levée des sanctions contre l'Autriche. *Décembre*, sommet de Nice sur la réforme des institutions européennes

2001 *Janvier*, confirmation de l'élection de George Bush à la présidence des États-Unis. *Février*, élection d'Ariel Sharon comme Premier ministre d'Israël. *Mars*, accueil à Stockholm par les Quinze du président russe Vladimir Poutine. *Avril*, arrestation de Slobodan Milosevic en Serbie. *Mai*, victoire de Silvio Berlusconi aux élections italiennes. *Août*, accord en Macédoine entre le gouvernement et la guérilla albanaise. *11 septembre*, attentats islamistes contre le World Trade Center à New York et contre le Pentagone à Washington. *7 octobre*, début de l'opération américaine soutenue par les États européens contre les Taliban en Afghanistan et le réseau terroriste *Al Quaida*. *Décembre*, Valéry Giscard d'Estaing, président de la Convention sur l'Avenir de l'Europe

2002 *1er janvier*, les billets et les pièces en euros entrent en circulation dans les pays de l'Union européenne (sauf dans le Royaume-Uni)

Les Carolingiens en Europe : généalogie simplifiée

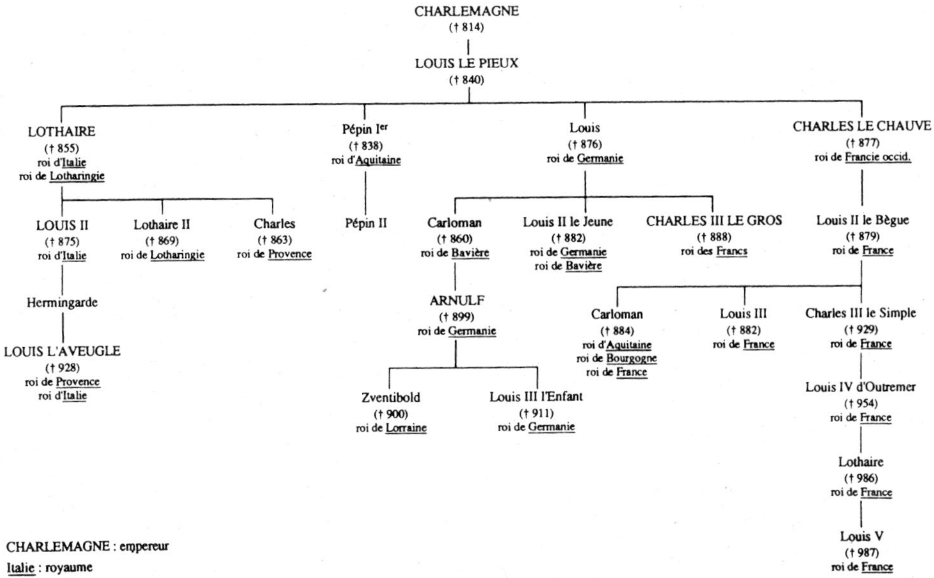

Les Habsbourg et les Bourbons aux 16e, 17e et 18e siècles

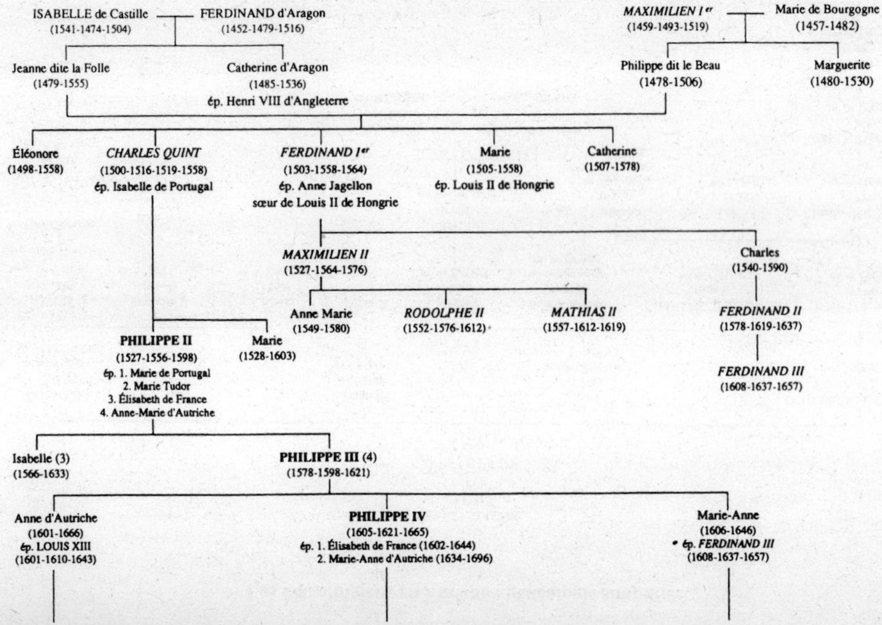

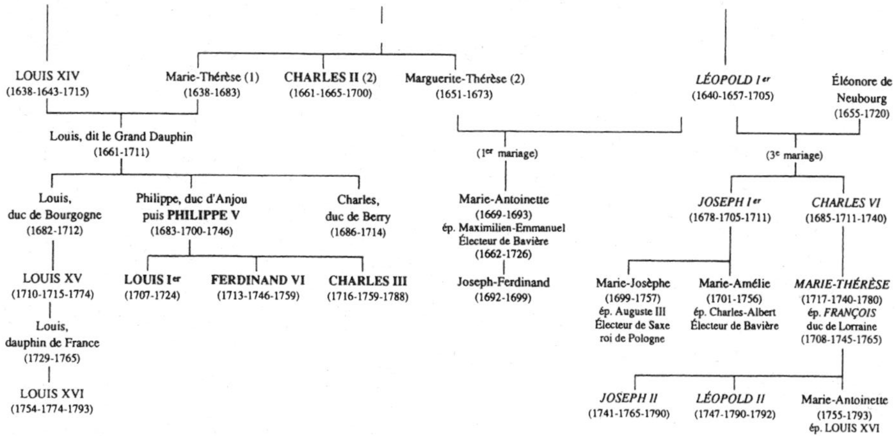

LOUIS XIV : rois de France
FERDINAND III : empereurs
PHILIPPE IV : rois d'Espagne

Lorsqu'il y a trois dates, la seconde est celle de l'accession au trône.

(1) Enfant issu du premier mariage
(2) Enfant issu du second mariage
(3) Enfant issu du troisième mariage
(4) Enfant issu du quatrième mariage

Ce tableau généalogique, qui va de la fin du XVe à la fin du XVIIIe siècle, permet notamment de mieux comprendre trois épisodes essentiels de l'histoire politique de l'Europe : la constitution de l'«empire» de Charles Quint, entre 1506 et 1519 ; la succession du roi d'Espagne Charles II en 1700 ; la succession de l'empereur Charles VI en 1740.

Les mariages occidentaux des enfants de Iaroslav le Sage (978-1054)

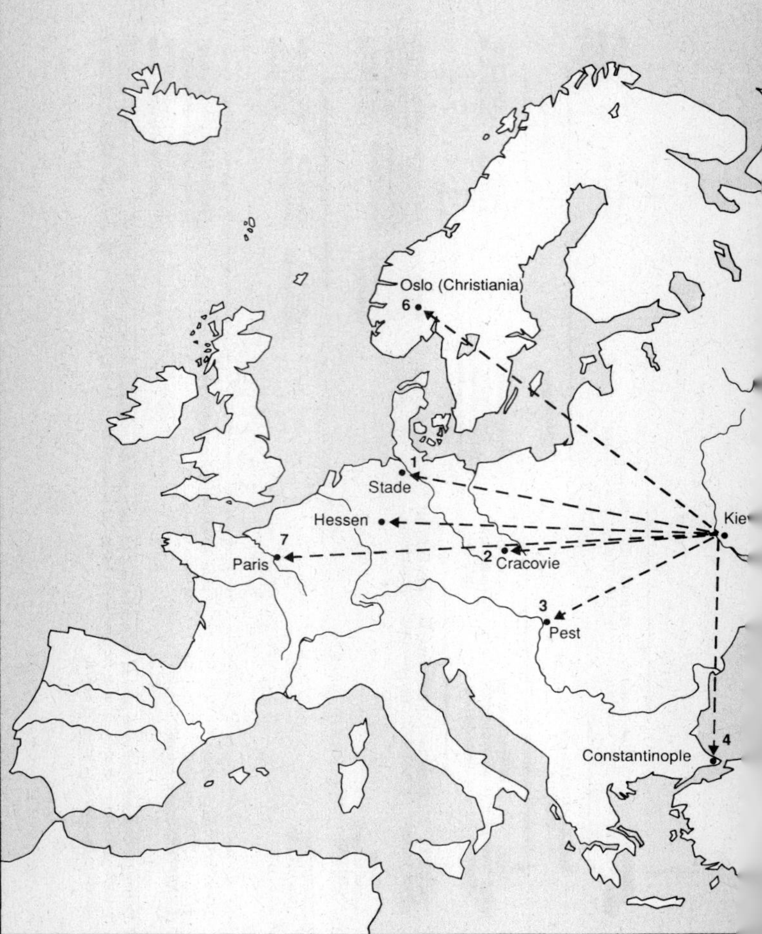

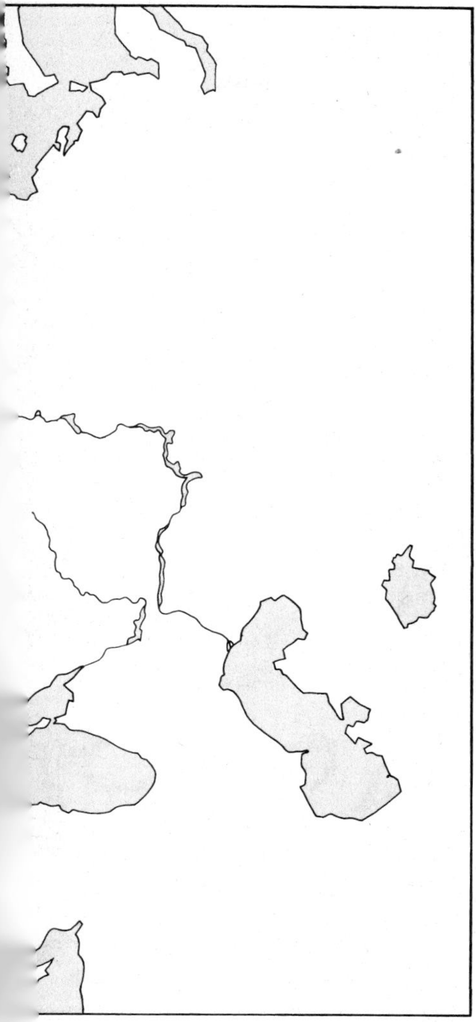

Iaroslav le Sage, prince de Kiev, 978-1019 - 1054-1054

1. Vladimir, prince de Novgorod, épouse Oda de Stade vers 1043

2. Izjaslav Ier, prince de Kiev, épouse Gertrude de Pologne vers 1043

3. Anastasie épouse André, roi de Hongrie, vers 1046

4. Vsevolod Ier, prince de Kiev, épouse la fille de Constantin Monomaque, empereur de Byzance de 1042 à 1055

5. Svjatoslav II épouse la fille du comte Etheler de Hesse

6. Elisabeth épouse Harold, roi de Norvège, en 1044

7. Anne épouse Henri Ier, roi de France, en 1051

La reine Victoria « grand-mère de l'Europe »

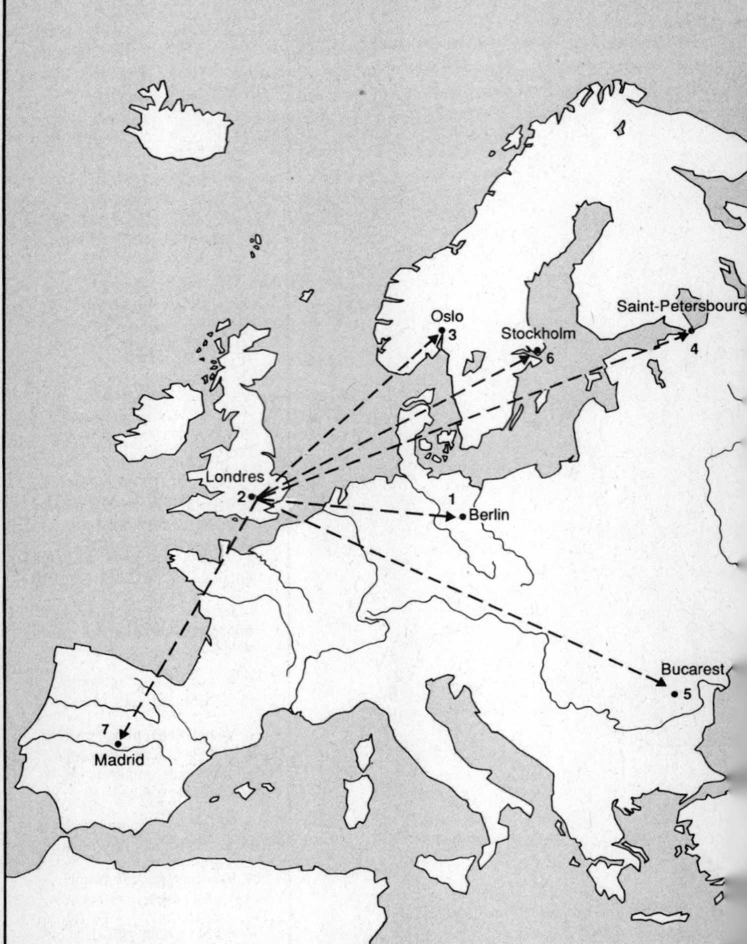

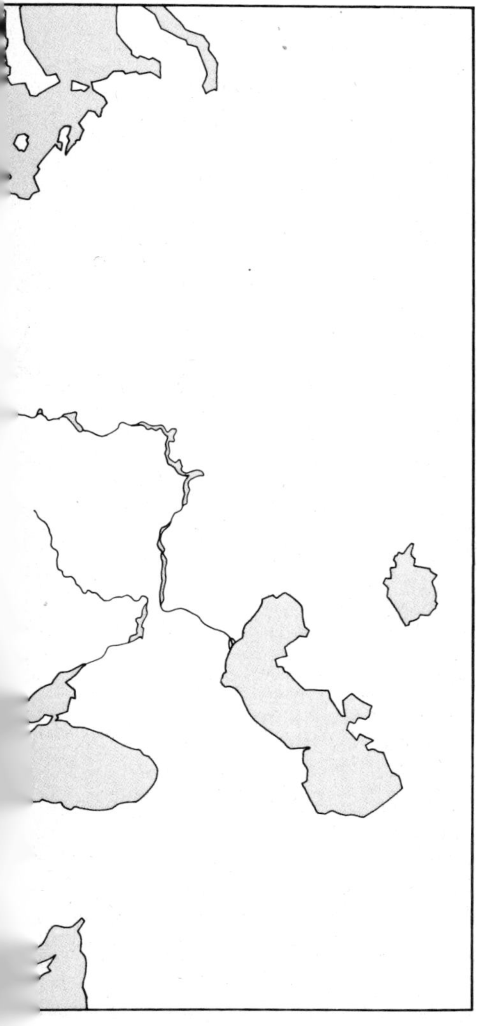

VICTORIA, reine d'Angleterre,
1819-1837 - 1901-1901,
eut 9 enfants: Victoria,
EDOUARD,Alice, Alfred,
Hélène, Louise, Arthur,
Leopold, Béatrice,
et 37 petits-enfants.
7 accédèrent au trône

1. GUILLAUME II, empereur d'Allemagne,
1859-1888 - 1918-1941,
fils de VICTORIA

2. GEORGE V,
roi d'Angleterre,
1865-1910 - 1936-1936,
fils d'EDOUARD VII
(1841-1901 - 1910-1910)

3. Maud (1869-1938),
fille d'EDOUARD VII, épouse
HAAKON VII de Norvège,
1872-1905 - 1957-1957

4. Alix (1872-1918),
fille d'Alice,
épouse NICOLAS II de Russie,
1868-1894 - 1917-1918

5. Marie (1875-1938),
fille d'Alfred,
épouse FERDINAND Ier
de Roumanie,
1865-1914 - 1927-1927

6. Margaret (1882-1920),
fille d'Arthur,
épouse GUSTAVE VI
de Suède,
1882-1950 - 1973-1973

7. Victoria-Eugénie
(1887-1969),
fille de Béatrice, épouse
ALPHONSE XIII d'Espagne,
1886-1886 - 1931-1941

Tableaux et statistiques

DÉMOGRAPHIE

L'Europe dans le monde (1750-1950)

	Europe (Russie-URSS incluse) en millions d'hab.	**Part de la population mondiale (%)**
1750	136	18,6
1800	200	20,8
1850	265	21,4
1900	410	24,6
1950	570	22,8

d'après Pierre Léon, *Histoire économique et sociale du monde,* Paris, Colin, t. III, 1978, p. 151.

L'Europe et le monde
(prospective sur une longue période : 1950-2125)

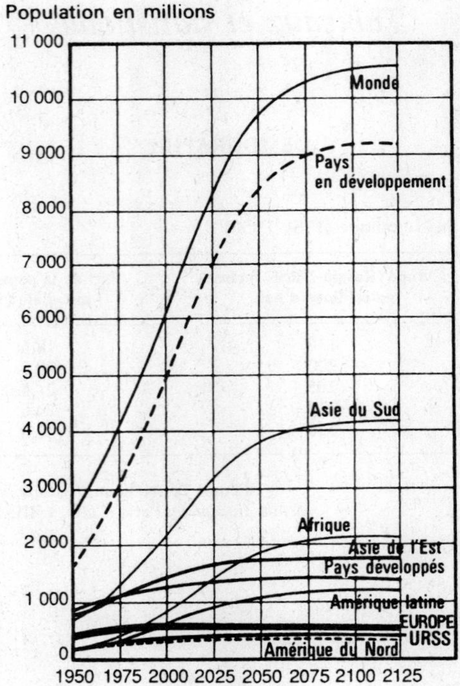

Graphique établi à partir de : ONU
« Les perspectives d'avenir de la population mondiale évaluées en 1980 »
Études démographiques, n° 78, dans *Les Cahiers français,* n° 219
janv.-février 1985, « La population française de A à Z »
notice n° 5, Paris, La Documentation française

Natalité et mortalité en Europe (1801-1860)

	1801-1810		1851-1860	
	nat. (‰)	mort. (‰)	nat. (‰)	mort. (‰)
Angleterre et	37,5	23,9	35	22,2
Pays-de-Galles	31,1	23,7	32,5	20,6
Suède	30,9	27,9	32,8	21,7
France	31,8	26	26,3	23,6
Autriche	43,6		37,6	31,4
Allemagne			35,3	26,4
Hongrie	42	33	43,5	36
Italie	40,3	33	36,8	30,3
Espagne	42,3		39,5	30,8
Russie			51	36,9

d'après Pierre Léon, *Histoire économique et sociale du monde,* Paris, Colin, t. IV, 1978, p. 169.

Le recul de la mortalité en Europe (1840-1910)

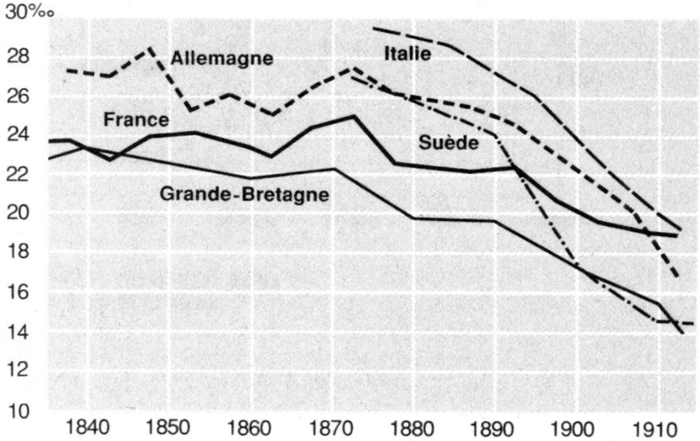

d'après Pierre Léon, *ibid.,* p. 56.

La baisse de la fécondité en Europe (1950-1990)

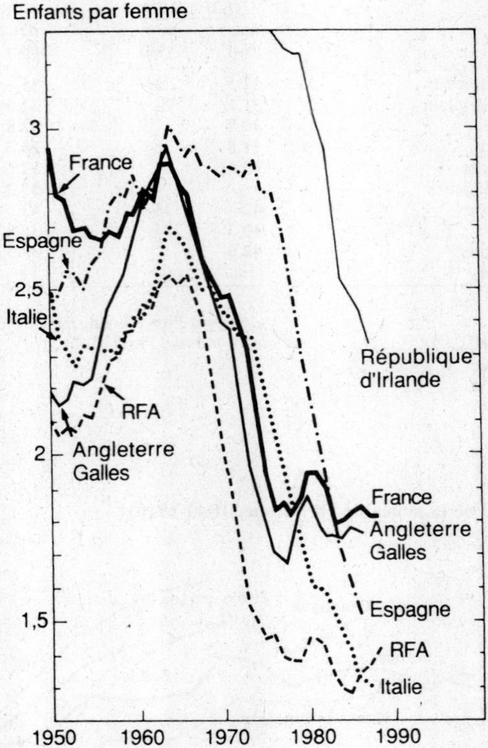

d'après *Population et Sociétés,* n° 234, avril 1989, p. 2, Paris, INED

Les Européens hors d'Europe (1840-1913)

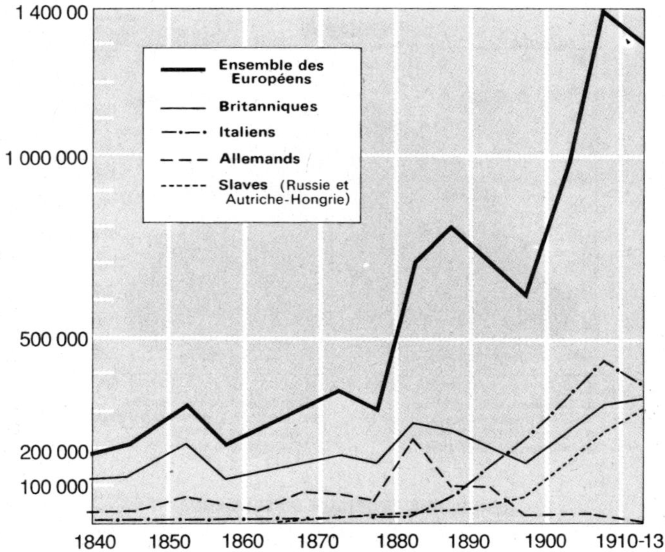

d'après Pierre Léon, *Histoire économique et sociale du monde,* Paris, Colin, t. IV, 1978, p. 28.

1981 : l'Europe des Douze et sa diversité :

(Le trait continu gras dessine la pyramide des âges

ESPAGNE

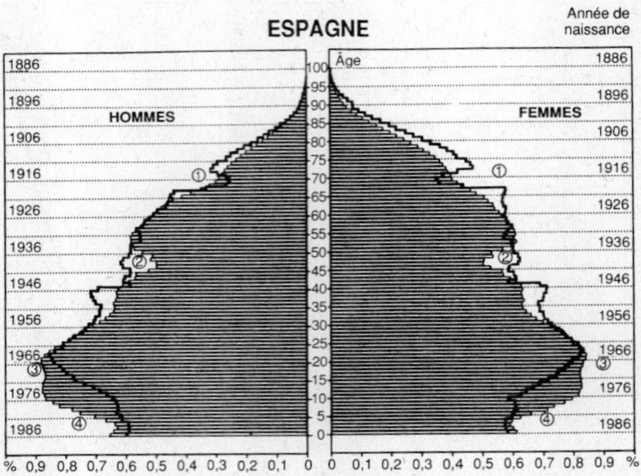

① Déficit des naissances dû à la guerre 1914-1918, à l'épidémie de grippe espagnole et à la surmortalité dans les générations les plus touchées par la guerre civile.

② Déficit des naissances dû à la guerre civile (1936-1939). ③ Maintien de la fécondité à un niveau relativement élevé.
④ Déclin rapide de la fécondité.

RÉPUBLIQUE FÉDÉRALE D'ALLEMAGNE

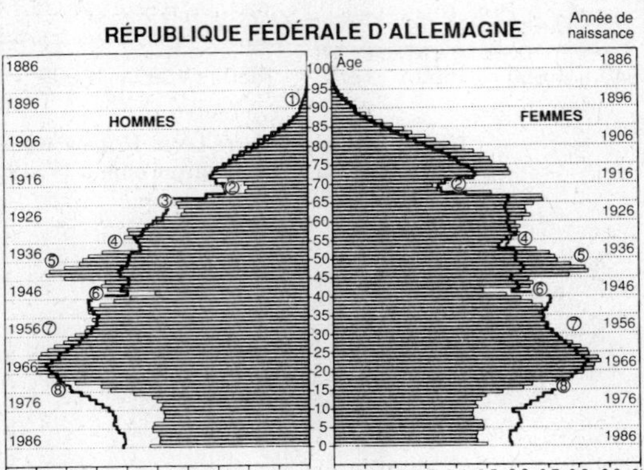

① Pertes militaires de la guerre 1914-1918.
② Déficit des naissances dû à la guerre 1914-1918 (classes creuses). ③ Pertes militaires de la guerre 1939-1945.
④ Déficit des naissances dû aux effets de la crise économique des années 30.

⑤ Augmentation de la fécondité due à des mesures pronatalistes.
⑥ Déficit des naissances dû à la guerre 1939-1945.
⑦ Baby-boom. ⑧ Non-remplacement des générations.

les pyramides d'âges (Espagne-RFA-Irlande-France)
de l'ensemble de la population de l'Europe des Douze)

IRLANDE - 1.1.1986

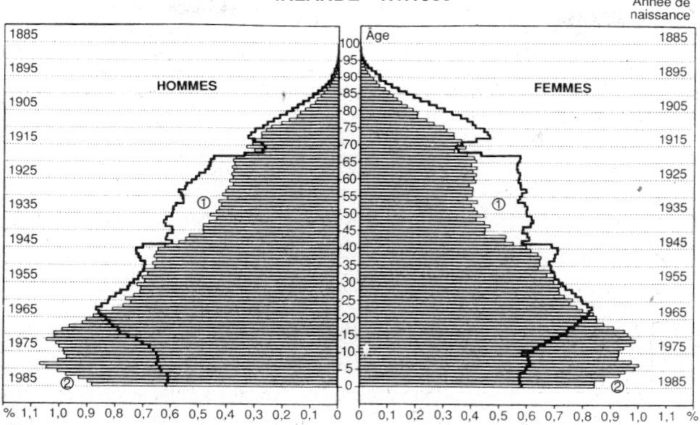

① Forte émigration dans les années 50 de personnes nées dans les années 30.

② Réduction de la fécondité (avec cependant maintien du remplacement des générations).

FRANCE

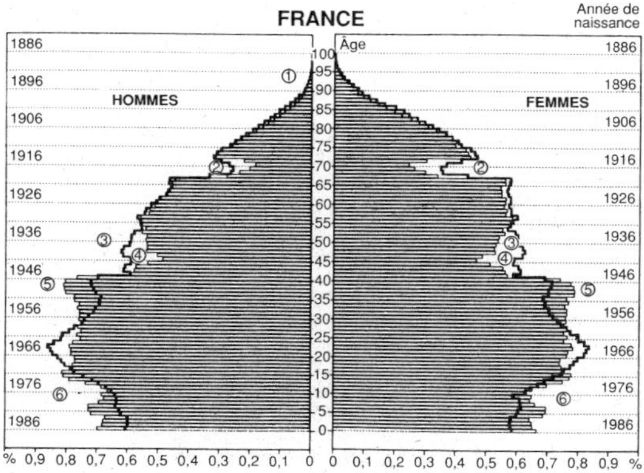

① Pertes militaires de la guerre 1914-1918.
② Déficit des naissances dû à la guerre 1914-1918 (classes creuses). ③ Passage des classes creuses à l'âge de la fécondité.
④ Déficit des naissances dû à la guerre 1939-1945.
⑤ Baby-boom.
⑥ Non-remplacement des générations.

d'après *Population et Sociétés,* n° 238, septembre 1989, p. 2-3, Paris, INED.

États et nationalités en Europe

L'Autriche-Hongrie en 1869

Nationalité	Ethnie	Religion	Catégorie sociale	Nombre en millions
Autrichiens	Allemands	Catholiques	Toutes catégories	9,1
Tchèques	Slaves	Catholiques	Paysans + Bourgeois	6,7
Slovaques	Slaves	Catholiques	Paysans	
Ruthènes	Slaves	Orthodoxes et Uniates	Paysans	3,0
Polonais	Slaves	Catholiques	Nobles + Paysans	2,3
Hongrois	Magyars	Catholiques	Nobles + Paysans	5,5
Slovènes	Slaves	Catholiques	Paysans	1,2
Croates	Slaves	Catholiques	Nobles + Paysans	1,4
Serbes	Slaves	Orthodoxes	Paysans	1,5
Roumains	Mélangés langue latine	Orthodoxes	Paysans	2,9
Italiens	Latins	Catholiques	Toutes catégories	0,6

source : *Dictionnaire de géographie universelle*, 1895. Recensement de 1869.

L'URSS en 1970 (principales nationalités : 500 000 personnes au moins en 1970)

	Effectifs en 1970 (en milliers)	% par rapport à la population totale 1970	% d'accroissement 1959-1970
Russes	129 015	53,4 %	+ 13,1 %
Ukrainiens	40 753	16,9 %	+ 9,4 %
Ouzbeks	9 195	3,8 %	+ 52,9 %
Biélorusses	9 052	3,7 %	+ 14,4 %
Tatares	5 931	2,5 %	+ 19,4 %
Kazakhs	5 299	2,2 %	+ 46,3 %
Azerbaïdjanais	4 380	1,8 %	+ 49,0 %
Arméniens	3 559	1,5 %	+ 27,7 %
Géorgiens	3 245	1,3 %	+ 20,5 %
Moldaves	2 698	1,1 %	+ 21,9 %
Lituaniens	2 665	1,1 %	+ 14,6 %
Juifs	2 151	0,9 %	− 5,2 %
Tadjiks	2 136	0,9 %	+ 52,9 %
Allemands	1 846	0,8 %	+ 14,0 %
Tchouvaches	1 694	0,7 %	+ 15,2 %
Turkmènes	1 525	0,6 %	+ 52,2 %
Kirghizes	1 452	0,6 %	+ 49,8 %
Lettons	1 430	0,6 %	+ 2,1 %
Peuples du Daghestan	1 365	0,6 %	+ 44,4 %
Mordves	1 263	0,5 %	− 1,7 %
Bachkires	1 240	0,5 %	+ 25,4 %
Polonais	1 167	0,5 %	− 15,4 %
Estoniens	1 007	0,4 %	+ 1,8 %
Oudmourtes	704	0,3 %	+ 12,6 %
Tchétchènes	613	0,3 %	+ 46,3 %
Mariis	599	0,2 %	+ 18,8 %

source : Recensements des 15 janvier 1959 et 197

Les guerres (1914-1918, 1939-1945)

1914-1918

	Population totale en 1913 (en millions d'hab.)	Forces mobilisées (y compris les contingents coloniaux)	Morts et disparus
Allemagne	64,9	13 250 000	2 000 000
Autriche-Hongrie	50,6	9 000 000	1 543 000
France	39,6	8 500 000	1 400 000
Grande-Bretagne	45,4	9 500 000	744 000
Italie	36,1	5 600 000	750 000
Russie	142,6	13 000 000	1 700 000
États-Unis	92 (1910)	3 800 000	116 000
Belgique	7,4 (1910)	380 000	41 000

Il faut ajouter au nombre des morts et disparus 6,5 millions d'invalides (dont 300 000 à 100 %), 4 250 000 veuves et environ 8 millions d'orphelins, pour toute l'Europe.

1939-1945

Bilan des pertes humaines

Les évaluations varient entre 40 et 50 millions de personnes, soit environ quatre fois plus qu'entre 1914 et 1918.
URSS : 20 millions de morts civils et militaires.
Allemagne : 5 millions de morts civils et militaires.
Japon : 3 millions de morts civils et militaires.
France : 600 000 morts civils et militaires.
Grande-Bretagne : 388 000 morts civils et militaires.
Italie : 310 000 morts civils et militaires.
États-Unis : 300 000 morts civils et militaires.

d'après M. Huber, *La Population de la France pendant la guerre*, 1931, et H. Buntle, « Le mouvement naturel de la population dans le monde de 1906 à 1936 », dans *La Documentation photographique*, n° 6074, 1984, « 14-18 », p. 26 ; n° 6038, 1978, « La Seconde Guerre mondiale », p. 37.

La croissance urbaine en Europe

Villes de plus de 10 000 hab. (1800-1850-1890)

	1800	1850	1890
Europe	364	878	1 709
Angleterre/Pays de Galles	44	148	356
Belgique	20	26	61
France	78	165	232
Allemagne	53	133	382
Autriche/Bohême	8	17	101
Italie	74	183	215
Pologne	3	17	32

d'après Jean de Vries,
European Urbanization 1500-1800
Londres, 1984, cité par Éric J. Hobsbawn,
L'Ère des Empires (1875-1914), trad. fr., Paris, Fayard, 1989.

Population des principales villes d'Europe

1300		**1400**		**1500**		**1600**		**1700**		**1750**	
Paris	200	Paris	275	Paris	225	Paris	300	Londres	575	Londres	675
Grenade	150	Bruges	125	Naples	125	Naples	275	Paris	500	Paris	570
Venise	110	Gênes	100	Milan	100	Londres	200	Naples	300	Naples	339
Gênes	100	Grenade	100	Venise	100	Venise	151	Amsterdam	200	Amsterdam	210
Milan	100	Venise	100	Grenade	70	Séville	135	Lisbonne	180	Lisbonne	185
Florence	95	Milan	90	Prague	70	Lisbonne	130	Madrid	140	Vienne	175
Séville	90	Feodosija	85	Lisbonne	65	Milan	120	Venise	138	Madrid	160
Naples	60	Séville	75	Tours	60	Palerme	105	Rome	135	Rome	158
Cordoue	60	Florence	55	Gênes	58	Prague	100	Moscou	130	Venise	150
Cologne	55	Gand	55	Florence	55	Rome	100	Milan	125	Moscou	130
Barcelone	50	Lisbonne	55	Gand	55	Gdansk	80	Vienne	114	Dublin	129
Bolgary[1]	50	Novgorod	50	Palerme	55	Moscou	80	Palerme	100	Milan	124
Gand	50	Bologne	45	Rome	55	Tolède	80	Lyon	97	Palerme	124
Palerme	50	Londres	45	Bologne	50	Florence	76	Marseille	90	Lyon	114
Salonique	50	Naples	45	Bordeaux	50	Rouen	70	Bruxelles	80	Berlin	113
Sienne	50	Tolède	45	Feodosija	50	Grenade	69	Florence	72	Leningrad[5]	95
Valence	45	Barcelone	40	Londres	50	Madrid	65	Séville	72	Hambourg	90
Aquila[2]	40	Cordoue	40	Lyon	50	Tours	65	Grenade	70	Gênes	87
Bologne	40	Ferrare	40	Orléans	50	Valence	65	Hambourg	70	Copenhague	80
Bruges	40	Cologne	40	Skopje	50	Smolensk	64	Anvers	67	Florence	74
Crémone	40	Malaga	40	Smolensk	50	Bologne	63	Gênes	65	Grenade	70
Feodosija[3]	40	Salonique	40	Tirgoviste[4]	50	Gênes	63	Copenhague	65	Stockholm	70
Malaga	40	Tournai	40	Vérone	50	Belgrade	55	Leyde	65	Bologne	69
Novgorod	40			Brescia	49	Skopje	55	Bologne	63	Turin	69
Pise	40			Cologne	45	Amsterdam	54	Dublin	60	Marseille	68
Tolède	40			Marseille	45	Bruxelles	50	Lille	60	Rouen	66
				Séville	45	Messine	50	Berlin	55	Séville	66
				Ferrare	42	Salonique	50	Gand	52	Lille	63
				Malaga	42	Vienne	50	Belgrade	50	Bordeaux	62
				Novgorod	42	Anvers	47	Rotterdam	50	Valence	60
								Rouen	50	Nantes	60
								Valence	50	Cadiz	60
										Kaliningrad[6]	60

1. Bolgary : Bolgary Velikie (URSS) centre du commerce de la Horde d'Or, actuellement en ruin Chiffre peut-être surestimé. – 2. Aquila : Aquila dei Abruzzi (Italie). – 3. Feodosija : Caffa (C mée, URSS). Chiffre peut-être surestimé. – 4. Tirgoviste : Targoviste (Roumanie). – 5. Leningra Saint-Pétersbourg : Petrograd (URSS). – 6. Kaliningrad : Königsberg (URSS).

Les noms de ville utilisés sont les noms actuels.

Les populations données sont celles des villes avec « faubourgs », « banlieues », « hameaux « communes », « quartiers » directement adjacents.

Istamboul n'a pas été retenue dans les villes européennes.

de 1300 à 1985 (en milliers d'hab.)

1800		1850		1900		1950		1985		
Londres	948	Londres	2 230	Londres	6 620	Londres	10 370	Londres	10 360	1
Paris	550	Paris	1 050	Paris	3 320	Paris	5 530	Moscou	8 970	2
Naples	430	Leningrad	520	Berlin	2 420	Moscou	4 840	Paris	8 680	3
Moscou	300	Berlin	440	Vienne	1 670	Milan	3 640	Milan	7 220	4
Vienne	247	Moscou	440	Leningrad	1 440	Berlin	3 350	Leningrad	5 110	5
Leningrad	220	Vienne	430	Birmingham	1 250	Naples	2 750	Madrid	4 710	6
Amsterdam	217	Naples	400	Manchester	1 240	Leningrad	2 620	Naples	4 110	7
Dublin	200	Liverpool	380	Moscou	1 120	Manchester	2 540	Rome	3 690	8
Lisbonne	195	Glasgow	350	Glasgow	1 070	Birmingham	2 530	Katowice	3 270	9
Berlin	172	Manchester	300	Liverpool	940	Leeds	1 930	Berlin	3 240	10
Madrid	168	Leeds	280	Hambourg	900	Glasgow	1 900	Barcelone	3 200	11
Rome	153	Madrid	280	Budapest	790	Hambourg	1 800	Athènes	3 100	12
Palerme	139	Dublin	260	Varsovie	720	Vienne	1 790	Birmingham	2 870	13
Venise	138	Lisbonne	240	Newcastle	620	Katowice	1 720	Kiev	2 610	14
Milan	135	Birmingham	230	Bruxelles	590	Budapest	1 620	Manchester	2 500	15
Hambourg	130	Amsterdam	220	Naples	560	Liverpool	1 620	Turin	2 260	16
Lyon	109	Barcelone	220	Barcelone	550	Rome	1 570	Bucarest	2 230	17
Copenhague	101	Milan	210	Madrid	540	Barcelone	1 550	Hambourg	2 190	18
Marseille	101	Marseille	200	Amsterdam	510	Madrid	1 540	Cologne	2 170	19
Barcelone	100	Lyon	180	Munich	500	Athènes	1 340	Munich	2 110	20
Bordeaux	96	Rome	180	Marseille	490	Bruxelles	1 330	Budapest	2 060	21
Séville	96	Varsovie	170	Rome	490	Copenhague	1 210	Bruxelles	2 000	22
Gênes	90	Budapest	160	Lyon	490	Bucarest	1 160	Leeds	2 000	23
Manchester	84	Hambourg	150	Milan	490	Newcastle	1 140	Lisbonne	1 920	24
Édimbourg	83	Turin	140	Lille	470	Varsovie	1 030	Francfort	1 900	25
Liverpool	83	Gênes	130	Copenhague	460	Prague	1 000	Stuttgart	1 850	26
Turin	82	Bruxelles	130	Odessa	450	Stuttgart	990	Glasgow	1 800	27
Florence	81	Copenhague	130	Cologne	440	Cologne	960	Vienne	1 700	28
Rouen	80	Prague	120	Leeds	440	Munich	960	Kharkov	1 700	29
Valence	80	Cologne	110	Lisbonne	360	Francfort	950	Varsovie	1 600	30
		Séville	110							

d'après Paul Bairoch, Jean Batou et Pierre Chèvre, *La Population des villes européennes de 800 à 1850. Banque de données et analyse sommaire des résultats*, Genève, Droz, 1988 (Publications du Centre d'histoire économique internationale de l'Université de Genève).

ÉCONOMIE

La houille en Europe et aux États-Unis au 19e siècle (en millions de tonnes)

Années	G.-B.	Allemagne	France	États-Unis
1790	6	0,3	0,8	–
1800	10	1	1	–
1820	12,5	1,5	1,1	–
1830	16	1,7	2	–
1840	30	3,4	3	2,1
1850	49	6,7	5	7
1860	80	17	8	13
1870	110	26	13	30
1880	149	47	19	83
1890	184	70	26	143
1900	230	100	33	245
1913	290	190	40	510

d'après Jean-Pierre Rioux, *La Révolution industrielle (1780-1880)*, Paris, Seuil, 1971.

Les chemins de fer en Europe et dans le monde (1840-1920)

	1840	1860	1880	1900	1920
Longueur mondiale (kilomètres)	8 845	106 311	357 395	749 793	1 086 107
Répartition (monde)	100,0	100,0	100,0	100,0	100,0
Europe sans la Russie	46,3	46,7	37,9	28,4	23,7
(Grande-Bretagne)	(27,0)	(13,7)	(7,0)	(4,0)	(3,0)
(France)	(4,7)	(8,9)	(6,6)	(4,9)	(3,8)
(Allemagne)	(6,2)	(10,9)	(9,1)	(6,9)	(5,3)
Russie	0,4	1,0	5,0	5,9	6,6
Amérique du Nord	51,5	49,5	45,5	47,4	43,3
Amérique latine	1,8	0,8	3,2	7,4	9,3
Asie		1,3	5,0	7,5	9,2
(Inde)		(1,3)	(4,1)	(5,3)	(5,4)
(Japon)				(0,8)	(1,0)
Afrique		0,4	1,3	2,2	4,0
Australasie		0,3	2,1	3,2	3,9

d'après Pierre Léon, *Histoire économique et sociale du monde*, Paris, Colin, t. IV, 1978, p. 148.

L'industrialisation de la Russie au 19ᵉ siècle

	1800	1914
Population	97,7 M	175,1 M
Ouvriers (très approximatif)	1 M	3 M
Réseau ferré	22 800 km	73 000 km
Fonte	0,4 Mt	4,3 Mt
Charbon	3 Mt	35 Mt
Sucre	0,2 Mt	1,5 Mt
Pétrole	1,9 Mt	4,9 Mt

d'après R. Portal, *La Russie de 1894 à 1914*, Paris, CDU, 1964.

L'Europe dominante en 1914

1. *La houille et l'acier en Europe : une croissance*

Production
de houille
(en millions de tonnes)
1870-1914

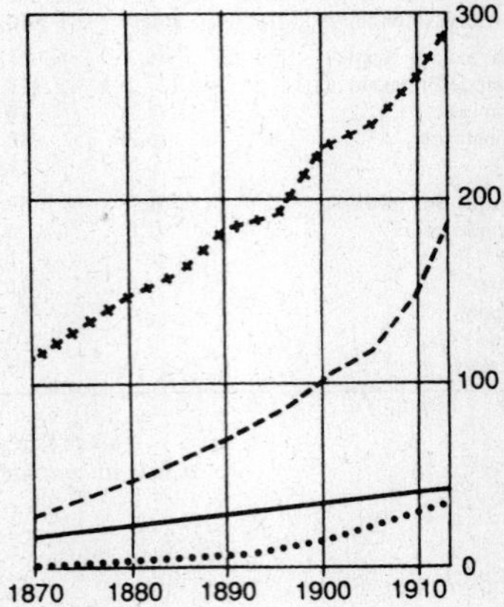

Production
d'acier
(en millions de tonnes)
1870-1914

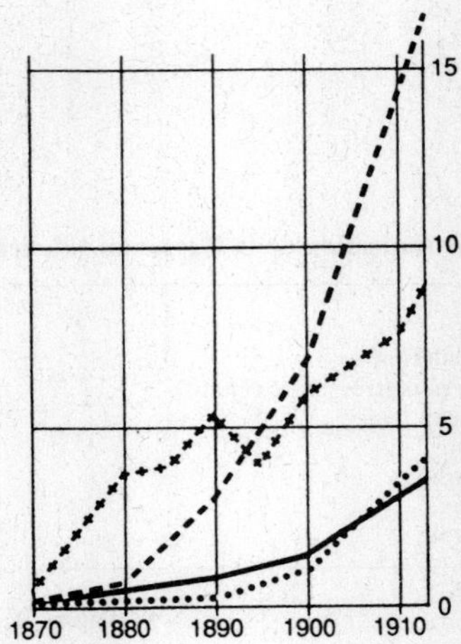

++++ROYAUME-UNI
---- ALLEMAGNE
—— FRANCE
••••• RUSSIE

L'Europe dominante en 1914
2. *L'Europe et le monde en 1913 : charbon, acier, flotte, capitaux*

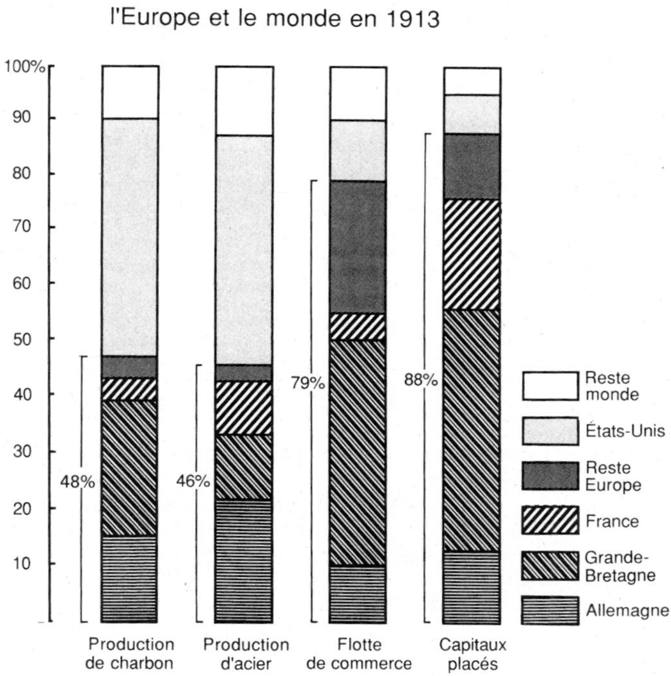

d'après *La Documentation photographique,* n° 6053,
« L'Europe et le monde à la veille de 1914 »,
La Documentation française, 1981.

L'accélération de la croissance en Europe et dans le monde au 20ᵉ siècle (taux annuels moyens de croissance du PNB)

Pays	1913-1950	1950-1970	1950-1955	1955-1960	1960-1965	1965-1970
Japon	4,0	10,9	12,1	9,7	9,6	12,4
Allemagne	1,2	5,5	4,7	6,3	4,8	6,3
France	0,7	4,8	4,3	4,6	5,1	5,4
Italie	1,3	5,4	4,9	5,5	5,1	6,3
Royaume-Uni	1,7	2,8	2,7	2,8	3,3	2,4
États-Unis	2,9	3,9	4,3	2,2	4,5	4,6

d'après Pierre Léon, *Histoire économique et sociale du monde,* Paris, Colin, t. VI, 1978, p. 18.

Prix Nobel scientifiques * : la régression européenne

	Physique et chimie		Physiologie, médecine	
	1901-1945	*1946-1982* **	*1901-1945*	*1946-1982* **
Total	90	128	48	87
Grande-Bretagne	16	27	9	11
France	*11*	*2*	*4*	*4*
Allemagne (RFA après 1945)	27	9	8	4
URSS	–	9	2	–
États-Unis	11	59	7	49
Japon	–	4	–	–
Autres pays	25	18	18	19

* Pour les mathématiciens, il existe la médaille Fields depuis 1936 : sur 27 attributions, la France en compte 5.

** Il y a de plus en plus 2 ou 3 lauréats chaque année dans une même spécialité.

d'après *La Documentation photographique,* n° 6071, « La France dans le monde », La Documentation française, 1984.

La part du Royaume-Uni dans le marché mondial des produits manufacturés : le recul (1899-1959)

1899 *	33,2 %
1913 *	30,2 %
1929 *	23,0 %
1929	22,4 %
1937	20,9 %
1950	24,6 %
1959	17,1 %

* Avant 1929, les Pays-Bas sont exclus du total.

d'après A. Maizels, *Industrial Growth and World Trade,*
National Institute of Economic and Social Research,
Cambridge Univ. Press, 1971, p. 189.

L'Amérique aide l'Europe (1948-1954)
(Répartition de l'aide Marshall et de l'aide militaire en Europe, 3 avril 1948-31 août 1954, en millions de dollars)

Pays	Total	%
Total	14 741,7	100
Autriche	726,1	5
Belgique-Luxembourg	556,5	3,8
Danemark	278,9	1,9
France	3 103,8	21
RFA	1 472,6	10
RDA, aide alimentaire	15,0	0,1
Grèce	773,9	5,2
Islande	34,6	0,2
Irlande	146,2	1
Italie	1 577,8	10,7
Pays-Bas	980,1	6,6
Indonésie	101,4	0,7
Norvège	274,7	1,9
Portugal	49,8	0,3
Suède	106,8	0,7
Trieste	31,8	0,2
Turquie	277,5	1,9
Grande-Bretagne	3 585,6	24,3
Yougoslavie	231,0	1,6
Union européenne des paiements	361,6	2,5
Divers	55,9	0,4

source : Foreign Operations Administration, Office of Research,
Statistics and Reports, 30 octobre 1953,
et d'après *La Documentation photographique,* n° 6105, p. 2 :
« L'Europe en chantier 1945-1990 », La Documentation française, 1990.

Le poids de l'investissement (Europe et Japon, 1950-1978)
(Évolution du taux d'investissement
rapport investissements/produit national brut, en %)

	1950-1954	1955-1959	1960-1964	1965-1969	1970-1974	1975-1978
Japon	21,4	24,4	32,3	32,5	34,9	30,8
RFA	19,3	22,3	25,5	24,1	24,9	20,9
France	15,8	18,0	21,5	23,5	23,8	23,9
Royaume-Uni	12,5	14,3	17,1	18,6	19,3	18,1

La recherche-développement (RD) : les États-Unis et le Japon face à l'Europe (1960-1983)

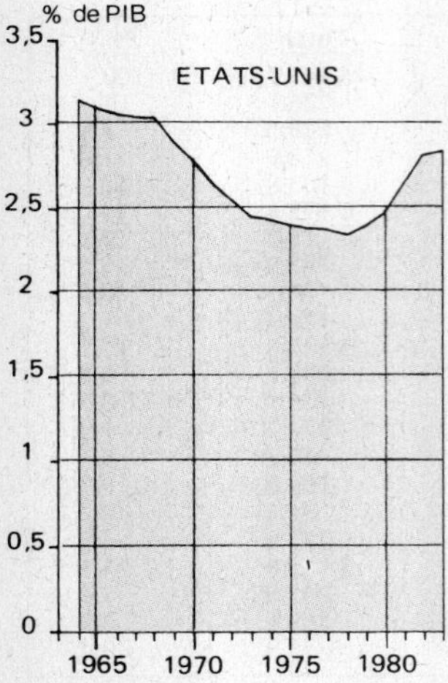

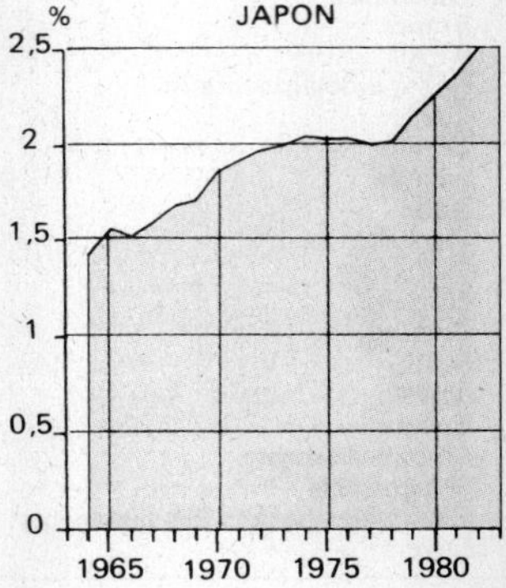

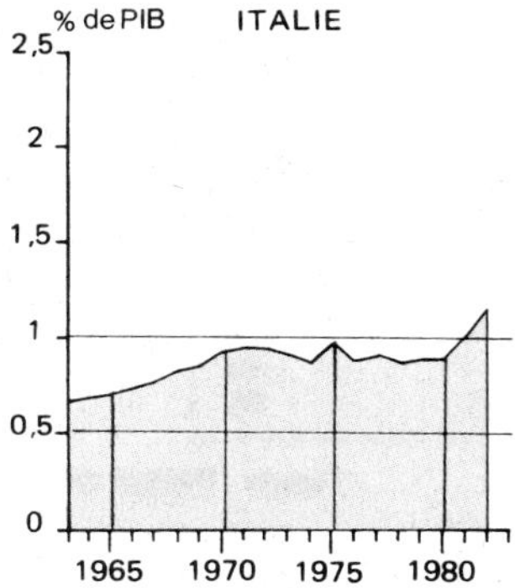

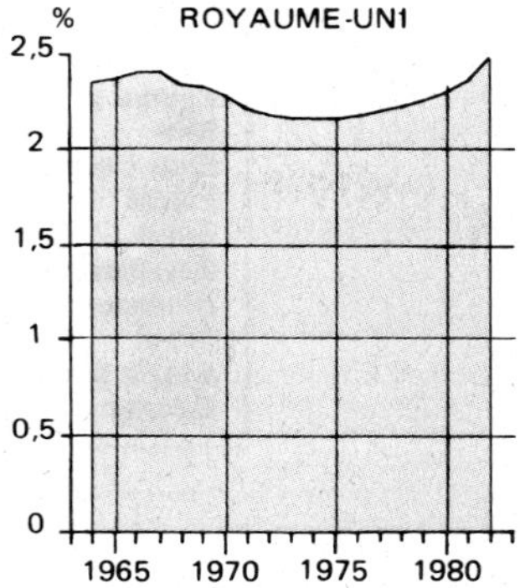

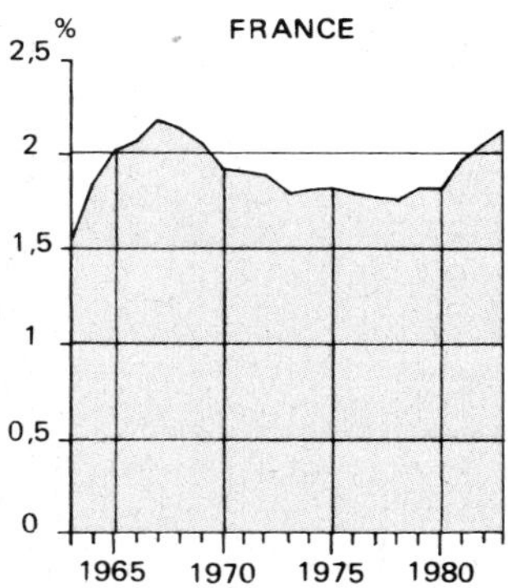

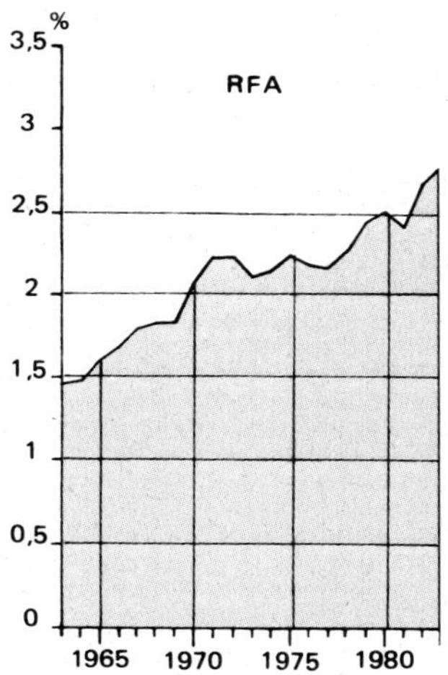

source : *Indicateurs de la science et de la technologie,* OCDE/DSTI, n° 8, 1984, dans *La Documentation photographique,* n° 6081, p. 6 : « La science au cœur de l'histoire contemporaine de 1945 à nos jours », La Documentation française, 1986.

En 1981, l'Europe, les riches et les pauvres (PIB par hab., en dollars)

Émirats arabes unis	*25 660*
RFA	13 520
États-Unis	*12 530*
France	12 130
Japon	*10 330*
Royaume-Uni	8 950
Birmanie	*183*
Népal	*156*
Bangla Desh	*144*
Éthiopie	*142*

source : Banque mondiale.

Glossaire

Actes de navigation. Lois anglaises réglant les conditions du commerce maritime ; le premier fut voté en 1651 sous l'administration de Cromwell : il interdisait les importations de produits européens sous un pavillon autre que le pavillon anglais ou celui du pays d'origine, subordonnait à l'octroi d'une licence le commerce étranger avec les colonies anglaises et réservait le cabotage aux seuls navires anglais. Aggravé par les Actes de 1663 et de 1696, l'Acte de navigation de 1651 fut aboli progressivement entre 1849 et 1854.

Anarchisme. Branche du mouvement ouvrier et doctrine politique qui prône la disparition de l'État. Parmi ses principaux théoriciens, on peut citer le Français Proudhon, les Russes Bakounine et Kropotkine. Le courant anarchiste eut une certaine importance en France à la fin du 19ᵉ siècle et au début du 20ᵉ – beaucoup des animateurs du courant syndicaliste-révolutionnaire, appelé anarcho-syndicalisme, étaient des anarchistes –, en Italie, en Espagne où il joua un rôle important pendant la guerre d'Espagne.

Anathème. Imprécation lancée par les autorités ecclésiastiques contre ceux qui étaient mis hors de la communauté des croyants.

Aristotélicienne (École). Après avoir été précepteur d'Alexandre le Grand, le futur roi de Macédoine, Aristote s'installe à Athènes en 335 av. J.-C. où il fonde son école philosophique, le Lycée. L'importance de son œuvre et sa diversité en font l'un des principaux mouvements philosophiques, encore très actif à l'époque impériale romaine.

Arthurien (cycle). Ensemble de poèmes en vers et de romans en prose datant pour la plupart des 12e et 13e siècles. Ils ont pour personnage central le roi Arthur, mi-légendaire, qui, aux côtés de son épouse Guenièvre, préside une cour fastueuse où s'illustrent les chevaliers de la Table ronde.

Attentat d'Anagni. Anagni est une ville d'Italie proche de Rome où le pape Boniface VIII fut insulté et peut-être souffleté, en 1303, par les envoyés du roi de France Philippe le Bel. Cet « attentat » est à replacer dans le cadre de la lutte entre les partisans de la théocratie pontificale et ceux de monarchies modernes contrôlant leurs Églises nationales.

Australopithèque (du grec *pithêkos,* singe). Les Australopithèques (Africanus/gracile puis Robustus/boisei selon les régions) correspondent à un rameau sud-est africain de la lignée des hominidés d'où s'est détaché il y a environ quatre millions d'années le premier homme *(homo habilis).* Ils sont les premiers hominidés fabriquant des outils.

Autocratie. Le mot, forgé sur le grec, désigne le pouvoir exclusif d'un seul homme sur un État. Il est essentiellement utilisé pour qualifier le régime russe : le tsar est dit autocrate, il gouverne sans assemblées représentatives, et promulgue souverainement des *oukases* (décrets, ordonnances).

Autocrator. Élément de la titulature impériale byzantine, régulièrement associé à la formule « fidèle en Christ » pour souligner l'indépendance absolue du pouvoir impérial à l'égard des hommes.

Basileus. Titre officiel du souverain byzantin adopté pour la première fois en 632 par Héraclius ; cet ancien titre royal grec, d'usage courant mais non officiel, remplace désormais la titulature romaine trop compliquée.

Bifaces. Outils de pierre taillée sur les deux faces. Ces instruments de 10 à 15 centimètres de long, dont la forme se situe entre l'ovale et le triangle, semblent avoir servi à couper ou racler ; certains ont pu être emmanchés. Leur tranchant, sinueux au début, devient rectiligne.

Boers (prononcer Bour). Colons du Sud de l'Afrique descendant prin cipalement de protestants néerlandais, mais aussi français et allemands, établis à partir du 17ᵉ siècle dans la région du Cap. Les républiques d'Orange et du Transvaal qu'ils créèrent dans la seconde moitié du 19ᵉ siècle furent conquises par les Anglais au cours d'une guerre longue et difficile (1899-1902).

Bolcheviks et Mencheviks. Deux courants de la social-démocratie russe qui se séparent progressivement. Leur dénomination provient de ce que dans le comité exécutif du Parti social-démocrate ouvrier en Russie, issu du congrès de 1903, les partisans de Lénine sont provisoirement majoritaires (en russe, *bolcheviks*), tandis que ses adversaires sont minoritaires (en russe, *mencheviks*). Au départ leur opposition portait principalement sur l'organisation qui devait être donnée au parti. Pour Lénine, il devait être très solidement structuré et être constitué d'un petit nombre de militants révolutionnaires strictement disciplinés, alors que les mencheviks étaient partisans d'une organisation plus souple. La séparation définitive entre les deux tendances eut lieu en 1912.

Bronze et Fer (âges). Les divisions archéologiques fondées sur la prédominance d'un outillage façonné dans un métal donné datent de 1936. Les termes âges des métaux, âges du Bronze et du Fer correspondent sensiblement aux deux derniers millénaires précédant notre ère. De nos jours, on ne leur reconnaît plus de signification sur les plans culturel ou technologique, mais leur utilisation dans une acception chronologique schématique peut rendre service ; on leur préfère néanmoins le terme de protohistoire (discipline qui étudie les sociétés humaines avant l'Histoire, mais vivant plus ou moins au contact de peuples connaissant déjà l'écriture). On admet généralement le 8ᵉ siècle pour le passage âge du Bronze-1ᵉʳ âge du Fer et le début du 5ᵉ siècle pour la coupure entre le 1ᵉʳ et le 2ᵉ âge du Fer en Europe occidentale.

Bucrane (du grec *Boukranon*). La tête de bœuf décharnée ou bucrane, image d'animaux sacrifiés, est un motif décoratif fréquent sur les céramiques, les autels et certains temples du monde égéen.

Castros (du latin *castrum*, château fortifié). On désigne par *castros* les villages fortifiés de l'âge du Fer connus dans le Nord-Est de la péninsule ibérique. La culture des *castros*, née à la fin de l'âge du Bronze, marque une grande originalité dans ses structures (maisons rondes en pierre) et son organisation. Elle montre une grande vitalité au moment de la romanisation.

Cène. Voir *Eucharistie*.

Céramique. Le mot dérive du grec *keramos,* argile, matériau qui servait à façonner au tour la plupart des ustensiles dans le monde grec. La forme une fois réalisée, l'objet était légèrement cuit, puis poli, verni et décoré avant d'être mis dans un four. Deux grands types de décor se sont succédé : un fond clair sur lequel les sujets étaient peints en noir (céramique à figures noires) ; puis, à partir de 530 av. J.-C., un fond noir d'où se détachaient les sujets en rouge (céramique à figures rouges). La variété des formes (amphore, cruche à eau ou hydrie, vase pour mélanger le vin ou cratère, etc.) et des décors constitue un aspect essentiel de l'art grec.

Céramiques impressionnées, céramiques lisses. Au Néolithique, plusieurs grands groupes culturels sont définis en fonction des grandes tendances décoratives de leur poterie. Au Néolithique ancien, les cultures utilisant des vases ornés par des impressions pivotantes à la coquille, au doigt ou avec des baguettes dans la pâte fraîche, sont désignées comme cultures à *poteries impressionnées.* Au Néolithique moyen, plusieurs civilisations sont caractérisées par l'utilisation, dans une forte proportion, de vases non décorés ; on parle alors de groupes à *poteries lisses.*

Césaropapisme. Théorie selon laquelle l'empereur exerce son autorité absolue au spirituel aussi bien qu'au temporel. Les empereurs du Saint Empire au Moyen Age, Frédéric Barberousse ou Frédéric II, ont revendiqué un tel pouvoir.

CGT (France). Confédération générale du travail. Le plus important des syndicats français, fondé en 1895.

Chansons de geste. Poèmes épiques en langue vulgaire apparus en France à la fin du 11ᵉ siècle. La plus célèbre est la *Chanson de Roland,* composée autour de 1100. Mais le temps des chansons de geste dure, en France et ailleurs (par exemple le cycle des Nibelungen, en Allemagne), jusqu'au 13ᵉ siècle.

Chartisme (Royaume-Uni). Grand mouvement populaire qui a secoué l'Angleterre entre 1836 et 1848. La Charte du peuple qui, en 1838, lui donne son nom, exige la démocratisation du système politique britannique (suffrage universel, Parlement annuel...). Le chartisme est aussi un mouvement social aux accents parfois révolutionnaires, dominé par l'Irlandais O'Connor. Le chartisme s'appuie sur la tradition radicale, il s'explique aussi par les à-coups de l'industrialisation. Les classes dirigeantes britanniques parvinrent cependant à maintenir l'ordre social.

Chevalier. A l'origine, riche romain inscrit dans l'armée romaine parmi les dix-huit centuries équestres. Progressivement, leur carrière s'est distinguée de celle des sénateurs, magistrats, et est devenue incompatible avec l'exercice d'une magistrature. Cette situation mettait ainsi à la tête de la société romaine deux ordres, fondés sur la richesse foncière, mais dont la vocation divergeait, l'un vers la politique, l'ordre sénatorial, l'autre, l'ordre équestre, vers les activités économiques et financières.

Chocs pétroliers. La grande croissance des économies des pays occidentaux a été en partie fondée sur l'utilisation du pétrole vendu à bas pris par les pays producteurs. On a appelé « chocs pétroliers » les renchérissements du prix du pétrole, qui quadruplait en 1973-1974 et triplait à nouveau en 1979-1980.

Chrysobulle ou Bulle d'or. Acte officiel et solennel de la chancellerie impériale byzantine ; daté et souscrit de la main même de l'empereur et scellé de la bulle d'or à son effigie.

Clientèle. Dans le monde romain, système qui met un groupe de dépendants sous la protection d'un notable en l'échange d'une totale fidélité.

Cohorte. Corps de troupes au sein de l'armée romaine, soit dans une légion, où la cohorte comprend six cents hommes, soit comme corps spécialisé dans les troupes d'infanterie auxiliaire ou pour des fonctions précises : cohorte urbaine à Rome pour la police, cohorte des vigiles pour les incendies ou enfin cohorte prétorienne pour la garde de l'empereur.

Colonie. En créant dans les provinces des villes coloniales dont les habitants ont le droit romain et disposent d'un territoire cadastré, Rome met en place des centres de diffusion de la romanisation dont le rôle est essentiel pour l'intégration des provinciaux : par exemple, Narbonne, Béziers, Lyon, Cologne, York.

Comices. Assemblées du peuple à Rome réparties selon trois types principaux de comices : les comices curiates, qui conservaient les traces de l'organisation en curies de l'époque royale et qui avaient un rôle restreint, de caractère surtout religieux ; les comices centuriates, assemblée du peuple en armes, qui élisaient les magistrats supérieurs, censeurs, consuls, préteurs, et enfin les comices tributes, regroupant les trente-cinq tribus romaines dans lesquelles étaient inscrits les citoyens romains et qui votaient les lois et élisaient les magistrats inférieurs, édiles, tribuns et questeurs.

Compagnonnage. Dans le monde germanique, le chef barbare est entouré par une bande de compagnons *(comites)* liés à lui par serment et entretenus par lui.

Complexe moustérien (du Moustier, localité de Dordogne). On désigne, sous le terme de *complexe moustérien,* un ensemble de quatre faciès déterminés à partir de la composition de l'industrie en pierre. Selon certains, ils correspondent à des traditions différentes qui coexistent dans le temps, d'autres y verraient plutôt le résultat d'activités diverses effectuées par le même groupe humain, d'autres encore les conçoivent comme des particularismes régionaux. De même, les termes de *cultures complexes* ou *civilisations aurignacienne* (d'Aurignac en Haute-Garonne), *solutréenne* (de Solutré en Saône-et-Loire), *magdalénienne* (de La Madeleine en Dordogne) employés par les préhistoriens, reposant sur une simple connaissance de certaines techniques des hommes du passé, restent un découpage pratique mais bien artificiel et sans doute éloigné des réalités de l'évolution culturelle de ces groupes de chasseurs-cueilleurs.

Concile. Dans l'Église chrétienne, réunion d'évêques soit sur le plan régional ou provincial, soit en concile général dit œcuménique.

Consubstantiel. De même nature ; mot fondamental pour définir la nature du Christ dans sa relation avec Dieu le Père. (Voir aussi *Eucharistie.)*

Cordé. Le groupe culturel chalcolithique dit *peuple cordé* ou *cordé* doit son nom au décor original de ses poteries réalisé par impression de cordelettes sur l'argile crue. Outre ses gobelets décorés, le peuple cordé est caractérisé par l'usage d'une hache en pierre polie à perforation centrale. Son influence s'exerce surtout sur les régions septentrionales du centre de l'Europe.

Crucifère (globe). L'empereur Justinien Ier fut le premier empereur représenté tenant le globe surmonté d'une croix symbolisant l'autorité de l'empereur sur le monde entier, en sa qualité de représentant du Christ souverain du monde.

Droit latin. A l'origine, droit des cités du Latium au sein de la ligue latine. A partir de 338 av. J.-C., droit inférieur, en particulier sur le plan politique : les Latins pouvaient voter à Rome, mais ne pouvaient pas être candidats.

Droit romain. Le droit romain, dont les premières formes apparaissent au 5ᵉ siècle avec le code des Douze Tables, définit les droits et les devoirs des citoyens romains ; il représente le statut juridique idéal pour les habitants du monde romain. Ceux-ci, après la conquête, ont un droit limité en rapport avec leur situation d'étranger, de pérégrin ; leur promotion sociale et juridique est liée à la concession du droit romain. A partir de 212 ap. J.-C., le droit romain est étendu à tous les habitants libres de l'empire romain.

Économie-monde. L'expression, forgée par Fernand Braudel, désigne « un morceau de la planète économiquement autonome capable pour l'essentiel de se suffire à lui-même et auquel ses liaisons et ses échanges intérieurs confèrent une certaine unité organique ». Au 19ᵉ siècle, l'économie-monde européenne tend à contrôler l'économie mondiale.

Enclosures. Phénomène qui consiste à clore les terres labourables pour les transformer le plus souvent en prés. Le mouvement des enclosures est caractéristique de l'Angleterre du 15ᵉ et surtout du 16ᵉ siècle. Une seconde vague d'enclosures eut lieu à la fin du 18ᵉ siècle et au début du 19ᵉ.

Épicurien. Établi à Athènes en 306 av. J.-C., Épicure enseigne la recherche du bonheur dans l'amitié, par le détachement, l'absence de passion (apathie) et la sagesse. Sa doctrine subit une profonde transformation, surtout à l'époque romaine où elle exprime plutôt l'assouvissement des désirs, ce qui donne au mot épicurien le sens que nous lui attribuons aujourd'hui pour désigner une personne qui aime bien la vie.

États généraux. Dans la France de la fin du Moyen Age et de l'Ancien Régime, les états généraux sont des assemblées qui, sans périodicité fixe, regroupent les représentants des trois ordres, ou états, du royaume : le clergé, la noblesse et le tiers état. Les rois ne sont tenus ni de les réunir, ni, s'ils les réunissent, de suivre leurs avis.

Étrusques. Peuple d'origine sans doute orientale, qui occupe les régions comprises entre l'Arno et le Tibre, l'actuelle Toscane italienne. Organisés en cités, les Étrusques, dont la civilisation était particulièrement brillante (peintures des tombeaux étrusques), avaient étendu leur influence jusqu'à la Campanie et la région de Naples. Rome représentait une étape essentielle dans les relations de l'Étrurie et de la Campanie.

Eucharistie (ou Cène). Sacrement commémorant le dernier repas

(Cène) du Christ, au cours duquel il a transformé le pain et le vin en son corps et son sang et les a donnés à manger à ses disciples. Pour les catholiques, il y a présence réelle du corps et du sang du Christ, avec transsubstantiation, c'est-à-dire changement de la substance du pain et du vin en la substance du corps et du sang du Christ, et non pas seulement consubstantiation, c'est-à-dire maintien de la substance du pain et du vin à côté de celle du corps et du sang (dogme luthérien) ; pour les calvinistes, il n'y a que présence spirituelle.

Fascisme. Mouvement politique fondé en 1919 par un ancien socialiste italien, Benito Mussolini, devenu nationaliste pendant la guerre. Le terme *fascio* n'a pas de rapport avec la grandeur romaine, comme il sera dit plus tard, mais correspondait à des groupes temporaires à but limité, comme il en avait existé plusieurs dans les années antérieures, dont le trait commun était l'usage de la violence. Spécifique du régime établi par Mussolini en 1922, le terme « fascisme » a souvent désigné par extension tous les régimes totalitaires de droite, voire de simples régimes autoritaires.

Fer. Voir *Bronze.*

Fief de rente. Lorsque le fief concédé par un seigneur à son vassal n'est pas une terre, mais un revenu ou une somme d'argent, on parle de fief de rente ou fief de bourse.

Gallicanisme. Théorie selon laquelle la papauté doit reconnaître à l'Église de France une certaine indépendance, sauf dans le domaine spirituel.

Géocentrisme. Système astronomique d'après lequel on considérait la terre comme le centre de l'univers, autour duquel gravitaient le soleil et les autres planètes. Ce système, défini par Ptolémée (2e siècle ap. J.-C.), fit autorité jusqu'à Copernic et Galilée, qui le remplacent par l'*héliocentrisme,* suivant lequel les planètes, y compris la terre, gravitent autour du soleil, centre de l'univers.

Goulag. Devenu un terme commun pour désigner le système concentrationnaire soviétique. Ce sont en fait les initiales du sigle signifiant « Direction centrale des camps ».

Habeas Corpus (Angleterre). Imposé au roi par le Parlement en 1679, le bill d'Habeas Corpus est un fondement essentiel de la liberté individuelle : tout individu arrêté doit immédiatement être conduit devant ses juges, qui décideront de la nécessité de son incarcération ou de sa mise en liberté. Garantie contre l'arbitraire du pouvoir, l'Habeas Corpus suppose l'indépendance du pouvoir judiciaire.

Héliocentrisme. Voir *Géocentrisme.*

Hérésie. Querelle religieuse fondée sur de profondes divergences doctrinales ; les premières formes d'hérésie se sont construites autour de la définition de la relation entre Dieu le Père et le Christ.

Hésychasme. Mystique orientale qui veut donner à l'homme la « paix intérieure » en établissant le contact direct de l'homme avec Dieu. C'est la doctrine officielle de l'Église orthodoxe depuis 1351.

Home Rule (Royaume-Uni). Autogouvernement. Revendication de l'Irlande, unie à la Grande-Bretagne depuis 1800. Proposé pour la première fois par le libéral Gladstone en 1886, le Home Rule n'est voté qu'en 1913. Il maintient cependant au sein du Royaume-Uni le Nord-Est de l'Irlande, l'Ulster, en partie peuplé de protestants.

Horaces et Curiaces. Épisode légendaire des origines de Rome où s'affrontent les deux cités rivales, Rome et Albe. Chaque camp se choisit ses champions : pour Rome les trois frères Horaces et, pour Albe, les trois frères Curiaces. Après la mort de ses deux frères, le dernier Horace réussit à tuer successivement ses trois ennemis.

Hussites. Disciples du Tchèque Jean Hus, dont les thèses annoncent celles de la réforme et qui fut condamné comme hérétique et brûlé lors du concile de Constance en 1415. Les hussites sont à l'origine d'une révolution armée, religieuse et nationale, qui opposa, de 1419 à 1436, la Bohême à la fois à l'Église romaine et à l'Empire germanique. Les guerres hussites se terminèrent par un compromis : les *compacta* (1436).

Iconoclasme. Doctrine officielle de l'État et de l'Église byzantins, promulguée en 730 par l'empereur Léon III, ordonnant la destruction des images (icônes) et la persécution de leurs dévots. Condamné par le concile de Nicée en 787, l'iconoclasme disparut définitivement en 843. Cette doctrine avait aussi une portée politique, sociale et culturelle visant à rassembler les populations de l'Empire derrière l'empereur, élu de Dieu. (Voir *Crucifère.*)

Illuminisme (Italie). Version italienne de la philosophie des Lumières.

Images (culte des). L'icône ou image a reçu depuis le 4ᵉ siècle, dans la partie occidentale de l'Empire byzantin, un culte très proche de la superstition et entretenu par les moines, pour lesquels ces images sont d'importantes sources de revenus grâce aux dons des pèlerins et des fidèles. Les partisans du culte des images sont appelés iconodules ; les adversaires, iconoclastes.

Incunables. Ouvrages imprimés antérieurs à 1500.

Indulgences. Rémission, totale ou partielle, de la peine du purgatoire due pour les péchés pardonnés ; pour gagner les indulgences, le fidèle doit accomplir les œuvres prescrites (prières spéciales, confession, communion).

Intelligentsia (Russie). L'intelligentsia désigne un groupe étroit d'étudiants, de professeurs, d'hommes de lettres, qui naît en Russie dans la première moitié du 19e siècle. L'intelligentsia s'élargit ensuite, elle se divise en *occidentalistes,* qui souhaiteraient une évolution de la Russie comparable à celle de l'Europe de l'Ouest, et *slavophiles,* qui veulent préserver les traditions russes (mir, religion, famille patriarcale). Progressivement, à partir de la fin du 19e siècle, l'intelligentsia se radicalise et se divise en multiples tendances révolutionnaires.

Jansénisme. Doctrine de Jansénius dans l'*Augustinus* (1640) selon laquelle l'homme, corrompu par le péché originel et incapable par lui-même d'aucun bien, ne peut compter que sur Dieu, qui n'accorde sa grâce qu'à un petit nombre d'élus.

Jingoïsme. Nom donné au nationalisme britannique avec une nuance de chauvinisme. Ce courant apparu à la fin du 19e siècle tire son nom d'une chanson populaire où se trouvait le mot *Jingo.*

Koulaks. (mot russe). Il faut entendre par là des « paysans aisés ». En réalité c'était une aisance très relative. Leurs exploitations ne dépassaient guère en moyenne une dizaine d'hectares. Avant la guerre, les réformes agraires de Stolypine avaient visé au développement de cette catégorie. Elle put à nouveau se développer au temps de la NEP. A partir de 1929, la collectivisation des campagnes fut engagée. Elle se traduisit en particulier par la destruction de la catégorie de koulaks – la « dékoulakisation » –, dont des millions furent déporté vers l'est.

Lamelles retouchées. Une lamelle est dite *retouchée* quand, à la suit d'enlèvements, elle a subi un aménagement de ses bords ou de se extrémités pour améliorer son tranchant ou la transformer en outi

Lamelles à bords abattus. Les bords d'une lame ou d'une lamelle peuvent être retouchés par des enlèvements rasants, obliques ou abrupts ; dans ce dernier cas, le bord obtenu est nommé *bord abattu.* La technique du bord abattu permet de supprimer le tranchant d'un côté d'un éclat, lame ou lamelle ; il peut, par exemple, être utilisé ensuite comme couteau.

Lames étranglées. Par convention, lors de la taille d'une pierre, un éclat obtenu dont la longueur est supérieure au double de la largeur est nommé *lame.* Les petites lames dont la largeur est inférieure à 12 millimètres sont appelées *lamelles.* A l'Aurignacien, certaines lames, terminées par une pointe ou un grattoir, portent une large encoche sur leur bord. Quand deux encoches opposées rétrécissent la partie médiane, on parle de *lame étranglée.*

Landtag (Allemagne). Depuis la fondation de l'Empire allemand, en 1871, les Landtage sont les assemblées représentatives des différents États *(Länder)* du Reich. Le Landtag de Prusse est élu, jusqu'en 1914, selon le système des trois classes qui assure la prépondérance de l'aristocratie et de la haute bourgeoisie.

Légat. Membre de l'ordre sénatorial romain, choisi par l'empereur pour être à son service, en particulier comme gouverneur d'une province ou comme chef d'une légion.

Libéralisme. Le libéralisme européen a une double origine, britannique (Adam Smith, Bentham) et française (les droits de l'homme de 1789). Le libéralisme pose, comme principe nécessaire de toute société, la liberté des individus émancipés des tutelles politiques et spirituelles. Le libéralisme économique suppose la libre concurrence, la libre entreprise, la libre circulation des marchandises et des capitaux. Le libéralisme politique suppose la libre expression des opinions (presse, réunion). Le libéralisme idéal, qui suppose un État neutre, est vivement critiqué au 19ᵉ siècle par les socialistes comme l'idéologie de la bourgeoisie.

Liberum veto. Veto que, dans la Diète polonaise, avant les partages de la fin du 18ᵉ siècle, chaque député pouvait opposer à toute décision de l'assemblée.

Lords (Royaume-Uni). La Chambre des lords rassemble les pairs du royaume. Qu'ils soient spirituels (les évêques anglicans) ou temporels, les lords sont tous désignés par le souverain. La pairie, essentiellement réservée au début du 19e siècle à l'aristocratie foncière et à d'éminents hommes politiques, s'ouvre progressivement à des hommes d'affaires. Le Parliament Act de 1911 réduit considérablement le rôle législatif de la Chambre des lords.

Lyssenkisme. Lyssenko, agronome et biologiste soviétique, s'était employé à démontrer l'hérédité des caractères acquis comme facteur de l'évolution des espèces, théorie condamnée par toute la communauté scientifique internationale et qu'il ne put imposer en URSS que grâce au soutien de Staline – ses adversaires furent condamnés et déportés –, puis de Khrouchtchev. Les résultats qu'il prétendait avoir obtenus étaient, semble-t-il, essentiellement le fait d'expériences truquées.

Mencheviks. Voir *Bolcheviks.*

Mésolithique (du grec *mesos,* au milieu de, et *lithos,* pierre). Comme son nom l'indique, le terme *Mésolithique* fut longtemps employé pour désigner les faciès culturels de la période comprise entre la fin du Paléolithique et le début du Néolithique. Actuellement on parle plus volontiers d'Épipaléolithique pour désigner cette phase transitoire. Le terme Mésolithique serait plutôt réservé aux cultures réalisant la transition entre les deux modes de subsistance et témoignant du passage d'une économie de prédateurs à une économie de producteurs.

Millénarisme. Doctrine selon laquelle le Christ doit réapparaître sur la terre pour y régner pendant mille ans.

Minnesänger. Poètes lyriques et courtois qui, à la fin du 12e et au 13e siècle, correspondent dans les pays de langue allemande aux troubadours et aux trouvères du royaume de France. Le plus célèbre est Walther von der Vogelweide (1170-1228).

Mir (Russie). Ce terme désigne toute communauté rurale ou urbaine. Il reçoit une existence légale à partir de 1550 et est doté d'un pouvoir local de gestion autonome face aux représentants du pouvoir central et seigneurial. A partir du 18e siècle, le mir est soumis à ces autorités ; en 1861, il est reconnu comme un rouage de l'administration locale, un intermédiaire entre le monde paysan et l'administration. Considéré par certains comme l'expression d'un socialisme agraire primitif, le mir est pour d'autres l'obstacle majeur d'une transformation capitaliste de la société russe. Les réformes de Stolypine, au début du 19e siècle, autorisent le paysan à s'affranchir du mir.

Monachisme. Le monachisme est né en Égypte à la fin du 3e siècle. Des individus à la recherche d'une perfection spirituelle préfèrent fuir un monde où, depuis sa reconnaissance officielle, le christianisme connaît un certain relâchement. Cette « montée au désert », ou anachorèse, est le choix fait par saint Antoine, qui attire autour de lui d'autres groupes d'anachorètes. Les premières formes de vie collective, ou cénobitisme, apparaissent avec saint Pacôme ; d'Égypte, le monachisme gagne l'Orient, puis l'Occident. Cette nouvelle conception de la vie chrétienne était appelée à un grand développement au Moyen Age en Europe.

Monoxyle. Barque taillée dans un seul tronc d'arbre et utilisée par les Slaves tant pour attaquer que pour commercer avec Constantinople.

Néanderthalien (du vallon à l'est de Düsseldorf, en Allemagne, où une grotte a livré un fragment crânien permettant de définir un type humain). Les *homo sapiens neanderthalensis* constituent une sous-espèce des *homo sapiens* bien connue en Europe occidentale de la fin de la glaciation de Riss (vers – 100 000) jusqu'il y a un peu plus de 30 000 ans. En Europe, l'homme de Néandertal était de petite taille (1,60 m à 1,65 m), mais très robuste. Le volume de son cerveau était équivalent au nôtre. Son crâne avec de forts reliefs sus-orbitaires et occipitaux, sa grande face montrant un gonflement des régions maxillaires lui donnent avec sa morphologie caractéristique une place à part dans l'évolution humaine récente.

NEP ou Nouvelle Politique économique. A la fin de la guerre civile, la situation de la Russie soviétique est catastrophique. Pour essayer d'y remédier, un système combinant l'économie collectiviste et l'économie privée est mis en place dont l'aspect principal est de rendre l'agriculture à la propriété privée, ainsi que de laisser se développer à nouveau un petit commerce et une petite industrie privée. En même temps, après la période du communisme de guerre, une détente sociale et culturelle se manifeste. La NEP a duré de 1921 à 1927.

Nomisma. Monnaie d'or de l'Empire byzantin. Son poids, 4, 5 grammes environ d'or pur, et son titre, gardés inaltérés jusqu'au milieu du 11e siècle, en ont fait la monnaie du grand commerce international et lui ont valu le titre de « dollar du Moyen Age ».

Obchtchina. Mot russe qui désigne le plus souvent la communauté du village ; responsable solidairement de l'impôt, de la levée des troupes, elle procède aussi à la redistribution périodique des terres.

OECE. L'*Organisation européenne de coopération économique* fut fondée en 1948 pour coordonner l'activité économique des États européens qui bénéficiaient de l'aide Marshall. Ils étaient au départ au nombre de seize : Autriche, Belgique, Danemark, France, Grèce, Islande, Irlande, Italie, Luxembourg, Norvège, Pays-Bas, Portugal, Royaume-Uni, Suède, Suisse, Turquie, auxquels s'adjoignit la République fédérale allemande à partir de 1949.

Œcuménique (concile). Un concile œcuménique se veut être une assemblée représentant l'ensemble de l'Église chrétienne.

Oikouménè (mot d'origine grecque, *oikouménè,* désignant le monde habité). Terme ambigu qui désigne soit l'Empire byzantin dans ses limites effectives, soit l'Empire dans ses limites religieuses et culturelles. L'*oikouménè* byzantine désigne ainsi tous les peuples qui ont reçu de l'Empire leur foi et leur culture.

Ordre. Le terme désigne, en architecture, la combinaison de diverses parties d'un édifice dans des proportions telles que leur ensemble soit harmonieux et régulier ; un ordre se compose de trois parties principales, le soubassement, la colonne et l'entablement. L'art grec a connu trois ordres, le dorique, le ionique, le corinthien.

Orthodoxe. Nom par lequel on désigne les Églises orientales séparées de Rome depuis le schisme de 1054 et fidèles à la doctrine de l'Église définie par les sept conciles œcuméniques qui se sont tenus entre Nicée I (325) et Nicée II (787).

Pacte de Varsovie. Le 14 mai 1955 était signé à Varsovie, entre l'Union soviétique et les sept démocraties populaires européennes, un pacte qui plaçait leurs forces sous commandement unique soviétique. Ce n'était que la régularisation de ce qui existait déjà, mais cela permettait de faire pièce officiellement à l'OTAN (Organisation du traité de l'Atlantique Nord) qui, depuis 1949, rassemblait les forces armées des pays qui la composaient sous commandement américain. Le pacte de Varsovie a disparu par étapes en 1990 et 1991.

Pairie (Royaume-Uni). Voir *Lords.*

Pangermanisme (Allemagne). Le mouvement, qui se développe dans l'Empire allemand à la fin du 19ᵉ siècle, vise à regrouper tous les Européens de langue allemande dans le même État. Il s'accompagne au temps de Guillaume II, de la volonté d'une expansion économique mondiale *(Weltpolitik)* de l'Allemagne.

Panslavisme. Mouvement qui tend à rassembler les différents peuples slaves sous l'égide de la Russie.

Patriarcat. Ressort des cinq premiers et illustres sièges épiscopaux : Rome, Alexandrie, Antioche, Jérusalem et Constantinople, dont le titulaire porte le nom de patriarche. Par la suite, le titre fut accordé à d'autres sièges épiscopaux.

Pères de l'Église. Auteurs chrétiens distingués par quatre critères : orthodoxie de la doctrine, sainteté de vie, approbation de l'Église, ancienneté, c'est-à-dire appartenance aux premiers siècles de l'Église (jusqu'au 7e siècle en Occident et au 8e siècle en Orient). On distingue les Pères grecs et les Pères latins. L'ensemble de leurs œuvres constituent la *patrologie*.

Péristyle. Portique à colonnes qui entoure et décore la cour ou le jardin d'une maison romaine.

Peuples de la Mer. On désigne sous ce nom un ensemble de populations peut-être originaires de l'Égée et de ses rives qui, entre le milieu du 13e et le milieu du 12e siècle av. J.-C., s'attaquèrent à l'Empire hittite et à l'Égypte. Ils sont parfois qualifiés de « gens du Nord ». Un relief du temple de Medinet Habou célèbre la victoire navale de Ramsès III sur ces Peuples de la Mer. Ces mouvements de populations peuvent être la conséquence d'invasions venues d'Europe centrale. Parmi les Peuples de la Mer, on range habituellement les Achéens, les Libyens, les Sardes, les Lyciens et les Philistins.

Phalange. Terme qui désigne l'infanterie des hoplites et la ligne de bataille. Constituée en rangs serrés, la phalange présente à l'ennemi une masse de boucliers et de piques qui la rend redoutable. Mais elle est peu adaptée aux terrains accidentés, qui peuvent produire des ruptures dans la cohésion de cette ligne.

Plans quinquennaux. Le point de départ du Ier plan quinquennal, qui devait assurer le développement d'une économie socialiste en Union soviétique, fut fixé au 1er octobre 1928, et il fut déclaré réalisé en quatre ans et trois mois à la fin de 1932. Commencé au début de 1933, le IIe plan fut également déclaré achevé en quatre ans et trois mois, le 31 mars 1937. Le IIIe plan débuta en 1938, mais fut interrompu par la guerre.

Platonicienne (École). C'est en 388 av. J.-C. que Platon s'installe à

Athènes dans un jardin proche du gymnase consacré au héros Academos : il y fonde l'Académie, école philosophique dont la tradition dure toute l'Antiquité.

Pogrom. Le mot, d'origine russe, désigne un mouvement violent, spontané ou organisé, contre les communautés juives. Les pogroms, qui détournent en antisémitisme le mécontentement populaire, se multiplient en Russie qui, à la fin du 19e siècle, compte 5 millions de juifs. Ils expliquent l'importance de l'émigration et la naissance du sionisme.

Porphyrogénète. Sont ainsi qualifiés les enfants nés de l'empereur et de l'impératrice régnants, dans la salle d'accouchement, revêtue de marbre rouge/porphyre, du palais impérial. Ils sont les héritiers légitimes du trône.

Présence réelle. Voir *Eucharistie.*

Prêt-bail. Promulguée le 11 mars 1941, la loi de prêt-bail (Lend-lease Act) permettait au président des États-Unis de vendre, louer ou prêter tout moyen militaire à tout pays dont la défense serait jugée vitale pour celle des États-Unis. C'est cette loi fondamentale qui permit aux États-Unis d'être l'« arsenal des démocraties ».

Primatie. Prérogative d'honneur octroyée par le pape à certains patriarches métropolites ou archevêques et symbolisée par le port d'un vêtement : le pallium (manteau).

Propulseurs. Instruments destinés au lancement d'armes de jet. Ils comprennent une zone de préhension, un corps plus ou moins long et une butée sur laquelle s'appuie le projectile. Les exemplaires préhistoriques connus au Magdalénien sont souvent ornés de sculptures animales. Prolongeant le bras du lanceur, le propulseur lui imprime une plus grande force. L'expérimentation actuelle d'engins similaires aux propulseurs préhistoriques, mais plus grands, permet d'envoyer des projectiles (javelines en bois longues de 1,50 mètre armées de sagaies en bois de renne, de pointes en silex ou simplement appointées) à plus de 100 mètres.

Proudhonisme (France). Le socialisme de Proudhon (1809-1865) défend l'association ouvrière, le fédéralisme communal. Antiautoritaire, il s'oppose au marxisme. Aux origines de l'anarchisme, le proudhonisme a marqué profondément le socialisme et le syndicalisme français.

Pureté de sang. En Espagne, absence, dans une famille, de toute alliance avec des *conversos* (juifs convertis) ou des morisques (musulmans convertis) qui sont des chrétiens de fraîche date par rapport aux Espagnols « vieux chrétiens ».

Puritains. Membres de l'Église d'Angleterre voulant pousser celle-ci à adopter les structures du calvinisme.

Quadrivium. Le *quadrivium* – arithmétique, géométrie, astronomie, musique – représente le deuxième groupe des sept arts libéraux qui, définis par Martianus Capella au 5e siècle, ont constitué la base de l'enseignement au Moyen Age. (Voir *Trivium.*)

Quatre Rivières. L'Escaut, la Meuse, la Saône et le Rhône marquent lors du traité de Verdun (843) la frontière entre la France occidentale et la Lotharingie. Elles définissent ensuite, au Moyen Age, la limite entre le royaume de France et l'Empire.

Radicaux, radicalisme. 1. En Angleterre, courant réformateur né à la fin du 19e siècle, inspiré par la Révolution française, qui réclame la démocratisation des institutions. Certains radicaux constituent l'aile gauche des libéraux (Whigs). 2. En France, le mot désigne le Parti républicain à la fin du Second Empire, puis définit l'extrême gauche à partir de 1877. Les plus avancés se nomment radicaux-socialistes. Le Parti radical et radical-socialiste est fondé en 1901 ; il se réclame de l'héritage de 1789 et met la laïcité au premier plan de ses valeurs. Jusqu'à la fin de la IIIe République, les radicaux constituent l'ossature essentielle du pouvoir républicain en s'appuyant sur les classes moyennes.

Raskol. Le terme (en russe, « schisme ») désigne le mouvement qui, en Russie, à partir des années 1650, anime une partie de la population qui entend rester fidèle à la « vieille foi » russe, par opposition à l'Église officielle à qui les « vieux croyants » reprochent sa soumission excessive à l'État et ses réformes liturgiques inspirées de l'Église grecque.

Réforme grégorienne. Grand mouvement de rénovation de l'Église entrepris et réalisé aux 11e et 12e siècles, auquel le pape Grégoire VII (1073-1085) a donné son nom. Ce mouvement vise à émanciper l'Église de la tutelle des laïques.

Réformés. Le terme s'appliqua aux fidèles des Églises protestantes de type calviniste.

Retouches en écaille. On désigne par *retouches* les traces laissées par des percussions ou des pressions sur un outil en pierre en vue de son aménagement, de son façonnage ou à la suite d'une utilisation. Les *retouches en écaille* figurent assez bien les écailles d'un poisson, d'où leur nom. Obtenues par l'usage d'un percuteur de pierre ou de bois, elles caractérisent certains outils du Paléolithique moyen.

Retouches envahissantes. Les *retouches envahissantes* correspondent à des enlèvements ayant tendance, à partir des bords, à couvrir la face d'un outil en pierre.

Révélation. Manifestation, pour les chrétiens, de l'Esprit et de la Parole de Dieu dans la Bible et la Tradition.

Rhéteur. Dans l'Antiquité, les rhéteurs grecs, puis latins, sont les spécialistes de la rhétorique, c'est-à-dire de l'art oratoire. Ils formulent et ils enregistrent les règles du discours.

Romantisme. Mouvement intellectuel et artistique européen qui, dès la fin du 18ᵉ siècle, réagit contre la toute-puissance de la raison et le classicisme. Il exalte la liberté du génie créateur. Né d'abord en Allemagne (Kleist, Schiller, Beethoven), il se développe en Angleterre (Keats, Shelley). Vers 1830, c'est la France qui est au cœur de la bataille romantique dont Victor Hugo est le protagoniste.

Rubané. La culture *rubanée* doit son nom au décor incisé avec des motifs linéaires « en ruban » de certaines de ses poteries. Étendue du Vᵉ au IVᵉ millénaire de la Hongrie au Bassin parisien, elle constitue au sein du courant danubien la plus ancienne culture néolithique d'Europe centrale.

Runes. Ce sont les vingt-quatre signes qui composent le plus ancien alphabet de l'écriture germanique. Sont bien connues les pierres qui portent des inscriptions runiques. Cette écriture, développée surtout en Europe centrale orientale et en Scandinavie, disparaît après 1050.

SA-SS. SA : abréviation de *Sturmabteilung,* « section d'assaut ». A l'origine service d'ordre du Parti nazi, la SA devint progressivement une véritable armée privée placée sous le commandement de Röhm à partir de 1931. Comprenant 400 000 membres au début de 1933, faisant régner la terreur en Allemagne chez les adversaires du nazisme, elle se développe de façon considérable après l'accession de Hitler au pouvoir, jusqu'à atteindre 3 millions d'hommes en 1934.

Inquiet devant les prétentions de la SA à jouer les premiers rôles et le « populisme » de ses chefs, Hitler fait éliminer les principaux d'entre eux lors de la « nuit des longs couteaux », le 30 juin 1934. A partir de ce moment, la SA ne joua plus grand rôle, supplantée par la SS (*Schutzstaffel,* « échelon de protection »), à l'origine garde personnelle de Hitler et qui devint la principale force d'action et de police du régime hitlérien. Les camps de concentration et l'élimination des juifs furent du domaine des SS. Sous le nom de *Waffen SS,* ils constituèrent à l'intérieur de l'armée des divisions d'élite fanatiquement dévouées au Führer.

Sabines (enlèvement des). Épisode légendaire de la naissance de Rome : Romulus, le roi fondateur, pour peupler la cité, décide d'enlever les femmes du peuple voisin des Sabins pour en faire les épouses des Romains. Ce rapt entraîna la guerre entre Romains et Sabins qui ne fut arrêtée que par l'intervention des Sabines entre les deux camps, suivie de la décision d'union des deux peuples.

Sacrements. Signes sensibles institués par Jésus-Christ pour produire la grâce divine et sanctifier les âmes. Pour les catholiques, ils sont au nombre de sept : baptême, confirmation, pénitence (ou confession), eucharistie (ou communion), extrême-onction, ordre, mariage.

Saga. Récits en prose, parfois entrecoupés de strophes poétiques (les scaldes), qui rapportent les faits et gestes des rois de Scandinavie, des grands colonisateurs de l'Islande, des personnages célèbres dans toute la Germanie.

Schisme. Conflit au sein de l'Église chrétienne, lié à des problèmes de discipline et de personne.

Sénat. A Rome, conseil de six cents membres pris parmi les anciens magistrats. Son rôle était d'assurer le maintien de la tradition romaine, mais aussi de diriger la politique extérieure et les finances de la cité.

Slavophiles (Russie). Voir *Intelligentsia.*

Socialistes-révolutionnaires. Une des branches du socialisme russe issue, au début du 20e siècle, du populisme qui fut très important dans les années 1860. Leur différence essentielle avec les sociaux-démocrates était qu'ils estimaient que la révolution se ferait en s'appuyant sur les paysans et non sur le prolétariat industriel.

Soviet. Le mot russe signifie « conseil ». L'institution apparaît spontanément pendant la révolution de 1905. Les soviets regroupent les délégués des travailleurs en lutte d'une entreprise ou d'une ville. Utilisés ensuite par les socialistes comme fondement du pouvoir des masses.

Spartakistes. Extrême gauche du Parti social-démocrate allemand qui, pendant la guerre de 1914, se sépare progressivement des autres courants socialistes et se regroupe autour de Karl Liebknecht et de Rosa Luxemburg. La dénomination de ce groupe provient de tracts diffusés à partir de 1916 intitulés *Lettres de Spartacus.* Assez proches des bolcheviks, ils essaient d'organiser la révolution, au moment de la défaite allemande. En décembre 1918, les spartakistes fondent le Parti communiste allemand.

SS. Voir *SA.*

Stoïcisme. Fondé par Zénon à la fin du 4e siècle av. J.-C., le stoïcisme repose sur l'étude du fonctionnement de l'univers, régi par une intelligence suprême. L'homme doit se conformer aux lois de cet univers et par conséquent chasser toutes ses passions et se plier à une morale exigeante. Cette doctrine eut un grand succès dans les élites romaines.

Sturm und Drang. Ces deux termes allemands, qui signifient « tempête et élan », désignent le grand mouvement littéraire qui se développe en Allemagne à partir des années 1770.

Suffragettes. Surnom attribué par le *Daily Mail* aux militantes du droit de vote pour les femmes. Leur mouvement, animé par Mrs. Pankhurst, atteint son apogée entre 1905 et 1912. Il recrute surtout dans la bourgeoisie. Les féministes, qui utilisent pour alerter l'opinion des méthodes spectaculaires voire violentes, n'obtiendront gain de cause qu'en 1918.

Tartessienne. De Tartessos, ville non localisée aujourd'hui, célèbre cité des rivages méridionaux de la péninsule Ibérique qui existait déjà vers 1000 av. J.-C. ; soumise par les Phéniciens vers 800, elle est contrôlée par les Carthaginois au 3e siècle av. J.-C. Sa richesse et la qualité de ses bijoux en or étaient connues des auteurs anciens.

Terem. Dans l'ancienne Russie, on appelait ainsi un édifice construit en forme de tour ; puis le mot a désigné l'habitat princier ; enfin, sous l'influence tataro-mongole, il a désigné les appartements où les femmes de la noblesse vivaient quasi cloîtrées.

Terramares (de l'italien). Le terme *terra mara* servait aux paysans d'Émilie pour désigner certaines buttes de terre riches en déchets organiques résultant d'une longue occupation par des villages du Chalcolithique et de l'âge du Bronze, et utilisées comme engrais. Par extension, le terme a servi à désigner ce groupe culturel de pasteurs-cultivateurs d'Italie du Nord.

Terres irrédentes. Après que l'unité italienne eut été achevée avec la prise de Rome en 1871, quelques régions appartenant à la monarchie austro-hongroise étaient encore revendiquées par l'Italie : le Trentin, la Vénétie Julienne, l'Istrie. Les Italiens les avaient baptisées « irrédentes », c'est-à-dire non recouvrées. L'Italie les reçut à la suite de la Première Guerre mondiale.

Thème (pluriel *Themata*). Nom donné, dans l'Empire byzantin, aux nouvelles circonscriptions territoriales qui remplacent les provinces à partir du 7e siècle. A la tête du thème, le stratège concentre les pouvoirs civils et militaires, rompant ainsi avec la tradition romaine de la séparation des pouvoirs ; il dispose d'une armée locale (armée des *themata*) de soldats paysans, les stratostes, qui s'équipent eux-mêmes grâce à des concessions de biens fonciers exempts de certaines taxes.

Théocratie. Théorie selon laquelle l'autorité religieuse détient la souveraineté dans les affaires temporelles. On parle de *théocratie pontificale* lorsque les papes, spécialement au Moyen Age, revendiquent cette souveraineté.

Tholos. Le terme grec *tholos* peut désigner une voûte en encorbellement (chambres funéraires du Ve millénaire av. J.-C. en Europe occidentale, tombes de Mycènes vers 1300 av. J.-C.), mais aussi un édifice de plan circulaire à destination religieuse ou funéraire pouvant posséder un toit en coupole (Delphes, Épidaure, Préneste). Dans la voûte en encorbellement, les assises avancent progressivement vers l'intérieur en surplombant chacune l'assise inférieure, formant des anneaux dont le diamètre rétrécit en montant ; la dernière assise au sommet correspond à la clef de voûte.

Tories. Voir *Whigs*.

Tradition. Pour les chrétiens, révélation de la Parole de Dieu autrement que par la Bible, c'est-à-dire par les décisions des conciles, les écrits des docteurs et des auteurs ecclésiastiques, les prières liturgiques.

Transsubstantiation. Voir *Eucharistie.*

Trivium. Le *trivium* – grammaire, rhétorique, dialectique – représente le premier groupe des sept arts libéraux qui, définis par Martianus Capella au 5e siècle, ont constitué la base de l'enseignement au Moyen Age. (Voir *Quadrivium.*)

Universaux (querelle des). « Universaux » est le terme qui désigne, dans la philosophie du Moyen Age, les idées générales ou notions qui peuvent s'appliquer à une multitude d'êtres ou de choses semblables : homme, arbre... Une grande querelle est née de la discussion sur la nature des universaux. Pour les philosophes dits « réalistes » (saint Anselme, saint Thomas d'Aquin), les universaux sont des réalités *(res).* Pour les philosophes dits « nominalistes » (Abélard), ils ne sont que des mots, des noms *(nomen).*

Vassalité. A l'époque carolingienne, le terme de « vassalité » désigne le lien qui unit un homme libre à un puissant à qui il s'est recommandé et dont il a reçu un bénéfice. Dans la société féodale, il désigne le lien qui unit un vassal à son seigneur et qui se concrétise par le fief.

Viêt-minh. L'organisation qui dirigea la guerre contre le corps expéditionnaire français lors de la guerre d'Indochine est connu sous ce nom (encore qu'elle en ait changé plusieurs fois). C'est l'abréviation de *Viêt-nam Doc Lap Dong Minh Hoi,* ce qui signifie « Ligue révolutionnaire pour l'indépendance du Viêt-nam », fondée par Hô Chi Minh en 1941. Se présentant comme une organisation nationaliste, elle était à peu près totalement entre les mains des communistes.

Whigs (Angleterre). A l'origine (1679), sobriquet qui qualifie les partisans d'une monarchie parlementaire, leurs adversaires, les tories, défendant au contraire la prérogative royale sans nier pour autant les droits du Parlement. Dès la première moitié du 19e siècle, par contagion du vocabulaire politique continental, les whigs deviennent les libéraux et les tories les conservateurs. L'oligarchie britannique se partage entre ces deux grands courants. Progressivement organisés en partis politiques à la fin du 19e siècle, leur alternance au pouvoir est la base du fonctionnement des institutions britanniques.

Zollverein. Traité d'union douanière signé en 1833 entre la Prusse et vingt-cinq États allemands. Il prépare l'unité allemande autour de la Prusse.

Orientation bibliographique

GÉNÉRALITÉS

Année politique, économique et sociale, Éditions événements et tendances. Une livraison annuelle.

Universalia, supplément annuel de l'*Encyclopaedia Universalis*, depuis 1974.

Géographie

Max Derruau, *L'Europe*, Paris, Hachette, 1971.

Atlas

Gérard Chaliand et Jean-Pierre Rageau, *Atlas des Européens*, Paris, Fayard, 1989.

Sur l'idée d'Europe

Jean-Baptiste Duroselle, *L'idée d'Europe dans l'histoire*, Paris, Denoël, 1965.

Denis de Rougemont, *Vingt-huit siècles d'Europe*, Paris, Payot, 1961.

Histoires de l'Europe

Serge Berstein et Pierre Milza, *Histoire de l'Europe contempo-*

raine. Le XIXe *Siècle, de 1815 à 1919. Le XIX*[e] *Siècle, 1919 à nos jours*, Paris, Hatier, 1992.

Fernand Braudel, *L'Europe. L'espace, le temps, les hommes*, Paris, Arts et métiers graphiques, 1987.

Georges Livet et Roland Mousnier, *Histoire générale de l'Europe*, Paris, PUF, 1980, 3 Vol.

Emmanuel Todd, *L'Invention de L'Europe*, Paris, Seuil, 1990.

Eugen Weber, *Une histoire de l'Europe. Hommes, cultures et sociétés de la Renaissance à nos jours*, Paris, Fayard, 1986-1987, 2 vol.

Pierre-Roger Gaussin (sous la dir. de), *Histoire de l'Europe*, Paris, Horvath, en cours de publication ; 16 volumes dont 3 parus depuis 1988 : -Jacques-Pierre Millotte et André Thévenin, *Les Racines des Européens*. -Jean Meyer, *L'Europe des Lumières*. -Jean Tulard, *L'Europe de Napoléon*.

1re PARTIE
Émergence de l'Europe

Préhistoire

Jacques Briard, *L'Age du Bronze en Europe (2000-800 av. J.-C.)*, Paris, Errance, 1985.

Jean Guilaine, *Premiers Bergers et Paysans de L'Occident méditerranéen*, Paris, EHESS, Centre de recherches historiques, 1981.

-, Jean Courtin, Jean-Louis Roudil et Jean-Louis Vernet (sous la dir. de), *Premières Communautés paysannes en Europe occidentale*, Paris, Éd. du CNRS, 1987.

Sigfried-J. de Laet, *La Préhistoire de L'Europe*, Bruxelles, Meddens, 1967.

André Leroi-Gourhan, *Préhistoire de l'art occidental*, Paris, Mazenod, coll « L'art et les grandes civilisations », 1964.

-, (sous la dir. de), *Dictionnaire de la préhistoire*, Paris, PUF, 1988

Jan Lichardus, Marion Lichardus-Itten et coll., *La Protohistoire de L'Europe. Le Néolithique et le Chalcolithique entre la Méditerranée et la mer Baltique*, Paris, PUF, coll. « Nouvelle Clio » 1985.

Jean-Pierre Mohen (sous la dir. de), *Le Temps de la préhistoire* Paris, Archéologia, Société préhistorique française, 1989, 2 vol (contient 3300 références bibliographiques classées par thèmes).

Grèce et Rome

Marie-Claude Amouretti et Françoise Ruzé, *Le Monde grec antique*, Paris, Hachette-Université, 1990.

André Chastagnol, *La Fin du monde antique*, Paris, Nouvelles Éditions latines, 1976.

Michel Christol et Daniel Nony, *Des origines de Rome aux invasions barbares*, Paris, Hachette-Université, 1990.

Paul-Marie Duval, *Les Celtes*, Paris, Gallimard, coll. « L'univers des formes »,1977.

Louis Harmand, *L'Occident romain. Gaule-Espagne-Bretagne-Afrique du Nord (31 av. J-C à 235 ap. J-C.)*, Paris, Payot, 1989.

Marcel Le Glay, *L'Empire romain. Le Haut-Empire de la bataille d'Actium à la mort de Sévère Alexandre (31 av. J. C.-235 ap. J-C)*, Paris, PUF, coll. « Peuples et civilisations », 1987.

Marcel Le Glay, Jean-Louis Voisin, Yan Le Bohec, *Histoire romaine*, Paris, PUF, coll. « Premier cycle », 1991.

2e PARTIE
L'Europe de la Chrétienté

Généralités

Robert Fossier et coll., *Le Moyen Age*, Paris, Colin, 1983, 3 vol. : t. I, *Les Mondes nouveaux (350-950)* ; t. II, *L'Éveil de l'Europe(950-1250)* ; t. III, *Le Temps des crises (1250-1520).*

René Grousset et Émile-Guillaume Léonard, *Histoire universelle*, t. II, *De l'Islam à la Réforme,* Paris, Gallimard, « Encyclopédie de la Pléiade », 1957.

Roberto Lopez, *Naissance de l'Europe*, Paris, Colin, coll. « Destins du Monde », 1962.

Le Monde occidental

René Doehaerd, *Le Haut Moyen Age occidental. Economies et sociétés,* Paris, PUF, coll. « Nouvelle Clio », 2e éd. 1982.

Georges Duby, *Le Temps des cathédrales. L'art et la société (980-1420)*, Paris, Gallimard, coll. « Bibliothèque des histoires »1976.

Marcel Durliat, *Des barbares à l'an Mil,* Paris, Mazenod, coll. « L'art et les grandes civilisations », 1985.
-, *L'Art roman*, Paris, Mazenod, coll. « L'art et les grandes civilisations », 1982.
Alain Erlande-Brandebourg, *L'Art gothique*, Paris, Mazenod, coll. « L'art et les grandes civilisations », 1983.
Robert Fossier, *Enfance de L'Europe. Aspects économiques*, Paris, PUF, coll. « Nouvelle Clio », 1982, 2 vol.
Léopold Génicot, *Le XIIIe Siècle européen*, Paris, PUF, coll. « Nouvelle Clio », 2e éd. 1984.
Johan Huizinga, *L'Automne du Moyen Age,* Paris, Petite Bibliothèque Payot, 1989.
Jacques Le Goff, *Les Intellectuels au Moyen Age,* Paris, Seuil, coll. « Points Histoire », 2e éd. 1985.
-, *La Civilisation de L'Occident médiéval*, Paris, Arthaud, coll. « Les grandes civilisations », 1964 ; rééd. Arthaud-Poche, 1982.

Monde nordique et monde oriental

Alain Ducellier (sous la dir. de*), Byzance et le Monde orthodoxe,* Paris, Colin, 1986.
François Dvornik, *Les Slaves. Histoire et civilisation de l'Antiquité aux débuts de l'époque contemporaine,* Paris, Seuil, coll. « L'univers historique », 1970.
Lucien Musset, *Les Peuples scandinaves au Moyen Age,* Paris, Payot, coll. « Bibliothèque historique », 1951.
D. Obolensky, *The Byzantine Commonwealth. Eastern Europ (500-1450)* Londres, Weidenfeld and Nicolson, coll. « History of civilization », 1984.
Roger Portal, *Les Slaves. Peuples et nations,* Paris, Colin, coll. « Destins du monde », 1965.

3e PARTIE
L'Europe conquérante (16-18e s.)

Giulio Carlo Argan, *L'Europe des capitales (1600-1700)*, Genève Skira, 1964.
Fernand Braudel, *Civilisation matérielle, économie et capitalisme (XVe-XVIIIe siècle),* Paris, Colin, 1979, 3 vol.

Pierre Chaunu, *La Civilisation de l'Europe classique*, Paris, Arthaud, 1966 ; rééd. Arthaud-Poche,1985.

-, *La Civilisation de L'Europe des Lumières,* Paris, Arthaud, 1971 ; rééd. Flammarion-Champs, 1982.

Jean Delumeau, *La Civilisation de la Renaissance,* Paris, Arthaud,1967 ; rééd. Arthaud-Poche, 1985.

Robert Mandrou, *L'Europe « absolutiste ». Raison et raison d'État (1649-1775),* Paris, Fayard, 1977.

René Pomeau, *L'Europe des Lumières. Cosmopolitisme et unité européenne au XVIII*[e] *siècle*, Paris, Stock, 1966.

Jean Starobinski, *L'Invention de la liberté (1700-1789),* Genève, Skira, 1964.

4e PARTIE
L'Europe Dominante (1789-1914)

Ouvrages généraux sur le 19e siècle

Jean-Baptiste Duroselle, *L'Europe de 1815 à nos jours*, Paris, PUF, coll. « Nouvelle Clio », 1967.

Eric J. Hobsbawm, *L'Ère des révolutions (1789-1848*), Paris, Fayard, 1969.

-, *L'Ère du capital (1848-1875),* Paris, Fayard, 1978.

-, *L'Ère des Empires (1875-1914)*, Paris, Fayard, 1989.

René Rémond, *Introduction à l'histoire de notre temps*, Paris, Seuil, « Points Histoire », 1974-1989, 3 vol.

Robert Schnerb, *Le XIX*[e] *siècle. L'apogée de l'expansion européenne (1815-1914),* t. VI de *l'Histoire générale des civilisations,* Paris, PUF, 1965.

Sur les différentes périodes

Jacques Droz, *De la Restauration à la révolution (1815-1848),* Paris, coll. « U2 », Colin, 1970.

François Furet et Mona Ozouf, *Dictionnaire critique de la Révolution française,* Paris, Flammarion, 1989.

Jacques Godechot, La Grande Nation. L'expansion révolutionnaire de la France dans le monde de 1789 à 1799, Paris, Aubier, 1956.

André Latreille, L'Ère napoléonienne, Paris, Colin, coll. « U », 1974.

Georges Lefebvre, La Révolution française, Peuples et Civilisations, t. XIII, Paris, PUF, 1963.

Les différents Etats

François Bédarida, *L'Angleterre triomphante (1832-1914)*, Paris, Hatier, 1974.

Jacques Droz, *La Formation de l'unité allemande (1789-1871)*, Paris, Hatier, 1970.

Pierre Guillen, *L'Empire allemand (1871-1914)*, Paris, Hatier, 1970.

François-Charles Mougel, *L'Essor de la puissance anglaise (1760-1832)*, Hatier, 1972.

Nouvelle Histoire de la France contemporaine, Paris, Seuil, coll. « Points histoire », 1972 sq., 11 volumes de 1787 à 1914.

Robert Philippot, *La Russie. La Modernisation inachevée (1855-1900)*, Paris, Hatier, 1974.

Jean-Louis Van Regemorter, *La Russie. Le déclin du servage (1796-1855)*, Paris, Hatier, 1971.

5e PARTIE

L'Europe en question

Généralités

Bernard Droz et Anthony Rowley, *Histoire générale du XXe siècle* (jusqu'en 1973), Paris, Seuil, coll. « Points Histoire », 1986-1987, 3 vol. parus.

Jacques Droz (sous la dir. de), *Histoire générale du socialisme*, t. II (1875 à 1918), 1974 ; t. III (1919 à 1945), 1977 ; t. IV (1945 à nos jours), Paris, PUF, 1980.

Jean-Baptiste Duroselle, *Le Monde déchiré,* Paris, Richelieu, 1970, 2 vol.

- et André Kaspi, *Histoire des relations internationales*, tome 1, *de 1919 à 1945*, tome 2, *de 1945 à nos jours*, Paris, Colin, 2001.

René Girault, *Diplomatie européenne et Impérialismes (1871-1914)*, Paris, Masson, 1979.

- et Robert Frank, *Turbulente Europe et Nouveaux Mondes (1914-1941)*, Paris, Masson, 1988.

Henri Grimal, *La Décolonisation (1919-1963)*, Paris, Colin, 1965.

Pierre Léon (sous la dir. de) *Histoire économique et sociale du monde*, Paris, Colin, t. IV, *1840-1914*, 1978 ;t. V, *1914-1947* 1977 ; t. VI, *1947 à nos jours*, 1977.

Pierre Renouvin, *Histoire des relations internationales*, Paris, Hachette, t. VII, *Les Crises du XXe siècle, 1. De 1914 à 1929* , 1957 ; t. VIII, *Les Crises du XXe siècle, 2. De 1929 à 1945*, 1967.

Les guerrès

Jean-Jacques Becker, *L'Europe dans la Grande Guerre*, Paris, Belin, 1996.

Jacques Droz, *Les Causes de la Première Guerre mondiale. Essai d'historiographie*, postface de Jean-Jacques Becker, Paris, Seuil, 1997.

Pierre Renouvin, *L'Armistice de Rethondes (11 novembre 1918)*, Gallimard, 1968.

Jay M. Winter, *La Première Guerre Mondiale. L'éclatement d'un monde*, Paris, Sélection du Reader's Digest, 1990.

Gordon Wright, *L'Europe en guerre (1939-1945*), Paris, Colin, 1971.

Études Particulières

Hélène Carrère d'Encausse, *Le Grand Frère. L'Union soviétique et l'Europe soviétisée*, Paris, Flammarion, 1983.

Monica Charlot, *L'Angleterre (1945-1980*), Paris, Imprimerie nationale, 1981.

François Fejtö, *Histoire des démocraties populaires*, Paris, Seuil, 1979, 2 vol.

Marc Ferro, *La Révolution de 1917*, Paris, Aubier, 1967 et 1977, 2 vol.

Renata Fritsch-Bournazel, *L'Allemagne, un enjeu pour l'Europe*, Bruxelles, Complexe, 1987.

Pierre Gerbet, *la Construction de l'Europe*, Paris, Imprimerie nationale, 1984.

-, 1957. *La naissance du Marché commun*, Bruxelles, Complexe, 1987.

-, Victor-Yves Ghebali et Marie-Renée Mouton, *Les Palais de la Paix. Société des Nations et Organisation des Nations unies*, Paris, Richelieu, 1973.

Michel Heller et Aleksander Nekrich, *L'Utopie au pouvoir (Histoire de l'URSS de 1917 à nos jours)*, Paris, Calmann-Levy, 1985.

Raymond Poidevin et Jacques Bariéty, *Les Relations franco-allemandes (1815-1975)*, Paris, Colin, 1977.
René Rémond, *Notre Siècle (1918-1995)*, Paris, Fayard, 1996.
Antonin Snedjarek et Casimir Mazurowa-Château, *La Nouvelle Europe centrale*, Paris, Imprimerie nationale, 1986.

Index des noms de personnes

Cet index ne retient que les noms de personnes figurant dans le texte des chapitres, à l'exclusion des documents et des annexes.

Index des noms de lieux

Cet index ne retient que les noms de lieux figurant dans le texte des chapitres, à l'exclusion des documents et des annexes.

Table

DEUXIÈME PARTIE
L'EUROPE DE LA CHRÉTIENTÉ
(5e-15e SIÈCLE)

TROISIÈME PARTIE
L'EUROPE CONQUÉRANTE
(16e-18e SIÈCLE)

QUATRIÈME PARTIE

L'EUROPE DOMINANTE

(1789-1914)

MAURY-EUROLIVRES À MANCHECOURT
DÉPÔT LÉGAL : FÉVRIER 1992. N° 55829-6 (07/01/126920)

Collection Points

SÉRIE HISTOIRE

H1. Histoire d'une démocratie : Athènes
Des origines à la conquête macédonienne
par Claude Mossé
H2. Histoire de la pensée européenne
1. L'éveil intellectuel de l'Europe du IXe au XIIe siècle
par Philippe Wolff
H3. Histoire des populations françaises et de leurs attitudes devant la vie depuis le XVIIIe siècle
par Philippe Ariès
H4. Venise, portrait historique d'une cité
par Philippe Braunstein et Robert Delort
H5. Les Troubadours, *par Henri-Irénée Marrou*
H6. La Révolution industrielle (1770-1880)
par Jean-Pierre Rioux
H7. Histoire de la pensée européenne
4. Le siècle des Lumières
par Norman Hampson
H8. Histoire de la pensée européenne
3. Des humanistes aux hommes de science
par Robert Mandrou
H9. Histoire du Japon et des Japonais
1. Des origines à 1945, *par Edwin O. Reischauer*
H10. Histoire du Japon et des Japonais
2. De 1945 à 1970, *par Edwin O. Reischauer*
H11. Les Causes de la Première Guerre mondiale
par Jacques Droz
H12. Introduction à l'histoire de notre temps
L'Ancien Régime et la Révolution
par René Rémond
H13. Introduction à l'histoire de notre temps
Le XIXe siècle, *par René Rémond*
H14. Introduction à l'histoire de notre temps
Le XXe siècle, *par René Rémond*
H15. Photographie et Société, *par Gisèle Freund*
H16. La France de Vichy (1940-1944)
par Robert O. Paxton
H17. Société et Civilisation russes au XIXe siècle
par Constantin de Grunwald
H18. La Tragédie de Cronstadt (1921), *par Paul Avrich*

H44. Le Fascisme italien (1919-1945)
par Pierre Milza et Serge Berstein
H45. Comprendre la révolution russe
par Martin Malia
H46. Histoire de la pensée européenne
6. L'ère des masses, *par Michaël D. Biddiss*
H47. Naissance de la famille moderne
par Edward Shorter
H48. Le Mythe de la procréation à l'âge baroque
par Pierre Darmon
H49. Histoire de la bourgeoisie en France
1. Des origines aux Temps modernes
par Régine Pernoud
H50. Histoire de la bourgeoisie en France
2. Les Temps modernes, *par Régine Pernoud*
H51. Histoire des passions françaises (1848-1945)
1. Ambition et amour, *par Theodore Zeldin*
H52. Histoire des passions françaises (1848-1945)
2. Orgueil et intelligence, *par Theodore Zeldin* (épuisé)
H53. Histoire des passions françaises (1848-1945)
3. Goût et corruption, *par Theodore Zeldin*
H54 Histoire des passions françaises (1848-1945)
4. Colère et politique, *par Theodore Zeldin*
H55. Histoire des passions françaises (1848-1945)
5. Anxiété et hypocrisie, *par Theodore Zeldin*
H56. Histoire de l'éducation dans l'Antiquité
1. Le monde grec, *par Henri-Irénée Marrou*
H57. Histoire de l'éducation dans l'Antiquité
2. Le monde romain, *par Henri-Irénée Marrou*
H58. La Faillite du Cartel, 1924-1926
(Leçon d'histoire pour une gauche au pouvoir)
par Jean-Noël Jeanneney
H59. Les Porteurs de valises
par Hervé Hamon et Patrick Rotman
H60. Histoire de la guerre d'Algérie, 1954-1962
par Bernard Droz et Évelyne Lever
H61. Les Occidentaux, *par Alfred Grosser*
H62. La Vie au Moyen Age, *par Robert Delort*
H63. Politique étrangère de la France
(La Décadence, 1932-1939)
par Jean-Baptiste Duroselle
H64. Histoire de la guerre froide
1. De la révolution d'Octobre à la guerre de Corée, 1917-1950
par André Fontaine

H65. Histoire de la guerre froide
2. De la guerre de Corée à la crise des alliances,1950-1963
par André Fontaine
H66. Les Incas, *par Alfred Métraux*
H67. Les Écoles historiques, *par Guy Bourdé et Hervé Martin*
H68. Le Nationalisme français, 1871-1914, *par Raoul Girardet*
H69. La Droite révolutionnaire, 1885-1914, *par Zeev Sternhell*
H70. L'Argent caché, *par Jean-Noël Jeanneney*
H71. Histoire économique de la France du XVIIIe siècle à nos jours
1. De l'Ancien Régime à la Première Guerre mondiale
par Jean-Charles Asselain
H72. Histoire économique de la France du XVIIIe siècle à nos jours
2. De 1919 à la fin des années 1970
par Jean-Charles Asselain
H73. La Vie politique sous la IIIe République
par Jean-Marie Mayeur
H74. La Grèce archaïque d'Homère à Eschyle
par Claude Mossé
H75. Histoire de la « détente », 1962-1981
par André Fontaine
H76. Études sur la France de 1939 à nos jours
par la revue « L'Histoire »
H77. L'Afrique au XXe siècle, *par Elikia M'Bokolo*
H78. Les Intellectuels au Moyen Age, *par Jacques Le Goff*
H79. Fernand Pelloutier, *par Jacques Julliard*
H80. L'Église des premiers temps, *par Jean Daniélou*
H81. L'Église de l'Antiquité tardive, *par Henri-Irénée Marrou*
H82. L'Homme devant la mort
1. Le temps des gisants, *par Philippe Ariès*
H83. L'Homme devant la mort
2. La mort ensauvagée, *par Philippe Ariès*
H84. Le Tribunal de l'impuissance, *par Pierre Darmon*
H85. Histoire générale du XXe siècle
1. Jusqu'en 1949. Déclins européens
par Bernard Droz et Anthony Rowley
H86. Histoire générale du XXe siècle
2. Jusqu'en 1949. La naissance du monde contemporain
par Bernard Droz et Anthony Rowley
H87. La Grèce ancienne, *par la revue « L'Histoire »*
H88. Les Ouvriers dans la société française
par Gérard Noiriel
H89. Les Américains de 1607 à nos jours
1. Naissance et essor des États-Unis, 1607 à 1945
par André Kaspi

H90. Les Américains de 1607 à nos jours
2. Les États-Unis de 1945 à nos jours
par André Kaspi
H91. Le Sexe et l'Occident, *par Jean-Louis Flandrin*
H92. Le Propre et le Sale, *par Georges Vigarello*
H93. La Guerre d'Indochine, 1945-1954
par Jacques Dalloz
H94. L'Édit de Nantes et sa révocation
par Janine Garrisson
H95. Les Chambres à gaz, secret d'État
par Eugen Kogon, Hermann Langbein et Adalbert Rückerl
H96. Histoire générale du XXe siècle
3. Depuis 1950. Expansion et indépendance (1950-1973)
par Bernard Droz et Anthony Rowley
H97. La Fièvre hexagonale, 1871-1968
par Michel Winock
H98. La Révolution en questions
par Jacques Solé
H99. Les Byzantins, *par Alain Ducellier*
H100. Les Croisades, *par la revue « L'Histoire »*
H101. La Chute de la monarchie (1787-1792)
par Michel Vovelle
H102. La République jacobine (10 août 1792 - 9 Thermidor an II)
par Marc Bouloiseau
H103. La République bourgeoise
(de Thermidor à Brumaire, 1794-1799)
par Denis Woronoff
H104. L'Épisode napoléonien
Aspects intérieurs (1799-1815), *par Louis Bergeron*
H105. La France napoléonienne
Aspects extérieurs (1799-1815)
par Roger Dufraisse et Michel Kerautret
H106. La France des notables (1815-1848)
1. L'évolution générale
par André Jardin et André-Jean Tudesq
H107. La France des notables (1815-1848)
2. La vie de la nation
par André Jardin et André-Jean Tudesq
H108. 1848 ou l'Apprentissage de la République (1848-1852)
par Maurice Agulhon
H109. De la fête impériale au mur des fédérés (1852-1871)
par Alain Plessis
H110. Les Débuts de la Troisième République (1871-1898)
par Jean-Marie Mayeur

H111. La République radicale ? (1898-1914)
par Madeleine Rebérioux
H112. Victoire et Frustrations (1914-1929)
par Jean-Jacques Becker et Serge Berstein
H113. La Crise des années 30 (1929-1938)
par Dominique Borne et Henri Dubief
H114. De Munich à la Libération (1938-1944)
par Jean-Pierre Azéma
H115. La France de la Quatrième République (1944-1958)
1. L'ardeur et la nécessité (1944-1952)
par Jean-Pierre Rioux
H116. La France de la Quatrième République (1944-1958)
2. L'expansion et l'impuissance (1952-1958)
par Jean-Pierre Rioux
H117. La France de l'expansion (1958-1974)
1. La République gaullienne (1958-1969)
par Serge Berstein
H118. La France de l'expansion (1958-1974)
2. L'apogée Pompidou (1969-1974)
par Serge Berstein et Jean-Pierre Rioux
H119. Crises et Alternances (1974-1995)
par Jean-Jacques Becker
avec la collaboration de Pascal Ory
H120. La France du XXe siècle (Documents d'histoire)
présentés par Olivier Wieviorka et Christophe Prochasson
H121. Les Paysans dans la société française
par Annie Moulin
H122. Portrait historique de Christophe Colomb
par Marianne Mahn-Lot
H123. Vie et Mort de l'ordre du Temple
par Alain Demurger
H124. La Guerre d'Espagne, *par Guy Hermet*
H125. Histoire de France, *sous la direction de Jean Carpentier et François Lebrun*
H126. Empire colonial et Capitalisme français
par Jacques Marseille
H127. Genèse culturelle de l'Europe (Ve-VIIIe siècle)
par Michel Banniard
H128. Les Années trente, *par la revue « L'Histoire »*
H129. Mythes et Mythologies politiques
par Raoul Girardet
H130. La France de l'an Mil, *Collectif*
H131. Nationalisme, Antisémitisme et Fascisme en France
par Michel Winock

H132. De Gaulle 1. Le rebelle (1890-1944)
par Jean Lacouture
H133. De Gaulle 2. Le politique (1944-1959)
par Jean Lacouture
H134. De Gaulle 3. Le souverain (1959-1970)
par Jean Lacouture
H135. Le Syndrome de Vichy, *par Henry Rousso*
H136. Chronique des années soixante, *par Michel Winock*
H137. La Société anglaise, *par François Bédarida*
H138. L'Abîme 1939-1944. La politique étrangère de la France
par Jean-Baptiste Duroselle
H139. La Culture des apparences, *par Daniel Roche*
H140. Amour et Sexualité en Occident
par la revue « L'Histoire »
H141. Le Corps féminin, *par Philippe Perrot*
H142. Les Galériens, *par André Zysberg*
H143. Histoire de l'antisémitisme 1. L'âge de la foi
par Léon Poliakov
H144. Histoire de l'antisémitisme 2. L'âge de la science
par Léon Poliakov
H145. L'Épuration française (1944-1949)
par Peter Novick
H146. L'Amérique latine au XXe siècle (1889-1929)
par Leslie Manigat
H147. Les Fascismes, *par Pierre Milza*
H148. Histoire sociale de la France au XIXe siècle
par Christophe Charle
H149. L'Allemagne de Hitler, *par la revue « L'Histoire »*
H150. Les Révolutions d'Amérique latine
par Pierre Vayssière
H151. Le Capitalisme « sauvage » aux États-Unis (1860-1900)
par Marianne Debouzy
H152. Concordances des temps, *par Jean-Noël Jeanneney*
H153. Diplomatie et Outil militaire
par Jean Doise et Maurice Vaïsse
H154. Histoire des démocraties populaires
1. L'ère de Staline, *par François Fejtö*
H155. Histoire des démocraties populaires
2. Après Staline, *par François Fejtö*
H156. La Vie fragile, *par Arlette Farge*
H157. Histoire de l'Europe, *sous la direction de Jean Carpentier et François Lebrun*
H158. L'État SS, *par Eugen Kogon*
H159. L'Aventure de l'Encyclopédie, *par Robert Darnton*

H160. Histoire générale du XXe siècle
4. Crises et mutations de 1973 à nos jours
par Bernard Droz et Anthony Rowley
H161. Le Creuset français, *par Gérard Noiriel*
H162. Le Socialisme en France et en Europe, XIXe-XXe siècle
par Michel Winock
H163. 14-18 : Mourir pour la patrie, *par la revue « L'Histoire »*
H164. La Guerre de Cent Ans vue par ceux qui l'ont vécue
par Michel Mollat du Jourdin
H165. L'École, l'Église et la République, *par Mona Ozouf*
H166. Histoire de la France rurale
1. La formation des campagnes françaises
(des origines à 1340)
sous la direction de Georges Duby et Armand Wallon
H167. Histoire de la France rurale
2. L'âge classique des paysans (de 1340 à 1789)
sous la direction de Georges Duby et Armand Wallon
H168. Histoire de la France rurale
3. Apogée et crise de la civilisation paysanne
(de 1789 à 1914)
sous la direction de Georges Duby et Armand Wallon
H169. Histoire de la France rurale
4. La fin de la France paysanne (depuis 1914)
sous la direction de Georges Duby et Armand Wallon
H170. Initiation à l'Orient ancien, *par la revue « L'Histoire »*
H171. La Vie élégante, *par Anne Martin-Fugier*
H172. L'État en France de 1789 à nos jours
par Pierre Rosanvallon
H173. Requiem pour un empire défunt, *par François Fejtö*
H174. Les animaux ont une histoire, *par Robert Delort*
H175. Histoire des peuples arabes, *par Albert Hourani*
H176. Paris, histoire d'une ville, *par Bernard Marchand*
H177. Le Japon au XXe siècle, *par Jacques Gravereau*
H178. L'Algérie des Français, *par la revue « L'Histoire »*
H179. L'URSS de la Révolution à la mort de Staline, 1917-1953
par Hélène Carrère d'Encausse
H180. Histoire médiévale de la Péninsule ibérique
par Adeline Rucquoi
H181. Les Fous de la République, *par Pierre Birnbaum*
H182. Introduction à la préhistoire, *par Gabriel Camps*
H183. L'Homme médiéval
Collectif sous la direction de Jacques Le Goff
H184. La Spiritualité du Moyen Age occidental (VIIIe-XIIIe siècle)
par André Vauchez

H185. Moines et Religieux au Moyen Age
par la revue « L'Histoire »
H186. Histoire de l'extrême droite en France, *Ouvrage collectif*
H187. Le Temps de la guerre froide, *par la revue « L'Histoire »*
H188. La Chine, tome 1 (1949-1971)
par Jean-Luc Domenach et Philippe Richer
H189. La Chine, tome 2 (1971-1994)
par Jean-Luc Domenach et Philippe Richer
H190. Hitler et les Juifs, *par Philippe Burrin*
H192. La Mésopotamie, *par Georges Roux*
H193. Se soigner autrefois, *par François Lebrun*
H194. Familles, *par Jean-Louis Flandrin*
H195. Éducation et Culture dans l'Occident barbare (VIe-VIIIe siècle)
par Pierre Riché
H196. Le Pain et le Cirque, *par Paul Veyne*
H197. La Droite depuis 1789, *par la revue « L'Histoire »*
H198. Histoire des nations et du nationalisme en Europe
par Guy Hermet
H199. Pour une histoire politique, *Collectif*
sous la direction de René Rémond
H200. « Esprit ». Des intellectuels dans la cité (1930-1950)
par Michel Winock
H201. Les Origines franques (V^e^-IXe siècle), *par Stéphane Lebecq*
H202. L'Héritage des Charles (de la mort de Charlemagne
aux environs de l'an mil), *par Laurent Theis*
H203. L'Ordre seigneurial (XIe-XIIe siècle)
par Dominique Barthélemy
H204. Temps d'équilibres, Temps de ruptures
par Monique Bourin-Derruau
H205. Temps de crises, Temps d'espoirs, *par Alain Demurger*
H206. La France et l'Occident médiéval
de Charlemagne à Charles VIII
par Robert Delort (à paraître)
H207. Royauté, Renaissance et Réforme (1483-1559)
par Janine Garrisson
H208. Guerre civile et Compromis (1559-1598)
par Janine Garrisson
H209. La Naissance dramatique de l'absolutisme (1598-1661)
par Yves-Marie Bercé
H210. La Puissance et la Guerre (1661-1715)
par François Lebrun
H211. La Monarchie des Lumières (1715-1786)
par André Zysberg
H212. La Grèce préclassique, *par Jean-Claude Poursat*

H213. La Grèce au ve siècle, *par Edmond Lévy*
H214. Le IVe Siècle grec, *par Pierre Carlier*
H215. Le Monde hellénistique (323-188), *par Pierre Cabanes*
H216. Les Grecs (188-31), *par Claude Vial*
H218. La République romaine, *par Jean-Michel David*
H219. Le Haut-Empire romain en Occident d'Auguste aux Sévères, *par Patrick Le Roux*
H220. Le Haut-Empire romain. Les provinces de Méditerranée orientale, d'Auguste aux Sévères, *par Maurice Sartre*
H221. L'Empire romain en mutation, des Sévères à Constantin (192-337), *par Jean-Michel Carrié et Aline Rousselle*
H225. Douze Leçons sur l'histoire, *par Antoine Prost*
H226. Comment on écrit l'histoire, *par Paul Veyne*
H227. Les Crises du catholicisme en France, *par René Rémond*
H228. Les Arméniens, *par Yves Ternon*
H229. Histoire des colonisations, *par Marc Ferro*
H230. Les Catholiques français sous l'Occupation *par Jacques Duquesne*
H231. L'Égypte ancienne, *présentation par Pierre Grandet*
H232. Histoire des Juifs de France, *par Esther Benbassa*
H233. Le Goût de l'archive, *par Arlette Farge*
H234. Économie et Société en Grèce ancienne *par Moses I. Finley*
H235. La France de la monarchie absolue 1610-1675 *par la revue « L'Histoire »*
H236. Ravensbrück, *par Germaine Tillion*
H237. La Fin des démocraties populaires, *par François Fejtö et Ewa Kulesza-Mietkowski*
H238. Les Juifs pendant l'Occupation, *par André Kaspi*
H239. La France à l'heure allemande (1940-1944) *par Philippe Burrin*
H240. La Société industrielle en France (1814-1914) *par Jean-Pierre Daviet*
H241. La France industrielle, *par la revue « L'Histoire »*
H242. Éducation, Société et Politiques. Une histoire de l'enseignement en France de 1945 à nos jours *par Antoine Prost*
H243. Art et Société au Moyen Age, *par Georges Duby*
H244. L'Expédition d'Égypte 1798-1801 *par Henry Laurens*
H245. L'Affaire Dreyfus, *Collectif Histoire*
H246. La Société allemande sous le IIIe Reich *par Pierre Ayçoberry*

H247. La Ville en France au Moyen Age
par André Chédeville, Jacques Le Goff et Jacques Rossiaud

H248. Histoire de l'industrie en France
du XVIe siècle à nos jours, *par Denis Woronoff*

H249. La Ville des temps modernes
sous la direction d'Emmanuel Le Roy Ladurie

H250. Contre-Révolution, Révolution et Nation
par Jean-Clément Martin

H251. Israël. De Moïse aux accords d'Oslo
par la revue « L'Histoire »

H252. Une histoire des médias des origines à nos jours
par Jean-Noël Jeanneney

H253. Les Prêtres de l'ancienne Égypte
par Serge Sauneron

H254. Histoire de l'Allemagne, des origines à nos jours
par Joseph Rovan

H255. La Ville de l'âge industriel
sous la direction de Maurice Agulhon

H256. La France politique, XIXe-XXe siècle
par Michel Winock

H257. La Tragédie soviétique, *par Martin Malia*

H258. Histoire des pratiques de santé
par Georges Vigarello

H259. Les Historiens et le Temps, *par Jean Leduc*

H260. Histoire de la vie privée
1. De l'Empire romain à l'an mil
par Philippe Ariès et Georges Duby

H261. Histoire de la vie privée
2. De l'Europe féodale à la Renaissance
par Philippe Ariès et Georges Duby

H262. Histoire de la vie privée
3. De la Renaissance aux Lumières
par Philippe Ariès et Georges Duby

H263. Histoire de la vie privée
4. De la Révolution à la Grande Guerre
par Philippe Ariès et Georges Duby

H264. Histoire de la vie privée
5. De la Première Guerre mondiale à nos jours
par Philippe Ariès et Georges Duby

H265. Problèmes de la guerre en Grèce ancienne
sous la direction de Jean-Pierre Vernant

H266. Un siècle d'école républicaine, *par Jean-Michel Gaillard*

H267. L'Homme grec
Collectif sous la direction de Jean-Pierre Vernant

H268. Les Origines culturelles de la Révolution française *par Roger Chartier*
H269. Les Palestiniens, *par Xavier Baron*
H270. Histoire du viol, *par Georges Vigarello*
H272. Histoire de la France
L'Espace français, *sous la direction de André Burguière et Jacques Revel*
H273. Histoire de la France
Héritages, *sous la direction de André Burguière et Jacques Revel*
H274. Histoire de la France
Choix culturels et Mémoire, *sous la direction de André Burguière et Jacques Revel*
H275. Histoire de la France
La Longue Durée de l'État, *sous la direction de André Burguière et Jacques Revel*
H276. Histoire de la France
Les Conflits, *sous la direction de André Burguière et Jacques Revel*
H277. Le Roman du quotidien, *par Anne-Marie Thiesse*
H278. La France du XIXe siècle, *par Francis Démier*
H279. Le Pays cathare, *sous la direction de Jacques Berlioz*
H280. Fascisme, Nazisme, Autoritarisme *par Philippe Burrin*
H281. La France des années noires, tome 1 *sous la direction de Jean-Pierre Azéma et François Bédarida*
H282. La France des années noires, tome 2 *sous la direction de Jean-Pierre Azéma et François Bédarida*
H283. Croyances et Cultures dans la France d'Ancien Régime *par François Lebrun*
H284. La République des instituteurs *par Jacques Ozouf et Mona Ozouf*
H285. Banque et Affaires dans le monde romain *par Jean Andreau*
H286. L'Opinion française sous Vichy, *par Pierre Laborie*
H287. La Vie de saint Augustin, *par Peter Brown*
H288. Le XIXe siècle et l'Histoire, *par François Hartog*
H289. Religion et Société en Europe, *par René Rémond*
H290. Christianisme et Société en France au XIXe siècle *par Gérard Cholvy*
H291. Les Intellectuels en Europe au XIXe *par Christophe Charle*

H292. Naissance et Affirmation d'une culture nationale
par Françoise Mélonio
H293. Histoire de la France religieuse
Collectif sous la direction de Philippe Joutard
H294. La Ville aujourd'hui, *sous la direction de Marcel Roncayolo*
H295. Les Non-conformistes des années trente
par Jean-Louis Loubet del Bayle
H296. La Création des identités nationales, *par Anne-Marie Thiesse*
H297. Histoire de la lecture dans le monde occidental
Collectif sous la direction de Guglielmo Cavallo
et Roger Chartier
H298. La Société romaine, *Paul Veyne*
H299. Histoire du continent européen
par Jean-Michel Gaillard, Anthony Rowley
H300. Histoire de la Méditerranée
par Jean Carpentier (dir.), François Lebrun
H301. Religion, Modernité et Culture
au Royaume-Uni et en France
par Jean Baubérot, Séverine Mathieu
H302. Europe et Islam, *par Franco Cardini*
H303. Histoire du suffrage universel en France.
Le Vote et la Vertu. 1848-2000, *par Alain Garrigou*
H304. Histoire juive de la révolution à l'État d'Israël
Faits et documents, *par Renée Neher-Bernheim*
H305. L'Homme romain
Collectif sous la direction d'Andrea Giardina
H306. Une histoire du Diable, *par Robert Muchembled*
H307. Histoire des agricultures du monde
par Marcel Mazoyer et Laurence Roudart
H308. Le Nettoyage ethnique.
Documents historiques sur une idéologie serbe
par Mirko D. Grmek, Marc Gjidara et Neven Simac
H309. Guerre sainte, jihad, croisade, *par Jean Flori*
H310. La Renaissance européenne, *par Peter Burke*
H311. L'Homme de la Renaissance
collectif sous la direction d'Eugenio Garin
H312. Philosophie des sciences historiques,
textes réunis et présentés, *par Marcel Gauchet*
H313. L'Absolutisme en France, *par Fanny Cosandey*
et Robert Descimon
H314. Le Monde d'Ulysse, *par Moses I. Finley*
(réimp. ex-Pts Essais)
H315. Histoire des juifs sépharades, *par Esther Benbassa*
et Aron Rodrigue

H316. La Société et le sacré dans l'Antiquité tardive
par Peter Brown

H317. Les Cultures politiques en France
sous la direction de Serge Berstein

H318. Géopolitique du XVIe siècle, *par Jean-Michel Sallmann*

H320. Des traités : de Rastadt à la chute de Napoléon
par Jean-Pierre Bois

SÉRIE ESSAIS

DERNIERS TITRES PARUS

198. Apollinaire, *par Pascal Pia*
199. Paris, *par Julien Green*
200. Voltaire, *par René Pomeau*
201. Montesquieu, *par Jean Starobinski*
202. Anthologie de la peur, *par Éric Jourdan*
203. Le Paradoxe de la morale, *par Vladimir Jankélévitch*
204. Saint-Exupéry, *par Luc Estang*
205. Leçon, *par Roland Barthes*
206. François Mauriac
1. Le sondeur d'abîmes (1885-1933), *par Jean Lacouture*
207. François Mauriac
2. Un citoyen du siècle (1933-1970), *par Jean Lacouture*
208. Proust et le Monde sensible, *par Jean-Pierre Richard*
209. Nus, Féroces et Anthropophages, *par Hans Staden*
210. Œuvre poétique, *par Léopold Sédar Senghor*
211. Les Sociologies contemporaines, *par Pierre Ansart*
212. Le Nouveau Roman, *par Jean Ricardou*
213. Le Monde d'Ulysse, *par Moses I. Finley*
214. Les Enfants d'Athéna, *par Nicole Loraux*
215. La Grèce ancienne, tome 1
par Jean-Pierre Vernant et Pierre Vidal-Naquet
216. Rhétorique de la poésie, *par le Groupe µ*
217. Le Séminaire. Livre XI, *par Jacques Lacan*
218. Don Juan ou Pavlov
par Claude Bonnange et Chantal Thomas
219. L'Aventure sémiologique, *par Roland Barthes*
220. Séminaire de psychanalyse d'enfants, tome 1
par Françoise Dolto
221. Séminaire de psychanalyse d'enfants, tome 2
par Françoise Dolto
222. Séminaire de psychanalyse d'enfants
tome 3, Inconscient et destins, *par Françoise Dolto*
223. État modeste, État moderne, *par Michel Crozier*
224. Vide et Plein, *par François Cheng*
225. Le Père : acte de naissance, *par Bernard This*
226. La Conquête de l'Amérique, *par Tzvetan Todorov*
227. Temps et Récit, tome 1, *par Paul Ricœur*
228. Temps et Récit, tome 2, *par Paul Ricœur*
229. Temps et Récit, tome 3, *par Paul Ricœur*

230. Essais sur l'individualisme, *par Louis Dumont*
231. Histoire de l'architecture et de l'urbanisme modernes
1. Idéologies et pionniers (1800-1910)
par Michel Ragon
232. Histoire de l'architecture et de l'urbanisme modernes
2. Naissance de la cité moderne (1900-1940)
par Michel Ragon
233. Histoire de l'architecture et de l'urbanisme modernes
3. De Brasilia au post-modernisme (1940-1991)
par Michel Ragon
234. La Grèce ancienne, tome 2
par Jean-Pierre Vernant et Pierre Vidal-Naquet
235. Quand dire, c'est faire, *par J. L. Austin*
236. La Méthode
3. La Connaissance de la Connaissance, *par Edgar Morin*
237. Pour comprendre *Hamlet*, *par John Dover Wilson*
238. Une place pour le père, *par Aldo Naouri*
239. L'Obvie et l'Obtus, *par Roland Barthes*
240. Mythe et société en Grèce ancienne, *par Jean-Pierre Vernant*
241. L'Idéologie, *par Raymond Boudon*
242. L'Art de se persuader, *par Raymond Boudon*
243. La Crise de l'État-providence, *par Pierre Rosanvallon*
244. L'État, *par Georges Burdeau*
245. L'Homme qui prenait sa femme pour un chapeau
par Oliver Sacks
246. Les Grecs ont-ils cru à leurs mythes ?, *par Paul Veyne*
247. La Danse de la vie, *par Edward T. Hall*
248. L'Acteur et le Système
par Michel Crozier et Erhard Friedberg
249. Esthétique et Poétique, *collectif*
250. Nous et les Autres, *par Tzvetan Todorov*
251. L'Image inconsciente du corps, *par Françoise Dolto*
252. Van Gogh ou l'Enterrement dans les blés
par Viviane Forrester
253. George Sand ou le Scandale de la liberté, *par Joseph Barry*
254. Critique de la communication, *par Lucien Sfez*
255. Les Partis politiques, *par Maurice Duverger*
256. La Grèce ancienne, tome 3
par Jean-Pierre Vernant et Pierre Vidal-Naquet
257. Palimpsestes, *par Gérard Genette*
258. Le Bruissement de la langue, *par Roland Barthes*
259. Relations internationales
1. Questions régionales, *par Philippe Moreau Defarges*
260. Relations internationales
2. Questions mondiales, *par Philippe Moreau Defarges*

261. Voici le temps du monde fini, *par Albert Jacquard*
262. Les Anciens Grecs, *par Moses I. Finley*
263. L'Éveil, *par Oliver Sacks*
264. La Vie politique en France, *ouvrage collectif*
265. La Dissémination, *par Jacques Derrida*
266. Un enfant psychotique, *par Anny Cordié*
267. La Culture au pluriel, *par Michel de Certeau*
268. La Logique de l'honneur, *par Philippe d'Iribarne*
269. Bloc-notes, tome 1 (1952-1957), *par François Mauriac*
270. Bloc-notes, tome 2 (1958-1960), *par François Mauriac*
271. Bloc-notes, tome 3 (1961-1964), *par François Mauriac*
272. Bloc-notes, tome 4 (1965-1967), *par François Mauriac*
273. Bloc-notes, tome 5 (1968-1970), *par François Mauriac*
274. Face au racisme
1. Les moyens d'agir
sous la direction de Pierre-André Taguieff
275. Face au racisme
2. Analyses, hypothèses, perspectives
sous la direction de Pierre-André Taguieff
276. Sociologie, *par Edgar Morin*
277. Les Sommets de l'État, *par Pierre Birnbaum*
278. Lire aux éclats, *par Marc-Alain Ouaknin*
279. L'Entreprise à l'écoute, *par Michel Crozier*
280. Nouveau Code pénal
présentation et notes de Me Henri Leclerc
281. La Prise de parole, *par Michel de Certeau*
282. Mahomet, *par Maxime Rodinson*
283. Autocritique, *par Edgar Morin*
284. Être chrétien, *par Hans Küng*
285. A quoi rêvent les années 90 ?, *par Pascale Weil*
286. La Laïcité française, *par Jean Boussinesq*
287. L'Invention du social, *par Jacques Donzelot*
288. L'Union européenne, *par Pascal Fontaine*
289. La Société contre nature, *par Serge Moscovici*
290. Les Régimes politiques occidentaux
par Jean-Louis Quermonne
291. Éducation impossible, *par Maud Mannoni*
292. Introduction à la géopolitique, *par Philippe Moreau Defarges*
293. Les Grandes Crises internationales et le Droit
par Gilbert Guillaume
294. Les Langues du Paradis, *par Maurice Olender*
295. Face à l'extrême, *par Tzvetan Todorov*
296. Écrits logiques et philosophiques, *par Gottlob Frege*

297. Recherches rhétoriques, Communications 16
ouvrage collectif
298. De l'interprétation, *par Paul Ricœur*
299. De la parole comme d'une molécule, *par Boris Cyrulnik*
300. Introduction à une science du langage
par Jean-Claude Milner
301. Les Juifs, la Mémoire et le Présent, *par Pierre Vidal-Naquet*
302. Les Assassins de la mémoire, *par Pierre Vidal-Naquet*
303. La Méthode
4. Les idées, *par Edgar Morin*
304. Pour lire Jacques Lacan, *par Philippe Julien*
305. Événements I
Psychopathologie du quotidien, *par Daniel Sibony*
306. Événements II
Psychopathologie du quotidien, *par Daniel Sibony*
307. Les Origines du totalitarisme
Le système totalitaire, *par Hannah Arendt*
308. La Sociologie des entreprises, *par Philippe Bernoux*
309. Vers une écologie de l'esprit 1.
par Gregory Bateson
310. Les Démocraties, *par Olivier Duhamel*
311. Histoire constitutionnelle de la France, *par Olivier Duhamel*
312. Droit constitutionnel, *par Olivier Duhamel*
313. Que veut une femme ?, *par Serge André*
314. Histoire de la révolution russe
1. Février, *par Léon Trotsky*
315. Histoire de la révolution russe
2. Octobre, *par Léon Trotsky*
316. La Société bloquée, *par Michel Crozier*
317. Le Corps, *par Michel Bernard*
318. Introduction à l'étude de la parenté, *par Christian Ghasarian*
319. La Constitution, *introduction et commentaires*
par Guy Carcassonne
320. Introduction à la politique
par Dominique Chagnollaud
321. L'Invention de l'Europe, *par Emmanuel Todd*
322. La Naissance de l'histoire (tome 1), *par François Châtelet*
323. La Naissance de l'histoire (tome 2), *par François Châtelet*
324. L'Art de bâtir les villes, *par Camillo Sitte*
325. L'Invention de la réalité
sous la direction de Paul Watzlawick
326. Le Pacte autobiographique, *par Philippe Lejeune*
327. L'Imprescriptible, *par Vladimir Jankélévitch*
328. Libertés et Droits fondamentaux

261. Voici le temps du monde fini, *par Albert Jacquard*
262. Les Anciens Grecs, *par Moses I. Finley*
263. L'Éveil, *par Oliver Sacks*
264. La Vie politique en France, *ouvrage collectif*
265. La Dissémination, *par Jacques Derrida*
266. Un enfant psychotique, *par Anny Cordié*
267. La Culture au pluriel, *par Michel de Certeau*
268. La Logique de l'honneur, *par Philippe d'Iribarne*
269. Bloc-notes, tome 1 (1952-1957), *par François Mauriac*
270. Bloc-notes, tome 2 (1958-1960), *par François Mauriac*
271. Bloc-notes, tome 3 (1961-1964), *par François Mauriac*
272. Bloc-notes, tome 4 (1965-1967), *par François Mauriac*
273. Bloc-notes, tome 5 (1968-1970), *par François Mauriac*
274. Face au racisme
 1. Les moyens d'agir
 sous la direction de Pierre-André Taguieff
275. Face au racisme
 2. Analyses, hypothèses, perspectives
 sous la direction de Pierre-André Taguieff
276. Sociologie, *par Edgar Morin*
277. Les Sommets de l'État, *par Pierre Birnbaum*
278. Lire aux éclats, *par Marc-Alain Ouaknin*
279. L'Entreprise à l'écoute, *par Michel Crozier*
280. Nouveau Code pénal
 présentation et notes de Me Henri Leclerc
281. La Prise de parole, *par Michel de Certeau*
282. Mahomet, *par Maxime Rodinson*
283. Autocritique, *par Edgar Morin*
284. Être chrétien, *par Hans Küng*
285. A quoi rêvent les années 90 ?, *par Pascale Weil*
286. La Laïcité française, *par Jean Boussinesq*
287. L'Invention du social, *par Jacques Donzelot*
288. L'Union européenne, *par Pascal Fontaine*
289. La Société contre nature, *par Serge Moscovici*
290. Les Régimes politiques occidentaux
 par Jean-Louis Quermonne
291. Éducation impossible, *par Maud Mannoni*
292. Introduction à la géopolitique, *par Philippe Moreau Defarges*
293. Les Grandes Crises internationales et le Droit
 par Gilbert Guillaume
294. Les Langues du Paradis, *par Maurice Olender*
295. Face à l'extrême, *par Tzvetan Todorov*
296. Écrits logiques et philosophiques, *par Gottlob Frege*

297. Recherches rhétoriques, Communications 16
ouvrage collectif
298. De l'interprétation, *par Paul Ricœur*
299. De la parole comme d'une molécule, *par Boris Cyrulnik*
300. Introduction à une science du langage
par Jean-Claude Milner
301. Les Juifs, la Mémoire et le Présent, *par Pierre Vidal-Naquet*
302. Les Assassins de la mémoire, *par Pierre Vidal-Naquet*
303. La Méthode
4. Les idées, *par Edgar Morin*
304. Pour lire Jacques Lacan, *par Philippe Julien*
305. Événements I
Psychopathologie du quotidien, *par Daniel Sibony*
306. Événements II
Psychopathologie du quotidien, *par Daniel Sibony*
307. Les Origines du totalitarisme
Le système totalitaire, *par Hannah Arendt*
308. La Sociologie des entreprises, *par Philippe Bernoux*
309. Vers une écologie de l'esprit 1.
par Gregory Bateson
310. Les Démocraties, *par Olivier Duhamel*
311. Histoire constitutionnelle de la France, *par Olivier Duhamel*
312. Droit constitutionnel, *par Olivier Duhamel*
313. Que veut une femme ?, *par Serge André*
314. Histoire de la révolution russe
1. Février, *par Léon Trotsky*
315. Histoire de la révolution russe
2. Octobre, *par Léon Trotsky*
316. La Société bloquée, *par Michel Crozier*
317. Le Corps, *par Michel Bernard*
318. Introduction à l'étude de la parenté, *par Christian Ghasarian*
319. La Constitution, *introduction et commentaires*
par Guy Carcassonne
320. Introduction à la politique
par Dominique Chagnollaud
321. L'Invention de l'Europe, *par Emmanuel Todd*
322. La Naissance de l'histoire (tome 1), *par François Châtelet*
323. La Naissance de l'histoire (tome 2), *par François Châtelet*
324. L'Art de bâtir les villes, *par Camillo Sitte*
325. L'Invention de la réalité
sous la direction de Paul Watzlawick
326. Le Pacte autobiographique, *par Philippe Lejeune*
327. L'Imprescriptible, *par Vladimir Jankélévitch*
328. Libertés et Droits fondamentaux

sous la direction de Mireille Delmas-Marty et Claude Lucas de Leyssac

329. Penser au Moyen Age, *par Alain de Libera*
330. Soi-Même comme un autre, *par Paul Ricœur*
331. Raisons pratiques, *par Pierre Bourdieu*
332. L'Écriture poétique chinoise, *par François Cheng*
333. Machiavel et la Fragilité du politique, *par Paul Valadier*
334. Code de déontologie médicale, *par Louis René*
335. Lumière, Commencement, Liberté *par Robert Misrahi*
336. Les Miettes philosophiques, *par Søren Kierkegaard*
337. Des yeux pour entendre, *par Oliver Sacks*
338. De la liberté du chrétien *et* Préfaces à la Bible *par Martin Luther* (bilingue)
339. L'Être et l'Essence *par Thomas d'Aquin et Dietrich de Freiberg* (bilingue)
340. Les Deux États, *par Bertrand Badie*
341. Le Pouvoir et la Règle, *par Erhard Friedberg*
342. Introduction élémentaire au droit, *par Jean-Pierre Hue*
343. Science politique
     1. La Démocratie, *par Philippe Braud*
344. Science politique
     2. L'État, *par Philippe Braud*
345. Le Destin des immigrés, *par Emmanuel Todd*
346. La Psychologie sociale, *par Gustave-Nicolas Fischer*
347. La Métaphore vive, *par Paul Ricœur*
348. Les Trois Monothéismes, *par Daniel Sibony*
349. Éloge du quotidien. Essai sur la peinture hollandaise du XVIIIe siècle, *par Tzvetan Todorov*
350. Le Temps du désir. Essai sur le corps et la parole *par Denis Vasse*
351. La Recherche de la langue parfaite dans la culture européenne *par Umberto Eco*
352. Esquisses pyrrhoniennes, *par Pierre Pellegrin*
353. De l'ontologie, *par Jeremy Bentham*
354. Théorie de la justice, *par John Rawls*
355. De la naissance des dieux à la naissance du Christ *par Eugen Drewermann*
356. L'Impérialisme, *par Hannah Arendt*
357. Entre-Deux, *par Daniel Sibony*
358. Paul Ricœur, *par Olivier Mongin*
359. La Nouvelle Question sociale, *par Pierre Rosanvallon*
360. Sur l'antisémitisme, *par Hannah Arendt*
361. La Crise de l'intelligence, *par Michel Crozier*

362. L'Urbanisme face aux villes anciennes
par Gustavo Giovannoni
363. Le Pardon, *collectif dirigé par Olivier Abel*
364. La Tolérance, *collectif dirigé par Claude Sahel*
365. Introduction à la sociologie politique, *par Jean Baudouin*
366. Séminaire, livre I : les écrits techniques de Freud
par Jacques Lacan
367. Identité et Différence, *par John Locke*
368. Sur la nature ou sur l'étant, la langue de l'être ?
par Parménide
369. Les Carrefours du labyrinthe, I, *par Cornelius Castoriadis*
370. Les Règles de l'art, *par Pierre Bourdieu*
371. La Pragmatique aujourd'hui,
une nouvelle science de la communication
par Anne Reboul et Jacques Moeschler
372. La Poétique de Dostoïevski, *par Mikhaïl Bakhtine*
373. L'Amérique latine, *par Alain Rouquié*
374. La Fidélité, *collectif dirigé par Cécile Wajsbrot*
375. Le Courage, *collectif dirigé par Pierre Michel Klein*
376. Le Nouvel Age des inégalités
par Jean-Paul Fitoussi et Pierre Rosanvallon
377. Du texte à l'action, essais d'herméneutique II
par Paul Ricœur
378. Madame du Deffand et son monde
par Benedetta Craveri
379. Rompre les charmes, *par Serge Leclaire*
380. Éthique, *par Spinoza*
381. Introduction à une politique de l'homme,
par Edgar Morin
382. Lectures 1. Autour du politique
par Paul Ricœur
383. L'Institution imaginaire de la société
par Cornelius Castoriadis
384. Essai d'autocritique et autres préfaces, *par Nietzsche*
385. Le Capitalisme utopique, *par Pierre Rosanvallon*
386. Mimologiques, *par Gérard Genette*
387. La Jouissance de l'hystérique, *par Lucien Israël*
388. L'Histoire d'Homère à Augustin
préfaces et textes d'historiens antiques
réunis et commentés par François Hartog
389. Études sur le romantisme, *par Jean-Pierre Richard*
390. Le Respect, *collectif dirigé par Catherine Audard*
391. La Justice, *collectif dirigé par William Baranès*
et Marie-Anne Frison Roche

392. L'Ombilic et la Voix, *par Denis Vasse*
393. La Théorie comme fiction, *par Maud Mannoni*
394. Don Quichotte ou le roman d'un Juif masqué *par Ruth Reichelberg*
395. Le Grain de la voix, *par Roland Barthes*
396. Critique et Vérité, *par Roland Barthes*
397. Nouveau Dictionnaire encyclopédique des sciences du langage *par Oswald Ducrot et Jean-Marie Schaeffer*
398. Encore, *par Jacques Lacan*
399. Domaines de l'homme, *par Cornelius Castoriadis*
400. La Force d'attraction, *par J.-B. Pontalis*
401. Lectures 2, *par Paul Ricœur*
402. Des différentes méthodes du traduire *par Friedrich D. E. Schleiermacher*
403. Histoire de la philosophie au XXe siècle *par Christian Delacampagne*
404. L'Harmonie des langues, *par Leibniz*
405. Esquisse d'une théorie de la pratique *par Pierre Bourdieu*
406. Le XVIIe siècle des moralistes, *par Bérengère Parmentier*
407. Littérature et Engagement, de Pascal à Sartre *par Benoît Denis*
408. Marx, une critique de la philosophie, *par Isabelle Garo*
409. Amour et Désespoir, *par Michel Terestchenko*
410. Les Pratiques de gestion des ressources humaines *par François Pichault et Jean Mizet*
411. Précis de sémiotique générale *par Jean-Marie Klinkenberg*
412. Écrits sur le personnalisme, *par Emmanuel Mounier*
413. Refaire la Renaissance, *par Emmanuel Mounier*
414. Droit constitutionnel, 2. Les démocraties *par Olivier Duhamel*
415. Droit humanitaire, *par Mario Bettati*
416. La Violence et la Paix, *par Pierre Hassner*
417. Descartes, *par John Cottingham*
418. Kant, *par Ralph Walker*
419. Marx, *par Terry Eagleton*
420. Socrate, *par Anthony Gottlieb*
421. Platon, *par Bernard Williams*
422. Nietzsche, *par Ronald Hayman*
423. Les Cheveux du baron de Münchhausen, *par Paul Watzlawick*
424. Husserl et l'Énigme du monde, *par Emmanuel Housset*
425. Sur le caractère national des langues *par Wilhelm von Humboldt*